U0517245

HERMES

在古希腊神话中，赫耳墨斯是宙斯和迈亚的儿子，奥林波斯神们的信使，道路与边界之神，睡眠与梦想之神，亡灵的引导者，演说者、商人、小偷、旅者和牧人的保护神……

西方传统　经典与解释 HERMES
Classici et Commentarii
德意志古典传统丛编
Library of the German Classical Tradition
刘小枫◎主编

《浮士德》发微

Einführung in Goethes *Faust*

谷裕 | 选编

谷裕 等 | 译

華夏出版社

古典教育基金·“传德”资助项目

“德意志古典传统丛编”出版说明

德意志人与现代中国的命运有着特殊的关系：十年内战时期，国共交战时双方的军事顾问都一度是德国人——两个德国人的思想引发的中国智识人之间的战争迄今没有终结。百年来，我国成就的第一部汉译名著全集是德国人的……德国启蒙时期的古典哲学亦曾一度是我国西学研究中的翘楚。

尽管如此，我国学界对德意志思想传统的认识不仅相当片面，而且缺乏历史纵深。长期以来，我们以为德语的文学大家除了歌德、席勒、海涅、荷尔德林外没别人，不知道还有莱辛、维兰德、诺瓦利斯、克莱斯特……事实上，相对从事法语、英语、俄语古典文学翻译的前辈来说，我国从事德语古典文学翻译的前辈要少得多——前辈的翻译对我们年青一代学习取向的影响实在不可小视，理解德意志古典思想的复杂性是我们必须重补的一课。

古典文明研究工作坊

西方经典编译部乙组

2003 年 7 月

约翰·沃尔夫冈·冯·歌德

Johann Wolfgang von Goethe

1749—1832

目　录

编者前言

欧洲近现代文学作品中,没有哪一部像歌德的《浮士德》这样,至今没有权威译本,没有系统研究。译者面临两难选择:要么有文采,忽略准确性;要么追求准确性,忽略文采。歌德的《浮士德》不是美文学,忽略准确性,则不知所言;同时,歌德的《浮士德》是用诗歌写成的戏剧,诗歌形式与内容相映照,承载信息,如四字形式把人带入先秦,骈俪令人联想六朝,元曲昭示近代文人风雅,不顾形式的散文化翻译,自然会割裂戏文的历史语境,腰斩诗人的匠心。

对于读不懂原文的学界,翻译引导研究,没有准确并符合原文形式的翻译,研究就无法展开。纵观前几十年的《浮士德》研究,有这样几个特点:首先是文学史中的介绍;其次是宏观论证"浮士德精神",这一部分多参考德国二战前的文献,或战后民主德国的文献;三是一跃过渡到比较极端的现代性批判,这一部分多参考德国 1990 年代后新的但又摇摆到另一极端的成果。

因此可以说,《浮士德》研究中始终缺乏的,是脚踏实地的基于语文学的解读、耐心细致的对德国研究状况的了解,以及在此基础上的推进,开展符合我们问题意识的研究。非此,则人人都可以泛泛而谈,却无人能进行逐字逐句的解读。其结果生生把一部无限丰富的作品,搞成几句口号,然而还以为自己已全盘掌握而沾沾自喜。就比如对于《红楼梦》,摆摆手说无非就是宝黛爱情那点儿事儿。殊不知,读这类作品,如同景随步移,认知和体会全在过程中。

德国的《浮士德》研究,则浩瀚无边。从《浮士德》出版至今,德国人从未间断,使出各种解数,用尽各种方法,揭示这部天书的奥秘;在很多历史节点,为寻找启发,回应时代问题,或伴随新理论方法出现,都曾出现密集的研究著述。总体来看,《浮士德》研究在不断推进,令人对作品的理解日趋全面和深入,这点毫无疑问;然而这也伴随出现另一个问题,让德国人自己,更让外国学者头痛:有些研究过于精细,有些讨论过于琐碎,几乎到了令人窒息的程度。一方面若非掌握《浮士德》研究史便无法登堂入室,另一方面很容易陷入无关宏旨的文献而迷失方向。

这给中国的《浮士德》研究,乃至整个德语文学研究,造成了严重后果,也浪费了很多年轻学者的精力。出于对浩瀚学术史的畏惧,几乎无法再做有关文学经典作品的论文,也就无法对之进行系统研究。结果是,我们有那么多优秀青年学者留学德国,攻读博士学位,但经典研究、《浮士德》研究等却不见起色。——因为他们大多跟随德国学术规律,去找一些细碎边缘的题目做文章。这样就造成一个巨大的空白,文学经典研究的空白!歌德研究深受其害,《浮士德》解读深受其害。

为扭转我们过时已半个世纪、固化了的《浮士德》定论("浮士德精神"),同时为扭转过激的现代性批判("浮士德暴君"),呈现德国《浮士德》研究史,打开视野,我们在"经典与解释"系列中,组织翻译了德国《浮士德》研究文献。这些文献包括:《浮士德》最新注释本的出版前言,新近出版的专著的导论,就某个问题、某个场幕历史上经典的论文,基于新理论方法、从新视角出发的新成果。

亦即,文献选择既有历史性的,也有当下最新的;既有经典的,也有尝试性的。作者中有德语文学学者,有哲学家、神学家、法学家、经济学家、军事学家,他们分别从本专业出发,对《浮士德》中相应场幕进行分析解读。作者的政治立场、宗教派别、甚至年龄段不同,论证的指向和落脚点也有所不同,需要读者用自己的洞察力去分辨。

除概论性的"出版前言"、研究史,余下篇目编排的顺序,大致按《浮士德》场次顺序,也就是从第一部到第二部,从开场到终场。称其为大致,是说并非每篇选文都在严丝合缝地解读某一场幕,而是会有跨越,因每篇选文都原本有自己的聚焦。

以下将对选文略加评述,以便读者根据自己需要,选择参阅。

第一篇是薛讷《浮士德》注释版第八版导言。薛讷的注释版(1994年第一版,2017年第八版)是迄今为止最新也是最全面的《浮士德》注释版。它采用最基础的语文学方法,首先建立在手稿识别基础上,兼顾手稿补遗;其次详细给出每一个成文史细节;有对字词、典故的解释;吸纳了至1990年几乎所有重要历史和最新研究结果,以后逐版跟踪补充。故而这一导言给出了一个有关《浮士德》研究的经纬。尤其针对难解的《浮士德》第二部,薛讷导言中提出的新观点、新问题,对于将要起步的青年学者,十分具有参考价值。

接下来是朔尔茨的《〈浮士德〉研究史》摘译。我们选择了提纲挈领的前言和总结性的结语。朔尔茨的文字不像一般综述那样啰里啰嗦、面面俱到,而是重点突出、言简意赅。能在有关《浮士德》的上万种研究文献中,提取问题精华,勾勒研究导向,需要判断力和决断力。当然,朔尔茨研究史最富启发的,是前言中对新近切入点如心理分析、女权理论所引出结论的概述,以及对新的研究方向、各种新近著述的评判。这部分给初涉《浮士德》研究的年轻人,提供了一个清晰的坐标。

下一篇选译涉及浮士德素材。这是歌德最初创作《浮士德》的依据。我们的研究中一直存在一个误解,以为《浮士德》中的情节都是歌德的原创。而事实上,其中的主要人物和线索性情节,诸如浮士德和梅菲斯特的人设、学者剧中的浮士德形象、魔鬼契约、与海伦“同榻共眠”、到皇宫为皇帝呼风唤雨等,均直接源自浮士德素材,或对素材进行了变形处理。即便终场的升天,也是对浮士德被抛尸粪土的呼应。浮士德素材传统自1587年的《浮士德故事书》开始,以图书或戏剧形式,流传至歌德时代。该篇中,作者分析指出了历史上每一种流变是如何回应当时代问题的。这对我们理解歌德的改编至关重要。

下面开始涉及具体文本。对“天堂序曲”的解读,离不开与《圣经》的互文研究。为此,我们选译了一部专著《〈浮士德〉与〈新约〉》的相关章节。作者连带解释了“作为地狱入口”的“女巫的丹房”一场。作者为新教神学家,故而其解读的进路,也与新教释经的套路非常相似,基本使用一字一句的讲读,再加上讲经者自己的发挥。这种方法,以及本文所指出的《浮士德》与《圣经》的关联,具有普遍意义,适用于对整部戏剧各场幕的解释。——事实上,所有选译的章节或单篇论文,只要其论点成立,论述过程合理,其结论便普遍适于整部作品。

《浮士德》第一部由两部分组成,一是以浮士德为中心的"学者剧",一是以浮士德和格雷琴"爱情"为中心的"格雷琴剧"。选译中有多篇涉及格雷琴剧,从不同视角对之进行了探讨。若把所有散落的片段结合起来,我们可得到多层面、多视角的丰富解读。我们同时选译了一篇耶稣会神父的学术散文,表达了从神学立场对浮士德角色的质问:人道或人性如何能实现,如果人道是实现人道的前提?

近些年来,《浮士德》中几场内容驳杂、意象晦暗、几度为学界所忽视的戏,逐渐受到重视。其中讨论最为热烈的是"瓦尔普吉斯之夜"诸场,继而出现专著,研究"瓦尔普吉斯"三部曲:"瓦尔普吉斯之夜""瓦尔普吉斯之夜的梦"和"古典的瓦尔普吉斯之夜"(出现在第二部第二幕)。这三场戏之所以难解,是因为其中杂糅了日耳曼异教、基督教魔鬼学、古希腊神话、诗人不受约束的想象。它们如何杂糅,为何杂糅,隐匿着歌德希望传达给后人的怎样的密码,实在燃起窥其堂奥的好奇。

2000 年,《浮士德》全本第一次上演。很多观众惊异地发现,原来它哪里是一部单调的话剧?! 它有民歌和民谣,严肃歌剧的宣叙调和咏叹调,有轻歌剧,有小曲儿,有重唱,有教会的圣咏,有配乐朗诵,当然也有芭蕾舞、轮舞、假面游行和舞会、节庆剧大型歌舞。2004 年便有厚重的专著出版,一一列举和分析了《浮士德》中所有音乐剧元素。这不仅让我们耳目一新,豁然开朗,而且大快朵颐。然而,这项研究当然不止于指认。其背后的动机何在,歌剧元素指向什么问题?——大规模选用歌剧形式,指示出《浮士德》之巴洛克戏剧的特征! 歌剧的托寓手法,是 17 世纪巴洛克文学的基本特征。也就是说,歌德,尤其晚年歌德,并未局限于狭隘而贫乏的 18 世纪启蒙时代戏剧形式,他的"美学理念经历了一次转型",探索出一条以巴洛克传统为导向,但将之转化为现代形式的创作路径。这条路径更将巴洛克戏剧所反映的社会 - 历史语境投射到尘世剧《浮士德》。强调巴洛克传统,实则暗含以拉丁传统对抗注重文字的新教传统，旨在以呈现世界的关联，置换空洞的思辨。这一研究颠覆或至少修正了以往任何时段只注重文字，再由文字引发空洞玄想式的浮士德解释。

《浮士德》中另一个奇异的话题是炼金术。把炼金术过程与现代经济相联系，或者说用炼金术过程描述现代经济，并非异想天开，而是基于文本细读得出的线索。浮士德在第二部中离开私人家庭空间，走进大世界，进入邦国的公共领域，参与宫廷政治、经济和军事生活。梅菲斯特用魔法变造出纸币，缓和帝国经济危机，填补军饷亏空，促进了城市商贸繁荣。然而，纸币作为魔鬼的造物同时也携带着危机。瑞士经济学家的专著，对歌德与经济、金钱与魔法、炼金术与现代经济进行了专业分析和解释，该著作已多次再版。希望我们的选译，能激发对《浮士德》经济问题研究的兴趣。

炼金术与现代化学相结合，由学界泰斗操作，造出了人造小人荷蒙库勒斯。因为很容易令人联想到试管婴儿、人工智能等一系列人对自然的干涉行为，关于荷蒙库勒斯，新近的研究和阐释实在是太多了。其中的区别基本上只在细节，结论差不多千篇一律。鉴于此，我们反其道而行之，给出了一个老一代学者比较经典的解读。可以看到，文中把荷蒙库勒斯与海伦联系起来，因为它毕竟在顺序上是寻找海伦的铺垫，其人造的性质则预示了海伦的不自然。她不再是古希腊的人物，而是被认作制造出来的魂魄和假象。该文收录在《浮士德》研究论文集，属于"研究之路"系列。该系列向来以收集印发关于某问题的经典研究论文为主，均为大家之作。故而，对《浮士德》研究史中经典论题和观点感兴趣者，或可顺藤摸瓜，一并研读该文集的各篇大作。

德国文学史上歌德与席勒合作的十年（1795—1805）一般被称为魏玛古典时期。歌德和席勒被誉为古典文学大师。这个"古典"既包含"经典"的意思，亦即，歌德和席勒树立了德国文学经典；同时也包含"古希腊"的意思，指两人及其同道，以古希腊艺术为圭臬，缔造了现代德语文学的开端。因此，对古希腊的接受是歌德研究，也是《浮士德》研究绕不开的一个问题。且对《浮士德》之古希腊接受的研究，无论如何应置入歌德作品整体背景下。歌德在《浮士德》第二部的“海伦剧”中，借助文字和想象，即以诗人的“强力”，把海伦的“形体”搬上舞台，令之与浮士德相遇、结合。针对“古典接受”这一关键问题，我们选译了一部整体探讨歌德与古希腊的、体量庞大的论文，论文巧妙地以一组对韵的韵脚为契机，探讨了歌德、老年歌德、《浮士德》与古希腊的关系。其结论，歌德且战且退，一方面保持古典审美理想，一方面不得不向现实和现代妥协。

对于我本人来讲，自从研读了《浮士德》第二部第四幕第二场——军事作战一场，就为很多发现而欣喜。这曾是完全被忽视的一场。纵有成千上万种《浮士德》研究，对如此重要的一场却鲜有人问津。国之要事，在祀与戎。在贯穿了战争的歌德时代尤其如此。第四幕第二场是一部浓缩的西方军事史，是腓特烈时代、歌德时代几场重要战争的推演，是拿破仑的战术与普鲁士战术的较量，是歌德心之所系，也是出于秘而不宣的立场之隐微写作的范例。对此，我们选择的论文，对军事作战一场进行了解读，以吉贝尔和奥地利的查理亲王的军事著作为依据，进行了认真推演和印证。如果我们意识到，歌德时代不仅是德国现代经济、政体形式的发轫之际，同时也是现代军事科学的奠基之时，那么对喜欢军事、对战争史感兴趣的同好，我特别推荐这篇论文。舞台表演一定比沙盘推演、克劳塞维茨的文字论述，要来得形象和真切得多。

同样属于经典研究的，是本卷的第十二篇选文，针对《浮士德》剧的终场。《浮士德》的终场，也称“山涧”一场，是最富争议的场次之一。争议的焦点在于，罪人浮士德是否可以升天。对此，基督教各门各派都试图从自己的教义出发，给出合理的解释，抑或进行激烈的批判。这一宗教剧式的结尾显然呼应“天堂序曲”，把浮士德的一生包含在一个超越的框架中。浮士德剧因此演绎了人生在尘世的活动，是一场世界舞台、人间大戏，一切都在天主掌控之中。这一巴洛克宗教剧式的终场，这一明明白白的文本事实，歌德同时代人认为它不合时宜，后世无从理解，让非基督徒、无神论者更是无从下手。选文围绕“罪”与“恩宠”这一对基督教基本概念展开，却忽略所有天主教元素，对之进行了符合新教正统的解读。

以上均点到为止，既非概述，也非内容提要。德国人的研究方法和写作方式与我们不同。我们喜欢论点鲜明，论述层次清晰，条分缕析，做定性结论。德国论文尤其是文科论文，注重论述过程，惯用商榷的口吻，很多时候不免旁逸斜出。因此，我们不能采用划重点的方法，去阅读本书的选文，而是要把注意力集中在各篇的论述过程，到它们的问题提出、方法设定、辩论所针对的议题等等细节中，寻找启示，获得启发。

选文在体量和涉及论题方面，最多算《浮士德》研究的冰山一角。其筛选的一个重要尺度，是覆盖对于我们来说理解上的要点和难点。通读下来会发现，各种著述的方法、切入点、视角，乃至政治宗教立场，不仅不同，而且甚至相互抵牾，这就造成对同一场景或情节的解释，会出现相互偏离甚至相左的观点。这可以说是《浮士德》研究中的常态。当然由此也可见，《浮士德》作品引发的歧义，几乎永远不可克服。这正是歌德之《浮士德》的魅力所在。歧义吸引人不断探索，深入发掘，在解读文本的同时，丰富自己，最后或许能在无限接近作品的过程中，无限接近歌德的人生经验，成为对欧洲之历史和文化的博学之士。

最后，就选文风格和译文略作说明：因选文的作者跨越时间段、年龄段和学科范围比较大，本身就风格不同。比如老派学者讲求运用语言功力，显示逻辑关系，虽多用大段论述，但文脉贯通，毫无阻塞之感；年轻学者，则少一些论述的功底，且受各种演示文档、网络语言影响，开始用细碎的标题，间以破折号、括号，来容纳其跳跃的思维，颇有向快餐式关键词过渡的倾向。

译者是一个整齐的团队。无论教授还是在读博士，均参加过《浮士德》研讨课，不仅熟读作品，而且具有德语学术著作翻译经验。尽管如此，面对如此丰富的《浮士德》作品，面对如此艰涩的研究文献，难免疏漏。请读者和方家指正。

但愿这卷《浮士德》研究文献选编，能够开启我们对这部德语文学传世经典的研究。但愿有朝一日，我们能像海外汉学那样，通过我们的视角，揭开德国研究中的某些盲点，让《浮士德》研究在相互碰撞中进一步展示出作品的丰富性，无限接近作品本身丰富的内涵。

谷 裕

2020 年 8 月 31 日

《浮士德》的版本及其编本

薛讷(Albrecht Schöne)　撰

谷裕　译

《浮士德·注释》第八版出版社题记

关于《浮士德》的解读和注释,已有160余年历史,在此期间,有很多研究一度追随过时的问题意识,制造了不少学术包袱,本注释版力图卸掉这些包袱;还有很多研究是对作品的误解和曲解,本注释版或对之加以清除,或对之进行重新审视。此外还有某些部分,则完全出于习惯,或出于无知,至今无人注疏。这尤其涉及作品与时代史、自然科学、神学和文化史的关联,而恰恰是这部分内容,使《浮士德》成为一部恢宏的尘世之诗。

就上述领域而言,本版远远超过以往任何注疏。本注释版首先希望唤醒今天和未来读者对歌德之《浮士德》的兴趣,同时向大家展示,一位"伦理-审美数学家"的文学"公式"(歌德语),如何能够开启我们自己的世界,又如何帮助我们"把握和承受"这个世界。

《浮士德·注释》第八版序言

有朝一日,若所有的文学都从世上消失,人们或可以这部戏剧重建之。(1804年1月28日,歌德致席勒)①

---

① Johann Wolfgang Goethe, *Sämtliche Werke. Briefe*, *Tagebücher und Gespräche*, 32 Bde (in 40), Frankfurt/Main 1985 ff.

歌德曾如此评论卡尔德隆的剧作《坚贞不屈的亲王》。然而,但凡可以充分理由如此评价世界文学中某部作品的话,那恰恰非歌德自己的《浮士德》莫属。

早在童年时代,歌德就曾观看以浮士德博士为题材的木偶剧;在去世前几周,他对自己《浮士德》剧的终场进行了最后修订,这期间相隔近75年。歌德的《浮士德》满载丰富的文学形式,唯有禀赋卓著之人以其漫长的一生,方可赋予它如此卓越的语言力量、文学塑造力,以及近乎独一无二的变化的能量。在该多声部作品中,汇聚了不同声音的言说和歌唱,有莱比锡的大学生,有斯特拉斯堡和法兰克福的狂飙突进诗人,有魏玛的古典作家,有居住在圣母广场边的老人。歌德在不同人生阶段、不同创作时期,学习和掌握了丰富文学手段,并将之尽数用于《浮士德》创作,使之成为展示作者创作才能的集大成之作。

一

吸收前人和外来文学财富

所有艺术都建立在艺术积累的基础上,没有任何一部艺术作品仅归功于某一个人的天赋。[*]①在1824年12月17日致冯·米勒②总理大臣的信中,歌德写道:"前人和同时代人的成就"按理是属于作家的,"只有吸取他人财富化为己有,才会产生伟大作品。我不是也在(天堂序曲一场天主与梅菲斯特对话中)塑造梅菲斯特时吸收了约伯的形象,且(在夜晚和格雷琴门前的街道两场中)吸取了莎士比亚的小调吗?"

---

① [译注]此处省去与《浮士德》内容无直接关系的表述。下同。以下将同样省去的是:对德文版中相关页码的指示;过于局限于德文辨析讨论的文献。小标题为译者所加。

② [译注]Friedrich von Müller, 1779—1849,曾任萨克森-魏玛-埃森纳赫公国总理大臣,是歌德的密友。

《浮士德》吸取了从古代至歌德时代不计其数、多种语言的小说家、诗人和剧作家的作品,《约伯记》和《哈姆雷特》仅是其中两例。歌德并非采用一目了然、一一对应的方式吸收外来财富,而是通过引用、改写、影射、用典等方式,对之游戏地进行了改造。因此说《浮士德》可以“重建”文学,意思还在于,它的文学形式是文学家们的集体财富,作品丰富的意涵正得益于从集体财富这一宝库中汲取的大量营养,包括辞书引用、句式、修辞,包括母题、比喻、象征、寓意,包括典型形象、场景模式、行为方式、舞台艺术。对此将在以下注释中以大量例子加以展示。

本序言无意对整部《浮士德》做一个概述,而只是提纲挈领指出几点特殊之处,为以下的注疏给出基调。故而就“吸取外来财富”一项,在此仅以诗歌格律和文体为例加以说明。前者是一切语言规则的基础,对于后者会稍做展开。

在喜剧中,诗歌的格律通常可以比较自由地转换,而在“严肃”剧中,格律通常是统一的(使用每个时代特有的形式)。比如就演员台词来讲,古希腊悲剧规定连贯使用双三音步抑扬格,16 世纪的狂欢节剧使用双行押韵体,法国文艺复兴戏剧和德国巴洛克悲剧使用亚历山大体,莎士比亚的主要戏剧和德国古典时期戏剧使用五音步无韵体,在近现代,狂飙突进剧作家开始使用散文体,到 19 世纪已经全面普及。

然而在一部《浮士德》剧中,不仅出现了所有上述形式,而且还有更多格律和不同形式的诗节(有学者将之分为 37 组,并按出现频率绘制出图表)。① 此外,《浮士德·原始稿》中有个别部分使用了散文体,《浮士德》第一部中至少阴暗的日子一场保留了这种散文体。当然在多样性方面可与之媲美的,尚前有西班牙剧作家德维加和卡尔德隆的作品,后有浪漫派的戏剧。

---

① Markus Cuipke, *Des Geklimpers vielverworrner Töne Rausch. Die metrische Gestaltung in Goethes "Faust"*, Göttingen 1994, S. 205ff.

诗歌格律

歌德的作品之所以成为格律大全，独具魅力，是因为他对所有学到的格律运用自如，它们在他笔下呈现为富于变化的形式游戏，更因为他同时把格律所携带的文化史光环、所附着的历史记忆、其中蕴含的潜在意义，植入了作品的语义框架。这样，格律这一媒介本身也成为文学信息的组成部分。

各种格律中使用最多的是源自意大利轻歌剧的牧歌体（Madrigal）。据统计，在《浮士德》总共 12111 诗行中，有 4769 行使用了牧歌体。牧歌体诗行（从两个到六个扬音）长短不同，用韵自由，因其灵活而富于变化，可满足多种创作意图，尤其成为对话段落的主要格律。这一基础格律仿佛作品的基本机理，其他诗体和诗节形式镶嵌于其中：在这个相对中性的背景上，其他形式更加凸显出来，其更为明确且特殊的语义担当也跳脱出来。

《浮士德》涉及的时空广阔，且时间和空间都映照在诗的格律中。格律同时辅助塑造戏剧人物性格，勾勒他们所陷入的境遇，揭示他们的情绪以及情绪的跌宕起伏，描画人物间已存在或正在发展的关系。（比如）开场中，浮士德使用了双行押韵体，与其书斋中老旧的父祖的家什同属那个时空；在与格雷琴的“宗教对话”中，格雷琴表达了她严格遵循教会和教义规定的信仰，而浮士德则有意躲闪之，此时他使用了格律和韵脚都不受限制的自由体诗，诗的形式与诗所表达的内容相互匹配。

再比如梅菲斯特，其老道的谈话艺术，体现在他可以自如地运用格律灵活的牧歌体，可以像变色龙一样，在格律上适应对方的讲话方式，一如他让格律符合自己扮演的角色和所处的情境。斯巴达王后海伦的“古典”美也是音步之美。伪帝的营帐一场具有复辟特征，与之相应，台词不仅在内容上回溯到黄金诏书的条文，而且在格律上使用了过时的亚历山大体。即便是此处格律上的疏漏，或在其他地方出现的明显的蹩脚、不流畅甚至是“失败”的韵律，也是作者有意为之的结果，或是与角色相符,或是包含着可识别的意义。因此遇到这样的情况,断不可以为是格律大师本人力所不逮的结果。

同样的艺术游戏也体现在用韵方面。比如在城堡内廷一场,浮士德与海伦的相遇相爱,是通过对韵这一媒介完成和见证的;又比如荣光圣母对格雷琴祈祷的回应,通过交叉韵的媒介表现出来。歌德在韵律艺术宝藏中汲取的养料,同样化用在《浮士德》中,使得韵脚在此不仅具有功能性,而且常常直接承载很多意义,这样的例子在作品中俯拾皆是。

诗歌韵脚

同样在韵脚的使用上,也有某些不合规则的地方系有意而为之,比如从规则的韵脚跳脱出来的所谓"孤韵",又如天使唱词中使用的某些给人以过渡修饰之感的三音节"滑韵"。然而,正如歌德在使用常规格律时,除去与人物角色相关的、有意而为之的地方外也常常自由发挥一样,他在用韵方面有时也很随意。这些所谓"不纯"的韵脚还不包括他的方言所造成的那些,比如他有时会按他出生地法兰克福-黑森地区的发音,有时会按他生活地萨克森-图林根地区的发音,有时基于上萨克森发音押韵。① 而今天人们感到的出于方言与标准德语不符造成的不规则押韵,当时的人们对之却丝毫无感。在当时的有教养阶层中,上萨克森-麦森一带的语言被视为标准德语。当然另一方面,歌德并不特别在意评论家们对他"用韵不纯"的诟病,而是表示,自己不过把注意力放在所要表达的内容上,而非技术本身。②

因此对于《浮士德》,无论如何不能默"读"。谁如果只是数音节,而不去聆听诗行和韵脚如何被大声朗读或唱诵出来,或者不是在默读时至少用心耳去倾听,那么他便不会感知到乐谱中各种韵律、旋律、抑

① 文中分别举例 Buch - genug; Ach neige - Du Schmerzenreiche; ä - ö, äu - ei, e - ö, ei - eu, ü - i (Zügen - liegen)。

② [译注]原文引用了1831年2月9日歌德与爱克曼的谈话。

扬顿挫、轻重缓急所创造的丰富的乐感。

戏剧形式

《浮士德》吸纳了丰富的诗歌形式，同时也吸纳了丰富的戏剧形式。

歌德把自己创作的多部戏剧称为悲苦剧，单单把《浮士德》称为悲剧。在1797年歌德重拾《浮士德》创作之际，他就表达过自己的疑虑，他担心“写一部真正的悲剧”，“这一尝试或许会毁了”他自己（1797年12月9日，致席勒）。继而在《浮士德》即将杀青时，他再次进一步表示：“我天生不是悲剧作家，因我天性随和；纯悲剧事件不会让我感兴趣，因它本质上必是不能和解的，而在这样一个平庸至极的世界，我觉得不和解简直是荒唐的。”（1831年10月31日，致采尔特）①

歌德称整部作品为一部“悲剧”，这其中包括天堂序曲和山涧一场。然而单是这一形而上的框架，无论人们如何理解，它都消除了剧作的“不可和解性”。若论在框架中发生的一切，虽然进取－迷茫的浮士德一次次失败，他在尘世游历的每一个驿站都导致灾难，但绝不能由此推断它们是“纯－悲剧－事件”。人们习惯于把《浮士德》分解为诸如“学者悲剧”“格雷琴悲剧”“海伦悲剧”，或者如汉堡版将之分为“思想者悲剧”“爱情悲剧”“艺术家悲剧”和“统治者悲剧”，②但是，要知“真正的悲剧”并非如此由“个别悲剧”组成。

无论如何，对于歌德来讲，浮士德所遭遇的一切、他所造成的一切，或他在大世界经历的一切，已经具有足够的悲剧性，尽管他并未让戏剧结束于无可救药的毁灭，或让主人公陷入毫无希望的自我毁灭，而是把

---

① ［译注］Carl Friedrich Zelter，1758—1832，德国音乐家、教授、音乐教育家、作曲家和指挥家。歌德密友，两人有长达30年的书信往来，曾为歌德的一些诗作谱曲。

② Goethes Werke，Bd 3：Faust I，Faust II，Urfaust（zuerst Hamburg 1949），2. neubearbeitete Aufl.，hg. v. Erich Trunz，München 1981，S. 516.

一切“提升”至山涧之上那个不可描述者的无限开放的天界。

歌德的《浮士德》全称《浮士德：一部悲剧》，副标题给出的文体形式成为某种预设的标签，从一开始就阻止了对框架内事件，在历史乐观主义－目的论意义上的理解。因此，断不可因循长期占统治地位的解释传统，来理解这部剧作，比如把它说成是有关个体，或以浮士德为代表的人“类”不断完善的教谕诗；①或认为它是对——包括科学认知领域，技术－工业领域，令自然屈从人类或人类经济、社会、政治关系方面（无论人们怎样把这一过程说成是“辩证的”，无论人们认为这种预言具有怎样“乌托邦”特征）——有着明确目标的“客观”进步的赞美。

这样的理解，显然忽视了作品中很多足以驳倒上述观点的反面表征，比如作品中有很多信号显示出不确定性，有很多指征表现出深度怀疑，此外还有大量对灾难的报告，对灭亡的预测，以及随处可见的有关末世将至的弦外之音——由此简直可以把《浮士德》称为一部末世之作。同时，这样的理解，也全然将悲剧概念的主要特征和必要保留条件置之不顾。《浮士德》接受史已充分证明，如此理解与某种入世的、追求完善的意识形态以及进步的意识形态密切相关。

然而虽称之为悲剧，剧作并未排除“有许多按经典分类规则当算作喜剧的场景”，或可算作悲喜剧的场景。剧中不少地方表现为严肃与搞笑、令人震惊又令人惬意的混合风格，不仅如此，可以说《浮士德》是不同时代、不同文学中多种文体、准文体、文学式样、塑造方式、戏剧传统的集合。它留有木偶剧和流动剧团演出的痕迹，在天堂序曲中借鉴了大型宗教剧模式，在夜一场加入了中世纪复活节剧，在格雷琴剧中展示了当时代市民悲剧的特征，在“海伦”一幕中模拟了古希腊悲剧，重拾了酒神节的羊人剧，此外还有与巫魔滑稽剧、粗野闹剧、宗教剧、道德剧，与歌舞剧、假面联欢、假面游行、宫廷或酒神节庆典相对应的“文

---

① Georg Lukács, Faust - Studien (Teilabdruck 1941 ff., erster Gesamtdruck 1947), in: ders., Werke Bd 6: Probleme des Realismus III, Neuwied und Berlin 1965, S. 547ff.

本形式”——一言以蔽，为有助表演，作家随心所欲拿来，或称诗人不受时代限制。（行7429）

音乐性

在《浮士德》的念白中，间有一系列不同文体的抒情成分，包括为数众多的歌曲和合唱，这些都是为唱出来而设计的。多处戏剧底本常常本身就为配合音乐而设计，需要有独唱、合唱、大型交响乐团或乐器伴奏（在配乐诗朗诵时）。《浮士德》中不少片段带有轻歌剧性质，或本身是清唱剧，尤其在第二部中很多地方接近歌剧。（据统计，在第一和第二部中，分别有19%和24%的台词，为以不同音乐形式呈现而设计。）①

自1819年起，拉齐维乌侯爵②多次在柏林以配乐诗朗诵形式，上演了《浮士德》第一部中的部分场景，由此开辟了为《浮士德》谱曲的先河。从此，在作品接受和影响史上，音乐一直起到举足轻重的作用。（有学者为迄今为止所有与《浮士德》相关的谱曲做了详尽的目录。）③在音乐谱曲中，一部分是受歌德《浮士德》启发、与其内容相关或由之派生的合唱和康塔塔（如李斯特等人的作品），一部分是歌剧（如柏辽兹和古诺等人的作品）、交响曲加合唱（李斯特和马勒）或纯器乐作品（瓦格纳和鲁宾斯坦），还有一部分是大量个别的对《浮士德》中歌曲的谱曲（采尔特、舒伯特、舒曼、瓦格纳等）或对某些场景的谱曲（柏辽兹、舒曼）。

---

① Hans Joachim Kreuzer, Faust · Mythos und Musik, München 2003, S. 61. 另有学者列表演示了与音乐相关的场次和文本段落，并同时标注了可能参考的范本、传统、曲式，见 Detlef Altenburg, Von Shakespeares Geistern zu den Chören des antiken Dramas. Goethes Faust und seine Musikszenen, in: Goethe und die Weltkultur, hg. v. Klaus Manger. Heidelberg 2003, S. 350 – 364。

② ［译注］Fürst Anton Radziwill, 1775—1833，波兰与普鲁士政治家、大地主、作曲家与音乐赞助人，其最重要的作品是对歌德《浮士德》第一部的谱曲。

③ Andreas Meier, Faustlibretti. Geschichte des Fauststoffs auf der europäischen Musikbühne nebst einer lexikalischen Bibliographie der Faustvertonungen, Frankfurt/Main 1990, S. 685ff.

然而至今还没有哪位才能与《浮士德》相媲美的作曲家，为作品中全部与音乐相关或为音乐而设计的段落谱一整套曲出来。贝多芬曾计划创作一部《浮士德》歌剧，多年后也终于搁浅。在 1829 年 2 月 12 日的一次谈话中（《浮士德》第二部尚未出版），爱克曼对歌德说，自己“不会放弃《浮士德》终将被全部谱成曲的希望”，歌德的回答是，这“根本不可能”，因届时音乐中“难免会有令人反感、厌恶、惊悚的段落，不招时人喜欢。音乐当具有《唐·璜》的特征，莫扎特是为《浮士德》谱曲的最佳人选。迈尔-贝尔①或许有能力，只是他不会情愿去做；他太过纠缠于意大利戏剧了”。

以上说明只为让读者意识到，《浮士德》中很大部分首先是供谱曲的底本，或是标准的轻歌剧脚本。按作者意图，作品当是一部调动所有感官的整体艺术，而非印在纸上的读本。换言之，那些部分并非只是满足于文字的段落（此前各种注释几乎从未关注过），这点需要读者重新审视、感知和理解。纸上文字常常让人忘掉了歌德诗句所蕴含的语言的音乐性。当然时常有些诗句或合唱诗节，在阅读时人们也可感到，音乐“如一股涌来的热气，可把热气球带到空中”（1820 年 5 月 11 日，致采尔特）。

舞台演出

《浮士德》剧采用了多种多样的文体，歌德以此展示了何为“总汇诗”。同样，在运用戏剧形式和舞台表演方面，歌德也充分发挥了舞台剧、朗读剧和阅读剧的普遍可能性。不同类型的呈现形式，以及与之相应的接受的可能性，为理解和观看《浮士德》提供了不同的视角；各种形式相互补充，共同决定了作品的活动半径。

显而易见，该部悲剧的目标是公演。人们应当听到诗句台词，听到歌曲和合唱，看到哑剧表演，欣赏到按舞蹈设计的芭蕾舞场景；人们应

---

① ［译注］Giacomo Meyer-Beer，1791—1864，德国钢琴家、作曲家和指挥家。迈尔-贝尔是 19 世纪最成功的歌剧作家之一，被认为是法式歌剧大师。

当对魔法、“魔幻的”角色变换、舞台场景变换、火水云的游戏等如身临其境。

1831 年，在歌德与福尔斯特的一次谈话中，当后者说到“把《浮士德》改编为能在咱们的（魏玛）舞台上演的程度，实在难上加难”时，歌德表示，他“从一开始便没想过要在舞台上上演”。然而，这一宣称却与文本给出的信息相互矛盾。因文本针对导演和演员、舞台设计师、舞台技术员、化妆师等，给出了成百上千条直接或间接的提示。此外，《浮士德》中显然倾注了歌德经年积累的舞台实践经验，因他在担任魏玛剧院领导期间，不仅上演话剧，而且也与轻歌剧和歌剧的导演、舞剧的舞蹈设计者打过许多交道。

当然，歌德对《浮士德》的舞台设计，并未局限于当时的舞台技术条件。并且，即便魏玛舞台捉襟见肘，满足不了他对演出的设想，他对实现上演所面临的问题也从未置之不理。比如，对于*假面舞会*一场，他甚至表示过要牵一头活的大象上场；又如对于*爱琴海的岩石海湾*一场中的海上节日，他想到的是西班牙巴洛克戏剧中露天的水上剧场，并且想在魏玛如法炮制；对于“海伦”一幕他说，“够语文学家忙的”，然而当爱克曼说到台词“对读者提出了很高要求”时，歌德回答说，其实“一切都是感性的，若能在舞台上表演，人人便可尽收眼底。我别无所求。只要大多数观众高兴看到演出，懂行的能领悟到更高的意义”（1827 年 1 月 29 日）。

作为戏剧实践者，歌德毫无疑问很清楚，《浮士德》的上演会面临一系列问题，且问题不止在于第二部的复杂，也不止在于整部剧本过长的演出时间。歌德本人作为剧院领导，自己在排练上演其他剧目时，也难得做到严谨地“完全忠于原著”，因此他宁可接受删减和改编的代价——至今人们见到的《浮士德》演出脚本大多经过删减和改编——也希望作品在舞台上得以呈现。

对此，在一次魏玛计划上演《浮士德》第一部、歌德要亲自把剧·上本改编为独角戏时，他曾经说：“这与演出要求差别很大，需要牺牲很多东西，要以其他方式代替，实在又提不起情绪。”（1815 年 5 月 1

日,致信布吕尔)①无论如何,《浮士德》剧很晚才被搬上舞台。1809 年 1 月 13 日的上演算是开端,那次是以当时流行的中国皮影戏形式,也就是借助剪影,在魏玛剧院上演了几个场景。据当时在场的阿贝肯②称:"那场面十分滑稽,格雷琴、瓦伦汀、浮士德和梅菲斯特都是用黑纸剪出的指头大的小人儿,在歌德面前晃来晃去。歌德则安静地观看。第二天他对席勒的夫人说,'他感觉自己死了一百年了'。"③

十年后,在拉齐维乌侯爵和布吕尔伯爵领导下,《浮士德》开始在柏林宫廷以独角戏形式上演部分场景。直至 1828 年,《浮士德》才在巴黎举行了首演,用的是施塔普法尔④的法译本做脚本。之后 1829 年,在克林格曼⑤领导下,在布伦瑞克进行了《浮士德》第一部的德语版首演,当然之前对原剧本进行了严格删减和"监查"。《浮士德》第二部则是在作品出版后 22 年才得以首演:1854 年在汉堡,经过达·冯塞卡⑥的改编。又过了 22 年,1876 年,狄夫里昂⑦首次在魏玛上演了两部。

朗读文化

然而事实上,早在首演甚至出版前,《浮士德》剧就已广为流传:通

---

① [译注]Carl von Brühl,1772—1873,曾任普鲁士皇家枢密院议员、柏林剧院和博物馆总管。早年与歌德相识,曾向歌德学习矿物学。

② [译注]Bernhard Rudolf Abeken,1780—1866,德国语文学家、教师,曾在魏玛担任家庭教师。

③ 大概相当于说自己死了得了。Biedermann/Herwig: Goethes Gespräche. Auf Grund der Ausgabe und des Nachlasses von Flodoard Frhrn. von Biedermann hg. v. Wolfgang Herwig, 5 Bde (in 6), Stuttgart und Zürich 1965 - 1987, Nr. 2895.

④ [译注]Philipp Albert Stapfer,1766—1840,瑞士政治家、外交官和神学家。曾在旅居巴黎时将歌德的一些剧作翻译为法语,扩大了后者的影响力。

⑤ [译注]August Klingemann,1777—1831,德国浪漫派作家、戏剧导演。

⑥ [译注]Wollheim da Fonseca,1810—1884,德国作家、戏剧顾问、语言学家和外交官。

⑦ [译注]Otto Devrient,1838—1894,德国演员和剧作家。

过歌德自己公开朗读手稿的形式。对于剧本的传播这种形式如今已不多见。然而几十年之久,它都是《浮士德》传播的唯一方式(即便在作品出版和被搬上舞台后,歌德也终生保持了这一方式)。在大约在1797年创作的献词中,歌德写道:

他们再听不到我将作的歌吟,
虽则开篇曾是唱给这些灵魂;
欢聚的友人早已是四散飘零,
可叹最初的应和已无影无踪!
我的歌将要面对陌生的观众……(行17及以下)

在小的朋友圈子中传播和接受文学作品,直到18世纪还相当流行,作家可口头－直接传播,听众是一个熟悉的圈子,可直接对作品进行"应答"。这样的形式逐渐被在无名读者中的文字传播、面对陌生观众的公演所取代。献词中哀怨的诗句无疑是对这一深刻作用于作品的、充满危机的过渡阶段的反思。

早在移居魏玛之前,歌德就开始朗读作品,这一习惯一直保持到他去世前不久。他曾在1813年这样说过:

> 莎士比亚要通过活的语言表现出来,朗读是最好的流传方式,这与表演不同,听众不会因表演的好坏分散注意力。最美妙和最纯粹的享受,是闭上眼睛,听人用自然的声音朗读而非朗诵莎士比亚的戏剧。[这样]我们会不知不觉获得生活中的真理。①

当然对于《浮士德》的作者,朗读还不仅仅是一种传播方式,它同时可以检验行文是否合适,它可以要求、促进、塑造纸上文字所不能给予的"活的语言"。

---

① Johann Wolfgang Goethe, *Sämtliche Werke. Briefe, Tagebücher und Gespräche*, 19 Bde (in 40), Frankfurt/Main 1985 ff, S. 638f.

歌德日记显示,在1832年1月2日至29日间,老年歌德最后一次全文朗读了他禁止在生前出版的《浮士德》第二部,听众只有他自己的儿媳奥蒂莉。日记同时记录了本次朗读对修改音律所起的作用,如1月17日日记中写到"帮助修订了《浮士德》中的几处",1月18日日记中称"改写了几处"。虽然歌德生前做的最后这番修订是由"内容"决定的,但毕竟内容自带形式,形式永不脱离内容。①

歌德生前讲话一定是声情并茂,他的所有文字也便带有这样的特征,也就是说,在写下的文字中,一定包含活的语言(更何况有很多文字是他口授给书记员的)。因此可以说,在《浮士德》诗行表现出的不刻板的韵脚中、富有魔力的音韵和生动的旋律中,朗读者歌德的声音依稀可辨。

阅读剧

《浮士德》是舞台剧,是朗读剧,但同时也是一部阅读剧。这并非说要把《浮士德》当作阅读剧来接受,而是指它同时具有阅读剧的特殊品质,或曰只有通过这种传达形式和接受方式,才能感知到其深意。比如在高山一场中,紧随梅菲斯特关于地壳运动、高山形成的故事之后,是一处重要的对圣经的影射,给出了火成说所包含的政治-革命寓意,这是便戏剧表演所无法传达的。

因此,剧中有很多地方,只有通过阅读才能理解到其深意。再比如所有舞台技术都无法呈现终场中,炽天使神父如何把有福童子接纳到自身之中,好让这些不谙世事的童子,用他的眼睛观看山涧;或者对于浮士德的不朽、裹缚他的丝絮被解开、从苍穹的霓裳中,/走出最初的青春力量等等,人们都只能通过想象去感知。

当然并非诸如此类不能在舞台上呈现的个别场景,决定了《浮士德》同时是一部阅读剧,更重要的是,整部戏剧需要人们启动思考,"用

① Paralipomenon 1, siehe: Johann Wolfgang Goethe, *Faust*, hrsg. v. Albrecht Schöne, Text-Band, Berlin 2017, S. 576.

心”去领会。按照作者自己所讲明的意图，读者需要自己去补充完整，去“衔接上前后关联”；为理解整部作品，人们必须认识到前后的呼应，把作品当作一部“前后相互映照的整体”来读；同时还要加入读者自己的处事和人生经验，甚至需要读者“敢于超越自己”。①

也就是说，《浮士德》剧要求“接受者自身要有所贡献”。然而不间断的舞台演出、朗读时快速的语流，都无法给人留下足够的思考空间。只有缓慢阅读、不断驻足、前后翻阅、深入思考的读者，才可能发现作品更多的内涵。如果说舞台演出和朗读（作为对演出台词的一种实践性解释）需要选择性地，也就是局限性地对某些角色和场景、针对个别词句乃至整部正品，给出固定的意义取向，那么阅读则可增进对这部丰富而自由的作品的多意性的认识，因为终究是这种多意性赋予了作品以张力、广度和深度。

本版本的《浮士德》只能提供一个阅读本，注释也只能把它当作一个读本来对待，这样就难免会偏离完整的、完全的文本实践，不得不又是用文字来解释文字。如有某些地方会对舞台演出有所启发，那么希望这些地方会对导演、演员、舞台设计师或技术员有所帮助。但注释首先要唤醒的是读者自己对舞台的想象力。它们当启发读者，走出书本上的文字，开启想象力，去想象那个奇妙的自由的舞台。因为虽说《浮士德》是一部舞台剧、朗读剧、阅读剧，但它终究是为此一完全“不可想象”的舞台[读者想象力中的舞台]创作的。

“集体”创作

歌德自己曾说，“只有学习和借鉴外来财富才能产生伟大作品”，这并不局限于我们至此所探讨的艺术领域；如果人们认为，“若有朝一日文学从世上消失”，人们可以《浮士德》“重建”之，那么人们必须看到，这部文学大全并非只是产生于文学的文学。这种时髦的艺术领域的近亲繁殖并非歌德所求。以下表述说明了这一点。

---

① Leseanweisungen, siehe: Johann Wolfgang Goethe, *Faust*, hrsg. v. Albrecht Schöne, Text – Band, Berlin 2017, S. 815ff.

> 我做了什么呢？我不过是对我所见所闻的种种进行收集和加工罢了。我的作品是由成千上万不同的个体所哺育的，他们之中贤愚不齐，老少兼备。所有人都纷纷来到我面前，向我吐露他们的思想，展示他们的才干，呈现他们的存在方式，我所做的仅是常常伸手去收割旁人替我播种的庄稼而已。我的作品本是一种集体创作，不过是冠以歌德之名罢了。①（歌德致弗里德里克·索莱，1832 年 2 月 17 日）

这段谈话发生在歌德去世前不久，他刚刚在几周前完成了对《浮士德》第二部的最后修订，并且把誊抄稿封存起来。为照顾客人，谈话是用法语进行的。在歌德毕生作品中，没有哪部比《浮士德》更符合这段表述。

当时大家在圣母广场边歌德的家中谈论米拉波伯爵②，就是那位法国大革命初期的重要推动者，说他不过是天才地观察、收集和借鉴了他人的想法和理念，利用了已有的思想和思考并对之进行了大力宣传。时已 82 岁高龄的歌德发问道，米拉波自己又做了什么呢？他的工作归功于成百上千他人的生活方式、经验、观点和能力。他常常仅仅是收获了他人播下的种子。然后便是这句语出惊人的："我的作品本是一种集体创作，不过是冠以歌德的名字罢了。"

为歌德之创作做出贡献的，大多是一些无名英雄，他们的生活方式、思想方式、行为方式、讲话方式反映到歌德这位伟大的人类观察者、形象塑造者的作品中。希腊人和犹太人参与了创作——希腊神话和犹太圣经奠定了《浮士德》的基础；除世界各地和各个时代的文学家外，还有无数其他人（在狭义或广义上）"共同撰写"了这部集体创作，他们有神学家、哲学家、自然科学家，有政治家、法学家、经济学家、军事理论家，有工程师、技术员，有历史学家、语文学家、百科全书编纂者，有建筑

① 引文原文为法语，由张皓莹译出。

② ［译注］Mirabeau，1749—1791，法国革命家、作家、政治记者与外交官，是法国大革命时期著名的政治家和演说家。在法国大革命初期的国民议会中，他是温和派人士中最重要的人物之一，主张建立君主立宪制。

师、雕塑家；还有画家特别是素描画家，歌德或收藏有他们的原作或复制品，或通过他人描述得知他们的作品。很多作品都给予了他很大启发，为《浮士德》的语言和戏剧人物、动作、场景等提供了模式。

既然歌德认为这样的“集体”是作品的真正作者，那么本版则将在注释中，清楚注明作品中包含的大量此类细节，其目的是让读者更好理解剧作，而非罗列各种证明。因就《浮士德》对外来财富的学习借鉴来讲，很多地方并非拿来就用或淡化出处，也并非因化用而使出处显得无关紧要，而是保留了可以辨认其出处的形式。

《浮士德》的创作，其孵化期和成文史贯穿了歌德漫长的一生，其主人公因此吸纳了各个时期广泛的经验（以致年迈的浮士德称：世事于我已足够熟悉），读者于是也跟随主人公经历广阔的时空。近代文学中没有一部作品可以为读者提供如此丰富的内容。当然作品给读者开启的维度，要远多于它赋予剧中人物的。如在天堂序曲中，在众多后台人物中，首先登场的是不可见的约伯；在“尾声”一场中，浮士德的不朽是沿着教父奥涅金给出的复归说①之路，向更广阔的空间和时代走去。因此可以说，戏在开场前就已上演，在歌德标上“剧终”后仍未结束。

二

成文史和影响史

你们都来吧！——
它于是增涨得
更加雄壮：整个一族
高高地拥戴它这位君主！［……］
它就这样率领它的兄弟，

① 复归说（Wiederbringungslehre）：一种神学学说。该学说将历史解读为一种符合目的论的循环模式，认为在世界末日之后，受造物将从脱离造物主的堕落状态重归于与上帝和解的状态。

它的珍宝,它的赤子,
欢呼地投向等待着它们的
缔造者的怀抱里去。①
(歌德:穆罕默德之歌,1774 年版)

歌德在《穆罕默德之歌》中把先知穆罕默德比作一条大河,它一路上吸纳无数细流、小溪、支流,不断增涨,变得雄壮,然后它把所有这些“珍宝”都带向海洋:伟大循环中云的最初孕育者。同样,在《浮士德》中也汇聚了丰富的支流。而该诗中“等待着它们的缔造者”同时也是它们的接纳者,对于《浮士德》相应的是成文和影响史,因歌德在此吸纳、接受到其作品艺术形式中的一切,又随他重新回到“集体”。

还在歌德生前,就有作家试图对《浮士德》第一部进行续写,很快就出现了改编和续写,直到今天,各种改写、反写、重写、戏仿、讽刺都层出不穷。歌德生前同意把《浮士德》译为其他文字并积极关注过译文,今天《浮士德》已被翻译成近五十种文字,对整部作品的翻译超过二百种,对部分的翻译达四百多种。世界范围内对作品的借鉴和影射不胜枚举,更有不计其数的元素在很多作品中留下不易察觉的痕迹。

早在 1808 年,《浮士德》第一部出版时,出版商就(不顾作者反对)部分装订了奥西昂德②的铜版画插图,从此开辟了造型艺术家为《浮士德》的插图。不久后就出现了史蒂格利茨、瑙威尔克、莱驰、柯奈留斯、拉姆贝格③

---

① [译注]参考钱春绮译本,收于《歌德文集》第八卷,人民文学出版社,1999,页 62。个别地方有改动。

② [译注]Christian Friedrich Osiander, 1789—1839,德国书商和铜版蚀刻画家。

③ [译注]Christian Ludwig Stieglitz, 1756—1836,德国法学家,曾任莱比锡议员,乌尔岑修道院院长。Ludwig Nauwerck, 1772—1855,德国行政法学家、版画家和诗人。《浮士德》插图是他最有名的版画作品。Moritz Retzsch, 1779—1857,德国画家、铜版蚀刻画家。Peter von Cornelius, 1783—1867,德国画家,拿撒勒画派代表人物。Johann Heinrich Ramberg, 1763—1840,德国画家,经常为文学作品绘制插画,生前享有盛名。

等人的插图,歌德总体上来讲表示感兴趣,而插图也对早期演出的舞台和服装设计产生了一定影响。然而插图这种艺术形式很快就过时,成了浪漫时期的历史。在当时丰富的插图作品中格外醒目的,是德拉克洛瓦为1828年施塔普法尔的法译本所作的17幅石版画插图。歌德在看到两幅小样后,就称德拉克洛瓦狂躁、暴烈、粗犷的画风是“野蛮风格”,于是还在1827年,歌德就认为他“深陷《浮士德》之中,很可能画出一些别人无法想象的插图”。①

19世纪下半叶,插图大量涌现,但多流于模仿之作,其中唯有考尔巴赫的钢版画和施皮茨韦科的铅笔素描富有创造性且广为流传。② 至20世纪,《浮士德》进入现代艺术家视野,且他们不再仅关注“格雷琴”场景,而是同时把目光投到《浮士德》第二部。在对个别题材进行创作的一系列艺术家中,重要的有诺尔德、施莱默尔、库斌、马泽雷尔、派希施坦和鲍迈斯特;③创作系列作品的画家有克莱姆(1912年为《浮士德》第一部作10幅木版画),黑根巴尔特(1922年为《浮士德》第一部作6幅石版画;1959—1961为《浮士德》第一部作50幅、为《浮士德》第二部作67幅钢笔画),巴尔拉赫(1923年为瓦

① Goethes Werke, herausgegeben im Auftrage der Großherzogin Sophie von Sachsen. Abt. I – IV, 133 Bde (in 143), Weimar 1887 – 1919 (Fotomech. Nachdruck München 1987). – Zur Brief – Abt. IV: 3 Nachtragsbände München 1990. Hier: Abt. I, Bd. 41. 2, S. 233f.

② [译注]Wilhelm von Kaulbach,德国画家,以其历史题材壁画和大幅天顶画以及文学作品插图而闻名。Karl Spitzweg, 1808—1885,德国晚期浪漫派与比德迈耶时期的画家。

③ [译注]Emil Nolde, 1867—1956,德国表现主义代表画家,擅用水彩。Oskar Schlemmer, 1888—1943,德国画家、雕塑家、舞台布景师,曾在魏玛和德绍的包豪斯建筑学校担任教授。Alfred Kubin, 1877—1959,奥地利版画家、作家与插画家。Frans Masereel, 1889—1972,比利时画家,以黑白木刻作品闻名。Max Pechstein, 1881—1955,德国画家,德国表现主义画派代表人物,曾是艺术组织“桥社”成员。Willi Baumeister, 1889—1955,德国画家、景观设计师、艺术学教授、印刷工艺师,是现代派艺术代表人物。

尔普吉斯之夜一场作20幅木版画),施雷福格特(1925—1927年为《浮士德》第二部作510幅石版画和11幅铜版画),贝克曼(1943—1944年为《浮士德》第二部作143幅钢笔画),达利(1969—1970年为《浮士德》第一部作21幅干刻法铜版画),海泽希(1982年为《浮士德》第一部作44幅钢笔画)。① 对此详参相关文献。②

作家、画家、前文提到的作曲家、表演艺术家,都可谓得益于歌德吸纳而后又吐出的东西。如此得益的还有很多其他群体,比如神学家和哲学家,歌德从他们身上学习到很多东西,而后又为他们提供了很多可供思考的东西;比如语文学家和辞书编纂家(《德语字典》的编者格林兄弟,《歌德辞典》的编者);再如法学家和经济学家(见相关文本的注释部分)。

最后,还有很多无名者的观点、思想、行为方式、讲话方式汇聚到

---

① [译注]Walther Klemm, 1883—1957,德国画家,擅长版画与作品插画。Josef Hegenbarth, 1884—1962,德国画家,为许多文学作品创作过插图。Ernst Barlach, 1870—1938,德国雕塑家、作家和画家,其木雕与铜像作品最为著名,风格介于现实主义与表现主义之间。Max Slevogt, 1868—1932,德国印象派画家、舞台布景师,以风景画闻名。Max Beckmann, 1884—1950,德国画家、雕塑家、作家,其作品受印象派与象征主义的影响,常常刻画悲剧中的人物。Salvador Dalí, 1904—1989,著名的西班牙加泰罗尼亚画家,以其超现实主义作品闻名于世,他与毕加索和米罗一同被认为是西班牙20世纪最有代表性的三个画家。Bernhard Heisig, 1925—2011,德国画家,莱比锡画派成员,前东德最重要的代表性艺术家之一。

② 18—19世纪画家及作品参考:Reallexikon zur Deutschen Kunstgeschichte. Begonnen von Otto Schmitt, hg. v. Zentralinst. f. Kunstgesch. München. Redaktion Karl – August Wirth. Bd VII, München 1981, S. 848 – 866。20世纪画家及作品参考:Goethe in der Kunst des 20. Jahrhunderts. Weltliteratur und Bilderwelt. Ausstellung zum 150. Todestag von Johann Wolfgang Goethe. Katalog, hg. v. Detlev Lüders. Fr. Dt. Hochstift — Frankfurter Goethe – Museum, Frankfurt/Main 1982, S. 45 – 123。历代插画概览还可参考:Thomas Fusenig, Faust – Rezeption in der bildenden Kunst, in: Goethe – Handbuch Bd 2, Stuttgart und Weimar 1996, S. 514 – 521。

《浮士德》剧中，他们也同很多无名的读者和观众一样，在由接受和给予相互作用构成的成文史和影响史中，二百年来不断受到作品的影响。无论是博学还是简单、睿智还是贫乏，如上段谈话中所言，所有读者都在歌德感谢之列。接受者也共同组成一个集体。[*]《浮士德》的影响史（可惜本版无法全面再现）一直延续到今日，比如很多人喜欢引用其中的某些诗句，它们经由学校里通俗化的传授，进入大众俗语大全，或蜕化为陈词滥调，比如有人在聚会时会随口说出，我终于人之为人，自由自在，①却不知其出处不知其原意。

世界文学

> 故而我再说一遍：您待在我们这儿吧，不只这一冬，而是把魏玛选为您的居住地。从那儿，所有的大门和街道都通向世界各个角落。（1823 年 9 月 15 日，歌德对爱克曼）

通过歌德所言敞开的大门、在他所言双向行进的大街上，世界各地的访客、信件、报纸、杂志、赠画、赠书往来穿梭。歌德根本不曾提到德意志各邦国之间的界线，而是直接说，从魏玛“通向世界各个角落”！歌德在那些年里亲历了交通技术不断发展给人们的活动和“交流带来的便利”，然而对于歌德来讲，这并不仅仅局限在工商贸易领域，而是它必定会促进一场新的广泛的精神“交流”。

“在一个来自世界各地、形式各异的快寄往来穿梭的时代”，1826 年歌德写道：“每一个知进取之人的当务之急，是认识自己在本民族和在各民族中的位置”。② 他称：“民族 - 文学恐怕已经不够了，世界 - 文学的时代来到了，每个人都要做出贡献，让这个时代尽快到来。”（1827

---

① 《浮士德》第一部城门外一场中，“复活节散步”一段 940 行。

② Goethes Werke, herausgegeben im Auftrage der Großherzogin Sophie von Sachsen. Abt. I – IV, 133 Bde (in 143), Weimar 1887 – 1919 (Fotomech. Nachdruck München 1987). – Zur Brief – Abt. IV: 3 Nachtragsbände München 1990. Hier: Abt. I, Bd. 41. 2, S. 203.

年1月31日对爱克曼)

本序言的任务之一便是要表明,歌德自己的《浮士德》如何从一开始,就以吸纳和给予的姿态,为促进世界文学时代到来做出贡献的。歌德有一段话,仿佛恰好适用于《浮士德》这部不折不扣的超民族的“集体”之作——1808年歌德在计划编写一部诗歌读本时写道:

> 至于诗歌的外在形式,一种都不能少(正如在内容上费解的、平淡的、有趣的、枯燥的、言情的一种都不能少一样)。我们要在双行押韵体中看到最自然的形式,在十四行诗和三行诗节中看到最艺术的形式。
>
> 如果想到,很多民族,尤其是新兴民族,很少有绝对的原创性东西,那么德国人也不必羞于借鉴外来东西塑造自己的文化,尤其是文学中的形式和内容。事实上,很多外来财富已经变成我们自己的东西。纯粹自己本身的将变为学习和借鉴到的,它们要通过翻译或更为内在的处理方式去吸取,变为我们自己的。人们要特别指出那是其他民族的成就,因为(诗歌读本)也是为孩子们设计的,面对孩子,要尽早让他们注意到其他民族的成就。①

正是在1827—1830年之间,也就是歌德开足马力完成《浮士德》第二部的阶段,他的各种谈话、信件和发表物,无一不斩钉截铁、纲领性地倡导发展“盼望已久的普遍的世界文学”。② 这并非指某个“世界级别文学经典”的汇编,而是指欧洲乃至世界范围内相互吸收和给予的“交换”。对此《浮士德》当然是一个很好的范例。歌德所希冀的各国族的

---

① Johann Wolfgang Goethe, *Sämtliche Werke. Briefe, Tagebücher und Gespräche*, Vierzig Bände, Frankfurt/Main 1985ff. Hier: Abt. I, Bd. 19, S. 400.

② Goethes Werke, herausgegeben im Auftrage der Großherzogin Sophie von Sachsen. Abt. I – IV, 133 Bde (in 143), Weimar 1887 – 1919 (Fotomech. Nachdruck München 1987). – Zur Brief – Abt. IV: 3 Nachtragsbände München 1990. Hier: Abt. I, Bd. 41. 2, S. 348.

"伟大际会"①也并非某种文化上的整齐划一,比如切断乡土根基、拉平地区和国族间的差异、消除蕴于母语中的祖国的个性。相反,他十分现实而有远见地认为:"各国族不应思想一致,而应相互意识到对方的存在并且相互理解,倘若它们之间不能做到相互爱戴,至少也要相互容忍。"②

歌德提出的"欧洲文学乃至普遍的世界文学"设想,③与当时后拿破仑时代的普遍意识以及他自己的坚决的爱国主义倾向密切相关。然而时过境迁,这些设想多年后获得了新的迫切的意义,以下不妨举一例说明:

> 很显然,自古以来,各国族最好的文学家、追求审美的作家,无一不致力于普遍人性的东西。就每一具体情况而言,无论那作品是历史的、神话的、虚构的,还是或多或少任意的,人们都会透过民族性和个体性,看到普遍的东西暴露出来。[*]只有当人们让每一个个人和每一个民族的特殊性安于现状,只有当人们坚守一个信念,即真正的成就是因为它属于整个人类,真正意义上普遍的宽容才一定能够实现。
>
> 很久以来,德国人都在为这样的交流和相互承认做出贡献。谁若理解和研习德语语言,谁就如置身一个市场,在那里,各民族都在提供自己的货品;谁就如担任一个翻译的角色,且与此同时不断丰富自己。每一个翻译都要努力做这一普遍-精神贸易的中间人,致力于促进交换。因为尽管有人说翻译工作总会有缺憾,它也

① 1827年1月27日歌德写给施特莱克夫斯(Streckfuβ)。后者是一位德国作家、翻译家和法学家。

② Goethes Werke, herausgegeben im Auftrage der Großherzogin Sophie von Sachsen. Abt. I – IV, 133 Bde (in 143), Weimar 1887 – 1919 (Fotomech. Nachdruck München 1987). – Zur Brief – Abt. IV: 3 Nachtragsbände München 1990. Hier: Abt. I, Bd. 41. 2, S. 348.

③ Ebd. Hier: Abt. II, Bd. 13, S. 449. 时值1828年柏林自然科学家大会。

是而且永远是普遍世界交通中一项最重要和最有价值的工作。①

民族主义和意识形态化解读:自强不息,“浮士德精神”

1832年3月17日[22日歌德去世],歌德回信给威廉·洪堡,拒绝他的请求,在生前出版《浮士德》第二部。“混乱的学说引发混乱的行为,统治着世界。”歌德在信中说道。歌德死后形成的、很长时间里占统治地位的对《浮士德》的理解(大多以学术著作为代表,在大学和中学课程中固定下来,通过喜闻乐见的文章、报纸和讲座传播开来),几乎完全无视作品中“其他国族的功劳”,忽视通过作品并与之一道完成的跨国界的“普遍-精神贸易”“交换”,且违背歌德实现“欧洲乃至普遍世界文学”的愿望,与他所作的各项努力背道而驰——把《浮士德》宣扬为一部带有沙文主义色彩的民族文学。

还在《浮士德·片段》1790年出版后,谢林在他1802—1803年的耶拿大课中,称浮士德博士为“我们的神话的主角”,并且,“至于其他人物我们可与其他民族分享,而这个人物我们则要完全占为己有,因为他是从德意志性格、从其基本面相中刻出来的”。②

事实上,如此独家占有的要求并非因为《浮士德》是用德语写就的。当时在德国以外的地区,有很多有教养的读者可读懂德语,而且仰赖日益发达的翻译,对于“普遍的世界交流”,德语也不再是长久不可逾越的界线。即便情节发生的场景地也不是问题。在众多场景中,不过仅有莱比锡的奥尔巴赫酒窖,瓦尔普吉斯之夜中哈尔茨山的布罗肯

---

① Goethes Werke, herausgegeben im Auftrage der Großherzogin Sophie von Sachsen. Abt. I - IV, 133 Bde (in 143), Weimar 1887 - 1919 (Fotomech. Nachdruck München 1987). - Zur Brief - Abt. IV: 3 Nachtragsbände München 1990. Hier: Abt. I, Bd. 41. 2, S. 305ff.

② Friedrich Wilhelm Joseph Schelling, *Philosophie der Kunst* (Vorlesungen, zuerst gehalten 1802/03 in Jena, aus dem Nachlaß veröffentlicht 1859), in: Schellings Werke, hg. v. Manfred Schröter, Bd. 3, München 1927, S. 458.

峰，明显是德国的地点，然而此类大学生酒馆或女巫出没之地，在欧洲并非只此一家。至于大学、书斋、实验室，再至于近代早期的城市、大教堂、雄伟的官府和宫殿、海边围海造陆工程，再至于与场景相关的社会、文化、政治格局或行为方式，在欧洲则更是比比皆是。

人们把《浮士德》当作我们民族文学的主要作品，进而把它当作表现德意志性的奠基之作，驱动这一切的杠杆的支点，在于悲剧的核心人物，也就是所谓的"从德意志性格中"刻出来的那位。《歌德的〈浮士德〉作为世俗的〈圣经〉》，1894 年拉诺尔①如是命名自己的专著。由这样的视角观之，浮士德这一怪异的形象被理解为一位榜样 - 典范式人物，而这位毫无耐心、永远躁动、毫无节制、永远不满的自我中心者的形象，则被美化为民族神话。②

19 世纪下半叶，伴随德国在军事上打败法国取得胜利，俾斯麦在1870—1871 年促成德意志帝国统一，同时伴随帝国成立后德国在技术、工业、经济方面的突飞猛进，威廉时代帝国主义的形成，浮士德一跃成为奋发向上的德国的偶像式、提供身份认同的人物。人们把浮士德当作渴望认识世界内在关联的思想者和研究者的典型；当作因崇尚古希腊而变成了贵族的骑士，通过与海伦神话般的婚配和对伯罗奔尼撒

---

① Hugo Lahnor, *Goethes Faust als weltliche Bibel betrachtet*, Wolfenbüttel 1894.

② 关于《浮士德》的意识形态化解读，主要参见：Hans Schwerte（recte：Hans Ernst Schneider），*Faust und das Faustische. Ein Kapitel deutscher Ideologie*, Stuttgart 1962. André Dabezies, Visages de Faust au XXe siècle. Littérature, idéologie et mythe, Paris 1967。接受史（资料汇编）参考：Karl Robert Mandelkow（Hg.），Goethe im Urteil seiner Kritiker. Dokumente zur Wirkungsgeschichte Goethes in Deutschland（1773 - 1982），Teil I - IV, München 1975 - 1984。接受史（相关解读）参考：Karl Robert Mandelkow, Goethe in Deutschland. Rezeptionsgeschichte eines Klassikers, 2 Bde. Bd I：München 1980, Bd II：ebd. 1989. Peter Michelsen, Faust und die Deutschen（mit besonderem Hinblick auf Thomas Manns 'Doktor Faustus'），in：Faust through Four Centuries. Retrospect and Analysis = Vierhundert Jahre Faust, ed. by Peter Boerner and Sidney Johnson, Tübingen 1989, S. 229 - 247。

帝国主义式的占领,把古希腊德国化了;当作帝国成立时期的巨人,企业-工程师,试图约束和降服自然,从大海赢得新土地,为千百万人开启生存空间,就这样,人们把浮士德抬升至一个民族的榜样,一个向着最高存在永远奋斗的民族的榜样,换言之:浮士德成为德意志本质和德意志使命感的化身。

本版的注释将充分展示,诸如此类的想象如何与歌德的作品相去甚远,它们如何片面地理解作品,从"以认识为导向的兴趣"出发误解作品,甚至有意曲解作品。人们援引天使为永不满足的进取者的辩护(行11936),而忽视天堂序曲中天主的诫语:伴随进取者的是偏离正途(行317)。人们也不顾歌德如何在其他地方对把进取神圣化的做法表现出的忧虑:"无条件的行动,无论采取什么形式,都注定让人一败涂地。"①另一处:"在这个有限的世界中去无条件地进取,没有什么比这个更可悲的;这在1830年显得更不合时宜。"②再一处:"正是那种无边际的进取,把我们驱逐出人类社会,驱逐出世界;那种无条件的激情,使得人们在遇到不可逾越的障碍时,只能在绝望中寻找满足,在死亡中得到安宁。"③

根据爱克曼1827年5月6日的谈话记录,歌德说道:"一个从迷茫中不断向着更好方向进取的人值得去救赎。"当然这句话还有下文:"这虽然是一个时时起作用、可以解释某些场景的好的想法,但它并非整个场景,尤其不是每一个场景的基本理念。"尽管如此,人们仍然根据这一表述,广泛地把《浮士德》解释为一部"向着完善发展"的作品,把整部剧解释为一部向着值得救赎去努力的修炼剧。

---

① Johann Wolfgang Goethe, *Sämtliche Werke. Briefe*, *Tagebücher und Gespräche*, Vierzig Bände, Frankfurt/Main 1985ff. Hier: Abt. I, Bd. 13, S. 40.

② Ebd., S. 83.

③ Goethes Werke, herausgegeben im Auftrage der Großherzogin Sophie von Sachsen. Abt. I - IV, 133 Bde (in 143), Weimar 1887 - 1919 (Fotomech. Nachdruck München 1987). - Zur Brief - Abt. IV: 3 Nachtragsbände München 1990. Hier: Abt. I, Bd. 41. 2, S. 7.

为此,但凡有可能,人们都会把浮士德的罪推诿到梅菲斯特身上。这样,梅菲斯特的角色就发生逆转。他原本是帮助浮士德实现自身愿望的帮手、帮助他上演"人生大戏的导演";他原本充当着浮士德的帮手、侍从和奴仆(行 1646 及以下),扮演着浮士德的"孪生兄弟",亦即浮士德身上固有的合二为一的双重自然(行 11962)中的一重,换言之,梅菲斯特本就是浮士德天性中固有的品质,它在戏剧中被投射到梅菲斯特这个角色身上,成为一个独立的角色。而在上述通常的解释中,他被翻转为浮士德的对手、败坏浮士德的魔鬼,是他把主人原本并无恶意的意图、原本出于疏忽的命令,转化为恶的犯罪行为。

还有一类解释,同样出于为民族政治服务的目的,对浮士德进行了工具化处理。这种解释承认浮士德进取中的迷茫,也承认他的过失和罪过,然而却把这一切解释为对"悲剧性"之伟大的证明:错误和迷茫是伴随客观的、人道的进步出现的现象,是不可避免的,历史进程赋予了其正当性,无论是凶手还是牺牲者,都不得不接受这些代价。

此类想象包含在那个广泛流传的、流光溢彩的所谓"浮士德精神"概念中,而这一概念则完全脱离了歌德的作品本身,成为独立的意识形态化的公式。1900 年前后,出现一系列充满激情的口号式的书名:《浮士德式的人》《浮士德精神》《浮士德式信仰》《浮士德的天性》《浮士德的千年》等等。① 伴随这些著作,德意志使命感远播到近代的欧洲各处——当然是以一种完全不同于歌德所设想的方式:如前文所述,歌德曾设想,从魏玛条条街道通向"世界的各个角落"。

与对外宣传相应,在德国内部出现了"举办歌德年的号召"。这一

---

① Karl Justus Obenauer, *Der faustische Mensch*, Jena 1922. Constantin Brunner, Faustischer Geist und Untergang des Abendlandes – Eine Warnung für Christ und Jud, in: *Jüdisch – liberale Zeitung*, Januar 1929; wieder in: C. Brunner, *Vom Geist und von der Torheit*, Hamburg 1971, S. 153 – 163. Hermann August Korff, *Faustischer Glaube. Versuch über das Problem humaner Lebenshaltung*, Leipzig 1938. Oskar Walzel: *Goethe und das Problem der faustischen Natur*, Berlin 1908. Bernhard Kummer, Anfang und Ende des faustischen Jahrtausends, Leipzig 1934.

号召于1932年3月16日出现在各大德国日报，由帝国总统冯·兴登堡、帝国总理布吕宁博士签署，参加签名的还有一系列知名人士，包括霍普特曼、胡赫、托马斯·曼等等。① 号召中写道：

> 歌德在毫无希望的低迷时代，为自己的人民指出了一条重生的道路。作为一位文学家的遗愿，他在最伟大的作品中展示了一幅自由土地上自由人民的愿景。他是一位高瞻远瞩的文学家，他把建立新秩序的使命理解为以相互帮助和行动的爱为内容的自然法。②

然而无论哪个年代，所有这些做法都曾引起反对的声音。其中最富批判性的反对声音，出现在1933年波莫以《非浮士德精神的浮士德》为标题的檄文中。檄文旗帜鲜明地反对那些“至善论者”［认为浮士德不断追求完善］，称歌德的《浮士德》为一部“衰落史”，浮士德“从头到尾都是一位无可救药者”，扮演着一位蹚在“越来越深的血”里的“狂徒”。③

而另一方面，老旧的“德意志民族式”解读在种种框架下经久不衰，仿佛嵌在它们深处，表面上波澜不惊。很显然，这符合某种普遍的、深入且陈腐的想象。比如鲍伊特勒1980年还在说，“恰好在今天”，《浮士德》不仅就德语语言来讲是“最伟大的文学成就”，而且也是“以文学形式表现的德意志精神的最伟大的自我启示”。④（在此，《浮士

---

① ［译注］Gerhart Hauptmann, 1862—1946，德国剧作家和诗人，自然主义文学在德国的重要代表，1912年获诺贝尔文学奖。Ricarda Huch, 1864—1947，德国女作家、诗人、哲学家和历史学家，1933年纳粹上台后，愤然退出普鲁士艺术科学院。Thomas Mann, 1875—1955，德国著名作家，1929年诺贝尔文学奖获得者。

② Karl Robert Mandelkow（Hg.），*Goethe im Urteil seiner Kritiker. Dokumente zur Wirkungsgeschichte Goethes in Deutschland*（1773－1982），Teil I－IV，München 1975－1984. Hier：Teil IV，S. 106f.

③ Wilhelm Böhm，*Faust der Nichtfaustische*，Halle 1933，S. 26，22，66

④ Ernst Beutler，*Essays um Goethe*（zuerst 1941）. 7.，vermehrte Aufl.，hg. v. Christian Beutler，Zürich und München 1980，S. 560.

德》作品与浮士德人物被混为一谈，这样就必然推导出一种与文本相去甚远的－不断追求完善的论述模式："浮士德若要逾越梅菲斯特魔鬼的世界，他就必须像走失的灵魂要经过炼狱之火一样，［在海伦一幕］经过美的炼狱。"①)

即便政治苗头出现了彻底转向，威廉时代留下的解读模式，其基本特征仍旧挥之不去：从帝国时代爱国主义的长篇空论、一战的战地读物（1915 年出版的《浮士德》第一部，排在《德意志战地图书》第一卷），到对德意志英雄［浮士德］的纳粹化改写（1933 年《穿棕色外衣的浮士德》），再到受政党左右的正统－社会主义解读，后者在几十年间决定了民主德国对《浮士德》意识形态化的解读，且在联邦德国和自由的西方学界赢得不少同道。②

在民主德国，在辩证唯物主义背景下，布洛赫尚称浮士德是一位"越界者"［从西德到东德］，是"乌托邦式的人的最高范例"。③ 而党的战略家们则视浮士德为民族的榜样，进而将其"客观地置于当时阶级斗争的前线"。④ 浮士德临终独白中所言自由的土地和自由的人民（行 11580），一跃成为历史对德意志土地上第一个"工农国家"所预言的

---

① Johann Wolfgang von Goethe, *Gedenkausgabe der Werke*, *Briefe und Gespräche*, Bd 5: Die Faustdichtungen, hg. v. Ernst Beutler, Zürich 1950 (Unveränderter Nachdruck Zürich und München 1977), S, 738.

② 参 Paul Michael Lützeler, *Goethes Faust und der Sozialismus. Zur Rezeption des klassischen Erbes in der DDR*, in: Basis. Jb. f. dt. Gegenwartslit. 5 (1975), S. 31 –54. Klaus F. Gille, „*Wer immer strebend sich bemüht...* "—*Überlegungen zur Faustrezeption*, in: Neophil. 68 (1984), S. 105 –120. Deborah Vietor – Engländer, *Faust in der DDR*, Frankfurt/Main und Bern 1987. Karl Robert Mandelkow, *Goethe in Deutschland. Rezeptionsgeschichte eines Klassikers*, Bd II: München 1989, S. 206ff. 。

③ Ernst Bloch, Das Prinzip Hoffnung, in: ders. , *Gesamtausgabe der Werke*, Bd 5, Frankfurt/Main 1959. 对 1188 行及以下的解释。

④ Walter Dietze, Nachwort zu: *Johann Wolfgang Goethe*, *Faust*, *Berlin und Weimar*1986 (= Bibliothek der Weltliteratur, zuerst 1971), S. 638.

愿景。1962年,前民主德国主席乌尔里希发表题为“致德意志民族”的演讲,提出上述说法,从而把这种社会主义－民族的解读固定下来。总之,《浮士德》这部地道的悲剧,形象演绎了一部作品是如何被某种说教占为己有的。这种说教宣称,现实存在的社会主义是这部德意志民族文学代表作的唯一合法继承者,是它实现和完成了作者蕴于作品中的意志。

小　结

一切都已过去。无论给歌德的作品上了什么颜色,无论是黑－白－红,①还是棕或红,都已褪去。《浮士德》成为背负着共同历史负担的德意志各邦的遗产,成为它们共同的财富。它的任务是把诸继承者们更好地联合在一起,而不是把它们再度分开。1827年,歌德警醒地对德国人说道:

> 倘若公民们不懂得相互共处,那各民族为何要统一?[……]正如一个民族的军事－物质力量从内在的一体中发展出来,道德－审美的力量也会从类似的一致性中日渐显露。只有日久天长才会看到成效。②

幸运的是,如此这般财富不会贬值,它只会升值,如果各国人民可以共同分享,如果各国可以以自己的方式学习和借鉴。《浮士德》是“德国作家赠予世界的礼物”,同样也是世界反赠给德国的礼物;它是来自世界各地的财富汇聚到以我们的语言写就的作品,它同样也从魏玛走向“世界各个角落”;它教导我们,凭借接受和给予,“文学就是一

① 黑－红－白是德意志第二帝国国旗的颜色。

② Goethes Werke, herausgegeben im Auftrage der Großherzogin Sophie von Sachsen. Abt. I – IV, 133 Bde (in 143), Weimar 1887 – 1919 (Foto-mech. Nachdruck München 1987). – Zur Brief – Abt. IV: 3 Nachtragsbände München 1990. Hier: Abt. I, Bd. 41. 2, S. 226.

个世界和各民族的馈赠”①——对于所有这一切,人们无需此时给《浮士德》贴上一个质检合格的标签,它由内而外就是这样一部作品。

三

> 还只需一个月安静的时间,作品就会如巨大的一丛蘑菇,从地里冒出来,让人人为之惊讶和震惊。(1797 年 7 月 1 日,致席勒)

1797 年夏,歌德重拾《浮士德》的创作计划,试图把多年积累的“一大堆想法或创作了一半的东西”统合起来。这时他的顾问朋友席勒来信说:“我很难找到一副诗性的手环,把这样喷薄的材料聚拢到一起。您自己一定知道该如何自救。”②上面引文便显示出歌德是如何自救的。引文所写,并非对一部已完成作品之结构的总结和形象描述,而是预示出具体的创作计划。

然而作者所需时间却远远超过“安静的一个月”。歌德又用了差不多十年时间才完成《浮士德》第一部,完成第二部则用了三十多年。若论最后成稿的结构,那么用“巨大的一丛蘑菇”来形容,倒是十分形象和贴切:一方面是密集地长在一起的同种属的东西,“仿佛相互映照的形象”,③在地上各具形态,(而只有)在地下,通过菌丝之间的联系,却是一个相互关联的图景。

放弃三一律

在漫长的成文过程中,善于学习和借鉴的作者不断把一切纳入作

---

① Dichtung und Wahrheit 10. Buch. siehe: Johann Wolfgang Goethe, *Sämtliche Werke. Briefe*, *Tagebücher und Gespräche*, Vierzig Bände, Frankfurt/Main 1985ff. Hier: Abt. I, Bd. 14, S. 445.

② 6 月 26 日席勒致歌德。

③ 1827 年 9 月 27 日,歌德致依肯(Carl Jakob Iken,1789—1841)。后者是德国现代希腊语语文学奠基人之一。

品中,使得《浮士德》的内在机理和外在形式不断丰富,最终冲破了传统的-亚里士多德式的三一律框架以及“封闭的”戏剧结构。

仔细观之会发现,《浮士德》第一部就已冲破了通常的戏剧构造。而在第二部中,散漫的现象就更加明显。戏剧场景和演出背景会经常性突然间发生变化,其多样性和广远程度,打破了“地点的统一”。同时,戏剧涵盖了漫长的时间段,而且常常并非在(想象)的时间顺序上移动,或者干脆脱离线性时间,进入魔幻世界,这样也就打破了“时间的统一”。亚里士多德《诗学》1449b 谈到(之后上升为一条规则),悲剧要努力做到,“尽量控制在一昼夜之内,或稍稍有所逾越”,而歌德则称,仅海伦一幕就“横跨了从特洛伊陷落到(1824 年)夺取迈索隆吉翁的三千年历史”,①然后又大胆宣称:“这或许也可算作时间统一,只是在更高级的意义上。”(1826 年 10 月 22 日致威廉·洪堡)②

同样,《浮士德》也放弃了“情节的统一”,而且是以一种更为陌生化的方式;或者说,它几乎是以一种让读者忍无可忍的方式,忽略了情节的统一。它省略了对于情节发展至关重要的、原本需要上演的过程,把它们移到“后台”。(这不仅限于第二部,第一部也如此。)对于某些段落,它只是草草地“讲述”一下,剩下的部分要靠观众的想象力、演员的即兴表演能力补充完整。作者似乎无意给事件一个符合逻辑的论证,而是把情节之间的关联分解成一个个断片、一系列图像、一个个场景。(这种情况不仅出现在未完成的《浮士德·早期稿》中。)

还在《浮士德》第一部截稿前十年,歌德就已为《浮士德》这部“叙事”诗剧制定了计划,认为两部都应“自成一体”,这让他眼前浮现出那幅“巨大的蘑菇丛”。这样一来,“人物的统一”也势必被打破。早在

---

① 迈索隆吉翁:希腊中南部城市,1820 年代,希腊开展了反抗土耳其的解放战争,1824 年,支援希腊的英国诗人拜伦因病在此城去世(海伦幕中的欧福里翁影射拜伦)。

② Johann Wolfgang Goethe, *Sämtliche Werke. Briefe, Tagebücher und Gespräche*, 37 Bde (in 40), Frankfurt/Main 1985 ff.

《浮士德》第一部中人们就发现,“主人公”的性格已缺少连贯性,而对于《浮士德》第二部,人们已经很难说,主人公具有人格上的同一性。

一般情况下,人们应要求一部作品具有某种连贯的统合性的“理念”(如席勒所言,有某个统合作品的“诗性的手环”)。对此,作者本人表示:

> 我如何能把我通过《浮士德》所展示的丰富多彩、林林总总的人生,贯穿到唯一一根理念的单薄细线上!①

前后不匀质

令《浮士德》内外冲破传统戏剧三一律的一个原因,当然是它“对外来财富的学习和借鉴”;另一个重要原因在于它特殊的创作过程。在《浮士德》创作过程中,常常是长时间的停顿期与喷薄的创作期交替出现,②而且创作过程贯穿歌德一生。这就不但使《浮士德》内容异常丰富,而且留下很多不可弥合的不匀质的痕迹。

作者的手稿不断修改,写作计划不断推延,创作方案摇摆不定。“蘑菇丛”中不同的部分,也并非如其在舞台上所呈现的样子,依次长出,而是与今天所呈现的顺序不同,有着另一番成文顺序。因此,在这样一个“经过漫长的、几乎不可概览的岁月的塑造和修改成形的”③文本中,一定存在形式不一、内容抵牾的情况,对断裂、裂痕和中断之处所进行的急就章式遮掩或衔接随处可见。

此类“不统一性”不仅涉及《浮士德》悲剧两部分之间的衔接,而且在每部内部也明显可见。建立在手稿,尤其建立在补遗之上(本版的文本卷给出了更为详尽和修订过的补遗)的成文史研究,同样认为,这

---

① Leseanweisungen, siehe: Johann Wolfgang Goethe, *Faust*, hrsg. v. Albrecht Schöne, Text - Band, Berlin 2017, S. 819.

② *Zeugnisse zur Entstehungsgeschichte*, siehe: ebd. , S. 755 - 814.

③ 1827年5月24日,歌德致艾森贝克(Nees von Esenbeck, 1776—1858)。后者是德国医生、博物学家、作家和议员。

是成文过程留下的令人遗憾的结果。只是人们并不能确定，其中有多少地方不是作者有意为之的。

针对作品是否匀质的问题，学者中形成不同派别。“断片派”把《浮士德》视为一个自身充满矛盾、随意把很多部分组合在一起的混合物，他们引歌德自己的表述为证：

> 若要写一部就把它分成几出！/一个杂货铺；[……] 和盘托出一个整体又何苦来，观众们终究各取所爱。（行99）

这是《浮士德》舞台序幕中，剧团领导对剧作家的劝告，歌德或许不无反讽地指涉自己接下来的剧作。

对于此类人们后来发现的“不足”，歌德并没有视而不见，他承认问题的存在，并认可他人视之为作品的特征之一。然而，他在1806年与卢登谈话中所作的严肃的－自我辩护式表述，仍值得深思：

> 您此番言论，恕在下不能苟同。在文学中没有矛盾。矛盾只存在于现实的世界中，而非文学的世界中。作家所创作的，人们需得如其所是照单接受。①

作品中的缺憾并不都是或不一定是“艺术瑕疵”；矛盾之处可以是增加作品内部紧张的元素，可为作品提供多重解释的可能性；断裂或裂痕可能造成建筑物倒塌，但不会影响一部文学作品，它们可能是“跳跃或省略”。② 凡此种种，对于今天浸润在现代文学中的读者来说，接受起来不成问题，但对于19世纪的读者却不尽然。除上文提到的“片段

---

① Goethes Gespräche. Auf Grund der Ausgabe und des Nachlasses von Flodoard Frhrn. von Biedermann hg. v. Wolfgang Herwig, 5 Bde (in 6), Stuttgart und Zürich 1965 – 1987. Hier: Bd. 2, Nr 2264, S. 106.

② Johann Gottfried Herder, *Sämtliche Werke*, 33 Bde, hg. v. Bernhard Suphan, Berlin 1877 – 1913 (Fotomech. Nachdruck Hildesheim 1967 – 1968). Hier: Bd. 5, S. 196f.

派”,语文学家中还有一个所谓的“一体派”,试图证明,《浮士德》中所有各部分均可以统合为一个整体。两派各不相让,争执了近一个半世纪。这表明,人们需要多少时间,才能最终接受作品所做的大胆尝试,才最终认识到打破形式的力量同时也是塑造形式的力量。[*]

1831 年底,歌德对洪堡说,他已把第二部的誊抄稿封存起来,以免自己“忍不住再四处改动”①——这似乎也不符合人们对精益求精的想象。对于基本诗学纲领,歌德曾就其小说《威廉·迈斯特的漫游时代》做过一段非常现代的表述,用在《浮士德》上也颇为恰当:

> 这样一部小说和人生一样,综合整体看来,其中包含必然的和偶然的、事先规定好的和后来加入的因素,一时成功,一时挫败,由此小说和人生均获得某种无限性,可理解的、理性的语言不可能完全把握或囊括这种无限性。②

曾几何时,人们并不愿接受这样的观点,而是试图赋予这一奇异作品的“蘑菇丛”以古典主义的“统一”——因为人们宁愿认为这样一部完整的作品,一定每一部分都是完善的。把《浮士德》想象为民族文学的核心作品、德意志民族性的奠基性著作,显然是这种认识,对把受价值偏见左右的解释和注疏固定下来,产生了实质性影响。[*]被赋予《浮士德》的民族意识形态,无论是坦诚的还是下意识为之的,即便在后威廉时代出现了各种变形,也在很长时间里,妨碍了对作品的恰当理解。

戏剧结构:丑角贯穿,相互影射

关于《浮士德》的戏剧结构,歌德有过文体理论方面的思考,他在一次与席勒谈论叙事和戏剧作品的基本原则时,曾富有启发性地表达了自己的观点。当时歌德谈到荷马史诗,认为它们是“逐渐形成的,无

---

① Ebd. S. 809.

② 1829 年 11 月 23 日歌德致罗赫利茨(Friedrich Rochlitz, 1769—1842)。后者是德国短篇小说家、剧作家和作曲家。

法把它们统合为完整和完善的统一体(尽管两部或许是更加完善的有机体)”(1797 年4 月28 日)。这段表述十分适用于《浮士德》。它没有满足传统的亚里士多德式的规则,也没有满足古典主义的整齐划一的要求,成为“完整和完善的统一体”,然而却是一个“更加完善的有机体”,只是人们不仔细考察便认识不到。本版在以下注释中会予以充分说明,在此仅做几点提示。

倘有愚人贯穿全场,
这剧就算联系紧密。

歌德曾有一次为流动剧团演出改写了舞台序幕的台词,这是改写后一句丑角的台词。① 这显然在指涉梅菲斯特,尽管梅菲斯特在几场中仅作为后台人物隐现,或者只有在皇帝的行宫一场中他才扮演了真正意义上的愚人[宫廷弄臣],但梅菲斯特在《浮士德》中所担任的角色,从始至终相当于流动[喜]剧团中大多是领班自己所担任的角色,他们作为滑稽的丑角出场,凭借这一角色同时领演、提词和对观众打诨,以此来整合整场演出。

此外,戏剧人物重复出现也对戏剧起到整合作用。鉴于歌德善于“变形游戏”,《浮士德》中重复出现的人物也常以某种“变形”的形象出现。如第一部的入学新生,在第二部再次出现时已成为一名学士,称“我面貌一新出现在这里”(行 6726)。《浮士德》两部中重复出现的还有瓦格纳(助手变教授),格雷琴(变为山涧场中的赎罪女),梅菲斯特(在古典的瓦尔普吉斯之夜一场中变形为福基亚斯等等),当然还有主角浮士德。

对于文学创作手段来讲,更具有独特性、更富启发意义的,是《浮士德》通过在完全不同人物间所作的大量对照、呼应、对比,加强了剧作的内部关联,比如在浮士德与新生/学士、浮士德与荷蒙库勒斯[人

① Paralipomenon 3, siehe: Johann Wolfgang Goethe, Faust, hrsg. v. Albrecht Schöne, Text - Band, Berlin 2017, S. 575.

造人]、驾车少年与欧福里翁、伽拉泰亚与荣光圣母之间所做的对照和呼应。当然在《浮士德》这部庞然大物中(有近90组人物、合唱团或人群,230种角色①),还有很多不甚明显、涉及范围不甚宽广的角色之间的呼应。如此这般的相互关联,构成一个相互编织在一起的网格状背景,把种种大相径庭、情节上相隔甚远的人物联系在一起,把几乎各自独立、自成一体的两大部分、松散的"不统一的"构造联系在一起。

在1827年9月27日致依肯的信中,歌德就《浮士德》的结构问题做了最富启发性的表述:

> 我们的某些经验,有时很难表达完整或直接说出,故而很久以来(!),我就选择了一种方式,通过相互对立或相互影射的人物,向比较用心的读者,启示更为隐秘的意义。

这里所谓的赋予意义的方式(相互影射的人物相互规定、相互揭示、相互赋予意义),同时是《浮士德》中赋予形式和结构的元素,或者说实际上把各部分联系起来的方式。

不仅在戏剧人物之间,在戏剧的其他构造中也存在类似的影射关系。某些场景、布局、情节发展、基本事件不断重复(如女巫厄里茜托描述法萨卢战场上不断重复发生的战争:年年岁岁往复不断!岁岁年年直到永远……[行7012-7013];或如梅菲斯特所言:故技此刻又要重演,那故事就叫拿伯的葡萄园。[行11286-11287])。还有整场之间的相互影射(比如两场瓦尔普吉斯之夜,一场发生在哈尔茨山,一场发生在"古希腊"土地上,或者爱琴海湾的爱的欢宴和山涧场)。即便舞蹈人物设计也存在影射关系(比如花园一场中,浮士德与梅菲斯特分别与格雷琴和玛尔塔,或瓦尔普吉斯之夜中年轻貌美的裸体女巫与

① Paula M. Kittel, Der Wortschatz der Bühnenprosa in Goethes Faust <meint: Bühnenanweisungen, Szenentitel, Bezeichnung der dramat. Figuren in beiden Teilen>, zweite Aufl., besorgt von Norbert Fuerst (zuerst 1944), Madison 1946, S. 24ff.

粗野的老女巫等等)。

最后还有不计其数微观形式上的关联,对文本起到整合作用。比如某些基本思想和概念,比喻、象征或“主导动机”,加以微调后不断重复出现的语词、讲话方式、程式化表达方式等等,都把相隔或近或远、甚至前后两部的相关部分联系起来(如格雷琴在第一部对痛苦圣母的祈祷,与在第二部终场对荣光圣母的祈祷,都用到“求你俯下……”)。上述简单的几例表明,所有重复均并非简单的重复,而是含有变化、对比、类比-反题等等,属于歌德式的用“两极化和提升”构成的“驱动轮”,①“通过相互影射的人物”展示“更为隐秘的意义”。

事实上,冲破古旧之戏剧三一律的力量,在《浮士德》中成为形式塑造的力量。比如“人物统一”的消解,意味人物丧失了鲜明的个性或性格的一致性。除上文引过的学士所言“我面貌一新出现在这里”,还有海伦所言:此刻我是哪个,自己都不知晓。[……]我一阵眩晕仿佛自己是自己的偶像。(行8875,行8881)很多人物都面对这样的“认同危机”,摇摆不定(最明显的是水银一般无定型的多面的梅菲斯特),消解在很多不同角色中,消失在不同面具后面,仿佛是善变海神普洛透斯统治着各个场景。然而正是这种“消解”带来起到“整合”作用的新的形式:伴随人物性格的稳定性消失,变化的原则本身成为稳定性。

使用上述影射手法的目的,可通过荷蒙库勒斯与浮士德的关联窥见一斑。荷蒙库勒斯(进入到大海,通过千万种变形,走上进化的道路),是浮士德“与之对应”“相互影射”的主角,他永远不会停止变化,持续有能力变化,直到死后仍可以“满怀感恩地变形”(行12099)。1795年,歌德曾从博物学角度说道:

> 形态是某种变化的、不断生成又持续灭亡的东西。形态学便是变形学。变形学(通过变形、变种、变化分阶段发展)是解开一

① Johann Wolfgang Goethe, *Sämtliche Werke. Briefe*, *Tagebücher und Gespräche*, Vierzig Bände, Frankfurt/Main 1985ff. Hier: Abt. I, Bd. 25, S. 81.

切自然形态符号的钥匙。①

在《浮士德》中，歌德通过梅菲斯特之口，表达了这一结构原则：成形，变化，/给永恒的知觉以永恒的愉悦。（行 6287－6288）

对此，炼金术思想也参与其中。炼金术在《浮士德》第一部中就起到重要作用。其宗旨是通过元素的质变，把不受欢迎、不完善的贱金属变成贵金属。此外，形态生成的原则不仅涉及"人"的形态或虚构的形象（如吸血鬼拉弥尔，变形后将更加丑陋，甚至令梅菲斯特感到惊恐，行 7759），而且动物也参与变形游戏。如在第一部中，从河马般庞大的黑色贵宾犬中，走出了梅菲斯特（行 1310 及以下）；第二部中，从梅菲斯特扮演的、奇丑无比的孪生兄弟左伊罗斯－忒耳西忒斯，变出蝮蛇和蝙蝠（行 5475 及以下）。

歌德常使用茧蛹化蝶，作为变形的核心象征，而这一意象也贯穿了《浮士德》中的变形游戏。它带着讽刺口吻用在学士身上（行 6729－6730），随后用于赫尔墨斯的童年（行 9657－9658），用于纵身跃入空中的欧福里翁（行 9897 及以下），最后用于浮士德——有福童子接到如茧蛹一般、要经历不断"变形"的浮士德（行 11981 及以下）。以类似方式，《浮士德》中以象征意义出现的烟、云、雾气等也贯穿始终。典型的如终场山涧中，歌德把气象学上，云从积云、卷云到层云这一"逐层上升的游戏"，抬升至对神学意义上"返回天堂"的类比。

小　结

就这样，通过一个多层面相互勾连、相互支撑的影射结构，通过一个表面上已很难辨认但编织细密的"象征和比喻网"，②《浮士德》"奇

---

① Johann Wolfgang Goethe, *Sämtliche Werke. Briefe, Tagebücher und Gespräche*, Vierzig Bände, Frankfurt/Main 1985ff. Hier: Abt. I, Bd. 24, S. 349.

② Wilhelm Emrich, *Die Symbolik von "Faust II"* (zuerst 1943), Königstein/Taunus 1981, S. 14.

特的结构"①得以从内部整合在一起。正是靠这层在地下蔓延的菌丝构成的地下网络,剧中很大程度上自成一体的各部分——呈现为眼前"巨大的蘑菇丛"——构成了一个相互关联的景象。

四

> 如果说我又把问题普遍化了,您但笑无妨。作为伦理的 - 审美的数学家,我到了耄耋之年,总是不得不坚持最后的公式,只有通过它们,世界对于我才依然是可以把握和忍受的。(歌德致布瓦索雷,1826 年 11 月 3 日)

人们大可把《浮士德》第一部称为一部晚成的早年之作,把《浮士德》第二部称为一部早年开始的老年之作。尽管两者之间存在多种相互支撑,但悲剧的两部分之间仍然存在深刻的不同。

从象征说到寓意说

在 1943 年出版、随后影响学界几十年的专著中,埃默里希就《浮士德》第二部提出"象征 - 生成"说,认为有一个存在内在关联的"象征和比喻网","按严格的演变法则",贯穿了"从歌德最初到老年的"所有作品。② 而另一方面,他把《浮士德》第一部完全从关联中剥离出来,坚决与《浮士德》第二部划清界限。事实上,在 1805—1806 年左右,歌德的创作诗学的确发生了某种变化。③ 在他早期的概念定义、早期使用的象征中,"特殊的"与"普遍的"合而为一,符号及其所指一致,而在后来,则转变为一种(从文学史角度来看是回溯到)"寓意的"塑造方式,

---

① 1832 年 3 月 17 日歌德致信洪堡。

② Wilhelm Emrich, *Die Symbolik von "Faust II"* (zuerst 1943), Königstein/Taunus 1981, S. 14.

③ Karl Robert Mandelkow, *Goethe in Deutschland. Rezeptionsgeschichte eines Klassikers*, Bd. II: München 1989, S. 109ff.

也就是说“特殊的只是一个例子”，“普遍中的一个范例”。①

埃默里希的问题在于，他未对术语进行清晰界定，常笼统地称“象征－寓意”现象，进而借助这一模糊而泛泛的概念，把整场、整个情节、戏剧人物以及概念、转喻、比喻、象征、寓意等等，都置于《浮士德》第二部的象征手法之下，不加区分地套上他从老年歌德作品中得出的“生成”解释的外衣。这样，《浮士德》第二部“就比《浮士德》第一部包含更高的统一性”。② 此外，更大的问题在于，他用来统合作品的“象征结构”同时也是一个封闭的结构，相互指涉、相互映照只在作品内部进行，与作品以外的世界完全脱钩。[*]

针对埃默里希这一象征说，史腊斐在1981年完成了范式转换。他重拾魏瑟在1837年提出的洞见，认为《浮士德》第二部的形式原则是寓意说。他更坚决（也更清晰）地代表与埃默里希相对立的观点。当然反过来也可以看到，埃默里希的象征说在上述几点上都相当牢不可摧。

史腊斐论述的主要依据，是《浮士德》第二部第一幕中的假面舞会一场。该场的寓意特征显而易见，而且台词中直接说出这是一场寓意剧（寓意剧的前提是人们能够认出它来）。假面舞会中有一位司仪，负责为狂欢节游行队伍报幕，解释出场人物，但对于节目之外的大象登场、魔幻的四驾马车以及相应的假面人物，司仪却不知所措。这时驾车少年对他说：

> 我们是寓意人物
> 请按此把我们描述。（行5531－5532）

该场与《浮士德》第一部中同样是寓意剧的瓦尔普吉斯之夜的梦之间存在相互影射的关系。然而史腊斐把这一层边缘化了，对其他类似场景也视而不见（如瓦尔普吉斯之夜中的寓意－讽刺人物，或女巫

---

① Johann Wolfgang Goethe, *Sämtliche Werke. Briefe*, *Tagebücher und Gespräche*, Vierzig Bände, Frankfurt/Main 1985ff. Hier: Abt. I, Bd. 13, S. 368.

② Aao. S. 37.

的丹房中寓意性的长尾猴戏），宣称道："曾经的例外，现成为规则。"①正如埃默里希在其象征－生成说中把第一部排除在外，史腊斐在寓意说中也把第一部排除在外。

另一方面，史腊斐的寓意说，与埃默里希的象征说一样，被认为是理解整个第二部的总钥匙。[*]上述两种解释方式，都力图把第一和第二部分开，然后为第二部寻找一种一以贯之的解释方式，只是史腊斐的进路逾越了埃默里希仅关注作品内部的局限性，这从史腊斐专著的名称《〈浮士德〉第二部：19 世纪的寓意》便可窥见一斑。史腊斐进而说道：

> 在歌德作品中，现代市民社会的各项本质规定性，与寓意形式的意义结构正好吻合。所谓本质规定性包括：扬弃感性，解除自然关系，建立一个人造世界，摧毁自然现象及人为现象的虚无，把对象功能化为修饰物，现象与意义不相符，个体性的解体，抽象占主导地位等等。②

于是，"政治经济学的基本概念就登上舞台"，"马克思的《资本论》和《浮士德》第二部开始相互解释"。③ 按寓意历史剧的方式，《浮士德》第二部被解释为，或者说被简化为对封建社会向资本主义社会秩序过渡的塑造，并且是歌德对其抽象原则的根本性批判。按此逻辑，这样的观点仿佛不仅适用于今日，而且其建立在马克思政治经济学理论上的启发力和说服力也适用于未来。比如 1976 年梅彻尔就称：浮士德"与[资产]阶级的命运密切相关，他的存在归功于阶级在历史上的上升。随着这一阶级的结束，其文学象征也会从世界史的舞台上退场"。④ ——然而果真如此吗？

---

① Aao. S. 66.

② Aao. S. 98.

③ Aao, S. 62, S. 54.

④ Thomas Metscher, Faust und die Ökonomie, in: *Vom Faustus bis Karl Valentin. Der Bürger in Geschichte und Literatur*, Argument – Sonderbd 3 (1976), S. 145.

人生经验

作为文学研究者或文学史家,要么做到像埃默里希那样的作品内部研究,要么做到像史腊斐那样结合历史语境的研究,能做到这两点已足够令人满意,或者说,研究者们的工作本该就限于这两点。然而,《浮士德》的作者却对读者提出更多要求和更高希望(歌德提出的要求,某些没有误入歧途的读者本就可以自行做到)。

对于《少年维特的烦恼》,歌德在晚年说道:"若非每一个人在某个人生阶段,会感到维特是为他而写,就不对劲儿了"①——因为人们当在其中看到自己的人生经历和经验,并对之予以"回应"。这段话适用于《浮士德》第一部中的很多段落。在《浮士德》第二部创作过程中,老年歌德也有过一系列类似表述。比如他在 1828 年 5 月 1 日对鲍夏特写道,他本来想进行"文学塑造",却"在写作中有了说教倾向","这样,有心的读者便可以在文学塑造中看到自己的影子,可以根据自己成长的经验,自行得出多样的结论"。②

此前在 1827 年,他对依肯写道:"我所讲述的一切都建立在人生经验之上,这样我便可以给出暗示或者希望,人们愿意或势必再度经历我的作品。"③1830 年歌德致信采尔特说:"有理解力的人"应当对我的做法感到满意,因"作品中总有某个角色,把那份他自己的经验和经历进行升华,使其具有普遍意义,然后他又可以重新将其作为属于自己的特殊的东西予以接受"。④ 最后 1831 年,在谈到《浮士德》第二部的塑造方式时,他对爱克曼说:"谁若没见过些世面,有过些经历,就完全不得其门而入。"⑤

---

① 1824 年 1 月 2 日歌德与爱克曼谈话。

② 鲍夏特(Nikolaus Borchardt),俄国翻译家。

③ 1827 年 9 月 27 日歌德致依肯。

④ 1830 年 3 月 27 日歌德致采尔特。

⑤ 1831 年 2 月 17 日歌德与爱克曼谈话。

与《浮士德》第一部相比,《浮士德》第二部可谓更为有意识地针对这样的读者而作,也更有的放矢地针对这样的阅读方式而作。歌德本人是在“对很多世俗事物有了更清晰的认识后”(1829 年 12 月 6 日)创作的第二部,这对于《浮士德》当然大有裨益:“对我来讲,就像一个人在年轻时候,有很多小的银币和铜币,在一生中,他不断兑换它们,直到最后,年轻时的财产变成了纯的金币。”读者则可以把这些诗意的金币,重新兑换成自己世界或人生经验中的“小的银币和铜币”。而作者或许根本不曾见过那些货币和币种。[*]

《浮士德》第二部第一幕皇帝行宫诸场,再现了一个经济摇摇欲坠、道德每况愈下且受各种骚乱威胁的国家的形象。在那里,公共意识完全丧失;占统治地位的是公开的不义,不合法的暴力行为,普遍的贪腐;军队的最高统帅不能很好地控制军队;通货膨胀正加速国家的破产。而皇帝的行宫一场中,众朝臣(行 4728 前)仍以盛大的仪仗出场,寄生的统治阶层仍在火山口上举行狂欢节舞会。史腊斐把该假面舞会场,解释为从“腐朽的封建社会”到早期资本主义市民社会秩序之剧变的寓意性塑造。然而此处“文本中”并未表现出一个国家和社会秩序的崩溃,此后的读者也未曾有过类似历史经验。

可见起决定作用的并非某种“解释”,而是一个事实,即同样的一系列场景,可以以可信的方式用于两种或其他尚不可预见的情况。比如青年马克思在第一部的我若能买得起六匹牡马,难道它们的力气不就是我的?(行 1824 及以下)中读出,这是对资本主义私有制的刻画;保尔·策兰在第二部第五幕,从暴君浮士德及其监工梅菲斯特的一系列言谈行为中,读出其中体现了策兰亲身经历的德国人对犹太人的罪行。这就说明,《浮士德》的文字是开放的,它所吸纳的经验超过了作者的想象空间及其时代的视野。在这个意义上,整部作品中有大量情况表明,无论在宏观还是在微观部分,作者都有意让文字超越文本本身,且不局限在具体“物质性”塑造上面。

伦理的－审美的公式

可见作品中存在十分复杂的"符号",按作者和作品的意图,它们所指示的东西并未直接表现在文本中,而是等待读者根据自身的经验去兑现。给这些符号下一个定义,用界定不明的"象征""寓意"等术语去概括,实在是勉为其难。用诸如"寓言式的""样板式的""模式化的"来概括也都不能达意。因此在本版解释中,会(在但凡需要的地方)使用一个不太常见的提法,取自老年歌德在上述1826年11月3日致布瓦索雷的信,作为"伦理的－审美的数学家",他在彼处写道:"我到了耄耋之年,总是不得不坚持最后的公式,只有通过它们,世界对于我才依然是可以把握和忍受的。"

这样的公式当然不具有纯数学公式的抽象程度,最多不过是"转喻为"更形象的说法。"伦理的－审美的数学家"自然会给出"伦理的－审美的公式"。歌德显然希望以数学形式,表达某种确切且具有普遍适用性的东西。他的公式与数学公式的可比之处在于,它们也适用于那些该数学家自己并不知晓,或不曾涉及的具体的或经验的现象。

如果歌德说,唯有借助这些公式,对于他来说"世界才依然是可以把握和忍受的",那么这便也同样适用于读者。读者会在公式中看到自己的经验被把握和预示了。而称世界可以"被忍受"则并不意味,世界被审美地美化了。比如歌德在菲勒蒙－鲍喀斯悲剧中,把浮士德所言眼中钉,肉中刺当作伦理的－审美的公式,用以表达古今暴力驱逐的灾难史;或者,梅菲斯特在高山一场用火成说来解释地表形成,那么火成说便是用以把握歌德时代之暴力性、毁灭性流血革命的公式;再或者,歌德把最后一幕中耄耋之年浮士德所进行的围海造陆,作为伦理的－审美的公式,来概括所有人类征服自然、奴役自然的做法,那么这些公式丝毫不意味着诗意的美化。它们更多意味着:读者若能以此方式,更好地理解"不断循环或螺旋重复的世间之事"的进程,①那么世间

① 1820年5月11日歌德致采尔特。

之事对于读者也就更容易忍受。

小　结

上文谈到，歌德曾说，谁若“见过些世面，有过些经历”，才可以得《浮士德》之门而入。若此言不虚，那么新的经验一定会给伦理－审美公式所预设的视野带来新的认识，一定可以拓展和丰富对这部作品的理解。按歌德自己的说法，谁若领悟《浮士德》中每一个“表情、手势和不经意的暗示”，都会“发现更多的东西，比我所能给予还多”。①

歌德所言，会以与现在不同的方式，适用于后来各个时代和各类读者，只要文学还没有完全从世上消失，只要还存在集体的创作，只要街道还从魏玛通向世界各个角落，只要蘑菇丛还清晰可见，只要人们还记得这位伦理－审美的数学家。——“如果说我又把问题普遍化了，您但笑无妨……”！

编本说明

歌德极其重视作品的编辑和印刷。1808 年科塔出版社出版了 13 卷本的《歌德文集》，《浮士德》第一部列为其中的第八卷。还在出版的筹备期间，1805 年，歌德致信科塔本人，说明自己对付印稿进行了精心修订，希望出版社严格按照他的修订排版，不要改动任何写法和标点，哪怕是原稿的错误也务要保留。②

本版分为文本卷和注释卷。文本卷的文字编辑与以往版本不同，表现在正字、文字、标点、诗行位置、场次划分等方面，希望消除以往版本的缺损和歪曲，因此尤其就文本流变、文本形态等方面，需要一个特

① 1831 年 9 月 8 日歌德致博伊塞雷（Sulpiz Boisserée，1783—1854）。后者是一位艺术品收藏家、艺术和建筑史家，歌德的密友之一。

② 1805 年 9 月 30 日致 Cotta。

别说明和辩护。①

一　文本选取

1.《浮士德:一部悲剧》

(1)歌德生前的手稿和出版

《浮士德》第一部的手稿只有很少一部分流传下来。② 除补遗外,还有6个小片段;夜·格雷琴门前的街上、大教堂两场的完整稿;一段较长的,内容涉及瓦尔普吉斯之夜。③ 也就是说,《浮士德》第一部没有完整的手稿和供排版使用的誊抄稿等。

(a)《浮士德·早期稿》:在《浮士德》第一部出版前,存在一个前身,是一位魏玛宫廷女官露易丝·冯·格希豪森的手抄本,下文还将详

---

① 在第8版中,编者和注释者薛纳再次进行了通校,添加了最新文献。再次以手稿为基准,修订了31处(10处拼写、15处标点、6处编排格式);针对《早期稿》共修订55处(其中12处拼写、41处标点、2处编排格式);针对《补遗》共修订200处(121处标号、个别字母或整词拼写,52处标点,27编排格式)。在注释部分,进行了一些文风上的改动,根据新的研究成果进行了部分添加和删减;大规模扩展的是人名索引和名词索引。[参Schoene,第8版后记。]

② Goethes Werke, herausgegeben im Auftrage der Großherzogin Sophie von Sachsen. Abt. I – IV, 133 Bde (in 143), Weimar 1887 – 1919 (Fotomech. Nachdruck München 1987). – Zur Brief – Abt. IV: 3 Nachtragsbände München 1990. Hier: Abt. I, Bd. 14, S. 253ff.

③ Siehe: Johann Wolfgang Goethe, Faust, hrsg. v. Albrecht Schöne, Text – Band, Berlin 2017, S. 741, Abb. 13. 该手稿摹本见Johann Wolfgang von Goethe, Die Valentinszene und die Walpurgisnacht aus Faust I. Faksimile der Handschr. Ms. germ. qu. 475 u. 527 d. Staatsbibl. Preuß. Kulturbesitz in Berlin (zu Nacht Straße vor Gretchens Türe und Walpurgisnacht 3235 – 4208) mit einer Einführung. v. Ingeborg Stolzenberg, Hagen 1975。

述其流变。这个版本通常被称为《浮士德·原始稿》，本版将其改名为《浮士德·早期稿》[因可能还存在其他更早的手稿或手抄稿]，它虽然也由夜场开始，结束于地牢场，但整体文字上与《浮士德》第一部大不相同。比如它缺少城门前、书斋一、女巫的丹房、森林和洞窟（其中只有一部分包含在该稿夜·格雷琴房门前的街上），缺少瓦尔普吉斯之夜和瓦尔普吉斯之夜的梦。这里独有的是乡间道路一场，以后各版本都没有。

此外，与《浮士德》第一部相比，即便已有的场次也尚不完整。比如《早期稿》的夜场中，没有浮士德企图自杀和复活节场景；书斋二中只有与新生对话的学院讽刺部分——梅菲斯特是在没有任何铺垫的情况下突然出现的；夜·格雷琴房门前的街上（在此接在大教堂之后），没有与瓦伦汀的格斗、浮士德的逃逸、濒死的瓦伦汀当众羞辱诅咒格雷琴等场景。最后，在《早期稿》中，奥尔巴赫酒窖的绝大部分、整个地牢场，还都是散文形式（《浮士德》第一部中阴郁的日子·旷野场是唯一一处保留了散文形式的地方）。

（b）《浮士德·片段》：下面谈一下1790年出版的《浮士德·片段》。在此之前，《浮士德》仅通过歌德的朗读在小圈子里流传。《片段》出版后，《浮士德》得以与广大读者见面。但因它已收录在多种歌德文集的版本中，故本版并未收录。① 况且，与相对独立且常被搬上舞台的《早期稿》相比，《片段》仅在成文史和歌德的创作生平上还有一定意义。

《片段》在很大程度上，已与《浮士德》第一部十分相似。但仍然存

---

① 这些歌德文集的版本有：Werke Goethes, hg. v. d. Dt. Akad. d. Wiss. zu Berlin unter Leitg. v. Ernst Grumach（Akademie – Ausgabe）；Johann Wolfgang von Goethe, Urfaust | Faust. Ein Fragment | Faust I. Ein Paralleldruck. 2 Bde, hg. v. Werner Keller, Frankfurt/Main 1985；Johann Wolfgang Goethe – Sämtliche Werke nach Epochen seines Schaffens（Münchner Ausgabe），Bd. 3. 1, hg. v. Edith Zehm, München 1990. Johann Wolfgang Goethe：Faust. Historisch – kritische Edition. Hg. von Anne Bohnenkamp, Silke Henke und Fotis Jannidis. Frankfurt/Main 2016. – Internet – Adresse：beta. faustedition. net.（网络资源）

在“巨大漏洞”，如在夜中瓦格纳退场与书斋二梅菲斯特登场之间，还没有过渡。① 然而与《早期稿》相比，《片段》已然增添了女巫的丹房、森林和洞窟（放在水井边后面）。只是它在大教堂场之后，戛然而止，既无后面的瓦尔普吉斯之夜、瓦尔普吉斯之夜的梦，也没有《早期稿》中已有的阴郁的日子·旷野、夜·开阔的旷野和地牢等场。

(c)《浮士德》第一部：在《片段》之后，又过了十八年，1808年，《浮士德》第一部出版，列在《歌德作品》第八卷。此时它已明确标注出“第一部”，而且加上了献词、舞台序幕和天堂序曲。从此，到1828/29年《歌德文集·亲定版》之间，共有约20种版本，或以单行本形式或随文集出版，包括各种再版、复制版、盗版等。各版之间几乎没什么改动，区别仅在于排版或印刷错误。②

人们推测，歌德很可能把1808年出版的《浮士德》第一部也视为某种片段。比如答辩的场景还未补上，瓦尔普吉斯之夜中撒旦的戏也尚未展开。歌德自己的表述颇为模棱两可。1806年2月24日，他就第一部出版事宜写信给出版商科塔，称第一部“已包含《浮士德》能够包含的所有内容”；1831年9月8日，在《浮士德》第二部杀青后，他又对布瓦索雷说：“第二部不应也不会再像第一部那样只是一个断片了。”

事实上，只有在1828/29的亲定版中，第一部才有了一点点扩充，而且仅限于瓦尔普吉斯之夜的梦中的几行诗（行4335－4342）。但无论如何，该版都是歌德生前出版的唯一一部完整的第一部。它作为《歌德作品·亲定版》的第十二卷，1828年以小八开的口袋版形式出版

---

① Entstehungsgeschichte, siehe: Johann Wolfgang Goethe, Faust, hrsg. v. Albrecht Schöne, Text－Band, Berlin 2017, S. 782.

② Inge Jensen, Zu acht Versen aus dem Walpurgisnachtstraum: Entstehung und Datierung, in: Sitzungsberichte d. Dt. Akad. d. Wiss. zu Berlin. Klasse f. Sprachen, Literatur u. Kunst 1965, Nr. 4, S. 63－78; Werke Goethes, hg. v. d. Dt. Akad. d. Wiss. zu Berlin unter Leitg. v. Ernst Grumach. <Erg.－Bd 3:> Urfaust | Faust. Ein Fragment | Faust 1 (Paralleldruck), bearbeitet v. Ernst Grumach und Inge Jensen, Berlin 1958, S. 260f.

(C1,12),1829 年以按此口袋版重新排版的大八开出版(C3,12)。在两版中,都接在《浮士德》第一部后,印上了《浮士德》第二部的第一幕(至行 6036),并标有“待续”的字样。

对于亲定版中的《浮士德》第一部,歌德自己进行的修订不多,但委托耶拿的古典语文学家格特灵①进行了比较彻底的修订。后来在《浮士德》第一部流传史中占主导地位的魏玛版(1887)说,歌德对之进行了精心修订,使之臻于完善,不愧为其毕生之作和遗产云云,是不尽属实的。事实上,1828 和 1829 两个亲定版大不相同,魏玛版误以为 1829 年的大八开版经过了新一轮更为精心的修订,故而采用该版作为蓝本。

然而格鲁马赫的研究表明,歌德及其帮手确实对亲定版进行了前所未有精心的修订,但这只针对 1828 年的口袋版或小八开本。大八开本系出版社出于经济利益考虑发行的,里面不仅出现新的印刷错误,而且包含了小八开中已改正的错误。② 因此说,《浮士德》第一部更为精确和保持原样的版本是 1828 年的亲定版[口袋版或曰小八开本]。

当然该口袋版就再未进行过校对,里面仍然有印刷错误或科塔印刷厂自行的改动。与供排版使用的手稿相比(此处指列 1817 年科塔版《歌德文集》第九卷的《浮士德》第一部,经由歌德亲手改过,并委托格特灵通篇校订,属科塔出版社档案,藏于马巴赫的德意志文学档案馆),1828 年的口袋版有 77 处不必要或错误的改动,包括小的书写改动,去掉、添加或改动了标点,添加或删除了某些撇号(’)等。

以下是《浮士德》第一部、《片段》和《早期稿》之间场次和段略对比表。

---

① [译注]Karl Wilhelm Göttling,1793—1869,德国古典语文学家,是当时耶拿大学最著名的语文学家之一,与歌德书信来往甚密。

② Ernst Grumach, Prolegomena zu einer Goethe – Ausgabe, in: Jb. Goethe – Ges. NF 12(1950), S. 60 – 88 (leicht ergänzt wieder in: Beiträge zur Goetheforschung, S. 1 – 34).

《浮士德》第一部 （共4612诗行，63行散文）	《片段》 （共2135诗行）	《早期稿》 （共1441诗行，360行散文）
献词 1－32	无	无
舞台序幕 33－242	无	无
天堂序曲 243－353	无	无
1. 夜 354－605 606－807 ［后加的自杀与复活节情节］	1. 夜 1－248	1. 夜 1－248
2. 城门前 808－1177	无	无
3. 书斋一 1178－1529 ［梅菲斯特出现］	无	无
4. 书斋二 1530－1769［过渡］ 1770－1867 1868－1883 1884－1895 1896－1903 1904－1909 1910－1963 1964－2000 2001－2050 2051－2072	2. 浮士德·梅菲斯特 249－346 347－362 363－374 375－382 383－388 389－442 443－479 480－529 530－551	2. 梅菲斯特·新生 249－264 265－332 333－340 341－394 395－444
5. 奥尔巴赫酒窖 2073－2080 2081－2336	3. 奥尔巴赫酒窖 552－559 560－815	3. 奥尔巴赫酒窖 445－452 1－196（散文）

续表

《浮士德》第一部 (共4612诗行,63行散文)	《片段》 (共2135诗行)	《早期稿》 (共1441诗行,360行散文)
无	无	4. 乡间道路 453-456
6. 女巫的丹房 2337-2604	4. 女巫的丹房 816-1067	无
7. 街道 2605-2677	5. 街道 1068-1140	5. 街道 457-529
8. 夜晚 2678-2804	6. 夜晚 1141-1267	6. 夜晚 530-656
9. 散步 2805-2864	7. 散步 1268-1327	7. 林荫路 657-718
10. 女邻居的房子 2865-3024	8. 女邻居的房子 1328-1487	8. 女邻居的房子 719-878
11. 街道 3025-3072	9. 街道 1488-1535	9. 浮士德·梅菲斯特 879-924
12. 花园 3073-3204	10. 花园 1536-1664	10. 花园 925-1053
13. 花园小屋 3205-3216	11. 花园小屋 1665-1676	11. 花园小屋 1054-1065
14. 森林和洞窟 3217-3341 3342-3373	(此处:见15场 行1889-2013) (此处:见15场 行2014-2044)	(此处:见17场 行1408-1435)
15. 格雷琴的小屋 3374-3413	12. 格雷琴的小屋 1677-1716	12. 格雷琴的小屋 1066-1105

续表

《浮士德》第一部 (共4612诗行,63行散文)	《片段》 (共2135诗行)	《早期稿》 (共1441诗行,360行散文)
16. 玛尔特的花园 3414 – 3543	13. 玛尔特的花园 1717 – 1846	13. 玛尔特的花园 1106 – 1235
17. 水井边 3544 – 3586	14. 水井边 1847 – 1888	14. 水井边 1236 – 1277
无	15. 森林和洞窟 1889 – 2013 (在《浮士德》第一部中对应行 3217 – 3341) 2014 – 2044 (在《浮士德》第一部中对应行 3342 – 3373)	(此处:见 17 场行 1408 – 1435)
18. 城门洞 3587 – 3619	16. 城门洞 2045 – 2077	15. 城门洞 1278 – 1310
无	17. 大教堂 2078 – 2135 (在《浮士德》第一部中对应行 3776 – 3834)	16. 大教堂 1311 – 1371
19. 夜 3620 – 3645 3646 – 3649 3650 – 3659 3660 – 3775	无	17. 夜 1372 – 1397 1398 – 1407 1408 – 1435 (在《片段》中对应 2014 – 2044 行,在《浮士德》第一部中对应 3342 – 3369 行)
20. 大教堂 3776 – 3834	(此处:见 17 场行 2078 – 2135)	(此处:见 16 场行 1311 – 1371)
21. 瓦尔普吉斯之夜 3835 – 4222	无	无

续表

《浮士德》第一部 （共4612 诗行,63 行散文）	《片段》 （共2135 诗行）	《早期稿》 （共1441 诗行,360 行散文）
22. 瓦尔普吉斯之夜的梦 4223 – 4398	无	无
23. 阴郁的一天・原野 1 – 63（散文）	无	18. 浮士德・梅菲斯特 1 – 60（散文）
24. 夜・开阔的原野 4399 – 4404	无	19. 夜・开阔的原野 1436 – 1441
25. 地牢 4405 – 4612	无	20. 地牢 1 – 104（散文）

与第一部不同,《浮士德》第二部有着完全不同的文本流变。歌德生前曾吩咐,要待他死后第二部全本方可出版。在他生前只出版过两部分:其一,如前所述,是第一幕的部分段落（行 4613 – 6036）,跟在《浮士德》第一部后面,在 1828/29 年亲定版第十二卷面世;其二,是第三幕,冠名海伦・古典 – 浪漫的幻象剧・《浮士德》幕间剧,分别作为第四卷,收录在 1827/28 年两版亲定版中。另一方面,《浮士德》第一部几乎没有什么手稿保存下来,而《浮士德》第二部则存有近300 种手稿,充分展示了很多成文史细节。① 手稿大多保存在魏玛的歌德 – 席勒档案

① 手稿参见 Goethes Werke, herausgegeben im Auftrage der Großherzogin Sophie von Sachsen. Abt. I – IV, 133 Bde（in 143）, Weimar 1887 – 1919（Fotomech. Nachdruck München 1987）. – Zur Brief – Abt. IV：3 Nachtragsbände München 1990. Hier：Abt. I, Bd. 15. 2。补充和修正参见 ebd. Abt. I, Bd. 53。手稿概览表参见 Hans Gerhard Gräf, Goethe über seine Dichtungen, Bd 2. 2：Die dramatischen Dichtungen 2（darin S. 1 – 608：Goethes Äußerungen über Faust）, Frankfurt/Main 1904, S. 6ff. 。手稿摹本和正体转写可通过互联网访问 Johann Wolfgang Goethe：Faust. Historisch – kritische Edition. Hg. von Anne Bohnenkamp, Silke Henke und Fotis Jannidis. Frankfurt/Main 2016. – Internet – Adresse：beta. faustedition. net.

馆,而那里的镇馆之宝,是整部《浮士德》第二部的誊抄稿(主手稿 H)。

这部手稿歌德本人曾多次审阅。它装订了纸板封面,包含 187 页对开页,3 页附加页,出于书写员约恩和舒哈特之手,①此外还有很多爱克曼、里默②和格特灵等帮手修订的笔迹。该誊抄稿于 1831 年 7 月完成,歌德本人最后的亲笔修订在 1832 年 1 月,也就是在他向儿媳奥蒂莉朗读《浮士德》第二部的过程中。③

(2)歌德去世后的出版情况

在歌德去世后,值 1833 年复活节图书博览会之际,《浮士德》第二部作为亲定版第四十一卷出版。口袋版(标号:C1,41)上标注的是 1832 年;大八开本(标号:C3,41)标注 1833 年。爱克曼和里默协助组织出版事宜。然而就在该版中,就已出现读者无从辨别的他人的改动。据称,编者是试图按所谓作者"本来"意愿,对文本进行完善,比如他们修订了自认为不确定或错误的地方,修改了一些他们自认会影响读者正确理解的写法和标点。与手稿相比,爱克曼和里默版的《浮士德》第二部,对于恢复一个正确的文本形态微不足道。在本版注释中,只有在其中的改动被其他版本沿用,或在接受史上产生重要影响的地方,才会提及。

在歌德最后一个孙子 1885 年去世后,歌德的家庭档案以及他的遗

---

① [译注]Johann August Friedrich John, 1794—1854,从 1814 年起直到歌德逝世一直担任歌德的贴身秘书,以忠诚和沉默寡言著称。Johann Christian Schuchardt, 1799—1870,德国法学家、画家、艺术史家,曾担任歌德最后一任贴身秘书。

② [译注]Friedrich Wilhelm Riemer, 1774—1845,德国教师、作家,曾任魏玛图书馆馆员,1814 年起担任歌德秘书。后者任命他和爱克曼一同负责其全集的出版编辑工作。

③ 总结:主手稿(H)包括整部《浮士德》第二部,歌德曾多次审阅,共 187 页对开页。第 1 - 2、4 - 5 幕由约翰誊抄,第 3 幕由舒哈特誊抄,此外还有歌德的亲笔改动,有爱克曼、里默和格特灵的改动,1832 年完成。

稿开始对外开放。在当时正在组织出版的庞大的魏玛版框架中,1887年,埃里希·施密特组织出版了《浮士德》第一部(标号:WA I 14),第二年,1888年,他又组织出版了两卷本的《浮士德》第二部(标号:WA I 15.1/2),其中包含详尽的异文比较。由此也引发了对庞大的业已疏于整理的手稿的整理工作。鉴于当时的编辑条件和速度,手稿整理可谓一项壮举。

然而与此同时,魏玛版也暴露出很多缺陷。主要是因为,就《浮士德》第一部来讲,它不是以仔细修订的口袋版(C1,12)为参照,也不是以当时尚不为人知的排版底稿为参照,而是选用了错误较多的大八开本(C3,12)。就《浮士德》第二部来讲,它一方面选用了1828/29年提前出版的部分第一幕、1827/28年提前出版的第三幕,其他没提前出版过的部分则选自完整的主手稿(H)。

如此一来,魏玛版的《浮士德》第二部就成为一个组合文本。进而编者又(按魏玛版通行的标准和做法)擅自进行了规范性处理,遇有不确定的地方则进行了与时俱进的格式化,但却并未标注在正字、标点等方面所做的大量改动。此外,其异文检索也相对混乱,选择性明显且不完整,出现的错误超过了编辑允许的限度。总之,魏玛版不是一个合格的阅读和研究版本。问题是,之后大多数《浮士德》版本就建立在魏玛版基础上。

此后,很多学者都试图努力改善文本状况,至少部分恢复一个正确的文本,①但皆未取得实质性进展。一般情况下,人们以魏玛版为基础,然后对之进行改正和修订,这些改动似乎对作者认定的文字也置之不顾,尽管很多地方哪怕一点细微的改动都会引发重大的意义改变。

---

① 如:Goethes Faust, hg. v. Georg Witkowski, Bd 1: Erster und zweiter Teil | Urfaust | Fragment | Helena | Nachlaß (zuerst 1906), Leiden 1949; Goethes Werke, Bd 12: Urfaust | Faust. Ein Fragment | Faust. Der Tragödie erster Teil, Bd 13: Faust. Der Tragödie zweiter Teil, hg. v. Max Hecker (zuerst 1932), Leipzig 1937; Goethe. Faust und Urfaust, erläutert v. Ernst Beutler (zuerst 1939), zweite erweiterte Auflage, Leipzig 1940 u. ö. (Sammlung Dieterich Bd 25).

在歌德仔细修订的稿子中,擅自用一个撇号(')代替字母都会造成意思偏差。大量的改动集中在开头字母大小写或词的分开连写,这些貌似很小的改动,事实上会阻碍语义的连贯。

最后是编者对标点所进行的不计其数的改动,在很多情况下,它们会明显改变句子的意思(比如去掉一个逗号或换一个标点)。更为严重的,是很多看似不经意的添加,也就是,编者希望以添加标点去统合文本、凸显他们认定的诗句的意义,或者干脆按通常的格式和规则统一标点。

在新近出版的阅读和研究版本中,编辑不加标注的擅自校正和补正,少则几百处,多涉及语音或字义;对标点的添加或强化,则常常多达上千处(尚不包括不计其数的对撇号的改动)。这样擅改标点造成的迷雾,势必影响到文本的总体"气候"。[*]①

对作者亲定文本的大肆改动,多出自编者之手,他们以"疗伤"的名义损害着文本,结果是版版相传,错误越积越多。从文本流传史和整体来看,改动多带有对文本进行整齐划一的倾向。改动的目标是追求意思明确,但作品本身是多意的;改动寻求被理解,但作品本给读者设置了很多障碍,以激发他们去思考。各处改动试图缓和有伤风化或陌生的表达;它们篡改原文产生节奏和乐感的标点,将其纳入语法-句法规则;又把鲜活的语言肢体塞进杜登标点规则的紧身衣。

1887/88 年魏玛版的《浮士德》,因衍生的编辑改动太多而失去信誉。1950 年,格鲁马赫曾宣布民主德国要出一个德意志科学院版,然而在 1958 年出版了一个《浮士德》第一部文本卷(无编辑说明,无异文索引)后便放弃了。随后,直到两德统一前,在联邦德国、民主德国方面,或以两德

---

① 不妨将 1965 年出版的柏林版《歌德全集》作为一例:Goethe, Poetische Werke. Kunsttheoretische Schriften und Übersetzungen, Bd 8: Faust, bearbeitet v. Gotthard Erler (zuerst 1965), Berlin und Weimar 1990。——与亲定的口袋版和手稿相比,该版有 1009 处与原文或书写方式不符的地方,647 处删除或有偏差地修改了标点,2415 处添加或强化了标点,45 处其他标点偏差。

联合的形式,都有过出版校勘版的尝试,但结果都不了了之。①

2009 年起,开始了一项新的《浮士德》历史 – 校勘版的编辑出版工作,由法兰克福自由德意志高等基金会组织,沃尔茨堡大学和魏玛的歌德 – 席勒档案馆合作,安娜·鲍能坎普等人领导,其电子版已在互联网上公开发布。②

该项工作的核心是建立数字档案,亦即,把歌德《浮士德》– 工作坊留下的所有手稿(约 2000 页),以及所有相关版本,连同所有信息和文字转换,全部转化为数字档案。数字版为直接获得完整的成文史资料提供了新的方式和研究可能性。以此为基础的纸质书版的《浮士德》第一部、第二部将在不久后与读者见面。

2.《浮士德·早期稿》

歌德童年时观看过《浮士德》木偶戏,"木偶戏的情节"从此不绝于心,但他何时动笔创作自己的《浮士德》,学界至今并不确定且存有争议。根据一般推测,歌德是在 1773—1775 年间开始有计划地进行创作,也有人把时间向前移到 1765—1768 年他在莱比锡上大学期间。他 1775 年 11 月 7 日带到魏玛的手稿,或者 1786 年踏上意大利之旅时所带手稿("手边老的混乱不堪的手稿"),③已无从考证。歌德遗稿中有两页,补遗 21 和 54 号,可能属于这个时期的原始手稿。

1887 年,埃里希·施密特在整理魏玛宫廷女官露易丝·冯·格希豪森的遗稿时,发现一份她对《浮士德》的抄录稿,断定它与 1790 年出版的《片段》和后来的《浮士德》第一部出入很大。施密特于同年付梓出版了该稿,冠名《歌德浮士德原始稿》,并在导言中简称之为《原始稿》。

---

① 如 Ulrich Landeck, Der fünfte Akt von Goethes Faust II. Kommentierte kritische Ausgabe, Zürich 1981 等。此版仅完成了《浮士德》第二部的第五幕。

② Johann Wolfgang Goethe: Faust. Historisch – kritische Edition. Hg. von Anne Bohnenkamp, Silke Henke und Fotis Jannidis. Frankfurt/Main 2016. – Internet – Adresse: beta. faustedition. net.

③ 1798 年 5 月 5 日歌德致席勒。

至于这份抄录稿因何而来,人们不得而知,对它的来历一向存在很大争议。① 人们推测,该稿大约成文于1776或1777年,搞清这个年代,对于判断歌德是否在魏玛初期继续创作或修订过《浮士德》十分重要。同时人们也不清楚,抄录稿的可靠程度到底有多大,比如它是全文抄录的,还是有一部分是口授的(因其中间有图林根方言)。同样无法考证的是,歌德是否知晓、同意乃至参与过该稿的编辑;或者,该稿是直接抄录了歌德原始的手稿,还是抄录了一个原始手稿的摘抄稿(摘抄稿可能用于歌德在魏玛的朗读会,也可能是他在1777年12月1日寄给法兰克福的母亲的未保留下来的那稿),后一种的可能性更大一些。

很长时间里另一个争论的焦点是,抄录稿到底在多大程度上再现了歌德原始稿的全貌。可以肯定的是,歌德称之为"老的混乱不堪的手稿"中,一定包含很多创作计划或创作片段,抄录稿中肯定没有收录。其间可以肯定的是,它甚至没有完整抄录或按原文抄录当时已经成形的场次。比如维兰德曾在1776年1月听到歌德朗读《浮士德》,在1796年(《片段》已出版)一次谈话中,他表示,可惜《浮士德》由不同时期写成的片段拼合而成,很多有趣的场景被屏蔽了(如在地牢一场中,浮士德竟勃然大怒,令梅菲斯特震惊不已)。②

因此,格希豪森的抄录稿一定不是歌德的原始稿。《浮士德原始稿》的简称朗朗上口,加重了这一误解的广泛流传。本版希望彻底清除这种误会,将之改称为《浮士德·早期稿》。

施密特之后的《早期稿》版本,大多遵循了《浮士德》常用的编辑手法,此外,抄录者的一些疏忽和错误,被编者们不加说明地改过。在施密特的魏玛版和海克尔的世界-歌德-版中,格希豪森的书写方式被

---

① 相关的讨论参见 Ernst Grumach, Faustiana. I: Zum Urfaust (zuerst 1954), in: Beiträge zur Goetheforschung, hg. v. Ernst Grumach, Berlin 1959, S. 268ff.。以及 Valters Nollendorfs, Der Streit um den Urfaust, The Hague 1967。

② 参考 Ernst Grumach, Faustiana. 1: Zum Urfaust (zuerst 1954), in: Beiträge zur Goetheforschung, hg. v. Ernst Grumach, Berlin 1959, S. 268-275. -2: Kommata (zuerst 1956), ebd. S. 276-278, Faks. -Abb. 2。

改得和青年歌德的一样。这样的改动无异于打着歌德的旗号进行篡改,更有甚者,他们由于太希望整齐划一而在无意中屏蔽了抄录稿中记录的青年歌德的书写方式——“天才”的无视规则的书写方式,这当然不只是一个外在形式问题。①

后来的版本,包括1954年格鲁马赫的版本、1973年费舍尔-拉姆贝格的版本,都放弃了之前对原稿的修改和补充。1985年凯勒的版本再现了一个几乎“字句和标点毫厘不爽的摹真本”。② 本版的《浮士德·早期稿》采用了毫无保留的“仿真版”。

3.《浮士德·补遗》

“补遗”的概念源自古希腊语,泛指被放到一边的东西,用于文本时,指暂时或永久被淘汰、忽略、弃置的文本,或指可留待以后用于补充、添加、附加的文本。歌德自己提出了补遗一词。在他为出版遗稿所提各项建议中,包括“补遗”一项,而且明确说明“《浮士德》的”补遗。

歌德提到的补遗,很可能指那些真正被删除或省略的段落,而非后来被收录到补遗里的辅助性文字或一些零碎的刨花,也就是说,不是各种草案、已落实的或过时的随想笔记、写作计划的关键词、弃置的异文等等。而他的建议表明,他并没有把坊间“经典”的《浮士德》第一部和第二部视为全部《浮士德》之作。按歌德自己的理解,未曾发表的片段

---

① Goethes Werke, herausgegeben im Auftrage der Großherzogin Sophie von Sachsen. Abt. I - IV, 133 Bde (in 143), Weimar 1887 - 1919 (Fotomech. Nachdruck München 1987). - Zur Brief - Abt. IV: 3 Nachtragsbände München 1990. Hier: Abt. I, Bd. 39, S. 441f; Goethes Werke, Bd 12: Urfaust | Faust. Ein Fragment | Faust. Der Tragödie erster Teil, (zuerst 1932), Leipzig 1937, S. 408.

② Werke Goethes, hg. v. d. Dt. Akad. d. Wiss. zu Berlin unter Leitg. v. Ernst Grumach, Berlin 1954. (Akademie - Ausgabe); Der junge Goethe, Bd. 5, hg. v. Hanna Fischer - Lamberg, Berlin 1973; Johann Wolfgang von Goethe, Urfaust | Faust. Ein Fragment | Faust I. Ein Paralleldruck. 2 Bde, hg. v. Werner Keller, Frankfurt/Main 1985.

也属于作品“有机的”组成部分。

1836 年出版了一版《浮士德》四开本，爱克曼和里默遵循歌德的建议，附上了 28 个属于《浮士德》的片段。当然，二位编者擅自做了一些补充，未加以特别说明，又删减了一部分估计难以通过审查的部分。以后半个多世纪时间里，各版本的补遗部分以及各种对补遗的研究，均以该版本为基础。

歌德家庭档案开放后情况发生变化。在审阅和整理了档案中的文稿后，施密特修订出版了《浮士德》第一部和第二部，是为 1887/88 年魏玛版的《浮士德》。该版共收录 209 条排好序的“补遗”，除诗句片段外，还包含草稿、草拟的“模块”、对下一步创作计划的内容提要等。于是人们把遗稿分为两部分，魏玛的歌德 - 席勒档案馆至今还在使用这一归类系统。也就是说，人们对所谓的“补遗”和“《浮士德》手稿”进行了区分（手稿包括所有纸条，哪怕上面仅有一行出现在《浮士德》终稿）。在此基础上，人们把“补遗”和“异文”分开，虽然这样的区分存在问题，但至今仍在沿用。

然而在魏玛版的补遗中，编者虽未擅自添加，但出于对审查的顾虑删除了一些段落。除文字识别错误、归类错误、遗漏了某些片段（散落到魏玛版不同的遗稿卷中），施密特常常不做任何说明，把某些诗行从手稿中移出，放到补遗中。于是便有学者试图更正施密特的错误，①但除去个别文字修改外，这些新的尝试又自立门户，有自己的一套择选、排序和编号，且没有一种符合校勘版的编辑原则。

在所有后来的尝试中，要数海克尔的流毒最深。他为 1932 年世界 - 歌德 - 版和 1941 年岛屿版修订的补遗，被之后多个版本采用（如

---

① 如 Friedrich Strehlke, Paralipomena zu Goethes Faust. Entwürfe, Skizzen, Vorarbeiten und Fragmente <... >, Stuttgart, Leipzig, Berlin, Wien 1891; Goethes Werke, hg. v. Karl Heinemann, Bd 5: Faust, bearbeitet v. Otto Harnack, Leipzig und Wien 1902; Goethes Faust, hg. v. Georg Witkowski, Bd 1: Erster und zweiter Teil | Urfaust | Fragment | Helena | Nachlaß (zuerst 1906), Leiden 1949; Goethes Werke. Festausgabe, Bd 5: Faust, hg. v. Robert Petsch, Leipzig 1926.

1965 年的柏林版)。编者不仅进行了重新排序和编号,而且还进行了擅自改动;不仅“小心地采用了新的正字”,而且还明显加入自己的解释。也就是说,该版在正字、标点、排版方面都与手稿有所出入,编者甚至还不加说明地对文字进行了改动。

1994 年,这种情况得到了根本改善。安娜·鲍嫩坎普第一次完整地对手稿中的补遗进行了记录。新版包含所有此前文集收录或单独发表的补遗段落(除第三者的报告、歌德独立的诗作或误列入《浮士德》的部分),又相比于魏玛版中的补遗扩展了近 50 段文本。此外,鲍嫩坎普还补充了一系列尚未发表的《浮士德》手稿,以及与《浮士德》第二部相关的重要提纲。

重要的是,鲍嫩坎普的补遗,完全按照它们在手稿中的相关位置编排,这样很多补遗才可以被充分理解(此外还按成文史 - 时间先后顺序)。对于新的编排,她出于约定俗成的原因,仍沿用了魏玛版的编号。虽然手稿识别困难重重,但鲍嫩坎普的《浮士德·补遗》还是第一次在可能的情况下,遵循了原文的文字、书写方式和本来的排版格式。

本版的“补遗”部分即以鲍嫩坎普的补遗为基础,同时吸纳了 2016 年混合版对 1994 年鲍嫩坎普版的修订。

二 本版文本形态

1.《浮士德:一部悲剧》

(1)基础文本

根据前文“文本选取”一节的说明,本版的《浮士德》第一部选用 1828 年出版的亲定版的口袋版(C1,12)为基础文本,说得更具体一些,是当时在魏玛为付梓而修订的排版稿[从第四版开始]——这样就自动消除了口袋版中的排版错误,也消除了科塔印刷厂所进行的未加说明的改动。

《浮士德》第二部选用誊抄的全本主手稿(H)为基础文本[从第四

版开始]。1827/28 年先行独立出版的第三幕,原本也以此誊抄稿为基础。该稿中包含歌德的手稿。1828/29 先行随亲定版出版第一幕(4613 - 6036 行),用的是抄写员约翰 1828 年 1—2 月的用于排版的誊抄稿(HOa),①而约翰的蓝本也出自这个主手稿(H)(还有一个介于其间的抄写稿未留存下来)。一言以蔽,《浮士德》第二部虽然有两幕先行出版,但均直接或间接使用了主手稿(H)。

另一方面,排版稿(HOa)比主手稿(H)中包含了更多歌德的标点,还有亲笔修订和文字改动,这些可能出于疏忽,并没有誊抄到主手稿(H)中。此外这里还有些改动有意未誊抄到主手稿(H)上。总之,在 1828/29 的排版稿和 1832 年 1 月歌德还改动过的主手稿之间,不好确定哪个更可靠。故而在本版中,对于《浮士德》第二部第一幕来讲,用排版稿的修订置换了主手稿,并在与文本理解相关的地方,给出了对照表,同时在注释中加以说明。

对于后来经编者擅自改动、与主手稿/排版稿不符的地方,本版有列表对照;对于成文史上与作者生前其他手稿或版本的不同之处、流变、异文、编者的篡改等,只要对文本理解、生成、接受史、影响史有重要意义的,本版均在注释中加以说明。

这里所做的工作并非所谓的"恢复语文学",即并非对古代或中世纪无原始手稿的文献、文字磨损严重的文献进行编辑。若非发现明显的错误,则不会把使用的主手稿与其他早期手稿或版本进行合并,然后再加上编者擅自的"修缮"。对于这样一个追求"正确文本理想状态"的编辑方法,新近编辑理论已经加以扬弃。因为它确实给编者的随意性打开了大门。《浮士德》的文本流变史清晰显示,当可靠文本不符合人们想象中的"作者意图"时,编者便通过主观臆测,炮制出一个符合

---

① 藏于马巴赫…… HOa……魏玛版中没有收录的手稿,涉及《浮士德》第二部第一幕的 4613 - 6013 行,包括 32 页对开页,由约翰誊抄,相当于该部分 1828 年随亲定版《浮士德》第一部(C1,12)出版时的排版稿,保存在马巴赫的席勒博物馆,编号:Cotta Mr. Goethe。

不断变化的时代精神的“正确”文本。

(2)诗行编号、缩进、版式

本版大体沿用了魏玛版的诗行编号。魏玛版的编号存在一定错误,但因普遍使用而约定俗称。散文部分的编号因句子长短不同而稍有不同[散文在诗行以外单编号]。关于缩进,某些版本一律采用左边对齐,这显然不符合作者意图。在亲定版付梓之时,歌德曾向科塔出版社的印刷厂交代过排版样式。他认为排版式样应当辅助阅读和理解,要通过不同程度的缩进,区分念白和唱段,区分不同格律和不同长短的诗句(常常也代表说话方式的不同)。

比如歌德曾于1828年1月22日向莱歇尔交代,个人的念白要向左对齐,多人或集体的念白、短句要缩进;同样,唱段或诗朗诵也要缩进。对于模棱两可的情况,则取决于个人品味,像这样为数不多的情况,歌德即交给出版社处理了。① 本版对缩进的处理主要因循歌德这段交代,极个别情况会酌情处理(比如手稿每页起始行的缩进通常表示断页与段落合一,但有时并未严格遵守)。

关于版式,本版谨慎地对版式进行了规范化处理。比如对手稿中居中标注的说话人,一律改为左边对齐,用大写字母,台词则另起一行。这样就可以很好地辨认出诗歌格律的变化。在说话人后一律不加逗号或句号。对于接在后面的舞台提示,只有在表示情节完成时添加标点。对于无台词的人物,只要它在手稿中居中,就按说话人格式给出。手稿中人名的缩写或舞台提示中的语词缩写,本版中都给出了全文。手稿中以其他符号标注的舞台提示,在此一律改为斜体字。手稿在舞台提示中,以下划线标注对某人物的强调,在此一律用小体大写字母,出现在台词中则用疏排表示。外来词用小体大写字母。手稿各场标题中的逗号、句号、分隔号,(不规则使用的)结尾处的破折号,均未沿用。

---

① [译注]莱歇尔(Wilhelm Reichel, 1783 – nach 1836),科塔出版社奥格斯堡印刷厂负责人,当时负责歌德作品的出版。

（3）正字

自1994年第一版起，本编《浮士德》第一部和第二部，除符合“德意志经典作家出版社”的要求外，一直遵循1996年官方公布正字法改革前的正字规则。本版亦然。且任何正字的改动，均在不影响原词发音情况下进行。

当然，可能某些原写法，要特别表达某种语义上的意图，是口语中无法分辨、必须用文字方可表达的，①尤其在涉及文字游戏的时候。②就大小写来讲，当手稿大小写包含特殊含义的时候，均予以了保留。有些本该小写的地方使用大写时，一般都表示特别的意义。③称谓出现大小写变化时，一般涉及讲话人与对象的尊卑关系。④

大小写在很多时候不能随便改动，比如在皇帝分封选帝侯一场，若把（行10944）大写的“你们”[对第二人称单数的尊称，相当于“您”]改为小写的，则意味宫廷记录重大国事时出现了纰漏；相反，在其他地方若把小写的“你们”改为大写的，则把作者泛指的意图改为仅针对说话对象了（舞台序幕场行111，改后就不再指代所有艺术家，而只针对剧作家了）。

手稿中在是否使用连字符的地方并不统一，很多地方不符合今天的习惯，但本版大多予以了保留，尤其摒弃了此前编者们各种标准化的改动。在同样的语法－句法结构中使用不同的词形、写法和标点，这在歌德时代比今天常见。以往的编者们也曾试图使其整齐划一，结果不

① Hans Zeller, Für eine historische Edition. Zu Textkonstitution und Kommentar, in: Germanistik – Forschungsstand und Perspektiven. Vorträge d. Dt. Germanistentages 1984, Teil 2, hg. v. Georg Stötzel, Berlin und New York 1985, S. 308–314.

② 如《浮士德》第二部第二幕古典的瓦尔普吉斯之夜中11644行前，围绕Grauen一次的文字游戏，沿用了原文graeulich的写法。

③ 如行7808、10396、10408、11510。

④ 行10962/64。

但没有帮助读者更好理解,反而使手稿丰富的样态变得苍白。因在老的文本中,多样性并不只意味着外在形式。

总之,本版编者只订正了手稿中明显的抄写疏忽或印刷版中的排版错误。遇有模棱两可的地方,并无一处擅自“改善”,而是取来其他蓝本作为参照。遇到有意的,并可由较早手稿或版次证明不是由疏忽造成的不同的地方,都在注释中予以了说明。对于一些容易造成困惑或误解的地方,对于一些与上下文意思不符、容易造成误解的标点,编者进行了必要的改动,并列出了详细的对照表。本版《浮士德》第一部与上文所讲亲定版(C1,12)的排版稿之间的差异、《浮士德》第二部与主手稿(H)以及排版稿(Hoa)之间的差异,见下表。[略。重要的地方德文版会在注释中做出提示,中文版将相应在注释中给出。]

此外有40处分号改为冒号,改动说明见下文“标点”一节。有14处添加以尖括号给出。重要的地方均在注释中加以说明。

(4)本版文本处理的意图

本版对文本的详细考证,并非出于对古旧文本的学究式的兴趣,也并非出于对封尘已久文字猎奇般的乐趣,而是出于一种认识,没有任何艺术作品或文学作品,其形式是纯“外在”的。人们总以为歌德并不十分在意。但事实并非如此,如1805年11月25日,他曾对出版商科塔写道:

> 从咱们这方面讲,不得有任何疏忽,我强烈恳请您,找一个仔细的人来核红,当然他不得再以自己的方式添加或标点。

如此处理的原因还在于,《浮士德》是一部老的作品。它呈现在读者眼前的是陌生的信号,而且要时时让读者意识到,他阅读的并非一部现代作品,他不能毫无限制地在自己时代的符号系统框架中,去理解其中的字词、句式,诗律、比喻、象征、寓意、概念和思想等。本版编辑的一个目的,便是要充分呈现文本的历史性。

另一方面,任何事物都像雅努斯的头,具有两面性。古老而陌生的文本也会对后来的读者产生新的“现实意义”。对于编者，这两方面都要考虑到。若对文字进行现代化处理，凸显其潜在的现实意义，那么这样的“大众版”会让读者忽视作品的历史性；反之，如果编者过于学术化，偏重于古旧的写法和陌生化效果，那么这样的“历史－校勘版”显然会影响作品的现实性。两种侧重都有各自的道理，但也都会篡改文本。本阅读－研究－版，则希望通过谨慎的有节制的对文字的现代化处理，逾越两难的选择。

本版的正字对一些古旧的写法进行了现代正字处理。① 这完全符合歌德自己的意愿。他在 1828 年 1 月致信科塔印刷厂，谈及《浮士德》第二部第一、三幕随亲定版(C1,12)出版时，曾明确希望他们注意用当时流行的正字法取代过时的写法，他不想让自己的写法沦为古董。②

2.《浮士德·早期稿》

《浮士德·早期稿》按魏玛宫廷女官冯·格希豪森的记录给出。其原件保留在魏玛的歌德－席勒－档案馆(完整的真迹复制见 1954 年的科学院版第一卷)。与《浮士德》第二部的主手稿(H)不同，记录并非为出版而作，故而本版保留了手稿特征，“不改真迹原样”。唯一进行处理的地方在大小写或连字符。就其他书写和标点，编者未进行任何修订、补充或整齐划一性质的改动。这包括明显的与上下文意思抵牾的疏忽或遗漏。若读者不能自行意识，可参照脚注中给出的《浮士德》第一部的相应页数和文字。

由此指导思想出发，各场次严格按记录的手稿给出。各场结尾的分隔符、不规则的下划线、诗行版式、缩进、人名缩写、括号－字位变体舞台提示标识(/:... :/)等等均与手稿相符。只有元音上标识重复字

---

① 这些处理包括 th－t，y－i，如《浮士德》第二部开篇的：Anmuthige Gegend 以及 so seyd ihr taub 等拼法已改为符合现代正字法的拼写形式。此外，对变音符号以及双写元音也都进行了修改，如 Aeolsharfen 以及 Schaale 等处。

② 1828 年 1 月 22 日歌德致科塔出版社印刷厂负责人。

母的横线，出于印刷技术原因，恢复了双写元音。对散文的行号标注因行的长短不同而略有不同。诗行编号按通行的约定俗成的编法。

因《早期稿》与《浮士德》第一部的诗行编号大不相同，读者很难进行平行比照。作为阅读辅助，除前文给出的列表对照外，《早期稿》脚注给出了与《浮士德》第一部相应诗行的对照（第一个脚注中给出了使用说明）。

3.《浮士德·补遗》

本版的《浮士德·补遗》是一个由安娜·鲍嫩坎普整理的阅读和研究版。它建立在鲍嫩坎普 1994 年的手稿整理之上，参考了施勒迈特 1996 年的订正，吸纳了 2016 年混合版《浮士德》的识读。① 与以往出版的补遗相比，本版选取了更多文本片段，采用了按成文史排列的方式，顾及手稿的上下文及特殊的书写格式，再现了作者的书写方式，完善了对原文正确的识读。

本版补遗，包含了所有至此随文集或单独发表的补遗中所有片段（除去第三者的报告，歌德单独的诗作或误认为属于《浮士德》的片段）。与 1994 年鲍嫩坎普版不同的是，本版放弃了 14 段草稿，因其与最后的成稿区别不大。

补遗的排序以手稿及成文史顺序为线索。对于《浮士德》第二部，为方便起见，同时以幕为单位进行了分组。这与以往补遗的顺序不同。唯一保留下来的，是自魏玛版起约定俗成的对手稿的编号。这样，编号顺序与段落的先后顺序便不相吻合。同样沿用的，还有 1888 年施密特在魏玛版中使用的手稿标识。2016 年新的历史－校勘版，即混合版，同样采用了这一标识系统，只对之进行了不多的扩充和更新。本版同

---

① Jost Schillemeit, Rezension von Bohnenkamp 1994 (Anne Bohnenkamp, Goethe und das Hohe Lied, in: Goethe und die Bibel, hg. v. Johannes Anderegg und Edith Anna Kunz, Stuttgart 2005, S. 89－110), in: Arbitrium 14 (1996), S. 362.

时为以前无标识的手稿添加了标识。

作为参照,对每段补遗均给出了手稿标识以及魏玛版编号。还有一个索引,按魏玛版编号顺序,给出相应文本页数。与 1994 年鲍嫩坎普版不同,本版补遗同时给出了最终的文本。成文史中的变文只在有特殊意义时给出。字母和符号均忠实于手稿。对模糊不清或不可识读的地方均做了标识。手稿版式,如分段、分隔符、页边附识、缩进、(为补充或修改而留的)空白,均按手稿给出,或由编者加以说明。没有特别标明的是某些偶然或装饰性书写。

歌德在草拟文字时常丢落表示两点的横杠,本版予以了补充,未做特别说明。缩写、简化的角色标注、书写不完整的字词等,均添加完整,对错误的拼写加以了纠正,凡此编者介入,均以斜体或尖括号标识。以下是补遗中出现的缩写一览表。[略]

三　标点

正字对理解文本意义重大,标点同样如此。歌德对此心知肚明。然而歌德生前出版的《浮士德》第一部以及第二部誊抄稿中的标点,并非全部出自歌德本人之手。其中某些同样不乏出自抄写员和助手之手。对于亲定版,歌德把排版稿的审阅主要交给了耶拿的语文学家格特灵,并全权授予他自行判断处理正字和标点。① 还在早些时候,他也曾致信出版商科塔,表示自己并不特别在意校订者加减一个逗号。② 但这当然并不意味,给予后来的编者和编辑根据自己臆测添加标点的自由。

很多迹象表明,标点对于歌德并非无关紧要。③ 他有一项总的交

---

① 见 1825 年 3 月 12 日歌德致格特灵信。

② 见 1816 年 6 月 3 日歌德致科塔出版社信,以及 5 月 9 日的随信附件。

③ 见 1805 年 11 月 25 日、1815 年 12 月 2 日、1817 年 1 月 7 日歌德致科塔出版社信,以及 1825 年 1 月 10 日致格特灵信。

代,就是要避免过多使用逗号。格特灵在审阅时,基本遵循了歌德的这一思路。① 事实上,我们已经无法真正恢复歌德本人的标点,因其手稿中有些模棱两可的地方并不符合常规,或有时表现得有些不甚严格。鉴于这些情况,本版的标点已争取做到最大限度可靠。

反过来,即便如此,人们也不能按杜登的标准来修订这些标点。因如此一来,则需要添加无数逗号,从而违背了歌德有关诗歌标点的基本原则。② 这些原则在《浮士德》手稿中清晰可见。它们与后来的规则存在本质区别。因此不仅演员和朗读者,而且普通读者也需要加以了解,这样人们就会发现,那些看似无关紧要的逗号、问号、叹号和分号会影响对文本的理解。

逗　号

歌德曾对审阅者格特灵说,减少标点,“朗读时会更加顺畅”;1816年他致信科塔说,德国人更习惯阅读而非朗读,所以他逐渐养成习惯,点很多标点,“三十年以来,我在培养演员时,发现这对于现场表演十分不利”,歌德举例,如“你相信,她爱你!——难道我没告诉你,我不能来?”其中的逗号会影响语流。③

演员格纳斯特回忆说,歌德任[魏玛宫廷]剧院领导时,曾上演卡尔德隆的《坚贞不屈的亲王》,在排练时,他对逗号、分号、冒号、叹号、问号、句号,按顺序规定了“延时”,或“时长”,其结果:

> 一开始讲起话来有些机械,待逐渐适应了这一方法,就会发现

---

① 有学者认为,格特灵违背了歌德的说明。

② Ernst Grumach, Prolegomena zu einer Goethe – Ausgabe, in: Jb. Goethe – Ges. NF 12(1950), S. 73 – 82.(就歌德整体作品而言);Lieselotte Blumenthal, Die Tasso – Handschriften, in: Jb. Goethe – Ges. NF 12(1950), S. 110 – 123(针对《托夸多·塔索》一剧而言)。

③ 1816年6月3日、5月9日,歌德致科塔出版社信。

修辞中迷人的、诗意的跌宕起伏！可以说一切都具有了乐感。①

这样人们就会理解，放弃标点规则意义何在，也就会理解后来编者们擅自的规范化改动造成了怎样的后果。如汉堡版在行 7249—7253 中因增添了逗号，阻隔了本来柔滑顺畅的河神的台词；在行 5749、10311 及以下，增添的逗号阻隔了喧哗骚动的语流。尤其是海伦开场的 8488 行及以下，按今天的规则添加的逗号，不仅破坏了节奏和旋律，而且影响和改变了语义。

逗号的一般规则在歌德时代已普遍使用，在 19 世纪下半叶开始通行。然而歌德并未严格按一般规则，也未严格按语法－句法规则，使用逗号的标点。他先后致信审校者或出版社，请求节制逗号的使用，表明他试图阻挠使用规范化的标点。在歌德的理解中，逗号（仍只）为辅助朗读而设，是用来更好地揭示意义、增强修辞－建构及节奏－乐感的辅助手段。它们如同微型舞台提示，规定着诗句的声音效果，辅助通过声音理解意思，不仅针对听众，而且同样针对默念的读者。

问号和叹号

与今天和当时已通行的规则不同，歌德的问号和叹号常常并不用于句尾［而是随语流用于句子中间］，这让已习惯整齐划一的读者颇感不惑。如 11185 句："人们会问什么？而不问如何？"问号跟在表示疑问的词后，而不是标识整个句子是疑问句。问号有时跟在疑问句后，而不顾后面的关系从句。后来的编者（如汉堡版编者）对之进行了规范化处理，其结果，句中生动的起伏被抑制了。

比之问号，在句子中间使用感叹号的做法更为普遍。后来的各版本同样对之进行了规范化处理。在作者本人或可靠的写法中，感叹号通常

---

① ［译注］格纳斯特（Eduard Genast，1797—1866），德国歌剧演员、话剧演员，曾在歌德领导的魏玛剧院工作。Goethes Gespräche. Auf Grund der Ausgabe und des Nachlasses von Flodoard Frhrn. von Biedermann hg. v. Wolfgang Herwig，5 Bde（in 6），Stuttgart und Zürich 1965－1984. Hier：Bd 2，Nr 3368.

紧跟在要感叹的词后。如行 7166:"滚开! 仇恨,滚开! 嫉妒"……

分 号

人们一般会很快熟悉诸如上述问号与叹号等不合常规的标点方式。比较麻烦的是分号。《浮士德》的编者几乎无一例外,全部没有认清或误解了文本中分号的用途,对之进行了不恰当的处理。

《浮士德》中分号的使用与今天的常规完全不同。如诗行:

> 话虽是老话,可理还是那个理;
> 羞耻与美貌永无可能,手牵手,
> 在世间碧绿的小径上一路同行。(行 8754 - 8756)

其中分号经常被无声无息地置换为逗号或冒号,虽然不违背意思,但并没有注意到,分号并非出于疏忽,它们不仅为歌德而且也为当时的文人普遍使用。事实上,从 16 世纪起开始普遍使用的分号,在所有标点中,古今用法差异最大。它兼有今天分号和冒号的功能,这在《浮士德》中还相当明显:作为分号,它的断句意义强于逗号,但弱于句号;它同时作为冒号,标识两句之间的递进或启承关系。

1788 年起,对于歌德及其助手来讲,当时通行的是阿德隆的《德语正字全录》规定的正字法。① 其中在"正确的标点"一节写道,在两部分或多部分组成的句子中,冒号和分号均可使用。"若后面跟'这样(so)'引导的从句,该标点可表示递进、条件、原因、比较的意思。"②如例句显示,分号除有今天的分隔功能外,还兼有今天冒号的连缀功能。[*]冒号和分号的区别仅在于,冒号用于分隔长一点的句子,分号用

---

① Lieselotte Blumenthal, Die Tasso - Handschriften, in: Jb. Goethe - Ges. NF 12(1950), S. 107.

② Johann Christoph Adelung, Versuch eines vollständigen grammatisch - kritischen Wörterbuches Der Hochdeutschen Mundart, mit beständiger Vergleichung der übrigen Mundarten, besonders aber der oberdeutschen. 5 Bde, Leipzig 1774 - 1786, S. 375, 380.

于分隔两个中等长度的句子，这样实际上在判断句子长短时存在很大回旋余地。

歌德及其助手就是按照阿德隆的规则，来标点《浮士德》第一部和第二部的。故而当分号显示出递进等关系时，今天的读者就会感到不适或认为是标点错误。反之，若无法判断歌德的分号相当于今天的冒号还是分号，读者就会自动按分号判断，而忽视了隐含的递进意思。

为避免误解，凡是明显在冒号意义上使用的分号，本阅读和研究版全部置换为冒号，并附有对照表。［略］然而大多数情况下，《浮士德》中的分号需要权衡，也就是说需要在解释的基础上进行判断。① 编者认为自己无权在此进行解释和判断，但必须明确向读者指出，《浮士德》中的分号原则上不是表示分隔，而是更多表示递进意思，也就是用标点提示演员或朗读者（此处要保持语调或上扬），下面会接对前文的肯定、论述、结论、总结等。这对于理解文本非常重要。

比如就《浮士德》终场最后几行：

> 在此化行动；
> 永恒－女性者
> 引我们上升。（行 12109－12111）

此处的分号，到底是在冒号还是分号意义上使用，到底是表示排比还是总结，会导致对《浮士德》结尾的不同理解。也就是说，最末两行，到底是在今天分号意义上，与上文的一系列表述构成排比关系，还是在今天冒号意义上，构成对本段诗句，乃至整个终场，抑或是整部《浮士德》的总结，对此作出的不同判断，会导致对《浮士德》的不同理解。

---

① 如行 487、1672、1758、2071、4677、6728、11405 等。

四　歌德的自我审查

风纪横杠

对于《浮士德·早期稿》,我们不知宫廷女官冯·格希豪森是照哪个蓝本抄录的,但当她抄写到,梅菲斯特说,租住在“小啤酒飞花”太太房子里的大学生们,把她的名字写在了“粪屋”[茅房,厕所]上时,用了“-屋”。在另一处,遇到“路德博士”字样时,她用了四个横杠。后者倒并非出于反感(正统天主教徒会出于反感而拒绝写路德二字),而是因为出身路德宗的格希豪森小姐认为,用“大腹便便”来描写自己的改革宗主,有伤大雅。

这样的“风纪横杠”在18和19世纪相当普遍,《浮士德》中也偶尔出现。考虑到当时的风纪,对于《浮士德》第一部中梅菲斯特与老女巫跳舞调情一场,歌德亲自把台词中出现下三路的地方或其他“猥亵”的部分,改为用横杠暗示。尽管它们在手稿中完整写出来,但在所有正式出版的文本中都进行了处理。再如1808年,人们曾严肃地考虑是否对“硕大的洞”和“合适的塞子”等文字——只有在上下文中才暴露出有伤风化——在朗读的时候用清嗓子代替,或最好用咳嗽蒙混过去。①

这样截断文本显然不合作者自由的意愿,但并非不可补救。本版恢复了删去部分本来的权利,将之印出,并用尖括号标明,在注释中给予了说明。然而编者的这一干预,在书评中受到某些洁版主义者指摘,称其“尤其荒谬”。②

此外,歌德的“风纪横杠”终于让人理解,他为何对一些段落不断进行改写——那常常是一些无法用横杠削弱其有伤风化特征的段落。在这个意义上,可以说《浮士德》第一部“洁净”后的最终文字,曾被置

---

① Albrecht Schöne, Götterzeichen, Liebeszauber, Satanskult. Neue Einblicke in alte Goethetexte (zuerst 1982), München 1993, S. 211.

② Siegfried Scheibe, Germanistik 1996, S. 196.

于作者深刻的自我审查之下。

对《早期稿》的净化

与冯·格希豪森的《浮士德·早期稿》[对小圈子内朗读、传抄传阅的手稿的记录]相比,1790年出版的《片段》和1808年后出版的各版文字都有所不同,这出于不同原因和意图。其中一项毫无疑问与"风纪横杠"所代表的问题有关。这不能简单归结为,狂飙突进以后作者自己的品味有所改变,语言有所收敛;而是要考虑到,传抄传看、在小圈子内朗读与正式出版,两者对文字的要求不同。

后来的改动涉及《早期稿》中的一些粗口(比如把"喝高了"改为"饮酒",把"你这肥猪"改为"你这酒桶");另有一些改动是为避免惹教会的麻烦(如神父说"这样做才像个基督徒",改为"这样做才是对的");还有一些出于道德风化考量(如格雷琴的台词"我的身体!天呐!向他扑去",改自"我的胸脯!……";格雷琴在地牢中激情四射的回忆"你拥抱我,仿佛整个天空向我压来。你亲吻我,仿佛要让我在情极中窒息",改为"你的话语、你的眼神,/仿佛笼罩着我的天空,/你亲吻我,仿佛要让我窒息")。

为让当时的读者可以接受,歌德对文本进行了如此这般修改。但这很可能不是歌德自我审查的唯一结果。人们推测,或许最原始的《浮士德》手稿中不少整段都成了牺牲品,也就是说,《早期稿》都未对之予以抄录。如前文曾引述的一段:维兰德曾在1776年1月听到歌德朗读《浮士德》,在1796年一次谈话中他表示,很多有趣的场景被屏蔽了,如在地牢一场,浮士德竟勃然大怒,令梅菲斯特震惊不已。① 此处所言地牢场,显然已非《早期稿》中的牢狱场。

---

① 参考 Ernst Grumach, Faustiana. 1: Zum Urfaust (zuerst 1954), in: Beiträge zur Goetheforschung, hg. v. Ernst Grumach, Berlin 1959, S. 268 – 275. – 2: Kommata (zuerst 1956), ebd. S. 276 – 278, Faks. – Abb. 2。

删除撒旦场景

对整部《浮士德》来讲，歌德自我审查带来的最大损失，莫过于对瓦尔普吉斯之夜场的删减。① 在该场中，歌德原本设计了撒旦场景以及以最后审判为题的幻象剧，“女巫”格雷琴将成为宗教裁判所的牺牲品。作者不仅制定了写作计划，而且已创作出一些重要段落。补遗第34、48、49和50号显示出相应计划和创作内容。

这样，瓦尔普吉斯之夜场就超出了现有的意义，因为它显然被设计为与天堂序曲对应和对立的一场。作为对天主的类比和反题，在此出场的是自以为是天主对手的撒旦。也就是说，《浮士德》原本会因此获得以灵知-摩尼派思想为基础的、二元对立的紧张，而非像最终的文本那样，淡化了这种紧张——仅让天主出场，且浮士德在世间的道路完全被置于天主“救赎”的许诺之下。

为了对经典化的版本进行辩护，为了证明现有文本优于被删去的，人们试图从不同角度进行论证，比如从戏剧学角度（涉及戏剧的基本结构），从梅菲斯特战术演练的角度，从戏剧经济［该场将过于冗长］的角度，或认为删去之所以必要，是因为否则无法与天堂序曲协调一致等等。② 还有人认为，这是以启蒙的方案代替“形而上”或“教义”的方案，也就是说，用人性角色天性中的“善恶辩证法”，取代撒旦所代表的纯粹-恶的原则，即“歌德决定放弃撒旦登场”是“纲领性的必然结果”。③ 还有人从成文史角度出发，认为删除该场景纯粹是迫于“交稿时间压力”，因为为按时在1808年出版《浮士德》第一部，歌德的确需

① Albrecht Schöne, Götterzeichen, Liebeszauber, Satanskult. Neue Einblicke in alte Goethetexte (zuerst 1982), München 1993, S. 107-216.

② Ebd. S. 201-204.

③ Thomas Zabka, Dialektik des Bösen. Warum es in Goethes "Walpurgisnacht" keinen Satan gibt, in: Dt. Vierteljahrsschr. 72 (1998), S. 201-226.

要加快速度。①

然而无论如何，起决定作用的显然是出于对当时读者的考虑。有案可查的是，即便对洁版的瓦尔普吉斯之夜，当时的读者业已大为光火。由此可以推断，删除梅菲斯特场势在必行。歌德亲自仔细誊抄了完成的部分，然后把它们封存在"瓦尔普吉斯的袋子"里。在一次谈话中，他对法尔克说，他此举"是为《浮士德》的女巫场备用，里面个别诗句可能会用到非布罗肯峰的场景中"，并且：

> 在我死后，如果瓦尔普吉斯的袋子被打开，所有此前被封存在冥河里的折磨人的魂灵，如同曾折磨我一样，也被放出来折磨其他人[……]，我想，他们（德国人）是不会轻易原谅我的！②

里默的一段话证明了对于当时的读者，这些场景如何难以接受。作为歌德的好友，里默参与了为1808年出版《浮士德》第一部所做的准备工作，包括对撒旦场的删除。三十年后，人们计划在1836年出版的四开本中加入部分被删除的文本，里默值此之际致信冯·米勒，表明，歌德曾一方面进行了删除，一方面希望在他死后发表。里默接着写道：

> 我们的观众，大多数是女人和女孩，小伙子和男孩，我们的时代恨不得亲吻圣人的脚趾，当然无法接受阿里斯托芬式的布罗肯峰场景。我本人最开始也予以了反对。

---

① Siegfried Scheibe, Zur Entstehungsgeschichte der Walpurgisnacht im Faust I, in: Goethe – Studien. Sitzungsberichte d. Dt. Akad. d. Wiss. zu Berlin. Klasse f. Sprachen, Literatur u. Kunst 1965, Nr. 4, S. 52.

② 法尔克（Johannes Daniel Falk, 1768—1826），德国新教作家、赞美诗作者，在魏玛与歌德相识。Goethes Gespräche. Auf Grund der Ausgabe und des Nachlasses von Flodoard Frhrn. von Biedermann hg. v. Wolfgang Herwig, 5 Bde (in 6), Stuttgart und Zürich 1965 – 1984. Hier: Bd 5, Nr 7228.

然而里默笔锋一转写道：

> 这是一个非常重要的母题，它取材于民间童话，进行了大规模扩充，也就是说，撒旦出现在布罗肯峰，连同女巫的乱舞，——我们最纯洁的艺术家也会用不可言表的裸体进行塑造，——即便从艺术的角度，且作为天堂“序剧”中“天主”的对位，也非常有意义，至少有必要加以暗示。

[*]根据里默的建议，该场当为：在布罗肯峰上，撒旦坐在宝座上，被众巫魔簇拥。浮士德和梅菲斯特站在外围。公绵羊在右，公山羊在左，典型的魔鬼仪式。根据教父神学，魔鬼本就是神的拙劣的模仿者，他戏仿敬拜神的仪式，包括接受巫魔的觐见；撒旦的声音隐约可辨，有撒旦的就职演说。最后场景变得越来越乌烟瘴气，被女巫的浊气和喧哗掩盖；当然还有对新入伙的女巫的介绍，有魔鬼在布道坛上对女巫的布道等等。

里默接着写道，私人谒见也不当省去。然后是神的模仿者——魔鬼——让众巫魔亲吻他的臀部，就如同基督的代表——教宗——让人亲吻他的拖鞋，这其中蕴含着无限细腻的反讽。“我用铅笔划去了，或用括号括上了要省去的段落，这样就不仅可以忍受而且也可以理解了，这就足够了。”①

时过境迁，今天不需要省去某些段落也可以忍受，而且如此一来会更易理解。本版从两方面打开了“瓦尔普吉斯的袋子”：一则印出了无视风纪、未经审查的补遗，一则给出了针对该场的建议上演版，其中重拾了被删除的段落。但同时希望不要引起误解，认为这是在努力恢复歌德的原初计划，或认为这是要用“更正确”、对于我们来说“更有意思的”文本去置换经典文本。事实上，本次重拾被歌德自我审查所牺牲

---

① 本段引文见 Quellen und Zeugnisse zur Druckgeschichte von Goethes Werken, Teil 3: Die nachgelassenen Werke und die Quartausgabe, bearbeitet v. Edith und Horst Nahler, Berlin 1986, S. 386f。

的撒旦场景,并给出一个适于舞台演出的版本,其目的在于,用上演版取代烦琐的注释,向读者直接展示,这些场景相互之间、它们与歌德已发表的文本之间,存在着怎样密切的关联。

1829年魏玛的提词本

1829年1月19日,克林格曼①在布伦瑞克上演了《浮士德》第一部。之后,魏玛也重启了1810/12年搁浅的《浮士德》上演计划。1829年3月28日,歌德致信采尔特说:"他们要上演我的《浮士德》,对此我的反应是消极的,或者说是不情愿的。"但在1828年8月29日魏玛首演之后,歌德的态度有些放开,同年9月2日,他致信罗赫利茨(此人向歌德详细汇报了1828年8月28日莱比锡的上演情况)②说:"很奇异看到这颗果子此时从树上落下。这里也上演了,不是我推动的,但也未违背我的意愿,其上演方式等也算征得了我的同意。"③

魏玛演出的脚本保留了下来(魏玛的歌德－席勒档案馆,标识:歌德作品 XIX,5)。这很可能是一个从布伦瑞克购得的誊抄的提词本,原本当时供导演排练使用。毫无疑问,经歌德同意,里默、导演杜朗,或许还有爱克曼,为魏玛的演出重新审阅过这个脚本。当时,距1808年《浮士德》第一部全本出版已有二十余年,人们已熟知作品,但作品本身被置于严格的审查之下。公开在舞台上演出,面对男女观众,审查的力度显然要大于面对个别读者的印刷版。

事实上,早在拉齐维乌侯爵在柏林上演时,人们就对出版的文本进行过改动。对此采尔特1820年6月7日曾致信歌德,告知他,鉴于观众多为宫廷小姐和她们的老女仆,为不在她们中惹麻烦,人们对一些有

① 参本书页11,注释5。

② [译注]Friedrich Rochlitz, 1769—1842,德国短篇小说家、剧作家和作曲家。

③ 1828年8月2日歌德致罗赫利茨信。

伤风化的地方进行了处理。只是根据采尔特的建议,人们没有请求歌德本人进行修改,而是请演员们根据情况对个别词语酌情删减或改动。①

而这次人们却把提词本呈给了歌德本人。此前助手们已对其中大量的抄写错误或删节的段落进行了仔细补充修订。只是很多出于风纪原因被删节的部分、②瓦尔普吉斯之夜整场,他们未作恢复;不仅如此,

---

① 1820年6月7日采尔特致歌德信。

② 这些被删节的诗行如下:836 – 45: ZWEYTER SCHÜLER (zum ersten): Nicht so geschwind! dort hinten kommen zwey, / Sie sind gar niedlich angezogen, / 's ist meine Nachbarin dabey; / Ich bin dem Mädchen sehr gewogen. / Sie gehen ihren stillen Schritt / Und nehmen uns doch auch am Ende mit. / ERSTER: Herr Bruder nein! Ich bin nicht gern genirt. / Geschwind! daß wir das Wildpret nicht verlieren. / Die Hand, die Samstags ihren Besen führt,/ Wird Sontags dich am besten caressiren. 872 – 83: ALTE: zu den Bürgermädchen / Ey! wie geputzt! das schöne junge Blut! / Wer soll sich nicht in euch vergaffen? –/ Nur nicht so stolz! es ist schon gut! / Und was ihr wünscht das wüßt' ich wohl zu schaffen. / BÜRGERMÄDCHEN: Agathe fort! ich nehme mich in Acht / Mit solchen Hexen öffentlich zu gehen; / Sie ließ mich zwar, in Sanct Andreas Nacht, / Den künftgen Liebsten leiblich sehen. / DIE ANDRE: Mir zeigte sie ihn im Krystall, / Soldatenhaft, mit mehreren Verwegnen / Ich seh' mich um, ich such' ihn überall, / Allein mir will er nicht begegnen. 2512 – 17: (MEPHISTOPHELES:) Du zweifelst nicht an meinem edlen Blut; / Sieh her, das ist das Wapen, das ich führe! (Er macht eine unanständige Geberde.) / DIE HEXE: (lacht unmäßig) Ha! Ha! Das ist in eurer Art! / Ihr seyd ein Schelm, wie ihr nur immer war't! / MEPHISTOPHELES: (zu Faust) Mein Freund, das lerne wohl verstehn! / Dieß ist die Art mit Hexen umzugehn. 3286 – 3310: (MEPHISTOPHELES:) Der Erde Mark mit Ahndungsdrang durchwühlen, / Alle sechs Tagewerk' im Busen fühlen, / In stolzer Kraft ich weiß nicht was genießen, / Bald liebewonniglich in alles überfließen, / Verschwunden ganz der Erdensohn, / Und dann die hohe Intuition –/ (Mit einer Geberde) Ich darf nicht sagen wie – zu schließen. / FAUST: Pfuy über dich! / MEPHISTOPHELES: Das will euch nicht behagen; / Ihr habt das Recht gesittet pfuy zu sagen.

他们还继续删除了行2757“整个身体”中的“整个”一词，以及2524和3505两整行。出于神学考量，布伦瑞克提词本删去了行2559－2566，而魏玛版则再删去了2441－2443、2834－2842两段。① 最后他们还［为

/Man darf das nicht vor keuschen Ohren nennen, / Was keusche Herzen nicht entbehren können. / Und kurz und gut, ich gönn' Ihm das Vergnügen, / Gelegentlich sich etwas vorzulügen; / Doch lange hält Er das nicht aus. / Du bist schon wieder abgetrieben, / Und, währt es länger, aufgerieben / In Tollheit oder Angst und Graus. / Genug damit! dein Liebchen sitzt dadrinne, / Und alles wird ihr eng' und trüb'. / Du kommst ihr gar nicht aus dem Sinne, / Sie hat dich übermächtig lieb. / Erst kam deine Liebeswuth übergeflossen,/ Wie vom geschmolznen Schnee ein Bächlein übersteigt; / Du hast sie ihr in's Herz gegossen, / Nun ist dein Bächlein wieder seicht. 3729－3731:(VALENTIN:) Ich sag' dir's im Vertrauen nur: / Du bist doch nun einmal eine Hur'; / So sey's auch eben recht. 3788－91:(Böser Geist:) Durch dich zur langen, langen Pein hinüberschlief. / Auf deiner Schwelle wessen Blut? / – Und unter deinem Herzen / Regt sich's nicht quillend schon。［…］

① 以下为此处提到的诗行。2757:(MARGARETE:) Mir läuft ein Schauer über'n ganzen Leib －2524:(DIE HEXE:) Die auch nicht mehr im mind'sten stinkt;3505:(MARGARETE:) Ach wenn ich nur alleine schlief! 2559－66:(MEPHISTOPHELES:) Mein Freund, die Kunst ist alt und neu. / Es war die Art zu allen Zeiten, / Durch Drey und Eins, und Eins und Drey / Irrthum statt Wahrheit zu verbreiten. / So schwätzt und lehrt man ungestört; / Wer will sich mit den Narr'n befassen? / Gewöhnlich glaubt der Mensch, wenn er nur Worte hört, / Es müsse sich dabey doch auch was denken lassen. 2441－43: MEPHISTOPHELES: Natürlich, wenn ein Gott sich erst sechs Tage plagt, / Und selbst am Ende Bravo sagt, / Da muß es was gescheidtes werden. 2834－42:(MEPHISTOPHELES:) Er sprach: So ist man recht gesinnt! / Wer überwindet der gewinnt. / Die Kirche hat einen guten Magen, / Hat ganze Länder aufgefressen, / Und doch noch nie sich übergessen; / Die Kirch' allein, meine lieben Frauen, Kann ungerechtes Gut verdauen. / FAUST: Das ist ein allgemeiner Brauch, / Ein Jud' und König kann es auch.

避免粗口或出于风纪]对个别词进行了改写。①

无可争议的是,歌德同意了这些改动。因他的助手们出于对审查的顾虑,事先用铅笔或红笔所做的一系列删节建议,歌德在提词本页边亲手做了 17 处批示。他虽然称自己是"消极的,不情愿的",但终究是同意了,且所删除的部分在今天看来简直不可置信。歌德进行了自我审查,从中可以看出,当时的人们认为什么适合舞台表演,歌德的助手们怎样表达了自己的顾虑,以及作者本人如何为适应观众的品味而采纳了顾问们的建议。

歌德是用铅笔在提词本相应页的外沿作出批示,经过多年的磨损,已字迹难辨。1904 年格雷夫对之进行了辨认。② 我在此把经过再次核查的文字,全文录入如下:③

---

① 如 2078 Sauerei – Sudelei, 2637 Heut' Nacht in meinen Armen – Noch heut. . . , 2662 Strumpfband – Armband, 3503f. Busen – Munde, Brust an Brust – Blick in Blick, 3536 Dreck – Schmutz。

② Hans Gerhard Gräf, Goethe über seine Dichtungen, Bd 2. 2: Die dramatischen Dichtungen 2 (darin S. 1 – 608: Goethes Äußerungen über Faust), Frankfurt/Main 1904, S. 489 – 94.

③ 以下诗行中文选自绿原译本,人民文学出版社,1994。2023 – 36: (MEPHISTOPHELES:) Besonders lernt die Weiber führen; /Es ist ihr ewig Weh und Ach / So tausendfach / Aus Einem Puncte zu curiren, /Und wenn ihr halbweg ehrbar thut, / Dann habt ihr sie all' unter'm Hut. / Ein Titel muß sie erst vertraulich machen, / Daß eure Kunst viel Künste übersteigt; / Zum Willkomm' tappt ihr dann nach allen Siebensachen, / Um die ein andrer viele Jahre streicht, / Versteht das Pülslein wohl zu drücken,/ Und fasset sie, mit feurig schlauen Blicken, / Wohl um die schlanke Hüfte frey, / Zu seh'n, wie fest geschnürt sie sey. 2111 – 14: (SIEBEL:) Zum Liebsten sey ein Kobold ihr bescheert! / Der mag mit ihr auf einem Kreuzweg schäkern;/ Ein alter Bock, wenn er vom Blocksberg kehrt, / Mag im Galopp noch gute Nacht ihr meckern! 2132f: (BRANDER:) (singt) Da ward's so eng' ihr in der Welt, / Als hätte sie Lieb' im Leibe. 2648 – 52: (MEPHISTOPHELES:) Die Freud' ist lange nicht so groß,/ Als wenn ihr erst

针对行2023－2036：(特别要学会驾驭女人！她们长吁短叹虽有千种百般，对症下药只须从一点，马马虎虎装出一副道貌岸然，您很快把她们个个弄得团团转。先必须有个头衔使她们相信，您的医术比许多

---

herauf, herum,/Durch allerley Brimborium, / Das Püppchen geknetet und zugericht't, / Wie's lehret manche welsche Geschicht'. 2709f: (FAUST:) Was faßt mich für ein Wonnegraus! / Hier möcht' ich volle Stunden säumen. 3334f: (FAUST:) Ja, ich beneide schon den Leib des Herrn, / Wenn ihre Lippen ihn indeß berühren. 3336f: MEPHISTOPHELES: Gar wohl, mein Freund! Ich hab' euch oft beneidet / Um's Zwillingspaar, das unter Rosen weidet. 3454: (FAUST:) Nenn's Glück! Herz! Liebe! Gott! 3686－97: (MEPHISTOPHELES:) Laß, laß es seyn! / Er läßt dich ein / Als Mädchen ein, / Als Mädchen nicht zurücke. / Nehmt euch in Acht! / Ist es vollbracht, / Dann gute Nacht / Ihr armen, armen Dinger! / Habt ihr euch lieb, / Thut keinem Dieb / Nur nichts zu Lieb', / Als mit dem Ring am Finger. 3587ff: GRETCHEN: (steckt frische Blumen in die Krüge) Ach neige, / Du Schmerzenreiche, / Dein Antlitz gnädig meiner Noth! 3776ff: BÖSER GEIST: Wie anders, Gretchen, war dir's, / Als du noch voll Unschuld / Hier zum Altar trat'st, 3790－93: (BÖSER GEIST:) －Und unter deinem Herzen / Regt sich's nicht quillend schon, / Und ängstet dich und sich / Mit ahndungsvoller Gegenwart? 3834: GTRETCHEN: Nachbarin! Euer Fläschchen! －4412－20: (Es singt inwendig.) Meine Mutter, die Hur, / Die mich umgebracht hat! / Mein Vater, der Schelm, / Der mich gessen hat! / Mein Schwesterlein klein / Hub auf die Bein, / An einem kühlen Ort; / Da ward ich ein schönes Waldvögelein, / Fliege fort, fliege fort! 4443f: (MARGARETE:) Laß mich nur erst das Kind noch tränken. / Ich herzt' es diese ganze Nacht; 4508－10: (MARGARETE:) Mein Kind hab' ich ertränkt. / War es nicht dir und mir geschenkt? / Dir auch －Du bist's! ich glaub' es kaum. 4528－32: (MARGARETE:) Und das Kleine mir an die rechte Brust. / Niemand wird sonst bey mir liegen! －/ Mich an deine Seite zu schmiegen / Das war ein süßes, ein holdes Glück! / Aber es will mir nicht mehr gelingen, 4552－61: (MARGARETE:) Rette dein armes Kind. / Fort! immer den Weg / Am Bach hinauf, / Über den Steg, / In den Wald hinein, / Links wo die Planke steht, / Im Teich. / Faß es nur gleich! / Es will sich heben, / Es zappelt noch!

人高明;然后,作为见面礼,您才可以去摸索所有随身细软,别人连哄带骗得花好几年。再要懂得把脉按好,还得斜着火热的目光把她们的纤腰搂抱,看看她们是否把紧身儿系牢。)“我建议把建议划去的地方全部划去。”(落实了)

针对行2111-2114:(快送个丑八怪给她做情人!让他在十字路口去跟她调情;让一个老山羊从布罗肯山回来,跑过去咩咩叫着道晚安!)“可删。”(落实了)

针对行2132及以下:(从此觉得世界太局促,只怕欠下了风流债。)“至少要换一个重唱。”(落实了)

针对行2648-2652:(还不如照许多言情小说所教,用各种各样的胡说八道,把那个小木偶搓了又搓,揉了又揉,搞得她神魂颠倒,那才叫妙不可言,不可言妙。)“同意改动。”(落实了)

针对行2709及以下:(我是何等的惊喜!我真想在这里逗留几个小时。)“留给演员自己发挥。”(导演提示中删去一部分)

针对行3334及以下:(是的,我甚至会嫉妒天主的身体,如果她的嘴唇挨着了它!)“同意改动。”(先改,后全部删除)

针对行3336-3337:(说得太好了,我的朋友!为了在玫瑰下面吃草的孪生小鹿,我常常把你嫉妒。)“随便改吧。”(先改,后全部删除)

针对行3454:(管它叫幸福!叫心!叫爱!叫上帝!)“此处没意见。”(落实了)

针对行3686-3697:(千万别进门!你若把门进,进去女儿身,出来就不是。你可要当心!好事一完成,翻脸不认人,可怜的小乖乖!你可要自重,别睬小杂种,裤带不能松,除非戒指手上戴。)“最后几段可以删去。”(这几行删去)

针对行3587及以下(受苦受难的圣母啊,请俯首垂怜我的灾殃!),行3776及以下(格雷琴,想当初你天真无邪,来到祭坛前,……,而今你可判若两人!):提词本中城门洞和大教堂场缩合成教堂场。歌德:“酌情而定。”(除以上两项外,无其他改动)

针对行3790-3793:(——而在你的心房下面,可不已经出现胎

动,那小家伙正蠕动着膨胀起来,以不详的存在使你和它自己诚惶诚恐?)“删去。”(落实了)

针对行3834:(隔壁大妈! 您的小瓶子! ——)“酌情而定。”(略有改动)

针对行4412-4420:(我的娘,那暗娼,她把我杀了! 我的爷,那流氓,他把我吃了! 我的小妹子拾起了骨殖埋在荫凉处——我变成林中一只美丽的小鸟,飞走了,飞走了!)“未见不妥。”(最终4412-4415删去,4412之前改写过)

针对行4443-4444:(让我先给孩子喂喂奶! 我搂了它一整夜;)“可有局部改写。”(改写)

针对行4508-4510:(我淹了我的孩子。它不是上天赐给我们两人的吗? 也是给你的呀! ——是你! 我简直不相信。)“可改写。”(改写)

针对行4528-4532:(小家伙在我的胸口右边! 再不要有谁躺在我附近! ——从前偎依在你身旁,真是温柔、甜蜜的幸福! 可我再也偎依不成了;)“可改写。”(改写)

针对行4552-4561:(去救你可怜的孩子! 去吧! 沿着小溪笔直走,过了独木桥,走进林子去,左边竖着一块木牌,在池塘里。快把它捞起来! 它在向上浮,它还在挣扎!)“未见不妥。”(保留)

由上可见,歌德之所以允许删改,多出于对风纪审查的考虑,这与他删改《片段》和《浮士德》第一部的动机同出一辙。每处删改的部分,均涉及不合当时道德习俗的内容,或为避免有伤教会和神学教化。只是与书面印刷的版本相比,对用于舞台演出的脚本要求会更为严格。这就导致脚本的删改更多,差不多到了扭曲原文的程度。

好在严守规则的“文本主义者”,也并不认为这一由歌德亲自审阅修订的《浮士德》第一部脚本是唯一适用于舞台演出的脚本(虽然它符合其原教旨主义的编辑原则)。不过幸好舞台实践不会遵守什么条条框框。

本版注释说明

自出版至今,《浮士德》一直肩负历史所赋予的巨大权威,二百多年来的影响史和注疏史不断给它加码。它同时为无数学术阐释簇拥,又因号称深刻和艰涩而引发读者强烈的好奇。这一切都让人对之望而生畏。歌德本人在1827年说过一段话,很富启发意义,他说:德国人“处处寻找或植入他们深刻的思想和理念,让自己的生活变得沉重。——唉!但愿你们终于能够有勇气,相信自己的印象,让自己获得愉悦,受到感动,得到提升,让自己受教,被点燃和激励去面向伟大的事物”。①

然而激起这样的“勇气”需要某些辅助。1947年11月25日托马斯·曼致信黑塞,写道:“或许某人会有兴趣,写一个新鲜的、有益的《浮士德》注释,消除大家对这样一部高超、明快,但并非不可接近的作品的畏惧。这特别需要大胆,同时允许犯错误。”②我本人愿意做这样一次尝试。

人们当然不希望,这注释成为另一个令人生畏的庞然大物,而是希望,它能带来激励和启发;人们同时希望它少一些顶礼膜拜,多一些给人带来灵感的批判。然而呈现在读者面前的,是一部近800页的文本卷,一部1100多页的注释卷。如何阅读才能对读者有益呢?

为鼓励读者阅读,首先要说明的是:注释卷无需从头到尾阅读。

序言部分列出了作品的一些基本特征,作为注释的基础,需要知道和了解。文本形态部分也作为基础建议通读。《浮士德》第一部和第二部注释部分的主体是详注,具体到字词和诗行。其中不需要或不感兴趣的部分可一带而过。详注开始之前是本场说明。对于《浮士德》第二部,各幕之前还有一个本幕说明。两部分之前各有一个本部分说明。[也就是说,在具体详注开始之前,各部分、各幕、各场之前都冠以一个说明。]

---

① Leseanweisungen, siehe: Johann Wolfgang Goethe, Faust, hrsg. v. Albrecht Schöne, Text-Band, Berlin 2017, S. 818f.

② 1947年11月25日托马斯·曼致黑塞。

需要说明的是，置于各部分开头的说明，并非以下各部分的“概述”；相反，详注也可能是对该场说明的一部分；对某场的说明能是对该幕说明的补充；对某幕的说明要与对该部分的说明联系起来看。这样各部分说明和注释相互关联，共同构成一个整体。

对《浮士德 · 早期稿》的注释为方便读者而设。除随文本的注释外，还在需要的地方，再次在《浮士德》第一部相关部分给出。因《早期稿》以格希豪森的抄录本为基础，抄录疏忽和错误未经订正而原样照排，故而在脚注中给出《浮士德》第一部相应部分的正确写法。

对《补遗》的注释不同于对其他文本，只供需要时查阅。这部分首先总述补遗文本的特征和意义，接着概述各段相关的信息，比如成文先后、功能等，指出写作计划与所有手稿的联系，以及与现有《浮士德》在前期或同期工作上的关系。对于日期标注未给出说明，对此可参考鲍嫩坎普 1994 年版的相关注释。补遗的解词、释义仅涉及《浮士德》注释中未涉及的部分。在文本卷中已在页边给出相应补遗信息，补遗部分不再反向指示。

最后，文献和缩写索引无需全部阅读。文献中包含了注释中所引用的文献，以及就一些专题另外提供的文献。

关于注释本身，因没有固定针对对象，故而可能对于某些读者过于烦琐，对于某些又稍显不足。我希望各方面读者都能各得其所。本版的目的在于，消除大家对经典著作的畏惧之心，同时有助于歌德达到自己的愿望：“不断吸引人去反复思考。”①

虽说有人认为，注释就是某种祛魅，是宣布作品的死亡，读者当自己向作品发出叩问，②但事实上，有很多东西，无论人们怎样反复阅读，认真思考，也很难自行认识到。人们可以无视很多已变得陌生的词汇

① 1831 年 2 月 13 日歌德与爱克曼谈话。

② Johann Wolfgang von Goethe, Gedenkausgabe der Werke, Briefe und Gespräche, Bd 5: Die Faustdichtungen, hg. v. Ernst Beutler, Zürich 1950 (Unveränderter Nachdruck Zürich und München 1977).

或名称，然而《浮士德》之所以至今经久不衰，靠的是它的深度和洞察力，若不求甚解，则无论看多少遍，也不会发现更多的东西。

当然人们可以自我安慰，说歌德时代的读者也未必就理解《浮士德》。令作品晦暗难懂的，并非文本的古旧或读者修养的缺失，作者本人也有意识舶入了很多晦暗的东西。陌生的、谜一般的、荒诞的、隐秘的，凡此种种不可思议之物，本身就是艺术的作料。对于这些，本注释卷会给读者指出，但不会破坏它们的意义和效果，不会带着“启蒙”姿态把它们清除。解释说明不一定要祛魅或破坏作品的生命力。

很多歌德使用的字词，如今已需要翻译；时代与传统的断裂，造成人们对古希腊神话、圣经经典不再熟悉，致使理解《浮士德》的基本前提丧失。同时，对歌德时代政治、社会、经济和文化格局的记忆，对哲学、法学、医学、神学的记忆，以及对歌德终生研习的自然科学的记忆也随之消失：意识到它们或破解它们越来越难。另一方面，这部深不见底的作品并非一部老旧的百科全书，可以封尘在故纸堆中，不为我所用。我们若无法理解那些符号，那么就不会从这位“伦理－审美数学家”留下的文学“公式”中得到启示。

《浮士德》涵盖了3000年时空，从特洛伊的陷落到1824年希腊解放战争收回迈索隆吉翁。① 这部人间大戏越是钩深，便越将致远，越指向未来和每一个当代。正如弓越是向后拉，箭矢就越会射向远方。

本注释版与以往各版多有不同，以下就其注释原则和特征略作说明。关于字词，本版不仅对古旧词汇加以注释，而且也包括至今常用但意思发生变化的词。因此最好不要等遇到问题再看注释。对词汇的解释主要针对其在上下文中的意思。关于名词解释的必要性，可以说，歌德关注世界上发生的一切，并有意识地把它们植入自己的作品；它们满载生活经验和客观知识，扎根当时的现实，程度远超过今天读者的想象。它

① 迈索隆吉翁：希腊中南部城市，1820年代，希腊开展了反抗土耳其的解放战争，1824年，支援希腊的英国诗人拜伦因染病在此城去世（海伦幕中的欧福里翁影射拜伦）。

们为作品增添了色彩,今天读之会非常有趣。但刚好这部分,今天的读者常常会意识不到,因此针对这部分,希望读者边读边参照注释。

另一方面,有一部分内容,不断出现在各种注释版中,故而本版予以省略,或予以缩减,只在有观点发生变化的地方给出。这部分内容涉及三个方面:

第一,有关歌德生平,与理解文本无关的不予以说明,且避免用歌德自己的自传式表述来与文本呼应。

第二,不与歌德其他作品、文字、日记、谈话做平行比较,也就是说,不把作品纳入所谓全集或时代话语中,除非对理解文本有特别帮助。歌德自己的评论性表述,即通常所谓"关于《浮士德》的自评",在此不单列栏目,而是散置于注释中的相关部分。歌德认为,作者虽熟悉自己的作品,但外人更容易指出作者由于疏忽、习惯和偷懒而忽视的问题。① 更何况,作者的很多自评大多是即兴的、应景的,取决于当时的场景和对象。它们要迁就交谈者或信友的观点,或谋求某种动态平衡,它们要么是求和要么是挑衅,要么是事后的表白,是补充"遗漏"的声明,是弥补自感的"不足",再或者就是藏猫猫的游戏。

原则上,每一个作者在解释自己的作品时,都会切换到另一个角色。他是自己作品的主人,但如何去理解作品,他无权做出规定,尽管他看上去比其他解释者更有权威,也更让人好奇。歌德自己曾在一次与卢顿的谈话中表示:"作家不该成为自己作品的解释者,用日常的散文去肢解自己的作品,那样他就不是作家了。作家把自己的创作交给世人,在此之后,去考察作家创作的意图,就成为读者、美学家、批评家的事情。"②即便

---

① 1808年6月22日歌德致莱因哈特(Karl Friedrich Reinhard, 1761—1837)。后者是法国外交官和作家,拥有德国血统,与歌德频繁通信。在这封信中,歌德谈到弗里德里希·施莱格尔对其作品的评介而发此言。

② 1806年8月19日歌德致卢顿(Heinrich Luden, 1778—1847)。后者是德国历史学家,曾在耶拿大学担任教职。见:Goethes Gespräche. Auf Grund der Ausgabe und des Nachlasses von Flodoard Frhrn. von Biedermann hg. v. Wolfgang Herwig, 5 Bde (in 6), Stuttgart und Zürich 1965 – 1984. Hier: Bd 2, Nr 2264。

在某些注释者表示要毫无保留地再现歌德的自评时,读者也要特别谨慎。

第三,尽量摒弃"影响说"。古旧的、实证式的影响说试图为《浮士德》寻找所谓的、可能的或确实存在的启发和样板。人们一度以为,只要能找到作品所有组成部分的"来源",就可以把握一部作品,这种方法早已过时。至于谁是首创、谁的思想在前、取自哪一位先人的精神财富等等,此类问题对于普通观众并不十分重要。

相反更富启发意义的,反而是歌德对既有文学遗产的改写,亦即,考察歌德的改写,会更好更可靠地识别作者的意图。此外,更重要也更需要注释的是各种"互文"情况,是"潜文本"由其原始或源文本为《浮士德》赋予的语义结构上的意义,包括素材、母题、各种文学形式,包括对源文本的引用、改写、影射等等。比如在《浮士德》第二部的后两幕中,作者多次给出《圣经》出处(虽然这无法在舞台上体现),作者这样做的目的显然不是标识出处,而是告诉读者当把目光投向何方。

由此可见,人们需要在无数个地方,跟读《浮士德》潜在的文本,如同在刮掉旧字重新书写的羊皮之上寻找下面的旧迹。这样做并非为发现它借用了什么,而是为认识"互文的增值"。这样的地方意义重大,而且一定比之给出的注释本身具有更大挖掘空间。各种文本有显而易见的,也有隐藏至深的,如歌德对采尔特所言:"若想搞清楚所有那些秘密植入的东西,还真需大费些脑筋和心思。"①

最后,注释中还存在很多有疑问或存疑的地方,或注释者拿不准的问题。还有一些地方,注释者就某个问题引述了前人或他人观点,但同时表示了自己的质疑。这表明在接受史上,很多前人的工作为理解作品开辟了道路,但同时也埋下很多误解,影响了后人的前理解。成熟的读者尽可启动自己的认知去考察各种观点。即便面对注释者认为是正确或值得认可的观点,读者也要不畏惧言之凿凿的判断、权威的语气,而是要在接受前多打一个问号。

---

① 1828 年 7 月 26/27 日歌德致采尔特。

注释原本应当是明确的,但针对《浮士德》却很难做到,因这部作品本身就富多义性,故而至多只能在字词或名词解释等小范围内做到明确或正确。另一方面,根据注释理论,注释本应限制在客观领域,而不应当僭越去做解释的工作。然而,对于《浮士德》,仅局限于实证性的注释显然还远远不够。

此外,虽说每个人对作品的理解会有所不同,且每个人的理解不一定都带来误解,而是也会丰富理解的视角,但这并不等于说,每一位读者都是一位独立的文本意义的“制造者”。注释不应沉湎于相对主义之中,这种相对主义建立在各种似是而非的现代理论之上,承认各种随意的解读;注释也不应泛滥地将文本置入各种“互文话语”,从而造成无限膨胀的解释乱象,致使文本本身变得无法辨认。

对于一些作品,我们在不同人生阶段会有不同理解。作为时代的产儿,我们对同一部著作的理解、对它的兴趣,也会不同于以往的读者。1822 年歌德对采尔特说:“我今天读荷马,与十年前完全不同;我若活三百岁,那荷马更将是另一副样子。”①因为对每一段文本的理解,都在两方面取决于语境。在文本内部,每个字词的潜在(辞典)意思取决于整个句子的意思;某一场的意义受到幕的规定;同样,整部《浮士德》也处于一个更大的外在语境(言说方式,行为方式,认识和经验,兴趣和期待),这个更大的外在语境左右着读者对作品的感知,规定着文本蕴含的意义。

歌德曾在《颜色学》的“历史部分”中写道:

> 世界史要不断改写,[……不仅]因为很多发生的事后来才被发现,还因为不断会有新的认识出现。不断进步的时代会让人获得新的立场,从这些立场出发,可以以新的方式审视和判断过去的事物。这对于学术同样如此。迄今未知的自然联系和对象需要被发现,不断交替前行的意识和认识也会为之改变,并值得人们不断

---

① 1822 年 8 月 8 日歌德致采尔特信。

去考察。①

我们还可以再加上一句,对于艺术作品同样如此。

作者所处时代的语境逐渐褪色,注释的首要任务无疑是让读者认清那个时代的语境。同时,围绕《浮士德》又有新的语境出现,它又呈现在新的关联之中。作品之今日的形态、它对我们时代的言说,都值得我们不断去观察和思考。注释者通常的做法是向过去追溯,探究作品的出处、前身、生成条件等等,似乎一待作品完成,之后的事情就交付给接受和影响史了。“与时俱进”通常被视为非学术的。导演们则又有不同主张。然而这位“伦理-审美数学家”的“公式”、这些让“世界变得可以理解和忍受”②的公式,当然不只适用于过去,它们同时也指示着古老文本中的未来的新事物。

作者简介:薛讷(Albrecht Schöne,1925—),德国日耳曼语言文学研究专家,1960至1990年任哥廷根大学德语文学教授,1980至1985年任国际日耳曼学会(IVG)主席。除当代文学之外,其主要研究领域包括巴洛克时期文学、启蒙时期文学以及歌德作品,1994年首次出版的注解版《浮士德》影响尤为深远。代表性著作有《世俗化作为构建语言的力量. 德意志牧师之子文学研究》(*Säkularisation als sprachbildende Kraft. Studien zur Dichtung deutscher Pfarrersöhne*,1958)、《巴洛克时代的象征与戏剧》(*Emblematik und Drama im Zeitalter des Barock*,1964)、《歌德的色彩神学》(*Goethes Farbentheologie*,1987)等。

① Johann Wolfgang Goethe, Sämtliche Werke. Briefe, Tagebücher und Gespräche, Vierzig Bände, Frankfurt/Main 1985ff. Hier: Abt. I, Bd. 23/1, S. 684.

② 1826年11月3日歌德致博伊塞雷(Sulpiz Boisserée, 1783—1854)。后者是一位艺术品收藏家、艺术和建筑史家,歌德的密友之一。

《浮士德》研究和接受史

朔尔茨(Rüdiger Scholz) 撰

安尼 陈曦 译

前 言

歌德的《浮士德》,被称为"德语文学中最深奥的戏剧作品"(吕彻尔,1867),"我们德语文学的核心之作"(大卫·施特劳斯,1872),"国人的第二圣经"(弗·丁根施台特,1876),"各个民族和时代中最伟大文学家的巅峰之作""它就是文学本身"(赫尔曼·格林,1877),"欧洲整个现代文学的桂冠"(冯·特莱切克,1879),"德语的(世界的)第二部圣经"(冯·约廷根,1880),"我们文学中最伟大的精神创作(奥·哈纳克,1902),"最深刻的德语文学作品"(罗伯特·佩迟,1903),"世界之诗"(埃·施密特,1906),"一部世界文学"(阿·考约斯特,1924),"对日尔曼灵魂和日尔曼人格的记录"(特奥多·A·迈耶,1927),"专属于德国人的作品"(里克尔特,1931),"西方近代最伟大的作品",证明了"我们伟大的民族文学,是德语文学中唯一一部毫无疑问具有世界影响力的"(卡·奥·麦辛格尔,1935),如同"一座难以透视的城堡","在它不为人知的角落里寄存着歌德最为精妙的东西,他神秘知识宝库里的家珍"(维·多博尔,1935),"民族之诗,也是世界之诗"(托马斯·曼,1939),"世界文学的丰碑之一"(莱·维罗比,1949),"也许是德语文学出品的唯一一部世界级诗作品"(多·霍尔舍-卢迈耶,1987),"我们语言中最有力、最丰盛、最重要的作品"(阿·薛讷,1994)

等等。①

歌德的《浮士德》剧，早在1790年以《浮士德·片段》形式问世之后，就被人拿来与但丁的《神曲》比照。无论在西方还是东方，19世纪早期还是第二帝国时代，德国法西斯统治时期（流亡时期几乎没有）还是前联邦德国和民主德国时期，作为“人性奥秘”（特奥多·A·迈耶，1927；维尔纳·多博尔，1935），作为一部文学作品，它始终颇负盛名：关于它的讨论，历来成为世界观博弈的舞台，结出累累硕果，影响着民族同一性，并为诸多问题提供辩护，包括个体的行为、社会结构、战争与和平主义、道德与道德败坏等，还包括对历史真实作出神秘、神化、理性等不同方向的解释。作为一部公认的世界级文学作品，歌德的《浮士德》令德国以外的世界同样为之激动。

针对一部作品的同名主人公、其人其事的评价存在天渊之别，就此而言，世界文学中再没有哪部作品能超越歌德的《浮士德》。比如，站在基督教立场反对剧中伦理，反对把主人公美化为新时代天才式的普罗米修斯；把浮士德解释为日渐可悲而有罪的提坦神；把带有象征意义的浮士德式抗争，解释为德意志民族之魂，以之抵抗邻国的进逼；或把浮士德解释为人类恶性进步的代言人、破坏自然的暴君、极具警示性的人物。一路下来，《浮士德》阐释经历大起大落。自苏共解体、两德统一以来，德语文学研究领域转瞬将浮士德踩在脚下，甚至将其等同于德国和苏联集中营中的指挥官、无药可救的精神变态者。

即便是《浮士德》的学术研究史，也成了不同兴奋点的集散地。阐释者们试图在文学作品中重新发现令各自或喜或悲的人类社会图景，找到看似合题的特征便加以强调，否则便有意忽略。这个过程并非私

---

① ［译注］以上作者原名依次为：Heinrich Theodor Rötscher，David Friedirch Strauß，Franz Dingelstedt，Hermann Grimm，Heinrich von Treitschke，Alexander von Oettingen，Otto Harnack，Robert Petsch，Erich Schmidt，Albert Köster，Theodor A. Meyer，Rickert，Karl August Meissinger，Werner Deubel，Thomas Mann，Leonard Willoughby，Dorothea Hölscher – Lohmeyer，Albrecht Schöne。

人行为,而是公共生活的一部分,并且体现出人们为争取社会进步而做的斗争。所以,在解读剧作或评价作者时,他们倾注了强烈的情感情绪和身份认同。

《浮士德》接受史的首要特征是,对剧作的意识形态化以及对作者歌德的过分美化。人们把剧作当作圣经式的传达世界观的教科书。有个别人反对意识形态化解释,试图对剧作情节、人物、结构和语言修辞作历史-社会性分析,但始终毫无回响。在两次世界大战灾难过后、1848 和 1918 两次德国革命前后、1960 年代中期开始的反叛时期,《浮士德》研究中曾出现反思态势,即试图同时考察戏剧的历史性,以更为理智客观的分析,取代意识形态色彩的曲解谩骂。但此类努力仅仅是小插曲。

《浮士德》的学术研究史,很大程度上可谓各种主流观念的斗争史。研究的动力来自寻找与浮士德的身份认同,而对于处在社会进程中的诸多个体生命来说,身份认同显然是极其必要且重要的坐标。令人惊讶的是解释者所持的各种执念,如把歌德视为人中楷模,男性解释者(包括少数女性解释者)急切地把自身当下面临的恐惧和希望投射到作品中,自以为对这部里程碑式剧作给出了"正确"解释。

针对群体、阶层和德意志民族的自我理解,历来纷争不断。这部纷争构成的历史最为引人也最为扫兴。一般意义上的《浮士德》接受史是如此,很遗憾,学术性质的接受史亦然。你既感到惊诧,又不无尴尬地为这场情感与理智之争所感。你感动于人们一边对文本以及成文史作语文层面的字斟句酌,以庸俗的唯理论对待每一个细节,另一边对格雷琴的卑微可爱大唱庸俗赞歌,对浮士德的进取精神过分褒扬。他们怀着怎样的狂热与激情,一再把歌德及其《浮士德》所代表的伦理价值当作无可争议的人道主义去捍卫,为这部生存悲剧深深震撼!

谁若未同《浮士德》及作者歌德产生强烈的个人认同,无论积极还是消极的,他似乎就只能惊讶于理性的缺失;而澄清这一点,正是歌德的本意,也是文学虚构的《浮士德》与 18 世纪末 19 世纪初的历史真实开始接轨的地方。事实上越是缺乏理性的考量,就会越倾向于情感认同。然而除极少数人外,大多阐释者都处于“浮士德社区”中,与之同喜同悲,即便观点褒贬不一。特兰德伦伯格(Adolf Trendelenburg)在一次世界大战后的1919年引用路德的名句,称《浮士德》为德意志“坚固的城堡”。

若论《浮士德》接受史中有何匮乏,那便是缺乏激进的反对立场。其原因在于,无论存在怎样对立的观点,如天主教或新教方面批评剧作不够完整,或认为剧作缺乏基督教的核心特征;如很多人指责剧作并未给浮士德设计一个毁灭的结局,进而批判近代悲剧的伦理价值秩序;甚至有少数人对第二部提出抗议,——然而却无人质疑这是一部伟大而超凡的作品,无人质疑作者的人道伦理与天才气质。说得更直白一些,在关于《浮士德》的千百种说法中,无一认为歌德的《浮士德》是在为踏尸而行的资本主义者、欧洲的帝制或歧视压迫妇女而作的充满恶意的辩护,无人能说它是党派宣言,无人会判这部伟大的人道主义作品为虚妄之谈。

与此同时,在高度情感化、社会政治化的《浮士德》出版界,也存在所有新旧世界观相遇的局面。这是新与旧的交锋,是关于所有世界观的形而上学之争。其中,脱胎于无神论的自然科学令旧的世界观深感危机四伏。

1800年后,在出现谢林和黑格尔的解释后,各种类似解释规定了出版传播的边界和方向,也意味着与启蒙决裂:神话被当作神圣而不可测度的伟大造物再度流行,德意志民族主义把人们的认识兴趣局限在某种范畴之内,德国人从此走向毁灭。《浮士德》的阐释者们在一个理想化的歌德神面前放弃了独立自主。歌德变得不可冒犯,这一事实催生了奴性而可怕的语言,中止了对作家进行历史批判性定位的做法,而这个任务本该是学术的分内之事。学术阐释的任务本该是以启蒙的科学态度评价作品人物或社会形象,而在《浮士德》研究史上,首先是德国的研究史中,令人扼腕之处在于,学术阐释并未如所期望那样蓬勃发展,而是几近枯竭。

《浮士德》剧体现出歌德身上的某些偏狭,对许多阐释者而言这可谓正中下怀。他们无视文本阐释学之根本,罔顾对文本本身的接受,把文学阐释学带进穷途末路。在二百年的《浮士德》接受史中,在那些标榜要进行科学性文本阐释的人里面,能摆脱意识形态标签者,屈指可数。

《浮士德》的研究史,很大程度反映出文学阐释学作为一门学科的历史。而推动其发展的却是来自其他学科的冲击。对于《浮士德》解释来讲,积极的冲击力量并非来自哲学。哲学虽说为《浮士德》阐释赋予了理想主义世界观,但也对阐释造成了巨大局限,排除了对认识作品起决定作用的其他范畴。冲击力量也并非来自基督教的两大信仰派别。派别立场虽影响关于世界观和伦理学的讨论,但基督教式的贬斥或褒扬对于科学阐释并无裨益。促进《浮士德》解释的关键性力量,来自历史社会学和精神分析。也就是说,若没有对资本主义的社会经济学批判,没有马克思、桑巴特、韦伯、莫里斯·多布(Maurice Dobb)等人的研究成果,没有他们的启发,我们就无法对《浮士德》中如禁欲和劳作、建立贸易帝国、菲勒蒙-鲍喀斯悲剧、殖民和企业形式等有所认识并作出阐释。同样,幸而有精神分析和释梦理论,我们才能理解浮士德对年轻女子的诱惑,以及歌德笔下女性形象所具有的社会化特征。无奈,驰骋在这些领域的人只是少数。

更多《浮士德》的阐释者在阐释过程中投入巨大情感,忽视理性反思,以激情取代理性分析和理智判断。作为《浮士德》研究的又一特征,这显然阻碍了我们对作品的理性认识。阐释者与作者作品的认同度越高,就越难对研究对象进行理性判断。《浮士德》研究的学术性进展,仅表现在有限的几个少数领域,如作品的成文史,或挖掘文本所暗示和影射的内容。

如海涅所言,歌德的《浮士德》就像一部圣经,可用来阐释有关存在的根本问题。正因如此,作品所衍生出的阐释,作为对每个时代社会政治的回应,才异乎寻常地繁荣。比如阐释的高潮恰恰重现于1990年后。然而此时,后结构主义肆意联想的方法(至少在表面上)获得合法性,文学学科转变为普遍意义的文化学科(即去政治化的学科),在这种语境中,《浮士德》解释事实上再次失去历史-社会阵地。在这个意义上,《浮士德》研究史又可谓是文学学科史中一个失败的例子。

《浮士德》研究史汇集各种令人惊异的成果,受不同社会群体和社会阶层意识形态影响,结论各有千秋。总体上说,《浮士德》研究很少把文学理解为公共舆论的一部分或社会和政治生活的参与者,并加以分析。下文中强调的一些少数例外,不过是边缘现象,并不能改变《浮士德》研究的整体面貌。

有一点尤其需要明确指出,在《浮士德》研究中,若以更加完善地认识作品为考量,就不存在进步或倒退。阿伦斯、奥博克格勒、盖耶、薛讷等人新近的注释版,虽说极大地丰富了事实性注释,但却比前人的评述更加疏远歌德作品本身。

然而,无论评价多么褒贬不一,观点多么大相径庭,有一点是一致的,即几乎所有阐释者都把歌德奉为天才,容不得对他的批判或指摘,尤其歌德的品格和伦理在所有人眼中均不可触犯。换言之,对作者本人的美化达到无以复加的境地。歌德自从在 19 世纪下半叶被奉为德意志民族的作家、无与伦比的人道主义者以来,就成为人性与世道的化身。而各种盲目崇拜则令大多《浮士德》研究者(包括部分女性学者)无法对作品的狭隘之处展开批评。

这种情况在 1990 年代发生转变。歌德的崇拜者们日益受到冲击,对歌德的偶像崇拜出现裂痕。新的研究成果动摇了人们对萨克森 - 魏玛的认识,它作为人文思想摇篮之邦的形象受到质疑。北美德国文学学者丹・威尔逊(W. Daniel Wilson)等人在"魏玛古典基金会"下属刊物发文,报告有关魏玛历史研究的新成果,洗刷了人们此前对歌德的认识。比如歌德曾极力反对卡尔・奥古斯特大公自 1770 年代末推行的各项改革,参与了严重践踏人权的事件——歌德曾于 1783 年投赞成票,支持判处弑婴女子翰娜・洪恩[格雷琴的原型]死刑。凡此都迫使人们重新定位格雷琴的形象,重新评价德国古典文学的伦理价值。

《浮士德》研究站在了十字路口。浸淫意识形态影响的研究史,此时更需要文学学科的学术标准加以规范,要对戏剧与现实的真实历史关联作详尽研究、克服意识形态化,而不受制于歌德的主观意识、传承的想象力或剧本引用的政治事件。

由于《浮士德》常集赞美与诅咒于一身，直接或间接参与意识形态化建构，而与之抗衡的力量又不够强大，因此就更需要理性批评和严格判断。汉斯·施维特和施耐德（1962）对《浮士德》接受做出的批评，在安德雷·达贝奇斯（1967）、威利·雅斯珀尔（1998）那里得到传承。我的《浮士德》研究史，也是承前之作。

《浮士德》的研究文献注定层出不穷。早在 1847 年，罗森克兰茨（Karl Rosenkranz）就曾通观出版现状，在歌德传记中抱怨"《浮士德》文献卷帙浩繁"。1906 年，埃里希·施密特形容"书卷成墙"，且写《浮士德》第二部的纸量"逐年攀升"。20 世纪初，《浮士德》文献汗牛充栋，如博伊特勒（Ernst Beutler）在《浮士德作品之战》（*Der Kampf um die Faustdichtung*）中所言，无人能置身其中而不迷失方向。1906 年，在汉堡举办的语文学家大会作出决议，在以词典形式出版的（不少于七卷篇幅的）作品中，应搜集历史上"针对每个问题"的所有解答。由于出版商们兴趣不大，该动议终未成行。

晚近《浮士德》阐释者们总结经验，干脆不去博采众长。1972 年，保尔·雷夸特在其关于《浮士德》第一部的论著中，只探讨少数他认同的阐释方向；1976 年，托马斯·梅切尔在其鸿篇大论中只保留乔治·卢卡奇的文章，其他人的一概无视；盖哈特·凯泽也是如此；奥斯卡·内格特则完全"空"谈，不作任何引用。我认为这类现象值得深思，因为它其实意味着科学性公开性讨论的终结。研究已呈现出崩溃态势，只剩下自说自话，各自为政，观点禁不起推敲。这种做法再次弃理性论证而不顾。《浮士德》研究史对此有太多见证，不胜枚举。

再也无人能够囊括《浮士德》的全部阐释，这是确凿无疑的。汉斯·海宁把《浮士德》学术传记一直写到 1969 年，虽力图完整，也还是筛选出 8000 多个书目。此后四十余年间，约有 3000 多本书问世。二手文献纵然丰富，无奈论据多有重复，因此并不代表具备犀利或多元的科学视角。有鉴于此，就算把握所有阐释方向，也没有意义。不过就这样，开始了逆风劲吹的时代。

1972年,诺伯特·诺伊戴克曾表示:“若是用这部顶级德语文学名著盖一座图书馆,哪怕是通读都别想,更别谈整理研究。”维克多·黑恩在1880年代发表过同样看法:“靠《浮士德》的阐释文献、评论和注疏,就足够开一个图书馆了。”(Hehn 1894, S. 130)

若剔除那些非科学性的、只保留满足科学要求的出版物,既不明智也不可行。即便一些《浮士德》阐释者坦陈并无勇攀科学高峰之野心,只写给非学院派或者剧院观众看,无奈其中界限很难分辨。另外,对于公众讨论来说,诸如此类的区分根本无关宏旨。

进一步说,任何人都无法回避对《浮士德》研究的历史书写做出评判。整个《浮士德》出版传播都浮动在这个背景之下。其中还包括艺术领域产生的持续回响,比如造型艺术、音乐和虚构文学中的浮士德作品,而这些作品又催生出大量阐释文献,一再述及《浮士德》。《浮士德》出版物中,还包含针对《浮士德》剧的舞台史、针对舞台实践的阐释文献、浮士德这个历史人物的出版传播,有关历史造型、真实见证、文学虚构乃至歌德《浮士德》剧文献。浮士德的出版传播规模何其浩荡,其在整个出版界所占比重何其庞大,这些问题皆须交代。

一本书当然无法道尽一切。我选择退而求其次,辟出个别章节来概述造型艺术、音乐和文学领域有关浮士德的作品;此外,我还试论有关世界观论争的主要文献,以揭示《浮士德》在何种程度上代表了二百年来的出版界。再加上诸多尚未列出的引文,我们会得出这样一个结论:这部《浮士德》乃是一部历经岁月脱颖而出的世界观大成。

为了看清一个代表性时空内的整体研究面貌,须找到推动《浮士德》阐释史的原则。据我所见,它不仅存在于男女阐释者们的科研前提中,也体现在他们的世界观、对艺术的一般性理解上,支配着他们就《浮士德》提出的问题和研究目标、使用的概念及论据的性质。

从内容上总结,每一种阐释都在谈歌德的戏剧同历史的总体关联,都要对18、19世纪真实历史同虚构艺术作品之间的亲与疏发表看法。不同在于,有人直面问题,有人弱化或避谈问题。文学阐释须通过戏剧在现实社会中的意义来为自身立法,如果连提问都没有,那么它也就成了任何阐释中的“格雷琴问题”。每个人，无论男女，只要写歌德的《浮士德》，就必须判定，他要怎样建构文学创作与现实存在之间的关联。

鉴于《浮士德》研究的高度意识形态化，需要提前声明，该研究不可能成为《浮士德》重要书籍和文章的总结报告，不可能兼容所有，而当辨别主次、启人心智。价值中立的做法将把这种研究活动推进死穴。我的《浮士德》研究史遵循的各种阐释方向，首先以不同世界观和科学论述为前提。

对于这种研究，呈现方式也是个问题。仅仅通过我本人的语言、引用几个概念或段落节选来概括所谈及的书籍文章，不足以令读者形成印象。于是我选择的方式是，在本人的评论文字之外，通过直接引用让其他作者自己发声。否则传达不出激情澎湃的语言，读者也看不出，那些作者之所以强烈认同其研究对象，很大程度上乃是源于各自怀揣社会政治愿景，又丢失了理性分析能力。

因为，即便在《浮士德》的科学性文献里，绝大部分也近乎甚至完全呈现出非理性特征。文献中采用描绘性、叙述性、分析性语言，往往直接引发情感决堤，变成对人之本性、伦理、信仰、德意志民族以及西方文化饱含深情的基本阐释，化作对作者歌德的诗意美化和歌功颂德。这里上演着对作品随心所欲的情感代入，阐释者大张旗鼓瓜分研究对象，将自身理想画面投射到作品作者身上，把理性与历史这两条价值判断准线抛在脑后，乃至完全丢弃。惟有保留篇幅不小的引文，才能让读者对这一切有直观体会，才相信我所言不虚。

我对《浮士德》文献的研究最早始于1970年代。当年那个关于歌德《浮士德》的大部头《伟大男人的受伤灵魂——歌德，〈浮士德〉和市民社会》（*Die beschädigte Seele des großen Mannes. Goethes ‚Faust‘ und die bürgerliche Gesellschaft*, 1982），如今在同一家出版社已经有了第三版。我的《〈浮士德〉阐释史》也有前身之作：《科学阐释下的歌德的〈浮士德〉——从谢林、黑格尔直到今天》（*Gothes „Faust“ in der wissenschaftlichen Interpretation von Schelling und Hegel bis heute*, 1983初版，1993增补版）。文稿经过大幅改动，调整了结构，扩充了参考书目，一直增补到

2010年。一个“导言性质的研究报告”就这样扩展成《浮士德》阐释的学术史。

这个阐释史扮演了两种角色,既强调功绩,也批评新闻报道式的研究,因为后者只是对材料进行阅读、整理、陈述、评价。在1982年出版的那部对戏剧作整体研究的大部头里,我也是这样一类研究者,作为歌德-《浮士德》研究者,我也犯下了过失。我一方面指责这种做法,另一方面也难辞其咎。不过这不会导致论述的矛盾分裂,因为作为浮士德文献汪洋大海中的局外人,我始终带着旁观者的目光。这是我在《浮士德》研究中秉持的阐释立场。除少数例外,我并没有触发什么讨论或定论,也没有效仿者。

双重角色自有其优势。这是因为,如果没有对戏剧的根本性把握,就无法为研究树立批判的旗帜。所以对于这部剧,我在表达立场时无须兜兜转转,可直接参考我1982年的那本书。2011年新版之后,该书已经变得轻多了。

无论对于作为科学学科的德语文学还是世界文学而言,《浮士德》的科学阐释史都不算日耳曼学史上的惊鸿一瞥。就连无数参与到论争中的神学家和哲学家提供的阐释,也不见有何起色。世界观的汪洋恣肆,导致无尽纷争和冷饭热炒,把历史与审美的理性变成了手艺。几乎所有德语男性阐释者——很遗憾也包括女性阐释者——都赋予歌德上帝一般的至高权威,甘愿匍匐其下。《浮士德》研究史就这样成就了德国人臣仆化的历史,并且深深影响了我们的历史,制造出无尽的残忍、野蛮和痛苦。由此,我的《浮士德》研究史并不是在讲什么胜利史。不幸的是,自从20世纪下半叶以来,缺漏和失误非减反增了。

尽管研究文献铺天盖地,一些阐释者还是习惯性地闭目塞听。他们不会喜欢我的书,他们会对我的研究嗤之以鼻,冷嘲热讽,就像对待我的前辈一样。不过我期待中的读者也并非他们,而是那些可能同歌德其人其作保持批判性距离,从而拥有历史性眼光的人。

1999年,“歌德年”推出的浮士德剧演出和展览以及2011年萨尔茨堡节日剧斥资巨大,有鉴于此,有必要指出:如果没有大规模出版资助，眼下这本体量厚重的《〈浮士德〉研究史》不可能问世。这部作品不是由文化名人捐资，而完全是我个人自费出版；它有独立的品格，它只对未完待续的启蒙历史负责。这本《〈浮士德〉研究史》是一部科学专著，是一部政治书籍。

依我之见，启蒙传统是歌德《浮士德》剧研究文献中的瑰宝。如果没有沃尔夫冈·闵采尔、弗里德里希·特奥多·菲舍尔、康拉特·齐格勒、威利·雅斯珀尔等思想自由的卓越人士，没有他们在歌德面前勇敢地进行社会批评；如果没有玛格雷特·B·君特尔、芭芭拉·贝克尔－康塔里诺以及阿斯特里德·朗格－基尔希海姆，没有她们将精神分析更进一步，把《浮士德》中负面的女性形象归咎于作者；如果没有奥地利犹太精神分析师库尔特·罗伯特·埃斯勒，没有他针对歌德的历史心理学研究力作（回应二战和那个自诩歌德就是自己的德国市民阶层），没有他将歌德拉下神坛，从而为理解《浮士德》剧在心理生理方面的幻想创造关键前提；如果没有他的犹太－德国－奥地利籍同事奥托·亨克、特奥多·海克、爱德华·希迟曼、阿道夫·F·莱士尼策，他们，除了奥托·亨克之外，都被迫离开了德国和奥地利，还有他们的《浮士德》研究；如果没有W·丹尼尔·威尔逊的研究，没有他们，“诗人摇篮”萨克森－魏玛公国及其提倡人道精神的政府顾问歌德就不会披上金色外衣，尽管这有违历史真相，却至今仍在发光；如果没有德国犹太人推动启蒙的车轮，没有19、20世纪的海涅、马克思、弗洛伊德成为划时代人物，没有他们在歌德于《浮士德》研究中同样留下足印；如果没有德国、奥地利的犹太女性研究者与男性研究者，在全面的歌德崇拜浪潮下，如果没有他们不顾歌德曾污蔑过犹太人；如果没有路德维希·盖尔格、格奥尔格·维特科夫斯基、奥托·普尼奥尔、爱德华·恩格尔，以及在奥斯维辛遇害的库尔特·施特恩贝格；如果没有乔治·卢卡奇、恩斯特·布洛赫、恩斯特·卡西尔、海伦娜那·韦鲁斯佐夫斯基、恩斯·格鲁马赫、瓦尔特·本雅明、特奥多·W·阿多诺、汉斯·迈耶、埃里希·海勒——如果没有所有这些人，《浮士德》的阐释史将会变得贫乏无味，乃至贫瘠可悲，而研究《浮士德》将会是一种折磨。谨向以上所有名字致以感谢。

基本方针

接受史的背景就是一本超乎想象、出人意料的戏剧读本，无论从读者的数量还是读本的详尽程度来看。人们同这部剧的认祖归宗往往到了令人瞠目的程度。它体现为一种反复强化的阅读行为，乃至背诵《浮士德》第一部就这样成了许多人的命中注定。早年的中学生甚至女中学生们，必须反复深入阅读这本大学入学考试必读书。直到1970年代，该书才退出必读书单，日耳曼学者、未来的德语老师也不再非读不可。曾经，它令无数血性男儿深耕苦读。魏茨纳曾把它背进行囊去参加一战；克拉格在56岁时承认，早年曾读过十多次《浮士德》；布吕克纳年轻时在二战期间阅读《浮士德》给自己打气；1945年夏天，巴赫用阅读歌德的《浮士德》来纪念二战结束，并且撰写了一部“浮士德日记”；美国人佩里肯说，他从小学时代起就每年阅读歌德的《浮士德》（德语版）。①

这种情感浓烈的认亲式的接受过程，只发生在男性身上。继施特恩伯格之后，拉森（黑格尔研究专家阿道夫·拉森之子）曾说过，“每一个德国男性思想家都有必要探讨这部戏剧”，②但却不是每一个女思想家都有这个必要。

这并不足为怪。因为第一部里的爱情故事，充满了对市民出身的青年男子重大人生困惑的各种想象：绝望混杂着自杀的迷雾，轻佻诱惑之趣，初尝禁果之惧；对绊脚石萌生杀心，哪怕是别人的父母，对竞争对手大动肝火，哪怕是姑娘的兄弟；对怀孕结果的恐慌，对责任的逃避，自怨自艾，畏惧亲生骨肉乃至要铲除之，从而逃避罪责；想象爱人的死亡，好将一切一笔勾销；还有一点至为重要，主人公得毫发无伤。

---

① ［译注］以上列举名字原文依次为：Georg Gustav Wieszner，Ludwig Klage，Peter Brückner，Rudolf Bach，Jaroslav Pelikan。

② Sternberg 1934，S. 20.

这是一个气势恢宏的青春故事,甚至第二部也令年轻人血脉偾张,满足他们对事业心、优越感、统治权和财富的幻想,当然还有同母亲的暴力乱伦,否则就没有公然占有世上最美女人这一出。幻象中还包括,期盼亲生儿子夭亡,儿子的暴力无法得逞,杀害他人父母兄长,甚至幻想人类获得幸福。还有一点:主人公一直安然无恙,最终死于年老力衰,死后还自信地升入天堂,在那里一路飞升,路过还在继续受罚的初恋情人,那个曾经为他付出生命代价的女人。

两部故事写的都是男性凌驾女性之上,女性受到贬低和压迫。这是一个将各种幻想汇聚而成的花束,献给被失败恐惧缠身的男人。

然而这只是变态情结的一部分。在对青年及成年男性的幻想中,浮士德不仅仅是自我的一个投射形象,一个兄弟代言人,同时,歌德还行使着一个超我的权威和代表职能,一个父亲形象。如1913年希迟曼(Eduard Hitschmann)所言:歌德是父亲的象征。

《浮士德》研究的各种结论

人们也可以从整个文字世界(dargestellte Welt)出发去理解:如果对二百年间《浮士德》研究中的精髓做一个巡礼,如果暂时剔除意识形态成分,那么结果显而易见:在泛滥成灾、枝节旁生的公共讨论中,通过讲述18、19世纪之交德国和欧洲社会制度最核心领域所经历的断裂,歌德做出了多么卓越的贡献。

这部剧的出发点是主体的重新建构。它探讨了男性市民主体如何转型成为无休止的发动机,占领创造力的理论制高点,完成对大自然的实际改造。而这些都须他们自己负责。这里涵盖两性之间的新型权力分工及女性的矛盾角色,即在情感领域被拔高,而在真实生活层面受压抑。当前市民阶层的男性个体身上的效绩能力,体现在医学、物理、化学等核心科学领域,体现在具有生产力的自然科学领域、交通系统、扩张世界的贸易领域、国家经济、国家宪法和战争领域。这个新型社会制度下男性个体的统治,一直延伸到自产自销型男人的茕茕孑立,在浮士德的极度孤独中尤为明显。放眼望去,皆是对立:一边是工作,一边是享乐;一边是通过有效利用自然实现自主自治,一边则是公共领域的宏大叙事和利他主义;一边是高高在上,一边则是俯首称臣,在守成者与破坏者、新建者之间抗衡——这些都是新世界的组成部分,是故事情节的发源地。

换言之,19、20世纪被称作“浮士德式天性问题”的东西,说到底都是男性在近代社会生活中挥之不去的基本矛盾。① 歌德用以开启(也用来结束)剧情的第一个矛盾是,“现代”男性有征服大自然的要求,但这个要求却无法完全得到满足。第二大矛盾在于,一切行动都指向人类幸福,同时又伴随个体的毁灭。这些个体受制于巧取豪夺者,从坠入爱河的女人到归隐内心的邻家老者[第五幕中的浮士德],他们无不受到体制的压迫。这个体制自私自利,占取基本资料、工作、产品。浮士德过去的经历,成为更有意义的选择:按照希波克拉底誓言,医生的行为当以患者福祉为最高目标,然而这位医生又因对自然缺乏控制,结果走向反面。第三大主要矛盾介于追求和毁灭之间。追求的是爱情和家庭幸福,毁灭的则是爱情对象——在感官私欲、对心爱女人的占有欲、性满足之后产生的负疚感共同作用下毁灭。第四个主要矛盾在于,从事创造性工作和享受工作产品,二者从根本上无法达到平衡。

世界观经历了从中世纪封建社会到市民资本主义的转型,这个过程被赋予广阔天地。从“天堂序曲”经由魔鬼形象直到“山涧”中彼岸世界的人,该剧讲述了基督教世界观的内在消解,让位给以近代自然科学认识论为特征的世界观;该剧参与了关于地球及其居民、植物和动物起源引发的争议,它表现了启蒙理性与情感喜好之间的冲突。冲突的导火索是,新的社会财富的分配和私吞,财富的聚敛和囤积,以及如何采取新方法从经济上巩固国家与统治。该剧还证明了歌德的一套譬喻、影射、相对化与戏谑体系,几乎涉及所有重要的世界观潮流,从古代

① 如提策1916年援引卡鲁斯1835年的观点作出的贴切表述,亦如绝大多数男性以及女性阐释者所言。

神话到神学,从新柏拉图到泛神论。这一切都融入了歌德自己的世界观。

戏中的世界观,以及进一步而言,歌德的世界观,分散在不同角色身上,包含了关键的价值定位:理性与尘世,机械的世界观,17 世纪、18 世纪初的自然科学、现代化,这些都由梅菲斯特所代表;浮士德则代表泛智学(Pansophie)、神秘的世界观。这部剧及其作者借助彼岸的边缘角色,站在形而上的一方,鞭笞经验主义。启蒙,因将宗教近乎解构成无神论,而被架空、撤销。

必须承认,改变征服自然的形式、转变社会结构、重建主体、关联彼此,皆堪称天才洞见和非凡之语。在《浮士德》中,歌德将资本主义中本质上无穷无尽的工作过程,塑造成超验的、超出经验现实的、形而上的过程。在新的生产过程中,人们必须一再超负荷工作,而无法到达哪怕一个相对终点;从这一正确分析出发,歌德得出的结论是,浮士德所践行的是一种有所为的、自我认同的、尘世的形而上学。

歌德用悲剧的概念证实了新制度下的主要矛盾,那是介于工作与满足需要之间的矛盾:尽管生产率如脱缰般增长,但是从未达到饱和,因为一个企业要在经济层面生存下去,就得无止境地变革生产方法。歌德对此的直观表达是劳碌的悲剧(Tragik der Rastlosigkeit),是主人公的永无宁日。

与此同时,似乎只有通过性爱方面的禁欲苦行,科学家与大企业家才能拥有绩效能力。可是如剧中所示,这种禁欲是在萎缩主体,既不稳固也不持久。社会产生了一些副产品,首先是性功能障碍者和变态。带着业已存在的神秘而非现实的奇思异想,歌德在女巫信仰和招魂术中发现一片天地;他可以在那里挥洒色情而曼妙之笔,来表现性爱带来的颠覆破坏,而无须顾虑文化审查。

将冲动的浮士德视作市民个体的化身,亦属天才之见。他在医学、自然科学、经济、战争、执政、实业、殖民、征服经济帝国等方面的驱动力,首先来自对另一性别的背弃。从心理上依附母亲,对其由外(杀害格雷琴之母)而内(对众母的不敬)地征服,才可以促成他同一个地位相当的女人有染,才能让他承认亲生孩子。可是,海伦何尝不也是男人惧怕女人的产物。她符合弗洛伊德笔下的"由男人遴选的特殊客体类型",就是说,她是浮士德由于惧怕母亲而作出的选择。强暴一个姑娘,象征年轻男子的性高潮(Orgasmus - Flug)和堕落(Absturz),同时也验证了浮士德不能跟一个女人有持久关系。在心理层面十分精准地刻画出,他退避到同性恋和鸡奸当中,由于惧怕女性,需要梅菲斯特这个第二自我。作为对立形象的奥伯龙夫妇是一对幸福伴侣,他们的存在说明,在新型男性主体身上,不可能有持久关系。

直到很晚,性描写才成为研究对象。歌德在他的剧中加入男性性爱的许多侧面。讲述的方式大都是象征性的,也就是说,稍作陌生化处理。在第一部"瓦尔普吉斯之夜"中,首先是破坏性的、男性的性幻想被公然推上前台,在梅菲斯特身上轻易即可看出同性恋倾向。对于读者和观众的最大挑战,是昭然若揭、几乎毫无遮拦的前戏,作为男性生殖器象征的钥匙被攥在手里,对众母的不敬作为海伦一幕(Helena - Akt)的准备。Akt 一词在这里具有双重含义——幕和性行为。伊尔泽·格拉汉姆认为浮士德与海伦的关系是心理层面的乱伦。

这个话题到底有多么充满禁忌,通过以下两个例子可见一斑。罗姆尼茨(Hugo von Lomnitz)在其 1887 年出版的仅发行 100 册的著作《众母——重新思考〈浮士德〉第二部中最难解读的一场戏》(*Die Mütter. Anregung zu neuer Deutung der schwierigsten Szene des II. Teils des Faust*)中,强调感官满足的核心意义及其象征性表述:"还有钥匙搭配……最常见的男性生殖器象征之一,而经典的三脚架(Dreifuß),明显代表女性阴部。"罗姆尼茨选择发行地伦敦、一家斯特拉斯堡的出版社,确保这是一部贡献给世界文学研究的拉丁文献。就连《〈浮士德〉第二部中的情色》(*Das Erotische im zweiten Theil des Faust*)这本小书的作者,在 1883 年时也格外小心,将自己扮成已故的 Dr. v. Sch 教授,同样上了四重保险:已故、只用姓的前几个字母、贵族头衔、教授头衔。这一切,只是为了规避外界攻击。

两本著述皆——早于弗洛伊德——提出这样一个观点,在作为戏剧支柱结构的爱情主题中，"感官满足"起核心作用，其破坏性的一面不仅体现在格雷琴悲剧中，而且还彰显于《浮士德》第二部的"火焰把戏"(Flammengaukelspiel)。在阿尔布莱希特·薛讷和乌尔里希·盖耶20世纪末的评论之前，细节都被略过了：小男孩车童(Lenker)作为感官欲望的化身，把象征女性阴阜的三脚架带到众母面前；下沉与上升作为性行为，抢夺海伦作为对被掳掠女性的暴力，特洛伊作为女性身体被强暴摧毁，占领城堡和少女作为对女性的施暴；欧福利翁的一跳作为性交，荷蒙库勒斯作为男性精子的产物或者一只卵的结果。感官之爱与性交场面被升华，浮士德与海伦在洞穴里达到性高潮，周围舞动的精灵象征性地表达出这一切。然而直到今天，歌德精心打造的所有性爱感官暗示，也没有得到充分解读。

男性对性爱的恐惧，伴随着控制自然、夺取财富和统治权之路。这是在重新确定旧式的男女权力分配。不只格雷琴，就连海伦都成了阶下囚或无助者，她尽管形式上是女王，却坐实了浮士德的统治者角色，为他奉献出城邦甚至自己的生命。女性仅仅作为高高在上的"永恒女性"带着男人飞升，而浮士德同格雷琴和海伦的爱情关系则说明，"凡间女子"让男人下沉。

歌德编织颠覆性、攻击本能以及世界观转型的能力，无人超越。中世纪基督教简洁的自然概念下的世界观，与19世纪初以来由自然科学领军的世界观，二者催生了大量丰富文献，想象自然如何发生作用，如何产生持久影响。以卡巴拉主义、炼金术、阐释学、神秘主义、招魂术、女巫、魔鬼及其变形为关键词，出现了一个想象的世界，把对自然现象的真实感知同奇妙的幻想性解释结合在一起，从而产生出新的世界观，即对自然现象进行魔幻化、性爱化。歌德对这个有着丰富文献记载的世界和这个被启蒙时代大幅冲刷褪色的世界大加利用，来表达其所理解的那个源于冲动的世界，那个富于侵略性、混乱且肉欲横流的世界，首当其冲的便是性暴力和性变态。如此丰沛的想象世界，化作巨幅诗篇，成就了"女巫的丹房""瓦尔普吉斯之夜""古典瓦尔普吉斯之夜"等颠覆性场面。这一诗篇向研究者提出挑战，要求阐明那些传统路径。

这个浩瀚的研究方案,直到今天都没有画上句号。

研究浮士德的暴力,难上加难。加之1990年代以来新出现的激进反提坦主义者、把浮士德与集中营凶手对比者,超越了《浮士德》吸纳的世界文学中各种暴力书写的极限。暴力有两个清晰可辨的维度:一是针对家庭及家庭周边环境中个体的暴力,一是针对集体的暴力。歌德把浮士德推进到了几乎所有暴力之中,尽管其中一些是象征层面的暴力。

暴力针对父母,首先针对女人:自己的母亲在"众母"中被强暴被打败,在格雷琴母亲身上,第二个母亲被毒死,在鲍喀斯身上,第三个母亲被火烧,也就是说被暴力致死。瓦伦汀和漫游者这类兄长形象被当作敌人杀死。菲勒蒙和鲍喀斯象征着乱伦和杀害双亲。

同一模式出现在爱情关系中:格雷琴和孩子都被置于死地。由于浮士德在墨涅拉俄斯面前保护过海伦,而她不得不出卖肉体:在她的儿子强暴一个少女之后,在其性爱意味的死亡之后,压抑的海伦脱离了她借来的生命,也脱离了她的宿主:浮士德。

针对集体的暴力:浮士德行医,同父亲一起,导致许多男女病患死亡。这是男性针对弱小的暴力。在战争中,这位伪帝的军队没有在开阔的战场被打败,而是死于落水(Wassersturz)。浮士德康采恩的财富建立在掠夺之上。围海造田工程中的无数劳力和强制劳工忍受痛苦,许多人甚至丧命。

没有哪一位作家如此准确直观地从现实历史出发,描述个人利益急剧膨胀(其积极性在于生产力的巨大提升)令社会岌岌可危。针对这一危情,该剧在以下几个方面提出对策:象征和譬喻巨幅交错,借以对抗崩塌的具有象征意义的大自然;用自然法则为社会奠基;把从古代和人类之初起便有的时代现象,历史性地延伸成人类社会的常量;扬弃一个等级制的对抗结构。与这些框架相对,大量韵体赋予该剧统一的语言形式,也象征着混乱无序。

这些主题密度极大,它们来自逐渐形成的新社会。此前,没有一个作者能够把鲜活的现实编排到一部戏剧当中,哪怕这部剧的体量一眼望不穿。莎士比亚为讲述由新型市民身份定义的世界,需要一连串戏剧;巴洛克作家为讲述他们的新世界,需要好几千页来写小说;就连克劳斯的《人类最后的日子》(1939),也比歌德的这部长好多。歌德制造现实的手段还在于,他有一套对奇思怪想的影射体系,其规模似乎难以想象,其证据至今依然可见。

本研究史认为,浮士德这一人物同欧洲近代其他领军人物,如哈姆雷特、堂吉诃德、唐璜等彼此交织,他们的性格问题昭示了近代主体,确切地说是男性主体的根本矛盾。从 1832 年第二部出版就已开始,自 1887 年《浮士德原稿》编辑出版,冲突甚至井喷式爆发。一边是单元派(Apartisten)、断片派(Fragmentaristen)和杂烩派(Konglomeratlern),另一边是统一派(Unitariern),围绕的问题是,整个《浮士德》剧究竟是一件完整的艺术品,还是不同类型剧作的杂烩。这种冲突暴露出文学史的印迹。讨论在 1920 年代达到了高潮——霍特 1920,佩迟 1922——在二战之后得以延续(布朗宁 1953)。①

歌德在格雷琴故事中采纳了 18 世纪英国小说钟爱的主题——被引诱的清白少女。他把这个主题同欧洲和 1770 年代德国公共领域对"弑婴者"的激烈讨论结合在一起。所谓弑婴者,指的是在生下孩子后直接将其杀死的单身母亲。格雷琴的情节之中还包括(特别是女性)自由恋爱这般现实话题,以及性在爱情概念中的角色问题。

因果关系改变了文学蓝本的定位(Konstellationen in den literarischen Vorlagen)。在《浮士德》中,悲剧的主人公是一个尚未完全成年的少女。歌德就这样——跟他的狂飙突进文友们一样——比莱辛更进一步,跟莎士比亚一样,将只有贵族才能出演悲剧的所谓等级条款推翻。

---

① Rothe, Gustav (1920): Die Entstehung des Urfaust, in Sitz. Ber. D. Preuß. Akd. D. Wissenschaften, Berlin, S. 642 – 678; Petsch, Robert (1922): Neue Beiträge zur Erklärung des Urfaust, in: GRM X., S. 138 – 150; Browning, Robert Marcellus (1953): On the Structwre of the Urfaust, in: PMLA LXVIII, S. 458 – 495.

在所谓的“市民悲剧”中,市民阶层的人物成为悲剧主角。在歌德的《浮士德》里,一个下层市民出身的女孩恰好刚刚性成熟,既没有受过更高教养,也没有反思能力。

歌德这部剧的另一个特别之处在于,格雷琴的自由爱情带来的冲突,并不像其他市民悲剧中那样来自家庭内部牵绊,而仅仅由于触犯了性爱禁区。于是,爱人形象也发生了改变。歌德将浮士德塑造成自私的引诱者,不惜任何手段,哪怕开杀戒,也要与格雷琴同床共枕。至此,传说中和后续文学创作中的浮士德形象都被改变,因为引诱行为并不属于原本那个浮士德形象。

这样一来,戏剧中的浮士德故事被分成了两半:一半是学者剧及其对世界的呼风唤雨,另一半是返老还童的浮士德,如同巴洛克小说中周游世界的漫游者一样,爱情最初体验不是为了地久天长或建立家庭。同魔鬼缔约,通过女巫重获性欲,歌德由此把爱情魔化成性冲动、非人格化的欲求,将爱情对象当作满足对象而无视其人格特性。结果是对人性肆无忌惮的摧毁。格雷琴通过她的性毁掉了自己,浮士德的母亲被象征性地“同众母”遭到强暴,海伦一幕的灾难则终结于儿子的性暴力。性被贬为破坏性力量。持这种看法的人非常多,同样观点在 19 和 20 世纪文学中反复出现,层出不穷。

单元派(Apartisten)通过拆解母题总结出,歌德只是把一出出戏组合到一起。如今,这种说法已经无甚回响。可是它的副产品却非常重要:从文学史的推导可见,歌德的格雷琴 - 浮士德故事既不是从天而降,也不是歌德的异想天开,其社会意义自现于 18 和 19 世纪早期的核心问题。这些问题在 18 世纪欧洲文学中就被讨论过,尤其在戏剧和小说当中。

人造小人荷蒙库勒斯

研究者争论的焦点,集中于小矮人荷蒙库勒斯身上。搞清楚这个人造人的精神世界,相对要简单些:炼金术的象征,浸淫着化学合成的幻想,从帕拉塞尔苏斯到劳伦斯 · 斯特恩,人造人的主题经由近代,到

19 世纪初浪漫主义达到顶峰,从机器人、有生命的人偶,直到 1818 年玛丽·雪莱笔下的弗兰肯施坦!

内在性和本体论阐释直到今天也没有对这个人物盖棺定论。尽管他被公认为同浮士德、梅菲斯特和瓦格纳皆有关联,作为他们的配角、对照形象,显然还可算作指挥者和欧福利翁之列,然而在该剧的情节和世界观进程中,他似乎没有一个固定位置。有观点认为,荷蒙库勒斯代表古代精神或者新人文主义,是其创造者瓦格纳和梅菲斯特智慧的升华。多数情况下,荷蒙库勒斯总是跟浮士德相关。从"魔鬼"(戈贝尔,1900)——"荷蒙库勒斯的命运为浮士德的发展变化投下明亮而多彩的光芒"(德索阿,1914/1929)——到"浮士德的精神同路人""浮士德的思想之镜"(阿斯贝格,1918),"与那位心怀热望的浮士德在思想上最为惺惺相惜"(宾丁,1938),"浮士德最内在本性的对照形象"(霍夫勒,1972),对奥古斯特·威廉·施莱格尔的一则讽刺(霍夫勒),浮士德的积极对立面(奥斯滕,2002)乃至浮士德的"镜中形象"(凯泽,2008),各种描述不一而足。①

据我所见,针对灵魂与肉体问题的探讨,还没有人说过,荷蒙库勒斯诞生于一个男人所期待的幻象:是"'一个男人的自造物',针对女性的男性自卫策略的结果"(雅斯珀尔,1998,155 页)。他由一两个男人

---

① Goebel, Julius (1900): Homunculus, in: Goethe 21, S. 208 – 223; Dessor, Max (1907): Zum ersten Teil des Faust. Zum zweiten Teil des Faust, in: ders.: Beiträge zur allgemeinen Kunstwissenschaft, Stuttgart 1929, S. 103 – 136; Alsberg, Paul (1918): Homunkulus in Goethes Faust, Goethe 5., S. 108 – 134; Binding, Rudolf G. (1938): Mephistopheles und Homunculus, in: Goethe – Kalender auf das Jahr 1938 hg. v. Frankfurter Goethe – Museum, Leipzig, S. 47 – 62; Höfler, Otto (1972): Homunculus – eine Satire auf A. W: Schlegel. Goethe und die Romantik, Wien – Köln – Graz, 366 Seiten; Osten, Manfred (2002): Die beschleunigte Zeit. Anmerkungen zur Modernität Goethes, in: M. O.: Homunkulus, die beschleunigte Zeit und Max Beckmanns Illustrationen zur Modernität Goethes, Stuttgart, S:5 – 13; Kaiser, Gerhard (2008): Spätlese. Beiträge zur Theologie, Literaturwissenschaft und Geistesgeschichte, Tübingen 2008, S. 251 – 270.

生产制造，结果又是一个男人或者一个小子，没有身形，头脑高度发达。从这个幻想出发，所有关于女人的幻想，那些可能给男人们带来困难的女人，都迎刃而解了：没有性交，根本就不会单恋一枝花，因而也不会强奸和杀害女人，不会有怀孕生产这种事，不会流血也没有鲜血，以纯粹的精神性代替令人作呕的生理需要和排泄物。一个男性造物的世界，完全排他，没有性爱。人造人仅此一个，再生不出第二个。

纵观浩瀚的文学史，《浮士德》在敌视女性的文学作品里堪称登峰造极。可在该剧中，老歌德却承认，没有一个完整的男人可以脱离女性而活，管他是母亲还是爱人，有机的生命不可能产生自化学试剂瓶，而只能在水里，在象征万物生命的元素之中。同时还可看出，这个水中生人的故事有一个辩证的反极：格雷琴和浮士德的孩子就是死于溺水。

荷蒙库勒斯却符合对女性的排除和封锁这一整体构想。所有哪怕只是半独立的女性都过早死亡，并且同象征性的女性形象一同被禁锢在地狱的中间区域(Zwischenregion)，她们善待那个活着的男人，甚至在他自然死亡后依然如此。

然而重要的不是荷蒙库勒斯，而是它如何诞生。它的制造过程与瓦格纳这个人物密切相关。在《浮士德》第一部，该人物的下场如此糟糕。从瓦格纳身上可见，歌德涉足了科学同其现实关联之间的战争。作为人文主义多元历史学者的代表、伊拉斯谟·封·鹿特丹一样的人，瓦格纳在《浮士德前传》中被当作笑柄，他在科学上似乎已经黔驴技穷。在浮士德对地灵的召唤中，在后者对他的拒绝中，同时展现出反对立场，以及(从帕拉塞尔苏斯到夸美纽斯的)泛智学作为自然科学的失败。浮士德打算直接插手自然，这个目标似乎大有前途。与这种入侵的失败阶段平行，与浮士德在第二部中不乏可笑的躁动不安平行的，是瓦格纳在两眼抹黑之中再度崛起。他代表了新诞生的历史语文学(historische Philologie)，以这门学科来对抗火速上位的数学科学。后者的超验趋势要求采用新理论掌控世界，并企图纯粹依靠思想来重新创造世界。

结果便造出了一个极端渎神的只有思想的小人(Geistesmenschlein)。瓦格纳由此成为一个新型理论思想科学的英雄。这门科学继续无视自然,却统治着自然;这是一门远离情感与伦理的冰冷科学,它提倡异端,又赞美宗教;从事它的尽是些矮小可怜、足不出户[stubenhockend]的男人,醉心于权力,无休无止。汉斯·迈耶等作者将其归为现代科学的去人性化。

这个人物的突出之处在于,他是男性性幻想和科学批判精神的结合体。至于如何评价,究竟是反讽式的批评还是认真的男性欲望,作者歌德给出了一个开放的答案。

译经事件

科学研究能从世界观冲突中汲取多大力量,可以通过所谓翻译事件的阐释一窥究竟。在《浮士德》第一部"书斋"一场中,浮士德这样翻译《新约》的约翰福音开篇:"太初有言。"希腊语中的"逻各斯"先是被译作"言语"(如马丁·路德),后作"意义",接着又作"力量",最后是"行动"(行 1224 – 1237)。尽管联系浮士德的性格去阐释并不难——浮士德的主要特征是有所事事——还是有一系列文章讲"翻译事件"。

起因在于神学和自然科学关于地球和宇宙起源之争。有关地球历史的进化论证据越丰富,上帝造物就越受到动摇。赫尔德等神学家对此的回应是,提升逻各斯概念的地位。《约翰福音》因此成了重要节点,因为只有这里提出了世界起源的问题。1773 年,赫尔德在其《新约阐释》(*Erläuterungen zum Neuen Testament*)中指出,逻各斯是"意志,是即将实现的想象,是力量,是行动"。歌德其实是追随了赫尔德。但"意义""力量""行动"并没有恪守新教中路德所说的"道"。路德本人把《圣经》的全部创世神话推向了工作伦理。于他而言,工作乃上帝之本,而第七天是上帝的最高阶段。在路德那里,"道"不妨说已是命令和行动:路德在"创世记"中的译文"上帝说"(und Gott sprach),就是这样一种言语的行动。在近代欧洲,工作概念几乎蔓延到 18、19 世纪,成为男性身份的主要特征,乃至将一种新的创造概念同创造行为联系起来。由此,便压抑了自斯多葛主义者流传下来的理性(ratio)概念内涵。

结论:《浮士德》中有关“逻各斯”译法的整个讨论背后,是对物质世界的起源以及人类对自然的侵略权利与侵占义务的追问。在19世纪,这些现象正在加速发生。

戏剧结构与世事百态

无论从戏剧结构还是世事百态来看,歌德的《浮士德》都是一部主题宏大、难以明确进行阐释的戏剧。这首先是由于,歌德在其鸿篇巨制中从不同层面搭建成紧密勾连的体系,例如歌德会在那些起架构作用的、将晦涩难解的事件连缀在一起的情节中,换用不同的诗句进行重复。在观念层面上,歌德创造了寓意(Allegorie)和象征的体系,从而将纷繁驳杂的片段统摄起来,建立起一套秩序。而寓意与象征不仅在形象化的语言层面上彼此呼应、相辅相成,在与现实的关系上同样如此:借助经验世界里的感性现象,象征手法得以展现出一个支撑着经验世界的、抽象的精神世界;寓意手法则在抽象的精神现象之外创造了感性化的观念。经验世界的尊严在象征中得以保留;寓意手法则对经验世界进行了重塑,使之成为素材,从而以感性的方式将理念展现出来。歌德在《浮士德》中采用的象征与寓意这两种文学手法之间的辩证关系,符合歌德世界观中物质与精神、经验与超验之间的辩证关系。

这一点也是理解作品中超验世界的切入点。学界关于歌德宗教观的探讨得出的结论是:一方面,应当在基督教对彼岸的理解与基督教信条消解的历史背景下,理解歌德笔下的魔鬼与超验世界。没有任何一部作品中的魔鬼像歌德笔下的梅菲斯特那样具有人的特性。“天主”管辖的天界仅充当了歌剧的场景。另一方面,歌德对人死后复生的信仰建立在这样一种基础上:人的非物质的部分能够得以保存。歌德在此处没有使用“灵魂”这一传统概念,而是更多侧重于“精神”。歌德在剧中的措辞是“浮士德的不朽”(行11823前的舞台提示)。除在戏剧文本之外,歌德还采用过“圆极”“单子”等重要概念。

歌德凭借《浮士德》推新了(基督教前提下的)泛神论的彼岸观念,

因为他通过寓意的表现方式呈现出抽象的、形而上的信条。从第一部的复活节到第二部的挖渠、从天堂序曲到第二部的山涧等等自不必说。最终,歌德有意识地让一切处于悬浮状态,岿然不动的仅有超验世界的结构与建制,以及对其在人类历史、在人的一生中所起到的规范性作用的信仰。然而,歌德在终场搬出了天主教的圣母崇拜,甚至赋予其核心的地位,这些通篇来看显得有些突兀。特别是联想到第一幕结束时浮士德对"众母"的不敬,终场的设计尤其让人感到怪异甚至惊奇。

关于角色与情节,研究者很早就取得了一致:第一部中占主导地位的是个人,第二部的核心则是对社会的展现。那些具有人的现实身份(文学虚构意义上的"现实")的角色都有其在奇幻世界中对应的角色,比如梅菲斯特、丑女福基亚斯、地灵、"古典的瓦尔普吉斯之夜"中登场的人物、海伦以及"天堂序曲"与"山涧"中的人物。

尽管在较广的文本范围内探讨角色间的对应关系十分困难,但这种研究方式确实有助于理解戏剧结构及其呈现的世事百态。一些研究者指出,无论歌德本人还是这部作品,都执着于对世界进行带有神秘色彩的幻想;歌德无法也不愿摆脱这种有些不合时宜的幻想。另一个阐释的难点在于,剧中人物没有个性上的"发展",只有"变化":《浮士德》第一部中自负的理性主义者梅菲斯特,在第二部中蜕变为偶尔碰壁的活动家;学者剧的巨人浮士德在第二部中尽管掌握着改造世界的能力,但其形象却被还原为一个迫切想得到救赎的罪人;"天堂序曲"里平易近人的天主在终场中将自己的天界拱手交给了女眷——一切都沐浴在作者歌德那种不具有悲剧性的温和中。

对戏剧结构的分析有赖于该剧明晰的形式。歌德遵循了世界文学中常见的情节线索:让主人公游历世界,体验、干预自然与人文社会中所有重要的领域,但主人公在此过程中感到无处为家。就戏剧的情节构架而言,该剧沿袭了世界各国的史诗与长篇小说的传统,具体到欧洲范围内,则是继承了自荷马的《奥德赛》开始,经由中世纪恢宏的史诗,一直延续到巴洛克小说的传统。可以说,《浮士德》剧是一部浓缩的叙事文学。剧中的超自然世界也出自这样的文学传统。同样来自世界文学传统的，不仅有现实社会与超自然世界的呼应，还有对所有事件进行历史与超历史的呈现与评价。

统观全剧中种种彼此影响、互相冲突的力量，不难看出，歌德首先建立了对立统一的体系，最终又将对立的双方消解，从而纳入一种秩序中。这正是戏剧的结构与其作者歌德的世界观。

作者主要通过人物的格局，而非戏剧冲突来展开对主题和一些核心问题的探讨。浮士德性格中的矛盾在其他角色身上也有体现，只不过具体情况有所不同，解决的途径也各异：若是一名大学生遭遇浮士德的爱情问题，他会诉诸狂放不羁的、肉体的方式来满足爱欲；人造人荷蒙库勒斯像浮士德一样，走上了一条从理智清醒到沉溺于感官享受的路；浮士德与海伦的结晶欧福里翁天生具有浮士德身上的暴力与高傲，并且难以和异性相处——也是欧福里翁身上极具特色的、致死的命运。鬼神作为辩证统一体中的另一方，也处于人物关系的格局之中：梅菲斯特与地灵和女巫艾利克托有亲缘关系，丑女福基亚斯则可视为梅菲斯特的女性镜像。

不论是人，还是作为人"另一个自我"的鬼神——歌德用两组相反相成的人物建立起一个坐标系，从而在探讨的过程中逐渐展开问题的各个面向，同时避免做出武断的结论。首先要指出的是，歌德最终将他那个时代的历史现实问题去历史化，把它们理解为所有时代的问题。剧中的女性角色同样如此。她们既是两性中的诱惑者，是颇具侵略性的人物，也是助人为乐的母亲，呈现出与男性相对的、女性特质的不同侧面。相反，歌德剧作中鲜有个性如此鲜明的父亲形象。剧本仅略带提到浮士德的父亲；皇帝与其说是父亲，不如说更像一位憨厚的兄长；菲勒蒙只是一个象征意义上的父亲形象，且与浮士德没有直接的接触；父亲角色在神明那里主要集中于"天堂序曲"中的天主、海的节日中的涅柔斯两人身上，不过他们并不具备威权的举止与态度，充其量是和蔼平易的贵族。

歌德为该剧设计出庞大的人物谱系，其最精妙之处在于向世人展示，不论个体还是社会所遭遇的重要问题，都没有一劳永逸的解决方案。倘或这部剧有什么明确的结论,那便是:在包罗万象的世界中,对抗是无可消解的——歌德笔下的世界并没有一种具有普遍约束力的道德准则。

新旧世界

就戏剧的现实指涉而言,《浮士德》描述了旧世界的毁灭和新世界的诞生。有关暴力、战争与杀戮的内容贯穿全篇,对法国大革命的影射比比皆是,将旧的社会秩序毁灭过程中的残暴之处展露无遗。在第二幕的"珀涅俄斯河上游"一场中,封建时代不同等级间的战争进入尾声,整个社会如流星一般销声匿迹。而主人公浮士德的悲剧就在于,他尝试去爱他人,最终却伤害了他人的性命;浮士德内心始终没能真正克服为人父的阴影,以至于剧中无助的、父母角色的代替者(菲勒蒙与鲍喀斯)最终也被杀害;且暴力同样在浮士德儿子身上重演。浮士德所取得的巨大人生成就,只不过是他在人际关系中感到恐惧的补偿。新社会的悲剧则在于,一个独立的男性实业家主体,绝不允许建立一个为集体利益而存在的社会,而是意欲通过个人专断的决策,用烧杀抢掠的方式摧毁旧社会,继而借助新型的奴役手段,为社会主义共同体创造物质上的前提。

也有研究指出,除去别的因素不论,《浮士德》第二部的五幕还探讨了五种不同的统治形式和社会形式,而所有理念都离不开一位严父般的、威权的统治者,他们的不同之处仅在于统治姿态的不同。有一点很明显:第三幕中田园牧歌的世界预示了"自由的土地上自由的人民",然而这样的天堂却建立在暴力统治的基础上,正如田园牧歌的世界建立在男性的暴力之上。

探讨战争主题的《浮士德》研究数量不多,不过这些研究已经注意到,歌德在《浮士德》中并不总是诅咒战争。19 世纪前二十余年欧洲的各种冲突及其引发的战争,成为歌德思考战争问题的背景。在诸多研究中,格莱尔(Graier)的阐释最具启发性,他指出,歌德在海伦剧中描写浮士德篡夺斯巴达王位一场,应是受当时希腊人反抗土耳其的自由战争的影响。但戏剧对战争的探讨仅在抽象的层面上展开,因而为读者提供了很多模式来评价战争的种种原因与形式,并思考经验世界里正在发生的战争。

不少学者因袭马克思、桑巴特、韦伯与多布的思想,采用社会历史方法对文学进行阐释。他们的研究指出,歌德对社会结构转型过程中各种特点的描述,远比学界注意到的更为具体。因此,我们的思路不应受制于对该剧的消极评价、对剧本去历史化的解读。浮士德围海造陆所用的钱财来自他用自己的船队进行的远洋大宗贸易。歌德洞悉商业资本在其中扮演的历史角色:完成资本的“原始积累”,有效利用资本建立起资本主义制度。“假面舞会”一场戏中只浮光掠影地出现了纸币替代黄金成为支付手段的情节,其背后却是一整套国家债务系统,即私人银行将国家纳入信贷系统中——毕竟歌德经历过罗斯柴尔德家族崛起、成为全球银行业金融巨头的过程。

驱除菲勒蒙、鲍喀斯两位老人的情节形象地再现了侵占原始生产者财产的过程。歌德在《威廉·迈斯特的漫游时代》中曾描写过纺织业小手工业者的类似遭遇,《浮士德》涉及的则是“圈地”运动——将大批小农从庄园驱逐出去,这一现象自1810年废除农奴制度后迅速蔓延开来,直至19世纪50年代才止息。大规模的圈地运动导致大量“自由”雇佣劳动力的出现,浮士德的殖民公司里就有这类劳工。可以说,歌德敏锐地注意到了那些小生产者短时间内被剥夺生产资料、被迫成为无产者的过程。

此外,《浮士德》还有一些内容在历史和社会方面颇具代表性,比如封建与反封建的混合形式:浮士德获得的封地尚不存在之时,他便如土地所有者一般,在自己采邑的雏形上呼风唤雨,建立与君主相当的统治地位。其劳工中一部分有人身依附关系,所受待遇与奴隶相似,还有一些摆脱了农奴身份的雇工由于没有多少工作机会,只得接受奴隶般的待遇。雇佣劳动的第一个历史阶段正是以这样的剥削为主要特征,直至工会运动出现情况才有所改观。

浮士德建立新社会的愿望前景黯淡。惟有终场充满恩典的救赎,才可让其愿景免于悲剧性的毁灭。

虽然有不少研究已认识到《浮士德》与歌德时代现实历史之间的关系,如帝国议会总决议、七月革命、拿破仑、指券发行、决堤等,但学界很晚才开始关注歌德对反思19世纪前二十余年的政治问题所做的贡献。歌德有意安排出身市民等级的浮士德前往救驾,是他对未来有可能走向统一的德意志应采取怎样的政制组织所提出的一种方案。换言之,歌德赞成组建一个由市民控制的政府,皇帝处于政制组织的顶端。又如,歌德在分封一场中对那些寒酸而可怜的大臣的描写,表达出他对机关制国家迅速膨胀的官僚系统的反感,也就是说,歌德持有一种自由思想,倡导将国家的干预减少到最低限度。剧中的皇帝对市民等级的另一层依赖在于,市民浮士德不仅建立了国家的财政体系,而且致力于掌控国家财政大权并最终达成目标。以上种种可谓是在1806年德意志民族的神圣罗马帝国解体之后,对未来帝国政府的政治建议,这些均构成歌德这部戏剧的政治维度。

一些研究歌德生平的学者,曾就《浮士德》与歌德的心理及生活经历等方面之间的关系展开讨论,结论可归纳为以下几点:首先,歌德对恋爱中的浮士德天才般精细入微的心理描写,同歌德与母亲伊丽莎白之间的深厚感情密不可分;其次,妹妹科内莉亚的早逝给歌德带来的创伤没有反映在《浮士德》中。考虑到歌德对于旧制度的体认,以及对旧制度被摧残的恐惧,则不难理解,为何有时对政治持消极态度、甚至持无政府主义观点的歌德,会花费大量笔墨,去描绘秩序或父权下的等级制度所具有的强大力量。在歌德看来,它们能够为人提供最后的支点。歌德在《浮士德》中对自然的两面性有着极为动人的描写,无人能出其右:自然既如科学所证实的那样,是一种制定法度的秩序,又是对人的活动产生遏制作用的破坏性力量。

《浮士德》中的角色当然并不是孤立的存在。歌德在其文学创作体系中,已通过其他作品中的人物间接地探讨过这些角色。格雷琴与《艾格蒙特》中的克拉森、《葛莰》中的玛丽极为相似。威廉·迈斯特则明显是与浮士德构成对立面的兄弟,而普罗米修斯、维特的个性与浮士德同属一类。海伦这一角色很容易让人联想到歌德早年的童话《新帕里斯》,不过诸如此类的对比并不能给研究带来多少助益,因为浮士德的巨人精神与迈斯特的小市民性在歌德研究中已是毋庸置疑的事实。

另一方面,《浮士德》剧也有不足之处。首先,作者尽管对新的社会制度中一些关键的趋势有着极为准确的洞见,并以天才的创造力将其呈现出来,但仍有一些重要的内容在剧中缺失。比如在歌德对社会的描绘中,除了在浮士德的活动中略微提及而外,基本没有出现小资产阶级的身影,也就是城市中那些从事异地贸易和手工业的市民;此外文本中仅出现了有关贸易和海盗活动的只言片语。换言之,对于带来社会主要新变化的这一群体,歌德反而着墨不多。

其次,在这一时期,家庭的地位大幅提升,家庭成为对抗残酷社会的一个互帮互助的共同体;与此同时,家庭内部产生了新的亲密关系,其中不乏乱伦的诱惑、子女心理上对父母的依恋等后果。对于以上种种新的现象,《浮士德》中仅有几处影射而已。此外,18 世纪尤其 19 世纪,人们为抵御社会竞争而组建的各种团结互助的共同体也未出现在剧本中;浮士德所憧憬的团结的共同体仅处于边缘地位,且只是幻象,但这些团体的存在仍清晰可辨。战争对于凝聚一个民族的向心力起到重要作用,这一点歌德亦未提及。

尤其值得一提的是,该剧未能展现现实世界中女性角色的复杂性。当时的新变化虽导致很多女性再次被排除在工作环境之外,但这一时期也因此出现了不少女性解放运动,凡此种种都在剧本中没有一丝踪影。仅就这一点而言,剧本便缺少真实性,且由于女性在《浮士德》中缺乏属于自己的影像,缺乏认同感,故而造成《浮士德》研究中长期以来仅有男性视角的解读。在这个意义上,歌德反倒为新环境下女性的从属地位提供了支撑。

本书初步勾勒了《浮士德》研究的学术史,并认为歌德去历史化的处理体现了他在当时历史语境下出于政治因素所采取的保守姿态——尽管大部分研究者不认同这种理解,他们大多热衷于认为,歌德之所以采用去历史化的手段来表现历史事件,是为了将人类视为永恒的存在。

关于《浮士德》的思想倾向,尤其对于如何评价主人公的问题,学界始终莫衷一是。只有一点(除去少数例外)成为研究者的共识:歌德不同于寻常作家和诗人,他是一位众人难以望其项背的天才,一位崇高而不可侵犯的人本主义者。

不难看出,《浮士德》及其同名主人公身上散发的魅力,才是研究经久不衰、新作迭出的根本原因所在。在学术史中,《浮士德》衍生出一系列新的词汇:形容词“浮士德式的”,以及在此基础上抽象化、泛化而来的名词“浮士德精神”,均体现出《浮士德》剧的魅力。此外,“浮士德文化”“浮士德宗教”“浮士德式的人”“浮士德式的灵魂”“浮士德式的存在”“浮士德式的德意志人”“浮士德式的文化使命”①等常用语汇,均都证明浮士德这一人物形象在大众心目中的重要地位与受欢迎程度。

尽管与浮士德相关的现象、讨论主要出现在19世纪及20世纪早期,且主要围绕歌德创作的《浮士德》展开,但早在16世纪,浮士德博士这一人物形象及其相关的一切已成为颇受欢迎的题材。② 而歌德笔下的浮士德处于浮士德接受史上一个特殊的时间节点上。歌德的《浮士德》问世之后,虽然仍有一些文学作品以浮士德为素材,但在主人公的塑造上已没有什么突破,因此,歌德的浮士德既是接受史上的一个顶峰,同时又是终结。想要细致地了解《浮士德》研究的脉络,则需要将研究追溯至浮士德博士这一人物形象。

《浮士德》的魅力究竟何在? 一般认为,主人公既代表着从欧洲中世纪社会制度中的觉醒,也体现了新的政制结构的潜力。人们对以上观点基本没有异议。如果说,1587年故事书中的“约翰·浮士德博士”代表了文艺复兴的开端和中世纪政制的解体,那么歌德的“海因里希·浮士德”则代表了真正的资本主义生产方式的开始及其在工业化时代

---

① HansSchwerte:*Faust und das Faustische. Ein Kapitel deutscher Ideologie*, Stuttgart: Ernst Klett Verlag, 1962.

② 关于faustisch/das Faustische一词的含义变迁,参同上,页27–29。

的爆炸式发展。歌德并未对浮士德博士这一人物本身做多少改动，而是将其放置在一个初露端倪的新的社会制度中。

倘若不了解浮士德博士或浮士德在欧洲历史语境中的本质特征，则很难真正理解有关浮士德的讨论中那些关键的分歧，比如基督教对个人英雄主义的责罚。因此下文有必要简单勾勒社会历史背景，梳理关于浮士德博士的研究结论。

约翰·浮士德博士与浮士德

浮士德这一形象是中北欧文艺复兴时期人的化身，其特征包括：普遍拒斥那种要求人们服从天主教会确立的戒律与禁令的基督教观念；借助泛灵论思想和实验手段对自然进行干预——泛灵论指的是从精神上支配物质世界，它是自然科学的前身；对自然的支配能力大幅提升，达到前所未闻的程度；认为每个个体都独一无二，其自由不受社会的任何强制，个人在自己的事务上有完全的自决权；背离了十诫等道德准则，不接受一夫一妻制，把女性仅仅当作满足性欲的工具。

一个与浮士德无关但某种程度上又不无关联的现象是：统治体系并未发生变化，没有出现社会动荡。浮士德并非一位革命家。

无需赘言，这句话精准地概括了欧洲历史的发展趋势。基督宗教与教会丧失了解释世界的独一权力，它们在世俗哲学、文学、戏剧及其他艺术门类中相继失去垄断地位。在自然科学领域，这一现象出现得最晚，但造成的影响最深。民间故事书的内容反映了当时生产力的提高（有些描述甚至超出当时生产力的状况）。在魔鬼的帮助下，浮士德于寒冬时节用戏法给一位公爵变出了新鲜的葡萄，这在当时看来虽不可能，但在今天早已成为现实。每个人把自己理解为世界历史中的一个独特的个体，这意味着彻底与中世纪人的自我理解进行决裂。实业家出于对企业本位主义的优先考虑而触犯基本的道德准则，已成为资本主义社会制度中的常态。

两性关系问题未能充分融入这种新型即以市民、男性个体为中心的人格结构，男性对女性产生了新的统治关系，这些演变为市民社会的主要问题并催生了一系列诗歌、戏剧、小说、常言，时至今日依然如此。《浮士德博士的故事》在塑造人物时有多么突出男性气质、忽略女性的存在，对比薄伽丘的《十日谈》即可见一斑。后者在14世纪中叶问世，涵盖了一百则以爱情为主题的故事，其中不乏露骨、“轻浮”的性描写，但女性被赋予了独立、随性的特点。比如一则故事里，一位妻子以丈夫性能力不足为由另寻新欢，声称自己有满足性欲的权利且丈夫没有任何损失，而这位妻子并未遭受惩罚。

惟有统治形式无法稳定地延续下来。

富于创造力的个体身上体现出一些新变化：随着中世纪对生活形式的严密规定遭到破坏，一种前人未曾表达过的优越感呼之欲出。凌驾在自然之上的是“浮士德精神”中令人着迷的、魔性的东西。

歌德将浮士德这一角色提升至19世纪初社会发展的高度上。在这里，令人着迷的东西仍然来自对社会规则的破坏；与此同时，创造的行动与能力获得了空前的自由，人对自然的支配也达到前所未有的程度。“浮士德精神”——一个在歌德这里没有多大分量但备受研究者关注的概念，恰恰存在于自由与创造之间看似无法消解的矛盾之中。

大人物若想获得完全的自由，需以寂寞、被孤立、失去或放弃家庭，放弃诸如村庄、城市共同体这样较大的、稳定的社会环境为代价。若想在干预物质世界的过程中取得成就，则需以破坏旧有的社会秩序、消灭异己的存在，甚至谋杀他们前进道路上的绊脚石为代价。建造一座以所有人的幸福为宗旨的天堂，惟有通过剥削、奴役那些建造天堂的人才可能实现。对男人的爱摧毁了一个无辜的、爱着且被爱的女子，因为她参与谋害自己的母亲，并亲手杀死了自己的孩子。歌德第一次在浮士德的性格与该人物的爱情、事业之间建立起一种心理学上的联系：个体只有在爱情中失败，才可能取得事业上的成就；作为心理补偿机制，爱情的失败在其后的场幕中不断催生出一种永不餍足的、改造物质世界的行动。

这种无法消解的矛盾并非仅仅由一个特定历史时期里某个个别的

人体验着、忍受着——它是所有大人物和全人类的共同命运。所谓悲哀、心灵的痛苦、“命运”、“悲剧”，其涵义恰在于此。一个人尽管不得不经受所有矛盾的摆布，却能凭借毫不懈怠的拼搏与韧性而得救，终免于自身的苦难，这不仅突破了悲剧的伦理规范，而且构成了“浮士德精神”的另一重魅力。

伦　理

自1832年《浮士德》第二部问世至今（2011年），学术界对该剧的道德性争论不休，这其中涉及几个重要的伦理问题，它们构成了中世纪封建制解体后近代经济形式的核心：

问题之一是，个人的马基雅维利主义是否具有合法性。行事果决的人物为自己个性发展而牺牲他人，是否正当？人们是否应该宽容大人物造成的心理创伤、掠夺与谋杀？对此，无论基督教与犹太教的伦理学，还是自然法学说或民主国家的宪法，都给出了否定的答案。然而在资本主义制度下，即便是宪制国家，强者依然能随心所欲推行其道德并占据合法的制高点。为谋取财产而戕害无辜的浮士德既无痛悔也无赎罪，却在一片耀眼的光芒中升天，升向更高的境界。

问题之二是，自然科学的马基雅维利主义是否具有合法性。人对自然的种种认知可以作为操纵自然的工具吗？歌德的《浮士德》中上演的围海造陆、实验室里合成人造人，都是合法的吗？

问题之三是，效能的马基雅维利主义是否具有合法性。经济生产力的发展是否可以作为剥削、折磨、奴役他人的正当理由？开发自然资源是否比大众的福祉更为重要？一位科学和经济生产上的天才是否仍要受伦理规则的约束？直到浮士德为满足自身目的将他雇佣的劳工压榨殆尽，他才开始追问自己的所作所为对社会的意义。

问题之四关涉统治中的马基雅维利主义。就《浮士德》而言，这种统治并非主要体现在国与国的关系上，而是体现在因经济能力和教养程度而出现的对人的统治上。一个男人是否有权统治女人、毁灭她却不必遭受惩罚？实业家是否有权凭借经济上的优势统治劳工、摧毁劳工？

令人深思的是，歌德这部戏剧，尤其“谋财害命”的浮士德荣升天界的结局，在观众看来是对基督教－市民伦理规范带有挑衅意味的伤害。而这一现象又涉及自我中心主义这一资本主义生产体系中的基本问题。19、20世纪关于《浮士德》剧的争论尽管绕来绕去而始终不离“该剧是否符合基督教思想”，但仍无法掩盖一个事实：浮士德，或者说歌德的拯救与救赎，既与人文精神没有丝毫关系，也并非歌德有意的挑衅，而是关乎这样一个问题，即在新的经济、社会制度下，资本主义实业家有多大的自由。

时至今日，实业家和政府与其他公民之间的伦理关系，依然是有关国家的构建与改革的公共讨论中的重要问题。几乎所有的研究者都注意到，歌德通过一部文学作品参与到了这场讨论中。

研究者给出的解释路径不外乎以下几种：或批评主人公丧失伦理，或试图从作者意图出发挖掘作品的伦理价值；或批评该剧偏离基督教精神，或立足基督教的世界观进行另一种解读；甚或从悲剧、存在或美学的角度，否认浮士德的罪责问题。主人公浮士德也处于对立的阐释之中：既有人为其无止境的生产活动和追求辩护，也有人因其不道德而做出消极评价。不过仅有少数研究者谴责歌德不人性、不道德，将歌德视为中产阶级的拥护者。

争论的核心是一个紧迫的社会问题：在很多人看来，进步不可能不伴有损失——用今天的话来讲，不可能不伴有“附带损坏”；正如刨光必有刨花掉落，拔毛必有羽毛飞舞，①实干家总是无所顾忌。霍布斯早在17世纪中叶就描述过自我中心的残酷：它是所有人反对所有人的战争。

---

① “dass Späne fallen müssen, wo gehobelt wird, dass Feder fliegen, wo gerupft wird”, Rüdiger Scholz: *Die Geschichte der Faust－Forschung*, Würzburg 2011, S. 41f.

《浮士德》研究话语中的基本立场

倘若能将《浮士德》对人的理解和对世界的理解，置于历史的真实以及当时社会的价值倾向来看，那么有关该剧的学术研究史中，会有一大部分立场容易理解得多。从基督教立场出发对该剧的批判，如针对道德伦理、对魔鬼的淡化处理、浮士德的得救等，主要出于两方面原因：一是浮士德严重触犯了基督教的十诫中“不可杀人”“不可偷盗”的诫命——当然市民社会的法律也有同样的规定；二是这仍然是“布道坛与舞台之争”的延续，换言之，无论教会还是戏剧家都意欲争夺监督社会风纪的权威和职能。在信仰基督教的人看来，那些破坏道德法律的诸种理由，比如个体追求自我发展的权利、自然的法则等，无异于人傲慢地觊觎上帝的全能，妄尊自大地解读自然及其法度。由此，浮士德得救的理由和基督教对该剧的批判间的矛盾就显而易见了。

然而，基督徒中对浮士德持肯定态度的人绝不少于对其持批判态度的人。这其中尤以新教牧师最为明显，他们毫不掩饰对浮士德的欣赏态度，对此后文还会详述。在此仅举一例。比如在 1901 年，不莱梅的牧师阿·卡尔特霍夫（Albert Kalthoff）发表公开言论，赞赏浮士德拼搏进取、永不懈怠的精神。

此外，浮士德的掠夺和谋杀触犯了自然法的观念，但同时学界又有为其行为辩护的声音，这就解释了为何在《浮士德》学术史中，如何“正确地”理解主人公成为一个聚讼不休的问题：他要么是伟大的巨人，要么是作恶多端、用来以儆效尤的人物。如果说 19 世纪时，持基督教立场的阐释者对该剧及其作者还持批评态度，那么 20 世纪以降，无论《浮士德》的伦理精神，还是歌德本人的崇高思想，都已成为无可辩驳的事实。

正因如此，不少研究者都尝试通过美学的范畴，解决《浮士德》中的罪责问题。由于人们普遍相信，崇高的文学作品无疑应表达崇高的伦理，因此，不论情节还是人物身上败坏道德的现象，都源于艺术作品的审美要求。故而在《浮士德》研究，尤其关于海伦一幕的研究中，才会充满关于美、艺术等概念的争论。

另外，对很多男性读者以及男性研究者来说，这部作品表现出来的对高尚的男性不遗余力的赞美和对女性的贬低，不论过去还是现在都不仅仅停留在理念层面，而是极准确地反映出男性对女性的恐惧，以及由此衍生出的对女性的厌恶甚至暴力。就这一点而言，《浮士德》研究中除去少数例外，几乎没有人真正探讨过以下问题：失败的爱与不懈的追求，与这种追求的社会历史意义之间，究竟有怎样的关联？人们对主人公浮士德的心理分析从来都只停留在表面化的、明显到不言而喻的特征上。然而事实上，只要借鉴韦伯对禁欲思想和资本主义工作伦理之间关系的研究，这种心理分析便不仅更加可行，而且十分必要。与此相反，很多研究仍在无休止地赞美可爱、无辜的自然之子格雷琴，惋惜她充满悲剧色彩的死亡，也有一些研究着眼于希腊女神们在其国度中的权力。进入 21 世纪以来，对浮士德这一人物的心理学研究往往伴随着令人一知半解的精神病理学概念。

如果不了解作者歌德在当时如何上升为人生的导师，那么就很难全面地把握《浮士德》的接受史。早在 19 世纪 40 年代，歌德的地位显著提升，到了第二帝国时期则达到了空前的甚至荒唐的程度。这里仅例举一段引文为证。引文出自胡戈·冯·罗姆尼茨，这位贵族在 1887 年声称，作为男性象征的浮士德是通向女神国度的道路，并写道：

> 在歌德这位伟人面前，巨人但丁何其渺小……“工作”这一抽象的、虚假的福音，永远无法比拟真挚的基督教信仰，而后者正是《浮士德》第二部又一次教导读者的内容。爱的福音始终是人值得追求的目标。唯一的问题在于：如果没有歌德的引领，如今谁有能力去教导人如何去爱？（页 4）

《浮士德》研究之所以既无法在心理学领域取得突破，也没能成功地使用历史的方法对社会进行分析，一定程度上可以归因于人们对“浮士德精神”的妖魔化。由于歌德在《浮士德》中以男性的视角，从对立统一的两极剖析了市民社会,因此,要想透彻地理解《浮士德》的历史社会背景及其思想主旨间的一些关联,阐释者必须首先对自己的基本信念和倾向进行一番反思。然而,大多数阐释者都很难做到这一点。有一个例子可以说明:几十年来,对于“浮士德精神的/浮士德精神”这对 1963 年才出现的语汇,无论语言学还是文学研究都没有作出分析。与男性不同,女性完全不可能在浮士德这个人物身上找到身份认同,然而即便在她们当中也很晚才出现批评的声音。那些为数不多的跻身教授行列的女性,在面对伟大的歌德时,往往思路受限,批评的声音也过于温和。直到 20 世纪下半叶,那些带有女权倾向的女性研究者才对《浮士德》做了必要的批判——虽然已经很晚。

对《浮士德》的阐释从未停歇。早在 1790 年《浮士德 · 片段》问世时,便有不少学者对其进行了深入探讨。1808 年《浮士德》第一部出版后,研究文献数量大幅上升,及至 1832 年第二部问世,关于《浮士德》的研究更是汗牛充栋。从一开始,《浮士德》研究的话语权就主要掌握在学院派的文学研究者手中,随着大学和教席数量不断增加,文学背景的研究者人数也愈来愈多,不过也有不少神学与哲学教授参与了研究。罗森克兰茨早在 1847 年就指出,“对《浮士德》悲剧的阐释已成为大多数大学的固定课程”;①“人们能从文本中引用的经典句子比比皆是”。② 以下几节将着眼于学者对《浮士德》所做的解读。总体而言一个值得注意的现象是,不少哲学家和神学家参与了有关《浮士德》的讨论。

歌德版《浮士德》:接受史的特点

在《浮士德》研究的学术史上,有关主人公的评价始终在两极间摇

---

① Karl Rosenkranz, *Göthe und seine Werke*, Königsberg: Verlag von Gebrüder Bornträger, 1856.

② Ebd., S. 323.

摆:或将浮士德奉为英雄,或对其进行诅咒;或认为浮士德是巨人,或视其为巨人的反面。随着 1871 年以降德意志帝国一跃成为欧洲强权,浮士德成了征服自然的英雄、社会与国家新奠基人的化身,成了强大的行动力与执行力的象征。另一个与之相伴相生的现象是,自谢林对《浮士德》做了带有民族色彩的解读之后,《浮士德》阐释中的民族化趋势愈演愈烈,浮士德遂成为德意志的伟大与悲剧的化身。新的生产体系令人着迷,它既为自然科学和工业带来了进步,同时也在短时间内导致大量人口沦为无产者,加速了社会贫富分化。从当时学术界的讨论中可以看出,许多研究者都以主人公浮士德及其生平经历为切入点,对这一新的生产体系进行分析。

进入 20 世纪后,将浮士德民族化、神圣化抑或妖魔化的阐释倾向延续到了二战结束。与这类阐释相对立的另一种声音直到魏玛共和国末期才出现,但旋即被法西斯浪潮淹没,1945 年后再度经历了五年的繁荣:作为德意志代表的浮士德退居幕后,作为以儆效尤的、巨人反义词的浮士德成为主导话语。20 世纪 50 年代出现了一波新的将浮士德抬升为英雄的潮流,不过其中德意志民族的激昂情绪少了许多,取而代之的主流话语是把作品置于本体地位,单纯从审美角度进行文本分析,将作品从其具体的历史语境中剥离出来。1980 年代开始,将浮士德作为巨人的反面,终于成为研究中的基本共识。

同样是对浮士德进行批判,原因却发生了变化。如果说二战之后,浮士德化身为工业所具有的、摧毁性的暴力,那么在西方阵营,把浮士德当作巨人的反面还有另一重原因,即东德升华了浮士德,将浮士德解读为社会主义美好未来的宣告者。反共产主义的立场决定西方阵营中出现对浮士德之"反巨人"的解读。

与民族主义相对的是去历史化的阐释,这种解读趋势发端于生命哲学,并随着达尔文主义、人智学、人文科学、存在主义、后结构主义,以及以文化学形态出现的历史社会学等思潮而延续。

由于《浮士德》跃升至德意志民族文学首位,歌德在德意志身份认同的构建中也发挥着引导者作用,因此,对《浮士德》剧及其作者歌德的研究不计其数。在笔者看来,卷帙浩繁的《浮士德》注释版问世于德意志第二帝国时期,而《浮士德》研究在一战尤其二战之后逐渐趋于冷静,这两个现象均并非偶然。1949 年出版的特隆茨(Erich Trunz)注释版、1950 年问世的博伊特勒注释版不复二战前的体量,语气也温和很多——尽管他们对这部作品的赞誉仍在字里行间依稀可辨。随着 1970 年代西德作为经济大国的地位逐渐稳固,鸿篇巨制式的《浮士德》注释版重新出现在读者视野中。1990 年两德统一后,这类著作的体量甚至远超从前。20 世纪 90 年代中期以降,关于浮士德和歌德《浮士德》的文化活动规模空前。自 1830 年左右开始,谈论《浮士德》就已成为一种时尚,第二帝国时期尤其如此,至 1990 年代则再度流行。生理学家杜布瓦·雷蒙(Emil Du Bois - Reymond)于 1882 年接任柏林大学校长之时所做的就职演讲,正是以歌德及其《浮士德》为题。沃尔纳(Roman Woerner)1901 年接受弗莱堡大学教授职位时的就职演讲探讨的是《浮士德》终场。

《浮士德》研究的历史可以从以下三个角度进行划分。第一,由于学术界也将《浮士德》视为一部对存在的诠释,因此不难理解,为何社会政治的不同时期、阶段,包括政治进程中的那些重大转折——1848 年革命、帝国建立、第一次世界大战、法西斯、第二次世界大战、两德分裂、重新统一等等,不仅在《浮士德》研究的学术史上留下了印记,而且影响了《浮士德》研究的时代分期。

第二个角度涉及文学在公共话语的发展中所扮演的角色:文学与戏剧发展成为表达意见的公共场域,人们可在其中探讨社会问题,尤其探讨那些不可调解的矛盾。此外,文学在公共领域中还具有几个标志性特点:其一是德语文学的民族化,作家上升为民族与智识的榜样,具体而言,歌德成为民族的英雄,而席勒则丧失了这一地位;其二是宗教的世界观消解,哲学及泛化的世界观取而代之试图给出一种解释世界的模式;其三是浮士德这个传奇故事中的形象变成了一种主导理念,象征对自然的征服、男性的自我升华,以及同样带有男性特质的个人主义。

就歌德的《浮士德》而言,文学研究在社会政治舆论中仅扮演了次要角色。观点与证据、杂文与论文之间的界限并不严格。在公共舆论形成的过程中,学术研究本应起到矫正、调节意识形态的作用。然而在《浮士德》研究中,学术研究并未充分发挥这一作用,因为大多数研究者的分析阐释与其说引导了大众关于浮士德的理解,使其趋于客观、严谨,倒不如说它们反而加重了意识形态色彩。

划分《浮士德》研究历史的第三个角度,是文学研究的发展史。本书并非孤立地对作品进行分析,而是在学术研究与哲学-宗教的世界观这一总体背景下,考察文学研究的发展史。歌德及其创作的全部作品,是文学研究发展史的构成部分。不只人们对这部剧作的评价影响了歌德和浮士德的形象,反过来讲,《浮士德》上升为世界文学中最伟大的作品之一,也对歌德本人的形象产生了影响。如目录所示,文学研究中几乎所有主要的解释路径都在《浮士德》研究中有所体现。

对所有研究者来说,历史概念都是搭建其研究的重要基石。研究中出现的历史概念已数不胜数:从存在剧、人类剧,到近代剧、现代剧、德意志人民的历史剧、资本主义戏剧、社会主义戏剧等等,不一而足。史学的历史也影响、左右了《浮士德》剧的历史阐释。

该剧的历史性包含几个层面。一个层面是研究该剧对歌德时代真实历史事件的影射,比如弑婴或1830年的七月革命。考察该剧对歌德在魏玛公国的经历的影射、寻找剧中角色与歌德交往圈子里真实人物间的对应等等,也属于这一层面的研究。第二个层面是这部戏剧本身所呈现的历史维度,即从近代开始,也就是历史上的浮士德出现的16世纪上半叶,到殖民活动出现的18、19世纪,此外还包括特洛伊战争所属的古典时代。《浮士德》中两度出现的瓦尔普吉斯之夜则分别展演了中世纪与古代诸神的历史时期。

另一种观点则认为,该剧的时间维度是以比喻的方式,展示歌德时代世界范围内的社会变革问题。这种观点并非对整部剧的所有内容都成立。大部分阐释者在研究中使用了“近代”(Neuzeit)这一概念,后又换作“现代”,并且为了进一步界定“现代”而借用了“前现代”“原现代”和“后现代”等表述。同时,研究中也为更细致的历史分析提供了一些模式。学界一致认为,工业化肇始于歌德时代,由此开启了世界历史中的一个新时期。

在这一语境下展开的文本分析将研究者分为两派:马克思派与韦伯派。这一方面涉及,从封建制向资本主义的变革经历了哪些形式与时间段,另一方面涉及这一巨变产生的根本原因,以及推动该过程的因素与力量。持马克思主义立场的研究者主要遵循马克思提出的过渡论和"历史是阶级斗争的历史"等观点,韦伯派的学者则更多立足于工业化进程,以及工业化在技术和自然科学方面的基础。20 世纪 70 年代以来,社会史在西方工业国家的历史研究领域占据了主导地位,浮士德的殖民计划及其背后的世界康采恩理念走进研究视野,得到人们的重新审视。长期以来,西方国家的德语文学研究者避免使用"封建主义""资本主义"等核心概念,不过在苏联解体后,这种恐惧也随之消失。随着资本主义的世界经济进入国际化的新阶段,学术界开始关注资本主义经济的结构,这也对浮士德的分析阐释产生了影响。

除现实历史的研究路径而外,《浮士德》研究中一直有对立方法的存在——对作品进行纯粹艺术审美的、去历史化的分析,也就是说,把作品理解为本质上独立于现实世界,且并非源自现实世界的艺术作品。一些将《浮士德》作为存在戏剧的研究者,同样使用了去历史化的研究方法:在他们看来,作品中的历史成分仅仅是作者为了形象地进行叙述而设计的内容;它们并非具体的历史因子,而是一些抽象的、具有代表性的因子,只能置于人类发展的常数中来理解。与此并行的是一种将作品神秘化的倾向。按照这种观点,《浮士德》表现的是每个个体灵魂中以及世界历史中那些颠覆性的、魔性的力量。

大多数研究都对《浮士德》的辩证法感到棘手。由于歌德通过"极性""收缩 - 舒张""上升"等概念对辩证统一的因素进行过理论探讨,因此很多阐释者也注意到剧中有对抗性存在,然而在上世纪最后十年及本世纪最初十年里,《浮士德》研究中一再出现有些武断、偏激的结论。这主要体现在,针对浮士德的殖民活动和剧末浮士德的幻象,研究者或像 1990 年代以来那样,做清一色的负面评价,或完全做正面的解读,认为这是浮士德为了全人类的幸福而进行的征服自然的壮举,是站在资本主义对立面的、对社会主义社会的愿景。至于认为歌德悬置了该剧的主题精神,在当时则是一种难以获得认可的观点。

历史化解读方式的局限也显而易见,它往往将歌德绝对化。然而事实上,歌德即便在表达自己的主观倾向时,也会兼顾事物的另一面。因此,这种阐释方式也给《浮士德》研究造成了某些困难。

从选题、研究目的、方法与结论等几方面看,《浮士德》研究的历史可以较为清晰地划分为几个阶段。第一个阶段缔造了德意志民族归属感的神话;第二帝国时期则明显过渡到把浮士德形象英雄化:他是一位富有创造力的实业家和工程师,也是一位独断的统治者。

二战后不久出现的大量研究往往将浮士德视为一个负面的、有罪的主人公,这种倾向沿袭了魏玛共和国时期博尔达赫(Burdach)和博姆(Böhm)的解读。紧随其后的20世纪50年代则接续了1933年前的一些研究热点,对《浮士德》进行以文本为核心的阐释,将作品的世界观、情节、人物置于本质地位,把研究兴趣转向对艺术形式的考察、作品对文化经典的影射与借用、歌德的世界观与《浮士德》在歌德戏剧创作整体中的地位等。在这些因素的共同作用下,对《浮士德》的阐释,终于与对浮士德的评价——一个有罪但及时得到了救赎的主人公——取得一致。

由于将重要的伦理问题以及歌德时代的历史现实排除在外,西方学界逐渐走向了阿多诺所言的“动辄就说本真”,这一趋势在1970年代达到顶峰,也走向终结。而在东德学者的研究中,无论是对浮士德临终幻象的乏味赞美,还是将歌德理解为社会主义者的原型,都与剧作本意相去甚远。

1980年代的《浮士德》研究突然转向社会史方向,也从而结束了沉闷的局面,这一研究兴趣一直延续到1995年前后。各个时代的《浮士德》研究都显示出一个共同的缺陷:缺乏对歌德本人的立场进行批判的意愿和能力。直到有研究者从女权视角对剧中的女性形象展开分析,这一研究面向才渐渐展开,其中最出色的成果当推基尔希海姆

(A. L. Kirchheim)2010 年发表的文章。

此外,不少研究者考察了歌德文本中的影射,解读了文本与历史、文本与歌德时代的现实问题之间的关系。这类研究为数众多,就其性质而言虽然只是着眼于细节,但这类研究整体上证明,《浮士德》的创作广泛地涵盖了所有领域的历史:从政治史到宗教史和哲学史,从自然史和其他科学的历史到艺术史以及由古代直到歌德时代的文学史,等等。文本处处是影射:从炼金术文献——炼金术乃自然科学的前身——到《圣经》,从基督教诸教派所分化的哲学形式,到古希腊－罗马的文学、宗教与哲学,从现代自然科学、征服自然的实践活动,到现代国家理论和生活关系的经济化,《浮士德》展现了宏大的文化场域,无怪乎常有盛赞该剧内容丰富、包罗万象的声音,而着眼于该角度的研究所取得的成果也着实可观。

该类研究的缺陷则在于缺乏一种能将其统合为一个整体的标准。出于研究方法上的考量,学者们只能探讨单一的主题,但这种孤立的考证方法容易导致研究者将文本中的影射绝对化,因此丧失了反思其研究局限性的能力与意愿。一个明显的例子是,新近研究围绕终场"山涧"中的彼岸世界出现的"所有人得救论"。持该观点的学者,从博尔达赫到薛讷,均将之奉为研究准则;反对该观点的学者则试图在文本中寻找其他证明,比如对基督教－天主教传统、新教义、斯宾诺莎思想甚至无神论的影射。后者的研究虽具有一定价值,但本质上仍然沿用了同一种思路,只不过得出了相反的结论。

事实上,歌德的处理方式使得《浮士德》注定有着复杂多元的影射,而每个视点也绝非固定不变,如此一来,作品便可将所有宗教对于彼岸的设想统统纳入作者本人的想象中,并从中生发出新的东西。歌德本人也曾指出,不可对《浮士德》作过于严肃的解读,然而该剧的复杂性为阐释活动带来了重重挑战,正如学者就"山涧"一场奇特的彼岸想象进行的争论。

本书梳理学术史的特点

本书尽管较为全面地梳理了关于歌德《浮士德》的研究文献，但并非面面俱到。书中未涉及歌德作品之外的浮士德或浮士德博士的形象。歌德的《浮士德》问世后，不少作家（包括为数不多的女作家）、作曲家和雕塑家均对该题材进行过丰富、深入的再创作。专门考察这些作品对《浮士德》（主要是艺术上）的理解或考察该剧演出史的著述为数众多。本书并未一一展开，而是仅勾勒出线索，以期增进读者对浮士德题材作品全貌的把握，或廓清它们在学术研究中的地位，以便立足于有限的资料，给读者呈现出蔚为壮观的与浮士德题材相关创作的概貌，包括其主题、学术史地位等等。

学术史的梳理往往有两种路径。一是通过典型的例子勾勒主要线索，笔者 1982 年（第二版 1993 年）出版的《〈浮士德〉研究报告》遵循的便是这种方法，其优点在于一目了然，可缩短阅读时间；而缺点则是无法涵盖全部研究，梳理各种观点。本书尝试展现《浮士德》研究的广度，同时通过引文呈现观点，从而使读者了解《浮士德》研究文献的数量之多、内涵之丰富，不过也会不可避免地增加阅读时间。无论如何面对体量如此巨大的著作，读者终究只能择取一部分阅读。

外文文献的梳理有一定的局限性。不断有研究介绍《浮士德》在国外的接受史，这些研究一般仅关注接受史上的具体事实，不对文本做任何阐释，因此未收录在本书中。

关于《浮士德》阐释的文献在本书所占的篇幅各不相同，以英文文献为主，其次是法语、意大利语、波兰语与俄语文献，也有极少数西班牙语、葡萄牙语、保加利亚语、罗马尼亚语与希腊语文献。韩语文献在欧洲以外的语言中列居首位，书中未收录日语原文文献，仅收录了已译成德语的若干日本学者的成果。很多韩语和日语文献均附有德语摘要，从中可看出，日韩学者的研究受德国学界较为保守的主流思潮影响很深。也有很多介绍国外《浮士德》研究的发表物，如威卢拜的《1949 年以来美国的歌德研究》(从《浮士德》开始)①、匹斯柯尔《歌德及其〈浮士德〉在中国》②(206 页)、高伟空《韩国对〈浮士德〉的接受》③、马夸特《歌德的〈浮士德〉在法国》(545 页,关于戏剧与音乐)④、左珀《〈浮士德〉在意大利——歌德巨著的接受、改编与翻译》(314 页)⑤、吉姆伯尔(等主编)《〈浮士德〉在欧洲——〈浮士德〉中的魔鬼与奇幻的诙谐》(498 页,该文集收录了多篇关于《浮士德》在西班牙接受史的介绍)⑥。

1925 年,值希腊独立战争中米索隆基战役一百周年纪念之际,一部希腊语的《浮士德》"海伦幕"问世,由斯塔夫鲁作序。⑦

翻译属于外国对《浮士德》接受史的一部分,译文往往与阐释一同出现,不过阐释通常仅是对内容的复述。仅举一例——斯达威尔与迪金森于 1928 年出版的《歌德与浮士德》⑧,两位研究者将《浮士德》译成了英文,出于体量考虑,他们只做了节译。文本阐释冠以"自然与人""爱的迷宫""浮士德与帝国"等标题,实质上是带有评论性质的内容提要。海涅曼 1882 年刊于《伦敦期刊》(1881 年创刊)的文章《歌德〈浮士德〉英译及英文评注版目录》⑨属于文献汇编,正符合其 1886 年出版

---

① Leonard Ashley Willoughby, *Forschungsbericht. Die Goethe – Forschungen in Amerika seit* 1949, 1954.

② Tong Piskol, *Goethe und sein ,Faust‘ in China*, Saarbrücken 2007.

③ Wee – Kong Koh, "Faust" – Rezeption in Korea, in: ders., *Intermedialität und Kulturkomparatistik*, Bern 2007, S. 139 – 173.

④ Lea Marquart, *Goethes Faust in Frankreich*, Heidelberg 2000.

⑤ Paola Del Zoppo, *Faust in Italia. Ricezione, adattameto, traduzionedel capolavoro di Goethe*, Rom 2009.

⑥ Arno Gimber/Isabel Hernúndez (Hg.), *Fausto en Europa. Visiones de los demonios y el humor faustico*, Madrid 2009.

⑦ Thrasbouloy Stavrou, *Helene des zweiten Faust*, Athen 1925.

⑧ Melina Stawell/G. Lowes Dickinson, *Goethe & Faust. An Interpretation*, 1928.

⑨ W. Heinemann, *List of English translations and annoted editions of Goethe's Faust*, 1882.

的小册子《歌德的〈浮士德〉在英美》所拟的副标题——“书目汇编”，该书汇总了161种文献。

德文课堂上所用的辅助材料有别于严格意义上学术性的《浮士德》研究。按照德国一战前推行的“学校教学计划”，各中学设有专门负责学术出版的小组，为中学德文教师的发表提供了制度化的保障。这些中学教师的发表物中也包含若干《浮士德》研究。该制度自魏玛共和国时期以后不复存在，学术发表成为教师的个人行为。与此同时出现了为中学生而写的《浮士德》阐释，且多次再版，质量上甚至胜过一些学术研究。它们贴近文本，关注学术动态，提供有益的拓展文献，能够加深读者对文本的理解，下结论甚为审慎。这类文献有策尔威克尔的《歌德〈浮士德〉第二部注释》(63页)，①以及二战之后莫里茨·迪斯特维克出版社(Moritz Diesterweg – Verlag)出版的、流传甚广的教辅材料。20世纪50年代以后，该出版社又推出A. 韦伯的《歌德〈浮士德〉发微》②，该书对特隆茨(Trunz)的观点有所借鉴，带有些许海德格尔式的反提坦色彩。1960年代，伊伯尔(Rudolf Ibel)对浮士德的解读取代A. 韦伯成为主流话语，70年代占核心地位的则是科布林克(Helmut Kobligk)对《浮士德》上下两部的解读，其中第一部的阐释多次再版，1997年时已刊印第19版，直到2011年仍有出版社发行该书，间或略有修订；1983年出版的对第二部的阐释中有一章“《浮士德》第二部研究：1972—1980”，其中提到较新的社会历史研究路径，1990年版删去了该内容，因中学教学一般无需着眼于这类文献。慕尼黑的奥尔登堡教辅出版社(Schulbuch – Verlag Oldenbourg)多年来不断出版苏道(Ralf Sudau)对《浮士德》上下两部的阐释(263页)。布伦瑞克的施罗德尔出版社(Schroedel – Verlag Braunschweig)出版了弗雷德金(Volker

---

① Edwin Zellwecker, *Erläuterungen zu Goethes Faust*, *II. Teil*, Paderborn: Schöningh Verlag, 1931.

② Albrecht Weber, *Wege zu Goethes "Faust"*, Frankfurt a. M.: Diesterweg, 1958.

Frederking)编写的《浮士德》第一部学习手册(32 页)。2009 年,克莱特出版社(Klett – Verlag)推出了赫尔墨斯(Eberhard Hermes)编写的整部《浮士德》阅读入门(207 页)。2008 年,“指导 – 阅读 – 概览”(Mentor – Lektüre – Durchblick)丛书系列出版了考姆普(Andrea Komp)解读《浮士德》第一部的小书(64 页)。霍勒克 2009 年出版的《给全人类的馈赠》①(100 页)主要针对大学生群体,收录了对《浮士德》个别问题的探讨。

本书仅收录了散见于个别文学史及歌德传记的《浮士德》阐释。这类文章往往并非研究性质,而是对独立发表物中《浮士德》研究的一个梳理。分属于文学史和歌德传记这两个范畴的文献均不在少数,且几乎所有都涉及《浮士德》。迈恩克在 1914 年发表的《德语歌德传记史》(74 页)②中罗列了迄至 1913 出版的不下 37 种歌德传记。本书遴选的标准在于,这些文学史和传记中有关《浮士德》的章节是否能引起学术上的争鸣。

在浩如烟海的《浮士德》评论中,本书仅择取了那些独立出版的文献。针对附在文本上作为前言或后记一同出版的评论,只选择较为重要的进行了汇编,这类文献通常附在相应的研究之后,未对文本做出新的阐释。散见于其他主题的著作和文章中大量的《浮士德》研究,本书在一定程度上只是顺带提及。限于篇幅,十页以内的研究文献没有出现在本书中,书评则更为鲜见。

广播、电视及网络上有关《浮士德》的材料完全未纳入考虑范围,因为抽样试验证明,这类媒体上主要是对《浮士德》研究的介绍,以及从世界观角度对文本的宏观解读,而非研究性质的文献。

材料遴选上的局限不可能不影响《浮士德》研究文献的概貌,不过

---

① Heinz Rölleke, “*Und was der ganzen Menschheit zugeteilt ist*”: *Quellen und Studien zu Goethes ‘Faust’*, Trier: Wissenschaftlicher Verlag, 2009.

② Harry Maync, *Gechichte der deutschen Goethe – Biographie. Ein historischer Abriß*, zweiter Abdruck, Leipzig: H. Haessel, 1914.

事无巨细的梳理也未必能给读者提供正确的印象。笔者提到的文献并不仅仅是《浮士德》研究的核心:它们同时构成了歌德戏剧的研究史。

研究方法

一种较为恰当的方法是按照研究的核心论题,而非按照时间先后进行文献综述。柯莱特(Ada M. Klett)虽则采用了这一方法,但有时不免会针对重复出现的问题罗列观点和论据,忽略其他视角。长期以来,《浮士德》研究聚焦于这一问题:《浮士德》上下两部究竟属于一个整体,还是自成一部独立的作品? 持"整体论""部分论"乃至"残篇论"的学者间的争鸣,对于《浮士德》研究中的审美范畴以及"艺术作品"这一概念的理解至关重要。自 20 世纪 60 年代艾姆里希(Emrich)、施台格尔(Staiger)两位"部分论"的代表者之后,鲜有研究把上下两部视作彼此独立的作品。至于认为"第一部的主角是地灵(Erdgeist),第二部的主角是厄里克托(Erichtho)"①等研究,由于观点过于新奇,暂不一一列入目录。归根结底,除少数细碎的局部研究而外,从《浮士德》问世至今学界争论不休的核心问题只有一个:为何浮士德即便罪孽深重,也能得到拯救和救赎?

1808 年《浮士德》第一部问世时,歌德添加了"悲剧第一部"的副标题。这样一来,《浮士德》上下两部均冠上悲剧之名。欧洲悲剧的一个核心范畴是道德:戏剧尽管充斥着冒险或矛盾重重的情节和看似水火不容、相互冲突的价值观,但在悲剧性质的结尾中,一种道德的世界秩序得以建立;亵渎神明的人毁灭后,新的、坚实的世界秩序从中冉冉升起。

但歌德打破了悲剧的法则,让谋财害命的主人公进入天界,且不断飞升。不过,歌德并非打破戏剧道德法则的第一人。早在《浮士德》第

---

① [译注]一名忒萨利亚女巫,以吸食亡灵之血为生,栖居于那里的法萨罗古战场。

一部问世前36年,莱辛的悲剧《艾米莉亚·伽洛蒂》中杀死女儿的奥多尔多在帷幕降下时仍活生生地站在舞台上,而剧中并无一处具体指明他应受惩罚。惟有在喜剧里,道德沦丧的人可免于惩罚,不过喜剧中的角色往往不涉及重罪。此外,歌德也尝试在诗剧体裁中避免使用过于绝对的表述。歌德的"悲剧"几乎没有出现一位以悲剧命运终结的主角——悲剧人物格雷琴只是配角,因而该剧更多是一部救赎剧和"和解剧",一部夹杂着喜剧特征的历程剧而非悲剧;或者说,它是一部难以界定其门类的歌剧或轻歌剧。迄今为止的《浮士德》研究对上述问题均进行过探讨。

歌德的《浮士德》是否完好地保留了道德审判这一评价范畴?学界经历长期的争论后给出了肯定的答案。格雷琴的赎罪者和忏悔者身份足以证明歌德的道德取向。然而陷入最可鄙的掠夺与谋杀行径的浮士德,又为何能以胜利者的姿态复活并在天界得到奖赏?

如何回答这一问题,是《浮士德》阐释中一个至关重要的难点,它涉及两个方面:一是这样的情节安排与当时历史现实的关系,二是作者歌德的道德观。由于问题的答案与浮士德和梅菲斯特"二重唱"中的双方都有关,故很难将综述局限于"拯救与救赎的原因"。因此,本文主要依据解释的方法及其背后作者的世界观对文献进行分类,并另辟两章梳理探讨《浮士德》罪责问题的文献。

鉴于文章涉及研究文献众多、引用烦琐,在此对本书体例上的特点略作说明。首先,笔者在转述其他作者观点的同时,也引用了一些较长的原文,以便更自然地呈现作者的见解。对于很多关键的论点而言,文字风格本身就传达了作者对作品文本的理解,透露出文字背后的态度。此外,本文对文献的引用方式也与惯例有所不同,即不在脚注里罗列作者、出版年、标题等缩写信息,而是在正文中直接标出文献名称,一则由于文献标题往往能暗示阐释的方向,二则免去读者翻阅参考文献的辛苦;出版地、篇幅、页码等信息在参考文献中给出。只是并非所有文献都一一罗列在参考文献中,那些体量较小或严格来讲不属于《浮士德》研究主题的文献往往只出现在正文;参考文献里仅列出《浮士德》作品研究的相关文献;有关浮士德的雕塑、音乐以及文学作品中的插图的研究,则仅在正文中注明出处;关于其他主题和角色的研究只在相应脚注中给出。

走在十字路口的《浮士德》研究

“基本方针”一章中勾勒出的那条认识之路,是一条颠簸不平的路。继菲舍尔(Vischer)、齐格勒、博姆(Böhm)和舒查特(Schuchard)等开路先锋之后,直到1970年代,这出戏剧才开启了历史化进程,到1994年就已经遗憾地结束(如果把内格特2006年出的书①归入外行之作)。在1990年以后日益凸显的全球化时代,值得对《浮士德》研究再做一番汇总。

20世纪90年代以及新的千年引爆了《浮士德》的相关出版。人们对歌德这部巨作的兴趣在升温。根据2004年德国电视二台的一项问卷调查,歌德的《浮士德》第一部在德国人最喜爱书籍排行榜上名列第15位。如果在网络搜索引擎中输入“歌德《浮士德》阐释(Goethe Faust Interpretation)”,会得到58000条结果。1990年后出现浮士德热并不稀奇。德国版图扩大了,而今成为欧洲最大的民族国家,需要利用其经济上的世界强权地位、其跨国康采恩下的经济帝国主义:20世纪末,作为世界上第三大武器制造国,德国再度发动战争。

世界强权地位同样要求文化领域与之匹配。浮士德形象以及歌德的《浮士德》所带来的文化驱动力,具有了超乎想象的规模。《浮士德》主题、作为传说人物的浮士德、歌德的戏剧《浮士德》,在19世纪和20世纪的音乐和造型艺术中结出丰硕果实。两部《浮士德》剧高频新编上演。2000年,彼得·施泰因表演的浮士德,台词与剧本句句相扣,演出纵贯15个小时。1500万马克演出资金全部来源于市民赞助以及联

---

① Negt, Oskar (2006): Die Faust Karriere. Vom verzweifelten Intellektuellen zum gescheiterten Unternehmer, Göttingen, 301 Seiten.

邦政府的投入。气势同样恢宏的是,上千人合奏古斯塔夫·马勒第八交响曲,结尾引向歌德的《浮士德》。

新版《浮士德》的评论也似滔滔江水。从 1980 年代起就有长篇大论相继问世,内容包罗万象,篇幅达 400 多页。而盖尔那部 2700 页的作品更是傲视群雄。

不再把浮士德阐释为积极引导者,这是一个重要的社会政治行为。对浮士德的负面评价纵然值得欢迎,可是,无休无止的重复和极尽能事的诅咒,又把这部剧啃噬得面目全非。在新出版的书籍和文章里,剧中人物浮士德愈发变作一个恐怖形象,寄身于无所不在的自然灾难、经济灾难和社会灾难。对此,歌德可能早有预感,并对其主人公进行过批判。无奈否定之风劲吹,走向极端,浮士德被演变成法西斯、集中营长官、自然破坏者和精神变态。

新的意识形态几乎无缝对接到阐释领域。许多人乐于步斯宾格勒后尘,只是此刻,歌功颂德的对象不再是悲剧性的浮士德精神,而是反浮士德精神。过分否定浮士德,意味着一种非黑即白的误解。他们甚至否认:在铺天盖地的道德批评之下,这部剧及其作者歌德仍在全世界掀起浮士德旋风,不断催生翻拍作品。《浮士德》阐释偏离了歌德的文本,成为一种杂谈文学,供阐释者们对这个危机将至的世界各自抒发感怀。

浮士德这个人物关系到方方面面:重新建构启蒙时代以来的市民主体,其主要身份由工作而定,结果影响着爱情选择、婚姻以及家庭关系;重新评价工作与道德的关系、创造力与统治自然的关系;既要为造福一切而竭尽自然之所用,同时又对本该受益的共同劳作者野蛮施暴。于是,第二部中描述的社会,演绎了从封建向资本主义社会过渡中的殊死对抗,以及新兴社会制度理想中的诸多矛盾。简言之,当一个同自然对话的历史新时期破土而出,肆无忌惮地改造社会关系,会导致各种矛盾冲突,而这部剧作极其精准地再现了这些矛盾冲突。可惜这一切只有少数人看在眼里,没有产生应有回响;在大多数人那里,这些根本不构成话题,顶多为浮士德招来谩骂,把剧本情节不明就里地发泄到"现代性”头上。而“现代性”是个脱离了历史的历史性概念(ein historischer Begriff der Geschichtslosigkeit),它并不指明剧本结构与新生工业化世界社会制度的关系,导致阐释者无法评价历史文本同当下问题的具体关联,哪怕证据确凿;他们只能听凭不断翻新的联想,将历史和剧本混为一谈。

拿浮士德的故事同集中营作比,不仅有悖历史,而且属于冲动行事,用力过猛,是对纳粹受害者的嘲弄挖苦。阐释者们高举反法西斯主义大旗,招摇过市,其实是生搬硬套,违背真相。在我看来,阿尔伯特·福克斯、阿尔布莱希特·薛讷、盖哈特·凯泽、奥斯卡·内格特,盖尔特·海登赖希、希尔玛·德莱斯勒继承了格奥尔格·维特科夫斯基和康拉特·齐格勒的观点,且更加脚踏实地。维特科夫斯基的文风实事求是,不温不火,集中文本问题,不对剧本及其作者作浓墨重彩的歪曲贬低。这是德国犹太启蒙历史的极好证明。之所以这样说,因为维特科夫斯基也曾在 1933 年失去教职和退休金,遭盖世太保监禁,被迫出逃。① 齐格勒是一位真正的纳粹抵抗者,1933 年失去教席,因帮助一名犹太人逃亡到国外而坐了半年牢;他把一个犹太人家的女儿藏在自己家里,从 1943 年起帮助犹太同事库尔特·拉特在第三帝国活下来——从而还能再度经历类似的灾难。

齐格勒 1919 年出版的《对〈浮士德〉第二部的思考》(*Gedanken über Faust II*),诞生于第一次世界大战和军旅生涯经历之后。这本书是对歌德及其剧作的一次极为特别的探讨。追随齐格勒,本是多么简单的事。因为他这本 1909 年的书,到 1972 年再版,还因为我在我的《〈浮士德〉研究报告》(*Forschungsbericht Faust*, 1983)中认为,从卷帙浩繁的《浮士德》研究文献里,在社会历史分析及歌德批评分析中,这本书同菲舍尔的评论一同脱颖而出,占据前沿高地;在泥沙俱下的《浮士德》研究文献洪流之中,这本书是一个激动人心的意外惊喜。而当时,我还

---

① 维特科夫斯基(Georg Witkowski, 1863—1939),逝世于阿姆斯特丹,享年 76 岁。

不知道齐格勒的生平经历。①

对我而言,第一次世界大战、齐格勒对《浮士德》第二部的抵制、他的歌德评论及后来他在纳粹德国的所作所为,彼此间息息相关。而前文提及的那些人,却并不识得齐格勒为何人。

那些拿集中营作比的人,只是表面激进的反提坦主义者,他们并未看出主人公身上的暴力尺度。只有少数女权主义者把浮士德看成一个(处在男女关系中的)不成熟男人的臆想形象(Denkbild)。没有一位男性会这么认为。

在狭义的政治维度上,浮士德从未获得垂青。歌德让资产阶级市民浮士德拯救了皇帝,从而为未来德国统一之道做出贡献,也就是主张一个由资产阶级控制、以皇帝为首领的政府,歌德借用受封一场戏及其中老古董样的大臣们,来反对机构制国家(Anstaltsstaat)下突飞猛进的官僚化现象,秉持精简国家行政的自由思想;皇帝对资产阶级的依赖在于,是资产阶级市民浮士德建立了财政制度。所有这些面向未来帝国政府的谏诤,自1806年神圣罗马帝国解体之日就提上了议程,然而却无人问津。

新近出版物数量可观,很快形成一个引文大联盟。然而,这些出版物给人的印象却是,其志不在于阐释剧作本身。剧本在语言文字层面已经没有问题,芭芭拉·贝克尔-坎塔里诺一语中的,新的任务不再催生新东西,而是在"咬文嚼字"。他们探讨的是歌德一生在不同阶段所持的世界观。引起争议的只是些无关宏旨的点,比如歌德是否按照奥利金(Origenes)塑造了他的"山涧"一场,或者是不是对新型社会制度下加速运转的生活持批判态度。至于疑问背后的那个根本问题——这部剧从哪些层面触及了历史现实——不是被排除在外,就是被遮蔽起来。

---

① Scholz, Rüdiger (1983a): Goethes Faust in der wissenschaftlichen Interpretation von Schelling und Hegel bis heute, 2. Aufl. Rheinfelden (1. Aufl. 1983), S. 21-24.

《浮士德》研究文献透露出一种明显的无忧无虑和漫不经心。与此同时，对当下社会状况的不满和厌恶情绪，又充斥于有关《浮士德》剧及浮士德的言谈演说。《浮士德》阐释的投射文献（Projektionsliteratur），在19世纪的社会政治出版界就已自成一道风景，从1990年起，又经历出乎意料的飞跃。其原因首先来自对恣意想象的后结构主义式膜拜，同时还与文学研究向文化学的转型有关。这个转型催生了一批世界观杂谈和政治性随笔，其科学外衣往往挥发殆尽，科学姿态变成了空洞的套话。

新千年里还有一点始终未变：歌德的思想巨人和道德伟人形象无人撼动。歌德的目光如此深远——他预见了德国的法西斯和环境灾难——反倒令他更加法力无边。除了君特尔（Margaret B. Guenther），贝克尔－坎塔里诺（Barbara Becker－Cantarino），朗格－基尔希海姆（Astrid Lange－Kirchheim），雅斯珀尔（Willi Jasper）和我，没人会把歌德重置为一个有性别歧视的资产阶级作家，也没有人觉得，萨克森－魏玛崭新的国家版图和歌德的角色，足以让人们从两部《浮士德》剧中的世界观中吸取教训。

不过一切尚无定论。眼下亟待解决的是，如何对格雷琴悲剧展开新议，对魏玛古典进行重估。因为自从1990年以来，对萨克森－魏玛公国的研究和评估就进入了一个反攻倒算的时代。W·丹尼尔·威尔逊的研究将魏玛的“诗人之邦”形象彻底推翻，证明歌德参与并支持公然践踏人权。通过原始资料的见光最终可以确定，歌德对1783年处死女仆洪恩负有责任。卡尔·奥古斯特大公未敢违逆其顾问们的意愿对后者实施减刑，因为他要依靠他们，尤其依靠歌德来翻新萨克森－魏玛的财政制度，以阻止国家破产。此事推翻了歌德完美的道德大厦，人们对歌德要“刮目相看”，因为，他在担任政府官员时的所作所为，与他作为人道主义者所提倡的古典精神互相抵牾。

大部分《浮士德》阐释者并未总结出任何教训，威尔逊那些饱受中伤的著作，反而干脆被忽略。针对歌德在处决约翰娜·洪恩一事中的角色，作为传统的歌德崇拜阵地的《歌德年鉴》坚称，歌德并没有在约翰娜·洪恩的处决书上签字(这一点在晚近的讨论中无人提及),为了挽救歌德的完美人设不惜否认事实——简直就是一场科学事故。

《浮士德》还一直(或者不妨说恰恰)在全球化的千年里成为现代版圣经,而歌德则是这部圣经的缔造者和预言家。虽同科学相去甚远,歌德的门徒们却毫不介意。神化歌德与《浮士德》的研究陷入了一种危机,甚至可以说一种深层危机,假如"深"这个词在《浮士德》文献中还没有被意识形态所累。甚至当盖哈特·凯泽、阿尔布莱希特·薛讷或奥斯卡·内格特将浮士德评价为鲁道夫·赫斯的模板时,竟也无人去探讨这究竟意味着什么。因为那样一来,歌德就通过女性之爱拯救了一个集中营指挥官。无论如何诡辩,浮士德到头来还是得救了,并且被来自天上的女性恩典所救。然而,纵然这部剧对一个踏过尸体的医学家、自然科学家、自私的爱人、企业主、统治者百般偏袒,也不能拿歌德来为一个集中营指挥官辩护开脱。

若沿此路而下,《浮士德》研究就走进了死穴。与之相应,只有雅斯珀尔把拉斯科－许勒(Else Lasker－Schüler)那部诞生于1940/41年的绝唱《我和我》(*Ich und Ich*)联系到浮士德和纳粹主题。在这里,浮士德没有主动犯罪,而是眼看纳粹犯罪而不去干预,只对世人未来结局唉声叹气。研究《浮士德》的日耳曼学者们不识此剧吗?①

就连浮士德神话似乎也基本上被啃噬殆尽。1987年,伯克汉断言,浮士德神话不会没完没了被续写下去,终会有尽头,有望随20世纪结束。② 假如当下关于浮士德的世界观杂谈文学不再将其当作新千年领路人,那也正常,因为当今世事已不容对浮士德神话进行分析。

---

① 美国日耳曼学教授黑格斯(Inez Hedges)在关于20世纪浮士德主题文学和影像史研究,"陷害浮士德——20世纪的文化斗争"(*Framing Faust. Twentieth－Century Cultural Struggles*)一节,Carbondale 2005,在艾尔泽·拉斯科－许勒的戏剧《我和我》中曾这样指出。页67及下。

② Berghan, Klaus L.(1987): Georg Johann Heinrich Faust: The Myth and Its History, in: Our Faust? Roots and Ramifications of a Modern German Myth, hg. V. Rheinhold Grimm und Jost Hermand, Madison, S. 20.

刚刚过去的二十年里,《浮士德》阐释呈现出的面貌,本质上是一种德意志敏感性。对此,雅斯珀尔在新千年开头这样讲:

> 德国人是永久分裂的民族——内心性与帝国主义,浪漫的诗与过度的民族主义,维特与浮士德,荷尔德林与希特勒,天穹与地狱。德国的西方式修养,并不是启蒙和宽容原则,而首先是——无论过去还是现在——对歌德和魏玛古典的内心化。在这种修养传统中,"德意志灾难"得以显形,也就是那个在理想和现实两个世界里生存的问题。①

什么时候,至少在《浮士德》出版界,会有终结?

如果你浏览《浮士德》出版物,会因《浮士德》讨论的琐碎和散漫而感到窒息。你可以乐观地视之为异彩纷呈,或者批评连贯的科学讨论已到终点。成熟的日耳曼学者们在接受教育的时候,还以理解目前研究方向为己任,在高校教学实践中,他们对大学生做文学导论,从课堂训练到毕业考试,如果只是从《浮士德》的研究成果中不加区分随意挑选,那么也就意味着放弃,意味着文学研究在歌德《浮士德》领域的堕落。而从19世纪直到20世纪,这一研究一直是德语文学学科的指路明灯。理论上同样损失惨重:文学学科的尊严一度就在于,为挖掘诗学文本提供反思性的方法论,并且提供证据。

更值一提的是,没有任何立场、平台、机构可以把这些各自独立的研究结果统合起来,从而让人们通观这部戏剧的整体结构和总体言说(Gesamtaussage)。比如针对梅菲斯特这个人物的分析遍及方方面面:他是浮士德的第二自我、诱惑者、同性(鸡奸)爱欲的化身,是浮士德的仆人,启蒙了的唯理主义者(Rationalist),是没有道德的人,是男性生理优越性的代表,是金融经济的奠基人,等等。可是却没有哪一种阐释去探讨,塑造如此丰富多面、细节满满的形象究竟是何用意,他同这部剧

---

① Jasper, Willi (2001): Faust contra Nathan, in: W. J., Lessing. Aufklärer und Judenfreund. Biographie, Berlin, S. 329.

的世界观之间有何关系。

卓斯(Jens Fietje Dwars)言之有理:

> 尽管听起来有些异想天开、充满悖论,然而,或者说,恰恰因为这部巨幅诗篇已经有150年的接受史,依然缺少一个对歌德时代真正具体的重构。这个重构不宜囿于各自独立的话题范围单独分析,如宗教、艺术、自然、政治或经济,而是必须把这些领域理解为一个历史性的主体在其美学特性中早已成形的运动形式。①

这种要求在出版界得到了解决。他们把《浮士德》剧作为对世情杂谈文学的素材,尽管援引一种——以科学眼光看不算好的——传统,但却催生了一个挺有意思的新分支,叫作哲思性文化杂文(philosophischer Kulturessay)。如果科学意味着理解历史文本,那么它同科学及其现实历史关联只是打了个擦边球,或者说干脆毫不相干。换言之,随着歌德日益被拔高为天才和预言家,历史上的歌德遁形于有造神功能的哈哈镜里;同样,随着人们对歌德伟大光环的赞叹膜拜,他的戏剧也消失殆尽,而那些光环的科学性却再也无从证实。《浮士德》文学研究汗牛充栋,正走进文化人类学的涅槃之地。因为,文化人类学就是将现实历史排除在视野之外。叹息之余,敢于逆主流而行,就显分外重要。

新千年里,对歌德时代文学创作的传记性及历史-社会性阐释发生了巨大变化,从而提出艰巨任务,具体如下:

结合歌德在洪恩事件中的表现,重新评价玛格丽特(格雷琴)悲剧。

借助对18—19世纪萨克森-魏玛历史以及(间接受其影响的)

① Dwars, Jens-F. (1990): Dichtung im Epochenumbruch. Goethes Historisierung des "Faustischen" im Spannungsfeld von Herrschaft und Knechtschaft, WB 36, S. 1729-1753. Wiederabdruck u. d. T.: Tragikomödie des Patriarchats. Faust zwischen Herr und Knecht, in: ders.: Das Weimarische Karneval. Anmerkungen zu Goethe und Co., Bucha bei Jena 2008, S. 115.

《浮士德》的新近研究，从历史－社会的角度重新评价德国古典文学的伦理。

对艺术自律及历史真实之关联展开方法论的探究，并以之为基础，重新对这部戏剧的结构展开历史－社会性阐释。

排除一切误导性的歌德言辞，重新评价《浮士德》中的世界观。

就算有此呼吁，亦难真正实现。歌德－《浮士德》－门徒们代表的主流，也将继续把为数不多的批判性作品排挤在外围。在那里，不会有船驶过，掀不起什么波澜，批判之音也好似聒噪的蛙声，不绝于耳。一切如旧。世人甘愿受骗(Mundus vult decipi)。

作者简介：朔尔茨(Rüdiger Scholz，1939—)，德国弗莱堡大学近现代德语文学史讲席教授，研究重点为18世纪德语文学以及文学理论，曾出版关于莱辛、让·保尔、伦茨、席勒、歌德、海涅、孚希特万格、卡夫卡等多位德语作家的研究专著，其研究领域还包括近代工人文学和社会史。代表作：《让·保尔小说中的世界与形式》(*Welt und Form des Romans bei Jean Paul*)、《伟大男人受损的灵魂——歌德的〈浮士德〉与市民社会》(*Die beschädigte Seele des großen Mannes. Goethes Faust und die bürgerliche Gesellschaft*)、《〈浮士德〉研究：世界观、科学与歌德的戏剧》(*Die Geschichte der Faust－Forschung：Weltanschauung，Wissenschaft und Goethes Drama*)、《世界历史与伟大作家》(*Die Weltgeschichte und der große Dichter*)。

歌德之前的浮士德素材传统

尼格尔(Günter Niggl)　撰

魏子扬　译

若对浮士德文学传统追本溯源,一位名为格奥尔格或约翰·浮士德(Georgius oder Johann Faustus)的历史人物便会从史料的海洋中浮出水面。① 据传此人于1480年前后出生于符腾堡的克尼特林根(Knittlingen),1506—1536年间在德意志中南部漫游(可考的地点包括盖尔恩豪森、维尔茨堡、克罗伊茨纳赫、爱尔福特、班贝格、维腾堡、英戈尔施塔特和纽伦堡)。他生活极不安定,以占星和预言为业,通过施行魔法或奇迹引人关注,且总是在不久后便被所在地驱逐出境。其卒年可确定在1536—1539年之间。

这位浮士德自称"哲学家中的哲学家"与"第二魔法师"(den „Zweiten Magus"),声称自己不但能像耶稣那样治愈绝症,更能令人起死回生。不同史料对其描述各有差异。一些王公贵族——包括班贝格的大主教——曾专门花重金聘请他来为自己绘制天宫图,他的登场方式给他们留下了深刻印象。神学家与人文主义学者们——包括施蓬海

① 关于浮士德历史原型人物与浮士德传奇故事发展史,参 Hans Henning: Faust als historische Gestalt. In: Goethe 21 (1959), S. 107 - 139. Wieder in: H. H.: Faust - Variationen. Beiträge zur Editionsgeschichte vom 16. bis zum 20. Jahrhundert. München u. a. 1993, S. 11 - 43. - Günther Mahal: Faust. Die Spuren eines geheimnisvollen Lebens. Bern, München 1980. - Frank Baron: Faustus. Geschichte, Sage, Dichtung. München 1982, S. 13 - 47. - 近期研究成果见 Jochen Schmidt: Goethes Faust. Erster und Zweiter Teil. Grundlagen - Werk - Wirkung. München 1999 (Arbeitsbücher zur Literaturgeschichte), S. 11 - 13。

姆修道院院长特里特米乌斯（Abt Johannes Trithemius von Sponheim）——则将他贬为愚人、骗子和吹牛者。无论如何，此人爱冒险、爱虚荣的性格都与其所处的转型时代十分契合。当时，自然科学正呼之欲出。正是那时对占星术和招魂术的研究与对哲人石的探寻，无意间为日后的理性研究打下了不可或缺的基础。

此浮士德历史原型的生平行止充满谜团，为日后的加工润色提供了理想土壤，其形象与故事逐渐披上了传奇色彩。路德在其《桌边谈话》（首版于1566年）中就已反复提到与魔鬼结盟的魔法师浮士德：

> 此人将魔鬼称作妹夫，好显摆。我马丁·路德只是向他伸伸手，他就想置我于死地。①

在同一篇桌边谈话中，路德还谈到了其他与魔鬼结盟者的故事（“连人带马吃掉一个农夫”“用一车稻草填饱肚子”“有个欠债的让犹太债主扯掉他一条腿”②），这些故事日后［在其他文本中］都被算到了浮士德头上。路德的《桌边谈话》只是16世纪浮士德故事的源头之一。浮士德作为一个与魔鬼结盟的反面典型，许多奇闻轶事与叙事小品都围绕着他的形象发展出来。③ 在原型人物死后仅五十年，第一部

---

① D. Martin Luthers Tischreden 1531 – 46. Bd. 3：Tischreden aus den dreißiger Jahren. Weimar 1914 （D. Martin Luthers Werke. Kritische Gesamtausgabe），S. 445（Nr. 3601，zwischen 18. Juni und 29. Juli 1537）. 另参 ebd.. Bd. 1：Tischreden aus der ersten Hälfte der dreißiger Jahre. Weimar 1912，S. 534（Nr. 1059）.

② Ebd.，Bd. 3，S. 445（Nr. 3601）.

③ ［译注］“反面典型”原文为 exemplarisch。Exemplarisch 与 Exempel 的概念对于理解浮士德素材非常重要。名词 Exempel 来自拉丁语 exemplum，可以解作“样品”“样板”“典型”“例子”“例证”等，此处指的是欧洲前现代文学中一种常见的笔法，与中文的“用典”概念相似，即通过提及或简短叙述为人们所熟知或具有代表性的典故来支持论点，阐发宗教与道德意义。前现代作者与读者正是把浮士德素材当作反面教材来处理，欲从中引申出宗教与道德意义上的教益，而非意在塑造或想象一个个性化的人物形象。Exemplarisch 与 Exempel 根据上下文有不同的译法，包括：反面典型、反面教材、例证。

浮士德故事书就于1587年由法兰克福出版商施皮斯(Johann Spies)出版。其标题如下(标题页见图1):

> 著名魔法师与黑巫师约翰·浮士德博士的故事。他与魔鬼签订契约,亲历种种奇事,犯下种种恶行,最后得到应有的报应。①

在这里,魔法师、黑巫师、与魔鬼结盟者是此人主要的身份标识,每一个基督徒都应以他的下场为戒。全书68章,讲述了这位声名狼藉的主人公一生的故事。所有章节可归为三大部分:

一、浮士德的青年时代与学生时代;从神学转向医学、占星术与魔法;召唤魔鬼,蘸自己的血与魔鬼订立契约;与梅菲斯特讨论关于天使和魔鬼的问题;对地狱的详细描述。二、浮士德继续与魔鬼讨论天上、地上与地下的一切事物;他不满足于耳闻,便亲自遍游三界。三、搞笑故事、恶作剧与魔法故事的合集,例如让历史人物复活(浮士德助查理五世皇帝实现见亚历山大大帝的愿望);邻居劝浮士德改邪归正未果;浮士德与海伦结合,生子尤斯图斯·浮士德(Justus Faustus);临近结局,

---

① Historia von D. Johann Fausten, dem weitbeschreyten Zauberer und Schwartzkünstler. Mit einem Nachwort von Renate Noll – Wiemann. Hildesheim, New York 1981 (Deutsche Volksbücher in Faksimiledrucken. Reihe A, Bd. 13), Titelblatt der Ausgabe Franckfurt am Main: Johann Spies 1587. 引文页码以该版本为准。[译注]新版参见 Stephan Füssel 与 Hans Joachim Kreutzer 编校出版的 Historia von D. Johann Fausten, Stuttgart, 2006。Historia 最初在古希腊语中仅指代客观知识,后来成为真实历史叙述的代名词。在中世纪晚期至近代早期,许多以 Historia 为题的叙事书籍问世并吸引了大量读者,Historia 的语义与语用发生了嬗变与分化。这些书的叙事笔法不完全符合古希腊罗马对历史写作的要求,以现代的评判标准也接近于虚构文学,但在当时,它们所叙述之事是被当作史实(或者至少是值得被相信为真的事)来理解的,能够一定程度上满足读者对知识与教化的需求。《浮士德博士的故事》即问世于这一背景下。要想把握当时作者与读者的理解方式,首先要跳脱"虚构"与"非虚构"间严格的二分法这一现代产物。这里采取"故事"这一比较宽泛的汉语词汇来翻译 Historia。无独有偶,同时期莎士比亚的"历史剧"也都以 History 为题。

HISTORIA
Von D. Johan
Fausten/dem weitbeschreyten
Zauberer vnnd Schwartzkünstler/
Wie er sich gegen dem Teuffel auff eine be-
nandte zeit verschrieben/ Was er hierzwischen für
seltzame Abentheuwer gesehen/ selbs angerich-
tet vnd getrieben/ biß er endtlich sei-
nen wol verdienten Lohn
empfangen.
Mehrertheils auß seinen eygenen hin-
derlassenen Schrifften/ allen hochtragenden/
fürwitzigen vnd Gottlosen Menschen zum schrecklichen
Beyspiel/ abschewlichen Exempel/ vnd treuw-
hertziger Warnung zusammen gezo-
gen/ vnd in den Druck ver-
fertiget.
IACOBI IIII.
Seyt Gott vnderthänig/ widerstehet dem
Teuffel/ so fleuhet er von euch.
CVM GRATIA ET PRIVILEGIO.
Gedruckt zu Franckfurt am Mayn/
durch Johann Spies.
M. D. LXXXVII.

图1 1587年由施皮斯出版的浮士德故事书的标题页

图源：Historia von D. Johann Fausten, dem weitbeschreyten Zauberer und Schwartzkünstler. Mit einem Nachwort von Renate Noll - Wiemann. Hildesheim, New York: Olms 1981 (Deutsche Volksbücher in Faksimiledrucken. Reihe A, Bd. 13).

浮士德把助手瓦格纳立为继承人,反复忏悔自己一生所犯之罪,最后被魔鬼带走,死状惨烈。

与魔鬼的契约是浮士德故事的核心。按照契约,梅菲斯特承诺满足浮士德一切尘世愿望;作为交换,浮士德承诺与上帝和一切基督徒为敌,背弃基督信仰,不能回心转意,不能结婚,并于二十四年契约期满之后把肉身与灵魂都交予魔鬼。浮士德屡次心生悔意,然而魔鬼总会在他左右,以提前将他粉身碎骨作为要挟,甚至还重新立约,以逼迫他严格履约。

这部最古老的浮士德故事书作者不详,但从书中对浮士德性格与命运的解说可以看出,他是路德宗正统观念的忠实追随者。作者从开始就强调浮士德的向恶本性,以及随之而来的冥顽不化和无可避免的万劫不复。尽管作者不忘让其故事主人公多次流露出忧虑、怀疑甚至悔恨,让读者感受到他对自己的堕落有所反省,但只要魔鬼稍作威逼利诱,这些思绪就烟消云散。作者急于借此表明他的悔过是假的,与该隐和犹大的悔恨无二。① 然而,作者并非意在传布上天堂或下地狱皆为命定之数的教条,也并非要传达人在魔鬼面前束手无策的观点。恰恰相反,作者在此——尤其是通过书中的正面例子②——似乎更想要强调,人类拥有自由意志,任何时候忏悔和皈依都不迟,只要相信圣言、坚信基督的救赎,人类就能在与恶魔的斗争中武装自己。只有借着这种正面的理解方式,浮士德的故事才可能发挥警世的功效。

故事书中,浮士德代表的不是人类共同的命运,而是一种特定的罪过——好奇之罪:探索尘世间的一切,意欲发现世界的本源,从而成为创造之主,与上帝平起平坐。从这个意义上说,浮士德同路西法一样,犯了高傲之罪。他只有求助于撒旦才能满足需求,而这一背弃上帝之

---

① Vgl. ebd.. S. 43 (Kap. 14), S. 48f. und 62 (Kap. 16), S. 221und 223 (Kap. 68).

② 浮士德的邻居是一位虔诚的医生,他对浮士德进行了规劝,见 ebd.. S. 182f. (Kap. 52);浮士德临终前,学生们劝其求上帝原谅,见 ebd.. S. 223(Kap. 68)。

举也导致他最终必然落入永罚。通过浮士德的故事，作者借当时的一种流行观念，否定了另一种同样富有时代特征的精神，即借魔鬼无处不在的观念否定征服世界的欲望，用反科学的姿态、丰富的神学遗产来迎战用理性认识世界的愿望。尽管故事书以博物学讨论与浮士德的游记大大满足了当时读者的好奇心，但书中的天文地理知识仍被牢牢置于神学框架。无论是从序言“致基督教读者”的标题，还是从“故事”正文中，①抑或从结尾总结经验教训的段落中，②都可以看出，故事书的主旨是宗教劝诫和震慑。序言中更提到，为了“使读者不起效尤之心”，作者已“花费心血”将浮士德召唤魔鬼时所使用的咒语“悉数删改”，③由此进一步突出了这位与魔鬼结盟的反面典型人物的危险性。

总体来说，故事书在思辨与叙事、说教与娱乐、震慑与引人入胜之间反复切换，达到了很精妙的平衡。这也正是故事书（至今）取得很大成功的原因。当时在 12 年内（1587—1599）便有不少于 22 个版次问世，④为日后分枝繁多的浮士德文学传统奠定了坚实基础。

作为一本描写历险的宗教修身作品，故事书及其众多改编版本在德意志的图书市场风靡一时。1599 年，在汉堡出现了第一部与 1587 年故事书共享原始文本（已不存于世）的作品。⑤ 其标题如下（标题页见图 2）：

---

① 如 ebd.，S. 20，23（第 7 章：作者为读者所写的劝诫诗），S. 216（第 67 章标题），S. 220（浮士德在临终前对学生的劝诫）。

② Ebd.，页 226 以下引用《彼得前书》第 5 章第 8 - 9 节作为全书结尾，并与封面页引用《雅各书》第 4 章第 7 节遥相呼应。

③ Ebd.，序言《致基督教读者》倒数第二页（未标页码）。

④ 本文提到的浮士德诸故事书的出版时间与出版次数均引自：Faust - Bibliographie. Bearbeitet von Hans Henning. Teil I：Allgemeines. Grundlagen 及 Gesamtdarstellungen. - Das Faust - Thema vom 16. Jahrhundert bis 1790. Berlinund Weimar1966，S. 114 - 123，208，325 - 327，328 - 339。

⑤ ［译注］以 Robert Petsch（1875—1945）为代表的早期研究者普遍假设，浮士德故事书诸版本皆出自一部“原始文本”。现存于沃尔芬比特尔图书馆的一份浮士德故事手稿（Wolfenbütteler Handschrift，作于 1582—1586 年之间）篇幅

Erster Theil

DEr Warhafftigen Historien von den greivlichen vnd abschewlichen Sünden vnd Lastern/ auch von vielen wunderbarlichen vnd seltzamen ebentheuren: So

D. Iohannes Faustus

Ein weitberuffener Schwartzkünstler vnd Ertzzäuberer/ durch seine Schwartzkunst/ biß an seinen erschrecklichen end hat getrieben.

Mit nothwendigen Erinnerungen vnd schönen exempeln/ menniglichem zur Lehr vnd Warnung außgestrichen vnd erklehret/

Durch

Georg Rudolff Widman.

Gedruckt zu Hamburg/ Anno 1599.

图 2　1599 年魏德曼版浮士德故事书的标题页

图源：Georg Rudolf Widman：*D. Johannes Faustus*. Faksimiledruck der ersten Ausgabe Hamburg 1599. Mit einem Nachwort von Gerd Wunder. Schwäbisch Hall：Oscar Mahl 1978.

结构与 1587 版大致相当，而包含的小故事有一些增减。对沃稿、1587 版与 1599 年魏德曼版的校勘学研究表明，三个版本可能并非按时序单线承袭而来，而是皆出自一个共同的原始版本。参 Hans Henning，Faust – Variationen，页 70 – 73；Historia，Stephan Füssel 与 Hans Joachim Kreutzer 编校，页 167。

> 罪恶滔天的[……]约翰·浮士德博士的真实故事。附必要的评注与鲜活的例证[……],格·鲁·魏德曼(G. R. Widman)注。①

与1587年故事书一样,魏德曼版浮士德故事也分为三部分,但全书篇幅是前者的三倍。魏版故事书的叙述更加详细,在原有基础上补充了许多轶事与搞笑故事,更具有粗俗、夸张、怪诞、离奇色彩。而"评注"(Erinnerungen)的加入是造成篇幅扩充的最主要原因。所谓评注,就是一系列附在章节后面、打断叙事、对故事的教训进行阐发的文字。

评注围绕章节中的关键词,试图给读者以灵性上的指导与训诫,排解他们的忧愁与绝望,同时陈述反对魔法的理由,佐以与浮士德相似的其他与魔鬼结盟者的小故事,以勾勒出魔法话题的全貌。这种插入长篇评注的写法,使浮士德故事在更大程度上成为关于与魔鬼盟约的反面教材,也让浮士德丧失了很多个人色彩。该故事书用两页篇幅讲述了浮士德的结局(卷Ⅲ,第18章),之后的评注却用三十余页叙述其他魔法师的可怕结局,其中包括不下十位教皇(从西尔维斯特二世到亚历山大六世)。由此可以看到魏德曼版浮士德故事在教派斗争背景下明显的反教皇立场——书中还时而一概而论地以魔法与偶像崇拜的罪名攻击天主教徒。这一立场也决定性地改变了浮士德的品格与其堕落的缘起。在1587年故事书中:

> [浮士德]想象自己有如雄鹰般展翅高飞,将天地间每一处的奥妙尽收眼底。他那颗好奇、自负(Freyheit)、轻浮的心时刻备受煎熬,[……]他于是决定召唤魔鬼。②

而在魏德曼版本中,浮士德受教廷影响,被偶像崇拜败坏,在损友处读到了宣扬迷信的书籍,过上了悠闲、饱食终日的生活,沉湎于"种

---

① Georg Rudolf Widman: D. Johannes Faustus. Faksimiledruck der ersten Ausgabe Hamburg 1599. Mit einem Nachwort von Gerd Wunder. Schwäbisch Hall 1978, Titelblatt des Ersten Theils der Erstausgabe.

② Historia, S. 6 (Kap. 2).

种声色之娱”,①由此走向了与魔鬼签约的不归路。魏德曼笔下的浮士德不再背负好奇与无限追求知识之罪,也不再为认识造化的奥秘而“遍游天上人间和地狱”。② 在一处简短的评注中,魏德曼认为浮士德的游记幼稚而多余(卷II,第25章)。③ 他笔下的浮士德更多是被宗教改革前充斥迷信、对魔法趋之若鹜的大环境所误,终因不务正业而落入魔鬼之手。

另外,书中还建构了路德作为虔诚者与浮士德作为与魔鬼结盟者的对立——后者与天主教的关系不言而喻。只需将所有公认的大罪大恶集于浮士德一身,即可发挥论战效用。由此也可以看出魏德曼把此书炮制为教派斗争武器的用心。

这部1599年的浮士德故事书只出版过一版。直到75年后,纽伦堡医师普菲策尔(J. N. Pfitzer)才以该版为素材改编出了另一部浮士德故事书。其标题页写道(见图3):

> [魏德曼的浮士德故事]修订版;增加发人深省的评注、故事与问题,以警诫当今奸恶之世。④

通过比较可以发现,普菲策尔的改编在很大程度上——在篇幅、内

---

① Widman, 1. Theil, S. 8.

② 参见歌德《浮士德·舞台序幕》的结尾(行242),此处“经理”欲使观众想起故事书中浮士德的冒险之旅。参见Albrecht Schöne in: Johann Wolfgang Goethe, Faust. Kommentare. Frankfurt am Main1994 (Goethe: Sämtliche Werke. Briefe, Tagebücher und Gespräche. I. Abt., Bd. 7/2.), S. 160。[译注]中译参见歌德,《浮士德》,钱春绮译,上海:上海译文出版社,1990,页7。本文《浮士德》中译均参考钱春绮译本,部分译文有改动。

③ Widman, 2. Theil, S. 135.

④ Johann Nicolaus Pfitzer: D. Johannes Faustus. Mikrofiche – Edition der Ausgabe Nürnberg 1674. München o. J. (Bibliothek der deutschen Literatur), Titelblatt. 重印版:Fausts Leben von Georg Rudolf Widmann [in der Bearbeitung von Pfitzer]. Hrsg. von Adelbert von Keller. Tübingen1880 (Bibliothek des Litterarrischen Vereins in Stuttgart. 146). 引文与页码依重印版。

Das ärgerliche Leben
und
schreckliche Ende
deß viel-berüchtigten
Ertz-Schwartzkünstlers
D. JOHANNIS
FAUSTI,
Erstlich/ vor vielen Jahren/ fleissig beschrieben/
von
Georg Rudolph Widmann;
Jetzo/ aufs neue übersehen/
und so wol
mit neuen Erinnerungen/ als nachdencklichen
Fragen und Geschichten/
der heutigen bösen Welt/ zur Warnung/
vermehret/
Durch
JOH. NICOLAUM PFITZERUM,
MED. DOCT.
Nebst vorangefügtem Bericht/
Conradi Wolff-Platzii/
weiland der heiligen Schrifft Doctorens/
von der greulichen Zauberey-Sünde;
und einem
Anhange/
von den Lapponischen Wahrsager-Paucken/
wie auch sonst etlichen zaubrischen Geschichten.

Nürnberg/
In Verlegung Wolfgang Moritz Endters/ und Johann
Andreä Endters Sel. Erben.
M. DC. LXXIV.

图 3　1674 年普菲策尔版浮士德故事书的标题页

图源：Johann Nicolaus Pfitzer：*D. Johannes Faustus*. Mikrofiche – Edition der Ausgabe Nürnberg 1674. München：K. G. Saur o. J.（Bibliothek der deutschen Literatur）.

容、章节顺序,甚至一些字句上——都保留了魏德曼版浮士德故事的风貌。该书同样不以好奇心作为浮士德落入魔爪的原始动机,而是在道德层面上谴责他罪恶滔天、荒淫无度。普菲策尔的"评注"(Anmerckungen)既有直接取自魏德曼的部分,又有作者结合其他素材进行的创作。尽管教派论战的色彩有所减弱,但创作手法和意图仍与魏德曼基本相同。当时人们依然普遍相信女巫和魔鬼真实存在,这一事实是该书成功的基础。在1674年至1726年之间,普菲策尔版再版七次之多。

普菲策尔版浮士德故事书是歌德创作《浮士德》时参考过的年代最早的素材,这一点使它在整个浮士德素材史中占有特殊地位。魏玛公爵图书馆的记录显示,歌德从1801年2月18日至5月9日借出过这本书①——这正是歌德对《浮士德》第一部进行最后加工的阶段。事实上,普尼奥维尔(Otto Pniower)②曾论及,青年歌德此前在写作《浮士德·早期稿》(*Urfaust*)时便已参考过普菲策尔的浮士德故事。歌德所使用的部分素材已见于魏德曼的版本(如眼睛火红的黑色卷毛狗、浮士德对圣经的研究、在酒桌上钻洞变酒的场景),③另一些则首次出现于普菲策尔的版本中,如浮士德爱上一个"漂亮的穷姑娘"、④一个德意志人在那不勒斯为情所困,以及浮士德变一个可能会伤到看客鼻子的危险魔法(因为看客眼中的葡萄串实际上是他们自己的鼻子)。⑤ 上述后两个小故事不见于故事书正文,而是被普菲策尔编入评注部分,可见歌德对此书研究得相当仔细。在歌德写作"天堂序曲"一场的阶段,普

① Goethe als Benutzer der Weimarer Bibliothek. Ein Verzeichnis der von ihm ausgeliehenen Werke. Bearbeitet von Elise von Keudell. Weimar 1931, Neudruck: Leipzig 1982, S. 44 (Nr. 245).

② Otto Pniower: Pfitzers Faustbuch als Quelle Goethes. In: Zeitschrift für deutsches Altertum 57 (1920), S. 248 – 266.

③ Fausts Leben, S. 212, 162f., 301f.

④ Ebd., S. 511.

⑤ Ebd., S. 408und 439.

菲策尔对《约伯记》的提及①或许也曾给他以决定性的灵感。但总体来说，普菲策尔对歌德的影响是零星的。歌德只是从素材中抽取某些母题与形象，对其进行自由、诗意的加工和改写，使其服务于一个全新的浮士德形象。在1800年前后，魏德曼与普菲策尔笔下的浮士德形象已显得十分过时，与歌德想要塑造的新形象之间不存在也不可能存在共同之处。

1725年，一部署名“一位虔信基督者”（„Christlich – Meynenden“）②的小册子问世，接过了浮士德故事传承的接力棒。该书以46页的短小篇幅囊括了浮士德“与魔鬼结盟、充满惊奇的一生与他可怕的结局”（标题页见图4），将叙事“精简至一个适宜的长度”。其序言（页3）强调，该书仅关注“事实”，而将关于“正误”的论述全部略去。尽管如此，书中丝毫不见启蒙式的距离感。叙事者抓住机会就要批判这位与魔鬼结盟者以及他心中的执迷，对他如何召唤魔鬼、如何与魔鬼签约进行了详细的描写，并且把契约全文一字不差地写了出来。在该书的中间部分，叙事者以走马灯般的节奏简练讲述一系列搞笑故事，读者可以感受到一种反讽的距离感；而在最后一部分，在对浮士德人生最后一程的详细描写中，读者又能感受到叙事者对主人公命运的强烈关怀。他甚至直接对浮士德喊话——当浮士德误信自己注定是个罪人，陷入了绝望之时，叙事者像一个神职人员那样试图安慰他、劝他回心转意。③ 此前潜藏于字里行间的关切，在结尾终于得到了清晰的表达。

---

① Ebd., S. 383und 390. 参 Otto Pniower: Art. Prolog im Himmel, In: Goethe – Handbuch. Bd. 3. Hrsg. von Julius Zeitler. Bd. 3. Stuttgart 1918, S. 156f.。

② Das Faustbuch des Christlich Meynenden von 1725. Faksimile – Edition des Erlanger Unikats mit Erläuterungen und einem Nachwort. Hrsg. von Günther Mahal. Knittlingen1983 (Publikationen des Faust – Archivs und der Faust – Gesellschaft I).

③ Ebd., S. 40 – 42；马哈尔（Günther Mahal）在后记中注意到了作者作为忏悔听取者这一令人感到意外的角色，S. 78f., 116 – 120。

Des
Durch die gantze Welt
beruffenen
Ertz-Schwartz-Künstlers
und Zauberers
Doctor Johann
Fausts,
Mit dem Teufel auffgerichtetes
Bündniß, Abentheurlicher Lebens-
Wandel und mit Schrecken genom-
menes Ende,
Auffs neue übersehen,
In eine beliebte Kürtze zusammen gezogen,
Und allen vorsetzlichen Sündern zu
einer hertzlichen Vermahnung und
Warnung
zum Druck befördert
von Einem
Christlich-Meynenden.
Franckfurt und Leipzig,
1725.

图4　1725 年虔信基督者的浮士德故事书的卷首插图与标题页

图片来源：Das Faustbuch des Christlich Meynenden von 1725. Faksimile – Edition des Erlanger Unikats mit Erläuterungen und einem Nachwort. Hrsg. von Günther Mahal. Knittlingen 1983（Publikationen des Faust – Archivs und der Faust – Gesellschaft I）.

这位虔信基督者笔下的浮士德形象和普菲策尔相比没有改变。浮士德只是一个贪图享乐者，而不是世间万物的研究者。这部 1725 年出版的小书同 1587 年故事书一样，成为当时的畅销书。截至 1800 年，该书共再版不少于 33 次。歌德言某些以粗纸付印的“民间故事书”可能就包括该书。但歌德是否曾为其《浮士德》创作参考过本书则仍有待商榷。

关于浮士德素材在叙事文体中的传承就介绍到这里。与之平行且几乎同样古老的是其戏剧传统。① 早在 1592 年，就有故事书的英译本

① 关于戏剧传统参 Gerd Eversberg：Doktor Johann Faust. Die dramatische Gestaltung der Faust – Sage von Marlowes „Doktor Faustus“ bis zum Puppenspiel. Diss. Köln 1988。

问世,①同年又被英国剧作家马洛(Christopher Marlowe,1564—1593)改编为戏剧《浮士德博士的悲剧》。马洛在作品写就后不久便去世,未能赶上1594年的首演。直到1604年,剧本才首度付印;1616年,一个经人扩写的版本问世,该版本截至1663年再版五次之多。②

马洛笔下的浮士德形象,具有一种类似故事书的征服世界的欲望,但这种欲望并不表现为对世间万物的求知欲,而是无限膨胀的权力欲。在著名的开场白中,浮士德先是把所有学科都贬得一文不值,然后提出只有“魔法师的形而上学”③才是唯一值得追求的东西:

---

① The historie of the damnable life and deserued death of Doctor John Faustus, Newly imprinted, and in conuenient places imperfect matter amended: according to the true Copie printed at Franckfort, and translated into English by P. F. Gent[leman]. London: Thomas Orwin 1592. [译注]新版参见 John Henry Jones 出版的 The English Faust Book. A critical edition based on the text of 1592, Cambridge, 2011。据史料,英文版浮士德故事书的问世时间最早可上溯至1588年,即1587年德文版面世的第二年,但1592年的版本是现存最早的孤本,参 John Henry Jones 出版的 The English Faust Book 页1以下,页52-72。

② The Tragicall History of D. Faustus. As it hath bene Acted by the Right Honorable the Earle of Nottingham his seruants. Written by Ch. Marl. London Printed by V[alentine] S[immes] for Thomas Bushell. 1604. -德文译本:Christopher Marlowe:Die tragische Historie vom Doktor Faustus. Deutsche Fassung [des ersten englischen Drucks von 1604], Nachwort und Anmerkungen von Adolf Seebass. Stuttgart1964 (Reclams Universal-Bibliothek 1128). 引文页数依该译本,统计数据与版本编号参该译本页69以下。[译注]中译参见克里斯朵夫·马洛,《浮士德博士的悲剧》,戴镏龄译,北京:作家出版社,1956。英文新版参见 David Bevington 与 Eric Rasmussen 出版的 Doctor Faustus. A-and B-Texts (1604, 1616), Manchester, 1995。马洛剧本的创作时间不详,最早可上溯至1589年,剧作在马洛生前可能已经上演过,参 John Henry Jones 出版的 The English Faust Book,页52-72。

③ Marlowe: Die tragische Historie, S. 7(I,1). [译注]“魔法师的形而上学”为直译,戴镏龄译本作“术士们的这些方术”。马洛,《浮士德博士的悲剧》,戴镏龄译,页7。

哦,一个充满何种利益、乐趣、
权力、荣誉和全能的世界,
已摆在一个肯用功钻研的技艺家的面前啊!①

正是借着魔法,浮士德想“取得神的身份”,与上帝平起平坐;②正是通过魔鬼,浮士德想成为“全世界的主宰”,要“造一座大桥穿过长空”,把四洲连成一片,让万国都拜倒在他的王座前。③

而事实上,浮士德早就对自己背弃上帝的举动心生悔意。订约前后的一些独白段落就暗藏绝望,其叹息也透露出内心的挣扎。作为托寓形象的善天使与恶天使反复登场,如同在道德剧中争夺人类灵魂那样,各自对浮士德发出召唤。虽然这样的斗争每次都以浮士德背明投暗收场,但内心的挣扎仍如影随形地伴随着他。在一出无厘头的闹剧(皇帝宫廷的场景——这是少数由马洛本人创作的搞笑场景之一)结束后,浮士德突然意识到自己“残年”将至,④于是匆匆赶路,回到维腾堡。

对死亡与地狱的恐惧充斥着整个第五幕。在末尾的独白中,浮士德自我谴责、自我诅咒,痛悔前非却仍旧执迷不悟,渴望救赎的同时又

---

① Ebd. [译注]马洛,《浮士德博士的悲剧》,戴镏龄译,页7。

② Ebd., S. 8(I,1). [译注]英文原文作 to gain a deity[取得神性],德文译作 Gottgleichheit zu gewinnen[与神平起平坐],汉语译作“取得神的身[份]”。德汉两种译文中,浮士德独白的渎神色彩较英文原文更直白一些,而英文原文带有一定新柏拉图主义秘术色彩。马洛,《浮士德博士的悲剧》,戴镏龄译,页8。Marlowe, Doctor Faustus, Bevington 等出版,页114,206。

③ Ebd., S. 16(I,3). [译注]马洛,《浮士德博士的悲剧》,戴镏龄译,页21。

④ Ebd., S. 45(IV,10). [译注]英文原文 Calls for the payment of my latest years,德文译作 mahnt sie mich an meine Schuld / und den Verfallstag[使我想起我的罪孽与清算之日]。汉译“催促我付出我的残年”更为贴近英文原文,而德译法更有宗教层面的意涵,强调罪与罚的联系。马洛,《浮士德博士的悲剧》,戴镏龄译,页59。Marlowe, Doctor Faustus, Bevington 等出版,页177。

在绝望中乞求灵肉彻底消散，终于时辰到来，浮士德堕入地狱。作者以雷霆万钧之势为浮士德的结局赋予了前所未有的戏剧性，将这位代表人类之伟大与虚妄的主人公的悲剧性展现无遗。

为何浮士德素材的悲剧力量更多地体现于戏剧改编而非叙事性的原作？或许文学体裁的不同可以提供一种解答。故事书中存在一位有明确神学判断的叙事者，他对浮士德的品性与命运进行着解读与评价，并且从一开始就设定好了全书的情节和落脚点。而在戏剧中，剧作者不得不赋予人物思想和言说的自由，由此引出其内心挣扎，并在执迷与清醒认识、自由与规定性等一系列矛盾中注入更大的戏剧张力。

该剧的悲剧内核无疑全部出自马洛之手，然而其中一系列搞笑、粗俗的场景——1616 年版多于 1604 年版——稀释了全剧的悲剧性。在这些为喜剧表演而设计的场景中，魔法师浮士德的形象与情节主线中的悲剧主人公浮士德几乎毫不相干。

在流动剧团①的演出中，这种在悲剧框架中填充滑稽场景的倾向更为明显。迟至 1597 年，英国的流动剧团就已把浮士德剧搬上欧洲大陆的舞台。浮士德的助手瓦格纳在剧中充当丑角“咸鱼”（Pickelhäring），负责增加笑料、平衡剧中的严肃气息。另一丑角“汉斯香肠”（Hanswurst）的任务则是扮演魔鬼的对手，开其玩笑，煞其威风，一改往日以神学思辨来揭露魔鬼局限性的手法。同时，剧作的悲剧内核未受滑稽改编的影响，依旧保存下来。通过流动剧团的展演，浮士德剧在 17 乃至 18 世纪受到普遍欢迎。

类似地，所有可考的浮士德木偶剧脚本，均展现出悲喜剧交叠的双

---

① 详见 Faust – Spiele der Wanderbühnen. Hrsg. von Günther Mahal. Knittlingen 1988。又及：Günther Mahal 所撰写的后记：Doktor Johann Faust. Puppenspiel in vier Aufzügen, hergestellt von Karl Simrock. Mit dem Text des Ulmer Puppenspiels. Hrsg. von G. M. Stuttgart 1991（Reclams Universal – Bibliothek 6378），S. 112 – 120。

重面向。[①] 歌德在《诗与真》中特别提到了“重要的傀儡戏情节”对他的影响——自童年起，傀儡戏便“余音纷繁，萦萦于心，绵绵不绝”，[②]终于成为创作《浮士德》的重要素材来源。可以说，歌德年少时就已与马洛的浮士德结缘，虽说只是通过间接的方式，但已管窥到了其精髓。

在歌德之前，流动剧团的浮士德剧也曾激发过18世纪另一位剧作家的创作灵感，这位作家便是莱辛。莱辛曾计划创作一部以浮士德为题材的戏剧，但最终面世的只有单个场景“浮士德与七个精灵”。[③] 其中浮士德拣选最敏捷的精灵来侍奉自己的情节、草拟的序幕中群魔商议计策的场景，[④]都能在浮士德剧传统中找到原型。莱辛的创新在于颠覆了传统的浮士德形象。撒旦错误地相信，在各种欲望中，浮士德“无法抑制的对科学与知识的渴求”[⑤]最能将其引入自己的陷阱。剧末，魔鬼们以为自己收服了浮士德，但天使出现，以十分莱辛式的语言宣布魔鬼的胜利无效——“上帝将各种欲望中最崇高的欲望赋予人，并非为了让人永远不幸”[⑥]——并揭开真相：原来魔鬼们在整整五幕剧

---

① 文库《修道院》对此提供了最为翔实的材料：Das Kloster. Zusammengestellt von Johann Scheible. Bd. 5. Stuttgart 1847, S. 651 – 922 (Zelle 19: Faust auf der Volksbühne)。关于浮士德木偶剧——特别是Simrock于1846年编写的版本——以及17世纪晚期以来的乌尔姆木偶剧，参Günther Mahal所撰写的后记：Doktor Johann Faust，页120 – 131。

② Goethe: Dichtung und Wahrheit, 10. Buch (1812): Weimarer Ausgabe, I. Abt., Bd. 27, S. 321.

③ Gotthold Ephraim Lessing: Werke. Hrsg. von Herbert G. Göpfert. Bd. 2. München 1971, S. 487 – 489.（大约写于1758年，公开发表于1759年2月16日的第17封文学通信。）

④ Ebd., S. 489.（莱辛的浮士德创作计划的最后阶段，首次发表于：G. E. Lessings Theatralischer Nachlaß. Hrsg. von Karl Lessing. 2. Theil. Berlin 1786。）

⑤ Schreiben über Lessings verloren gegangenen Faust. Vom Hauptmann von Blankenburg (Leipzig, 14. Mai 1784). In: Lessing, Werke. Bd. 2, S. 778 – 780; hier S. 779.

⑥ Ebd., S. 780.

中都在和一个幻影打交道，其所参与的演出不过是对浮士德的一个警示性的梦兆。莱辛未将求知欲定为死罪，从而首次实质性地转变了浮士德传统中的一个固有元素。在歌德的《浮士德》中，传统的浮士德形象发生了第二次大转变。不过，这一转变的意义与形式当另辟文章讨论，本文就先谈到这里。

作者简介：尼格尔（Günter Niggl，1934—），艾希施泰滕－英戈尔施塔特天主教大学德语文学教授（2002 年退休），研究领域包括 18 至 20 世纪德语文学（以歌德和歌德时代为重点）与体裁论（以自传为重点）。代表性著作有《18 世纪德语自传史》（*Geschichte der deutschen Autobiographie im 18. Jahrhundert. Theoretische Grundlegung und literarische Entfaltung*，1977）等。

歌德的《浮士德》与《新约》

胡博纳(Hans Hübner)　撰

王一力　译

天堂序曲

歌德在浮士德故事正式开始前安排了一首献诗、舞台序幕,以及天堂序曲。他引导我们从天堂进入浮士德悲剧。我们将同浮士德、梅菲斯特以及其他人物一道,在序曲之后穿越人间和地狱,并在第二部的尾声重新回到天堂。这条完整的路线便是:从天上落到人间和地狱,然后再度回到天堂!让我们首先前往原点,我们将置身于天堂序曲中,使它具体地展现在我们眼前。

歌德在浮士德情节之前加上序幕,遵从的模板是《旧约》中的《约伯记》。他十分明确地指出了约伯和浮士德之间的互文性,①借用这一现代语言学概念来说明文本之间的相互指涉。《约伯记》也由一场序幕引导原本的故事情节,序幕也和浮士德一样展示了天堂的场景(《约伯记》第一章、第二章)。旧约中的天主雅威举行天堂的御前会议,所有神子列位出席。其中也包括撒旦。他同样是天主之子!也在天堂集会中拥有席位和发言权,尽管最终他只能按照上帝的授权行事。在《约伯记》第一章中讲述的天堂集会上,天主问撒旦从何处来,撒旦回道,从地上来。天主便问,他可曾查看自己虔诚的仆人约伯。撒旦给出了肯定的答复,却质疑约伯的虔诚,天主便允许他就此考验约伯。约伯

---

① 此处仅列举一部关于互文性的文献 U. Broich, M. Pfister (Hgg.): *Intertextualität. Formen, Funktionen, anglistische Fallstudien*。

经受了撒旦安排的可怕厄运,依然坚持对天主的信仰。

众所周知,约伯回应道:"赏赐的是耶和华,收取的也是耶和华。耶和华的名字是应当称颂的。"撒旦再次得到天主的允许去考验约伯。"撒旦"一词究竟对应怎样一种存在,这一问题在《旧约》研究者之间仍存在争议。他是恶魔,一种邪恶的、与神和人类为敌的形象?① 抑或如冯·拉德(Gerhard von Rad)所持观点一样,撒旦是"天堂检察院中的[……]控方",是神子的一员?② 依照后一种看法,在一些现代研究文献中,"撒旦"只是一种功能性称谓(Funktionsbezeichnung),而不是一种本质性称谓(Wesensbezeichnung)。阿尔图·魏泽尔在其《约伯记》评注中同样关注了撒旦的功能性:

> 他承担了天堂里的控告人这一角色,他在地上漫步,为了揭露隐藏的罪恶,然后在上帝的法庭前进行起诉。③

在此情形下,撒旦获得了保罗神学中摩西律法一样的功能!霍尔斯特在他的《约伯记》评注中也论述了功能性称谓;然而他反对冯·拉德的观点,即撒旦在《约伯记》第一、二章中是控诉人的角色。霍尔斯特认为,撒旦在耶和华的宫廷中担任一种政治上的反对派,履行一种"公务上的,或至少是约定俗成的功能"。④ 在托西纳看来,撒旦是天庭中的办事员;耶和华,如同古代东方的国王一般,派遣撒旦作为"神的眼线"在地上游荡,检验人类的忠诚度。⑤ 然而,人们可以就一点达成一致——《约伯记》中的撒旦并非无限邪恶的魔鬼,不是试图摧毁一切

---

① 参见一些早期的研究,Duhm:*Die böse Geister im Alten Testament*,1904,S. 16 – 20,S. 58 – 61。

② von Rad:Art. diabolas,*Theologisches Wörterbuch zum Neuen Testament*,Band 2,Stuttgart 1935,S. 72.

③ Weiser:*Das Buch Hiob*,Göttingen 1963,S. 30.

④ Friedrich Horst:*Hiob*,Neukirchen 1968,S. 13f.

⑤ H. Torczyner:*Wie Satan in die Welt kam*,Jerusalem 1938;参见旧约辞典中的相关词条。

神的造物的激烈的反对派。毕竟他得到了天主本人的行动指令。他甚至和天主协商，能够和天主打赌！人们几乎可以说，他和神是亲密的伙伴关系。与此相反，《新约》中的撒旦则是堕落的，是罪恶天使，代表了对神的邪恶的反叛。我们要考察“天堂序曲”和《约伯记》第一、二章之间的互文性，一个诠释学问题便显得至关重要，即《约伯记》中的“撒旦”不是本质上无限邪恶的地狱的产物，现代神学研究已就此达成一致，尽管在一些细节问题上仍存在不同的解读。

现在让我们从《约伯记》的序幕过渡到《浮士德》的序曲。歌德没有以天主和撒旦的对谈作为开场。这里首先登场的是三位大天使拉斐尔、加百列和米迦勒，称颂天主及其造物。让我们留意其中的一些细节！首先拉斐尔赞颂太阳，加百列称赞大地的壮美，随后米迦勒歌颂暴风和雷霆。最终三位大天使共同赞美天主及其丰功伟绩（行 267 – 270）：

> 天使们见到，获得生力，
> 虽然无人能究其根源；
> 你所有的崇高的功业
> 像开辟之日一样庄严。①

这是一首符合传统形式的天使赞歌。使人联想起赞美诗《伟大的神，我们称颂你》（*Großer Gott, wir loben dich*），德文版的赞歌（《新教赞美诗》，②第 331 首），其中第二段诗节：

> 万民同声赞美你，
> 千万天军，
> 为你齐唱颂歌，
> 敬拜你的众天使，

---

① ［译注］本文中《浮士德》中译均采用钱春绮译本。部分有改动。

② ［译注］《新教赞美诗》（*Evangelisches Gesangbuch*）在德国、奥地利等地区通行的赞美歌集。

永不停息地歌唱：
“圣哉，圣哉，圣哉！”①

大天使的颂歌中赞美了赋予他们力量的自然景象。这些景象是庄严的神的造物，令众天使陷入极度的欢喜之中。通过在颂歌中称赞造物万象，天使们便间接地称颂了深不可测的造物主本身。还有一点值得我们注意：在一些表达上——这里用楷体字突出②——第一位大天使拉斐尔的赞歌有别于三位天使的合唱（行 247 – 250）：

天使见到她，③获得生力，
虽然无人能探究她的根源；
不可思议的崇高的伟业，
像开辟之日一样庄严。

其中尤其值得注意的是“你所有的崇高的功业”和“不可思议的崇高的伟业”之间的区别。为何使用第三人称取代第二人称？为什么拉斐尔不使用直呼语？歌德刻意安排了这种区别。拉斐尔颂歌的开头，即开启序曲的第一句颂歌便十分独特（行 243 – 244）：

太阳按着古老的调门
跟群星兄弟竞相合唱。

这里赞美的对象是太阳。她的景象赋予天使力量。她是无人能够探究的对象！她同神一样深不可测！此外，还有一点也许令我们感到奇特：太阳发出鸣响。人们可曾听到太阳鸣响？太阳在歌唱？耳朵能

① 参见 Ulrich Gaier：*Faust – Dichtungen*2，Stuttgart 1999，S. 56。歌德曾计划把《浮士德》作为歌剧脚本，他希望由莫扎特谱曲，在莫扎特离世后，计划由迈耶贝尔（Meyerbeer）代为谱曲。

② ［译注］德语原文中用斜体字突出。

③ ［译注］德语中“太阳”是阴性名词，因此这里遵照德语原文均译为女性第三人称。

听到太阳吗？此外，她还发出阵阵雷鸣声。人们尚且可以想象鸣响是一种微弱的声音。而雷鸣却一定是十分响亮的，对一些人来说甚至是可怖的！

或许薛讷①和盖伊尔②提供了正确的解释，他们指向了毕达哥拉斯学派的理论。盖伊尔阐释了来自克罗顿的毕达哥拉斯学派世界观（公元前5世纪）：太阳和各行星沿着圆形轨道以演奏和声的方式围绕地球旋转，彼此的间隔构成音乐的音程。其中至关重要的是，据传说毕达哥拉斯——该学派的创始人——能够听到宇宙中的和声，天赋稍逊者可以听到雷鸣声，缺乏才能者则听不到任何声音。然而如果毕达哥拉斯能够听闻天体的和声，那么理所当然地，天使也具有这种能力！拉斐尔在序曲的开篇赞颂太阳，原因在于，神赋予了古代毕达哥拉斯的世界观特别的尊荣。

现在我们对比序曲中两个版本的颂歌，可以推断，太阳显然不是基于自身的原因受到赞美，而是由于她是神的造物。因此，也仅出于这一原因，拉斐尔才能歌唱深不可测的太阳，不可思议的崇高伟业，由于她作为神的造物也分享了神的神性。创世（Schöpfung）——对歌德而言最重要的宗教观念！尽管歌德在后文中借浮士德之口——浮士德就宗教问题教导格雷琴时——说道，无人能够直呼神的名，无人能宣称理解神，然而我们却常常发现，在歌德的宗教观中，神总是与可见的世界联系在一起。这一点对于歌德来说具有根本性的重要意义：在造物身上体现了神的荣光，展示了这一神性光芒的庄严崇高。

盖伊尔就此有十分恰当的解读，他分别强调了拉斐尔的太阳颂歌和三位天使合唱的神的赞歌中的修饰语“荣耀”（Herrlichkeit）。他写道，“荣耀”在《新约》《旧约》和歌德的作品中都是一则重要概念。他援

---

① Albrecht Schöne：*Kommentar*, Frankfurt a. M. 1999, S. 165f.

② Ulrich Gaier：*Faust – Dichtungen*2, Stuttgart 1999, S. 55.

引了《诗篇》(19:2);《罗马书》(1:19 及以下);《约翰福音》(11:10)。[①] 为了更好地理解第250诗行,我们还应该参见《出埃及记》(24:16)“耶和华的荣耀停于西乃山”,以及先知以西结看到神显圣的景象,《以西结书》(1:28):“下雨的日子,云中虹的形状怎样,周围光辉的形状也是怎样。这就是耶和华荣耀的形象。”歌德在其关于神的观念中也使用了圣经中这一重要概念。光芒四射的太阳是神的造物,反映了创世之中的神性的荣光。因此,对于大天使拉斐尔来说,重要的不是太阳自身的壮美,而是她呈现、描摹了神的荣耀。

就这一问题我们还应当——尽管超出了歌德本人的视域——指出,《诗篇》第104首和法老阿肯那顿的太阳颂之间存在紧密关联。阿肯那顿即推行宗教改革的法老王,他试图将太阳神阿顿尊为一神教意义上的主神。众所周知,由于埃及的阿蒙·拉祭司的阻挠,这场宗教改革最终走向失败。为了方便后文的讨论,我们需要先记住如下事实:圣经中展示的这一观念,正直的人类亦属于神的荣光之作(《哥林多后书》3:18),在《浮士德》序曲中不曾出现。

天堂序曲的第一部分结束于三位天使对神及其功业的赞颂。这些天使在后文的序曲中不再发声。现在天堂出现了新情况,即神的御前会议。除了大天使们至少还有梅菲斯特在场,此外还有更大范围的众神子。[②] 然而关于这次会议我们只了解到天主和梅菲斯特的对话。未等天主开口,梅菲斯特便开始同祂攀谈——以一种引人注目的亲昵方式。在这里我们能够明显感觉到《约伯记》和歌德的《浮士德》之间的

---

① 参见 Ulrich Gaier: *Kommentar zu Goethes "Faust"* (Reclams Universal - Bibliothek Nr. 16021) Stuttgart 2002, S. 20;同上 Faust - Dichtungen 3,其中关于“荣耀”的重要论述,参页233 - 240,页239:“从宗教角度对《浮士德》的解读可以总结为‘显见的奥秘’(offenbare Geheimnisse):现象的可透视性,以及关于不可思议、不可言说之物的话语,在其产生的效应——如生命、光和荣耀——中能够被感知到。”

② 无法确认是否有更多神子在场,反驳有众多神子在场的证据有舞台指示(行349):“天界关闭,天使长各散。”

互文性。来自魏玛的大师[歌德]安排撒旦出场,尽管把《圣经》中的名字“撒旦”替换为“梅菲斯特”。

这一魔鬼的名字过去仅出现在浮士德文学中,歌德仅仅沿用了这个名字,而并非刻意避免使用《约伯记》中的“撒旦”称谓。我们在1587年出版的《约翰·浮士德博士故事》中就能够发现这个名字。然而在流动剧团和木偶剧中常常写作“梅弗斯托非利斯”(Mephostophiles),人们试图从希腊语出发解释这一名字:在第一个音节“Me”中可以发现希腊语中的否定词mê,对应德文nicht;第二个音节是希腊语名词phôs,对应德语Licht;最后一个音节philos,对应德语Freund。因此Me-phos-to-philes的含义是“非光明之友”,即“黑暗之友”。然而这一派生关系很不明确。同样,派生自希伯来文的猜测也不能使人信服。歌德曾向采尔特吐露(1829年11月20日):“梅弗斯托非利斯这个名字出自哪里,我无法直接给出答案!”然而,由于魔鬼的名字无法帮助我们解读歌德的浮士德悲剧理念,因此我们将舍弃解读这一名字。

如同《约伯记》中的撒旦一样,梅菲斯特出现在天主和众天使之中。梅菲斯特说道,天主平素也很喜欢同他相见,我们姑且不论这是不是刻意的谄媚。更加重要的是如下的对比,即天使一方的视角和与之相对的梅菲斯特的角度。诸位大天使歌颂天主创造了世界和宇宙万物。梅菲斯特却声称(行279及以下):

> 关于太阳和世界,无可奉告,
> 我只看到世人是多么苦恼。

他没有谈论任何值得赞颂天主之物,却展示了可以指摘上帝之处:天主如何塑造了人类!这里出现了十分奇特的情况。众所周知,魔鬼的目的是危害、毁灭人类。在整部浮士德悲剧中,他对于人类的福祉也往往不屑一顾!然而在天主面前,他却一本正经地扮演了人类的辩护律师!他对人类的苦难充满同情。梅菲斯特是一个虚伪的骗子吗?他如此愚蠢,以至于他忽视了天主的全知全能,以为天主无法识破魔鬼的诡计?然而我们感觉到,在这一场景中,与往常不同,天主和魔鬼梅菲斯特的关系相当融洽，有别于人们通常设想的天堂和地狱之间的关系。毕竟在这一场景的结尾处，天主对梅菲斯特说道（行 336 – 339）：

那时听你怎样表演，
我从不憎恶跟你一样的同类。
在一切否定的精灵里面，
促狭鬼最不使我感到烦累。

我们将马上进一步探究天主和魔鬼的关系。然而让我们先回顾梅菲斯特的第一次演说！显然他精通哲学；因为他熟悉莱布尼茨的哲学理论！他借用这一理论和天主进行辩论。莱布尼茨如此描述人类："因此人在自己的世界中如同一个小神，他以自己的方式统治他的小宇宙。"①人类如同一个小神——魔鬼也在天主面前做了同样的表述。神创造了自己的缩微拓象，祂赋予了人类理性，因此神犯下了大错。梅菲斯特似乎在指责天主，受虚荣心驱使，塑造了人类作为自己的镜像。无论如何，理性是被赋予人类的神性的能力，人却滥用理性，变得比任何野兽都更加粗野。理性是来自神的馈赠，却使人类沉沦到野兽的状态！梅菲斯特的诡计最终导向结论：并非魔鬼使人类受苦，而是天主本人，正由于祂把人类塑造成小神！难道不应当是天主降贵屈尊训诫魔鬼吗？不，在关于人类的问题上，魔鬼对天主进行了严厉的指责！天主成为罪人！天主败坏了人类！恰恰是这位败坏人类的罪人反而指责祂，魔鬼，称祂是人类的敌人！这便是魔鬼的视角——一个完全颠倒的世界！引用魔鬼的原话（行 281 – 286）：

这种世界小神，总是本性难改，

---

① Leibniz：*Essais der Théodicée* 2，§147：„Le 'Homme y est donc comme un petit Dieu dans son propre monde, ou Microcosmos, qu' il gouverne à sa mode."

还像开辟之日①那样古里古怪，
他们也许会较好地营生，
如果你没有把天光的影子交给他们；
他们称之为“理性”，应用起来
比任何野兽还要显得粗野。

在后文的场景中，梅菲斯特显露了他的真正本质。在浮士德和他签订了契约随即退场之后，梅菲斯特语带讥讽地欢呼，并不是由于他的猎物拥有理性，而是由于浮士德不理智地将理性这一高贵品质彻底抛弃（行 1851 – 1855）：

让你去蔑视理性、知识，
人类拥有的最高的实力，
让你沉迷于魔术幻术
获得诳骗精灵的鼓舞，
我不用契约已将你驾驭——

让我们用如下方式总结这部分篇章：魔鬼首先成为天主的控告者，从而成为人类的辩护者。关于“谎言的灵”（Lügengeist）还应当参见《列王纪上》（22:22）。天主在天堂的枢密会议上，将祂的［！］灵变为谎言的灵，并以此引诱国王亚哈！上帝的圣灵——在《约翰福音》（14:17）中被称作“真理的圣灵”！——变成了谎言之灵！

魔鬼在“天堂序曲”中指责天主，声称由于天主将天光的影子——即理性——交给了人类，因此使人类陷入痛苦，这当然是邪恶魔鬼的伪善之词。由此引出一个疑问：在神之子的参议会中，梅菲斯特的所为是否比表面看上去更加邪恶、卑鄙呢？他是否比《约伯记》中的撒旦更加仇视人类？天主在其余神子面前斥责他，质问他除了一再大发牢骚，是

① 此处仅捎带做一补充：魔鬼使用“开辟之日”这一表述，显然在戏仿天主，以及戏仿大天使的赞歌。魔鬼是天使中的顽童（der Affe der Engel）！

否还有其他事情汇报，梅菲斯特则再度装扮成人类的朋友（行 296 - 298）：

> 不，天主！我觉得那里①总是糟糕透顶，
> 看到世人悲惨的生活使我难过；
> 连我都不愿把那些苦人折磨。

我们绝不能相信这位撒谎者的任何一句话！让我们考察一下天主和魔鬼之间关于浮士德的对谈：天主把浮士德称作自己的仆人。我们熟知《圣经》中这一称谓"神的仆人"。先知以赛亚反复强调，以色列民族是耶和华的仆人。按照《以赛亚书》第 53 章，正是耶和华神的仆人作为代表为以色列赎罪。这一神学概念在《新约》中被用来形容耶稣，甚至耶稣本人也许也如此看待自己。② 耶稣是神的仆人——浮士德也是神的仆人！一个引人注目的对照！我们的浮士德博士拥有一个充满神学意蕴的称号，一个弥赛亚式的称号！梅菲斯特，众神子中的一员，提出和天主打赌：梅菲斯特，魔鬼同时也是天主之子，将把浮士德博士，即神的仆人，引向魔鬼的大道。只要天主给他许可。而天主确实接受了打赌（行 315 - 317）：

> 只要他在世间活下去，
> 我不阻止，听你安排。
> 人在奋斗时，难免迷误。

众所周知，最后一句话已经成为一则谚语。这里可以明确的是：绝不能由于人类的迷误，而去诅咒神灵！天主似乎清楚，人类的理性尚不充分。天主说出的第二条格言也家喻户晓（行 328 - 329）：

---

① "那里"指人间。

② Hübner：*Biblische Theologie des Neuen Testaments*，Bd. 3，Göttingen 1995，S. 263 - 272.

善人虽受模糊的冲动驱使，
总会意识到正确的道路。

也许我们会略微感到不适，当我们考虑到浮士德本人的生活和所为，而天主却把他称作善人！这位博学多才的博士，精通多门学科，然而在道德方面却完全失败！我们只需回想一下在他生命即将终结前所做的恶行，他对老夫妇菲勒蒙和鲍喀斯犯下的罪行！其时他有真正意识到正确的道路吗？

在"天堂序曲"中出现的这些问题不仅至关重要，同时也异常紧迫：当天主谈及人类的迷误时，祂究竟意指什么？在哪些方面人类步入了歧途？是否包含道德方面的失误？抑或这种迷误主要即指道德认知的缺乏和德行的败坏？理性是否首先指实践理性，如同康德的《实践理性批判》一样？迷误中的人类丢失了"自己内心的道德法则"？由于缺乏理性，迷误中的人无力规划自己的生活，因此产生了根本性的失败，或者换言之，他丧失了理智？梅菲斯特在后文吐露，他常想作恶，因此恶就是他的本质（行 1336，行 1343 - 1344），我们的问题也因此可以更加尖锐：迷误中的人类——如同地狱使者一样——也常想作恶吗？然而梅菲斯特的邪恶恰恰是摧毁人类（1343）。在歌德时代——简而言之——伦理学属于形而上学的一部分。那么奋斗中的人类犯下错误，丧失了理性，即等同于抛弃了形而上学以及其中的组成部分——伦理学？处理这些问题最终将需要一部关于浮士德的哲学专著，它们不断延伸研究的主题，在此我不能也无意开展这项工作。然而以上这些问题明确指向了我们即将前往的研究路径，即为浮士德难题寻找一个可行的答案。

天主把浮士德称为"善人"，梅菲斯特却毫无所动。他对于打赌信心满满；他甚至引用了耶和华本人的话，《创世记》（3：14）中神对蛇的判决（行 533 - 535）：

如果我达到我的目的，
允许我高唱凯歌，满腔欢欣。

让他去吃土，吃得开心，
像那条著名的蛇，我的亲戚！

梅菲斯特早前在天主面前表达了对人类的悲悯同情，在这里已经全无踪迹！现在仇恨占据上风，对人类的蔑视，施虐狂的残忍！现在这位邪恶的天主之子再度成为真正的魔鬼！然而天主似乎毫不在意，反而向他声明（行337）："我从不憎恶跟你一样的同类。"在一切否定的精灵中，促狭鬼（Schalk）最不令祂感到烦累。然而这里的"促狭鬼"意指什么？在日常用语中这一称呼等同于"调皮鬼"，爱开玩笑的人。但歌德在此处似乎并不是以这种方式描述梅菲斯特的。他本人曾在别处写道："促狭鬼这个词在通常意义上指一种人，此人幸灾乐祸地对他人施展恶作剧。"但同时也指另一类人，他使那些依赖他的人"痛苦不堪"。薛讷在其注释中引用了上述来自《贤良的妇女》①（*Die guten Weiber*, 1800）中的这段话，在《天堂序曲》的语境中把这个词解释为，描述一个人诡计多端并以此为乐，即天主的"仆役"（Gesinde, 274）中的宫廷小丑，肩负讥讽挑衅的职能。② 即便我们不能给序曲中的"促狭鬼"一个精确的定义，但可以明确的一点是：尽管天主并不想任命梅菲斯特为承载神意的工具，然而却把他容纳进自己的宏图中，并且允许他对其猎物略施诡计，尽管最终不会让他的阴谋得逞。

序曲结尾处或许彰显了天主的意图（行340－344）：由于人类容易懈怠，"过于容易放松"，所以需要魔鬼来刺激、折磨人类。就这一点而言，魔鬼是人类的"伙伴"。如果歌德认为，人类需要魔鬼，那么是否意味着，人类需要恶？我暂且搁置这一问题。在我们后续就浮士德悲剧的讨论中，这将是一个至关重要的问题。真正的神子当对美感到喜悦——这是否意味着魔鬼并非真正的神子，抑或是劣等的神子？魔鬼

---

① ［译注］《贤良的妇女》（*Die guten Weiber*），歌德创作的对话体散文，最早发表在 *Taschenbuch für Damen auf das Jahr* 1801。

② Albrecht Schöne：*Kommentar*, Frankfurt a. M. 1999, S. 176.

与丑陋为伍？这里虽未明言，但是可以由此做出这些推论。真正神子的一个根本特质，可以用一个概念“化育之力”（das Werdende）来描述，即动态的生机和活力，而非静止、停滞的。序曲中天主的最后一段话，同时也是整部悲剧中天主的最终发言（行 346 – 349）：

永远活动长存的化育之力，
愿它以慈爱的藩篱将你们围护，
在游移现象中漂浮的一切，
请用持久的思维使它们永驻。

发表了这段讲话后，天主便在浮士德悲剧中同我们告别，后文将展示，这是一段纲领性的表述。同时这段话鼓励我们去承受悲剧，鼓励我们平静地忍受悲剧背后、受神约束的魔鬼。我们应当清楚，尽管梅菲斯特阴险狡诈，但在歌德笔下，他对天主的仆人，我们的浮士德，仅仅施展了一些戏谑的恶作剧，并且最终梅菲斯特宣告失败。或者引用一句神学的用语：神用曲折的方式书写直线。即便人类行为“不当”，按照歌德的说法，即便人类无法忍受自己的罪恶，即便人在根本性的道德领域迷失方向，甚至以最卑劣可憎的方式对待邻人，他依然能意识到正确的道路。我们能否为这些问题寻找到答案？迷误中的人、善人、模糊的冲动以及对正确道路的意识，天主的话究竟意指什么？我们将在后续关于浮士德悲剧的解读中讨论这些问题。事实上，如同在《浮士德》第二部结尾处所显示，这并不是一部悲剧。在接下来的解读中还将探讨，天主和浮士德的关系是否从根本上即天主和梅菲斯特的关系，亦即天主和恶的关系。

前往地狱的途中（女巫的丹房）

梅菲斯特带领浮士德首先来到奥尔巴赫的地下酒馆。然而我们清楚，这里并不能为我们的研究主题提供有用的信息。梅菲斯特策划的这些魔鬼闹剧，地狱的喧嚣，自然不能打动学者和博士。在他们眼中，这些魔术戏法愚蠢可笑。我们也不会在此地逗留,我们将和浮士德以及他的魔鬼向导一同出发,前往一处与魔鬼的属性和活动相称的地点,我们将跟随两位来到地狱,确切地说:地狱中的一个场所,女巫的丹房。让我们一探其中的生活!

生活?对于此处的住户,我们可以用“生活”这一词语吗?如同我们所理解的人类生活一样?在污秽不堪的女巫丹房中,在一片地狱的景象中,存在真正的生活吗?或者更贴切的说法是:勉强存续?生存于此的物种,它们确实称不上快乐、平静或彼此亲善友爱。整体氛围沉重压抑,充满了分歧、争吵和误解,情绪高度紧张。毫无生活品质可言!让我们观察一下这些出场的生物!其中有会讲话的动物。地狱里的动物似乎会说话,拥有语言交流能力。这是一群猿猴,一只公猿,一只母猿,以及它们的幼崽。浮士德对女巫丹房的第一印象绝非美妙。在地狱场景中最先开口讲话的是浮士德;这段话描述了人和魔鬼、人间和地狱的区别(行 2337 - 2342):

> 愚蠢的魔术使我十分生厌;
> 你保证,我能够痊愈,
> 在这一片狂暴混乱之中?
> 我要向一个老婆子求教?
> 这个蹩脚的厨师,
> 能从我身上减去三十年光阴?

三十年光阴指明了为何魔鬼把浮士德引到这个令人厌恶、阴森可怖的场所,值得说明的是,这是字面意义上的阴森恐怖(un - heim - lich),一切人类所熟知的事物(das Heimische)在这里都消失了。① 魔鬼许下的承诺是:我们前往返老还童泉。在那里,你将获得抵御衰老的灵药,你将年轻三十岁!然而这个不堪入目、阴森可怕的场所无法打动浮

---

① [译注]德文中 unheimlich[可怕的]和 heimisch[家乡的、熟悉的]中都包含了词根 heim[家]。

士德——至少起初没有。他对这些缺乏人性的生物毫无兴趣。他一定要服下来自那位“蹩脚厨师”的药剂？令人作呕！他面前是一个令人极度厌恶、不堪忍受的地狱，如他所言，一片“狂暴混乱”。他叱责梅菲斯特道（行 2343－2346）：

苦啊，如果你别无良策！
我的希望已经烟消，
难道大自然和高贵的灵，
竟然没有发明过什么仙药？

梅菲斯特把返老还童的天然方式告知浮士德，即体力劳作，浮士德直接缴械放弃，他无法忍受扛起锄头。因此直到他们即将离开女巫丹房前，魔鬼才终于说服他，喝下了女巫酿造的魔法药水。起初梅菲斯特试图唤起他对此地的好感，他指向公猿和母猿，这些“可爱的物种”“温柔的动物”。这位装扮成人的地狱之灵再次误解了真正人类的感受；因为在浮士德眼中，这些地狱的生物“如此乏味，我可平生未见”。魔鬼也无法引起他对地狱美学的兴趣。然而令人惊讶的是，魔鬼也会使用轻蔑的语言描绘地狱的生灵：他把它们唤作“该死的木偶”（行 2378－2390），先前的称呼——可爱的物种、温柔的动物——不过是骗人的假象！我们在前文已经指出：地狱中没有和谐统一！Infernum contradicio sui ipsius！

尽管受到辱骂，雄猿依然向梅菲斯特献媚。它想发财。地狱的生物不只会讲话，它甚至会计算金钱的价值。地狱里的生物是一种资本动物！梅菲斯特冷酷地回道（行 2400－2401）：

如果猴子也能得彩票，
它会觉得运气有多好！

在歌德时代，地狱里的物种已经熟悉彩票！让我们继续关注这些地狱的猿猴。这些小猿们在玩弄一只球，把它滚来滚去。雄猿看着它作了一首诗，就这只球展开了哲学思考。我们发现，这只雄猿拥有邪恶的智慧，他对世界、人生和灾难进行了哲学思辨（行 2402－2415）：

这是世界；
上去，下来
滚转个不停
声如玻璃：
容易破裂？
里面是空心。
这边很亮，
那边更亮，
我还活命！
我的乖乖，
快点走开！
你要送死！
它会爆开，
它是瓦器！

诗歌开篇使人联想到《布兰诗歌》（*Carmina Burana*），奥尔夫①为这首诗谱写了高超的乐曲："哦命运，如同月亮，变幻无常。你时而变大，时而变小。"凡人不能掌控命运！雄猿正是就这一点发表了他的哲学思考：他眼中的球，被解读为地球，即人类的栖居之地。它上升，则人类上升；它坠落，则人类坠落。由此雄猿向浮士德说明，作为地球上的居民，面对捉摸不定的幸运女神，他也无助地受到其交替游戏的支配！人类的世界如同玻璃一般脆弱，如同陶器一般易碎。雄猿把浮士德称为"我的爱子"，天主也如此称呼在约旦河边受洗的神子（《马可福音》［1:11］）。天堂的语言以讥讽的方式出现在地狱！雄猿想通过他的哲

① ［译注］Carl Orff，1895—1982，德国当代著名作曲家，以 14 世纪诗集手抄本创作清唱剧《布兰诗歌》（*Carmina Burana*，1937）。

学思辨告诉浮士德博士:你的命运和所有人类存在一样,都将归于虚无,走向毁灭。地狱的生灵——以及地狱本身——只熟知一件事,即虚无。雄猿作为虚无主义哲学家告知浮士德,同地狱做交易,他最终将面临的后果:悲惨的结局,沉入虚无。他的存在如同球体内部一样空洞,不论外表看上去如何闪耀。你是声名赫赫的大学教授,同样一文不值!我作为地狱里的虚无主义思想家,来告诉你,我的爱子:你必有一死;①而我,地狱里的虚无主义者,却生气勃勃!

地狱宣称自己是真正生命之所在。虚无主义最终把生命据为己有。这听上去极为荒谬。然而这是地狱享有的特权,能够戏仿天堂的悖谬之处,作为荒谬存在的真正庇护所。“我们,地狱——生命之所在!你们,地球——死亡之地!”通过这一狂妄、魔鬼式的宣言,整个基督教信仰的坐标体系被颠覆。然而《约翰福音》(10:10)中耶稣说道:“我来了,是要叫他们得生命,而且得的更丰盛。”地狱里的宣言“我们即生命”是对耶稣的邪恶的反讽,也是对《约翰福音》(14:6)中这句话的讽刺:“我就是道路,真理,生命。”

然而反应迟钝的浮士德博士没有理解魔鬼的伎俩。他甚至似乎没有注意到,他身旁的猿猴们放肆地嘲笑梅菲斯特,它们的主人,只是由于他没有立刻分辨出壶和女巫的锅。浮士德究竟是否注意到,雄猿想要向他传递的信息?在舞台指示中,地狱生灵唱罢世界之歌后,“浮士德在这段时间里,对着一面镜子站着,时而近前,时而退后”(行 2429 及以前)。镜子向他展示了一幅裸体形象。这一场景中关键之处是,浮士德没有能力分辨现实和魔鬼的幻象。他完全无法认清现实——尽管他知道自己面前是一面魔镜!——依然把镜像当作现实。人们不禁对他的极度天真和盲目感到诧异,尽管这位学者的日常工作即包含分析和思辨,然而他却无法识破魔鬼的骗术(行 2429 - 2440):

---

① 对雄猿的这段话“我的爱子,[……]你必有一死!”当然可以做其他阐释,例如解读为并非针对浮士德。然而我们认为这段话中隐含了这层含义,这种解读方式自然也是可行的。

我看到了什么？一个天女的姿影
映现在这面魔镜之中
爱神，把你最快的翅膀借我一用
带我前往她的仙境
如果我不停留在这个地方
如果我敢向她走近
我就能看到她朦胧的雾影！
女性最美丽的形象！
真的存在这样的美人？
我当从这横陈的玉体身上
看到全部天国的化身？
尘世间真有如此的绝色？

浮士德博士知道自己身处地狱，亦清楚自己面前是一面魔鬼的幻镜。他却依然认为，这是"一幅仙女的画像""整个天国的缩影"！浮士德丧失了一切理智吗？恰恰在地狱他能够看到一幅天堂的图像？这堪称最不可饶恕的轻信，他如此相信这个彼岸的机构，而这里恰恰是一切谎言、欺诈和骗术，乃至谋杀和死亡之所在！或者也许地狱彻底麻痹、迷惑了他的思想（行2435！），他已经完全抛弃了清醒的人类理智？

在这片刻，雌猿疏于照看锅子，里面的液体溢出，烧起一道大火冲入烟囱。恰好此刻女巫从烟囱里进来，被火焰灼伤。现在不再是梅菲斯特，而是轮到女巫训斥这些猿猴，她咒骂道（行2465－2468）：

喔！喔！喔！喔！
该死的动物！该咒的猪！
不看着锅子，烧伤主妇！
该死的动物！

她在情绪激动之下甚至没有认出梅菲斯特！魔鬼不识魔鬼！女巫不仅恐吓浮士德博士，还包括魔鬼，她的主人，她希望"火烧的痛苦，进入你们的骨髓”。她向二人喷射火苗。地狱的牺牲品——浮士德，同地狱的居民——女巫一样无法认清现实！梅菲斯特也以粗暴、恶毒、充满敌意的方式回应女巫，他自己也同样看不清现实，回想一下前文中他认错了女巫的锅子。魔鬼与魔鬼间充满仇恨（行 2481－2488）！

你认识我？骷髅！你这妖婆！
你认识你的主人和宗师？
我这样痛打，客气什么，
我要粉碎你和你的猴崽子！
你对我的红上衣已不再尊重？
你认不清我头上的鸡毛？
我可曾蒙住我的面孔？
要我把姓名向你通报？

女巫没认出魔鬼，诚然是由于他的穿戴符合时下潮流，而女巫显然在这些方面落伍了。地狱进行现代化改革，为了适应时代的要求，身处丹房中的女巫对此一无所知。① 她向梅菲斯特道歉，声称由于没看到他的马蹄足和两只乌鸦，所以没认出他。魔鬼继续向她解释道（行 2495－2502）：

那舐遍了全世界的文明，
也影响到恶魔本人；
北方的妖魔现在已经不再看到；
也不见头角、尾巴和蹄爪？
至于我的马足，少了虽然不成，
但在人前却不便显露；
因此多年以来，像许多年轻人一样，

① ［译注］“适应时代”（Aggiornamento）是第二次梵蒂冈大公会议提出的目标，适应现代世界的任务和现实，同时保留基督教信仰的本质。

我也利用假腿肚走路。

女巫不知所措。再度观察撒旦公子,她丧失了知觉和理智。然而梅菲斯特禁止她使用撒旦这个名称:“这名字早被收进神话传说。”(行2507)尽管人类也许已经不相信魔鬼存在,对梅菲斯特来说,重要的事只有一件,他用讽刺的口吻说道(行2509):

他们摆脱了恶魔,恶魔依旧有很多。

这意味着:当人类把恶魔从他们的念头、思考和计划中驱除之后,他们依然处于魔鬼的掌控之中,相比于早前坚信魔鬼存在的时代,这种束缚也许变得更加牢固!人们否认了魔鬼的现实存在,反而使他能更为便利地暗中实施他的邪恶计划!眼下对梅菲斯特唯一重要的是,浮士德饮下地狱的灵药!尽管他依然很不情愿,再次说道他最厌恶这些无聊的骗人的把戏。女巫开始念诵她的女巫小九九,其中暗含了对圣三位一体的讽刺。魔鬼也拾起乘法表,并且更加露骨地表达了女巫口中尚且含糊不清的三位一体问题,他马上开始了对基督教讲道的新一轮攻击(行2560-2566):

任何时代都是一样,
总大谈其一而三,三而一
不讲真理而传布迷妄。
喋喋不休,无人干预;
谁愿去跟愚夫交往?
通常,世人只要一听到话语,
总以为其中定有值得深思的地方。

最后几行话使人联想起梅菲斯特装扮成浮士德和学生之间的对话(行1990-1992):“总之——寻求语言的帮助!/便踏上了正确的大道/走向可靠的神殿。”如今在女巫的丹房,梅菲斯特再度说出类似的话,然而这次是面对浮士德,此外还加上了针对三位一体的渎神的数字游戏！女巫重新开口，却使用了较文雅的语言。这是一首关于科学的谜语。从内容上看，这首诗提前展示了哲学家海德格尔的思想，诚然是以魔鬼的、歪曲的方式（行 2567－2572）：

知识学问的
崇高的威力，
全世界无人知悉！
唯弗思之徒，
始能受赠与，
彼将不劳而获之。

浮士德认为这是胡闹。从女巫口中，他听到十万个愚人在喧闹。按照地狱里对科学一贯的敌对态度，女巫想污蔑科学缺乏思考能力。这一情形使人联想起前文，在与浮士德签订协议后，梅菲斯特以凯旋的姿态讽刺道（行 1851－1855）：

让你去蔑视理性、知识，
人类拥有的最高的实力，
让你沉迷于魔术幻术
获得诳骗精灵的鼓舞，
我不用契约已将你驾驭——

在女巫的丹房中正上演了这一幕。浮士德，此刻已经远离了科学，完全被骗术和幻象、魔镜中的裸体画像所迷惑。让我们再次回到海德格尔！事实上，正是他宣称："科学不去思考"；此外，"科学不能思考"。① 他这些表述的目的并非要贬低科学，而是要将二者区分开来。在海德格尔看来，思考属于哲学，那种思考存在（das Sein）的哲学，确切地说：从存在出发的思考。与科学不同，它没有具体的研究对象，例如

① Heidegger：*Was heißt Denken*? Tübingen 1971，S. 4.

生物学研究植物和动物，化学考察化学元素和它们之间的分子结构。海德格尔认为，每种独立学科的研究工作都不属于思考这一范畴。而女巫则表达了完全不同的观点：在她看来，放弃思考的人等于被赠予科学的人，由于他处于虚假的无忧无虑和思想懒惰之中，以为可以放弃思想上的努力。然而女巫未曾料到，根据海德格尔的理论，她道出了部分真相。在海德格尔看来，谁提出关于整体存在的问题，一种理解便会降临到谁身上，他会获得一种理解，其深度超过一切分析，这种思想比我们熟知的亚里士多德的逻辑学更加深刻。谁开启了关于存在的最深刻的哲学问题，他便会获赠真正的认识。以上便是顺带说明，海德格尔和来自地狱的女巫，二者所持理论之间的相近之处。

在女巫丹房这一场的尾声，浮士德终于喝下了来自地狱的魔药。现在，魔鬼手中掌控的这个人已经不再是他在复活节早上引诱的那位博士。浮士德不再是大学中受人尊敬的教授。魔鬼转变了他的属性，过去他致力于科学探索，追寻神学和哲学意义上的世界公式，如今他仅剩一个目标，赢得他在镜中看到的那位令人心醉神迷的女性。博士突变成了花花公子！魔法药水从根本上改变了他。地狱的灵药不仅导致了他生理上的转变，同时为他的全部存在确立了新的方向。浮士德也因此更深陷于梅菲斯特的掌控之中，魔鬼虚伪地巴结浮士德、做他的奴仆，其背后唯一的目的，是败坏和毁灭作为人类和科学家的浮士德博士。梅菲斯特想即刻带浮士德离开女巫丹房。浮士德却舍不得离开，他依然着迷于魔鬼展示的女性幻象，那幅裸体画像，以至于他不愿把目光移开。魔鬼开导他（行 2593 – 2598）：

快来，让我做你的向导；
你要发汗，才能使灵药
起到一种内外夹攻的效能。
以后教你体会高尚的闲适味道，
不久你就会满怀高兴地感到，
丘比特怎样跳来跳去不得安身。

魔鬼不仅使浮士德重获青春,更重要的是激发了他无节制的情欲。浮士德不再是他本人。换言之,浮士德生活在迷狂[出离自我]状态中,他位于自身之外——这就是希腊语中 Ekstasis 的字面含义。① 他不再是自己的主人!由魔鬼加持的丘比特完全掌控了他,从神话学的角度讲,爱神丘比特作为魔鬼的助手,受魔鬼委托专横地控制了浮士德。

浮士德愚蠢地未曾发觉自己已经丧失自我,梅菲斯特已完全掌握他于股掌之中。现在他成了由魔鬼塑造的另一个人。他把自己原本的身份献给了地狱,继而接受了另一个刚刚被套上的身份。② 一旦他放弃了自己的身份,他便把自己真实的、原初的生命完全投送到与生命为敌的地狱之中。

浮士德再次"生活"在彻底的自我欺骗中。他想同他渴望的美人一起尽情享受生活,却没有领悟,他身处地狱的魔咒中,已经丧失了一切有价值的生活。这一情形正适用于《马可福音》(8:35):"因为凡要救自己生命的,必丧掉生命。"③地狱向浮士德许诺了深情的爱人。然而地狱痛恨爱情和生命,它根本不愿赠予真正的爱情。它也无法赠送这种爱情。谁想要从地狱手中获得爱情,他必定是盲目昏聩的,他没有认识到,地狱只能摧毁爱情。浮士德生活在疯狂的幻想中,怀抱着虚幻

---

① [译注]原文此处写作 Ek - stase,来自希腊语,本意为"从自身出离"。人们今天也通过入迷状态摧毁自己,通过人工合成的迷幻药,其名为 ecstasy,许多"爱的游行"(Love Parade)参与者便服用这种药物。

② 这里所谓浮士德的不同身份不等于人物构造,如 Gaier: *Faust - Dichtungen* 3, S. 768 - 794,其中描述了浮士德、梅菲斯特和格雷琴不同的人物构造。尽管如此,值得思考的是,我在此处论述的身份概念和盖伊尔的概念之间是否有相似之处。盖伊尔把浮士德视作个体和一种原则。他论及"摇摆不定"的人物构造(页 776)。他在分析第二部分第五幕中的浮士德形象时写道(页 780):"[……]这一人物形象有三种描述和解读方式,想象的、历史上的人物,共感的同时代人,以及虚构的普遍的人类形象,这三种人物构造一直持续到全剧终,只是侧重点逐渐向普遍性、典范性、根本性方向转移。"显然这段分析也涉及身份概念,只是采用了不同的观察方式,有别于女巫丹房场景中的情形。

③ 按照希腊语原文的字面直译。

的希望,梦想着爱和生命,渴望一个充满爱的生命。地狱却晓得,浮士德已经陷入了它编造的假象之中。它欢呼雀跃!浮士德只渴望一件事:镜中的女性真人!但受到丘比特的“馈赠”,他首先表达的愿望是还想再看一眼令他着迷的裸体画像,他急切地恳请梅菲斯特(行2599-2600):

> 让我赶快再去对镜子看看!
> 那个女人的身姿实在动人!

魔鬼却拒绝了他的“被保护人”的恳求;他转而许下“承诺”(行2601-2602):

> 不用!一切妇女中的典范,
> 我就要让你见到真人。

怀着深深的满足感,这位阴险的魔鬼低声补充了一句灾难性的预言(行2603-2604):

> 喝了这种酒,任何妇人
> 你都要把她当作海伦。

由于魔鬼的阴谋,浮士德失去了他的身份,失去了他原本的生活——这便是浮士德博士首次拜访地狱的结果。人类陷入罪恶力量的掌控中,不再是神所喜悦的人,成为另一个罪人,这一主题并非仅出现在浮士德悲剧中。这也是《圣经》中的典型主题。保罗谈到居于人体内部的罪恶,罪恶力量停留于此,保罗神学中称之为hamartia,这种力量把人的生命和存在导向了完全不同的方向。当罪恶完全侵袭了人类,它便夺走了神赐予人类的身份,人不再是照着神的形象被造(《创世记》1:26及以下)。《圣经》却传递了乐观的消息:人类毁灭了自己,继而能够被重新创造,成为一个新造的人,kainêktísis(《加拉太书》6:15;《哥林多后书》5:17),即新的转世的存在。从浮士德悲剧的视角出发,在神的转世创造行为中,被地狱剥夺的身份又被重新寻回,成为得到救赎的新造物。保罗神学中论述了罪,以及神的救赎行为将罪恶清除,女巫丹房这一场景可以与之相对照,二者包含了相似的思想结构:在《新约》和歌德的《浮士德》中,人类的身份都被撒旦的力量所摧毁;神的威力却为人类创造了有福的新身份。

回归到文本:浮士德不久将在虔诚的玛格丽特——他的格雷琴身上"看到海伦"。我们将欣赏到一部动人的罗曼史——诚然,一部由魔鬼导演的罗曼史! 在结束关于《浮士德》第一部的分析时,我们将探讨这段恋爱的宗教意义,这确实是真正的爱情! 在《浮士德》第二部我们将看到,浮士德把海伦从古代世界带入现代,后者成为格雷琴的"接班人",浮士德同样在海伦身上"看到海伦"——尽管这一表述听上去很奇特。然而在全剧终场,格雷琴再度出现,最终她和海因里希·浮士德一起永居天堂。我们将首先考察海因里希和格雷琴之间的教理问答,因为这部分是整部作品作为宗教戏剧的高潮,位于《浮士德》第一部中关于宗教问题的核心段落。我们将再次密集地思考宗教问题。歌德的神学思想将以独特的方式在此呈现,不同于整部《浮士德》中的其余任何部分。

作者简介:胡博纳(Hans Hübner,1930—2013),德国神学家,主要研究领域为基础神学和圣经神学,著有《政治神学和存在主义解释》(*Politische Theologie und existentiale Interpretation*,1973)、《新约中的圣经神学》(*Biblische Theologie des Neuen Testaments*,1990,3卷)、《尼采和新约》(*Nietzsche und das Neue Testament*,2000)、《新教基础神学》(*Evangelische Fundamentaltheologie. Theologie der Bibel*,2005)等。

对自然的虔诚与活人献祭

默特斯(Klaus Mertes)　撰

陈曦　译

在25年前两德统一后不久,我在一组实习教师陪同下参观了东柏林的某所中学。当时有一堂德语课在讲授歌德的《浮士德》,涉及《约伯记》与“天堂序曲”的关系。我顺便说出《圣经·约伯记》中对应的章节,令在座师生颇感惊讶。文学里有很多人物形象和母题源自《圣经》,但很显然在原民主德国《圣经》并未被列入文学经典。

这不能不说是某种损失。有教养的市民阶层为人们已不再熟稔传统的人文经典感到忧虑。然而作为一名基督徒,则更关注文本中的《圣经》援引或人物形象影射,除非在阅读时放下信仰意识。歌德笔下的格雷琴可谓标识了这种信仰意识。她无疑是歌德作品中最可信的形象。倘若她更具备人文修养当然是件好事,但在上帝面前这似乎并不重要。

某个文本仅使用典故,还是意在凸显典故与文本内容的实质性关联,两点之间存在本质区别。在歌德的《浮士德》中,当浮士德聆听到众天使齐唱复活节圣咏时,情不自禁说道:“我虽然听到福音,可我缺乏信仰。”①(行765)这或许道出了歌德自己的心声。

我在此暂不对之进行评论。对《圣经》的征引并不一定代表作者的认同。如《浮士德》第二部终场将天主教式的末日审判场景搬上舞台,并不一定代表老年歌德对天主教表示出好感。与剧中的[天主教

---

① [译注]《浮士德》译文参照绿原译本,北京:人民文学出版社,1994,下不一一列出。

徒]格雷琴不同,对于正统的末日审判教义和场景,歌德本是陌生的。而身陷地牢的格雷琴宁愿投向神的怀抱,也不愿随浮士德离开地牢:“我听凭上帝审判!”(行4650)因为她坚信自己将在神的审判中得到宽恕和救赎,获得的安慰远胜过浮士德所有“亲爱的——亲爱的”呼唤。

客观上,歌德这位老牌的异教徒在《浮士德》终场,把浮士德置于一个颇具基督教色彩的天界,这令同时代的无神论者感到不满。① 同时让新教徒感到愤怒的是,他摆出一副圣母敬拜的姿态。另一方面,天主教徒同样感到不满,因歌德称圣母“出身与天神相当”,且以对古希腊美女海伦的赞词来赞美圣母,②凡此对于天主教徒亦不符合正统教义。

歌德笔下的天主教人物形象,自始至终停留在文学-修辞层面。正如歌德1831年6月6日对爱克曼所言,他之所以采用天主教的图景,无非是为“借基督教-教会的轮廓清晰的形象与想象”,为他创作的意图“赋予限定的形式与稳固性”。于是圣母演变为引我们飞升的“永恒女性”(行12110及以下)。

我在对信仰抱怀疑态度的人生阶段中,也曾阅读加缪的《西西弗斯神话》(*Mythos des Sisyphus*),曾激动背诵歌德的《普罗米修斯》。《普罗米修斯》或许贴切地表达了歌德本人实质上与宗教的关系。我曾一度深受触动,不仅仅是出于语言和审美的原因。1785年弗·雅克比(F. Jacobi)在未经歌德本人允许情况下,将这首诗发表在他编辑的《论斯宾诺莎学说——与摩西·门德尔松的通信》(*Über die Lehren des Spinoza in den Briefen an Moses Mendelssohn*)里,称该诗是“斯宾诺莎式勇敢无神论”的典范。③《普罗米修斯》的确语气铿锵不可一世:

---

① 参见 Albrecht Schöne(Hg.):Faust. Text und Kommentare, Berlin 2005, S. 783。

② Ebd.

③ Rüdiger Safranski:*Goethe. Kunstwerk des Lebens*, München 2013, S. 245.

众神啊,太阳底下我找不出
比你们更可怜的生命
你们靠微薄的祭品和祷告的气息
寒酸不堪地
维持你们的威严
你们之免于挨饿,全靠孩童和乞丐——那些轻信的愚人。

很久以后我才察觉,诗中不可一世的态度不只针对众神,而且也针对孩童和乞丐,于是我便不再引用它了。况且为何这首诗只反抗古希腊的众神,却不反抗以色列的神、耶稣的父呢?

是谁帮助了我
反抗泰坦巨人的高傲?
难道不是你自己完成了这一切,神圣而炙热的心?

针对这样的表述,萨弗兰斯基评论道:"一颗有如此胆魄的心,也不再需要基督教的神。"①

歌德在《诗与真》中回顾《普罗米修斯》时,曾试图缓和其中尖锐的宗教批判语气。按照歌德的说法,该诗"只是文学作品","一些读者从哲学甚至宗教的角度对其进行阐释。这种路径是否可行,事实上仅仅取决于文学"。② 可见歌德试图证明自己与宗教和哲学的关系仅限于文学层面。

歌德是在进行文学创作。对歌德来说,最重要的事是文学,而非哲学或宗教。歌德用语词创造形象,如同普罗米修斯用陶土造人。他是创造者,是诗人(Poet)。这是歌德真正的关切所在,也是其自我意识的基础。针对"普罗米修斯"歌德讲到:"我根据自己的身形,裁剪巨人的旧衣。"对歌德而言,其自我理解也以普罗米修斯为参照:诗人用摆在

① Ebd., S. 145.
② Ebd., S. 146.

他面前的语词、篇章等质料塑造人物形象。

基督教的虔诚与对自然的虔诚

在格雷琴与浮士德关于宗教的对话中，浮士德用极为含混的言辞表达出他对宗教的态度，听上去俨然是严肃和坚定的信仰自白，细究却充满讽刺意味，与格雷琴朴素的虔诚形成鲜明对比。

“说说看，海因里希，你对宗教怎么看？你是个真正的好人，只是我觉得，你未免把它看得太轻。”（行 3415）格雷琴何出此问？我认为，格雷琴在发问时想到更多的是具体的宗教行为，如：“你祈祷吗？你做告解吗？你礼拜日去教堂吗？”因此她接着感叹道：“唉，我要能感化你就好！你连圣体都不敬重！”（行 3423）浮士德的回答完全在玩弄修辞，全然与问题实质无关：“谁敢提祂的名？谁又敢承认，我信祂？谁感觉到，并且敢说：我不信祂？那无所不包者、无所不养者，不正是包含着又养活着你、我、祂自身？”（行 3431 –3433）

以歌德一贯的风格，其文本自始至终具有双重含义。浮士德的表述一方面触及泛神论，另一方面夹杂圣经和基督教神学的母题。浮士德的言辞表面看来洋溢着宗教激情，但根据海·伯尔的解读，浮士德以诸如“我们尊敬的”“那更高的存在”等修辞给自己留下充分的回旋余地。格雷琴清晰地感觉到这一点，说道：“这样听起来，似乎还过得去，不过里面总有点不对头；因为你不信基督教。”（行 3466）

上述浮士德对宗教的说辞，与歌德本人对宗教的态度十分接近，两者都带有泛神论色彩。瓜尔蒂尼（Romano Guardini）曾出版过一本《近代的终结》（*Das Ende der Neuzeit*），从中我第一次了解到歌德对大自然的虔诚。瓜尔蒂尼写道：“如果说有谁将近代的自然观（不同于古代和中世纪）以经典的笔法、以饱满的感情清晰地呈现出来，那么人们会不由自主想到歌德这个名字。”①

---

① Romano Guardini：*Das Ende der Neuzeit*，Basel 1950，S. 66.

瓜尔蒂尼继而引用歌德作于1782年的《自然－断片》：

> 自然！她包围、萦绕着我们，我们无法从中走出，也无法进入其中。她将我们卷入循环之舞，不加请求亦不加警示，裹挟我们向前，又从她怀抱中掉落。自然不断创造新的形象。既有的不曾存在，过往的不会再来。万象皆新，又亘古不变。我们生活其中，于她而言却是陌生人。自然不断同我们讲话，却不向我们泄露自己的秘密。我们不断影响着她，却无法向她施加暴力。

技术时代的人们恐怕要提出反对意见。对技术时代的人们而言，自然要么是人为了满足自身利益而取用的材料，要么是人不得不用技术手段来抵御的威胁。歌德对自然的敬畏态度可谓介于中世纪与技术主宰的现代世界之间。

> 自然自始至终在思索——不是作为人，而是作为自然。她从虚空中喷射出受造物，不告诉人们，他们从哪里来，又去往何处。他们只应奔跑。大自然认识路。她把我置于其中，并且将引我出于其外。我信赖她。她或许会引导我。她不会憎恶自己的作品。我无法言说她。不。什么是真什么是假，全部已由她讲出。一切功过都出自她。①

就对泛神论的接受而言，斯宾诺莎是歌德的哲学教父。歌德初次接触斯宾诺莎的作品在1773至1774年间——三年前歌德尚且认为该思想是“可鄙的错误学说”，②不过此时不同了。按照斯宾诺莎哲学的公理，神与自然同一。神或“神圣事物”的启示展现在自然而非《圣经》之中。神是世界的“实在”（Substanz）。人的精神动用其思考能力，与神圣的实质合二为一。这样的认识赋予人以宁静与幸福。在自然之中

---

① Ebd.，S. 51.

② Rüdiger Safranski：*Goethe. Kunstwerk des Lebens*，München 2013，S. 287.

质料与精神具有同一性。神不在彼岸,而在此岸。按照斯宾诺莎的公式,“神 = 实在 = 自然”(Deus sive substantia sive natura)。

斯宾诺莎对自然的理解带有“宗教的余温”。① 与赫尔德和谢林一样,歌德也从斯宾诺莎的思想中受到启发。自然对于歌德不只是完满的、自身静止的存在,而且也是变化和生成,是一种创造力量。歌德以此重新提升宗教的温度,但歌德与斯宾诺莎思想直觉相同,两者都设定了自然与神的同一。只是相比之下,后者则以一种新的自然和世俗虔诚的方式,彻底告别了犹太 - 基督教的信仰传统。

对歌德的研究必然涉及对现代泛神论的探讨。然而这种探讨在今天还具有多少时效性?在一个核裂变、人工体外受精、掠夺自然资源、创造人工智能的时代,人对自然带有宗教底色的敬畏感,在工具化的自然与人的关系面前显得不合时宜。在斯宾诺莎哲学中,敬畏的仪式就已与“以几何学的方式”理解自然的思考路径联系在一起。如果人的精神自身与自然无异,那么对自然带有宗教意味的观察在人对自然进行掠夺时,是否足以给人的精神,即帕斯卡尔之“几何精神”设定界限?答案是否定的。

那么泛神论的魅力究竟何在?英国宗教哲学家路易斯(C. S. Lewis)写道:

> 我等捍卫基督教信仰的人士不断受到挑战。挑战并非源于我们的听众不信仰宗教,而是源于他们事实上所信奉的宗教。你若大谈真善美以及仅作为原则寓于三者之中的神,若大谈所有人都能分有的某种共同思想,大谈人人都能流入、集满了泛泛智慧的蓄水池,听众便会对你讲的内容表现出友善的兴趣。而当你言说一位遵从自身意图来完成某些特定行为、有所为有所不为、发号施令的神时,气氛便会明显冷却下来,人们会感到尴尬甚或愤怒。因在

① Ebd., S. 290.

他们看来,后者所代表的观念原始而粗糙,丝毫不值得敬畏。①

路易斯的表述概括了两种类型的宗教观[自然虔诚与正统信仰]间的张力。面对歌德的宗教话语,人们既能感觉到它的吸引力,同时又容易陷入其迷惑性。它们听之恰如浮士德用来搪塞格雷琴宗教问题的修辞。泛神论似乎远比《圣经》中的创世论与道成肉身论更具启发意义,因其通过具象地呈现神圣事物而消解了充满悖论的张力,并为宏大的情感敞开大门。

活人祭

基督徒与泛神论者在一点上是一致的:神无处不在。泛神论者从中得出结论,认为神是一个普遍的媒介,而非具体的存在。而对基督徒来说,神的无处不在与神在时空中具体的道成肉身,两者之间存在一个永恒的悖论。此外,基督徒和泛神论者一致认为,人依赖神,与神处于紧密的联系中。基督徒借受造物与造物主的关系来理解人与神的关系;泛神论者则以不同方式宣称,人是神的一部分。基于此,泛神论者认为,无论人称之为善还是恶的事物中,都同样有神的存在。善与恶是硬币的两面,而非绝对的对立。

正因如此,泛神论者绕开了末日审判。在《浮士德》终场,大自然以其恢宏而无所不包的宽恕接纳了浮士德。与对浮士德的处理不同,格雷琴完全把自己交付给神的审判,服从神的审判:“我听凭上帝裁判!”相比之下可见,格雷琴[基于正统信仰的]严肃的伦理观,不承认善与恶的混淆。

就《浮士德》中的格雷琴剧而言,在格雷琴被当众砍头后,浮士德仍按部就班执行自己的计划,仿佛没有任何悲剧发生。与格雷琴悲剧

---

① Clive Staples Lewis: *Wunder. Möglich – wahrscheinlich – undenkbar*? Basel 1980, S. 97f.

相应,浮士德在临终前,烧毁菲勒蒙－鲍喀斯田园中的茅屋,侵占原住民的土地发展工业。歌德很清楚地意识到,浮士德式的人物行将摧毁自然。然而作恶者在歌德剧中却并未受到惩罚。歌德笔下的浮士德试图在地上建立天国,无止境地追求享乐、金钱与土地,然而却没有像近代浮士德故事中那样被罚入地狱,而是升入天堂。荣光圣母救赎了他,当然同时也救赎了“那曾是格雷琴的生命”。①

在古希腊悲剧作家欧里庇得斯的《伊菲革涅亚在陶里斯岛》中,阿伽门农的女儿伊菲革涅亚被交付到陶里斯岛,作为岛上献给阿尔忒弥斯女神的祭品。虽然女神赦免了伊菲革涅亚,但原则上活人祭并未被取缔。多位神祇随后令伊菲革涅亚的弟弟俄瑞斯忒斯陷入弑母的命运,并把他交到复仇女神手中。在悲剧终场,雅典娜出面阻止了俄瑞斯忒斯的活人祭。伊菲革涅亚带着阿尔忒弥斯的神像返回希腊,同时也将活人祭一并带回希腊。歌德创作了同名悲剧《伊菲革涅亚在陶里斯岛》,对活人祭问题进行了深入探讨。与其古希腊蓝本不同,歌德剧中的伊菲革涅亚以人本主义战胜了活人祭。亦即,歌德从人的利益出发遏制了诸神的残暴,抵抗了命运的冲击。

恩典先于义。在歌德的《浮士德》中,浮士德摧毁了一位年轻女子的生命,而这位年轻女子却成为他的代祷者。或者说恰恰因为格雷琴是浮士德的牺牲品[献祭],她的代祷才具有更大的救赎力量。大自然作为伟大的万物之母接纳了作为祭品的格雷琴,宽恕了浮士德。然而这难道不终归是一场活人祭吗?自然似乎不只有善的一面,它同时也在索取和享用祭品,亦即这位伟大的母亲不只哺育生灵,同时也吞噬生灵。

在欧里庇得斯的悲剧中,活人祭的残忍诚然不容置疑,但另一方面,人并未被赋予战胜活人祭的能力,唯有神有能力决定破例赦免。而众神作为自然力量之所在则变幻莫测,人只能听凭其摆布。

---

① Hans Dieter Zimmermann: *Verwandlungen. Von Menschenopfern und Gottesopfern*, St. Ottilien 2014, S. 127.

这与歌德所暴露的泛神论思想有天壤之别:古希腊人的思想不同于歌德对自然的理解,也不同于他对人的认识。歌德对素材进行和谐化和理想化处理,其剧中的伊菲革涅亚以自主和自信战胜了活人祭,令性情阴郁的蛮族国王托阿斯转变为友善之人。伊菲革涅亚的能力从何而来?答案是:让心来讲话,一切就会变好。用剧中意欲以伊菲革涅亚献祭的托阿斯王的话说就是:“讲话者不是神,而是你自己的心。”伊菲革涅亚对曰:“诸神通过我们的心与我们讲话。”

这是对人内在或内心的表述。在《圣经》的传统中虽不乏类似表达,但有一点不同:《圣经》中很明确地认为,从人内心中出来的不仅有善,而且还有恶。

> 因为从里面,就是从人心里,发出恶念、苟合、偷盗、凶杀、奸淫、贪婪、邪恶、诡诈、淫荡、嫉妒、毁谤、骄傲、狂妄。(《马可福音》7:21-22)

歌德对问题进行了简化处理,他预设从人心里出来的一定是善的声音。按照人本主义的理解,人不仅就其内核而言是善的,而且还能自发地将这种善彰显出来。这种简化的结构同样适用于蛮族的托阿斯王:托阿斯颇具雅量,不仅放弃了活人祭,而且放弃了对伊菲革涅亚的逼婚。也就是说,伊菲革涅亚温柔而活泼的声音唤醒了他身上沉睡已久的高尚情操。

然而类似文学虚构与古希腊人想象中的世界无甚关联。歌德展现的不过是一幅诸神、自然与人和谐共处的理想图景,真实的人在此是缺位的。相反,基督教了解真实的人,熟知“罪的权能”(《罗马书》7:14)、人对救赎的需要,以及人无法凭借自身力量达到自由。

> 歌德在剧作中按照理想来塑造人性,并要求实现这种人性。这是一个美好的目标。然而事实上,惟有当人具有人性之时,这个目标才得以实现。人性这一目标是以其自身为前提的。一旦遇到

不具有人性的人，人性就失败了①

同理，歌德被泛神论升华的自然虔诚，在各种命运打击和自然灾害面前也将失败。古希腊人早已知晓，自然不只是一位庇护生灵的母亲，而且是一个狡诈贪婪的怪物。按照《圣经》的思想，只有造物主具备完全支配其受造物的权力。

最后，出现在《浮士德》终场的格雷琴，是不是那个被献祭的少女？我很想对歌德提出这一问题。很想知道，歌德是否意识到，无论终场有着怎样恢宏而和谐的场景，笼罩着怎样被泛神论升华的普遍和解，都无法屏蔽与这种气氛不符的现实；歌德是否意识到，他有必要在终场为被献祭的格雷琴正名。根据《圣经》传统，对人世间苦难的追问终将引向神正论问题。启蒙运动试图用理性的辩护来消解和遮蔽这一问题。歌德的路径是试图以文学来化解。而这样做则势必触碰到文学权力的边界——如上文《普罗米修斯》一段所展示。问题仍然悬而未解，无论“几何的方式”还是文学的方式，均无法消除问题的存在。也因此，我希望自己临终时吟诵的是《诗篇》，而非歌德的作品。

作者简介：默特斯（Klaus Mertes，1954—），2000 至 2020 年先后任柏林卡尼修斯耶稣会文理中学校长、圣布拉辛学院院长，2021 年起任柏林依纳爵修会会长，主要研究方向为天主教神学与古典语文学，著有《舍生．自杀、殉道与耶稣之死》（*Sein Leben hingeben. Suizid ,Martyrium und der Tod Jesu* ，2010）、《空壳成言》（*Wie aus Hülsen Worte werden* ，2018）等。

① Ebd. , S. 131.

《浮士德》中两场"瓦尔普吉斯之夜"解读

赫夫根(Thomas Höffgen)　撰

徐旖　译

导言:原型·典型·新型
——歌德的"瓦尔普吉斯之夜"三部曲

歌德在其文学生涯中曾三次化用"瓦尔普吉斯之夜"的神话,比化用任何其他神话都要频繁。然而迄今为止,还没有人将歌德的"瓦尔普吉斯之夜"系列作品作为一个整体来进行研究。

其中的原因似乎根植于研究史,既平常又可悲:诗人总共书写了三部"瓦尔普吉斯之夜"主题作品的事实几乎无人知晓,"瓦尔普吉斯之夜"的文本语料被缩减为《浮士德》中诗人带领主人公参加女巫聚会的两场名戏——自歌德研究之初,《浮士德》第一部中的"瓦尔普吉斯之夜"(*Walpurgisnacht*)与《浮士德》第二部中的"古典的瓦尔普吉斯之夜"(*Klassische Walpurgisnacht*)就是文学研究对象。相反,叙事谣曲《原初的瓦尔普吉斯之夜》(*Die Erste Walpurgisnacht*,1799)却令人惊讶地未经发掘,尽管它——从标题、主题以及成文时间来看——必然是《浮士德》中两场戏的预备作品。以挑衅语气来表述,这部作品是"瓦尔普吉斯之夜"研究的盲区,因为如果不考虑这部作品,那么对悲剧中两场同名戏的解读就未必准确——它们是缺乏根基的。

现在,本文不仅要对《原初的瓦尔普吉斯之夜》的研究作出亟需的贡献,还要首次在文学史、思想史和诗学语境下对歌德的"瓦尔普吉斯之夜"系列作品进行阐发。因为透过这部叙事谣曲的视角,一方面可以从根本上改变以往对《浮士德》中两场戏的解读方式,另一方面,在此基础上，还可以提出一个更高的辩证解读角度，即由歌德跨作品构思的，思想上又自成一体的“瓦尔普吉斯之夜”三部曲（*Walpurgisnacht - Trilogie*）。

原初的瓦尔普吉斯之夜

1799 年 7 月，歌德写下了《原初的瓦尔普吉斯之夜》。大约 30 年后，它被门德尔松（Felix Mendelssohn Bartholdy）谱成世俗康塔塔（1833 年首演）。“这首诗很少受到关注，”艾伯尔（KarlEibl）写道，“也许是因为，偶有机会被提及时，人们就会将它与《浮士德》第一部中的‘瓦尔普吉斯之夜’相混淆。”①

事实上，相关的语文学专业文献非常稀少。唯有音乐学专业方面曾付出努力，对《原初的瓦尔普吉斯之夜》——这个歌德与门德尔松的“合作作品”——进行更细致的研究。因此是“音乐文学专业”的美籍教授库珀（John Michael Cooper）在其专著《门德尔松、歌德与瓦尔普吉斯之夜——欧洲文化中的异教徒缪斯》（*Mendelssohn, Goethe, and the Walpurgis Night. The Heathen Muse in European Culture*，2007）中撰写了研究现状。虽然库珀几乎没有提到歌德后来的同名作品，而是停留在诗作与乐作的音乐学比较层面（并揭示出“瓦尔普吉斯之夜”的一些文化史内容及其在歌德时代的接受），他很明确这首叙事谣曲的跨作品意义，因为他这样写道：

> 《原初的瓦尔普吉斯之夜》是歌德对悲剧上下两部中以“瓦尔普吉斯之夜”命名的两场戏的一种言约意丰的预备习作——它采用完全不同的视角，但将许多相同的问题提炼为一篇较为短小的

---

① Eibl, Karl: Kommentar zu Goethes Erster Walpurgisnacht, S. 1231. In: *Goethe. Gedichte* 1756 - 1799. Herausgegeben von Karl Eibl. Frankfurt am Main 1987, Kommentar, S. 727 - 1288.

文本。①

库珀所使用的“预备习作”(Vorstudie)一词,自然可以追溯到更早的一条“瓦尔普吉斯之夜”研究的线索,因为维特科夫斯基(Georg Witkowski)早在1894年就已将这首叙事谣曲描述为“通往《浮士德》中‘瓦尔普吉斯之夜’的预备阶段”②(指《浮士德》第一部),但他没有将二者间的关系具体化。近年来的歌德研究中,一旦提出这个问题,必然出现分歧:马尔(Bernd Mahl)在2005年强调,这首民谣“并非《浮士德》第一部中的‘瓦尔普吉斯之夜’的预备阶段”,③而伯格鲁恩(Maximilian Bergengruen)在2010年则试图将《浮士德》第一部中的“瓦尔普吉斯之夜”回溯到“叙事谣曲中展开的思维方式”。④ 维特科夫斯基、马尔和伯格鲁恩都没有提到“古典的瓦尔普吉斯之夜”。没有人设想过一个连贯的文本语料库;除了库珀,他把《原初的瓦尔普吉斯之夜》与“悲剧上下两部”⑤联系起来。

接下来,本文将采用这个由库珀颇为随意提出的研究方法,通过对这三部作品的整体连贯性进行论证充分的语文学研究来验证以下观点:《原初的瓦尔普吉斯之夜》实为歌德作品中的“‘瓦尔普吉斯之夜’原始稿”(Ur - Walpurgisnacht),即这篇诗作已经承载了其后同名作的基本思想。

---

① Cooper, John Michael: Mendelssohn, Goethe, and the Walpurgis Night. The Heathen Muse in European Culture, 1700 - 1850. Rochester 2007, S. 70.

② Witkowski, Georg: Die Walpurgisnacht im ersten teil von Goethes Faust. Leipzig 1894, S. 15.

③ Mahl, Bernd: Die ‚Intolleranza‘ der „Pfaffenchristen“, S. 127.

④ Bergengruen, Maximilian: „Mit dem Teufeln, den sie fabeln, wollen wir sie selbst erschrecken“, S. 272.

⑤ Cooper, John Michael: Mendelssohn, Goethe, and the Walpurgis Night, S. 69.

悲剧性的瓦尔普吉斯之夜

诚然,就连谈论《浮士德》中的两场戏拥有一个共同理念都算创举,因为剧中——经过充分论证——的理念矛盾总被反复强调。① 这也许是作品题材的缘故。但令人吃惊的是,歌德这几部作品虽然化用了同样的神话,它们最终却被塑造得如此截然不同:《浮士德》第一部呈现了一场女巫狂欢(Hexensabbat)②,根据古老的传说,这场盛宴在布罗肯峰上举行,魔鬼和女巫在五月前夜赶来参会;而《浮士德》第二部中希腊式的“瓦尔普吉斯之夜”则以爱琴海沿岸的古希腊风光为背景,可爱的自然妖怪在仲夏时分赶来参会,是诗人完全自由虚构的版本。尤其从歌德所查阅的参考文献中,可以看出这两场戏的对比思路。

诗人在1800与1801年之交写下“瓦尔普吉斯之夜”时,提到一种暗示性魔鬼学中的“女巫狂欢”观念;这种魔鬼学反映了“女巫理论家”(Hexentheoretiker)对所谓“女巫问题”(Hexenfrage)的论述,③从此确立

---

① 盖尔泽便称希腊式的“瓦尔普吉斯之夜”为“与古老的、北方蛮族的‘瓦尔普吉斯之夜’相对应的古典图景”,其人物同样“与之对应”。参见 Gelzer, Thomas: Mythologie, Geister und Dämonen. Zu ihrer Inszenierung in der Klassischen Walpurgisnacht, S. 209. In: Bierl, Anton; Möllendorf, Peter von (Hrsg.): Orchestra. Drama, Mythos, Bühne. Stuttgart und Leipzig 1994, S. 195 – 210。

② [译注]原文直译“女巫安息日”,鉴于这场节日的实际性质,本文通译“女巫狂欢”。

③ “女巫问题”指关于女巫和魔鬼在尘世的基本特征及行为内容的问题。在欧洲的女巫审判时代,人们对女巫和魔鬼的存在如对基督教会中的“阿门”一般深信不疑。此时,出现一部涉及黑魔法、人鬼恋、魔鬼契约等魔鬼学题材的早期新高地德语散文作品,绝非偶然。《约翰·浮士德博士的故事》之类的民间故事书,通常附有一篇写给基督教读者的警告性序言,民众对魔鬼在人间作祟的恐惧经过文学加工后呈现于书中。15、16世纪的世界观以魔幻思维和对魔鬼危害的恐惧为特征,《浮士德》第一部的“瓦尔普吉斯之夜”中,歌德就引入了这种世界观,并将它用诗意的手法搬上舞台。

了布罗肯峰的鬼怪给世人留下的典型印象，而受其影响的“女巫狂欢”观念在近代早期基督教学者的作品中备受推崇。不仅魏玛图书馆的借阅记录表明，诗人当时对这些魔鬼学进行了深入研究；①更重要的是，他将众多主题融入自己的作品中，有时甚至只字未改。这表明，创作这场戏时，诗人非常热衷于以诗意的方式详细再现近代早期有关“瓦尔普吉斯之夜”的传说，尤其是被隐约暗示的庆祝仪式。②

歌德在1826年至1830年期间创作的“古典的瓦尔普吉斯之夜”的情况则完全不同（虽然《浮士德》第二部的初稿也可以追溯到1800年）。在这里，对参考来源的提问似乎是多余的。尽管诗人经常引用古文，如荷马和赫西俄德、欧里庇得斯和阿里斯托芬、柏拉图和普鲁塔克等等，但“古典的瓦尔普吉斯之夜”很显然是“歌德自己的发明”，因而是如神来之笔般全新的“瓦尔普吉斯之夜”，从中找不出任何语文学依据。“在古希腊文学中，”特伦兹（Erich Trunz）写道，“没有瓦尔普吉斯之夜。”③相应地，这场戏并非以基督教的“女巫狂欢”观念为原型——特别是这场戏的发生地点在前基督教时期的忒萨利亚——而是歌德为自己塑造的精神节日，这一点尤其体现在作品的泛神信仰中。

尽管如此，“瓦尔普吉斯之夜”与“古典的瓦尔普吉斯之夜”两场戏之间依然存在着内在的严谨性，文本本身——通过梅菲斯特的台词（行7742以下）——便传递出这一信息：

---

① 参见 Schöne, Albrecht: *Götterzeichen*, *Liebeszauber*, *Satanskult. Neue Einblicke in alte Goethetexte*. Dritte, ergänzte Auflage. München 1993, S. 125。

② 维特科夫斯基已经详细阐述近代早期著作对这场戏的影响；他指出，歌德的主要参考来源是普雷托里乌斯的《布罗肯峰的庆典》。参见 Witkowski, Georg: *Die Walpurgisnacht im ersten Teile von Goethes Faust*, S. 26。

③ Trunz, Erich: Kommentar zu Goethes Faust, S. 632. In: *Goethes Werke*. Band III (Hamburger Ausgabe). Textkritisch durchgesehen und kommentiert von Erich Trunz. 16., überarbeitete Auflage. München 1999, S. 423 – 777.

我还以为这儿尽是生人，
不巧还是碰上了近亲；
翻翻古书不难知道：
从哈尔茨到希腊，
不是姑表就是姨亲！①

探究并整合《浮士德》这两场戏中看似矛盾实则密切关联的二元对立，是本文声称的目的之一；因此，“二元对立”将被重新诠释为一种“极性”原则（Polarität）。② 本文旨在说明，歌德的“瓦尔普吉斯之夜”系列作品没有一条贯穿始终的主线，而是两条紧密交织的线索构成了一个统一的整体；这两条线索可以追溯到“‘瓦尔普吉斯之夜’原始稿”的诗学纲领，其中似乎早已提出“瓦尔普吉斯之夜”与“古典的瓦尔普吉斯之夜”的创作理念。席勒（Friedrich Schiller）的诗歌《希腊的群神》（*Die Götter Griechenlandes*，1788）从批判教会的角度详尽论述了信奉异教的希腊人的基督教化进程；为探讨歌德在哈尔茨和古希腊之间上演的“平衡术”，这首神话般的叙事诗也将作为插曲融进对“瓦尔普吉斯之夜”系列作品的解读中。

---

① 《浮士德》第二部引自魏玛版《歌德全集》第一部分，第十五卷上册，页3－337。［译注］中译参见《歌德文集》第一卷，绿原译，北京：人民文学出版社，1999，页205－453。根据原文稍作改动。本文《浮士德》中译均采用绿原译本，部分译文有改动。

② 《哲学术语词典》（1998年）在“极性”的词条下注明：“两个极点的存在，极点指的是一个圆圈或球体的直径端点；一股力量分化为两组既相互对抗又趋向统一的作用力，二者间互相依存、互相补充或者互相中和。在歌德的自然观中，极性是自然界的基本原则。自然界的运转建立在矛盾之间的对立、张力、互补与再次结合的基础上。歌德的色彩理论同样基于极性原则。”参见Regenbogen，Arnim；Meyer，Uwe（Hrsg.）：*Wörterbuch der philosophischen Begriffe.* Begründet von Friedrich Kirchner und Carl Michaelis，fortgesetzt von Johannes Hoffmeister，vollständig neu herausgegeben von Arnim Regenbogen und Uwe Meyer. Hamburg 1998，S. 507。

瓦尔普吉斯之夜的历史

在此有必要扩展研究方法，从文化史和宗教史的角度来考察“瓦尔普吉斯之夜”现象，即效仿歌德本人的做法。歌德撰写《原初的瓦尔普吉斯之夜》时，曾深入研究过中世纪欧洲的基督教化进程：他在1812年致采尔特的信中表明，这首叙事谣曲主要参考了一位“考古学家”的文本，这位学者断定，从历史角度看来，“女巫与魔鬼的飞行”传说的“历史源头”在于基督教在日耳曼部落传教时期，那时“德意志的异教祭司……被赶出了他们圣林，基督教被强加给了民众”。上述学者的真实身份，将——因为歌德不知“如何指明”——成为本文的考察对象。这首叙事谣曲的开头颇具泛神论色彩，给人以春日般的愉悦感，而此处恰好就有这样一位异教祭司，出现在这样的树林里。库珀已经注意到，歌德在构思这一部分时借用了日耳曼神话。① 那么这里就出现了一个“瓦尔普吉斯之夜”的原型，日耳曼人大概自古以来都庆祝这个节日。从这首叙事谣曲的标题可知，它呈现的是一个*最初*（erste）也就是*最原始*（ursprüngliche）的“瓦尔普吉斯之夜”；②同样是在这个意义上，《原初的瓦尔普吉斯之夜》可以理解为歌德作品中的“‘瓦尔普吉斯之夜’原始稿”。

据信中所提文本的观点，这首叙事谣曲还表明，在中世纪基督教传教过程中，这个异教的“瓦尔普吉斯之夜”被歪曲为一种偶像崇拜和撒

---

① 参见 Cooper, John Michael: *Goethe, Mendelssohn, and the Walpurgis Night*, S. 63。

② 尽管官方称“瓦尔普吉斯之夜”来源于圣女沃尔普加，一位中世纪早期（710—779年）的基督教传教士，其纪念圣日为5月1日，但是确有迹象表明，日耳曼部落早在古代就已知道并崇拜着一位圣沃尔普加（heilige Walburga）：埃及尼罗河的象岛上发现了一块刻有希腊语铭文的公元2世纪陶片，上面写着“ΒΑΛΟΥΒΟΥΡΓ ΣΗΝΟΝΙ ΣΙΒΥΛΛΑ”，意为“日耳曼部落的先知沃尔普加”。参见 Beck, Heinrich; Geuenich, Dieter; Steuer, Heiko (Hrsg.): *Reallexikon der germanischen Altertumskunde*. Band 28. Berlin 2005, S. 115。

旦信仰,就像诗中的异教祭司很快就换上魔鬼般凶恶狰狞的面孔一样。另外,考虑到中世纪早期的文献资料、传教报告以及应用文本,这一论点将被证明并非站不住脚。歌德在1831年致门德尔松的信中说,对历史真实性的要求是这部诗作的基础:它“具有真正意义上的高度象征性”,并以“世界历史”中不断出现的革“故”鼎“新”现象为主题。① 显然,这首叙事谣曲——以“瓦尔普吉斯之夜”为例——反映了世界历史上的范式转变,在本文看来就是从中世纪异教到近代魔鬼崇拜的宗教转型历程,而引发这一历程的则是教会传教时所采用的基督教解读方法(interpretatio christiana)。其实,这首叙事谣曲的标题同样体现了上述矛盾关系,也能让人联想到基督教固定观念下“原初”的女巫狂欢。

张力场域

《原初的瓦尔普吉斯之夜》的多义性不仅源于“瓦尔普吉斯之夜”自身暧昧不明的历史,也体现在文体风格的塑造上。马尔早就注意到,该诗在形式上和内容上明显分为两个部分:②从地形来看,场景分为“山上的异教徒”(神圣的)和“山谷里的基督徒”(凡俗的)。尤其是格律的切换给该诗带来明显的分界线:当异教徒们愉悦地庆祝着古老习俗时,诗行采用扬抑格,给人以积极明快的情绪;但当基督徒挑衅地出场时,格律转为抑扬格,引发消极残暴的气氛。不仅叙事谣曲的暗示性修辞(异教徒:“古代神圣的遗风”;基督徒:“鲁钝的基督教教士”③)表明,诗人明显更同情冲突双方中的一方,更重要的是——只有一处例外——在诗中发表言论的是异教徒,而不是基督徒。从所有迹象看来,

---

① 致门德尔松,1831年9月9日,魏玛版《歌德全集》第四部分,第四十九卷,页67。

② 参见 Mahl, Bernd: *Die Intolleranza‘ der „Pfaffenchristen“*, S. 118f。

③ 《原初的瓦尔普吉斯之夜》引自魏玛版《歌德全集》第一部分,第一卷,页210－214。[译注]中译参考《歌德文集》第九卷,钱春绮译,北京:人民文学出版社,1999,页66－71。根据原文稍作改动。

歌德的叙事谣曲《原初的瓦尔普吉斯之夜》是一部赞美异教,同时嘲讽基督教的作品。

为了对这首叙事谣曲的对立性——之后分为“异教徒部分”(扬抑格)和“魔鬼部分”(抑扬格)——进行恰当分析,绝对有必要将歌德的传记和世界观纳入考虑范围。它们对该诗的创作产生了显著影响,例如1777年,诗人亲自爬上哈尔茨山的布罗肯峰,以便在“魔鬼的祭坛上为我最亲爱的神明献上最由衷的感恩”;①这里似乎已经出现了之后在该诗中进一步完善的对比关系——异教的神明与基督教的魔鬼。

的确,歌德终其一生都明确拥护异教,表达对基督教的不满;认为基督教是反审美且令人感到生理恐惧的宗教。② 这里,我们应当想起海涅的名言:歌德是“十足的异教徒”。③ 当然,歌德的这种异教信仰是一种现代形式的泛神论,它吸收了斯宾诺莎的泛神论思想以及前苏格拉底哲学家赫拉克利特与泰勒斯的自然哲学;歌德似乎设想神话中有这样一种诗歌样式,它可以将充满神性的自然如戏剧般栩栩如生地呈现出来。而基督教认为,存在一位超验的、主观的创世神,他的对手在尘世引诱人类犯罪——这些基督教强加的观念与信条自然令他十分抵触。此外,他对传教活动也没有好感。在他看来,基督教会的传教方式

---

① 致施泰因,1777年12月10日,魏玛版《歌德全集》第四部分,第三卷,页200。

② 参见 Jeßing, Benedikt; Lutz, Bernd; Wild, Inge (Hrsg.): Metzler Goethe Lexikon. Zweite, verbesserte Auflage. Stuttgart/Weimar 2004, S. 196:“歌德终其一生都反复将自己描述且伪装成异教徒。他借此一方面表达了自己对固守教义的、指向彼岸的,且让人类臣服于某个超越尘世的上帝的基督教的排斥。另一方面,他强调了自己对似乎存在于古希腊的现世性和整体性的追求。”

③ Heine, Heinrich: Zur Geschichte der Religion und Philosophie in Deutschland. Herausgegeben von Jürgen Ferner. Stuttgart 2006, S. 119.

一定程度上带有攻击性；更糟的是，它还恣意解读异教文化。① 激进的虔敬主义者阿诺德（Gottfried Arnold）所著《中立的教会与异端史》（*Unparteiische Kirchen – und Ketzerhistorie*，1699/1700）对歌德影响极大，书中关于中世纪日耳曼民族基督教化的记述也令人联想起《原初的瓦尔普吉斯之夜》。

诗人和诗作之间的这些（还有其他的）共通之处值得关注。由此可见，这首叙事谣曲是诗人的信仰告白：异教徒歌德批判教会，谴责中世纪传教士将自然妖魔化的做法。而叙事谣曲《原初的瓦尔普吉斯之夜》中受异教徒尊崇的“万有之父”则是歌德泛神论思想的一种神话化形式，可与《浮士德》第一部中“那无所不包者、无所不养者”②（行 3438 以下）相比较。在叙事谣曲中，这位“万有之父”被教会战士们认定为“魔鬼”，成为尘世妖魔化的象征，因此剧中“那无所不包者、无所不养者”也遭致猛烈抨击，以批判教会的方式受到讽刺。

要而言之，本研究的关键之处在于这个以扬抑格写成的、积极的自

---

① 此处可以参考歌德与瑞士神学家拉瓦特（Johann Caspar Lavater）之间以宗教为核心主题的近十年通信。起初两位有过一段亲切的交往，但歌德很快就对不断宣扬基督教的拉瓦特产生厌恶，以至于在《瓦尔普吉斯之夜的梦》中从批判教会的立场对其进行公开讽刺（行 4323 以下）。《诗与真》中写道：

> 因此，像他那样的聪明、诚恳的人，而以激烈的咄咄逼人的态度向我和门德尔松以及他人扑过来，强要我们接受他的意见——即我们要么跟他一样成为一个基督徒，像他那样的基督徒，要么把他拉到我们自己身边来，在安身立命的问题上说服他，使他改宗——使我感到不快。我已渐渐倾向于自由主义的世界观，他这种强求既直接与这种世界观相抵触，对于我也不起什么大作用。本来，劝人改宗的企图，如不成功，就使那些挑来做改宗说教的对象的人倔强固执起来，我的情况便是如此，拉瓦特最后竟把“不为基督徒即为无神论者！”那样严酷的两难论法端出来。（魏玛版《歌德全集》第一部分，第二十八卷，页 259。[译注]中译参考《歌德文集》第五卷，刘思慕译，北京：人民出版社，1999，页 646。根据原文稍加改动。）

② 《浮士德》第一部引自魏玛版《歌德全集》第一部分，第十四卷，页 3 – 238。

然崇拜(关键词:泛神论)和以抑扬格写成的、消极的将自然妖魔化(关键词:批判教会)之间的张力场域。其基本假设在于:叙事谣曲《原初的瓦尔普吉斯之夜》的双重视角并非随意选取,或仅仅因为作品题材的缘故,而是反映了歌德思想的基本特征,揭示了诗人对"瓦尔普吉斯之夜"神话的总体态度,即叙事谣曲开辟了一个权威的参照框架,而这一参照框架——从语文学上来看似乎是合理的——也必然适用于悲剧《浮士德》中两场"瓦尔普吉斯之夜"的解读。最后需要说明的是,将这条在叙事谣曲中埋下的"解读线索"运用到悲剧第一部(分析极点:批判教会)和第二部(分析极点:泛神论)的两场"瓦尔普吉斯之夜"中,会对整部剧作的解读带来巨大革新。

"神话"与"虚构"

为全面理解歌德"瓦尔普吉斯之夜"三部曲的构思亮点,仍有必要将目前得出的结论还原到18、19世纪的学术讨论语境中。值得注意的是,歌德的三部"瓦尔普吉斯之夜"主题作品与同时代的语文学、哲学领域的对话、流派及思想观念联系紧密。它们无法划归到某个具体时代——也因为时代的界线本来就较为模糊——而是与启蒙早期到浪漫派晚期的现代思想史大部分时期相互影响。从作品题材出发,这尤其牵涉到歌德时代广泛讨论的"神话"概念。

这里,"'瓦尔普吉斯之夜'原始稿"再次提供参照标准,其创作纲领可以联系到1800年前后现代世界观的两大流派——启蒙运动和浪漫派。尤其在"异教徒部分",该诗明显具有类似民歌的特征,特别是"叙事谣曲"的诗歌形式已经暗指一种中世纪舞曲。① 这反映出自赫尔

---

① 参见 Schweikle, Günther und Irmgard (Hrsg.): Metzler Literatur Lexikon. Zweite, überarbeitete Auflage. Stuttgart 1990, S. 37:"叙事谣曲(Ballade,意大利语为 ballata,普罗旺斯语为 balada,英语为 Ballad),意为'舞曲',源自'舞蹈'(中世纪拉丁语的 Ballare 一词)的原始形式可能是意大利乡村民谣(Ballata/Balade),即一种带有副歌的舞曲,作为轮舞和链舞的伴乐。"该词条接着进一步考察叙事谣曲的历史、形式与功能。

德(Johann Gottfried Herder)以来,受英国民谣复兴启发,18 世纪 60 年代末出现转向所谓“民歌”的趋势;该趋势对青年歌德参与的狂飙突进运动产生强烈影响,还在浪漫派后期与格林兄弟一起奠定德语文学研究的学术基础。这场前浪漫派或浪漫派运动的明确目标之一,就是将鲜为人知的传说题材回溯到日耳曼神话。①

从叙事谣曲中也可以清晰读出这种“神话学派”(mythologische Schule)倾向:以女巫狂欢的民间故事为蓝本,诗中按照浪漫民俗学的标准重建了一个日耳曼的“瓦尔普吉斯之夜”。这种重建无疑带有歌德的个性特征,因为作品中所反映的正是诗人的现代化异教信仰:“万有之父”是按照诗人风格塑造的“泛神”。而这种用现代斯宾诺莎主义重写古老(更准确地说:中世纪)神话的诗学实践方法,符合所谓“新神话”(neue Mythologie)的核心要求,正如——据赫尔德和席勒所言——早期浪漫派代表人物施莱格尔(Friedrich Schlegel)于世纪之交提出的那样。

另一方面,叙事谣曲《原初的瓦尔普吉斯之夜》又似乎完全缺乏浪漫气质和神话色彩:“魔鬼部分”中,这首泛神论性质的浪漫自然牧歌被迫面临历史事实。特别是第二诗节通过“信使报告”(Botenbericht)所描述的中世纪萨克森战争中的真实事件,阿诺德撰写的早期启蒙著作《教会史》可能为此提供了资料。在启蒙运动的推动下,诗人用理性的方法重塑了“瓦尔普吉斯之夜”,正如歌德的主要参考来源(致采尔特的信中提到的那篇文本)也试图以历史考证的方式研究布罗肯峰上的鬼怪。

这首叙事谣曲提供了一段诗意的历史启蒙;它所选择的修辞手法为讽刺,该艺术形式在启蒙世纪下半叶经历了一次复兴;“1797 叙事谣曲年”中,魏玛古典主义者们还将“叙事谣曲”的诗歌形式改造为以成熟人的(此处指异教徒的)自主行动为目标、以人文主义的教育理想为

---

① 特别值得一提的是格林(Jacob Grimm)编纂的三卷本《德意志神话》(*Deutsche Mythologie*,1835)。

宗旨的“理念叙事谣曲”(Ideenballade)。① 虽然在“魔鬼部分”中,巫术和鬼怪的存在遭到否定,但并没有因此而超出有关神话的讨论范围。恰好相反,中心诗行“他们虚构的魔鬼”似乎在影射早期启蒙哲学家丰特奈尔(Bernard le Bovier de Fontenelle)的神话批判立场——他在《神话的起源》(*de l' origine du fabel*,1689/1724)一文中断然谴责一切神话和神话人物都是虚构的产物。

显然,歌德让叙事谣曲《原初的瓦尔普吉斯之夜》同时具有两种大相径庭甚至彼此矛盾的神话观,而它们又可以精准划归到前文概括的两个解读极点:以扬抑格写成的积极的、浪漫的“异教徒部分”(“神话”)和以抑扬格写成的消极的、启蒙的“魔鬼部分”(“虚构”)。本文的研究意图在于表明,该诗所体现的张力场域及其与歌德时代的神话-诗学讨论之间的关系可以应用于对《浮士德》中两场“瓦尔普吉斯之夜”的解读。

解读角度

从“最早”由歌德创作的“瓦尔普吉斯之夜”主题作品,也就是《原初的瓦尔普吉斯之夜》入手进行“瓦尔普吉斯之夜”三部曲研究,是理所当然的,尤其这部诗作如此显著地反映出诗人的世界观。那么,将这部诗作的最初状态作为《浮士德》中的两场“瓦尔普吉斯之夜”的解读基础,也是符合语文学逻辑的。

从方法上看,将叙事歌谣中的双重视角作为一种“眼镜”,这样就可以从歌德本人的角度来观察《浮士德》中的两场戏,并以此为基础进一步分析。当然,这里说的是一副左右镜片聚焦方式迥异的“眼镜”,也就是说,可以通过同一媒介获取两种截然不同的观察方式。而这恰好与研究对象相符合,因为《浮士德》中两场“瓦尔普吉斯之夜”虽然构思方式全然不同,但就标题而言,这两场戏是紧密相连的;透过这副解

---

① 参见 Schweikle, Günther und Irmgard (Hrsg.): Metzler Literatur Lexikon, S. 216。

读的眼镜,可以找到它们一个共同点。从该诗“魔鬼部分”中预设的角度来分析《浮士德》第一部中的“瓦尔普吉斯之夜”是很自然的,因为二者都涉及基督教对女巫狂欢的想象。另一方面,既然“古典的瓦尔普吉斯之夜”描绘的是前基督教时期的“瓦尔普吉斯之夜”,那么就可以根据该诗的“异教部分”进行分析。

事实上,叙事谣曲《原初的瓦尔普吉斯之夜》对教会的批判态度也延续到了《浮士德》第一部,这一点可以在“散步”一场中得到简单例证,“神父”(行 2831)的不义行为(行 2836 以下)在此被讽刺地指出:

> 教会有一个好胃口。
> 四面八方都吃光,
> 却从来不知道饱足;
> 亲爱的大妈大姐,
> 这笔不义之财只有教会才能消受。

这里控诉了教会对领土的要求,从而谴责基督教的传教活动;由阿诺德的《教会史》可知,基督教会霸道地占用了皈依后的日耳曼部落的土地。在对教会的讽刺批判中蕴含着对历史的启蒙。接着诗人又带领主人公去布罗肯峰参加——如基督教学者所暗示的——女巫狂欢,此举必然出于和上文类似的动机,“瓦尔普吉斯之夜”也正是这样一部——尽管更为微妙的——嘲讽基督教的作品。《浮士德》文本补遗让这一论点更有分量,例如那场未付印的撒旦戏,早在 1899 年就被莫里斯(Max Morris)指为“尽是文学讽刺”。① 即使在已经付印的“瓦尔普吉斯之夜的梦”中,诗人也讽刺了所谓“一切异教的都是魔鬼的”(行

---

① Morris, Max: Die Walpurgisnacht, S. 698. In: Euphorion 6 (1899), S. 683 – 716. “时代讽刺与社会批判,”薛讷同样写道,“将导致一个极度无耻且众叛亲离的严重结局——假如这位大公国朝臣当真做出对于同时代以及他个人都难以想象的事情,将这场戏放进这部如今已成为德国民族文学至圣殿堂的剧作。”参见 Schöne, Albrecht: *Götterzeichen*, *Liebeszauber*, *Satanskult*, S. 153。

4271以下)基督教正统思想。

因此,将这种解读方式运用到"瓦尔普吉斯之夜"上是可行的,当然要考虑到在叙事谣曲的"魔鬼部分"中体现的启蒙早期借助讽刺形式批判虚构的解读原则。足够引人注目的是,"瓦尔普吉斯之夜"开始于叙事谣曲《原初的瓦尔普吉斯之夜》的结束之处:基督徒看守者虚谈着"飞翔而过"的"附着魔鬼的身躯"。然而,《浮士德》第一部中的女巫们并不可怕,反而招致阵阵嘲笑,因为她们不是放屁,就是发出恶臭(行3961),她们的飞行工具让人刺痛、发痒(行3976以下);这里描写的更多是一支"愚人大军"。通过对该场的空间结构进行深入研究,可知将"瓦尔普吉斯之夜"解释为批判教会的启蒙讽刺作品是合乎情理的。

从地形上看,可以确定的是,这场戏根本不是发生在布罗肯峰上,而是山下,这也是为什么撒旦从头到尾没有出现的原因:庆祝仪式的核心要素被省略,一个没有撒旦的女巫盛会在此上演,正如一场没有高潮的狂欢——这只是一出"魔鬼般的喜剧"(teuflische Komödie)。

"古典的瓦尔普吉斯之夜"也采取了类似于叙事谣曲的"异教徒部分"的泛神论观点,例如,从以下事实中可以看出:在古希腊林林总总的自然妖怪之间,唯一以人类形象出现的是泰勒斯和阿那克萨哥拉,这两位前苏格拉底自然哲学家在讨论创世理论;他们似乎代表了异教德鲁伊德祭司的立场,即自然万物都具有神性。"古典的瓦尔普吉斯之夜"的高潮部分无疑是泰勒斯激情朗诵(并且引人注目地使用标点)的自然赞美诗(行8435以下):

> 万有由水发源!!
> 万有均靠水维持!

这里同时提到水成说("水")和泛神论("万有")并不奇怪,那些曾在1780年代的"泛神论之争"(Pantheismusstreit)中试图捍卫斯宾诺莎哲学思想免受无神论指责的人物也倾向于融合古今自然哲学:首先是莱辛将"上帝－世界－万有"的体系和赫拉克利特古老的自然哲学公式“太一与万有”(Ἓν καὶ Πᾶν,德译 *Eins und Alles*)相结合;①其追随者主要是赫尔德,他撰写了一部关于泛神论之争的著作《上帝》(*Gott*,1787),书中还对斯宾诺莎的哲学体系进行动态塑造——从“万有即神/万有在神内”(Alles ist[in]Gott)塑造为“万有将成神/万有会在神内”(Alles wird[in]Gott)。

“古典的瓦尔普吉斯之夜”中,赫拉克利特的名言“一切皆流”(*πάντα ῥεῖ*)似乎被泛神论式地赋予生机,尤其在海边庆典行将结束之时,“一切的一切”(行 8484)齐声歌颂荷蒙库勒斯的起源——一个“形成中的神”。不过,这种动态泛神论,按照洛施(Walburga Lösch)的说法,如今也成为“新神话”这一浪漫概念的基础,②并已在叙事谣曲《原初的瓦尔普吉斯之夜》中“万有之父”的主题构思上发挥作用。“古典的瓦尔普吉斯之夜”也是一部浪漫文学作品,歌德为《浮士德》第二部创作的一篇题名为“古典-浪漫幻象剧”(1826 年)的草稿便体现了这点,而且付印版中还多次提及古代神秘主义(行 7420“埃琉西斯”,行 7471“曼托”,行 7493“俄耳甫斯”等)。此外,主人公浮士德也能与叙事谣曲的“异教徒部分”相联系。他在该场以“骑士”(行 7053)身份出现,是一位追寻宫廷贵妇的中世纪北方人。下一幕中,他作为军队首领,派遣日耳曼部队与墨涅拉奥斯作战(行 9466 以下)。而叙事谣曲中

① 雅各比(Friedrich Heinrich Jacob)将斯宾诺莎主义判定为理性无神论。1785 年,他出版了著作《关于斯宾诺莎学说致摩西·门德尔松先生的信》(*Über die Lehre des Spinoza in Briefen an den Herrn Moses Mendelssohn*),其中提到莱辛——阅读歌德的《普罗米修斯》之后——大声宣告:“太一与万有!此外我一无所知。”雅各比说:“那您一定很赞同斯宾诺莎的观点吧。”莱辛回应道:“如果我要用某个名称来代表自己,(除了斯宾诺莎)我不知道别的。”参见 Scholz,Heinrich(Hrsg.):*Die Hauptschriften zum Pantheismusstreit zwischen Jacobi und Mendelssohn*. Berlin 1916,S. 77。

② 参见 Lösch,Walburga:*Der werdende Gott. Mythopoetische Theogonien in der romantischen Mythologie*. Berlin 1994,z. B. S. 9ff。

的异教祭司则派出了“勇敢的男子”。① “古典的瓦尔普吉斯之夜”——这个如神来之笔般全新的“瓦尔普吉斯之夜”——是一部融合动态-泛神论式自然哲学与浪漫派美学的作品，基于上述认识便可将这场戏重新解读为一个按照浪漫派早期诗学模式构建的“新神话”。②

这里有必要将歌德完全自由创作的这版“瓦尔普吉斯之夜”还原到“泛神论式现代性”(pantheistische Moderne)纲领的语境中。该纲领由歌德和赫尔德阐发，受到“新神话”和“新宗教”(neue Religion)的浪漫派思想影响；其目的严格说来，就是通过神话创作，开启“异教诸神的复兴”，恢复“原初的世界和平”，而上述目的只有在结合启蒙与宗教的泛神论的庇护下才能实现。

在此背景下，“古典的瓦尔普吉斯之夜”可理解为一部在歌德的“瓦尔普吉斯之夜”系列中地位特殊的作品，因为它没有重述过去的历史，而是着眼于当下和未来，一定程度上可视之为“瓦尔普吉斯之夜”诗学思想史(poetische Ideengeschichte)的终结。因为正如在“世界历史”中不断出现革“故”鼎“新”的现象，异教信仰(《原初的瓦尔普吉斯之夜》)也被女巫狂欢(《浮士德》第一部“瓦尔普吉斯之夜”)所取代，于是歌德本人也介入了思想史进程，创造出一部“新神话”式的“瓦尔普吉斯之夜”，以此树立歌德时代的典范(“古典的瓦尔普吉斯之夜”)。

---

① “命令战士打仗去”(行 6937)，荷蒙库勒斯在此前的“实验室”一场中引出主题“古典的瓦尔普吉斯之夜”(行 6941)——“古典的瓦尔普吉斯之夜”的“战士”并非异教看守者，亦非哈尔茨地区的萨克森人，而是浮士德本人。

② 歌德构思“古典的瓦尔普吉斯之夜”时，偏偏以早期浪漫派的“新神话”模式为参照，似乎并不荒唐，因为该模式在 1800 年前后提出并得到激烈讨论，歌德也是讨论的参与者之一；而且这段时间人们也可以放心地称之为歌德的“瓦尔普吉斯之年”，几年里相继诞生了《原初的瓦尔普吉斯之夜》、《浮士德》第一部中的“瓦尔普吉斯之夜”与“瓦尔普吉斯之夜的梦”以及第二部的第一份草稿(其中再次充满新神话，如海伦、“众母”神话、荷蒙库勒斯等等)。

典型:魔鬼崇拜
——《浮士德》第一部:魔鬼契约与女巫狂欢

为了让全体基督徒/与所有理智的人们更好地认清魔鬼/及其行径/并且学会保护自己不受其侵害/在一些学识渊博、通达事理的人们建议下,我决意将约翰·浮士德博士用魔术换来可怕下场的惊悚案例展示出来。

——《约翰·浮士德博士的故事》,致基督教读者的序言

《浮士德》第一部

歌德《浮士德》改编自前文学时期题材——据说真实存在的历史人物约翰·浮士德博士。浮士德题材的主要参考来源是早期新高地德语散文传奇《约翰·浮士德博士的故事》(*Historia von D. Johann Fausten*,1587)。不过,自近代早期以来,出现了无数版本的改编作品,例如歌德以前的马洛(约1593)、魏德曼(1599)、普菲策尔(1674)和莱辛(1759)或者歌德以后的海涅(1851)、屠格涅夫(1856)、费舍尔(1862)和曼(1947)。歌德本人从小就接触与魔鬼签约者的题材,但他看到的不是文学作品,而是“木偶戏”。[①] 至于他是如何读到“浮士德故事书”[②]的,还尚无定论。埃勒(Gotthard Erler)猜想:“他读过某个廉价的集市特供版本,是法兰克福人迈能登(Christlich Meynenden)编

① 参见魏玛版《歌德全集》第一部分,第二十七卷,页321:“浮士德木偶戏虚构的有意义的故事,在我心中激起各种反响。”[译注]中译参考《歌德文集(第九卷)·自传》,魏家国译,石家庄:河北教育出版社,1990,页380。

② [译注]即早期新高地德语散文小说《约翰·浮士德博士的故事》(*Historia von D. Johann Fausten*,1587)。

辑的。"①

在歌德《浮士德》第一部中,近代早期的黑魔法师和江湖庸医成为一个饱受求知欲困扰的令人同情的角色;他不顾科学的界限,献身于魔法,只为最终明白,"是什么从最内部把世界结合在一起"(行 382 以下)。他与魔鬼梅菲斯特达成协议,并承诺如果梅菲斯特为他指明通往圆满人生的道路(所谓"浮士德戏"),他会献上自己的灵魂。通过魔鬼的帮助,浮士德在假象的掩饰下得到了少女格雷琴的爱情,而鉴于这场魔鬼的阴谋,她却突变为一个杀人犯,随后在地牢里陷入疯癫(所谓"格雷琴戏")。在"瓦尔普吉斯之夜"一场中,两股剧情同时达到高潮:魔鬼把他的签约者带往尘世精神之巅布罗肯峰,以便在放荡而灵异的女巫狂欢所营造的"梦境和魔乡"(行 3871)中;格雷琴也以一种女巫形象登场,捕获他的灵魂。

写作历程

为了恰当处理庞大而复杂的文本语料库,也为了方便查阅,下面将介绍歌德创作《浮士德》第一部的三个主要阶段:第一阶段,《浮士德·早期稿》(*Urfaust*,约 1772 年至 1775 年);第二阶段,《浮士德·片段》(*Faust. Ein Fragment*,约 1786 年至 1790 年);第三阶段,《浮士德》第一部的出版(约 1797 年至 1803 年)。诚然,直到最后这个阶段,诗人才把"瓦尔普吉斯之夜"融进剧本中,因此它受到了特别关注。《浮士德》第二部(第四阶段,约 1825 年至 1831 年)的成文过程在此先暂时搁置,将在相应的章节中另行讨论。

1775 年秋季,歌德来到魏玛,此时他已起草了《浮士德》中的部分内容,并当众朗诵出来。宫廷侍女格赫豪森(Luise von Göchhausen)是一位热心听众,她向歌德借来手稿,并亲自誊抄。虽然诗人后来重写了这份初稿,而后又将其销毁,但格赫豪森小姐的抄本留存至今:

---

① 参见 Erler, Gotthard: Kommentar zu Goethes Faust, S. 655. In: *Goethe*, Berliner Ausgabe, Band 8. 9. Auflage. Berlin und Weimar 1990, S. 655 – 779。

> 1887 年，施密特(Erich Schmidt)在她的遗物中发现了这份手稿，并以《浮士德·早期稿》为题出版。这是我们得到的第一版《浮士德》，从中可以看到剧本在 1775 年至 1776 年之交的冬季所呈现的状态。①

这可能是歌德在《诗与真》第十八卷中提到的版本。②《浮士德·早期稿》包括“夜”“奥尔巴赫地下酒店”“乡村街道”“街道”“黄昏”“林荫道”“邻妇之家”“花园”“园中小屋”“格雷琴的闺房”“玛尔特的花园”“水井边”“城墙角”“大教堂”“夜·开阔的原野”以及“地牢”等。除了“乡村街道”，这几场后来都以同样或是类似的方式出现在《浮士德》第一部的印刷版中。因此，《浮士德·早期稿》与其说是《浮士德》这部鸿篇巨制最微不足道的初稿，不如说它是一个业已成熟的诗学成就；只是还缺少女巫的戏。歌德与高特(Friedrich Wilhelm Gotter)的通信表明，1773 年夏天他就在进行浮士德题材的创作。③ 1773 年的这个夏天到著名的《浮士德·早期稿》(1775/1776 年)成文之间，歌德对该题材进行密集创作。④ 不过，据推测，歌德在更早的时候就开始创作《浮士德·早期稿》：

> 经过多年对这一题材的苦思冥想，在弑婴女犯勃兰特(Susanna Margaretha Brandt)被处决一事的刺激下(1772 年 1 月 14 日)，

---

① Trunz, Erich: *Kommentar zu Goethes Faust*, S. 477.

② 参见魏玛版《歌德全集》第一部分，第二十七卷，页 97：“我跟克洛普斯托作过几次特别的谈话，当时为他的亲切的友情所动，不禁对他表示坦率和信赖的态度。我告诉他我在《浮士德》中最近构思的几场戏，他像是对它很有好感。后来我也听见，不轻于褒奖人的他对着他人也这样子称赞它，并希望全剧完成。”[译注]中译参考《歌德文集》第五卷，刘思慕译，页 646。

③ 参见 Trunz, Erich: *Kommentar zu Goethes Faust*, S. 423。

④ 参见例如 1775 年 10 月 7 日歌德致梅尔克的信：“经常在写《浮士德》。”引自：魏玛版《歌德全集》第四部分，第二卷，页 299。

他于 1772 年 1 月以散文形式写下了《浮士德·早期稿》的最后三场。①

由此可知,歌德早在 1772 年之前就有了创作《浮士德》的想法。而弑婴女犯勃兰特的审讯(1771 年 10 月 8 日至 12 日)与处决(1772 年 1 月 7 日)对推动诗人动笔起决定性作用。勃兰特的传记对悲剧《浮士德》中“格雷琴戏”的影响确实无可争议。② 需要仔细研究的是,究竟是什么导致了死刑的执行,以及作为青年律师的歌德如何认识到这一点,并且可能将其融入剧本创作之中。

首先应当指出,薛讷将这场审判与同时代对辛格(Maria Renata Singer,1749 年被烧死)和施瓦格尔(Anna Maria Schwägel,1775 年被斩首)的审判进行比较,而这两位是“众所周知向邪恶献身的女巫”。③ 因为勃兰特也在审讯中宣称,是“魔鬼”④或者“撒旦”⑤强劝她这样行动。薛讷由此得出结论:这——至少在诗人的想象中——正是一种女巫审判,这种审判激发了歌德创作悲剧《浮士德》最早的几场戏;而且在宽泛的解读下表明,格雷琴这个人物不仅反映了勃兰特的死亡情形,还反映了近代早期女巫的典型特征。

1775/1776 年以后,《浮士德》的创作沉寂了很长时间,几乎整个魏玛时期都没有取得进展,因为繁重的公务令歌德无法抽身。直到意大

---

① Gaier, Ulrich (Hrsg.): *Erläuterungen und Dokumente. Johann Wolfgang Goethe. Faust. Der Tragödie Erster Teil.* Stuttgart 2008, S. 264.

② 参见 Wilpert, Gero von: *Goethe - Lexikon*, S. 133:“不是人物本身,而是行为动机后来纳入《浮士德》的‘格雷琴悲剧’中。”又见 Schöne, Albrecht: *Götterzeichen*, *Liebeszauber*, *Satanskult*, S. 181:“1771/1772 年,歌德听到或读到的法兰克福弑婴女犯的供词,是剧作成文史的最早证据。”

③ Schöne, Albrecht: *Götterzeichen*, *Liebeszauber*, *Satanskult*, S. 186.

④ Habermas, Rebekka; Hommen, Tanja (Hrsg.): *Das Frankfurter Gretchen. Der Prozeß gegen die Kindsmörderin Susanna Margaretha Brandt.* München 1999, S. 67.

⑤ Ebd., S. 101.

利之行,歌德才重拾文学创作。1786 年 6 月,他与莱比锡出版商格绅(Georg Joachim Göschen)商定,发行八卷本的个人文集,以打击同时代的盗版印刷品。歌德当即交付了第一、二卷的付印稿样,并带着其他作品的手稿踏上旅途。这些作品手稿中,除了《伊菲革涅亚在陶里斯岛》(*Iphigenie auf Tauris*)、《艾格蒙特》(*Egmont*)和《托夸多·塔索》(*Torquato Tasso*),还有《浮士德·片段》;歌德认为,对后者的加工创作是最艰难的:

> 《浮士德》是我最后才着手处理的作品,那时其他全部作品都已定稿了。为了完成这部剧作,我需要特别专注于此。我得在自己周围画上一个带有魔力的圆圈,为此,惟愿好运赐予我一席之地。①

确实,浮士德并不是一个令人舒爽的、愿意在阳光明媚的意大利茁壮成长的题材。魔鬼契约的主题阴郁而充满魔力,不如古典文学的主题和神话来得明快和愉悦。歌德不得不描绘一个“魔圈”,就像约翰·浮士德本人一样,好让自己处于一个合适的心境。与《伊菲革涅亚在陶里斯岛》和《托夸多·塔索》相比,《浮士德》中发生在意大利的场景均不符合古典气质,而是“北方的”。他在已经完成的《浮士德》部分内容的基础上,新添了三场戏,即“女巫的丹房”、具有悲剧感的泛神论式独白“森林和洞窟”,以及巫化的“奥尔巴赫地下酒店”(如今以韵文形式写成,并对原版内容加以扩充)。1790 年春,《浮士德·片段》在《歌德文集》第七卷中出版。

意大利之行结束后,歌德又将《浮士德》搁置了许久,没有为此付诸努力。而他之所以最终能写完这部作品,很可能要归功于席勒:他对歌德写作的影响,尤其是对《浮士德》的影响,是不可估量的。如果没有席勒的支持和积极参与,歌德可能不会再对《浮士德》做什么改动。

---

① 致卡尔·奥古斯特公爵,1787 年 12 月 8 日,引自:魏玛版《歌德全集》第四部分,第八卷,页 305。

然而,文艺杂志《时序女神》(*Horen*)发行期间,诗人为《浮士德》第一部起草了什么内容(甚至是否有起草),我们不得而知。直到1797年6月5日,歌德的日记中才出现了一条引人注目的记录:“餐后,奥白朗的金婚。”①那部在《浮士德》第一部中以“瓦尔普吉斯之夜的梦”为题出现的作品,起初是为席勒的《一七九八年缪斯年鉴》(*Musenalmanach auf das Jahr* 1798)而写,但这部作品的诗行数量很快就“增长了两倍多”。歌德写道:“我想,《浮士德》应该是最适合它的地方。”②

6月以来,歌德还在创作“献词”“舞台序幕”,(也许还有)“天堂序曲”等,尽管进展缓慢。从1800年4月到9月,歌德的日记中越来越多地出现有关悲剧《浮士德》诞生的言论,同年11月和1801年2月也是如此。在这一创作阶段中,同时产生了两场戏的初稿,分别是“瓦尔普吉斯之夜”以及后来成为《浮士德》第二部第三幕的“海伦戏”。③ 魏玛图书馆的借阅记录见证了歌德在1800/1801年对女巫狂欢的深入研究。据薛讷所言,虽然“绝对不能排除”,早在1798年就已经“有一篇关于女巫狂欢和撒旦崇拜的散文旧稿,不过它们没有存留下来……但这些有关‘瓦尔普吉斯之夜’的写作计划是什么时候制定的,它们的具体情况如何,至今是而且可能永远是未知数”。④

尽管如此,1797年至1801年依然可以顺理成章地称为歌德的“瓦尔普吉斯之年”。在此期间,产生了“瓦尔普吉斯之夜的梦”(自1797年)、《原初的瓦尔普吉斯之夜》(1799年)以及《浮士德》第一部中的

---

① WA III, 2, S. 72.

② 致席勒,1797年12月20日,引自:魏玛版《歌德全集》第四部分,第十二卷,页380。

③ 参见致席勒,1800年9月12日,引自:魏玛版《歌德全集》第四部分,第十五卷,页102。“但如今女主人公处境中的美的事物却紧紧地吸引着我,”歌德9月12日写道,“以致当我首先要把它转变成丑脸时,它却令我郁郁不乐。”[译注]中译参考《歌德文集》第十四卷,李清华译,石家庄:河北教育出版社,1999,页263。

④ Schöne, *Albrecht*: *Götterzeichen*, *Liebeszauber*, *Satanskult*, S. 196f.

“瓦尔普吉斯之夜”(1800/1801 年)。从中已经可以看出,以“奥白朗和蒂坦尼亚的金婚”为开端的创作阶段,起初就出现对女巫狂欢主题带有强烈讽刺意味的讨论,而众所周知的是,这种视角也在叙事谣曲《原初的瓦尔普吉斯之夜》中批判教会的“魔鬼部分”里得到体现。因此,至少“系列作品的规律”要求我们去设想,《浮士德》第一部中的“瓦尔普吉斯之夜”也含有讽刺的成分。这里就需要更详细的分析。

“瓦尔普吉斯之夜”结束了《浮士德》第一部紧张的最后一个创作阶段。然而,直到大约五年后,即席勒逝世一年后,为了付印,歌德和里默才把大部分已完成的内容审阅了一遍。1806 年 4 月 25 日的日记写道:“浮士德,最后一次调整,然后付印。”①拿破仑入侵后,战火纷飞、混乱不堪,因此,出版时间又往后推迟了些。到 1808 年的复活节,他才发表了《浮士德》第一部。

近代早期的参考来源

《浮士德》第一部中“瓦尔普吉斯之夜”的加工创作与《原初的瓦尔普吉斯之夜》的写作在时间上很接近。但歌德在该场中使用了与叙事谣曲完全不同的参考来源:没有日耳曼神话、同时代的考古学研究或者中立的教会史,而是基督教的魔鬼学。据悉,1800 年前后,为了将“瓦尔普吉斯之夜”按照典型模式融入《浮士德》中,歌德借阅了很多关于女巫狂欢和布罗肯峰上的庆祝场面的近代早期书籍。然而,特伦兹不满地写道,这些书“几乎不可用”:

> 这些书都是关于原始魔鬼和鬼怪的故事,为达到娱乐效果而刻意讲得阴森恐怖,例如**弗朗西斯**(Erasmus Francisci)的《地狱般的普洛透斯》(*Der Höllische Proteus*,纽伦堡,1718 重印版),**戈尔德施密德**(Peter Goldschmid)的《地狱般的摩耳甫斯》(*Höllischer Mor-*

① WA III, 3, S. 126.

pheus,汉堡,1698),《魔力四射:鬼怪的奇妙故事》(*Magica. Das ist: Wunderbarliche Historie von Gespenstern*,艾斯莱本,1600)。①

这些作品“几乎无法使用”的说法可能会遭到强烈否定,例如格雷琴有关“红色的细绦带”的诗行(行4204)便可直接追溯到弗朗西斯的《地狱般的普洛透斯》(1690初版)。② 恰恰相反,这些“原始的魔鬼和鬼怪的故事”正是歌德的主要参考来源,也是《浮士德》第一部中魔化的“瓦尔普吉斯之夜”的构思核心。

维特科夫斯基(Georg Witkowski)已经细致入微地研究出近代早期魔鬼学对“瓦尔普吉斯之夜”的影响。该场中,歌德“不是凭自己的想象”,而是“根据特定的历史来源”进行创作:“如果你想为歌德讨回公道,你不仅要看他的‘瓦尔普吉斯之夜’,还要看他的参照蓝本。”③维特科夫斯基的研究系统列举了歌德用于“瓦尔普吉斯之夜”的所有著作——包括《浮士德》中的引文。除波塔斯(Johannes Baptista Portas)的《自然魔法》(*Magia naturalis*,1569)、让·博丹(Jean Bodin)的《魔法狂热》(*Daemonomania*,1580)、维德曼的《浮士德故事书》(*Faustbuch*,1599年)、佚名的《魔力四射:幽灵的奇妙故事》(1600)、梅法特(Johanne Matthaeo Meyfart)的《基督教回忆录》(*Christliche Erinnerungen*,1635)、小卡尔普佐夫(Benedict Carpzov der Jüngere)的《萨克森新实用刑法》(*Practica nova ImperialisSaxonica rerum criminalium*,1670)、弗朗西斯的《新磨的历史、艺术与风俗之镜》(*Neu - Polirter Geschichts - Kunst - und Sittenspiegel*,1670)与《地狱般的普洛透斯》(1690)、贝克斯(Balthasar Bekkers)的《充满魔力的世界》(*Die bezauberte Welt*,1693)、雷米吉乌斯(Nikolaus Remigius)的《魔鬼崇拜》(*Dämonolatria*,1693)以及戈尔德施密特的《地狱般的摩耳甫斯》以外,维特科夫斯基尤其强调普雷托里乌

---

① Trunz, Erich: *Kommentar zu Goethes Faust*, S. 433.

② 参见 Schöne, Albrecht: *Götterzeichen, Liebeszauber, Satanskult*, S. 177。

③ Witkowski, Georg: *Die Walpurgisnacht im ersten Teile von Goethes Faust*, S. 17.

斯(Johannes Praetorius)的著作。他说:

> [歌德]应该很欣赏普雷托里乌斯的著作为他带来的描述鬼怪和女巫行径的宝藏[:]不仅在事实的细节上,更多在对鬼怪行径的看法上,他与这位老莱比锡硕士观点一致。普雷托里乌斯虽然有理性主义的顾虑,却知道如此认真地讲述魔鬼及其可怕的行径。①

歌德在世纪之交的前几年接受了普雷托里乌斯的著作,这一点可从鬼怪诗《哥林多的新娘》(*Die Braut von Corinth*,1797)看出,诗中对普雷托里乌斯《冥界群像》(*Anthropodemus Plutonicus*,1666)中一则故事进行叙事谣曲式加工。② 歌德在1800/1801年撰写“瓦尔普吉斯之夜”时,再次参考了《冥界群像》,③还在旁注中指出:“普雷托里乌斯的其余作品。”④

在普雷托里乌斯的其他著作中,《布罗肯峰的庆典》(*Blockes - Berges Verrichtung*,1668)可能是最值得一提的。这本巫术教科书糅合了古希腊罗马时代的和中世纪的故事、圣经段落、神学观点、诉讼档案以及宗教改革的近代世界观,可以说是对近代早期的,特别是有关布罗肯峰的迷信观点的通俗宗教式概述。尽管没有外部证据表明歌德曾经

---

① Ebd., S. 24.

② 参见 Wilpert, Gero von: Goethe - Lexikon, S. 841:“这位莱比锡硕士(普雷托尼乌斯)是一位面向市场的非虚构类畅销书编纂者,他尤其青睐有关魔鬼/鬼怪迷信以及民间迷信的主题。在其编写的《冥界群像》中,他为歌德的叙事谣曲《柯林斯的未婚妻》提供了创作素材。”

③ 参见 Schöne, Albrecht: *Götterzeichen*, *Liebeszauber*, *Satanskult*, S. 173。

④ WA I, 14, S. 300. 参见 Bohnenkamp, Anne: *„Das Hauptgeschäft nicht aus den Augen lassend“. Die Paralipomena zu Goethes ‚Faust‘*. Frankfurt am Main/Leipzig 1994, S. 167:“[歌德的]工作笔记写道,除了普雷托里乌斯的《冥界群像》,他的‘其余作品’——例如《布罗肯峰的庆典》——(是否考虑到‘瓦尔普吉斯之夜’?)也值得一看。”

阅读这本书，它仍被认为是“瓦尔普吉斯之夜”一场的主要参考来源。① 从内部证据及文本相似性来看，没有哪部著作像普雷托里乌斯《布罗肯峰的庆典》那样对《浮士德》第一部中“瓦尔普吉斯之夜”的构思产生这样大的影响。本文提到歌德关于女巫狂欢的所有近代早期参考来源中，普雷托里乌斯《布罗肯峰的庆典》是最值得关注的一部。唯有浮士德题材本身的重要性不亚于此。

历史上的浮士德

所有浮士德题材的改编版本，都可以追溯到1587年法兰克福印刷商施皮斯出版的匿名早期新高地德语散文传奇《约翰·浮士德博士的故事》。② 其书名就十分引人注目，因为 Histori 或者 Historia 是中世纪晚期和近代早期对提出某种真理主张的韵文或（大多数是）散文作品的名称。这部“浮士德故事书”的书名表明，世上真的存在一位约翰·浮士德博士，这本书就是对其一生的记述。而实质上亦是如此：历史上的浮士德是黑魔法以及当时新兴科学——手相占卜术、火焰占卜术、水占卜术、通灵术——的行家，还善于利用各种魔术戏法和杂耍技巧引起轰动。然而，在他有生之年，他的形象就已变得模糊不清，并在传说形成过程中被重塑为“浮士德故事书”里提到的人物：那个传奇的浮士德。

《约翰·浮士德博士的故事》的中心情节是魔鬼契约，这个主题比

---

① 参见 Schöne, Albrecht: *Götterzeichen*, *Liebeszauber*, *Satanskult*, S. 138; Cooper, John Michael: *Mendelssohn*, *Goethe*, *and the Walpurgis Night*, S. 55; Wilpert, Gero von: *Goethe – Lexikon*, S. 842; Witkowski, Georg: *Die Walpurgisnacht im ersten Teile von Goethes Faust*, S. 26:“全体巫俗在此得到最为详尽的展示，许多相关传说被用于比较，地狱鬼怪的行为举动得到了细致刻画，在歌德的描述中几乎不缺乏任何真实性。”

② 参见 Wohlers, F. M.: Die Volksbücher vom Doctor Faust: 1587 – 1725, S. 59. In: *Faust. Annäherung an einen Mythos.* Herausgegeben von Frank Möbus, Friederike Schmidt – Möbus, Gerd Unverfehrt. Göttingen 1995. 59 – 65。

浮士德题材要古老得多，其根源“也许在于公元1世纪前后被实践的犹太教黑魔法（Kishuph）”。① 只有将约翰·浮士德博士的传记与魔鬼契约这一主题联系起来，才构成了能与《约翰·浮士德博士的故事》一起获得如此重要地位的独特的浮士德题材；其余则是添加了大众喜爱的魔术师传奇和笑话故事。

虽然1587年的“浮士德故事书”（不仅在书名上）表明，它忠实地呈现了约翰·浮士德博士的生平，但是该书作为历史上的浮士德的参考来源却价值不大，只能起到参照作用。不过，根据其他流传下来的资料可以很好地重建这个虚无缥缈的历史人物，歌德创作悲剧《浮士德》中的人物形象时同样以这些资料为依据。

来自安斯巴赫的人文主义者曼利乌斯（Johann Manlius aus Ansbach），梅兰希通的学生之一，在其1562年完成（1590年出版）的著作《共有领域汇编》（*Locorum communium collectanea*）中这样写道：

> 我认识一个叫浮士德的，他来自我家乡附近的一座小镇——昆德林。他在克拉科夫读大学期间，学会了魔术。过去魔术在那里很兴盛，有人在公开场合讲授这门技艺。他走南闯北，说了许多秘密的事情。②

具有史学意义的是，有浮士德来自昆德林（即克尼特林根）的说

---

① Wiemken, Helmut: *Doctor Fausti Weheklagen. Die Volksbücher von D. Johann Faust und Christoph Wagner*. Bremen 1961, S. XXIV. Ebd.:“至少血魔法元素在犹太教黑魔法（Kischuph）中较为活跃，就像我们在浮士德传说中再次遇见的；浮士德用鲜血签下契约，正如数世纪前古犹太教巫师（Jidonim）所为，当这些背弃上帝的巫师融入恶魔与撒旦的世界之时——因为在16、17世纪的巫术中还能找到希伯来魔法的踪迹。”

② 转引自 Kiesewetter, Carl: *Faust in der Geschichte und Tradition*. Leipzig 1921, S. 29。

法，而“浮士德故事书”却说他出生“在罗德/魏玛附近”①;《浮士德》研究将克尼特林根作为历史上的浮士德诞生地。② 还有浮士德在克拉科夫学习魔术的说法，《约翰·浮士德博士的故事》也没有提及。虽然16世纪“在克拉科夫”确实存在“魔法教学”，但“浮士德说他曾在克拉科夫读过大学，这套说辞很可能是无中生有”。③

与之不同的是，根据《约翰·浮士德博士的故事》，浮士德——“他以及16位硕士”——不是为了成为魔术师，而是为了成为“神学博士”④而参加考试；至于考试地点，书中没有提到。同时，另一份同时代的参考资料，即人文主义者鲁夫斯(Mutianus Rufus)，也是哥达教区的法政神父，1513年10月7日致乌尔班努斯(Heinrich Urbanus)的信中这样写道：“八天前，有位手相占卜师来到埃尔福特，名叫浮士德(Georg Faustus，拉丁语Faustus意为“幸运者”)，自称海德堡的半神，是一个纯粹的自夸者和傻瓜。”⑤“海德堡的半神”——从浮士德自贴的标签可以更准确定位其学习地点。在海德堡大学语文系入学注册名单上，确实有16名考生曾于1509年1月15日在硕士生系主任沃尔夫(Laurentius Wolff von Speyer)的指导下从神学专业毕业。名单上居于首位的，就是“来自锡门的约翰内斯·浮士德”(Johannes Faust ex Sime-

---

① *Historia von D. Johann Fausten. Text des Druckes von* 1587. Kritische Ausgabe. Mit den Zusatztexten der Wolfenbütteler Handschrift und der zeitgenössischen Drucke. Herausgegeben von Stephan Füssel und Hans Joachim Kreutzer. Ergänzte und bibliographisch aktualisierte Ausgabe. Stuttgart 2006, S. 13.

② 参见Mahal, Günther: *Faust und Alchymie.* S. 21. In: Faust. Annäherung an einen Mythos, S. 21–27:他“于1487/1480年诞生，其诞生地十有八九是在当时隶属于普法尔茨选侯国、1504年以来隶属于符腾堡公国的克尼特林根，1540年逝世于今天隶属于巴登大公国而当时隶属于上奥地利的布莱斯高地区施陶芬”。如今，克尼特林根拥有一座“浮士德博物馆”。

③ Scheible, Johann: *Die Sage vom Faust bis zum Erscheinen des ersten Volksbuches.* Stuttgart 1847, S. 57.

④ *Historia von D. Johann Fausten*, S. 14.

⑤ 转引自Kiesewetter, Carl: *Faust in der Geschichte und Tradition*, S. 6。

rn)这个名字。[1] 而小镇克尼特林根也属于锡门公国。[2] 如此一来,便可追溯到:历史上的浮士德出生于克尼特林根,在海德堡参加过神学专业的毕业考试,(也许)在克拉科夫学习过魔术。

然而,这些信息还不足以让人理解,历史上的浮士德到底如何发展为德语文学中最重要的传奇人物之一。也许,关于浮士德的生平与影响的最古老、最详尽的证词——历史学家特里特米乌斯(Trithemius von Sponheim)1507 年 8 月 20 日致普法尔兹选侯国的宫廷占星师维尔东(Johannes Virdung)的信——可以对这种情况做出解释。信中说:

> 你写信提到的那个人,萨贝利库斯(Georg Sabellicus),胆敢自称通灵术王子,是个流浪汉、空谈家和骗人的流氓。应当对他施以鞭刑,这样他就不敢再公开传授那些令人恶心的、敌视神圣教会的东西。他为自己取的称号,除了表明他拥有极度愚蠢而荒唐的头脑,是一个愚人而不是一个哲学家之外,还有什么意义吗?他就给自己编造了这些令他满意的称号:格奥尔格·萨贝利库斯大师,年轻的浮士德,通灵术之源,占星师,魔法师第二,手相占卜师,天气占卜师,火焰占卜师,水占卜师第二。——你看这个人,愚蠢而放肆,自称为通灵术之源是多么疯狂啊!对真理或全部有益科学一无所知的人,宁可称自己为愚人,也不要称自己为大师。但我并非不知道他一文不值。几年前,我从勃兰登堡侯国回来的时候,在盖尔恩豪森城附近遇到了这厮。旅店里有人告诉我,他肆无忌惮地做出许多毫无意义的事情。当他听到我在场时,迅速逃离了旅店,没人能劝服他对我做一番自我介绍……后来,我在施拜尔的时候,他来到维尔茨堡。据说他在许多人面前同样虚荣地夸耀道:我们救世主基督的神迹不足为奇;基督所做的一切,只要他愿意,随时

[1] 参见 Wiemken, Helmut: *Doctor Fausti Weheklagen*, S. XV。

[2] 近代早期时,人们习惯于不按出生地点,而是按国家和领地取名。

都可以做。①

如果上述内容可信,那么就是浮士德自己一手营造出黑魔法师的名声,而其作为黑魔法师的名声在传说的形成过程中举足轻重。据信中所言,他并非博学之士,而是一个自吹自擂的牛皮大王,他靠着外来词汇和一知半解的学识来迷惑人们,而且——历史人物和作品角色之间的界限在这里变得模糊——以反基督者自居。事实上,根据特里特米乌斯的记述,历史上和文学上的浮士德并没有多大区别:他们都可以追溯到宗教异端的原型。

尽管如此,历史上和传说中的浮士德还是可以从根本上区别开来,因为在历史记载中,根本没有提到魔鬼。对《约翰·浮士德博士的故事》如此重要的魔鬼契约母题,显然是后来添加的。事实上,一位重要的基督教学者曾在演讲中把浮士德第一次和魔鬼联系在一起:

> 路德早在1535年和1537年的餐后演讲中就提到,他[浮士德]是魔鬼的同党。正如那个时代普遍认为的那样,路德相信世上有男法师和女法师,也就是女巫,而魔法的力量被归因为与魔鬼的结盟。②

如果一个人的生活方式不拘一格,或信仰非基督宗教,就将其生平与魔鬼相联,这种做法在近代早期十分常见。浮士德和女巫之间确实有许多共同点,人们也可以称浮士德为"巫术大师",尽管《约翰·浮士德博士的故事》中没有女巫登场。歌德也意识到二者间的共同点,并将之纳入《浮士德》剧本的加工创作中。

女巫审判和"浮士德故事书"

"瓦尔普吉斯之夜"中,歌德终于将《浮士德》的主要情节——"浮

---

① 转引自 Kiesewetter, Carl: *Faust in der Geschichte und Tradition*, S. 4。

② Schmidt, Jochen: Goethes Faust. Erster und zweiter Teil. Grundlagen - Werk - Wirkung. 3. Auflage. München 2011, S. 12.

士德戏”和“格雷琴戏”——串联起来。这场戏标志着悲剧第一部分的高潮，对于剧情的发展不可或缺。有意思的是，同样或类似的场景完全没有出现在《约翰·浮士德博士的故事》中。人们在那里不仅无法搜寻到格雷琴的踪影，而且也找不到任何提到女巫狂欢的地方。那么，诗人为何要把《浮士德》的主人公引向布罗肯峰？浮士德题材与近代早期传奇般的巫术有何共通之处？

“第一个提议将浮士德引向布罗肯峰上‘瓦尔普吉斯之夜’的，可能是勒文（Friedrich Löwen）的《‘瓦尔普吉斯之夜’三歌》（*Die Walpurgis-Nacht. Ein Gedicht in drey Gesängen*，1756）。”①在勒文诗中，整个浮士德故事确实第一次与女巫狂欢相联系。甚至在序曲中，浮士德博士都如缪斯一般被召唤，“歌颂这伟大的夜晚/它让许多无赖扬名天下/让布罗肯峰永垂不朽”，而且将“骑着扫帚和公羊”②的女巫与魔鬼的签约者浮士德相提并论。可以肯定的是，歌德“至少从十六岁开始”③就知道勒文的《“瓦尔普吉斯之夜”三歌》。不过，维特科夫斯基否认该诗对《浮士德》中“瓦尔普吉斯之夜”的影响：“虽然歌德知道勒文的诗，但他很难因此受到启发，将‘瓦尔普吉斯之夜’写进他的《浮士德》中。”④歌德阅读这首诗时，“肯定还没有想到他的《浮士德》”；而且“勒文矫揉

---

① Gaier, Ulrich: Erläuterungen und Dokumente, S. 183.

② Löwen, Johann Friedrich: Die Walpurgisnacht in drey Gesängen, S. 7. In: Bock, Michael Christian (Hrsg.): Johann Friedrich Löwens Schriften. Dritter Theil. Hamburg 1765, S. 7–41.

③ Cooper, John Michael: Mendelssohn, Goethe, and the Walpurgis Night, S. 55. 此外，歌德还在《诗与真》第六卷中提到了这部作品：“这一首诗是用六音步短长格写成，以一个真实的故事为根据，很能逗引我们这一伙人的笑乐，有人更深信它很可以与勒文的《瓦尔普吉斯之夜》或扎卡利埃的《法螺大家》相比美。”引自魏玛版《歌德全集》第一部分，第二十七卷，页38。［译注］中译参考《歌德文集》第四卷，刘思慕译，页237。根据原文稍加改动。

④ Witkowski, Georg: *Die Walpurgisnacht im ersten Teile von Goethes Faust*, S. 7.

造作的风格”“不适合”“从歌德那里引发任何相关的语气”。① 歌德将浮士德与女巫联系在一起似乎还有其他原因,与其说是出于文学动机,不如说是出于思想史的原因。

维姆肯(Helmut Wiemken)在其学术著作中列举了从古希腊罗马时代到近代的各种“魔鬼契约”故事。然而,到了近代早期,书中却说:

> 女巫审判遭到历史歪曲,固然令人痛心疾首。但这里不是检视上述问题的地方,主要因为它没有为《约翰·浮士德博士的故事》提供任何材料。②

这真是奇怪的自以为是,因为历史上从没有哪个时代像近代早期的猎巫时代即“浮士德时代”那样,在这么短的时间内,有这么多人被指控与魔鬼立约。

就魔鬼契约而言,浮士德与女巫之间存在某种亲缘性。维姆肯自己也指出,正是施普伦格(Jacob Sprenger)参与编写的《女巫之锤》在“浮士德生前”有力推动了“魔鬼契约的刑法层面”——“德国宗教法庭刑事诉讼法”的建立。③ 确实,几乎没有任何一本书像克雷默(HeinrichKramer,后拉丁化为 Henricus Institoris)所主编的《女巫之锤》(*Malleus Maleficarum*,德译 Hexenhammer)那样,对魔鬼契约设想的产生和传播产生如此巨大的影响。虽然这本书写于历史上的浮士德生前(而且在施拜尔出版,浮士德传说同样源于此地),但是维姆肯并没有进一步深究这部作品,而是直接否定了浮士德题材与猎巫运动之间的联系。《女巫之锤》的中间部分,即三部分中的第二部分,明确以“女巫与魔鬼立约”为主题。绝不能排除,上述情况受女巫的魔鬼契约设想与历史上的浮士德其人其事这两方面的交互影响。

“猎巫运动与浮士德题材之间的关系问题,直到今天才作为一项

---

① Ebd.

② Wiemken, Helmut: *Doctor Fausti Weheklagen*, S. XXVI.

③ Ebd. , S. XXVIf.

研究任务被认真对待。”①巴伦(Frank Baron)在《女巫审判与“浮士德故事书”的成文》(*Die Hexenprozesse und die Entstehung des Faustbuchs*, 1991 年)中写道。他在其中指出,因为《女巫之锤》的缘故:

> 16 世纪中叶前后,女巫审判、定罪和处决的次数明显增加。大约在这个时候,声势浩大的审判开始了,多个女巫同时遭受指控。根据不同的参考来源,可以查明德国不同地区的处决次数,从中可以看出女巫审判的突然加剧。随着持续近百年的残酷的猎巫运动的开始,我们也进入浮士德传说迅速发展的时间框架,这时“浮士德故事书”还没有起笔。②

女巫审判兴起的决定性因素是印刷术的出现,它让人们对什么是女巫以及女巫身上散发的危险有了统一认知。

在这部业已成文且广泛流通的女巫理论著作的影响下,第一次产生了对假想中的女巫及巫师的基本属性与从事活动的定性描述,因为该理论在极其残暴的审讯中被当作起诉书使用。与克雷默建议的酷刑相配合,③于是出现千篇一律的“供词”。事实上,《女巫之锤》详尽解释了哪些审讯方法和刑讯手段,能最有效地诱使或逼迫被告人做出有罪供述。广为人知的是一系列暗示性提问。④ 通过这些提问,被告人

---

① Baron, Frank: Die Hexenprozesse und die Entstehung des Faustbuchs, S. 59. In: *Auernheimer*, *Richard*; Baron, Frank (Hrsg.): *Das Faustbuch von* 1587. *Provokation und Wirkung*. München 1991, S. 59 – 73.

② Ebd., S. 59f.

③ “《女巫之锤》的作者们鼓励世俗法庭配合猎巫运动。《女巫之锤》建议将酷刑作为手段,以成功审判被指控的女巫。一旦女巫提出控诉,应当立即采用酷刑,逼迫女巫承认自己的罪行。《女巫之锤》这种偏激的表达方式很容易导致法庭无视所有关于酷刑使用的现行限制。”Ebd., S. 60.

④ 参见 Sprenger, Jacob; Institoris, Heinrich: *Der Hexenhammer* (*Malleus maleficarum*). Aus dem Lateinischen übertragen und eingeleitet von J. W. R. Schmidt. 5. Auflage. München 1986, Dritter Teil, S. 32 – 228。

亲口吐露被指控的罪行——她们承认自己曾经施展有害的法术，谋杀婴儿，与魔鬼交媾。于是便形成了按照这类女巫主题著作罗列的问题列表进行审讯的制度，从中产生的供词基本一致：它们都会提到与魔鬼立约。① 因此，法院修改了法规：从今往后，巫术被认为是一种无需证明的罪行。② “罪疑唯轻”（Im Zweifel für den Angeklagten）原则已经过时。法庭不再需要证据或证人，重要的是假定存在的“魔鬼契约”，而这一方面借助女巫理论，另一方面借助刑讯逼供手段，轻易就能“证明”出来。正是在这里，巴伦看到了浮士德传说的形成与女巫审判之间的联系：

> 普通人的生平在特定的情况下可以具有戏剧性的特点。一个结构清晰的故事情节被强加于人生经历当中；并捏造说，一个软弱有罪的人如何落入魔鬼的陷阱，如何与魔鬼结盟，他犯下的滔天罪行又如何让他在现世就遭受永罚所带来的苦痛。考虑到“魔鬼契约”的故事情节继承了圣人传的基本特征，在情节设计中运用了文学和修辞技巧，那么女巫审判与文学形式之间存在这种亲缘性就不足为奇了。无论是浮士德传说还是女巫审判，有关契约的设想都是为了塑造一个可怕的事件，以此告诫人们巫术的危害。③

从主题上可以看出，浮士德传说与女巫审判之间存在着一些共通之处。魔鬼契约之外，还必须特别提到浮士德飞往“一些王国和公国/

---

① 参见 Baron, Frank: *Die Hexenprozesse und die Entstehung des Faustbuchs*, S. 61:“将魔鬼契约统一明确为女巫信仰的一种基本要素，简化了为特定行为寻找罪证的过程。”

② 《1572 年奥古斯特选帝侯颁布的法令与章程》中这样写道：“在此期间，巫术不时蔓延。不仅在共同书写的帝国法律中，而且《圣经》里也提出对巫术的绝对禁止。因此我们规定，如果有人忘却自己的基督信仰，与魔鬼结盟、交往或是有所关联，尽管没用巫术害人，他也要接受被火活活烧死的刑罚。” Weiske, Julius: *Handbuch der Strafgesetze des Königreichs Sachsen von* 1572 *bis auf die neuste Zeit*. Leipzig 1833, S. 1.

③ Baron, Frank: *Die Hexenprozesse und die Entstehung des Faustbuchs*, S. 63.

甚至最遥远的地方”①与女巫飞向远方之间的相似性。巴伦写道:

> 特别值得注意的是,有一位敬畏上帝的邻居出现,他劝诫罪恶的浮士德重新皈依上帝。作品中的这段重要内容展示了一个与女巫审判过程相类似的情况,那里也常常有教会当局代表试图劝说罪犯认罪。②

最后,浮士德的死,与女巫的死一样,呈现为一种符合上帝旨意的惩罚。③ 因为《约翰·浮士德故事书》旨在成为一个“魔鬼骗术的可怕例子/一场对肉体和心灵的谋杀/以此警诫所有基督徒”,④耶兴(Benedikt Jeßing)便称这部作品为“一篇反对魔鬼结盟、迷信、黑魔法和背离上帝的宗教改革檄文”。⑤ 虽然“浮士德故事书”没有描写女巫狂欢,但文中对魔鬼的第一次召唤——当浮士德在“茂密的森林”中用“法杖”召唤魔鬼时,“森林中”涌现出“密密麻麻的魔鬼”和“马车”,响起了“许多悦耳的乐器/音乐和歌唱”,上演了“几支舞蹈”⑥——这令人清晰地联想到魔化的“瓦尔普吉斯之夜”的典型印象,例如普雷托里乌斯所描述的。

就主题而言,歌德将女巫狂欢融入他的《浮士德》是很自然的。浮士德和女巫,二者都是前述妖魔化历史的一部分;在这个过程中,非基督宗教的世界观被系统地重新解读,并加以妖魔化。作为这一历史进

---

① *Historia von D. Johann Fausten*, S. 60.

② Baron, Frank: *Die Hexenprozesse und die Entstehung des Faustbuchs*, S. 70.

③ 参见 *Historia von D. Johann Fausten*, Vorrede an den christlichen Leser, S. 8:“虽然所有的罪过在本质上都会受到谴责/并且承受上帝一定的愤怒和惩罚/但由于情节的不同/总有一种罪过更为巨大、更为深重/无论在现世/还是末日审判都会受到上帝更严重的惩罚……毫无疑问对于上帝和全世界而言巫术和黑魔法都是极大极重的罪过。”

④ *Historia von D. Johann Fausten*, Vorrede, S. 5.

⑤ Jeßing, Benedikt: *Johann Wolfgang Goethe*. Stuttgart 1995, S. 81.

⑥ *Historia von D. Johann Fausten*, S. 15f.

程的例子,上文介绍了近代早期宗教法庭对意大利北部本南丹蒂(Benandanti,意为“善行者”)异教自然祭祀仪式的颠覆。巴伦举了相同的例子,讲述本南丹蒂信仰——“以农业为生的朴素民众,为保护收成而举行某些异教起源的仪式”——被指控为“巫术”,并在“暗示性的提问和酷刑手段”的驱使下“与巫术观念取得一致”。在巴伦看来,“浮士德传说”也发生了类似的“转化过程”:

> 原本是为了保护农业而进行的夜间仪式,却当众转化为女巫狂欢,它会带来雷雨与毁坏。① 这两种情况都反映了两种现实观念逐渐趋同的问题,也都体现了通过女巫学说的威力对这些不设防的,因而岌岌可危的观念进行彻底重塑。②

这意味着,与魔鬼签约者浮士德的传说与布罗肯峰的“女巫狂欢”传说之间有着思想史上的直接关联。浮士德和女巫,二者都属于近代早期世界观和基督教迷信的程式化印象。

在《浮士德》第一部中,蒙在魔鬼狰狞脸孔上的面纱并没有被揭开。关于魔鬼及魔鬼契约的观念源于何处,这对于读者还是一个谜。相反,基于近代早期魔鬼学的“女巫狂欢”观念却被搬上了舞台。“瓦尔普吉斯之夜”并没有描述妖魔化的历史进程,而是刻画了异教世界观在近代早期民间信仰中的延续与长存:浮士德的确与魔鬼签订了契约,女巫们确实是撒旦主义者。首先需要探究的是,为何歌德——这位伟大的异教徒——将女巫狂欢的整场戏让给“他们虚构的魔鬼”。此处选用的研究工具是叙事谣曲《原初的瓦尔普吉斯之夜》中的视角。

浮士德——游走于启蒙与浪漫之间

17 世纪以来,云游四方的人们征服了德国,并在流动戏班的舞台上表演浮士德题材作品。英国诗人、剧作家马洛将《约翰·浮士德博

---

① Baron, Frank: *Die Hexenprozesse und die Entstehung des Faustbuches*, S. 64.

② Ebd.

士的故事》的英译本改写为《浮士德博士的悲剧故事》(*Tragicall History of Doctor Faustus*,1593 以前),后来该题材通过流动戏班巡回演出,可以说是被重新引入德国。各种舞台形式的浮士德题材作品如话剧、哑剧、芭蕾舞剧应运而生,其中浮士德以喜剧人物、马戏团艺术家或是魔法师的形象登场。浮士德题材的舞台作品成为大众剧,仅存娱乐功能。而对于启蒙早期,这部大众剧价值不高。①

直到高特舍德(Johann Christoph Gottsched)在 17 世纪 30 年代进行德国戏剧改革,以其《批判诗学》(*Critischen Dichtkunst*,1730)的理论纲领作为改革标准,德国戏剧才被——按照法国戏剧的模式——定义为“形式上作为服务于直观知识的、特定思想内容的例证与说明手段,内容上则作为具有说教功能的、传播道德理性学说的工具”,②并如是付诸实践。但这并没有给浮士德题材带来根本改变,反而沦落为木偶戏,歌德年轻时在法兰克福看到了其中一个版本。③ 长久以来,启蒙运动都轻视了浮士德主题。在德国启蒙早期的理性主义阶段,它被贬为前现代的民间文学而基本被忽略。

拥有迷信、魔鬼崇拜、魔法笑话故事等元素的浮士德题材确实更趋向浪漫文学,而浪漫作家对中世纪民间文学的迷恋也蔓延至近代早期大众喜闻乐见的通俗作品。长期以来,Historia 被定义为“民间故事书”

---

① 参见 Schneiders, Werner (Hrsg.): *Lexikon der Aufklärung*, S. 366:“启蒙运动之初,德国戏剧正处于低谷。17 世纪产生的德国独立戏剧艺术(耶稣会学校戏剧、西里西亚雅剧)已不复存在。流动戏班以丰富多彩的舞台设计征服了德国各地;备受观众喜爱的是,流动戏班遵循意大利艺术喜剧传统,借助即兴喜剧插曲和滑稽角色来矮化高雅悲剧,这种演出形式源于对娱乐消遣的纯商业利益考量。”

② Ebd., S. 36.

③ 参见 Wilpert, Gero von: *Goethe - Lexikon*, S. 314f.:“随着高特舍德对民俗戏剧的压制,浮士德题材沦落为木偶戏(证据表明至少从 1746 年起)。青年歌德在法兰克福看了一出浮士德题材的木偶戏,其版本无从辨认,可能与西姆罗克 1844 年修复的合成版很接近。”

(Volksbuch),这其实是按照浪漫文学体裁分类方法得出的结果,直到现代文学研究,这种说法才被弃用。[1] 此外,浪漫作家都有"对木偶戏/傀儡戏"[2]的偏好,例如西姆罗克(Karl Simrock)就在1846年发表了修复版的浮士德题材木偶戏。

直到18世纪下半叶,德国启蒙运动才开始表现出对浮士德题材的兴趣,尽管是出于批判启蒙的立场。首先是莱辛,他在《第十七封文学通信——关于高特舍德先生对德国戏剧的功绩以及〈浮士德博士〉戏剧片段》(17. *Literaturbrief – Von den Verdiensten des Herrn Gottscheds um das deutsche Theater. Auftritt aus dem Doctor Faust*,1759)中批判了高特舍德坚持以法国戏剧为榜样改造德国戏剧的企图。[3] 书信结尾处,莱辛放上他撰写的一个《浮士德》戏剧片段,以此与高特舍德式戏剧对峙,因为"德国曾经多么爱它的'浮士德博士'啊!如今在某种程度上依然如此"。[4] 在戏剧的序幕中,众多魔鬼聚集一处。因浮士德对知识的不懈追求,他们试图引诱他,把他"在二十四小时内送进地狱":"求知欲

---

① 参见 Meid, Volker: *Sachwörterbuch zur deutschen Literatur*. Stuttgart 1999, S. 186:"这些作品的浪漫化名称'民间故事书'可以追溯到格雷斯(Joseph Görres),不过被文学研究界弃用了。"

② Bausinger. Hermann: *Formen der „Volkspoesie"*. Berlin 1968, S. 225. Ebd.:"在这一领域里,不仅幻想元素得以最自由地发挥,这种幻境同时也在无可置疑的演出形式的统一中得以维持……因此,浪漫主义者很有可能在木偶戏中找到他们在其他形式的民歌中所寻觅的东西:统一、协调、整体。"

③ 参见 Lessing, Gotthold Ephraim: *Gesammelte Werke*. Vierter Band. Literaturbriefe. Herausgegeben von Paul Rilla. Berlin 1955, S. 135ff.:"'没人,''丛书'的作者这样说道,'会否认,德国戏剧舞台最早的改善,很大程度上要归功于高特舍德教授先生。'我就是这个'没人';我现在就否定这一段。假如高特舍德先生从未与戏剧打过交道该多好。他所谓的改善或者涉及一些可有可无的细节,或者越改越糟。简而言之,他不仅想改善我们的老式戏剧,更是要成为新式戏剧的创造者。何种新式戏剧?一种法国化的戏剧。他不去研究,这种法国化的戏剧是否符合德国人的思维方式。"

④ Ebd., S. 138.

过盛是一种错误,若人们太过执着于此,从中会涌现各种恶行。”①然而,当浮士德召唤魔鬼时,他并没有和他们签约,反而将他们重新赶回地狱,因为他现在已经知道了“由善到恶的转变”。②

莱辛笔下的浮士德虽然探索了知识的边界,但他却没有越界一步。他作为实践型超验哲学家登场,清楚看到人类认知能力的局限,并从中得出伦理的行为选择框架。在莱辛那里,浮士德形象的象征内涵发生了根本性变化:“不懈追求知识的浮士德首次被构想为一位启蒙运动的理想人物,撒旦对他绞尽脑汁,却无功而返。”③此后,许多人都尝试按照同时代的思想观念来重塑古老的浮士德题材。狂飙突进运动中,人类不懈探求知识的主题尤受青睐;文本解读的覆盖范围从启蒙以后的教养剧,如魏德曼《约翰·浮士德》(*Johann Faust*,1775),延展到反理性主义的启蒙讽刺剧,如克林格(Friedrich Klinger)《浮士德的生活、事业和地狱》(*Fausts Leben*, *Thaten und Höllenfahrt*,1790/91)。

但只有在歌德这里——他“可能在青年时代”④就已知道莱辛的《浮士德》片段——浮士德的人物形象才按照全部启蒙艺术规则得到重塑。不懈追求知识和探寻真理的主题在“诗人之王”所著悲剧《浮士德》——这部探讨世界观的作品中得到充分发展;歌德笔下的浮士德是一位出类拔萃、学识渊博的启蒙家。例如,从以下几点可以看出:这个人物不服从任何宗教规则,而是献身于魔法;面对格雷琴有关信仰的提问,他以朗诵式宣叙调来表达自己的泛神论思想。歌德笔下的浮士德受益于人文主义理想,他是一个自主的个体,拥有思想和行动的自由。

---

① Ebd. , Zweiter Band, S. 554.

② Ebd. , S. 559.

③ Bohnen, Klaus: *Grenzsetzungen. Zensur – Kritik und Selbstzensur bei G. E. Lessing*, S. 142. In: Haefs, Wilhelm; Mix, York – Gothart (Hrsg.): *Zensur im Jahrhundert der Aufklärung. Geschichte – Theorie – Praxis*. Göttingen 2007, S. 133 – 144.

④ Trunz, Erich: *Kommentar zu Goethes Faust*, S. 476.

但歌德也揭示了启蒙运动的缺失:他的剧作全然站在批判启蒙的立场,例如浮士德在“夜”中斥责助教瓦格纳只知道积累书本知识,或者在“瓦尔普吉斯夜之梦”中,诗人讽刺性地夸大尼古莱的理性主义世界观(行4267以下;行4319以下)。这部悲剧旨在反对理性教条主义,推崇一个懂得运用“脑和心”来观察世界的理想人物。歌德笔下的浮士德就是这样一位经过启蒙的理想人物。

不过,这就更令人疑惑了——为何歌德一再让浮士德与近代早期迷信中的人物形象同台对戏?虽然《浮士德》是一部以魔鬼为主角的剧作,但与莱辛的作品相似,它同样是一种迷信维度的象征,而该维度须借助启蒙运动的力量来克服:梅菲斯特是“邪恶和否定力量的化身……无法理解人类的理想与价值”。[①] 如果没有梅菲斯特,就不会有浮士德;如果没有迷信,就不会有启蒙。但非常令人惊讶的是,歌德在剧中融入一个魔鬼崇拜明显占据上风的场景。“瓦尔普吉斯之夜”中,来自近代早期魔鬼学的原则俯拾皆是;在无数的魔鬼与女巫中,一切启蒙之光都为硫黄的气息所湮没。那么,诗人在他的启蒙悲剧中加入一个迷信的“瓦尔普吉斯之夜”,意义何在?

诚然,“女巫狂欢”是一个浪漫文学的主题,《浮士德》中也有一些具有浪漫文学色彩的元素,例如哥特式书斋中地灵出现的场景(“夜”),或者“奥尔巴赫地下酒店”中的滑稽剧元素。但“瓦尔普吉斯之夜”谈不上浪漫,它不像叙事谣曲《原初的瓦尔普吉斯之夜》那样,有中世纪异教祭司和日耳曼诸神登场。这里充斥着喧闹与骚动,如同在“黑暗的近代早期”一般:一个“卖旧货的女巫”出售杀人工具(行4906以下),格雷琴以无头鬼的形象出现(行4189以下)。剧作中的这一部分反而让人想起叙事谣曲中的“魔鬼部分”,诗中的异教徒在村庄的壕沟上被基督徒处死,而且在传教士的想象中,可怕的魔鬼在布罗肯峰上举行女巫狂欢。因此,“瓦尔普吉斯之夜”似乎是对这首叙事谣曲《原初的瓦尔普吉斯之夜》后半部分的一种续写,启蒙主题在剧中通过批

---

① Wilpert, Gero von: *Goethe - Lexikon*, S. 692.

判教会的讽刺形式得以呈现。

为了验证这一点,不妨看看本剧的第二主角:格雷琴。因为如果考虑到一些被压抑的场景,她和“瓦尔普吉斯之夜”及巫术之间的关系似乎比表面读来更为密切。

新型:诗人天性
——《浮士德》第二部:浮士德与海伦

> 人们还来问我在《浮士德》里要体现的是什么观念,仿佛以为我自己懂得这是什么而且说得出来!
>
> ——与爱克曼的谈话,1827 年 5 月 6 日①

海伦——一出悲剧

歌德《浮士德》第二部(1832)可谓矗立于德语文学版图上的一座高山:对于悲剧第一部来说是布罗肯峰,对于第二部来说就是奥林匹斯山。诗人自己将《浮士德》第二部形容为“有些不同寻常”,没有一把共同标尺可以衡量,而且“要想单凭知解力去理解它,那是徒劳的”。② 歌德花了近三十年时间润色这部作品,正如他在第一部中所做的那样。当他完成这部剧作时,已是 82 岁的高龄,内心很是自豪。他在 1826 年 10 月致洪堡的信中说:

> 这是我最早的构思之一,它基于木偶戏的传统情节:浮士德迫使梅菲斯特将海伦带到他枕边。我时常动笔创作,然而,除非时间十分充裕,否则这部剧作难以完成,因为它将整整三千年的历

① [译注]中译参考《歌德谈话录》,朱光潜译,北京:人民文学出版社,页 147。

② 致爱克曼,1830 年 1 月 3 日。引自:《晚年歌德谈话录》,第二卷,爱克曼辑录,页 170。[译注]中译参考同上,页 201。

史——从特洛亚灭亡到迈索隆吉被占领——搬上舞台。①

1829年冬季至1830年夏季之间,诗人完成了“古典的瓦尔普吉斯之夜”。毫无疑问,这是全剧理解难度最大的几场戏之一,原因仅在于,剧中主要人物绝大多数时候都没有出场,因而备受关注。取而代之的,则是层次较低的古希腊神话中形形色色的神秘生物和异教妖怪,他们在审美上别具一格。然而,对于悲剧的进展来说,尤为重要的是在冥府中发生的隐而不见之事;为了与美女海伦缔结古典-浪漫的连理关系(第三幕),浮士德来到冥府恳求释放海伦。正如剧中的一切都旨在让这位异教女英雄②复活,“古典的瓦尔普吉斯之夜”中象征生成过程的自然妖怪场景可谓美女海伦现身的“前情”(拉丁语为 antecedens,德译 Ursache)。毫无疑问,“海伦戏”是《浮士德》第二部的核心主题;甚至似乎“歌德这部作品,与其说是《浮士德——一出悲剧》,不如改称《海伦——一出悲剧》(*Helena. Eine Tragödie*)”③:

> 她在哪里?(行7056)
> 她在哪里?(行7070)

这是浮士德触及古希腊土地时说的第一句和第二句话。他之所以

---

① 致威廉·封·洪堡,1826年10月22日。引自魏玛版《歌德全集》,第三部分,第四十一卷,页202。

② [译注]原文为 Halbgöttin,直译“女半神”,本文通译为“女英雄”。古希腊英雄大多拥有半神血统,生活在荷马笔下的“英雄时代”。牛津大学古典学家路易斯·法奈尔曾将古希腊英雄概括为七种类型,首先就是“祭礼型的‘英雄神’(hero-gods)或‘女英雄神’(heroine-goddesses)”。这类“英雄神”或“女英雄神”曾作为神明而受到崇拜,后来被奉为英雄,他们往往源于史前文明的生殖崇拜。海伦的前身是斯巴达地区的植物女神,掌管婚育;而古希腊神话又将她描述为宙斯与勒达之女,是拥有半神血统的凡人。因此,“女半神”海伦亦可称为“女英雄”海伦。参见王以欣,《神话与历史——古希腊英雄故事的历史和神话内涵》,北京:商务印书馆,2006,页1-8、页329-335。

③ Gaier, Ulrich: *Erläuterungen und Dokumente II*, S. 141.

周游世界就是为了得到海伦;而在古希腊的“瓦尔普吉斯之夜”中,海伦会被招魂,从而起死回生。这一场是浮士德为达成古典-浪漫的婚礼而上演的一次戏剧上的“出走”(Exodus),好比架起一座幻想的桥梁,由此为中世纪日耳曼领主浮士德与古希腊女英雄海伦的结合拉开序幕。为了寻找他的女英雄,浮士德来到忒萨利亚的珀涅俄斯河畔;在这片泛神信仰的自然田园风光中,“天鹅(群)”向一位“高贵的王后”示爱(行 7294 以下)。这与海伦的诞生神话类似:据说,宙斯化身天鹅接近勒达,由此诞生了卡斯托尔、波吕德克斯和海伦。①

为进入冥府、让海伦复活,浮士德骑在马人喀戎的背上,来到神医之女曼托的神殿:“海伦害得他神魂颠倒,/他一心想把她得到。”(行 7484 以下)当浮士德消失于冥界,即戏剧性退场后,“古典的瓦尔普吉斯之夜”中真正的创造盛会——“爱琴海的岩石海湾”才到来。它象征着世界内部奥秘的生成过程。古希腊全体妖怪——“一切的一切!”——聚集一处,神秘地协助女神诞生。当泰勒斯激情歌咏大自然时,海洋仙女“伽拉忒亚”(行 8385)乘坐贝辇于海浪间穿行(行 8424 以下),最终荷蒙库勒斯被浪涛拍碎,从而令爱琴海化为一个“炽热的奇迹”(行 8474)。伽拉忒亚是海伦的前身,她已经彰显了这位女英雄的特质②:

> “瓦尔普吉斯之夜”终场前夕,爱若斯(Eros)的盛典好比一场美的诞生。而如今它似乎已然生成。海伦于是现身。③

“海伦戏”的前情

我们还可以从成文史的角度考察“古典的瓦尔普吉斯之夜”与“海

① 参见 Vollmer, Wilhelm: *Lexikon der Mythologie*, S. 223。

② 参见 Gaier, Ulrich: *Erläuterungen und Dokumente* II, S. 137f. :“伽拉忒亚拥有海伦的特质:美丽、优雅、神性的崇高与人性的友善”。

③ Trunz, Erich: *Kommentar zu Goethes Faust*, S. 662.

伦戏”的联系:1800 年,歌德草拟了一场戏,其名为“中世纪的海伦——一出羊人剧”(*Helena im Mittelalter. Ein Satyr – Drama*),约有 250 行:“‘海伦戏’应如古希腊肃剧般开场,在北方魔法中结束;否则,古希腊情妇与中世纪骑士之间似乎不可能结合。”①然而,在这一戏剧片段中,海伦依旧活在古希腊世界,尚未与中世纪德国的化身——浮士德建立联系。随后几年里,歌德将“海伦戏”的创作向前推进了多少,不得而知。十六年后,他为《诗与真》(*Dichtung und Wahrheit*)写下一篇记叙随笔,不过最终却没有将它付印。唯有通过这篇随笔,我们方可以推断诗人早期构思的版本:海伦出现在一座中世纪的“古老城堡”中,

> 浮士德以德国骑士的形象登场,不可思议地与古希腊女英雄同台。海伦觉得他令人憎恶;只因浮士德善于献殷勤,海伦才逐渐顺从了他,而后他成了不少英雄和半神的后继者。②

尽管此处古典与浪漫的结合历程依旧坎坷(“海伦觉得他令人憎恶”),古希腊女英雄海伦出现在中世纪德国的浮士德身旁而非相反,但这一戏剧片段仍为付印版《浮士德》第二部第三幕中的海伦登场奠定基础。大约十年后,歌德才重新着手创作“海伦戏”,仍是以“中世纪的海伦”为题。1825 年春季至 1826 年夏季间,诗人完成了这一幕的写作;不过此时,海伦不再现身于中世纪,而是出现在古希腊,那里有浮士德建造的一座梦幻般的中世纪城堡。完稿几天后,诗人又为第三幕写下一篇题名为“海伦:古典 – 浪漫幻象剧,《浮士德》幕间剧”(*Helena. Klassisch – romantische Phantasmagorie, Zwischenspiel zu ‚Faust‘*)的预告之作,并于 1827 年将其收录在亲定版全集第四卷中,以此与剧本其他部分呼应,起到预先铺垫的效果。诗人在“海伦:《浮士德》幕间剧”(1827 年)的第二稿为这种剧情推进方式辩护道:

---

① Rüdiger, Horst: *Goethe und Europa. Essays und Aufsätze 1944 – 1983*. Berlin 1990, S. 92.

② 魏玛版《歌德全集》,第一部分,第十五卷下册,页 176。

> 悲剧第一部众所周知的凄惨结局与古希腊女英雄的出场之间反差巨大，为了一定程度上弥合二者间的差距，人们首先应怀着友善的态度看待此前发生的故事，其间便会发现这种差距是可以接受的。①

根据这部预告作品，浮士德和梅菲斯特首先“在德意志皇宫”召唤“海伦”和“帕里斯”的“魂灵”，接着浮士德经过“一段长时间的沉睡”，决意赶赴“古希腊冥府”“抢夺”海伦。于是他们来到“实验室”拜访“瓦格纳”，还结识一个初造的“化学合成的小人”；和小人一道，三位开启环球旅行，最终抵达“古典的瓦尔普吉斯之夜的庆典”。他们在庆典上遭遇不计其数的妖魔鬼怪：“女巫厄里克托”和“蛇人厄里克托尼俄斯”，“人面狮”，“雕头狮”和“巨蚁”，“女吸血鬼恩浦萨”以及“所有古希腊怪兽”，“喀迈拉，羊鹿兽，人畜双头兽，还有数不胜数的多头蛇。鸟身女妖哈比振翅飞舞，好似蝙蝠在盘旋中摇摆不定。龙蟒一条顶俩，斯廷法利斯湖畔的铁翼怪鸟则尖嘴利齿、脚上长蹼，叫声此起彼伏，如箭矢般依次飞过”，“美人鸟塞壬”和“珀涅俄斯河神”相继登场，随后还有“海洋女仙涅雷伊德与海之信使特里同”“巨人恩克拉多斯”“无数鹤群”“马人喀戎”“蛇妖拉弥亚”。“宁芙仙女拉里萨”“神医之女曼托”以及“一大群女预言家”，最后是“冥后珀耳塞福涅”，浮士德作为“俄耳甫斯第二”下到“冥府”请求冥后，随后“海伦”重返斯巴达大地，“活生生地现身于斯巴达老王从前兴建的宫殿内”。② “正是这里，”歌德写道，“预告的幕间剧开始上演。”③因而，此处展现的并不是海伦的出场，或是她与浪漫-日耳曼骑士浮士德之间的结合，而是此前发生的故事，包括当时尚未成文的《浮士德》第二部前两幕的情节。歌德称这几场戏为“前情”（Antecedenzien），即“此前发生的、众所周知的、经过全面考虑的”④情节。

---

① Ebd.，S. 199.

② Ebd.，S. 200 – 212.

③ Ebd.，S. 212.

④ Ebd. 此外，歌德还在几篇日记中提到“前情”一词，例如1826年12月15日、20日、21日、22日、29日。

显然，诗人撰写前情时，首先想到后来获名“古典的瓦尔普吉斯之夜”的一场戏；该场在这篇草稿中首次被提及，而且戏中不少细节已经得到了成熟思考。对该场的戏剧构思约占草稿篇幅的四分之三，它才是名副其实的“海伦戏”的前情。《浮士德》付印版也体现出这种倾向：“古典的瓦尔普吉斯之夜”——那场“戏中戏”①——引人注目地增长到 1483 行的篇幅。② 在这篇预告之作发表后的数月里，歌德就开始了第二部第一幕的创作，并于1827 年5 月至1830 年1 月间完成。与此同时，他还在 1827 年秋季至 1830 年冬季间完成了第二幕。1830 年 6 月 25 日，诗人在罗马致儿子奥古斯特的信中写道：“告诉爱克曼……‘瓦尔普吉斯之夜’已全部完稿；由于还有其他更为迫切之事需要处理，现在它是最大的希望。”③

从荷马到歌德

“古典的瓦尔普吉斯之夜”是海伦起死回生的肇端。但是海伦——这个历经三十余年的诗学实践才造就的人物——究竟是谁？此人并非歌德的发明，而是古希腊神话中的人物。她的历史与西方文学一样悠久。

最早提到海伦的是两千五百多年前的荷马④史诗《伊利亚特》（*Ili-*

---

① Trunz, Erich：*Kommentar zu Goethes Faust*, S. 627.

② 例如歌德的《埃庇米尼得斯》（*Epimenides*）只有 986 行，《潘多拉》（*Pandora*）只有 1086 行。

③ An August von Goethe, 25. Juni 1830. In：WA IV, 47, S. 112.

④ 关于《伊利亚特》究竟是单个诗人独立创作，还是多个诗人集体创作的“荷马问题”（Homerische Frage），在此先搁置不论：人们对这位假定的吟诵歌者（Rhapsode）知之甚少；他与历史上的赫西俄德同时代生活，是一位半神话的人物。至于荷马其人是否真实存在，仍无定论。从词源上可以注意到，“荷马”（Homer）也许并非个体名称，而是一个种类的通用名称：古希腊语 *μρν* 的意思是“盲人”（der nicht Sehende），也许指“狂喜的盲歌手”这一古典意象。无论如何，至少《荷马赞歌》（*Homerische Hymnen*）绝不可能仅归功于荷马一人，因为这是一部历经多个世纪才创作出来的作品。

as),书中讲述了来自希腊的阿开亚人——据说在公元前 1200 年前后①——围攻特洛亚城(又称伊利昂)的故事。特洛亚战争的神话缘起是所谓“劫持海伦”事件(Raub der Helena),虽然《伊利亚特》没有详述这一情节,但这是特洛亚战争爆发的前提条件②:海伦是宙斯与勒达的女儿、墨涅拉奥斯的妻子,她受到特洛亚王子帕里斯诱拐(或者说诱惑),于是爆发了海伦所在地特洛亚城的战争。

琉善(*Lukianos von Samosata*)所撰《对话集》(*Gesprächen*,公元 2 世纪)列出更多特洛亚战争爆发以前的故事细节,后来维兰德(Christoph Martin Wieland)将其译成德语,取名为《帕里斯的评判》(*Das Urteil des Paris*):人间国王佩琉斯和海洋女仙忒提斯(二者后来成为阿喀琉斯的父母)成婚之时,除纠纷女神厄里斯以外的所有希腊神祇都收到了婚宴的邀请。出于愤怒,厄里斯将一颗金苹果抛向宴席,上面铭刻“献给最美的女神”(古希腊语为 καλλίστῃ,德译 Der Schönsten)。随后,智慧女神雅典娜、爱神阿芙罗底忒与天后赫拉便陷入纠纷,互相争夺“最美女神”之名。宙斯是雅典娜和阿芙罗底忒的父亲、赫拉的丈夫,他拒绝担任仲裁者,而将评判权移交帕里斯,让三位女神找他仲裁:

> 赫尔墨斯,拿着这颗金苹果去弗里基亚找普里阿摩斯的儿子,你知道的,那个牧牛人,他在伊达山伽耳伽荣峰放牧。你把我的话

---

① 参见 Patzek, Barbara: *Homer und seine Zeit.* München 2003, S. 59:“荷马史诗是否可以追溯到一个时间久远的历史事件,即公元前 1200 年希腊人(阿开亚人)对小亚细亚地区特洛亚城发起的一场战争?特洛亚战争的传说又是否拥有历史内核?上述猜想十分可信;其原因在于,荷马史诗、忒拜传说以及特洛亚传说中至关重要的场景均与公元前 1200 年以前作为政权中心而发挥重大作用的地点及其高大坚固的城墙有关。”

② 参见 Reichel, Michael: *Fernbeziehungen in der Ilias.* Tübingen 1994, S. 264:“《伊利亚特》中海伦的出场对剧情的发展作用不大:海伦的诗学功能取决于她在导致特洛亚战争爆发的传说故事中所扮演的角色。”

告诉他:帕里斯,因为你英俊秀美,而且特别善于谈情说爱,所以宙斯给你一个任务,让你评判哪位女神最美;作为比赛奖品,胜出者将赢得你手中的金苹果!①

于是三位争论不休的女神都试图贿赂帕里斯。赫拉保证赐予他政治权力,雅典娜答应让他战无不利、智慧拔群,阿芙罗底忒则许他以世上最美的女子——斯巴达国王墨涅拉奥斯的妻子海伦:“我向你承诺,我会让你和海伦结为夫妻,让她随你来特洛亚城。”②帕里斯将厄里斯的金苹果献给阿芙罗底忒后就将海伦诱拐到特洛亚城,于是希腊联军掀起那场复仇战争,荷马史诗描述了这场战争的最后几天。③《伊利亚特》中,海伦已身处特洛亚城,书中描述她站在特洛亚城墙(*τείχος*)上和国王普里阿摩斯一起观看前来围攻(*σκοπεῖν*)的希腊英雄,这是戏剧叙事手段“越墙视角”(Teichoskopie)在文学史上的首次应用。④

然而,早在古代就有人质疑,海伦争夺战打响时,海伦其人究竟是否在特洛亚城。希罗多德在《历史》(*Historien*,公元前5世纪)中如是记载:当帕里斯和他的赃物扬帆返乡时,被“逆风刮到了埃及高地”;当地国王普洛透斯对诱拐者的“不义之举”十分愤怒,于是把海伦留在身

---

① Lukian: *Gespräche der Götter und Meergötter, der Toten und der Hetären.* In Anlehnung an Christoph Martin Wieland übersetzt und herausgegeben von Otto Seel. Stuttgart 1987, S. 39.

② Ebd., S. 49.

③ 《伊利亚特》影射了琉善所描述的金苹果故事:“普里阿摩斯和他的人民,只因阿勒珊德罗斯犯罪,/在她们去到他的羊圈时侮辱她们,/赞美那位引起致命的情欲的女神”。参见 Homer: *Ilias.* Neue Übertragung von Wolfgang Schadewaldt. Frankfurt am Main 1975, Vierundzwanzigster Gesang, V. 28f.。[译注]中译参考《荷马史诗·伊利亚特》,罗念生、王焕生译,北京:人民文学出版社,2003,页553。

④ 参见 Homer: *Ilias*, Dritter Gesang, V. 121 – 244。

旁,将帕里斯遣送离开。[1] 这位历史作家当然意识到这段传说的诗意建构。他没有把它记述成历史事件,而是呈现为荷马笔下特洛亚神话的另一版本:

> 而在我来想,荷马也是知道这件事情的。但是这件事情不像他用的另一个故事那样十分适于他的史诗。[2]

古希腊肃剧作家欧里庇得斯正是将传说的变异性作为戏剧《海伦》(*Helene*,公元前 412 年)的开端。“我没有/往特洛亚去,那是一个幻影。”[3]这位古希腊女英雄在与墨涅拉奥斯的对白中坦言。根据欧里庇得斯的版本,阿开亚人的希腊联军围攻特洛亚城长达十年之久,最终将其摧毁殆尽,尽管海伦生活在埃及:城墙背后仅有一个如梦似幻的虚影,一尊女英雄的幻象。肃剧《特洛亚妇女》(*Die Troerinnen*,公元前 415 年)中,欧里庇得斯重拾有关特洛亚城的神话传说,将墨涅拉奥斯返回斯巴达的旅程搬上舞台,恰如此前埃斯库罗斯《俄瑞斯忒亚》(*Orestie*,公元前 458 年)描写特洛亚战争结束后希腊国王阿伽门农的返乡之旅。后来,海伦的故事在古罗马得到丰富的诗学创作与改编,例如贺拉斯的《颂歌集》(*Oden*,约公元前 23 年)、维吉尔的《埃涅阿斯纪》(*Aeneis*,约公元前 19 年)。

歌德熟知有关海伦的古典文献,并将其用于《浮士德》第二部的谋篇布局。剧中没有介绍海伦的身世,而是视其为背景知识。第一幕中,特洛亚战争的引火索便成为通往希腊的剧情发展起点。在皇

---

① 参见 Herodot: *Historien.* In: Lange, Friedrich (Hrsg.): Die Geschichten des Herodotos. Berlin 1811, Zweites Buch, S. 178 ff。

② Ebd., S. 180. [译注]中译参考希罗多德,《历史》,王以铸译,北京:商务印书馆,1997,页 139。根据原文稍作调整。

③ Euripides: *Helena.* Aus dem Griechischen übersetzt und erläutert von C. M. Wieland. Wien 1814, S. 189. [译注]中译参考欧里庇得斯,《海伦》,周作人译,载于《周作人译文全集》第二卷,止庵编订,上海人民出版社,2012,页 130。

帝行宫的“骑士厅”里，浮士德和梅菲斯特从“芬芳的烟雾”（行6424）制造出帕里斯（行6453以后）和海伦（行6479以后）的幽灵幻象，之后又重演“劫持海伦”（行6547以后）的戏码。观众席中，一名为海伦的美丽所倾倒的“学者”如是指出这一场景的文学语境（行6533以下）：

我虽看得分明，却须坦率承认：
她是否就是那个人儿，我还不能确定。
眼前所见扑朔迷离，难免使人夸张其词；
我倒宁信古书，主张言必有据。
我曾从中读到，她的确让特洛亚的白须老翁个个倾倒，
我看这段故事也可以引申到这里：
我虽并不年轻，她同样使我称心如意。

学者以“她是否就是那个人儿”表达自己的怀疑，似乎在影射欧里庇得斯与希罗多德笔下的海伦故事，不过眼前这出戏的确只是幻象。当学者忆起“古书”（行6536）时，他才自称可以确信海伦的真实存在：显然，他眼前浮现的正是前文所提《伊利亚特》中的“越墙视角”，看到“这些长老”坐在特洛亚城门上将海伦的容颜与“永生的女神”相提并论，为了她“长期遭受苦难”也在所不惜。① 既然戏中的海伦也撩动了他的情弦，这位老学者便理所当然地认为：眼前所见确实就是那位众所倾慕的美女。

浮士德毕竟也是一名老者，尽管在女巫药酒的作用下重返青春，他也被海伦折磨得苦不堪言：为了不让帕里斯劫持海伦的计谋得逞，他要“用强力”（行6560）救下海伦，亲手摧毁芬香烟雾制造的幻术；于是引发“爆炸”，浮士德“倒地”（舞台提示）。接着掀开第二幕，在悲剧第一部中出现过的那间高拱顶哥特式书斋里，浮士德“躺在一张古老的床

① Homer：Ilias. *Dritter Gesang*, V. 149 - 160.［译注］中译参考《荷马史诗·伊利亚特》，罗念生、王焕生译，页64。

上”(舞台提示)。“海伦让谁丧魂落魄,/谁就不容易恢复智能。”梅菲斯特诊断道(行6568以下)。唯有前往古希腊,在“古典的瓦尔普吉斯之夜”(行6941)的庆典上与真实的海伦结为连理,似乎才是治疗浮士德相思病的一剂良药。

“古典的瓦尔普吉斯之夜”一场中,浮士德终于踏上古希腊土地,面对忒萨利亚林林总总的自然妖怪,他的目标十分明确:“你们哪一位见过了海伦?”(行7186)当他坐在马人喀戎的背上穿行于珀涅俄斯河畔的沼泽地带时,他们的谈话主要围绕海伦:“她多么迷人!年纪又轻,真叫老人称心!”(行7425),马人再次提到《伊利亚特》中“越墙视角”的主题。虽然浮士德早已下到冥府请求海伦复活,爱琴海岩石湾的自然妖怪们在庆祝着四大自然元素的调和,文本还是暗示了特洛亚城覆亡的历史。海神涅柔斯歌唱道(行8110以下):

> 当年帕里斯迷恋一个异邦女子之前,
> 我曾像慈父一般把他规劝。
> 那时他莽撞地站在希腊的海岸,
> 我向他诉说我的心灵所见:
> 风起烟涌,红光荡潦,
> 栋梁燃烧,下面是杀戮与死亡。
> 这是特洛亚的末日,被谱成高昂的诗韵,
> 千年之后让人读了,仍然会胆战心惊。
> 老人的忠告在冒失鬼听来不过是戏言,
> 他随心所欲,肆无忌惮,伊利昂于是沦陷——

此处歌德暗指贺拉斯《颂歌集》中的一个情节,即海神涅柔斯向帕里斯预言特洛亚城的陷落。[①] 荷马史诗《奥德赛》(*Odyssee*,公元前8世

① 参见 *Horazens Oden in deutschen Reim – Versen von Dr. Joseph Nürnberger.* Stuttgart 1825, Erstes Buch, Funfzehnte Ode, S. 60。

纪)也描述海神具有预言天赋。① 诗人以“这是特洛亚的末日,被谱成高昂的诗韵”再次影射荷马《伊利亚特》的传统。然而,“古典的瓦尔普吉斯之夜”的主题不是毁灭,而是复活。浮士德确实成功让古希腊女英雄起死回生。第三幕中,海伦出现在“斯巴达的墨涅拉奥斯宫殿前”,来自古典文学作品的主题和引文在这一场俯拾皆是。海伦周围的“被俘特洛亚妇女合唱队”(舞台提示)如此生动地再现特洛亚战争:

> 通过烟雾缭绕、尘土飞扬的
> 杀伐之声,我听见诸神
> 在可怕地叫喊,听见纠纷女神
> 铜钟般的声音响彻战场
> 传向了城墙。

合唱队的名称取自欧里庇得斯的肃剧《特洛亚妇女》。按照《伊利亚特》的记述,特洛亚战争期间可以听见诸神的吼声。② “纠纷女神”则暗指琉善《对话集》中记载的有关引发纠纷的金苹果的故事;纠纷女神厄里斯投下这颗苹果,为劫持海伦与特洛亚亡城奠定基础。

在歌德看来,有关海伦的古希腊神话是预设的背景知识。对于过去发生的事情,剧中的海伦也深受震撼,她感到自己对此负有责任,害怕如今从战争中回来的丈夫墨涅拉奥斯会对她施以报复。歌德借用欧里庇得斯《特洛亚妇女》中的血腥复仇主题:“让人用石头砸死!”返乡的墨涅拉奥斯这样说道:“你那样一死,/便可以立刻赔偿阿开亚人所

---

① 参见 Homer: *Odyssee*. In der Übertragung von Johann Heinrich Voß. 3. Auflage. München 2004, IV. Gesang, V. 360 – 570。

② 参见 Homer: *Ilias*. Fünfter Gesang, V. 785, V. 860 und Vierzehnter Gesang, V. 148。

受的无尽苦难。”①福库亚斯(由梅菲斯特扮演)更是在交谈中指出古典文学所描述的海伦的分裂身份,以此加剧她内心的不安:“但听人们说,你有两个化身,/一个出现在伊利昂,一个却到了埃及。”(行8872以下)与欧里庇得斯的作品相似,剧中的海伦也称自己为一个“幻象”(行8879):“我就要消失,甚至对我自己也只是一个幻象。”(行8881)古希腊女英雄如是感叹道,接着“昏倒在半个合唱队的手臂中”(舞台提示)。

不过,这里的身份危机也可视为一个起点,预示着将在第三幕中发生的决定性转折,任何古典文献中都找不到这样的情节:海伦步入了中世纪——要注意,这可发生在古希腊土地上。海伦从昏迷中苏醒;在福库亚斯的劝说下,她离开了墨涅拉奥斯的宫殿,转而造访一个“野蛮”(行9013)人的城堡,即日耳曼骑士及军队首领浮士德的骑士堡。“城堡的内院”一场中,“周围都是富丽堂皇、异想天开的中世纪建筑”(舞台提示),城堡主人已在此恭候海伦的到来。浮士德现身,“身着中世纪骑士宫廷服装,出现在台阶上,庄严地慢步而下”(舞台提示)。中世纪骑士与古希腊女英雄两情相悦、彼此结合,接着场景发生转换:舞台变为“阿卡迪亚”(行9569)里的阴凉林苑,呈现一派幸福的田园风光;这里,浮士德和海伦在古典-浪漫的幻景中和谐共居,还生了一个孩童——诗(Poesie)。然而,“一句古话”在这位女英雄身上“应验”(行9939),“福与美原来不能持久地两全”(行9940),于是海伦重返冥府:“海伦的衣裳化为云彩,围裹着浮士德,将他浮入高空,带他一同飘走。”(舞台提示)

“诗人可以按照自己的需要来描写”

在叙事谣曲《原初的瓦尔普吉斯之夜》的“异教徒部分”中,歌德按

---

① Euripides: *Die Troerinnen*. In deutscher Bearbeitung von Franz Werfel. Leipzig 1915, S. 102. [译注]中译参考欧里庇得斯,《特洛亚妇女》,罗念生译,载于《罗念生全集》第三卷,上海人民出版社,2007,页214。根据原文稍作调整。

照日耳曼神话对中世纪的原始“瓦尔普吉斯之夜”进行浪漫重构；而在“古典的瓦尔普吉斯之夜”一场中，诗人也采用了类似的文献来源，即古希腊（《伊利亚特》）和日耳曼（《埃达》）的神话故事——这些歌谣均源自异教文化的古典时期，以诸神和英雄为主题。这类歌谣历史悠久，通过口述和匿名的形式流传，反映了前基督教时期的文化，是赫尔德心目中的“民歌”（Volkslieder）。赫尔德并不在意它们是起源于中世纪的日耳曼还是古代的希腊。在他看来，不仅《埃达》（*Edda*），《伊利亚特》也算民歌，赫尔德在《民歌集》（*Volkslieder*）第二部的序言中写道：

> 荷马，希腊最伟大的歌手，同时也是最伟大的民间诗人。他那部辉煌巨著不是叙事诗，而是史诗（ἔπος）、童话、传说，是活生生的民族史。①

然而，赫尔德对民族文学的关注态度不是守旧，而是求新：他在《民歌集》中提到“一种原初的诗性力量，能在当下和未来激发出一种全新的文学形式”。② 歌德、席勒以及早期浪漫派人物都听见赫尔德对“神话新用”（neuer Gebrauch der Mythologie）的呼吁；在他们那里，“新神话”成为文学理论的流行语。

如今，以语文学、民俗学的方式对古老神话进行重构和改编不再重要，重要的是运用创新手法对其进行全新塑造；新神话应建设性地扩充旧神话。③《浮士德》第二部中，尤其是受荷马启发的“海伦戏”相关情

---

① Herder, Johann Gottfried: „Stimmen der Völker in Liedern“. Volkslieder. Zwei Teile 1778/79. Herausgegeben von Heinz Rölleke. Stuttgart 2001, 167f.《伊利亚特》确实可以追溯到一系列广为流传的口传神话故事；“民间诗人”荷马继承了前荷马时代的口头吟诵传统，他有意识地对其进行延伸创作，并在一定程度上将其推为经典。参见 Patzek, Barbara: Homer und seine Zeit, S. 41 –64。

② Irmscher, Hans Dietrich: Johann Gottfried Herder. Stuttgart 2001, S. 163.

③ 浪漫派的新神话表现为“集成并组合现存神话元素的一种方案。古老而封闭的符号世界与神话体系会被‘重新激活’，并服务于建构一种全新且灵活的形式语言与图像语言”。参见 Brauers, Claudia: Perspektiven des Unendlichen, S. 184。

节中(第二幕和第三幕),这一新神话纲领得以实践,令人印象深刻。盖尔(Ulrich Gaier)称这部作品是对“《伊利亚特》的重写和续写”。① 剧中没有纯粹复述关于海伦的古希腊神话(如厄里斯的金苹果,劫持海伦,特洛亚战争等),而是将其作为已知前提,同时又大量影射且富有创造力地续写这些神话故事。用赫尔德的话来说,它们充当“诗学工具”(poetisches Werkzeug)的角色。

歌德超越了荷马笔下的神话传统,因为他让海伦、被俘特洛亚妇女合唱队与墨涅拉奥斯在特洛亚战争结束后一道返回“斯巴达的墨涅拉奥斯宫殿”。他还远胜于其借鉴的古典作家,因为他让这位众所倾慕的女英雄在中世纪城堡与日耳曼领主浮士德相会。“诗人可以按照自己的需要来描写。”(行7429)喀戎在“古典的瓦尔普吉斯之夜”提到海伦时这样说道。这里马人喀戎显然揭示了一些诗人的创作理念,“指出超越时间的、循环往复的、通过艺术让美重焕生机的奥秘”。② 在语文学的元层次上,海伦不仅是被浮士德强行复活的戏剧人物,同时更是剧作背后诗学理念的象征。海伦的“起死回生”发生在两个层面:从戏剧艺术上言之,是浮士德将这位古希腊女英雄带出冥府;从作品题材和修辞手法上言之,是歌德通过重写和续写荷马《伊利亚特》的神话传统,让这位古老的女英雄重获新生。

作为日耳曼领主的浮士德

《浮士德》第二部经常通过引用、改写其他作品或是反其道而行之来与它们进行互文对话,其中也包括歌德自己撰写的,例如1799年完成的诗体史诗《阿喀琉斯》(*Achilleis*)。③ 同样在1799年成文的叙事谣曲《原初的瓦尔普吉斯之夜》似乎与《浮士德》第二部的写作背景一致。该剧以泛神信仰为背景展现的日耳曼-浪漫英雄精神更是反映出叙事

① Gaier, Ulrich: Erläuterungen und Dokumente II, S. 294.

② Trunz, Erich: *Kommentar zu Goethes Faust*, S. 639.

③ 参见Gaier, Ulrich: *Erläuterungen und Dokumente II*, S. 312。

谣曲中发挥作用的人物和观念。

作为日耳曼领主的浮士德从其中世纪城堡的台阶款款走下，连“萨克森人”（行9471）也服从于他。他在宫廷中实行日耳曼采邑制度：歌德用“随意馈赠”（行9009）来表示塔西陀在《日耳曼尼亚志》（*Germania*）中所描述的日耳曼人的“自愿馈赠”（Ehrengabe）。① “人们把这个民族斥为野蛮。”福库亚斯如是介绍浮士德的种族背景（行9013）。作为日耳曼骑士，浮士德深谙用兵之道。他决意保护自己的“女主人”（行9385）海伦不受墨涅拉奥斯伤害，于是指挥集结完毕的日耳曼军力奔赴伯罗奔尼撒地区。“日耳曼人！”他向部落首领发话，将哥特人派往阿开亚，将法兰克人派往厄利斯，将萨克森人派往墨塞涅，将诺尔曼人派往阿耳戈利斯（行9466以后）。随后结束于“将帅们把他围成圈，以便详细倾听命令和指示”（舞台提示）。浮士德会不会让他的部下起誓，出于战争策略而将自己伪装成魔鬼的样貌，以让对手落荒而逃？如此一来，日尔曼人便可为自己赢得一场战争。“勇敢的男子，各自散开，/分布在整个森林地带。”叙事谣曲《原初的瓦尔普吉斯之夜》中的“看守者合唱队”这样自我指挥道。

确实，浮士德麾下的日耳曼骑士与《原初的瓦尔普吉斯之夜》中的异教看守者之间可以构成关联。他们也为了保护自己的首领而分布各地：叙事谣曲中有“我们布置男子去守护”，《浮士德》第二部中则有“他们竞相把你防卫”（行9510）。两部诗作中，战士均被派遣到外地，从而营造一块受保护的圣地，在此，神祇——日耳曼主神的沃坦（Wotan）或是古希腊女英雄海伦——可以安然地接受崇拜。战士派出后，舞台当即转为一片泛神论式的自然风光。城堡的内院如今变成“浓荫的林

① *Germania*：Tacitus，15：“按照他们国内的习俗，每人自愿地将自己的牛群或谷物的一部分献给酋帅，这是作为礼物收下的，但也满足了酋帅们的需要。酋帅们特别喜欢接受邻近部落的馈赠，这些馈赠不仅有个人送来的，还有全体部落送来的。礼品之中有精选的良马、厚重的盔甲、马饰及项链等物。现在他们还从我们这儿学会了接受钱币。”［译注］中译参考塔西陀，《阿古利可拉志·日耳曼尼亚志》，马雍、傅正元译，北京：商务印书馆，1985，页63。

苑”(舞台提示),这处胜境(locus amoenus)令人想起日尔曼人的神圣林苑。尽管“海伦戏”第二场的地点在阿卡迪亚,从地形和主题上看,它与叙事谣曲《原初的瓦尔普吉斯之夜》中的“绿野”仍十分相似(行9538以后):

牧神潘在那儿保护,生命之源的宁芙寓居
在灌木丛生的狭谷里,那儿潮湿而清凉,
枝桠繁茂,树木挤着树木,
伸向高空充满着渴望。

这是古老森林! 橡树昂然挺立,让枝柯任意交错;守卫这片山林的正是山羊模样的牧神、希腊的“万有之父”(古希腊语为 πάν,德译为 All)——潘(Pan)。这位万有之神与宁芙仙女、自然妖怪或者女巫生活在林苑当中。歌德称此地为“古老森林”,这无疑是浪漫派的构词方式,不禁令人想起歌德1812年12月3日致采尔特信中提到的曾在“神圣林苑”中庆祝“瓦尔普吉斯之夜”的“古老祖先”。此外,“橡树”不仅是浪漫派风景画的核心主题(“德国橡树”),还是受日耳曼部落崇拜的诸神之树;人们会联想到那棵代表雷神多纳尔(Donar)的橡树,当时中世纪传教士波尼法修斯(Bonifatius)在盖斯马将其砍倒,这一事件在叙事谣曲《原初的瓦尔普吉斯之夜》的历史背景中有所作用。① 这些世间林木牢牢扎根于歌德的“浓荫林苑”,标志着与古希腊神话中阿卡迪亚地区相关的人类黄金时代。在此,诗人以古典牧歌的文风呈现一片史前自然风光,正如他在叙事谣曲《原初的瓦尔普吉斯之夜》中根据浪漫神话学派的标准所重构的那样。

通过成文史来解释叙事谣曲与“海伦戏”之间的交互关系的做法

---

① 公元723年,波尼法修斯将日耳曼部落的卡狄人崇拜的一棵代表多纳尔的橡树砍倒,并用这棵橡树的木材为新成立的弗里茨拉尔修道院建造了第一座圣伯多禄教堂。参见 Padberg, Lutz E. von: *Die Christianisierung Europas im Mittelalter*, S. 84。

似乎颇具吸引力:《原初的瓦尔普吉斯之夜》以及戏剧片段“中世纪的海伦”的原始构思都在 1800 年前后完成。不过,直到 1816 年歌德为《诗与真》起草的那篇记叙随笔,浮士德才首次作为“德国骑士”亮相,再后来就是付印版《浮士德》第二部中“城堡的内院”和“浓荫的林苑”两场,它们成文于 1825 年到 1826 年间。尽管如此,这首叙事谣曲和“海伦戏”之间似乎存在一条精神纽带。从语文学上的对比可以看出,《原初的瓦尔普吉斯之夜》也在“海伦戏”的前情中发挥作用,而且同样以日耳曼人的用兵之术与泛神信仰为背景。

第一幕中,“四通八达的厅堂”一场好比“小型的瓦尔普吉斯之夜”,其中不少地方让人联想到叙事谣曲。那里上演了“化妆舞会”(舞台提示),也就是扮装仪式(Verkleidungskult),叙事谣曲中的异教徒也举行类似的仪式。在这场舞会中,人们可以看到“魔鬼舞、小丑舞和骸骨舞”(行 5066)。“喧哗”和“歌唱”宣告这场假面狂欢的高潮(行 5801 以下):

粗野群队,一齐出现,
来自林谷,来自山巅,
浩浩荡荡,不可阻拦:
他们祭祀他们的大神潘。

日耳曼神话世界中的“粗野群队”是一支由幽灵骑士率领的亡魂夜行队。① 这其实也是一种扮装仪式:日耳曼骑士身披熊皮(Bersker,意为“熊战士”)或狼皮(Ulfheðnar,意为“狼战士”),以期在战斗中给敌方施加心理压力;②这种“死灵军团”战术是歌德从《日耳曼尼亚志》中

---

① 参见 Vollmer, Wilhelm: *Lexikon der Mythologie*, S. 452f。

② 赫夫勒(根据维泽和梅利的前期研究)明确指出,“粗野群队”不仅是自然神话,更是一种扮装仪式。参见 Höfler, Otto: *Kultische Geheimbünde der Germanen.* Frankfurt/Main 1934。

获知的。① 因此,“四通八达的厅堂”里的“粗野群队”亦“势不可挡”。叙事谣曲《原初的瓦尔普吉斯之夜》中,日耳曼的萨克森战士正是运用了这种心理战术——他们同样出于军事目的在“山巅”和“林谷”间上演化装舞会。萨克森战士在此与“万有之父”同盟作战,这一点完全符合“粗野群队”的日耳曼扮装文化。②

而在《浮士德》第二部的扮装场景中,日耳曼骑士处于“大神潘”的庇护下,这显然预示着古典与浪漫的结合;换言之,这里对叙事谣曲中的主题进行“希腊化”(Graekisierung)的做法,似乎为“古典的瓦尔普吉斯之夜”吹响前奏。这位希腊神祇的随从中有“芳恩之群,/舞姿翩跹”(行5819以下):“萨堤尔跟在后面跳,/用的细腿和羊脚。”(行5829以下)这些羊人自然都属于古代魔鬼,他们正和“女人”(行5826)共舞,并以“山巅”(行5832)为居所。不过,我们可以放心地从他们的举止联想到布罗肯峰上的女巫狂欢,因为按文本字面意思理解,这支“粗野群队”正是来自布罗肯峰地区(行5865以下):

> 俺们被称为林中野人,
> 在哈尔茨山远近闻名;
> 天生裸体,孔武有力,
> 一个个巨大无比,
> 右手握住松树干,

---

① 塔西陀作品中,这类扮装战士被称作“阿累夷人”(Harier):“他们用黑色的盾;身体都涂上颜色;他们专门乘着黑夜交战。他们就像一群阴兵鬼卒似的借着这惨淡可怕的情景使敌人感到惊慌失措。谁也不敢面对着这样奇怪的、宛如妖魔出现的情景。在任何一场战争里,眼光总是最先被慑服的。”[译注]中译参考塔西陀,《阿古利可拉志·日耳曼尼亚志》,马雍、傅正元译,北京:商务印书馆,1985,页77。

② 参见Simek, Rudolf: *Lexikon der germanischen Mythologie*, S. 491:“这类仪式的执行者是一些好战的,且与日耳曼主神沃坦(即奥丁)相关的信仰团体,而沃坦作为野人军团首领的身份在整个日耳曼民俗传统中都有明确记载。”

系紧环带腰滚圆，
枝叶做的围裙最结实：
教皇也没有这样的卫士。

中世纪的英雄传奇中，野人——作为文明宫廷社会的对立面——象征着不受约束的自然威力。他们拥有动物属性，全身长满毛发，仅仅穿戴树叶或苔藓①："日耳曼森林魔怪和古代羊人萨堤尔的外形特点融汇于他们身上。"②据说，哈尔茨山林中曾居住过这类野人，上哈尔茨地区小镇"维尔德曼"（Wildemann）便由此得名。③ 显然，歌德在此化用了上述起源传说（ätiologische Sage）。他可能含蓄影射叙事谣曲《原初的瓦尔普吉斯之夜》中经过扮装的日耳曼骑士，这些"勇敢的男子"手中握着的不是"松树干"，而是一些"锥子""叉子"或者"响鞭"。虽然这些异教徒"在哈尔茨山区人尽皆知"，但他们却似乎要为"女巫狂欢"想象的广泛传播担负责任。

野人这一形象确实源于日耳曼扮装仪式，属于沃坦随从中死灵军

---

① 亚瑟王传奇《伊魏因》（*Iwein*，约1200年）对野人进行了详尽描述："他有着人类的外表，然而看起来极度狂野。"他有着"凌乱的、呈炭黑色的头发"；"他的双耳""像森林魔怪那样/布满苔藓"；他的"胡子和眉毛""又长又粗，还发灰"；他有着"锋利的獠牙/像野猪的，而非人类的"；他的"头颅大概在这个位置，/他毛发蓬乱的下巴看起来仿佛长在胸口"。参见 Hartmann von Aue: *Iwein*. Herausgegeben und übersetzt von Rüdiger Krohn. Kommentiert von Mireille Schnyder. Stuttgart 2012，425ff。

② Dinzelbacher，Peter（Hrsg.）：Sachwörterbuch der Mediävistik. Unter Mitarbeit zahlreicher Fachgelehrter und unter Verwendung der Vorarbeiten von Hans－Dieter Mück，Ulrich Müller，Franz Viktor Spechtler und Eugen Thurnher. Stuttgart 1992，S. 905.

③ 该传说流传广泛，例如 Pröhle，Heinrich：*Harzsagen*. Erster Band：Sagen des Oberharzes. Leipzig 1859，S. 51f. 。

团的一员。[①] 随着传教活动的开展，就像叙事谣曲中的异教徒一样，这些野人也被等同于基督教的魔鬼。属于“狄特里希”史诗系列（*Dietrich*-Epik，9至16世纪）的中古高地德语英雄史诗《锡格诺特》（*Sigenot*）中，野人就有“魔鬼”（Tiufel）[②]之称。兴许这就是歌德将他的野人与“教皇”相提并论的原因。这种对比关系可以解读为对《原初的瓦尔普吉斯之夜》中“魔鬼部分”的影射，戏中批判教会的层面很大程度上受阿诺德反教皇言论的影响。不过，“四通八达的厅堂”一场中没有出现传教士，因此哈尔茨山区的野人可以不受干扰地举行他们古老而神圣的习俗活动（行5872以下）：

宁芙合唱（围着大神潘）
他也亮了相！——
在大神潘身上
天地万物
表现得不一而足。
最快活的人们，你们围着他跳，
围着他，跳起那魔幻的舞蹈！
他诚恳而又和蔼，
才希望人人愉快。

“大神潘”登场，自然女妖围成圆圈将他包围。这类“嬉耍舞”（Gaukeltanz）是女巫狂欢或魔法狂欢中的高潮活动。[③] 然而，宁芙崇拜的不是魔鬼，而是一位希腊神祇。从名字上看，他与日耳曼人的“万有

---

① 参见 Höfler, Otto: *Kultische Geheimbünde der Germanen*, S. 68－71。自中世纪以来，“野人”也成为宫廷假面舞会的流行主题，例如纽伦堡的毛绒假面狂欢节（Nürnberger Schembartlauf）。

② *Der jüngere Sigenot.* Nach sämtlichen Handschriften und Drucken. Herausgegeben von A. Clemens Schoener. Heidelberg 1928, S. 32.

③ “中古高地德语 goukeln，古高地德语 goukolon”意思为“施展魔法”。参见 *Duden. Das Herkunftswörterbuch*, S. 251。

之父”相近;在基督教化的进程中,他也像这位“万有之父”那样被等同于魔鬼:潘神是“天地万物”的人格化身;和“万有之父”一样,潘神也暗示着诗人的泛神世界观。

轻快愉悦的氛围在整个场景中弥漫,让人联想到叙事谣曲《原初的瓦尔普吉斯之夜》中的“异教徒部分”:“人人都心情舒畅”,德鲁伊德祭司赶往布罗肯峰点燃瓦尔普吉斯之“火焰”时如此歌唱道。而现在,潘神也被“缓缓引近了火源”(行5921),不过这位希腊神祇没能摸清火焰的来历:“[他]于是弯下身来,往里面深处探看。——哎呀,他的胡子掉进去了!”(行5930以下)扮成潘神的皇帝引火烧身,火焰也在聚集的扮装艺人中蔓延开来:“皇帝烧着了,还有他的随从们。”(行5953)歌德在此影射所谓“燃烧人舞会”事件(Bal des Ardents,德语为Ball der Brennenden):1393年1月,法国王宫内举办了一场舞会,扮成野人的舞者——其中包括国王查理六世——引火上身,他们中的一些人被活生生烧死。而潘神象征“天地万物”,因此这一场景也可解读为“世界火劫”。①

“世界火劫”(Weltenbrand)②的概念源于日耳曼神话,表示被称作“诸神黄昏”(Ragnarök)的世界末日中的四大劫难之一。“世界火劫”由火巨人苏尔特(Surt)引发,《埃达》中写道:“苏尔特冲锋在先,/身前身后火焰逼天。/他的佩剑精美锋利,/耀眼锋芒胜彼朝日。”③奥丁(即

---

① 参见Erler, Gotthard: *Kommentar zu Goethes Faust*, S. 716f.:“剧中因皇帝胡子着火而引发厅堂火灾的主题源自法国国王查理六世的生平故事。歌德自幼就看过戈特弗里德(Johann Ludwig Gottfried)《历史年鉴》(*Historischen Chronica*,1619)中梅里安(Matthäus Merian)绘制的一幅木刻版画,上面展现的是1394年法国王宫举办的那场假面舞会。在这幅插图中,奥尔良公爵(Herzog von Orlean)用火把照亮扮装成羊人萨堤尔的国王的下巴,于是国王的胡子与戏服燃烧起来。该事件导致一些朝臣丧命,也令查理六世陷入癫狂。”

② Gaier, Ulrich: *Erläuterungen und Dokumente II*, S. 43.

③ *Die Edda des Snorri Sturluson*, Gylfaginning 51, S. 73.

沃坦)死后,“世界之树摇摇欲坠”,“天地万物无不战栗”。[①] “最后,苏尔特向大地投掷烈焰”,接着“整个世界熊熊燃烧”。[②] 在真实历史中,经过“用火与剑”[③]推进的基督教化,日耳曼文化在中世纪走向自己的“诸神黄昏”。这一事件在歌德《原初的瓦尔普吉斯之夜》中已经得到了象征性的呈现:“我们全都/走近一条必然的死路。”这看起来十分相似——《浮士德》第二部中的化装舞会也提到了“同归于尽”(行 5957;行 5962 以下):

树林已经烈焰冲天,
焰火伸出尖舌向上直舔,
舔到了花格子顶棚的木芯,
马上就会烧得一干二净。

此处起火的正是宴会厅内饰有花草纹样的方格天花板,上面装点着树叶饰品。这些装饰物作为“森林”象征着日耳曼的自然宗教,而基督教传教士对圣林的亵渎与毁坏则导致了日耳曼自然宗教的灭亡;此外,“烧得一干二净”还令人联想到近代早期对女巫实施的火刑。歌德叙事谣曲《原初的瓦尔普吉斯之夜》同样借助火烧的隐喻将萨克森战争时期对日耳曼诸神的妖魔化与近代早期的女巫审判联系起来:“瞧火焰在烧,魔鬼在跑! /从地底里/发出一片地狱的烟气!”受迷惑的教会战士们如此惊呼,将沃坦视为魔鬼。这种把泛神论式的自然崇拜解释为泛魔论式的偶像崇拜的基督教解释方法似乎也体现在《浮士德》第二部中化装舞会的潘神身上:因为这位“万有之父”不自觉地表现出魔鬼做派,他的帝国在一夜之间——一个“瓦尔普吉斯之夜”间——烧成“一堆冷灰”(行 5968)。

这个发生在皇宫里的“小型瓦尔普吉斯之夜”好比发生在古希腊

① Ebd., S. 74f.

② Ebd., S. 75.

③ Arnold, Gottfried: *Unparteiische Kirchen - und Ketzerhistorie*, S. 185.

的“大型瓦尔普吉斯之夜”的前身,充当着“古典的瓦尔普吉斯之夜”的前情:数不胜数的神话人物共同上演一出虽然对剧情发展作用不大,但是在戏剧效果上举足轻重的魔幻剧,浪漫与古典的主题在这里彼此交织。将这场魔幻剧中不同场景统一起来的,则是它们与叙事谣曲《原初的瓦尔普吉斯之夜》之间的关联。“古典的瓦尔普吉斯之夜”以忒萨利亚为舞台,这个位于希腊北部的地区在古代被认为是女巫的故乡,①类似中世纪德国的哈尔茨山区。②“今夜这样可怖的节日”(行7005)发生在具有历史意义的“法尔萨洛斯旷野”(该场小标题之一):公元前48年8月9日,法尔萨洛斯战役(Schlacht von Pharsalos)就在此地打响。③ 诗人又一次将“瓦尔普吉斯之夜”搬上战争的舞台。致开场白的是忒萨利亚女巫厄里克托;根据卢卡努斯(Marcus Annaeus Lucanus)的史诗《法尔萨利亚》(*Pharsalia*,公元1世纪),庞贝曾向厄里克托询问与凯撒交战的胜负之数④(行7005以下):

> 每逢今夜这样可怖的节日,
> 我总是徐步而来,我这个阴森森的厄里克托;

---

① 例如琉善的《情妇对话》(*Hetärengespräche*)就提到一类“年老的妇人”,“据说在忒萨利亚有很多这种妇人,她们通晓咒语”。参见 Lukian: *Gespräche der Götter und Meergötter, der Toten und der Hetären*, S. 163。

② “因此,”歌德在1831年2月21日与爱克曼的谈话中说道,“当荷蒙库勒斯提到忒萨利亚女巫时,连梅菲斯特也明白这意味着什么。”参见 Eckermann, Johann Peter: *Gespräche mit Goethe. In den letzten Jahren seines Lebens*, Bd. 2, S. 285。

③ 参见 Erler, Gotthard: *Kommentar zu Goethes Faust*, S. 724:“法尔萨洛斯平原位于忒萨利亚地区,毗邻爱琴海。公元前48年8月9日,凯撒(Cäsar,公元前100—前44)于此击败庞贝(Gnaeus Pompeius Magnus,公元前106—前48)。正是在这场印证古罗马从共和制转向帝制的关键战役的舞台上,歌德搬演‘古典的瓦尔普吉斯之夜’。”

④ 参见 Lukan, Marcus Annaeus: *Pharsalia*. Uebersetzt im Versmaaße der Urschrift, mit einer Einleitung und Anmerkungen von Julius Krais. Stuttgart 1863, Sechster Gesang, V. 507 – 830。

[……]我向山谷远远望去,只见
灰色篷帐如白浪翻滚,
原来是最惊惶、最恐怖的那个夜晚的幻影。
这个幻影经常重复着!还将永远
重复下去!……有人肯把国家
拱手让人,更不肯让人以武力取之
并进行暴力统治。因为每个不懂得
控制内心的人,总欢喜按照自己的傲劲儿,
去控制别人的意志。……

厄里克托这番歌唱模棱两可:“她是女巫,知晓世事循环无尽——不论是战争,还是‘瓦尔普吉斯之夜’。”①这里的前景是法尔萨洛斯战役,因为女巫认为她眼前所见就是这场战役中士兵驻扎的篷帐;“这个幻影经常重复着”似乎暗指希腊独立战争(Griechische Befreiungskämpfe, 1821—1829),而这场发生在歌德时代的战争也有法尔萨洛斯战役的影子。

不过,厄里克托同时也意识到,这只是“夜晚的幻影”,也就是说它所反映的战争事件虽然在这个夜里将满周年,但在当下并没有真实发生。确实,“古典的瓦尔普吉斯之夜”后来再也没有提及法尔萨洛斯战役。因此,在更广泛意义上,宜将厄里克托的开场白与“瓦尔普吉斯之夜”本身联系起来,“今夜这样可怖的节日”也许指的是“瓦尔普吉斯之夜”。而“瓦尔普吉斯之夜”也在每年春天不断重复发生,此外它还作为学者思想的投射面,例如由歌德以诗歌创作的形式不断被呈现出来。厄里克托补充说,她所歌唱的事件“经常重复着/还将永远重复下去”。这种说法似乎主要指“瓦尔普吉斯之夜”的泛神意义。“‘永恒’这个词,”特伦兹写道,“在歌德作品中的很多地方都代表神性。”②例如《浮

---

① Trunz, Erich: *Kommentar zu Goethes Faust*, S. 634.

② Ebd., S. 746.

士德》第二部的最后一段。诗人在科学论文《思虑与安命》(*Bedenken und Ergebung*,1820)中写道:

> 整体世界(世界结构)均基于一个理念;据此,神灵可以在自然万物中,自然万物也可以在神灵中永生永世地进行创造和发挥作用。①

“瓦尔普吉斯之夜”就是这种永恒性的象征,因为它作为每年一度的节日体现了世事符合自然规律的循环往复,随之也展现出整体世界的动态-泛神论式基本理念的运作方式。而“没有人肯把国家/拱手让人”则表明,随着时间的推移,“瓦尔普吉斯之夜”作为“神的国”(Reich Gottes)的象征得到了不同解读,因此在更广泛意义上,它指的是“瓦尔普吉斯之夜”的战争史。对于歌德而言,“瓦尔普吉斯之夜”是代表历史更迭与世界观变迁的传统意象。只有考虑到这点,才会明白诗人究竟为何要(超越历史-地理层面的关联)提到法尔萨洛斯战役。正如厄里克托所言,它是“以自己的势力同更大的势力对垒”的“伟大范例”(行 7018 以下)。这场战役是“文化冲突”(clash of cultures)的象征,而“瓦尔普吉斯之夜”与之密不可分,因为它正象征着革故鼎新的方式。

由此便可从互文层面上,将“古典的瓦尔普吉斯之夜”中提到的法尔萨洛斯战役理解为对叙事谣曲《原初的瓦尔普吉斯之夜》中的萨克森战争的追忆。确实,当一群“空中飞人在上空”(舞台提示)——或曰“日耳曼的传奇人物”——靠近法尔萨洛斯旷野时,厄里克托和她“希腊的传奇人物”(行 7029)立刻消失无踪。浮士德还未落地,荷蒙库勒斯就把他称作“骑士”(行 7053),也就是一名日耳曼骑士。② 浮士德将中世纪带进古代战场,还像英雄史诗和浪漫派作品中的主人公那样,以

---

① 魏玛版《歌德全集》第二部分,第十一卷,页 56。

② 参见 Dinzelbacher, Peter (Hrsg.): *Sachwörterbuch der Mediävistik*, S. 706:“骑士精神的基础可以追溯到日尔曼人的扈从制度。”

追寻“宫廷贵妇”的“漫游骑士”形象登场。① 接着他一次又一次历险(âventiure),在交织着战争气息与童话气息的“古典的瓦尔普吉斯之夜”中穿行,只为在第三幕中以荣誉骑士的身份与古希腊女英雄结为夫妇。经过“瓦尔普吉斯之夜”,浮士德当上日耳曼领主;和叙事谣曲《原初的瓦尔普吉斯之夜》中的德鲁伊德祭司一样,如今他也派遣异教看守者出征,与敌方国王交战,以便能在一片神圣的“浓荫林苑”中献身于创作。

结语:从歌德诗意精神中重生的“瓦尔普吉斯之夜”
——歌德的“瓦尔普吉斯之夜”思想史

“瓦尔普吉斯之夜”对歌德似乎有着非常特殊的吸引力,因为至少在他生命最后的三十年中,他反复处理这个神话题材。这令人不禁设想,诗人将“瓦尔普吉斯之夜”和一个某种程度上必须要“解决”的根本问题相联系。《原初的瓦尔普吉斯之夜》提供了一个权威的,因而是理想的解释原点,有利于理解诗人跨作品探讨“瓦尔普吉斯之夜”的动机与意图:《原初的瓦尔普吉斯之夜》可被视作歌德作品中的“‘瓦尔普吉斯之夜’原始稿”;不仅因为它的标题,或者它的发表时间早于《浮士德》的两场“瓦尔普吉斯之夜”,或者它以“瓦尔普吉斯之夜”的起源为主题。之所以将这首叙事谣曲解释为“‘瓦尔普吉斯之夜’原始稿”,主要是因为通过它可以获得歌德本人观察事物的视角。因为这部作品如此显著地体现了诗人的思想倾向,而且它反映了歌德关于“瓦尔普吉斯之夜”的基本思想,所以这首叙事谣曲可以而且必须作为悲剧中两场“瓦尔普吉斯之夜”的解释工具。

本文研究表明,通过这首叙事谣曲提供的双重视角,悲剧《浮士德》中两场“瓦尔普吉斯之夜”将得到颠覆性重估:“瓦尔普吉斯之夜”是启蒙的、批判教会的讽刺作品,而“古典的瓦尔普吉斯之夜”则是浪

---

① Gaier, Ulrich: *Erläuterungen und Dokumente II*, S. 101.

漫的、泛神论式的新神话。不过,这只是更高层次的语文学认识的特征。重要的是,现在可以肯定地说,歌德的三部“瓦尔普吉斯之夜”主题作品并非彼此孤立,它们的共同点并非只局限于标题,而是共同构成了一个连贯的跨作品文本语料库——“瓦尔普吉斯之夜”三部曲。

将三部“瓦尔普吉斯之夜”主题作品统一起来的是它们与欧洲思想史之间的关系。

1831 年秋季,歌德完成了他毕生的心血,用“古典的瓦尔普吉斯之夜”将《浮士德》第二部封印,然后再次回顾并总结了《原初的瓦尔普吉斯之夜》。在致门德尔松的信中,他对这首叙事谣曲的象征性意图赞不绝口,因为它展示出世界历史中不断出现的革故鼎新现象。确实,诗人在此上演的是基督教化时期中欧地区文化与宗教领域的范式转化,即从中世纪异教徒的*泛神论*到现代基督徒的*泛魔论*(Pandämonismus)的思想史变革。

然而,歌德这样做,与其说是作为一个实事求是的历史记录者,不如说是作为一个热衷异教而厌恶基督教的多情诗人。在歌德看来,“瓦尔普吉斯之夜”是一面镜子,映照出世界形势不断在文化模式或文化层次上飞跃抬升。对歌德而言,它不仅是一个具有文学创作潜力的题材,更具有着世界性象征意义,是深受基督教影响的西方把自然妖魔化的历史的一个典型案例;当然,这段历史也影响了歌德个人的世界观。18 世纪末,他和一些同时代的人还因为自己所谓渎神的、宣扬无神论的自然宗教和自然哲学而遭到强烈敌对,例如“泛神论之争”,或者席勒诗歌《希腊的群神》所引发的愤怒反应。

歌德认为,这种“一切自然的都是魔鬼的”基督教正统思想源于中世纪早期,继而分化于近代早期。确实,随着印刷术的发明,关于在“堕落的自然”(die gefallene Natur)中举行偶像崇拜活动的想象被粉饰为传说般的魔鬼学,并在民间得到广泛传播。这一时代——也就是猎巫时代的文学产物是早期新高地德语散文传奇《约翰·浮士德博士的故事》,这部传奇以魔鬼契约为主题,附有一篇写给基督教读者的劝诫性序言。于是歌德也将女巫狂欢按照近代早期基督教的模式融进自己的《浮士德》中,尽管原题材并没有出现这种狂欢活动。因为按照歌德提出的有关"瓦尔普吉斯之夜"的诗学纲领,要从世界性象征意义的角度来看待这一神话题材,那么在此上演对历史的创新也是合乎逻辑的。因此,"瓦尔普吉斯之夜"这场戏开始于叙事谣曲《原初的瓦尔普吉斯之夜》的结束之处,即布罗肯峰上的近代早期撒旦崇拜。

然而,歌德的《浮士德》是一部启蒙悲剧;尽管剧中出现了魔法主题,但重要的是,其目的在于以准超验哲学的方式,来举例说明人类认知能力的边界。从近代早期到歌德时代的大约百年中,人们对女巫狂欢的观念进行历史考证研究,并在批判虚构的立场上将其判定为一种前现代迷信。事实上,歌德在启蒙运动中观察到基督教解释世界的模式在文化上的逆势发展,而且他特别欣赏一些早期启蒙家,尤其是阿诺德以及他对基督教会的激进批评。与悲剧《浮士德》启蒙的、一定程度上教会批判色彩浓厚的意图相对应,"瓦尔普吉斯之夜"对巫术的典型刻画具有强烈讽刺意味。虽然这场戏设置在基督教占统治地位的近代早期,描写的是同时代魔鬼学中的鬼怪,而思想上却沿袭了启蒙世纪的批判观念,以魔鬼迷信告终:以讽刺——这一典型启蒙文学形式——的风格,诗人嘲笑有关女巫狂欢的想象,夸大人物形象,毫不掩饰地与基督教会礼仪决裂。歌德用一种巧妙而诙谐的方式向读者"启蒙",说明基督教对"瓦尔普吉斯之夜"进行重新解读的荒诞不经。

不过在歌德看来,即便是启蒙运动也无法修复现代人与自然的关系裂痕。例如,《浮士德》第一部中,他毕竟还是提出了基督教意义上的"女巫狂欢"观念,以便在下一步将它引向荒诞——也就是说,还是离不开对近代早期形式的参照。在对自然妖魔化的历史上,启蒙运动并没有创新;因为尤其在德国,它与新教及其内化的神学在宗派上紧密相连。启蒙运动以其过于理性的科学知识体系和对世界的逐渐祛魅(Entzauberung),反而巩固了根植于基督教的对自然认知的断裂。在"瓦尔普吉斯之夜的梦"中,歌德让一个经过启蒙的同代人把自然诸神等同于魔鬼。

直到在——倾向于批判启蒙的——启蒙晚期或浪漫派早期的思想中,歌德才设想出一个摆脱与自然疏离状态的方法。在青年诗人抵抗学问权威的反叛中,也就是所谓狂飙突进运动中,理智被情感征服,启蒙以后的规则诗学遭到摒弃,古代自然宗教的神话世界被重新迎回。就在这时,歌德开始了他的布罗肯峰研究,并且生平第一次登上哈尔茨山的布罗肯峰,以便在魔鬼的祭坛上向他的神明献上感恩的祭品。此外还有一种全新的自然哲学,它由被指为异端的斯宾诺莎的泛神论思想发展而来。正是歌德的导师赫尔德,依托古代异教的自然哲学与莱布尼茨的单子论,对斯宾诺莎主义进行动态塑造,从而提出这样的设想:世上存在一个形成中的神(werdende Gottheit),它永恒而普遍地统治尘世。在这场"神圣革命"中,赫尔德和歌德阐发了思想史上的"泛神论式现代性"纲领;其目的在于,用启蒙后期的泛神学说取代被认为是反审美的、不再符合时代要求的基督教解释世界的模式,从而建立一个现代的人类社会。在这个社会中,哲理公式"太一与万有"作为审美意识形态和伦理社会的理想而发挥作用。

(近代早期的)旧事物应当用(现代的)新事物代替,这当然是以(中世纪的)原始事物为参照。作为一种有效的诗学手段,赫尔德提出运用创造性手法改写古老神话的思想,即"新神话"思想。通过创作诗歌《普罗米修斯》,歌德首次将这一理论付诸实践;而正是这首诗引发了"泛神论之争",这一天才的全新创世神话在此后的几十年中成为古典-浪漫文学现代性的诗学灯塔。"新神话"思想受到当时尚未改宗天主教的热爱自然的浪漫派早期异端分子的特别追捧。施莱格尔1800年左右与歌德交好,他后来为"新神话"树立以下前提:作为基督教神学的反面模式和综合意义建构的范式,"新神话"本身必须是泛神论的:"新神话"应当在神秘主义的自然赞歌中歌颂存在的无限生成,最好呈现为混沌的古老诸神的图景,通过爱的碰触,美丽的世界从中诞生。

歌德"古典的瓦尔普吉斯之夜"就是这样一个"新神话":泛神论在这里总是以神话化形式出现,例如宇宙表层的宁芙仙女们将诸神在不可见的世界内核中的所作所为公开示众，或者神秘事物在宇宙中得到具象化。动态泛神论所塑造的自然妖怪之间总是熙熙攘攘、混乱不堪，而爱神的出现却将当下变为交彻互融、全然合一的宇宙，海伦便是这个宇宙的象征。

与以往的“瓦尔普吉斯之夜”主题作品相比，诗人在《浮士德》第二部中并不拘泥于成文的历史，而是“根据自己的需要”来呈现题材，在古希腊上演了一场完全自由虚构的“瓦尔普吉斯之夜”，其中还出现前基督教时期的魔鬼。只有少数具体的参照文本通过创造性手法被彻底重塑，由此“瓦尔普吉斯之夜”获得了全新的解读和语境化。因而“古典的瓦尔普吉斯之夜”只是顺便提到了基督教化的进程，即对自然妖魔化的历史，除了梅菲斯特的悲喜剧情节，其余均一带而过，不加评论——对于这场戏的其他人物，这个基督教的魔鬼是完全陌生的。在“古典的瓦尔普吉斯之夜”一场中，基督教解读方法得到克服；恰恰相反，该场占据统治地位的是*异教解读方法*（interpretatio pagana）。就像在原始“瓦尔普吉斯之夜”的时期，这里呈现的是一个充满魔力的自然，不过它在*当时现代化异教信仰*（dasmodernisierte Heidentum）的意义上被泛神论式塑造：诗人用隐喻的手法将“瓦尔普吉斯之夜”带回到它的原始状态，回归前基督教时期的古代，事实上同时把它带向了歌德时代的“泛神论式现代性”。

从思想史来看，这是一个引人注目的新事物。虽然歌德没有重写世界史，但他确实将“瓦尔普吉斯之夜”的历史——作为一部对自然妖魔化的历史——推进了迄今未知的一步，甚至对其进行范式上的革命性创新，为未来指明方向。“古典的瓦尔普吉斯之夜”所宣称的目的是为女神海伦“赋予生命”，而这也是为“瓦尔普吉斯之夜”“赋予生命”。因为，用席勒的话说，“在生命中”，原始的“瓦尔普吉斯之夜”已经过去，因基督教化时代的文化革新而消亡。如今，在泛神论式现代性中，通过神话创作，它“在歌声中”重获新生。美丽的世界又回来了，自然还是神圣的。在历史哲学的意义上，“古典的瓦尔普吉斯之夜”远非一部幻想之作，更是“瓦尔普吉斯之夜”近千年历史上一个具有划时代意义的转折点:“瓦尔普吉斯之夜”从诗意精神中起死回生。

如此一来,这部作品便构成了歌德所意欲的“瓦尔普吉斯之夜”诗学思想史的理想结局:从中世纪异教的“瓦尔普吉斯之夜”原型(《原初的瓦尔普吉斯之夜》)到近代早期基督教的“瓦尔普吉斯之夜”典型(《浮士德》第一部“瓦尔普吉斯之夜”),最后到歌德时代泛神论式的“瓦尔普吉斯之夜”新型(“古典的瓦尔普吉斯之夜”)。

作者简介:赫夫根(Thomas Höffgen),曾就读于波鸿鲁尔大学,专业方向为德语语言文学和哲学,曾任波鸿鲁尔大学德文系讲师,以对歌德《浮士德》的优异研究获得博士学位。同时,赫夫根也对古代欧洲的秘仪、魔法与医学有深入研究,著有宗教学畅销书《日耳曼民族的萨满教》(*Schamanismus bei den Germanen* ,2017),另著有《歌德的“瓦尔普吉斯之夜三部曲”》(*Goethes Walpurgisnacht – Trilogie* ,2015)、《民间诗歌》(*Volkspoesie* ,2019)、《古代欧洲的狂欢节》(*Karneval im alten Europa* ,2020)等。

《浮士德》第一部中的音乐剧

哈特曼(Tina Hartmann)　撰
张为杰　译

18、19 世纪之交,歌德对音乐剧评价颇高,认为其体裁精致、高雅,且与诸多歌剧剧种互有借鉴。这与他在个人歌剧创作计划屡次破产后的失望情绪形成鲜明对比。同一时期,在与席勒的通信中,二人也愈发频繁地将两个话题——以音乐剧革新戏剧的可能性和《浮士德》诗剧的形式——联系起来。

事实上,《浮士德》和音乐剧的渊源仍可往前追溯,①直至其早期稿。② 见于 1790 年《浮士德》断片和 1806 年《浮士德》第一部的格雷琴剧中的歌曲,大部分已于此早期稿中成文。③ 此外,在 1795 年后诞生的《浮士德》诸篇章中,音乐剧元素有所增加。尽管在创作《浮士德》的过程中,歌德从未考虑过将其写成一部歌唱剧④或《被迷惑者》(*Die*

---

① 参见 Hermann Fähnrich: Goethes Musikanschauung in seiner Fausttragödie - die Erfüllung und Vollendung seiner Opernreform. In: *Jb. Der Goethe - Gesellschaft XXV* (1963), S. 251, und Robert Petsch: Die dramatische Kunstform des >Faust< . In: *Euphorion XXXIII* (1932), S. 218。

② 早期稿(Frühe Fassung)一语,系根据薛讷的建议对“原浮士德”(Urfaust)的改称。参见 J. W. v. Goethe. *Sämtliche Werke. Briefe*, *Tagebücher und Gespräche*. In 40 Bänden. Frankfurt a. M. 1994 - 1999 (以下简称 FA), Bd. 7. 2, S. 81 - 83。

③ 参见 Ulrich Gaier: J. W. v. Goethe. *Faust - Dichtungen*. 3 Bde. Stuttgart 1999. Bd. 3, S. 800。

④ [译注]歌唱剧(Singspiel),18 世纪流行于维也纳、柏林,尤其是莱比锡等地的一种带有说白的歌剧。参见杜定宇,《英汉戏剧辞典》,上海:上海译文出版社,2013,页 715。

Mystifizierten)那样的纯歌剧,但《浮士德》仍包含了多种形式的音乐剧元素。正如霍特贝昂特所言,事实上这一特征在歌德的早期戏剧中已有端倪。[①]《浮士德》的诞生,是歌德的诸多构想及其创作过程中接受的各种时代影响综合作用的结果,这不仅体现为它在格律上包罗双行押韵诗体和牧歌体,在美学和戏剧学构思上囊括市民悲剧和世界戏剧,[②]还体现为它复杂的整体结构也为音乐剧元素容留了空间,使后者得以将自身的美学和形式整合到前者之中,实现对其意义的丰富。因此,将《浮士德》各场景中所运用的音乐剧元素同歌德在创作及修订《浮士德》期间对音乐剧的美学见解结合起来进行考察实属必要。这不仅能帮助我们从细微处精确还原音乐剧对歌德之创作的启发作用,更能使我们从整体上厘清音乐剧对《浮士德》诗剧全局构思的影响。

我的研究还将指出,尽管带有《魔笛》断片[③]这一失败之作的痕迹,《浮士德》第一部仍标志着音乐剧范式在戏剧领域的首次系统性应用。世纪之交前后,这一范式的美学和诗学得到进一步整合,成为《浮士德》第二部的关键要素。这种共生关系的结果是,《浮士德》既可被看作一部无乐的戏剧,也可以被看作一部感染力深远的歌剧剧本。事实上,《浮士德》第一部问世之初,便有人计划为之配乐谱曲。对此,我将根据拉齐维乌[④]谱曲的歌剧《浮士德》和歌德本人上演《浮士德》的计划做进一步探究。

---

① 参见 Benedikt Holtbernd: *Die dramaturgischen Funktionen der Musik in den Schauspielen Goethes*. Frankfurt a. M. 1992. S. 123 – 153。

② 关于歌德在创作过程不同阶段的构思情况,参见:Gaier (1999), Bd. 3, S. 46 – 139. [译注]世界戏剧(Theatrum mundi),古希腊罗马时期和中世纪创造的隐喻,后被巴洛克戏剧推而广之。它将世界设想为一出由上帝执导、普通人表演的戏剧演出。参见帕特里斯·帕维斯,《戏剧艺术辞典》,宫宝荣、傅秋敏译,上海:上海书店出版社,2014。页 385。

③ [译注]即《魔笛》第二部(*Der Zauberflöte zweyter Theil*),系歌德为莫扎特歌剧《魔笛》所作的续作。

④ [译注]Anton Radziwill,1775—1833,波兰贵族,政治家,作曲家。

一 多重场景序幕

1963 年，赛特林（Seidlin）提出了一个颇具争议的观点：《浮士德》开篇的“舞台序幕”原为歌德的《魔笛》第二部的序幕。[①] 他的论据有二：其一，作为《浮士德》的一部分，关于“舞台序幕”如何成文的记载是缺失的；其二，“舞台序幕”的文本与歌德的歌剧断片《魔笛》十分相近。[②] 赛特林的观点极具启发性，但并未得到研究界的广泛认可。[③]

从歌德与席勒的通信可知，自《浮士德》第一部的创作阶段进入 1797 年后，它几乎成了《魔笛》断片的姊妹篇。首先，二者在成文时间上同步；其次，歌德曾向席勒表示，二者构思趋近。[④]《魔笛》断片及歌德其他音乐剧作品中的一些著名的宣叙调[⑤]诗行，可能由他本人改写为牧歌体，成为《浮士德》的格律基础。[⑥] 这些宣叙调诗行富有变化的格律表明，《舞台序幕》确有可能原为《魔笛》第二部的序幕。

《浮士德》的显著特征之一是格律丰富、多变。这一特征亦可见于

---

① 参见 Oskar Seidlin：*Von Goethe zu Thomas Mann. Zwölf Versuche.* Göttingen 1963，S. 56 – 64。

② 同上，S. 60 – 64。

③ 参见 Jost Schillemeit：Das Vorspiel auf dem Theater zu Goethes Faust. Entstehungszusammenhänge und Folgerungen für sein Verständnis. In：*Euphorion LXXX*（1986），S. 163 – 164。

④ 参见 1798 年 5 月 9 日至 12 日歌德致席勒的信。*J. W. v. Goethe. Sämtliche Werke nach Epochen seines Schaffens.* Münchner Ausgabe in 21 Bänden. Müchen 1985 – 1998（以下简称 MA），Bd. 8. 1，S. 572 – 573 und 575 – 576.

⑤ ［译注］宣叙调（Rezitativ），在歌剧或清唱剧里，指的是朗诵而非歌唱的部分，它的节奏和韵律与前后的音乐截然不同，要配合讲述内容的重音和变化；在话剧中，指一些与整个剧本的调子不尽相同的诵读部分。参见帕特里斯·帕维斯，《戏剧艺术辞典》，页 296。

⑥ 参见 Markus Ciupke：*Des Geklimpers vielverworrner Töne Rausch. Die metrische Gestaltung in Goethes* >*Faust*<. Göttingen 1994. S. 28 – 29。

音乐剧的诸体裁尤其是歌剧中。例如,与其余体裁的戏剧作品不同,歌德的歌唱剧和歌剧作品往往格律多样。此外,意大利喜歌剧①的那些代表剧目、卡尔扎比吉②为格鲁克③的改良歌剧所作的歌剧剧本以及第一部德意志歌剧——林努奇尼④作、奥皮茨⑤译的《达芙妮》(*La Daphne*)⑥——均以丰富多变的格律见长。

由于缺乏明确的日期记录,"舞台序幕"的成文时间难以确定。目前普遍认为,它诞生于 1798 年下半年。⑦ 然而,从同一时期歌德的通信中可知,当时他并未专注于《浮士德》或《魔笛》的创作。事实上,相关的创作集中于该年的上半年。

值得注意的是,在下半年里,歌德在通信中对席勒的《华伦斯坦》表示出密切关注。二人一度使用"序曲"⑧一词来指代席勒《华伦斯坦》三部曲的第一部——《华伦斯坦的军营》。⑨ 同年九月,值魏玛剧院即将重开并首演席勒的诗剧新作《华伦斯坦的军营》之际,席勒为《华伦斯坦》新添一部序曲。其后,二人在通信中便不再使用"序曲",而是改用"序幕"⑩一词指代《华伦斯坦的军营》。据此,班纳吉(Banerjee)

---

① [译注]喜歌剧(Opera Buffa),又译滑稽戏,指带有滑稽色彩的歌剧。

② [译注]Ranieri de' Calzabigi, 1714—1795,意大利诗人,歌剧剧本作家。

③ [译注]Christoph Willibald Gluck, 1714—1787,德国作曲家。

④ [译注]Ottavio Rinuccini, 1562—1621,意大利诗人,歌剧剧本作家。

⑤ [译注]Martin Optiz, 1597—1639,德国作家,文学理论家。

⑥ 这部作品在格律上以二到四音步的抑扬格和长短格诗行为主。

⑦ 参见 Schöne in FA I, Bd. 7. 2, S. 155。

⑧ [译注]序曲(Prolog),即序,在正式剧本之前的部分,由演员或剧团团长/演出组织者直接向观众讲话,对大家表示欢迎,预告一些重要主题,宣布表演开始,并提供对理解演出至关重要的细节。参见帕特里斯·帕维斯,《戏剧艺术辞典》,页 272。

⑨ 参见 1798 年 9 月 21 日席勒致歌德的信。MA, Bd. 8. 1, S. 624 - 625.

⑩ [译注]序幕(Vorspiel),(戏剧的)序幕,开场戏;(音乐的)前奏,序曲。与序(Prolog)意义差别不大。参见杜定宇,《英汉戏剧辞典》,页 715。

认为,歌德和席勒对“序曲”和“序幕”二词不做区分。[①] 不过,她显然忽略了以下事实:两位诗人尤其是歌德在其作品中一贯区分使用二者。对此,我将在稍后予以细究。[②] 最先用于指代《华伦斯坦的军营》的“序曲”一词,内涵重在其结构性功能,即充当一部由多部分构成的文学作品的引言。然而,鉴于《华伦斯坦的军营》登场人物众多,表达方式囊括音乐、舞蹈和歌曲等多种媒介且以合唱队[③]表演的形式结尾,无疑可将其归入序幕这一更为开放的体裁中。歌德后来的剧作《我们带来的》(*Was wir bringen*)亦借鉴了序幕的结构。

歌德对《华伦斯坦》这一由多部分构成的巨作如此关注,令人不难设想,他会受其影响,将多重场景序幕结构运用到《浮士德》布局中。在《浮士德》的多重场景序幕结构中,“献词”[④]部分由一名演员朗诵。[⑤] 同歌德其他作品中的“献词”类似,此处的“献词”带有引言性质,[⑥]充当“舞台序曲”。它完成于1797年。翌年年初,歌德或许已着手将原本为《魔笛》所作的序幕移植到《浮士德》中。施勒迈特认为,《浮士德》的“舞台序幕”原系歌德为庆贺魏玛剧院重开所作,不过后来他将此机会

---

① Nandakishore Banerjee: *Der Prolog im Drama der deutschen Klassik. Studien zu seiner Poetik*. München 1970, S. 30 – 32.

② 盖尔的结论则恰好相反,他认为:“独立性以及音乐声响的丰富性,恰是歌德《浮士德》‘序曲’的标志。”Gaier (1999), Bd. 2, S. 45.

③ [译注]合唱队(Chor),音乐和戏剧的共有术语。自古希腊戏剧以来,合唱队由清一色的舞蹈演员、歌唱演员和叙述演员所组成,他们以各种参与讲话的方式对舞台行动发表议论。参见帕特里斯·帕维斯,《戏剧艺术辞典》,页44。

④ [译注]献词(Widmung, Zueignung),常常与剧本印在一起的文本,作者在其中象征性地将作品献给某个人或机构。参见帕特里斯·帕维斯,《戏剧艺术辞典》,页83。

⑤ 参见 Schöne in FA I, Bd. 7. 2, S. 150, S. 350。

⑥ 薛讷指出,“献词”具有很强的诗学功能,它是《浮士德》这一多重、不连续戏中戏的第一重场景。同上:S. 149 – 152。另参格律的诗学功能及 Ciupke (1994), S. 33.

让与席勒。这一说法不太可信,原因如下:其一,“舞台序幕”所遵从的美学宗旨是唯一的,它与80年代末歌德的喜歌剧创作理念一脉相承;其二,自1797年起,歌德和席勒便开始寻求一种更为抽象和富有象征性的戏剧语言,故而他不太可能以“舞台序幕”这一风格高度现实主义的剧目为魏玛剧院剪彩;其三,以歌德之个性,很难想象他会将化诗学思考为诗学实践的机会拱手让与他人。

“舞台序幕”只呈现了舞台的一面,即破除幻象的一面。它的另一面,即制造幻象的一面则由(赛特林口中脱胎于《魔笛》的)“天堂序曲”予以实现。“舞台序幕”在美学理念上接近喜歌剧,这或许表明,它的创作时期与《魔笛》的第一创作阶段重合。不过,“舞台序幕”的轻喜剧风格被“天堂序曲”的激越风格和世界戏剧主题冲淡了。可想而知,若它保留在《魔笛》之中,亦当如此。歌德于1799年创作的序幕剧①《我们带来的》也证实了这一点:它沿用了传统序幕剧的托寓②手法,篇幅更长且包含音乐。不过,与传统北德序幕剧通篇谱曲的处理不同,在上述两部序幕剧中,占据主流的表演方式是朗诵。究其原因,可能是席勒曾请求歌德,在上演序幕剧《华伦斯坦的军营》时,为其搭配一出话剧而非歌剧,理由是《华伦斯坦的军营》本身已包含丰富的音乐元素。③应席勒之要求,歌德推出了这出“舞台序幕”。它之所以仅供朗诵,可能因其原系某部歌剧的序幕。④

---

① [译注]指序幕独立成剧。

② [译注]托寓(Allegorie),指某种基本理念或抽象思想的拟人化。戏剧中,寓意通过某个被明确规定特征和属性的人物来表现,常被用于中世纪的道德剧、神秘剧和巴洛克戏剧。参见帕特里斯·帕维斯,《戏剧艺术辞典》,页14。

③ 参见1798年9月21日席勒致歌德的信。MA , Bd. 7. 2, S. 162.

④ 1802年6月26日,歌德的序幕剧《我们带来的》与莫扎特《狄托的仁慈》(*La clemenza di Tito*)联袂上演,大获成功。参见*J. W. v. Goethe*: *Werke*. Berliner Ausgabe. 3. Auflage. Berlin und Weimar 1970 – 1981 (以下简称BA), Bd. 4, S. 733 – 734。

“天堂序曲”的终稿约于1800年完成,[①]相对较晚,但根据格鲁马赫的说法,[②]其构思可追溯至1797年由歌德重拟的《浮士德》创作计划。此计划还包含一部以梅菲斯特为主角的“终曲”。[③] 换言之,“天堂序曲”在创作构思阶段已具雏形。这意味着,《浮士德》之世界戏剧结构的成形时间同《魔笛》第二部的诞生时间可能比预想的更为接近。[④]

对于赛特林的观点,即“舞台序幕”诞生于1795/96年,[⑤]可做以下补充。其一,序幕在诗学上可归入喜歌剧范畴。这一体裁的美学理念曾盛极而衰,至歌德时代仍有余音。其二,在格律上,“舞台序幕”同歌德的歌剧作品、意大利喜歌剧和格鲁克的意大利式歌剧十分接近。

莫扎特集鉴赏家、戏剧理论家和歌剧剧本作家三重身份于一身。歌德对其作品《魔笛》的研究为他日后构思一系列节庆剧[⑥]如《潘多拉》(*Pandora*)和《埃庇米尼得斯的苏醒》(*Des Epimenides Erwachen*)奠定了基础。类似的构思亦见于《魔笛》断片和《浮士德》的世界戏剧结构中。此外,歌德从施卡内德[⑦]的《魔笛》歌剧剧本中拾取的光明对抗

---

① 参见 Schöne, FA I, Bd. 7. 2, S. 162。

② 参见 Ernst Grumach: Prolog und Epilog im Faustplan von 1797. In *Goethe Jb. XIV/XV* (1952/53) S. 63 – 107。

③ 同上。[译注]终曲(Epilog),即收场白。剧本最后的概括语,目的是总结故事、感谢观众、强调演出的伦理或政治涵义、赢得观众好感。参见帕特里斯·帕维斯,《戏剧艺术辞典》,页116。

④ 格鲁马赫根据这一时期的《浮士德》补遗得出以下结论:歌德对序幕的构思带有普遍化、人性化的倾向,这种倾向同样见于《魔笛》断片中。若事实诚如此言,则《浮士德》的序幕部分与《魔笛》的亲缘性无疑进一步加深。参见同上,S. 68 – 71。

⑤ 此外,鉴于《浮士德》补遗中一些片段与《酬宾集》关系密切,赛特林认为脱胎于《酬宾集》的、体裁接近歌剧的“瓦尔普吉斯之夜的梦”或亦与《魔笛》有关。参见 Seidlin (1963), S. 63。

⑥ [译注]节庆剧(Festspiel),为特定的节庆场合所作的戏剧。

⑦ [译注]Emanuel Schikaneder, 1751—1782,德国剧作家、演员、导演。曾为莫扎特的《魔笛》创作歌剧剧本。

黑暗、人道战胜恐怖的专制统治等主题，对他的吸引力丝毫不亚于莫扎特的《魔笛》谱曲。

1798 年，歌德考虑将“舞台序幕”中自认“最精彩”的部分移植到《魔笛》“兄长篇”《浮士德》中。这或许源于他与伊夫兰①的分歧：当时歌德已投入大量时间，创作“舞台序幕”。伊夫兰有意购买此作，但歌德却坚持出价一百塔勒②不肯让步，伊夫兰无法接受，交易无果。由于歌德不愿自己的文学构想付诸东流，故而为它另寻出路。因此，歌德于 1801 年出版了“舞台序幕”的断片。它仅占如今为人所知的“舞台序幕”全篇约三分之一，且其内容均为“舞台序幕”原版中未被移植到《浮士德》中的部分。

与其关心“舞台序幕”是否被移植以及何时被移植到《浮士德》中，不如追问二者在美学理念上是否连贯。须知，歌德决计不会将《浮士德》用作诗学实验品的收集池。换言之，若歌德对“舞台序幕”同《魔笛》之间的影射关系未做改动，那么，这种影射势必也天然地适用于《浮士德》。赛特林那篇富有争议的文章谨慎地回避了这一问题。相反，它仅基于“舞台序幕”中的“喜剧角色”在《浮士德》后续情节中并未登场的事实，认定“舞台序幕”与其后的“天堂序曲”之间存在风格断层。

通过引入多重场景序幕，歌德将《浮士德》由市民悲剧变为世界戏剧。③ 自世界戏剧进入德语文学的视野以来，剧作家们便试图借助它以一种托寓－象征式的、待阐释的表达方式来呈现世界和人类生活。就此而言，世界戏剧凭其多重场景序幕回应了席勒主张在戏剧领域引入象征话语的诉求。只是，彼时的席勒对于如何实现这一构想仍一筹莫展，而歌德显然已从歌剧的范式中获得了灵感。因此，虽然《浮士

---

① ［译注］August Wilhelm Iffland，1759—1814，德国演员、剧作家、剧院经理。

② ［译注］塔勒（Taler），近代早期至 19 世纪通行于欧洲的银质货币。

③ 序幕剧往往舞台布景简陋，正可打破世界戏剧试图制造的幻象或意识形态图景。

德》的序幕与序曲在格律和风格上迥异,但它们的内在联系却十分紧密。对此,我将在后文予以细究。

为了查明《浮士德》的多重场景序幕内部诸场的排列有何深意,有必要参考歌德的其他序曲作品。歌德一生中(尤其是在担任魏玛剧院经理期间)创作过一系列序曲、序幕、终曲和尾戏①作品。其中,序曲和终曲两种剧目通篇由演员诵读。其内容或评剧,或即事,或勾连二者。它们的功能限于解释说明,不能整合到戏剧内部。② 此外,在歌德的序曲作品中,登场角色从未多于一个。

歌德的序幕作品则有所不同。它们中有一些系为特定场合、仪式所作,可视为即事之作。例如,在 1802 年,为庆祝劳赫施戴特③剧院开张,歌德创作了一部序幕剧。该剧通过二十三场托寓式表演呈现了该剧院由一个临时舞台(歌德称之为"羊圈")转变为新古典主义风格剧院的过程。其剧情梗概如下:一间矮小、破旧的农舍的男主人意欲改建屋舍,其妻最初表示反对;尔后,一些神秘访客陆续登场,他们均为戏剧艺术各要素的托寓形象,这些访客与男女主人一道,将农舍改为剧院。

在这部剧中,歌德想着力表现的是戏剧艺术各要素的特点和区别。托寓人物们或以男童、女童的形象登场,或身着古代服饰扮作宁芙仙女或墨丘利。此外,在他们登场时,常有其他形式的艺术表达(如唱段)从旁配合。本剧的主题在《魏玛假面舞会》④(*Weimarer Maskenzügen*)中

---

① [译注]尾戏(Nachspiel),演出大型剧目时所表演的补充性娱乐节目,通常为一出短喜剧、滑稽戏或哑剧。参见杜定宇,《英汉戏剧辞典》,页 22。

② 参见 BA, Bd. 4, S. 415 – 553。

③ [译注]在今德国萨克森 – 安哈尔特州。

④ [译注]假面舞会,即假面舞剧(Maskenspiel),起源于文艺复兴时期的意大利,流行于 16 至 17 世纪法国和英国的贵族阶层。它是一种讲究豪华排场的私人戏剧娱乐形式,常将诗歌、音乐、歌舞、华丽的服装和精巧的机关布景结合使用,剧情结构松散,一般围绕寓言或神话主题。参见杜定宇,《英汉戏剧辞典》,页 474。

得到呼应,且两处的实现方式别无二致。至于另一部序幕剧《我们带来的》,尽管其早期稿在格律上富于变化,却鲜有歌曲。① 1814 年,歌德为该作推出一部续作。续作仿照《埃庇米尼得斯的苏醒》,采用节庆剧的思路,②几乎通篇充满音乐剧元素。③

在北德地区的音乐剧传统中,序幕剧与意大利节庆剧类似,通常为独幕剧,内容多为就某诸侯诞辰、加冕或婚礼所发的赞美之辞。④ 值得注意的是,与同属北德音乐剧体系的歌唱剧不同,序幕剧往往全篇谱曲,且惯用托寓手法。⑤ 因此,就风格和主题而言,序幕剧适用于宫廷场合,其题材多取自田园生活、古典神话或基督教神话。18 世纪 70 年代,序幕剧在魏玛经历了一次高峰:1771 年,穆塞乌斯⑥和施魏策尔⑦推出《人生三阶段》(*Die drei Stufen des menschlichen Alters*),确立了序幕剧音乐性强、惯用托寓的风格特征。翌年,维兰德和施魏策尔联袂推出《奥罗拉》(*Aurora*),名动一时。⑧

1800 年后,歌德创作了一些序幕剧。它们一方面部分保留了此剧种的传统,不仅形式隆重、盛大,且多用托寓手法;另一方面则破旧立

---

① 这部作品原本用作莫扎特歌剧《狄托的仁慈》的序幕,故而包含的歌曲较少。

② 这部作品究竟有多少篇幅出自歌德笔下已不可考。参见 BA, Bd. 4, S. 739 – 741。

③ 这部剧在魏玛复演时,被用作伏尔泰的悲剧《谭克雷德》(*Tancrede*)的序幕。参见 BA, Bd. 4, S. 741。

④ 参见 Thomas Bauman: *North German Opera in the Age of Goethe.* Cambridge 1985. S. 13。

⑤ 参见同上,S. 91 und S. 98 – 99。

⑥ [译注] Johann Karl August Musäus, 1735—1787,德国作家、文学评论家。

⑦ [译注] Anton Schweitzer, 1735—1787,德国作曲家。

⑧ 参见同上,S. 98。

新,将诗学主题推为立意中心。[①] 歌德的序幕剧不再歌颂君王,取而代之的是展现戏剧艺术本身。因此,班纳吉指出,歌德和席勒创作多重场景序幕作品,旨在向观众呈现和传达他们的诗学纲领。[②]

如果说《我们带来的》的续作在构思上汲取了北德序幕剧庄严、盛大的风格特征,那么,《浮士德》中充满滑稽现实主义元素的"舞台序幕"则源于传统滑稽剧的范式。不难看出,"舞台序幕"系歌德为其钟爱的契玛罗萨[③]的喜歌剧《困境中的经纪人》(*L'impresario in angustie*)奉上的唱和之作。在创作"舞台序幕"的同期,歌德可能对《困境中的经纪人》做了改编。尔后,此改编版本又经乌尔皮乌斯[④]之手糅合到莫扎特的《剧团班主》(*Der Schauspieldirektor*)中。与迪奥达蒂[⑤]的歌剧剧本类似,歌德的"舞台序幕"的主人公也是一位失意的诗人,只是此君不再具有典型的(梅塔斯塔西奥[⑥]式)意大利新古典主义气质,而是成了德意志感伤主义的化身。此外,"舞台序幕"中未有女性角色登场,取而代之的是对女性与生俱来之戏剧天赋的影射。最后,在"舞台序幕"中,喜歌剧中喜闻乐见的阴谋诡计也被弱化为三种势力——(高级的)严肃、(低级的)滑稽以及起决定作用的商业——之间的利益冲突。

《魔笛》主体部分前的序幕可被视作其喜歌剧元素的一部分。并且,对于《魔笛》这部滑稽场景与严肃场景交替出现且部分交融的节庆歌剧而言,序幕构成了其主体部分的滑稽对照。值得注意的是,《魔

---

① 就此而言,歌德借鉴了此时已具雏形的法国喜歌剧(opéra comique)。参见 *Die Musik in Geschichte und Gegenwart. Allgemeine Enzyklopädie der Musik in 21 Bdn.* In zwei Teilen. Begründet v. Friedrich Blume. Hrsg. von Ludwig Finscher. Stuttgart, Kassel 1994ff(以下简称 MGG), >Prolog<, Bd. 7, S. 1849。

② Banerjee (1970), S. 21ff.

③ [译注]Domenico Cimarosa, 1749—1801,意大利作曲家。

④ [译注]Christian August Vulpius, 1762—1827,德国作家,歌德的妻舅。

⑤ [译注]Giuseppe Maria Diodati, 1786—1798,意大利歌剧剧本作家。《困境中的经纪人》歌剧剧本作者。

⑥ [译注]Pietro Metastasio, 1698—1782,意大利诗人,歌剧剧本作家。

笛》序幕终稿中登场的那名喜剧角色在剧中多被称作普尔齐内尔而非帕帕加诺。[①] 事实上,后者才是该角色的本名,前者则是意大利假面喜剧[②]中固有的丑角。歌德将喜剧角色命名为帕帕加诺,一则是回归意大利假面喜剧的传统,[③]二则是借经典的帕帕加诺形象提高自己笔下喜剧角色的知名度。在《魔笛》主体部分中,帕帕加诺则由普尔齐内尔指代。《浮士德》的序幕诸景中也存在指代关系。不过,与《魔笛》中具体的角色指代不同,《浮士德》序幕诸景中的指代体现为以下原则:欢快的、世俗的"舞台序幕"由高高在上的"天堂序曲"接替;前者引介和导演后者,如同喜歌剧[④]通过丰富的讽刺揶揄引介和导演正歌剧。[⑤]

《浮士德》的序幕诸景在处理世界戏剧这一主题时,采取了两种相对的思路。第一种思路体现为回归现实主义传统的滑稽化处理。按照这一思路,剧场应被视作"喻指尘世的舞台",剧场里一些人表演,另一些人观看。在这一思路下,推进剧情的动机多种多样,包括"舞台序幕"中呈现的诸动机以及喜歌剧素材中常见的动机。与这种日常的、写实的世界戏剧相对的是第二种思路下的神圣、庄严的世界戏剧。例

---

① [译注]莫扎特《魔笛》中的角色。

② [译注]假面喜剧(commedia dell' arte),16 世纪时流行于意大利的喜剧剧种,特征是由一群演员集体创作,演员们从一个简单的、未经作家写好的幕表(关于人物的上下场和故事的大框架)出发,通过即兴的动作和台词来创作一台演出。参见帕特里斯·帕维斯,《戏剧艺术辞典》,页 60。

③ 同一时期,歌德在改写《喀尔刻》(*Circe*)时,对剧中仆人一角采取了同样的处理方式。

④ 此处的喜歌剧特指散文体喜歌剧(Prosa - Buffen),它的风格和母题与普通喜歌剧一致,但形式上是供诵读的文段。这种散文体喜歌剧在《浮士德》第一部中多次出现。

⑤ [译注]正歌剧(opera seria),又译严肃歌剧、悲歌剧,指严肃题材的歌剧。17 世纪末形成于意大利,18 世纪时盛行于欧洲歌剧舞台。参见杜定宇,《英汉戏剧辞典》,页 538。

如,在“天堂序曲”中,尘世舞台有如一片由“前定和谐统摄的领域”。① 这与巴洛克戏剧如卡尔德隆②的戏剧以及德国的耶稣会戏剧的做法一致。第二种思路下的世界戏剧还吸收了节庆剧中常见的光明对抗黑暗、约伯受难等母题。不过,无论风格如何超凡脱俗,都不能掩盖其在简陋、狭小的尘世舞台上演的事实。③ 在“天堂序曲”中,歌德或有意为开篇众天使的台词添加了音响强烈的术语,且使用诗篇体,④以增强表达效果。这使得整场序曲音雅声正。但是,与此同时,一丝反讽内涵也混入其中。

与“舞台序幕”不同,“天堂序曲”与歌德的其他序曲作品并无许多共性:后者大多与戏剧主体部分关系松散,仅起引入作用;前者则已成为《浮士德》剧的有机组成部分。对此,学界大多认为,歌德在构思世界戏剧和创作“天堂序曲”时参考了西班牙巴洛克戏剧,尤其是1654年卡尔德隆所作《人间舞台》(*El gran teatro del mundo*)一剧。⑤ 虽然二者的联系一目了然,但若认定歌德直接以卡尔德隆的作品为榜样,则在时间上与事实不符:根据歌德自述,他从1802年起才开始深入研究卡尔德隆,此前则是只闻其名。⑥ 歌德虽并不十分虔诚,但却对这位西班牙天主教作家和神父的作品⑦及其从宗教仪式中提炼出的“总体剧”(to-

---

① 参见Jochen Schmidt: *Faust. Erster und Zweiter Teil. Grundlagen – Werk – Wirkung.* München 1999. S. 56。

② [译注]Pedro Calderón de la Barca, 1600—1681,西班牙诗人、剧作家。

③ 参见同上,S. 57。

④ 参见Ciupke (1994), S. 35。

⑤ 参见Schöne, FA I, Bd. 7. 2, S. 162 – 163 und Schmidt (1999), S. 56。

⑥ 参见*Goethe Handbuch in vier Bänden.* Hrsg. Von Bernd Witte, Theo Buck, Hans – Dietrich Dahnke, Regine Otto und Peter Schmidt. Stuttgart, Weimar 1996ff (以下简称Goethe HB), Bd. 4. 1, S. 149。另见1825年5月12日歌德与爱克曼的谈话。

⑦ 歌德于1802年阅读了卡尔德隆的《向十字架献身》(*La devoción de la cruz*),1804年阅读了《坚贞不屈的亲王》(*El principe constante*),1811年前后阅读了《人生如梦》(*La vida es un sueño*),1815年前后阅读了《神奇的魔术师》(*El mágico prodigioso*)和《伟大的芝诺比阿》(*La gran Zenobia*)。

tales Theater）概念钦佩有加。这种“总体剧”的特点是综合运用各种戏剧手段，调动人的各种感官。① 歌德对“总体剧”的接受沿用了他在接受施卡内德《魔笛》歌剧剧本时的思路。在歌德萌生出“普遍剧”（universelles Theater）的美学理念后，又将卡尔德隆视作该领域的权威以及“技术和戏剧理论方面”的典范。②

由于歌德并不通晓西班牙语，所以他阅读的卡氏作品主要为施莱格尔③的译本。不过，歌德极有可能并未接触过④今人眼中的卡氏代表作⑤。须知，卡氏的《人间舞台》直至1846年才由艾兴多夫⑥译为德语。因此，尽管这部宗教剧与《浮士德》的世界戏剧概念遥相呼应，但从时间上看，歌德不太可能以之为蓝本。⑦

不过，歌德的藏书⑧中却有一部在戏剧史上影响深远的节庆剧——斯巴拉⑨和西斯提⑩的《金苹果》（*il pomo d'oro*）。它是了解巴洛

---

① 参见1825年5月12日歌德与爱克曼的谈话。FA II, Bd. 12（39）, S. 157.

② 同上。

③ ［译注］August Wilhelm Schlegel, 1767—1845，德国文学评论家、翻译家和语文学者。

④ 参见《歌德手册》，第四卷第1部分，页150。

⑤ 即《地精女士》（*La dama duende*）和《扎拉美亚法官》（*El alcalde de Zalamea*）。

⑥ ［译注］Joseph von Eichendorff, 1788—1857，德国浪漫主义诗人、作家。

⑦ 歌德可能通过意大利歌剧间接接触过卡尔德隆的戏剧。卡尔德隆是17世纪重要的歌剧剧本作家。他的宫廷戏剧以及宗教戏剧多有被谱曲上演的。其中，宫廷戏剧除供娱乐外，还发展了戏剧学理论。17世纪80年代，至少有两部卡氏戏剧被西塔尔戈（J. Hidalgo）谱曲后在意大利那不勒斯等地上演。参见MGG, >Calderón<, S. 1674－1676。

⑧ 歌德何时获得此书已不可考。

⑨ ［译注］Francesco Sbarra, 1611—1668，意大利诗人、歌剧剧本作家。

⑩ ［译注］Antonio Cestis, 1623—1669，意大利作曲家。

克世界戏剧概念的重要窗口。① 此剧于1686年在维也纳上演，规模之大，前所未有。② 其中一场表现从天堂经由人间再到地狱（最后又重回天堂）之旅行的戏码，堪称“当世所有戏剧技艺之大观”。③ 该场戏恰与歌德的“舞台序幕”结尾剧院经理的台词“从天堂通过人间直到地狱”遥相呼应。

巴洛克世界戏剧的原则最早可以追溯到古典时代。彼时，人们将世界看作一个舞台。通过钻研戏剧史，歌德对这些原则谙熟于心。此外，正如卡尔德隆和本达④深受耶稣会戏剧⑤的影响，除斯巴拉的《金苹果》外，歌德可能还受到德国耶稣会戏剧的影响。

然而，歌德对西班牙黄金时代巴洛克戏剧的借鉴更多时候是只取其表。事实上，他并未贯彻巴洛克戏剧中把上帝视作舞台导演的理念，反而以一种反讽的方式扬弃了它。须知，《浮士德》中的“天堂序曲”乃是由“舞台序幕”中的喜剧剧团搬上舞台的。正如施密特所言，这种处理实际上把卡尔德隆戏剧中表象与真实之间的关系颠倒过来了。通过加入序幕，歌德笔下的天主不再是“立于一切表象之上的真实之境”的主人，而是沦为一个戏剧角色。⑥

---

① 参见 *Pipers Enzyklopädie des Musiktheaters in sieben Bänden.* Hrsg. von Carl Dahlhaus und dem Forschungsinstitut für Musiktheater der Universität Bayreuth unter Leitung von Sieghart Döhring. München, Zürich 1968 – 1997（以下简称 Piper），Bd. I, S. 532 – 533。

② 关于本剧以及《金苹果》的体裁问题，我将在后文结合歌德的节庆剧《埃庇米尼得斯的苏醒》予以讨论。

③ *Geschichte der italienischen Oper.* Laaber 1991, Bd. 5, S. 43.

④ ［译注］Georg Anton Benda, 1722—1795，德国作曲家。

⑤ 在德国耶稣会戏剧中，“序曲”部分往往与其后的情节有所关联。参见 MGG, > Prolog < , S. 1845。

⑥ Schmidt (1999), S. 57.

这种以反讽打破“圣礼剧”①所确立的绝对等级秩序的手法使人联想到1730年前后流行于威尼斯地区的歌剧。这种歌剧的序曲以诸神纷争的古典时代影射当时诸侯割据的封建时代，将其呈现给出身精英市民阶层的观众。序曲中的诸神和他们的使者或多或少会参与到戏剧的主体部分之中。这种对古典诸神的揶揄式呈现与班纳吉指出的“天堂序曲”对神圣世界的“人格化”处理如出一辙。② 尽管梅塔斯塔西奥和芝诺③对歌剧剧本的改良相当彻底地革除了其中的反讽倾向，但威尼斯歌剧中仍保留了一些花哨的、挖苦式的调笑成分。歌德极有可能在逗留威尼斯期间接触过此类歌剧的残存。此外，此类旧式歌剧的技巧可能在后来兴起的反正歌剧潮流中被重新发掘，且流传开来，为歌德所获。

较为可信的是，歌德通过拉莫④的歌剧接触到了晚期巴洛克歌剧的序曲手法。拉莫的抒情悲歌剧⑤继承了古典戏剧和巴洛克戏剧的传统，把人世间的命运解读为诸神相互角力的结果。尽管法国抒情悲剧不具有威尼斯歌剧那样的反讽暗示，但因其与古典戏剧渊源颇深，故而比意大利正歌剧更好地保存了这一传统。在拉莫和佩莱格里⑥于1733年合作的《伊波利特与阿里西埃》(*Hippolyte et Aricie*)⑦的序曲中，有表

---

① ［译注］圣礼剧(autos sacramentales)，起源于西班牙，17世纪时达到高峰。演员乘上轮车，在大城市选择地点，连续上演，类似流动表演车。圣礼剧布景壮丽，服装华贵，费用由当局承担。参见杜定宇，《英汉戏剧辞典》，页55。

② Banerjee (1970), S. 128.

③ ［译注］Apostolo Zeno, 1668—1750，意大利学者、诗人和歌剧剧本作家。

④ ［译注］Jean - Philippe Rameau, 1683—1764，法国作曲家、音乐理论家。

⑤ ［译注］抒情悲歌剧(tragédie lyrique)，17世纪末至18世纪流行于法国的歌剧剧种，融合了音乐、芭蕾舞、舞台布景等多种元素。

⑥ ［译注］Simon - Joseph Pellegrin, 1663—1745，法国诗人、歌剧剧本作家。

⑦ 歌德无疑接触过此作。

现狩猎女神狄安娜和爱神订立守贞约定的情节。这个约定带有赌约的性质。在戏剧第五幕中,当狄安娜和朱庇特解释主角伊波利特获救的原因时,援引了序曲中的内容。

在德国耶稣会戏剧中,序曲同样与戏剧主体部分的情节紧密勾连。① 从歌德撰写的、收于拉法特②《面相学断片》③(*Physiognomische Fragmente*)中的研究拉莫面相的雄文以及他对狄德罗《拉莫的侄子》(*Rameaus Neffe*)的评论中可知,歌德自小就对拉莫的歌剧十分熟悉。值得一提的还有德国尤其是魏玛的宫廷剧传统。此类宫廷剧中的节庆剧和芭蕾舞剧都带有深刻的法国烙印。这从歌德的节庆剧《莉拉》(*Lila*)中可见一斑。

早期法国喜歌剧中也有序曲的影子,但随着这一体裁逐渐定型,序曲的使用虽未消失,却越来越少。④ 18 世纪的戏剧理论家和百科全书作家对序曲作品的技巧进行了详细的考据。其中,"拉孔贝⑤指出,序曲在歌剧中运用得最为普遍"。⑥ 卢梭则排斥序曲这一戏剧形式。他在一则评注中指出,只有法国人仍在使用序曲。盖尔认为,"序曲在歌德时代的歌剧中的作用以及对歌德与席勒就《华伦斯坦的军营》的讨论(对理解'天堂序曲')均极其重要"。他还提到了卢梭在《音乐辞典》(*Dictionnaire de musique*)中给出的相关定义。⑦

---

① 参见 MGG, >Prolog<, S. 1845。

② [译注]Johann Caspar Lavater, 1741—1801,瑞士哲学家、作家和面相学家。

③ Johann Kaspar Lavater: *Physiognomische Fragmente zur Beförderung der Menschenkenntnis und Menschenliebe* I (1775), Leipzig 1775 – 1778.

④ 参见 MGG, >Prolog<, S. 1849。

⑤ [译注]Jacques Lacombe, 1724—1811,法国作家。

⑥ Dict. portatif des beaux – arts, Paris 1753 zit. Nach MGG, ebenda, S. 1845.

⑦ Gaier (1999), Bd. 2, S. 43 – 44.

歌德还可能从萨列里[①]的《塔拉赫》(*Tarare*)中了解到早期歌剧的技巧。此剧的序曲以精湛的手法呈现了世界戏剧的布局:在一片宏伟的景象中,黑夜和白昼各自以托寓形象现身。

> 自然……与火之天才(此处应理解为启蒙精神)谈论着她为大地所创造之人类的命运是何等不可捉摸。随后,一些阴影被赋予了形形色色人类的形象。往后的四十年里,自然和火之天才将会静观,在这人生的舞台上,会上演怎样一出好戏。[②]

《塔拉赫》于1787年首演,1800年首次被搬上魏玛剧院的舞台。在试演和筹备这部剧的同时,歌德也在写作"天堂序曲"。不过,鉴于歌德曾盛赞萨列里的谱曲和博马舍[③]的歌剧剧本,且《塔拉赫》风靡一时,可以推测歌德对该剧结构早已谙熟于心。

与卡尔德隆的戏剧和耶稣会戏剧不同,在歌德时代的歌剧中,世界戏剧概念已经出现了世俗化倾向:剧中登场的古典时代诸神既不再是永不犯错的智者,也不再是无所不能的强者;相反,他们或成为世间诸侯的镜像,或如在《塔拉赫》中一般成为托寓。如此种种,均说明他们已成为歌剧剧本作家和作曲家自我意志的投射。这种向观众日常生活回归的倾向在过去的宗教世界戏剧中并不存在,因为宗教世界戏剧自洽的前提是,人们仍接受全能的上帝作为最高权威。

在《浮士德》的多重场景序幕中,歌德借鉴喜歌剧的剧中剧手法,先写一出"舞台序幕",并将其置于风格严肃的世界戏剧即"天堂序曲"之前。事实上,这种倾向在音乐世界戏剧的传统中由来已久,只是在歌德处得到凸显。这与歌德对音乐剧美学理念的研究密不可

---

① [译注]Antonio Salieri, 1750—1825,意大利作曲家、音乐教育家。

② Piper, Bd. 5, S. 537.

③ [译注]Pierre Augustin Caron de Beaumarchais, 1732—1799,法国作家。《塔拉赫》的歌剧剧本作者。

分。在寻求创制一种融合节庆剧和抒情歌唱剧①的新式(音乐)剧的过程中,歌德清楚地发现了喜歌剧的长处:其一,它能化解严肃场景中的激情,使其中包含的意识形态倾向显得自相矛盾;其二,喜歌剧中的场景排列更为松散,情节关联较弱,可以有效避免整部剧的立意完全沦于反讽。

至于被班纳吉所否定的歌德笔下序幕与序曲两种体裁之间的区别,不妨在此一并澄清。"舞台序幕"无疑符合序幕这一体裁的规定,因为后者本就界限宽泛。至于《浮士德》的序曲,则有两种形式:一种是"献词"所代表的舞台序曲,它广泛地见于歌德的戏剧作品中;另一种则是以"天堂序曲"为代表的、多见于严肃体裁音乐剧中的歌剧式序曲。

传统歌剧往往会将不同体裁的戏剧文本(例如《浮士德》中可以明确归类的舞台剧序曲、序幕、歌剧序曲、第二部中的幕间剧等)糅合到一处,进而组成完整、统一的戏剧实体。通过借鉴这一手法,歌德保留了《浮士德》的断片特征。在席勒看来,此举乃是完成《浮士德》的唯一途径。② 对于研究者而言,只有厘清《浮士德》诸场景分别隶属于何种美学范畴,才能在其开放的阐释空间中自由探索。

1800 年,当歌德借鉴音乐剧构思出《浮士德》的两部曲结构时,他已经计划将后来完稿于 1806 年的《浮士德》第一部布局为站点式戏剧(Stationendrama),即把遵循不同美学理念的场景依次排列,组合为戏剧实体。可想而知,若同时代的读者对歌德所参照的音乐剧的结构知之甚少,则势必无法理解如此古怪的布局。

就此而言,音乐剧传统中较为模糊的站点式结构经由歌德之手正式得以确立。这也使得《浮士德》具有了百科全书的特征:它囊括了所有的戏剧表达手段,并在它们之间建立了一种独特的关联。在这种关

---

① [译注]抒情歌唱剧(dramma per musica),歌剧的早期用语。参见杜定宇,《英汉戏剧辞典》,页 250。

② 参见 1797 年 6 月 26 日席勒致歌德的信。MA, Bd. 8. 1, S. 363.

联中，不同的表达手段并非完全耦合，而是松散勾连，且彼此之间均可打破对方制造的幻象。

班纳吉还指出，“天堂序曲”具有叙事功能。它在全剧开篇便预示了浮士德最终得救的结局。这虽然会削弱剧情的紧张感，却能促使读者将精力从对结局的关注中解放出来，转而投入单个场景之中。这恰恰是歌德对叙事作品读者提出的要求。① 同时，他认为歌剧完美地契合了这一要求：

> 意大利人利用单独的情景便可实现惊人的表现效果；可以说，正因这些场景效果拔群，人们才将它们纳入整体的创作计划中。人们不应吹毛求疵，因为整体结构并不重要，每一部分放在任何位置都恰到好处。②

二 《浮士德》第一部中的歌曲

《浮士德》中插入的歌曲是该剧音乐剧元素的重要载体之一。歌德在钻研前文述及的诸家名作后，借鉴了它们从格式上区分剧本台词与嵌入其中之歌曲的方法：令人物对白左对齐，歌曲文本缩进对齐。类似地，当时的歌剧剧本作家也不使用特殊的标记符号，而是习惯于通过调整印刷位置将剧本中的歌曲和宣叙调与其他文本区分开来。在《浮士德》中，这种区分方法贯穿始终，一直到第二部的最后几句诗行。对此，1828 年 1 月 22 日歌德致出版商威廉·莱歇尔的信可资佐证。信中写道：“所有歌曲或抒情文本，都应采用缩进格式。”③此外，《浮士德》中歌曲文本所采用的格律和诗节形式也与前文所述的音乐剧经典作品遥相呼应。这同样表明二者的因循关系。

---

① Banerjee (1970), S. 131.

② 参见 1786 年 5 月 5 日歌德致凯泽尔的信。FA II, Bd. 2, S. 630.

③ FA I, Bd. 7. 2, S. 93.

相比之下,情节剧①文本格式的确立过程则较为曲折。歌德的情节剧《普洛塞庇娜》(*Proserpina*)最初是以整段散文文本的形式完成并付印的。自1786年起,歌德开始将其所作歌唱剧的文本由散文体改为诗行。同期,他也在一份手稿中将《普洛塞庇娜》调整为诗行,②不过仍沿用了原文的左对齐格式。《艾格蒙特》(*Egmont*)付印时,其结尾的配乐独白也是整段无缩进的、富有节奏感的散文文本。③ 因此,在《浮士德》这样一部几乎全篇用韵且格律多变的作品中,若不借助标记符号,很难将其中的情节剧文本辨认出来。

1815年前后,歌德在魏玛试演了一次《浮士德》。④ 当时,歌德计划以情节剧的形式完成该剧的后续部分。至于歌德在《浮士德》全本终稿时在多大程度上仍秉持这一构想,已无从得知。可以确定的是,《浮士德》剧本中明确要求以情节剧形式上演的部分十分有限。歌德显然把选择权交给了导演。

“夜·一”场

“夜·一”中插入的歌曲完成于1800年前后。⑤ 在这一场中,天使合唱队初登场时的唱词“基督复活了”(V. 737)系教会复活节歌曲常用

---

① [译注]情节剧(Melodrama),又译通俗剧、传奇剧、闹剧。此类剧表面上写严肃的冲突,实际上却是煽情主义,目的为使观众激动和震撼;情节虚构,表现善恶斗争,强调行动情节和场面富丽,常用音乐进行渲染。参见杜定宇,《英汉戏剧辞典》,页481。

② 参见 *Goethes Werke in 14 Bänden.* Hamburger Ausgabe. 12. Auflage. München 1994(以下简称HA), Bd. 4, S. 668。

③ 同上。

④ 关于此次试演,本书将另辟一章予以探讨。

⑤ 参见 Ciupke (1994), S. 45。

的开头。① 此外，此处借鉴了基督教赞美诗②的格律，采用无引导音节、二至三音步长短格的诗行。③ 这种形式也是歌德的歌唱剧中常用的二音步长短格的变体。在《浮士德》中，这种以可歌唱的、情绪激昂的诗行为特征的、贴近教会赞美诗的格律（某些使用滑动韵加强效果），自此便成为全剧所有天使和精灵合唱队的标志，直至终场"山涧"中的合唱。

这种音调高亢、咿呀哼唱的诗行问世不久，便招来了他人的戏拟。④ 研究界中甚至有人将其与念白（Sprechvers）类比，认为其过于简陋。薛讷称其"过于矫饰"，⑤或许是假借歌剧剧本这一体裁的幌子，为歌德开脱。

正当浮士德要饮鸩自尽时，合唱队登场。这构成了整场的高潮。合唱队以"基督复活了"这句唱词回应浮士德赴死的决定，在其本人尚未知觉的情况下预告了他的重生。同时，合唱队还以咏唱概括了人的困境、有朽、瑕疵以及原罪。这些都为后续的情节埋下了伏笔。

此处的圣咏由三支合唱队交替完成。它们分别由天使、妇女和门

---

① 参见 HA, Bd. 3, S. 525 und Philipp Wackernagel: *Das dt. Kirchenlied.* Bd. 2, Nr. 935 – 951. Leipzig 1864 – 1877 (Reprint: Hildesheim 1964). Sowie Albert Gier: *Das Libretto: Theorie und Geschichte einer musiko – literarischen Gattung.* Darmstadt 1988 (Neuauflage 1998), Bd. 2, S. 172。吉尔还认为，复活节合唱队的登场标志着《浮士德》中"一系列文学影射的开始，按照时间顺序来看，从中世纪晚期的文本到歌德自己的作品，均涉及其中，例如"书斋·二"中便有几处歌德对自己其他作品的引用"，参见 Gier (1998), S. 173。

② 齐普克认为这种诗行脱胎于中世纪拉丁文颂歌体（Hymmnik），称其为"颂歌体 – 长短格"（hymmnisch – daktylisch）歌行。Ciupke (1994), S. 47.

③ 参见同上, S. 46。

④ Beispielsweise Friedrich Theodor Vischers Faustparodie: *Faust, der Tragödie dritter Theil. Treu im Geiste des zweiten Theils des Göthe' schen Faust.* Gedichtet von Deutobold Symbolizetti Allegoriowitsch Mystifizinsky. Stuttgart 1862. Vgl. Schöne in FA I, Bd. 7. 2, S. 227.

⑤ 同上。

徒组成。其中,以“基督复活了”起首、回环往复的天使合唱队,其合唱的内容为对基督复活这一神迹的宣告。它在第三轮转向众信徒,敦促他们效法基督,践行邻人之爱。同时,天使合唱还发挥了品评剧情的作用。与此相反,妇女合唱队和门徒合唱队则描述神迹发生时个人自身的行为和感受,与情境紧密相关,故而在风格上接近咏调叹①和哀歌。②

薛讷认为,合唱队的唱词仿照的是中世纪的应答体。③ 实则不然。无论在时间上抑或是结构上,都有更为晚近的文本可供歌德参考。18世纪时,新旧两大教会在几乎所有欧洲国家都推出了基督受难剧。④这些曲目的唱词大多不直接取自《圣经》文本,而由作者独立完成。郎罗克(Langrock)把以巴赫作品为代表的清唱受难剧(oratorische Passion)归为“典型的新教文学体裁”。⑤ 清唱剧⑥则起源于意大利。在此类剧中,为了实现“戏剧道白”⑦的表达效果,取消了福音朗读者(即旁

---

① [译注]咏叹调(Arie),一个声部或多个声部的歌曲,现专指独唱曲。现在的用法始于17世纪初,当时用于歌剧和室内康塔塔中,指对称的声乐曲,与朗诵式宣叙调相对。咏叹调有许多类型,是为发挥歌唱者的才能并使作品具有对比而设计的。参见汪启璋等,《外国音乐辞典》,上海:上海音乐出版社,1998,页32。

② [译注]哀歌(Lamentation),一种源于宗教仪式的唱法。复活节前一周的星期四、五、六早课经(熄灯礼拜)时将取自《耶利米哀歌》的前三课配以圣咏而诵唱。参见汪启璋等,《外国音乐辞典》,页425。

③ 同上。[译注]应答体(Responsie),诗歌中用以表示回答或重复的文本。

④ [译注]基督受难剧(Passion),中世纪以来广为流传的一种宗教剧,以耶稣受难、死亡和复活为题材。参见杜定宇,《英汉戏剧辞典》,页560。

⑤ Klaus Langrock: *Die Sieben Worte Jesu am Kreuz. Ein Beitrag zur Geschichte der Passionskomposition.* Essen 1987, S. 42.

⑥ [译注]清唱剧(Oratorium),通常以圣经故事为主题,运用独唱、合唱和乐队,没有动作或布景服装。参见杜定宇,《英汉戏剧辞典》,页540。

⑦ [译注]戏剧道白(discorso dramatico),词句华丽讲究的戏剧道白。参见杜定宇,《英汉戏剧辞典》,页230。

白)和耶稣的角色。1706年,阿·斯帕尼亚①在制定清唱剧的规则时,重又提出了这一要求。② 在早期清唱剧中,受难故事只是“搬出圣母玛利亚、抹大拉的玛利亚以及耶稣众门徒悲泣场景”的背景。③ 歌德在接触到凯泽尔④的相关研究后,对旧式教堂音乐产生了浓厚的兴趣。⑤ 在意大利之旅中,他颇有兴致地参加了圣周(受难周)期间的音乐演出。

此外,宗教题材的幕间剧⑥也令歌德印象深刻。⑦ 这种剧呈现的是耶稣生平事迹或圣人传说,由街头吟游歌手表演。与令歌德深受触动的礼拜仪式相似,⑧它也由音乐、文本、祭仪和生活场景构成。在当时的意大利,或许只有西斯廷教堂仍在演唱恪守传统的宗教歌曲,其他的教堂和修道院中大多已在上演清唱剧了。

综上可得,“夜·一”中妇女合唱队和门徒合唱队的那种重个人体

---

① [译注]Arcangelico Spagna,约1636—1720,意大利诗人、歌剧剧本作家。

② 参见同上,S. 43。

③ Arnold Schering: *Geschichte des Oratoriums*. Leipzig 1911. S. 131.

④ [译注]Philipp Christoph Kayser,1755—1823,德国作曲家、诗人,歌德的挚友。

⑤ 此处的“旧式”可以参照意大利作曲家马尔切洛(Benedetto Marcello,1686—1739)的诗篇体作品进行理解。这些作品于1724年在威尼斯出版。歌德曾满怀虔诚地予以通读,赞其有古风时代的余韵。参见 Italienische Reise, unter dem 1. März 1788. FA I, Bd. 15. 1, S. 562 – 563。

⑥ [译注]幕间剧(Intermezzo),在演出的幕间休息之际进行的娱乐表演(杂技、戏剧、音乐等)。在中世纪,神秘剧往往被一些场景或歌曲所打断,其中上帝和魔鬼针对先前发生的场面进行议论。参见帕特里斯·帕维斯,《戏剧艺术辞典》,页175。

⑦ 这种幕间剧以口传为主,由“贫穷的吟游歌手”演唱,且无须由作曲家和作词家同步配合完成。参见 Wilhelm Bode: *Die Tonkunst im Goethes Leben*. 2 Bde. Berlin 1912. S. 150。

⑧ 参见 >Über Italien<. In: >*Deutsche Merkur*<, Weimar 1788/89。

验、唱法类似哀歌和咏叹调①的戏剧场景式对歌，显然以意大利清唱剧为蓝本。相反，兼具评论功能的天使合唱队则借鉴了叙述性和评论性更强的新教基督受难剧。歌德最初通过巴赫接触到这一体裁，尔后又在钻研亨德尔清唱剧的过程中获得了更深入的理解。

此外，拉姆勒②所作的康塔塔③剧《耶稣之死》(*Der Tod Jesu*)也值得一提。此剧经由格劳恩④谱曲后风靡百年之久，被许多教区列为圣周五(即主受难节)宗教庆典的保留节目。⑤ 因此，与帕莱斯特里那⑥和莫拉莱斯⑦为西斯廷教堂所作的剧目类似，《耶稣之死》也被赋予了一种传统的宗教仪式功能。1792 年至 1809 年间，此剧多次被搬上魏玛舞台。⑧ 直到 1829 年门德尔松重演《马太受难剧》，格劳恩作曲的《耶稣之死》才让位于被后世奉为经典的巴赫的受难剧。

拉姆勒的文风带有虔敬主义和感伤主义色彩，恰好适于将传统的

---

① 早在 17 世纪，意大利清唱剧就同诞生不久的歌剧建立了紧密联系。当时罗马等地上演的清唱剧已有娱乐的功能。因为歌剧被禁止，清唱剧就成为替代。直至 18 世纪，意大利清唱剧仍与歌剧有诸多相似之处。这一时期，芝诺和梅塔斯塔西奥在革新正歌剧的同时，也对清唱剧进行了改良。改良之后的清唱剧，其独唱部和合唱部都采用了返始(de capo)结构和花腔(Koloratur)唱法。歌德对意大利清唱剧的了解一则来源于他的意大利之旅，二则来源于哈赛(Hasse)和约梅利(Jommelli)的清唱剧作品(从 1814 年 2 月 23 日歌德致采尔特的信可知，歌德谙熟约梅利的写作风格，参见：MA, Bd. 20. 1, S. 333)以及亨德尔的《弥赛亚》(*Messias*)、《亚历山大的盛宴》(*Alexander's Feast*)和后来的《犹大・马加比》(*Judas Maccabäus*)。歌德对亨德尔的清唱剧涉猎颇深。

② [译注]Karl Wilhelm Ramler, 1725—1798，德国诗人、哲学家。

③ [译注]康塔塔(Kantate)，即大合唱。参见杜定宇，《英汉戏剧辞典》，页 122。

④ [译注]Carl Heinrich Graun, 1704—1759，德国作曲家、歌唱家。

⑤ 参见 Langrock (1987), S. 96。

⑥ [译注]Giovanni Pierluigi da Palestrina，约 1525—1594，意大利作曲家、歌唱家。

⑦ [译注]Cristóbal de Morales, 约 1500—1553，西班牙作曲家。

⑧ 参见 Alfred Orel: Goethe als Operndirektor. Bregenz 1949. S. 185。

基督受难引申为“道德高尚者”①的受难。这与“夜·一”中天使合唱队以博爱的耶稣指代浮士德(第757至761行)的手法一般无二。虔敬主义要求作品应当激起受众的“同情”。为了满足这一要求,格劳恩缩短咏叹调间隔,以强化基督的苦难。这种咏叹调因其“啜泣式的表达”②在当时为格劳恩招来了诸多批评。③

浮士德对合唱队的反应颇具代表性。然而,单凭唱词显然无法说服这位绝望的学者。事实上,浮士德此前已经尝试借助基督教的救赎学说自我规劝,但他发现,此举仅对怀有信仰的人有效,而他恰巧没有(V. 765)。最终打动浮士德、使其放弃自杀念头的是以歌曲形式呈现的言说,因为当时的美学理念视歌曲为“心灵语言”。需要指出的是,虽然歌德在此处给予歌曲以一定的优先地位,但这并不意味着他认同浪漫派鼓吹的音乐高于言说的论调。

在这一场中,合唱队的戏剧功能十分明确:在所有言说和知识性手段均被证明无效后,合唱队登场并说服了浮士德。它们的歌声能有效地作用于人的情感领域,即使偏执如浮士德也会被打动。通过插入合唱队的演唱,歌德得以在不削弱浮士德台词的力度、不揭露这个怀疑论者虚伪面目的情况下,避免原本可能的剧情高潮(即浮士德的自杀)。此外,观众也由此得以一窥浮士德性格的复杂性:在与魔鬼立约和进入女巫的丹房之前,他尚且通情,易被歌曲感动。对此,“城门前”一场可资佐证。

除《耶稣之死》外,“18世纪末到19世纪初风靡德国的、抒情感伤主义康塔塔体清唱剧”④还有一部代表作——声乐版的海顿《十字架上的基督临终七言》(*Die sieben Worte des Erlösers am Kreuze*)。1797年4

---

① 参见 Langrock (1987), S. 96。

② 同上,S. 99。

③ 参见同上,S. 100。

④ Anke Riedel – Martiny: Das Verhältnis von Text und Musik in Haydns Oratorien. In: *Haydn Studien* I, München, Duisburg 1965, S. 207.

月15日，歌德在致席勒的信中写道，那场“十分精彩”的表演（即海顿的上述曲目表演）令他有幸“目睹一项历史性的技艺”。[①] 不久之后，在致采尔特的信中，[②]歌德将他对该项技艺的研究结果概括如下：清唱剧实际上是一种具有叙事特征的当代（指歌德的时代）戏剧的早期形态。清唱剧中的福音宣读者一角先是演变为一般性的故事叙述者，而后或直接被取消，或被纳入戏剧的叙事性序曲[③]结构中。这第二次演变标志着清唱剧完成了向当代戏剧的转型。

歌德对清唱剧的观察与他对古典悲剧中合唱队的功能和规模的思考密不可分。值得一提的是，席勒对合唱队也十分感兴趣。例如，在《墨西拿的新娘》（*Braut von Messina*）一剧中，席勒就尝试将合唱队移植到现代悲剧中。关于歌德如何理解和运用合唱队，本书还将在对《浮士德》第二部第三幕的探讨中谈及。

海顿《十字架上的基督临终七言》声乐版的歌词[④]参照了拉姆勒的《耶稣之死》，其中一些甚至被原封不动地照搬过去。[⑤] 另有一部改编版的《圣母悼歌》（*Stabat Mater*）不可忽视。它对《圣母悼歌》原文起首基督对圣母的呼唤进行了改动。[⑥] 歌德在“城门洞”一场中借鉴了这首著名的拉丁文圣咏。

“城门前”场

“城门前”一场约于1801年最终定稿。[⑦] 盖尔指出，它在结构上与《魏玛假面舞会》和《浮士德》第二部的“假面舞会”关系紧密。[⑧] 在这

---

① MA, Bd. 8. 1, S. 328.

② 参见1803年8月4日歌德致采尔特的信。MA, Bd. 20. 1, S. 44 – 45.

③ 参见 MA, Bd. 20. 1, S. 45。

④ 歌词作者的身份已不可考。参见 Langrock (1987), S. 159。

⑤ 最先着手创作歌词的弗里伯特即已如此为之。参见同上，S. 151。

⑥ 参见同上，S. 158。

⑦ FA I, Bd. 7. 2, S. 230.

⑧ 参见 Gaier (1999), Bd. 2, S. 177。

一场中,多组人物群像交替登台,其台词包含以下三首歌曲:

乞丐之歌:第一首乞丐之歌在格律上参考了“天堂序曲”中大天使们的台词。因其内容包含贫富二元对立思想,所以不能完全算作世俗的、以求人施舍为目的的歌曲。在穿行的市民中间,乞丐是一个静态元素。他一方面评说市民人生的际遇转折;另一方面也构成了一个停顿,将歌曲之前市民们发表的较为个人的感想同歌曲之后较为普遍的感想分隔开。

士兵之歌:第二首士兵之歌借鉴了歌唱剧中一种比较成熟的格律:激昂高亢的二音步长短格诗行。不过这段唱词在诗节形式和用韵方面均不甚规律。①

对市民秩序支配的世界而言,乞丐和士兵均为外来者。其中,前者是令人厌烦的乞食者;后者是潜在的威胁——这可以从前段剧情中市民对士兵的漫画式刻画中看出。二者均构成市民世界的反面,他们虽身处其中,却无法融入:无人搭理乞丐,对迎面而来的士兵他们也漠不关心。二者也游离于情节之外。他们被人无视,充其量不过是一幅由静态图画组成的背景板的一部分。浮士德则在此背景板前信步而行。

在“城门前”这场由多个小情景构成的歌舞剧②中,如关节般嵌入的歌曲一方面联结各部分;另一方面冲破了市民世界的狭隘,支撑起了一幅更为宏大的世态百图。其中,后者恰恰满足了席勒在与歌德的通信中对浮士德素材所提出的“内容整全”③之要求。

农民之歌:《牧羊人为跳舞精心打扮》这首歌曲早在《威廉·迈斯特的戏剧使命》(后来在《威廉·迈斯特的学习时代》)中就被提及,不

---

① 齐普克称其为“自由节奏长短格”(freihythmisch - daktylisch)诗行,以将其与精灵合唱队唱词中的“颂歌体长短格”(hymmnisch - daktylisch)区分开来。这种区分虽然有助于分辨,却并非必须。

② [译注]歌舞剧(Revue),将歌舞、滑稽短剧和独角戏等编排在一起的具有讽刺含义的轻松娱乐演出形式。参见杜定宇,《英汉戏剧辞典》,页657。

③ FA I, Bd. 7. 2, S. 363.

过彼处并未给出歌词。[1] 该场中的唱词究竟取自民歌,还是由歌德独立创作,至今尚无定论。不过无论哪种情形,该歌词均可追溯至狂飙突进时期。[2] 值得一提的是《戏剧使命》和《学习时代》中对该歌曲的恶评:此曲“下流至极”,读者“恐怕会大倒胃口或认定其有伤风化”。[3]

在塑造完出游市民的群像后,歌德以歌曲和舞蹈为引子,将舞台主场转移到农民们所在的菩提树下,以此实现了两个互成对比场景之间的转换。从内容上看,此处的歌曲呼应了前文青年市民对话中有关情色和求爱技巧的部分,因此完成了整场歌舞剧在主题上的闭环。青年市民男子有两套求爱策略。他们把女仆当作潜在的情人,渴望与之来一段风流韵事;至于谈婚论嫁,则更中意规矩的市民女子。类似地,市民女子的心思也不单纯。尽管她们不愿被人瞧见与作淫媒的老妇来往,私下里却并非总是拒绝后者的服务。与以上种种相对的是流行于乡村的、在公共场合下的歌舞中完成的恋爱、求偶仪式。通过舞蹈和民歌两种媒介,歌德形象地呈现了农民所生活之小世界的风貌。它的精神气质与城市迥异。

在这一场中,歌德显然参考了魏斯[4]和希勒[5]的歌唱剧,特别是其中对城乡两种生活之反差的刻画。不过,歌德也并未将乡村生活理想化:与市民们一样,农民们粗俗的“新春之感”同样是漫画式揶揄的对象。因此,农民们的和善可亲随即被解构为一种轻信,究其本质,不过是沾沾自喜的市民心理的背面而已。

“书斋”场

“书斋·一”:该场诞生于1800年前后。它同样运用了音乐剧的范

---

① FA I, Bd. 9, S. 220 und S. 485.

② 参见 Schöne, FA I, Bd. 7. 2, S. 235。

③ FA I, Bd. 9, S. 585.

④ [译注]Christian Felix Weiße, 1726—1804,德国作家、教育家。

⑤ [译注]Johann Adam Hiller, 1728—1804,德国作曲家。

式。在梅菲斯特化身的卷毛狗进入书斋前,浮士德的台词运用的是四音步抑扬格。它将浮士德此时的心理变化以颂歌的形式表达出来。齐普克认为,“这些诗行的缩进格式表明它们并非普通的念白”。① 不过,他并不将之视作插入的歌曲,而是称之为朗诵。② 事实上,在创作《魔笛》第二部时,歌德已在运用四音步抑扬格。《魔笛》中托举盛有孩童之石棺的妇人的唱词,以及萨拉斯托用以表明放弃大祭司尊位的咏叹调,均为四音步抑扬格诗行。两相对比可知,此格律常用在以哀歌表现悲剧性情节或重大事件的歌曲中。此外,该场中浮士德台词的格律结构还与“天堂序曲”中天使们的颂神曲一致,因此在形式上也可视作颂歌或祈祷文。③

有趣的是,无论在“书斋・一”还是在“天堂序曲”中,梅菲斯特都扮演了打破虚假和谐的角色。纵观《浮士德》第一部,只有此处的浮士德处在一种可以放歌一曲的精神状态中。此曲既反映了他的情感纵深,也表明他一抒胸臆的渴望。根据歌德的观点,这种抒发必须形诉于咏叹调。另外,此处两段各有八行缩进文本的台词在表达形式上与歌曲的亲缘性,从浮士德后面的台词“别呼叫,卷毛狗! 狗叫声同现在围绕我整个灵魂的神圣音响不相配”(V. 1194 - 1201)中也可看出。此番呼喝一定程度上构成了前文浮士德台词的对歌。

浮士德对卷毛狗“打油诗般”④的责备显然是普通的念白。它与前面浮士德音调高昂的抒情式表达对比鲜明。在由卷毛狗、暖炉和靠枕组成的现实物质世界面前,浮士德的一番慷慨陈词原形毕露。玄想和狂热而已,别无其他。

众精灵所唱歌曲起初是交替运用三音步和四音步诗行的自由

---

① Ciupke (1994), S. 51.

② 同上,S. 51 und S. 208。

③ 参见同上,S. 52。

④ 参见同上, S. 51。

体,①内容为情境描述。而后,当它们意欲出手解救梅菲斯特时,其唱词转为富有动感的二音步长短格。浮士德唱念咒语时所用的格律与此一致。这咒语又与他念白式的评论形成反差。该场末尾,梅菲斯特为催眠浮士德,再度召唤出众精灵。它们的催眠唱词亦采用了富有动感的歌唱剧式长短格。② 精灵合唱队的功能十分明确:浮士德酣然入眠,他的灵魂则随着歌声飘然而起,升入无边无际、浮泛空灵的自然世界中。于是,在歌声和梦境之中,浮士德暂时摆脱了他那沉重的肉身。

无论是此处的精灵合唱,还是"夜·一"中情节功能类似的天使合唱,都令歌曲的魔力展露无遗。就此而言,此处的精灵合唱在主题和形式上均可视作《浮士德》第二部"怡人的佳境"一场中阿莉儿之歌唱的先声。此外,精灵合唱的内容和形式均与高特尔③歌剧《精灵之岛》(*Geisterinsel*)中的空气精灵合唱遥相呼应。由祖姆施蒂克④谱曲的《精灵之岛》开篇的合唱如下:

云开雾敛;
回望人间
满怀希冀
痛楚减轻;
那种谙悉
治愈心灵。⑤

此处,女主人公在哀怨的厌世之声中重新燃起生的渴望。至于

---

① 参见 Ciupke (1994),S. 52。
② 参见同上。
③ [译注]Friedrich Wilhelm Gotter, 1746—1797,德国作家。
④ [译注]Johann Rudolf Zumsteeg, 1760—1802,德国作曲家。
⑤ *Die Horen.* Hrsg. von Friedrich Schiller. Tübingen 1797. 8. Stück, S. 8 – 9.

“书斋·一”中精灵合唱队以合唱催眠主人公的情节，则与《精灵之岛》①第三场中阿莉儿以歌声施展魔力的情节呼应：

为了骗过
那舵手，
我将把他托出云朵，
摇入轻盈的梦境之中。②

这种以音乐剧元素创造具有治愈功能的幻象世界的手法，可以追溯至歌德的歌唱剧/节庆剧《莉拉》。此外，无论在严肃音乐剧还是在滑稽音乐剧中，催眠歌曲都是常见要素之一。③

“书斋·二”：该场中的隐身精灵合唱（V. 1607 – 1626）则难以归类。它可能是精灵中的善类对浮士德的警醒和忠告。故此梅菲斯特才会宣称，这些隐身精灵乃是他“仆从中的小字辈”，以让该警告显得可疑；它也可能确由梅菲斯特仆从中那些诱惑人的精灵所唱。在格律方面，此处的歌曲（或称哼唱）乃是以自由体写成。梅菲斯特随后的台词也运用了这一格律，不过添上了韵脚。④

此处的隐身精灵合唱队与《浮士德》第一部中此前已登场的精灵合唱队一样，尽管受梅菲斯特的驱使，却并未被明确界定为恶灵。例如，“书斋·一”中的精灵只是以歌声将浮士德带入温柔的梦乡，而并未伤害他。歌德无意制造基督教世界观下分属上帝和魔鬼阵营的善灵与恶灵的二元对立。相反，他笔下的精灵们模棱两可，既可能为上帝效

---

① 在外界精灵之力的影响下不自主的入睡，是推动情节发展的重要戏剧手段之一。

② 参见 Horen（1797），8. Stück，S. 18。

③ 例如歌德在佚名作家作词、安弗西斯（Anfossis）作曲的原作基础上改编的歌剧《喀尔刻》。

④ 齐普克认为，此处梅菲斯特对隐身精灵合唱的“模仿”（Nachäffen）是其惯用伎俩，也可看作他为降服这些精灵为己所用的手段。参见 Ciupke（1994），S. 53。

力,也可能为魔鬼驱使。它们的歌曲亦是如此。

从戏剧学角度看,《浮士德》中的精灵合唱均出现在剧情节点位置和语言修辞的高潮处。例如,“夜·一”中,浮士德对当世一切珍贵和神圣事物的诅咒难以用念白正面回应,因此歌德令天使合唱队登场解局;梅菲斯特也面临相似的困境——他难以引诱蔑视一切尘世之物的浮士德与自己立约,只得搬出精灵合唱队来。精灵合唱队的哀歌式合唱是对复活节颂歌的仿拟。浮士德既是它的交谈对象,也是它的责备对象——因为浮士德在他本人的诅咒中将中世纪宇宙观和价值观所代表的“旧”世界彻底摧毁了。浮士德点明自身的“半神性”,意在论证,人至少拥有毁灭个体世界并再造之的能力。因此,精灵们才要求他,在开启人生新阶段的同时也应重塑自身的内部世界(V. 1620–1626)。至于“新的人生阶段”该当如何,答案已在浮士德的辩白之中了。

由于精灵们责备的是浮士德自寻短见的行为,可以推测,它们隶属于浮士德自身。然而,梅菲斯特却通过模仿它们的表达方式、曲解它们的唱词含义,假称它们为自己的仆从。于是,精灵们要求浮士德开启的新人生,①便成了梅菲斯特口中的纯粹的体验亦即享乐。至于浮士德为何不假思索地予以认同并与梅菲斯特订立契约,则难以从后者的修辞(页 1635–1648)中看出端倪。事实上,整部《浮士德》的主旨转换,即由第一部中的爱情悲剧向第二部中的“人以行动创造新世界”之理念的转换,便由此开始。

“奥尔巴赫地下酒窖”场

该场以及插入其中的歌曲在歌德的最初构思中便已成形。《浮士德》早期稿即已包含该场的歌曲以及散文体台词。② 盖尔认为,歌德弃用广为传唱的、真正的民歌歌曲,转而采用戏拟民歌的群氓歌曲的做

---

① 此处可能呼应了但丁的《新生》(*Vita Nuova*)。

② FA I, Bd. 7. 1, S. 484–493.

法,乃是18世纪70年代末赫尔德与尼可莱①之间一场论战的诗学余音。当时,晚期启蒙思想家尼可莱出版了一部具有戏拟意味的群氓歌集来揶揄赫尔德的民歌集。②

歌德时代广为传唱的三首民歌《神圣罗马帝国》《夜莺女士》以及《情人的门》在这一场中发挥了"抛砖引玉"的功能,引起了下文的对白。其中,第2105至第2107诗行为格雷琴剧中格雷琴被诱拐埋下伏笔,同时也与"夜·二"中梅菲斯特以齐特琴弹唱的歌曲相呼应。

至于祝酒歌《地窖里藏着一只大耗子》,齐普克认为其在格律和诗节形式上仿照了路德的教会歌曲。③ 18世纪末,这种宗教歌曲的格式已被移植到一些世俗主题的诗歌中,且往往带有戏拟和讽刺意味。④因此,这首祝酒歌有着双重的历史维度:酒徒布兰德的那句"老歌新唱"(V. 2124)中的"老"既可指其题材的中世纪色彩,亦可指其中老鼠"受难"这一情节所影射的旧教会歌曲之格式。此曲反映的是普通市民对游手好闲、尸位素餐的上层统治者的痛恨;其中毫不掩饰地流露出的谋杀念头则暴露出市民心理中阴郁、黑暗的一面。就此而言,这首颇具现实主义色彩的歌曲构成了传统歌唱剧中带有理想化倾向的"社交歌曲"(如"城门前"一场中的歌曲)的反面。所以,当1790年歌德为回应法国大革命而改写该场中的市民讽刺时,只做了些微调整。⑤

梅菲斯特的《跳蚤之歌》则运用了中世纪英雄史诗中的希尔德布兰特诗行。18世纪时,这种诗行在叙事谣曲、历史体裁的文学作品以及社交歌曲中均被广泛使用。⑥ 事实上,这首歌曲原是歌德进入魏玛宫廷后,针对宫廷宠臣所作的(自我)反讽诗。

---

① [译注] Friedrich Nicolai, 1733—1811,德国作家、出版商、文学评论家。晚期启蒙的代表人物之一。

② 参见 Gaier (1999), Bd. 2, S. 279 und Bd. 3, S. 802。

③ Ciupke (1994), S. 59.

④ 参见同上。

⑤ 参见 FA I, Bd. 7. 2, S. 277。

⑥ 参见 Ciupke (1994), S. 59。

结合法国大革命这一时代背景，可以进一步理解梅菲斯特在此处扮演的煽动者角色。他演奏齐特琴，唱着看似无害、友好的祝酒歌，却在暗中唆使暴力和谋杀。该场中剩余的缩进诗行均为梅菲斯特施展魔法时唱念的咒语。

此外，梅菲斯特的齐特琴曲还使人联想到歌德剧作《克劳迪内·冯·维拉贝拉》（*Claudine von Villa Bella*）中克鲁甘提诺一角所演唱的齐特琴曲。同梅菲斯特一样，彼处的克鲁甘提诺也大致以煽动者的形象登场，且演唱了一首叙事歌曲，不过他的歌曲内容与该场的情节紧密相关。早在《杰里和贝特丽》（*Jery und Bätely*）中，歌德便已开始运用这种以歌曲推动情节发展的技法。在"奥尔巴赫地下酒窖"一场中，梅菲斯特的煽动行为以歌曲的形式得到呈现：他先以国王的跳蚤为噱头激起酒徒们的兴趣，又在歌曲中将高高在上的君王拉下宝座，使其坠入寻常世界的污浊之中。梅菲斯特乐意让酒徒们插话，打断自己。当他暗示跳蚤得势乃是影射宫廷宠臣时，酒徒们的反应已然转变：酒徒弗罗施的好奇不再，取而代之的是布兰德的评论中流露出的认同。最后，当梅菲斯特把宫廷树立成"自由"市民的仇敌时，酒徒们群情激愤，无一例外。此处，叙事谣曲和插入式念白交织一处，构成了一个现实主义色彩鲜明的文本复合体。

埃朗特认为，"奥尔巴赫地下酒窖"是一出"仿滑稽歌剧"：弗罗施、西贝尔、布兰德和阿尔特迈尔先是组成喜歌剧的四重唱，尔后在梅菲斯特歌曲的引导下完成渐强的齐声合唱，最后止于由梅菲斯特的渎神咒语构成的终曲。① 相应地，埃朗特把梅菲斯特演唱过程中酒徒们的插话认定为宣叙调。② 然而，能支撑这一论点的只有插话所用的牧歌体格律。因为牧歌体是喜歌剧宣叙调常用的诗体。不过，如此一来则《浮士德》中绝大部分诗行都应解作宣叙调，这显然不妥。

---

① Vincenzo Errante: Musik und Malerei in Goethes Faust. Dargestellt an Faust I: >Auerbachs Keller<. In: *Thema II* (1949), S. 40.

② 同上，S. 41。

在1790年出版的《浮士德·未完成稿》中，歌德将该场由散文体改为诗行，并进行了一些调整。早期稿中该场的歌曲也在未完成稿中得到保留。歌德在其中将该场的结构调整为喜歌剧剧本结构绝非偶然。改动后的版本与其他（德国）歌唱剧的意大利版本类似，在结构上仍带有很强的歌唱剧①烙印。例如，该场中的社交歌曲和祝酒歌均从情节中衍生而来。而喜歌剧或者说歌德改良后的喜歌剧常以歌曲作为后续情节的催化剂。通过结合歌唱剧和喜歌剧对歌曲的处理方式，歌德完成了对歌曲和戏剧情节的整合。

至迟自1790年起，该场便不再具有北德和南德地区歌唱剧那种纯良的民间气质。相反，它的社会批判力度几乎超过博马舍的歌剧剧本作品，甚至于矫枉过正。歌德认可的反抗，是他所赞赏的布伊利②和凯鲁比尼③的革命题材歌剧《担水者》（*Wasserträger*）中的那种反抗——即高尚的平民迫于残酷压迫揭竿而起的合法反抗。然而，“奥尔巴赫地下酒窖”中的反抗却是另一番景象：一群醉酒的暴徒在一个魔鬼般的引诱者的煽动下，要起来反抗一位似乎不算太坏的君主。须知，酒徒四人方才还在设想学业完成之后如何在他的治下安居乐业。对此，老阿尔特迈尔的台词可资佐证。④ 整场之中，浮士德始终扮演了（贵族）观众的角色。四名酒徒和梅菲斯特在他面前上演了情景喜歌剧⑤或音乐喜剧⑥式的小歌剧⑦。不过浮士德显然对此并无兴趣。

---

① 盖尔甚至直接视该场为歌唱剧。参见 Gaier (1999), Bd. 2, S. 280。

② ［译注］Jean Nicolas Bouilly, 1763—1842，法国剧作家、歌剧剧本作家。

③ ［译注］Luigi Cherubini, 1760—1842，意大利作曲家。

④ 参见 Errante (1949), S. 40。

⑤ ［译注］情景喜歌剧（scene buffe），这类喜歌剧的特征在于行动节奏快、情节错综复杂，而不在于所描绘的人物性格的深刻。参见帕特里斯·帕维斯，《戏剧艺术辞典》，页54。

⑥ ［译注］音乐喜剧（commedia per musica），喜歌剧的前身。

⑦ ［译注］小歌剧（Operette），轻松活泼的小型歌剧。参见杜定宇，《英汉戏剧辞典》，页539。

综上所述,对于该场,可以得出以下两个结论。其一,歌德在运用喜歌剧的形式时,不带任何价值导向。他先是将其用于民俗的、滑稽的题材,随后又任由该题材滑入低俗和令人反感的维度。其二,喜歌剧不再被视作贯穿全篇的结构规范。歌德并未将其应用在整部《浮士德》上,而是集中到一场之中,同时还将其与其他戏剧类型并用。歌德同期创作的《魔笛》第二部也采取了这种处理方式。

"女巫的丹房"场

该场中几乎没有任何文段采取缩进格式。有些台词尤其是动物们的台词虽然诗行较短,却无一采用歌德常用于插入式歌曲中的二音步长短格歌唱剧式格律。

唯一采用缩进格式的是女巫的咒语。不过,与"奥尔巴赫地下酒窖"中梅菲斯特的咒语和"书斋"中浮士德的咒语类似,女巫的咒语也只是哼唱式的念白而已。

"黄昏"场

初遇浮士德后,格雷琴在黄昏时分回到自己的闺房。她凭本能察觉到,屋内有些异样。一种莫名的恐惧促使她盼望保护者即母亲尽快归来。因此,她的歌曲有两大功能:其一,驱散恐惧;其二,消磨等待母亲归来的这段时间。类似的情景亦见于歌德的歌唱剧《渔妇》(*Fischerin*)的初场中:彼处,女主人公多特琴同样以歌唱来消磨等待的时间。此外,两处女主人公的心理状态也十分相似:格雷琴恐惧,多特琴悲伤且对冷酷的生活感到沮丧;多特琴处境无望,格雷琴则因自己的市民出身而暗自神伤("一切都需要金钱,/一切都依靠金钱。/唉,我们穷人!"[V. 2802 – 2804])。

叙事谣曲《图勒王》(*König in Thule*)大约于1774年完成,与歌德早期的歌唱剧创作相去不远。在《浮士德》早期稿中,这首歌曲已具有了上文所述的两大剧情功能。① 根据歌德的规定,格雷琴的叙事谣曲应

① FA I, Bd. 7. 1, S. 499 – 501.

当由演员熟记后反复演唱。与《渔妇》中的歌曲类似,《图勒王》也采用了民歌形式,同时发挥重要的剧情功能。歌德此前已于歌唱剧作品中运用过此类半自觉式的歌曲,来刻画少女角色(如贝特丽和多特琴)既天真无辜又细腻敏锐的特质。不过,作为一首由民歌移植而来的歌曲,《图勒王》包含的自我意识比《渔妇》中多特琴那源于个人经历的咏叹调要少。就此而言,《图勒王》在该场中的运用更加淳朴。

综上可知,《图勒王》通过两条途径融入该场之中:其一,刻画角色心理状态;其二,在情节层面上发挥结构性功能,此处插入歌曲的位置恰好是该场的节点位置。格雷琴以歌唱排解无名的恐惧。这种恐惧不能以理性解释,因此无法通过语言予以化解。至歌曲结尾,尽管外部环境无任何变化,格雷琴却已重新振作且好奇心复萌。此外,这首叙事谣曲还为后续情节埋下伏笔。首先,歌曲中的黄金盏与浮士德赠送的黄金首饰一样,都是婚外的情人的馈赠。其次,在歌曲中,即便身死也未能牢牢俘获爱人忠心的是情妇;在该场戏中,为引诱格雷琴创造前提的则是代表追求者贵族身份的黄金首饰。

与后续情节相呼应的还有歌曲中反映的至死不渝之忠诚的母题。不过,最主要的母题当属爱与死的联结以及婚外情。此外,盖尔指出,格雷琴剧中的歌曲还在格雷琴一角与莎士比亚戏剧中女主人公们之间建立了关联。例如,同《奥赛罗》(*Othello*)中的苔丝狄梦娜一样,格雷琴更衣时所唱歌曲于无意识中浮现在她的脑海,且预言了她将来的命运。①

“格雷琴的闺房”场

纺车边的格雷琴所唱的歌曲,在整部《浮士德》以及歌德所有音乐剧作品中绝无仅有。它并未被嵌入任何对白、宣叙调或长篇独白中,而是独占整场,不与其他文本勾连。故而它在整部剧中的重要性不言而喻。纵观歌德音乐剧作品中的歌曲,就重要性而言,大概无一能出其

① 参见 Gaier (1999), Bd. 2, S. 351 – 352。

右。与前文述及的几首歌曲类似,此曲自《浮士德·早期稿》后便改动不大。①

尽管此曲的歌词被规则地划分为四行一段的诗节,但它绝非一般的歌曲或民歌。② 在格律方面,此曲沿用了歌唱剧的二音步诗行。不过,它在运用轻读音节时更为自由,因此在结构上要复杂许多。③ 此外,尽管歌词的诗节划分十分规则,但每一诗行的结尾却并不规则。对此,米歇尔森(Michelsen)归结得恰到好处:这首歌曲的半规则半不规则结构,照应的是纺车规律转动发出的"通奏低音"④背景下格雷琴内心的不安。⑤

诗行采用缩进格式,情节发生地为纺车边这一典型的歌唱场所。⑥ 此两点清楚地表明,此处的文本乃是歌曲。尽管如此,薛讷却仍认定其为朗诵。⑦ 盖尔则认为此处应为表达效果强烈的咏叹调,且它的往复式结构借鉴了意大利回旋曲⑧的形式,因此可视作《浮士德》第二部第三幕中海伦之歌剧唱段的先导。⑨

根据歌德对歌曲体裁的区分,该场中格雷琴的演唱在内容上接近咏叹调;但其叙事谣曲式的诗节划分又表明,它应与一段回环往复的旋

---

① 参见 FA I, Bd. 7. 1, S. 518 –519。

② 参见 FA I, Bd. 7. 2, S. 320。

③ 关于此曲的格律详见 Ciupke (1994), S. 75 –77。

④ [译注]通奏低音(basso continuo),字面意义为"持续低音"。作品的低音上标以数字,说明在键盘乐器上演奏的和声。参见汪启璋等,《外国音乐辞典》,上海:上海音乐出版社,1998,页 61。

⑤ Peter Michelsen: Gretchen am Spinnrad: Zur Szene >Gretchens Stube< in Goethes Faust I. In: *Texte, Motive und Gestalten der Goethezeit. Festschrift für Hans Reiss*. Hrsg. von John L. Hibberd und H. B. Nisbet. Tübingen 1989, S. 83.

⑥ 例如在"轮唱"(gesellige Runde)中。

⑦ FA I, Bd. 7. 2, S. 320.

⑧ [译注] 回旋曲(Rondo),包含一个多次重复的段落的曲式。参见汪启璋等,《外国音乐辞典》,页 654。

⑨ 参见 Gaier (1999), Bd. 2, S. 407 –408。

律配合,即应归入普通的歌曲一类。歌词中重复三遍的首节诗行具有副歌特征,可能借鉴了返始咏叹调。[①] 综上可知,格雷琴的演唱在形式上糅合了咏叹调和普通歌曲。歌德巧妙地并用两种体裁,以呈现格雷琴的心境:她目下的处境同初遇浮士德过后或者《渔妇》中多特琴的处境类似。她想以歌唱平复心情,仿佛能以此将渐已萌发的自我意识规束到由整齐划一的歌词所构筑的框架之中。但她强烈的感情仍突破樊笼喷涌而出,口中所唱也由普通歌曲变为咏叹调。不过,普通歌曲的痕迹仍在,表明格雷琴以歌唱压抑心中不寻常之感情的尝试以失败告终。

歌德在同时代人音乐实践的基础上发展出一套区分不同歌曲体裁的定义体系。根据这一定义体系,歌德在该场的歌词中运用了互相矛盾的两种歌曲体裁,细腻刻画出了格雷琴微妙的性格转变:如果说在"黄昏"一场中,她仍是稚嫩的孩童,唱着一首似懂非懂的民歌;那么,此处纺车边的光景则表明,她已由一个不能自主的少女蜕变为敢于自我表达的个体。

此外,此处的歌曲还对应剧情的节点位置:格雷琴不再以毫无主见的、被引诱的少女形象示人;相反,她的渴望之强烈几乎令浮士德在玛尔特家花园中的那番甜言蜜语显得多余。格雷琴不可能再变回最初那个乖巧孩子的模样了,因为在当时那种压抑的社会环境下,她新近发觉的人格中所包藏的危险,不亚于"书斋"中为精灵们所歌颂的浮士德身上的类神性。

"城门洞"场

该场可视作"格雷琴的闺房"一场的延续。该场中的台词是音乐剧式的歌词,[②]反映了格雷琴的心理状态。起首三段诗节,每段由三行

---

① [译注]返始咏叹调(ariose da capo),在具有对比性的中间段落后重复第一段落的对称曲式。参见汪启璋等,《外国音乐辞典》,页32。

② 在《浮士德》早期稿中,该场台词为普通念白,这意味着歌德起初将该场构思为一出情节剧。参见 FA I, Bd. 7. 1, S. 527。

构成，为整场奠定了主旨和基调。它们在“内容、诗节形式和用韵方面均参考了中世纪圣咏《圣母悼歌》的起首两节”。①

18 世纪时，《圣母悼歌》的多个配乐版本风靡一时，其中最著名的当属备受歌德赞赏的佩尔戈莱西版。② 由于歌德在该场中以缩进格式表明诗行的音乐性，故而可以推测，他大概有向这部经典音乐剧致敬。值得注意的是，两处歌词的演绎视角并不相同：在《圣母悼歌》中，抒情主人公通过描绘圣母的痛苦激发听众的同情（“谁能够/不为之动容？”）；在该场中，格雷琴则直接与圣母对话。通过引用同时代人谙熟的《圣母悼歌》，歌德将已有身孕的格雷琴引至悲伤圣母的面前。这种处理预示了《浮士德》第二部终场“山涧”中格雷琴的庄严结局。彼处的台词亦借鉴了《圣母悼歌》，但做了微调。

综上，该场起首三段唱词系对《圣母悼歌》的引用。格雷琴再度寻求以一种传统的方式抑制自己的情感。在她的唱段中，起首三节为对圣母的呼唤，与对应的拉丁文原文一致。然后格雷琴视角一转，开始顾影自怜。她以自由体诗行③倾诉内心的痛苦，这一部分横跨数个咏叹调唱段。格雷琴如同一个无助的孤儿，寄希望于天上的圣母。薛讷指出，此处格雷琴对圣母的直接呼唤（“救救我吧！把我救出耻辱和死亡！”）呼应了天主教圣咏（如《让十字架保护我》[*Fac me cruce custodiri*]）中那种直接呼唤基督而非呼唤为困厄者代祷的悔罪女的表达方式。④

在歌曲的结尾，格雷琴再度回归《圣母悼歌》。⑤ 痛苦圣母这一意

---

① Ciupke (1994), S. 79.

② 1780 年前后，佩尔戈莱西版的《圣母悼歌》在魏玛多次上演，维兰德也对其十分喜爱。参见 Bode (1912), S. 81。[译注]佩尔戈莱西(Giovanni Battista Pergolesi, 1710—1736)，意大利作曲家。

③ 参见 Ciupke (1994), S. 79 – 80.

④ 参见 FA I, Bd. 7. 2, S. 333。

⑤ 参见 Gaier (1999), Bd. 2, S. 438。盖尔认为此处一个返始(da capo)结构。

象如同一个闭环，将格雷琴的咏叹调包含在内。由此，未婚先孕的格雷琴的痛苦与圣母的痛苦便类同起来，她的市民爱情悲剧也以联觉的方式上升为超越人类范畴的痛苦。通过引用《圣母悼歌》这一音乐剧意象，格雷琴的歌唱达成了人所共有的虔诚和个人独有的哀怨之间的平衡。它为格雷琴实则寻常的遭际赋予了一种命中注定之感。由此，这位市民女子的命运既获得了一种悲剧性的伟大，又不至流于矫饰派的夸张造作。

“夜·二”场

阿伦斯在他的评论中指出，该场带有鲜明的歌剧风格：

> 因为（格雷琴之兄）瓦伦廷的行为不合常理：他没有指责格雷琴引来情人杀死了兄长。瓦伦廷如同一位歌剧主角，有意识地将自己置于场景中心。直到心脏停止跳动的那一刻前，他都神志清醒，言语明晰，甚至甚于受伤倒地之前。他是伴着想象中的管弦乐队为他奏响的终场和声而断气的。他周围的人，包括亲生姊妹，竟没有一人尝试救助他！毫无疑问，这是歌剧风格！①

此番评论所依据的更多是 19 世纪歌剧中常见的令男女主人公在歌唱中缓缓死去的表现手法，而非歌德时代音乐剧的特征。18 世纪时，戏剧舞台上很少表现谋杀和死亡。对于喜歌剧而言，谋杀和死亡违背了滑稽风格；对于正歌剧而言，为符合“大团圆”（lieto fine）的要求，必须确保舞台上不出现尸体，即便有一些剧本允许自由演绎，也不能触犯这条禁忌。如果“大团圆”结局被打破（梅塔斯塔西奥就曾这样处理过），整部剧便蜕化为彻头彻尾的悲剧。② 1800 年前后出现的悲剧色彩

---

① Hans Arens：*Kommentar zu Faust I.* Heidelberg 1982，S. 356.

② 自杀是一个例外。自蒙特威尔第（Monteverdi）的《波佩阿的加冕》（*Incoronatione di Poppea*）起，自杀就具有了戏拟的意味；在萨列里的《塔拉赫》中，自杀则成为暴君终结其生命的手段。莫扎特的《女人心》（*Cosi fan tutte*）中也有对自杀情节的戏拟。

更强烈的新式正歌剧即带有这一倾向。

《浮士德》中的瓦伦廷与其说是悲剧角色,不如说是滑稽角色:他的台词充斥着大男子主义式的自吹自擂,折射出他粗俗的男性人格。[①]他对堕落了的姊妹的咒骂更是表明,他口中的血亲之爱纯粹是虚荣跟自负。即便临死前,他也要以格雷琴为代价为自己塑造"好男儿"形象。[②] 在歌剧史上,这样一个一命呜呼且弥留之际仍不忘道德说教的喜剧角色有一知名先例:蒙特威尔第《波佩阿的加冕》(*Incoronatione di Poppea*)中自杀身亡、道德可疑却至死仍在道德说教的滑稽角色塞内卡。至于歌德是否对这部歌剧有过细致了解,已无可考证。不过,他极有可能读过该剧的歌剧剧本或是从当时的某个改编版本中接触过它的一些片段或意象。

阿伦斯的观点,即认为该场系歌德对歌剧形式的反讽式运用,并无说服力。首先,该场的情节发展与 18 世纪的经典歌剧并不吻合。其次,对情节之可能性的质疑,意义不大。以此为由甚至可以批评莎士比亚的所有戏剧,这显然不妥。事实上,我更倾向于认为该场借鉴了莎士比亚的《哈姆雷特》。[③] 梅菲斯特的歌曲中有三句参照了《哈姆雷特》中奥菲利亚所唱的歌曲。这意味着格雷琴和奥菲利亚两个女性形象之间存在呼应:奥菲利亚歌唱时,已精神失常,这预示着格雷琴不久之后也将发疯。不同的是,奥菲利亚的歌曲反用潜入恋人房中的仰慕者这一意象,强调女性角色的主动性;梅菲斯特引用的三行唱词反映的则是纯粹的邪恶——彼时,主仆二人已径直站在格雷琴的门前,且此前梅菲斯特已遍用魔鬼伎俩,引诱格雷琴为浮士德打开方便之门。

此处,玩世不恭的梅菲斯特辩称其所唱乃道德之歌。事实上,它也的确是对少女们的反讽式警告:劝诫她们切勿在婚前与任何男子往来。不过,这首歌在此处却具有双重引诱功能:首先,须知此时格雷琴已经

---

① 参见 Ciupke (1994), S. 80;Schöne, FA I, Bd. 7.2, S. 334。

② 参见 Arens (1982), S. 347。

③ 同浮士德一样,哈姆雷特也刺死了恋人的兄弟。

迷恋上浮士德且无法自拔，因此梅菲斯特的讽刺之意于她定如芒刺在背；其次，格雷琴此前已与浮士德共度了一夜，而她的母亲正死于那夜。不过，此处梅菲斯特诱导的对象并非格雷琴，而是其兄瓦伦廷。这一角色的名称系歌德对奥菲利亚所唱歌曲《明天是圣瓦伦廷日》的反讽式运用。与作为订婚者主保圣人和美满婚姻维护者①的圣瓦伦廷相反，此处的卫道士瓦伦廷却成为浮士德和格雷琴走出私情、缔结婚姻的障碍。

阿伦斯指出，该场中的诸元素之间关联得不很自然，使得整场显得静止、停滞。这一特点为该场赋予了与其严肃内容不相匹配的滑稽色彩。不过，需要明确的是，瓦伦廷一角充其量不过点缀而已：他在剧情上唯一的必要性是被浮士德杀死，导致浮士德出逃，从而使得原本有望结合的浮士德与格雷琴彻底陷入绝境。

除与《哈姆雷特》互文外，梅菲斯特以齐特琴弹唱的歌曲在戏剧功能上还与“奥尔巴赫地下酒窖”一场中的《跳蚤之歌》相呼应。两处的唱词均为在某一原文本基础上规避照搬照抄后再创造②而成的子文本。两处的歌曲均带有煽动受众诉诸暴力的倾向。在该场中它甚至还充当了后续情节的导火索。

“大教堂”场

该场在结构上是一出合唱队表演，其中演唱部分和朗诵部分交替出现，与《浮士德》第一部开篇的“夜·一”一场遥相呼应。彼处，浮士德在复活节圣歌的劝导下感念起基督复活，迈向新生；此处的合唱队则象征着对已有身孕的格雷琴的末日审判。合唱队在聆听格雷琴内心之恐惧以及拟态为恶灵的良心之恫吓后，以安魂弥撒中的文段予以回应。

---

① 参见 Arens (1982), S. 348。

② 在与爱克曼的谈话中，歌德夸张地阐述了再生产的含义——他称此处的歌曲悉数借鉴了《哈姆雷特》。但事实上只有三行如此。参见 1825 年 1 月 18 日歌德与爱克曼的谈话，FA II, Bd. 12, S. 140。

由此，格雷琴的恐惧得以具体化、实在化；它不是胡思乱想，而是压抑的基督教意识形态及其所支配的社会释放出的、真切的威胁信号。

两支合唱队组成了该场的场域和结构，制造出一个为观众所熟知的宗教语境。只有在这一语境中，角色对白方显出它的分量。通过运用代表基督教正义来评论个人命运的合唱队，歌德从语义上将该场中的情景扩展为格雷琴的内心写照。只有将《愤怒之日》(*Dies Irae*)的文字以声音呈现，才能突出它的无所不在。这种无所不在，恰是格雷琴后来杀婴和发疯的唯一解释。

“地牢”场

该场中格雷琴所唱歌曲在《浮士德·早期稿》中便已定形。① 这首短小的歌曲以其近乎超现实主义的描写，呈现出力压下文朗诵部分的诗学表现力。

此处的格雷琴已然成了第二个奥菲利亚，她的痛苦在一连串异象中爆发。然而在疯狂的面纱之下，是格雷琴对自身处境的洞察。在审美层面上，这种精神错乱可以缓和格雷琴的悲剧命运、求死而非逃离之抉择造成的戏剧激情。

盖尔认为，格雷琴的歌曲属于民歌；②科蒂也认为，此情此景下，“纯洁的造物”格雷琴脑海中浮现的是一首民歌。③ 这两种观点均未切中实质。首先，此处的唱词格式较为自由，并非全部用韵，诗行长度不均；其次，其中也不见歌德常用于民歌或民俗歌曲中的(一般为每节四行的)诗节划分。

单就形式而言，格雷琴的歌曲可算作自由度极高的咏叹调。就内容而言，民歌与其演唱者所处戏剧情节层面的关联一般是半隐的，而在

---

① FA I, Bd. 7. 1, S. 535.

② Gaier (1999), Bd. 2, S. 518. 盖尔在未给出任何参考文献的情况下，称此处的歌曲为《浮士德》中唯一一首未经改动的民歌。

③ 参见 Jürg Cotti: *Die Musik in Goethes >Faust<*. Göttingen 1994。

此处，尽管格雷琴的精神状态同她的处境是疏离的，但她仍高度自觉地刻画了后者：她所唱的歌曲内容上取自一个民间童话。① 在演唱中，她不仅模拟了童话中被杀孩童的口吻，②还将自己与其中死于流产的母亲以及杀婴的继母③等同起来。

此处的格雷琴，即非无意识，亦非无辜；同样，她也不认为自己无意识或无辜。因此，她的演唱选取了最为性格化和个人化的歌曲体裁——咏叹调。

格雷琴的歌曲在内容上参考了民间童话。这与她初次所唱的《图勒王》形成呼应。彼时，格雷琴尚处于真正的无意识和纯洁状态中。

格雷琴在童话基础上对自身命运的书写，可谓忠于童话的起源和背景。此外，在世界戏剧的语境下，格雷琴的命运既是个体的，也具有典型性。咏叹调与童话的结合，为她的命运在狭小的市民世界之外平添了一层童话维度。这令格雷琴的不幸兼具个人悲剧和类型悲剧的色彩。

三　格雷琴剧中的歌曲（按角色）

格雷琴

在《浮士德》中，格雷琴初登场时是一名温顺的、与其生活环境高度吻合的市民女子。她也带有一些个人脾性，唯一的弱点是易受奉承。

对于市民女子而言，无论是激烈的情感宣泄，还是过多的反思内省，都与其行为规范互不相宜。一开始，通过演唱民歌《图勒王》，格雷琴成功地驱散了内心莫名的恐惧。在这首用来应付未知情势的歌曲中，她运用了非反思式——或如歌德所言“可复制”的——歌曲体裁。

---

① 对此，薛讷给出了详细论述。参见 FA I, Bd. 7. 2, S. 378 – 379。

② Gaier (1999), Bd. 2, S. 520.

③ 参见 FA I, Bd. 7. 2, S. 378 – 379。

因此,《图勒王》与戏剧情节的关联并非体现为个人的认知行为,而是体现为一种对“命中注定之偶然”的预感。民歌这一体裁与格雷琴的自然属性及与此相关的、积极意义上的天真相吻合。此外,这首歌的内容和风格也反映了格雷琴高度敏感的气质及其发展为悲剧性格的潜质。

纺车边的格雷琴则不再是那个易受奉承、不谙世事的少女;相反,此处的她已然是具有相当情感深度的青年女子。她以往所习惯的生活、恪守的行为规范,于她已支离破碎,只剩驯服和正派两种品质构成的残余。这些残余反映为歌曲中较为规则的诗行划分和回环往复的副歌部分。不过,它们已无力抑制格雷琴新生的个体意识中的渴望。于是读者看到,从象征着格雷琴残存的乖巧少女人格的普通歌曲中脱胎而出的是咏叹调——一种情绪表现力极强的歌曲体裁。这一转变也标志着格雷琴的人格发育成熟。

“城门洞”一场将格雷琴的困厄与“我们亲爱的妇人”即圣母玛利亚的痛苦进行类比,从而将这位生长于狭隘的市民世界、意外怀孕的年轻女子的个人悲剧上升到基督教语境中。早在“花园”一场中,格雷琴便通过讲述先前照顾幼妹时的情景,展现了自己作为童贞母亲的一面。这一形象使人联想到“哺乳圣母”(Maria lactans)的意象。此外,母亲悲悯亡子的情景也具有基督教内涵,且预示了“地牢”一场的情节。就悲痛的母亲这一形象而言,格雷琴还呼应了基督教传统中的痛苦圣母。相应地,她的哀怨借助以音乐呈现痛苦圣母形象的《圣母悼歌》得以抒发。

格雷琴在地牢中所唱的歌曲与《哈姆雷特》中奥菲利亚所唱的歌曲相似,内容均为演唱者精神失常后所见的异象。格雷琴所唱在风格上接近民歌,照应叙事谣曲《图勒王》。不过,彼处格雷琴身上那种少女的天真在此处已演变为疯狂。正是这种疯狂,促使她有意识地诉诸包装为普通歌曲的咏叹调。①

---

① 关于此处所涉童话的原文及其阐释,参见 Schöne, FA I, Bd. 7. 2, S. 379。

浮士德

在浮士德出场的诸场景中,插入的歌曲均以情境为转移:浮士德本人并非歌唱者;相反,无论在精灵合唱队、复活节天使合唱队,还是众酒徒面前,浮士德扮演的始终是听众角色。

浮士德本人绝少唱歌。他既未参与到“奥尔巴赫地下酒窖”中梅菲斯特和酒徒们的合唱中,也不曾以咏叹调表达他对格雷琴的爱慕或悲怜。他从未为格雷琴演唱过任何小夜曲,遑论与她完成一段二重唱。尽管浮士德被音乐所环绕,但他却是一个彻头彻尾的散文体形象。

在《浮士德》中,诉诸歌唱的表达须满足以下条件之一。

一为统一的人格。此条适用于格雷琴。她无论何时何地都是她自己。即便在巨大的困厄之中,她也仍对自己保持忠诚。在另一种美学层面上,满足这一条件的还有乞丐、舞蹈的农民、士兵以及“奥尔巴赫地下酒窖”中的众酒徒。他们与自我、自己的观点以及世界均处在合一之中,即使其中不乏一些恶类。与格雷琴相比,他们属于单一性格的戏剧人物。

浮士德则恰恰相反。在任何意义上,他的人格都是分裂的:他是学者,却扮演了花花公子的角色;他出身市民,却戴着贵族的假面。浮士德的市民出身,可以从他对格雷琴身上市民美德的赞许中看出。他以引诱者的身份接近格雷琴,却又真正地爱上了她。在整部学者剧中,浮士德只在一处达成了与自我以及自我意愿的统一,以至于要诉诸歌唱,一抒胸臆:那便是在自复活节漫步返回的途中。彼处,他以激昂的抑扬格颂歌体赞美世界的和谐。

二为对特定群体的从属关系。对某一类人或某一社会群体的从属关系是《浮士德》中第二类歌曲的前提。此条主要适用于剧中的精灵合唱队、富有宗教仪式意味的唱段以及士兵和农民的歌曲。例如,“城门前”中的乞丐并非某个乞丐个体,而是乞丐群体的代表;不过,其角色塑造却重在表现他的孤立。“奥尔巴赫地下酒窖”中的众酒徒虽互相之间意见相左,却在酗酒、唱歌和怒吼中沆瀣一气,构成一个异质的整体。

浮士德并未参与到酒徒们的狂欢中。类似地，他对农民们的节庆同样无感：当一位老农向他发出诚挚的邀请时，他因联想到父亲当年用炼金术所制毒药戕害农民而感到尴尬，退缩不前成为局外人。

三为模仿。无须细究每一种阐释可能，读者也知梅菲斯特不具有统一人格。在《浮士德》第一部中，尽管梅菲斯特被命名为魔鬼，但他事实上与浮士德类似，也是一个矛盾的、多面的戏剧人物。此外，他同浮士德一样，不属于任何群体，而是孤立的存在。不过，梅菲斯特却擅长歌唱。齐普克认为，梅菲斯特的言语表达最显著的特征之一，便是善于在格律上模仿前一位说话者。① 换言之，他是一位伪装大师。梅菲斯特在人类世界中所展现的歌唱能力，实际上是一种模仿，一种对人类行为的模拟。这种模仿也是他最惯用的引诱手段。例如，在"奥尔巴赫地下酒窖"中，他以《跳蚤之歌》煽动众酒徒施暴；在格雷琴的窗前，他弹奏小夜曲，诱使她为情人浮士德打开方便之门。

在《浮士德》的学者剧和格雷琴剧中，包括普通歌曲、咏叹调、乐团合奏、合唱队以及情节剧在内，几乎所有音乐剧体裁均有亮相。不过值得注意的是，在这部经典之作中，竟无一处由一对恋人完成的二重唱。② 根据定义，二重唱是一种用于表现恋人之间和谐与共鸣的歌曲体裁。无论二人是幸福相拥还是面临别离，均可以二重唱表达心绪。早在歌唱剧创作中，歌德便已在运用这种内涵明确的歌曲体裁。例如在《杰里和贝特丽》中，歌德曾使用二重唱来表现这对恋人的意见分歧。

在《浮士德》中，恋人二重唱的缺席耐人寻味。首先需要明确，与格雷琴不同，浮士德的人格是分裂的。他既非真诚的爱人，亦非彻头彻尾的引诱者。浮士德与格雷琴的关系是一场多重意义上的欺骗。浮士德既未言明自己的出身，也未表明自己的意图。与文学史上另一经典

---

① 参见 Ciupke (1994), S. 35。

② 关于拉齐维乌谱曲的歌剧《浮士德》中的二重唱(Duette)，本书将另辟一章予以探讨。

引诱者唐璜相比,浮士德的欺骗是非主观的,故而也是被动、消极的。因此,浮士德既不可能与格雷琴完成真诚的二重唱,也不可能与之完成引诱性质的二重唱。须知,引诱的前提是主观上的欺骗意图,然而浮士德并不十分狡猾。因此,他无法主动以伪装粉饰出琴瑟和谐,也不能通过谎言实现二重唱。

梅菲斯特和玛尔特之间的滑稽恋爱关系,则建立在互相欺骗的基础上。梅菲斯特假装对老妇玛尔特感兴趣,不过是为了给浮士德与格雷琴的幽会创造条件。渴望得到男人的玛尔特则用尽一切伎俩,希望俘获眼前的男人,尽管他长着一只马脚。不过,二人之间也并未出现任何滑稽二重唱。这进一步表明二重唱的缺席意味深长。纵观整部《浮士德》,唯一一首二重唱出现在“瓦尔普吉斯之夜”中,且反映了与此处截然相反的戏剧理念。

四 “瓦尔普吉斯之夜”

“瓦尔普吉斯之夜”完成于1800年前后,是《浮士德》从开篇至此最为复杂的一场。它以歌舞剧的形式,将具有不同美学特征的短小场景勾连一处。这些场景呈现了布罗肯峰上千奇百怪的现象。与“城门前”一场类似,歌德在该场中也运用了音乐剧的表现手法,以将各部结合起来,同时令其显得生动、立体。

长期以来,研究界始终认为该场的形式为歌剧,①却未曾深究其结构和其中嵌入之歌曲的功能,亦未曾追问该形式对该场的阐释有何启发意义。

该场开始,浮士德和梅菲斯特以外来者的身份出现。梅菲斯特甚至需要一位向导。在二人与磷火就如何引路达成一致后,他们的旅程

---

① 例如,Trunz in HA, Bd. 3, S. 569, Ciupke (1994), S. 84;薛讷称该场为“女巫歌剧”(Hexenoper),参见FA I, Bd. 7. 2, S. 342;施密特将该场称为“混乱歌剧”(Chaos - Oper),参见Schmidt (1999), S. 187。

才正式开始。三人的互相唱和起到过渡作用,标志着他们踏入了“瓦尔普吉斯之夜”的世界。

合唱的首节以磷火为对象,歌词显然描述了浮士德的感受和期望。类似地,合唱的末节反映了头晕目眩的浮士德向梅菲斯特求助的情形。不过,在歌曲中间部分,演唱者的视角区分逐渐模糊。薛讷试图将中间部分的各节划归给不同的演唱者。① 然而,这一做法恰恰破坏了此合唱最重要的功能:继“城门前”浮士德在黄昏时分的抒情之后,此处是他第一次以歌唱表达自己的心声。并且,这种表达是以不做明确声部区分的合唱来实现的。

此前,浮士德一直以观众(如在“奥尔巴赫地下酒窖”中)或局外人(如在“城门前”中)的身份出现。而此处的合唱不仅以对特定群体的从属关系为前提,还将这种从属关系形象地呈现出来。浮士德乐于参加合唱,表明他要主动地参与到瓦尔普吉斯之夜中,而非甘作梅菲斯特强迫而来的观众。此外合唱还微妙地暗示了浮士德所面临的危险:他在歌唱中丢失自我,迷失方向,头晕目眩,只得设法抓住梅菲斯特。在抓住魔鬼的衣角后,浮士德的表达方式由歌唱切换为稳定的朗诵体。该场中的三重唱参考了魔法题材歌剧的典型情境:主人公在一个或多个随从的陪同下,步入一片被施了魔法的领域(通常为岛屿)。他首先惊讶地描述起魔法领域的奇观异景。以该场为例,第 3881 至 3888 行显然借鉴了此类歌剧中的典型意象:

穿过石丛,穿过草地,
山涧和小溪向下奔腾。
可是流水潺潺?歌咏阵阵?
可是温柔的爱之呻吟,
那良辰吉日的声音?
我们多么希望,多么爱慕!

① FA I, Bd. 7. 1, S. 740f.

那回声又在响应，
有如古代的逸闻。①

本节可能源于歌德对安弗西②之《喀尔刻》的改编版；或来自 1811 年歌德所作康塔塔剧《里纳尔多》(*Rinaldo*)中阿尔齐纳魔法王国的素材。《里纳尔多》的主角们便是在与该场起首类似的情境中登场的。此外，本节诗行中的景观或许还源于奥伯龙③的魔法森林或普洛斯佩罗④的魔岛。

与下文女巫聚会的喧闹不同，此处的情景是浪漫而无害的。它误导了浮士德和观众，使其以为山峰之上所举行的不过是一场无害的精灵集会。这一处理方式有两种效果：其一，使得浮士德(以及观众)⑤得以缓慢地、阶梯式地行进，逐渐融入瓦尔普吉斯之夜的气氛；其二，避免浮士德如同在“奥尔巴赫地下酒窖”中那样转身便要离开。就第二点而言，此处的歌曲又可视作引诱歌曲，只不过它吸收了歌剧元素。

此外还可从审美所要求的多视角对“瓦尔普吉斯之夜”进行阐释。参与到合唱中的、成群结队的自然精灵，尽管可以且必须听从魔鬼的吩咐，但其自身并不一定邪恶。这与“书斋·一”中立场模糊的精灵合唱队相似。与此存在本质差异的，是第 3956 至 4015 行所呈现的女巫合唱队。早在第 3955 行中，梅菲斯特便预告了这类“狂热的魔歌”。与复活节清唱剧或大弥撒中的基督教合唱不同，此处的女巫合唱更像是酒神节狂欢。换言之，她们的歌唱也堪称盛大。然而，正如薛讷所还原的

---

① ［译注］译文引自歌德：《歌德文集》第一卷，绿原译，北京：人民文学出版社，1999。下同。

② ［译注］Pasquale Anfossi，1727—1797，意大利作曲家。

③ ［译注］奥伯龙，童话等文学作品中的精灵之王。

④ 莎士比亚戏剧《暴风雨》中的角色。

⑤ 之所以推测此处的互文文本也以观众为影响对象，是因为歌德在先前的歌曲中运用了类似的手法。

撒旦弥撒那样,①女巫们所歌颂的是粉饰成"神圣"的淫秽和猥亵。

由此可见,歌德在运用合唱队这一媒介时不带价值导向。类似的处理还见于《被迷惑者》和《魔笛》第二部中。不过,在该场如此下流、低俗的情形中运用合唱队,却是前所未有的。其构思无疑脱胎于古典时期酒神节合唱队的传统。② 在形式方面,女巫合唱队构成自《浮士德》开篇以降歌德惯用的、起源于基督教清唱剧的歌剧合唱队的反面:女巫们的唱词以四音步抑扬格写成,且规则地划分为每节四行的诗节。无论在格律还是在诗节形式方面,都与"天堂序曲"中天使合唱队以及浮士德在黄昏时分的歌唱一致。这表明,它的体裁为祷告或宗教仪式歌曲。歌德在此处运用此体裁,显示出渎神行为与基督教世界观的关联:布罗肯峰是"天堂序曲"中天堂的反面。然而,对基督教价值的否定本身已从反面与这些价值相关联。可想而知,假若没有基督教价值规范和基督教仪式的反衬,则此处女巫安息日的丑恶定会大打折扣。

根据歌德的歌曲美学,所有的歌曲都应遵循回环往复的旋律。不过,演唱既可由整支合唱队亦可由半支合唱队完成,且中途可插入单人朗诵。在"瓦尔普吉斯之夜"中,这种单人朗诵常由落单的个体——即那些与群体分开,单人构成站点的角色——来完成。在整场合唱的框架下,他们作为个体与合唱队全体形成对比。例如,个体朗诵多从个体视角(我/我们)出发,描述内容为个体所处的情境;相反,合唱队颂唱的则是坚固的、永恒的真理以及各式巫术仪式。从音乐角度来看,这是对基督教宗教仪式中弥撒曲的戏拟。③

通过上述的合唱队,歌德生动地刻画了女巫群体的放荡,同时令她

---

① 参见 FA I, Bd. 7. 1, S. 739 – 753。

② 在 1797 年 12 月 29 日席勒致歌德的信中,席勒称该场中将古典的酒神节合唱队与歌剧结合起来的处理可视作对戏剧艺术的革新,MA, Bd. 8. 1, S. 477 – 478。

③ 此处当然也有作曲方面的戏拟,即为某一已有曲目配上新的文本,使其获得新的语义。在 18 世纪前的基督教宗教仪式音乐中,最著名的作曲戏拟实例是巴赫的《圣诞清唱剧》(*Weihnachtsoratorium*)。

们的喧闹集会吸人眼球。随后的四重唱,准确来说,是浮士德和年轻女巫以及梅菲斯特和年老女巫的双重二重唱,在形式上与女巫合唱队的合唱如出一辙,因此可归入其类。浮士德与年轻女巫的舞蹈是一场求偶仪式:他向她描绘了一场春梦,梦中有一棵悬挂着两颗苹果的知识之树。此处的“知识”显然运用了《圣经》中的典故,暗指男女之事;悬挂着苹果的树则是眼前袒胸露乳之女巫的托寓(V. 4128 -4131)。年轻女巫顺水推舟,借用同一托寓回应了浮士德的求爱。梅菲斯特则反讽式地借用了浮士德的求偶修辞,且剥除了其中的殷勤款洽:他的求爱之辞无论在美学层面还是空间层面上都尺度更大,其内涵更是一目了然,无需赘言。相应地,年老女巫对他的回应也无须诉诸托寓(V. 4136 -4143)。

在该场中,此前因缺乏统一人格始终难以歌唱的浮士德,竟完成了在格雷琴处未能完成的二重唱。如前文所述,歌德常在歌唱剧中运用二重唱,发挥其独特的戏剧功能。与面对格雷琴时不同,此处的浮士德相当坦诚。他对年轻女巫的兴趣完全出于肉欲;女巫亦深谙此道,乐于迎合。于是,全剧中唯一一处恋人之间两情相悦的场合就此诞生,二重唱也应运而生。梅菲斯特和年老女巫亦是如此。与追求玛尔特时不同,此处的梅菲斯特无须佯装。他歌唱的虽是一首求爱之曲,却不再出于引诱目的。换言之,此处的魔鬼乃是本色登场。格雷琴剧中扮演引诱者的梅菲斯特,在此处成了坦承自身欲望的求爱者。于是,他也能出人意料地驾驭歌德眼中最高级的歌曲体裁——咏叹调了。①

该场中的双重二重唱显然是对歌唱剧和歌剧中经典的山盟海誓的戏拟。它以托寓手法清晰地展现了横流于“瓦尔普吉斯之夜”中或年轻或衰老的肉欲。此外,它还促成了那种常在歌曲中登峰造极的情色话语。这种情色话语在整部《浮士德》中反复出现,且内涵始终如一。不过,只有在纵欲放荡的场合下,求爱行为才能(至少暂时能)达成恋人之间的和谐。

---

① 对于二重唱而言,若未像《杰里和贝特丽》那样指明歌唱方式,则一般用咏叹调。事实上,《杰里和贝特丽》采用的也是修饰后的咏叹调。

五 《浮士德》第一部中的音乐剧

早在与席勒的通信中,歌德就已表明,他无意为《浮士德》寻求一种统一的戏剧构思。[①] 事实上,《浮士德》的素材不仅包罗了各种戏剧体裁,还囊括了这些体裁在戏剧发展史中尤其是《浮士德》各场诞生前后的变体。对于在漫长的创作周期中诞生的《浮士德》各场,歌德在尝试将其整合为统一风格的同时,也保留了每种体裁的特征,并在特定场合予以呈现,发挥其相应的戏剧功能。有鉴于此,按照历史线索和风格特征对《浮士德》中运用的各种戏剧体裁分门别类,实属必要。

《浮士德》第一部中有些场次在早期稿中已经成形。这些场次包含的歌曲特别是格雷琴所唱歌曲,较为严格地遵守了歌德为歌唱剧所创制的歌曲体裁[②]定义体系。此外,格雷琴剧中的歌唱剧部分还强化了其市民悲剧氛围,因为在市民悲剧的发展史中,歌唱剧逐渐成为其主要的配乐。

意大利喜歌剧元素在"奥尔巴赫地下酒窖"一场中体现得最为显著。不过,与歌唱剧中的祝酒歌类似,此处演唱者参与歌唱的动机亦可从戏剧情节中导出。此外,喜歌剧的痕迹还见于一些滑稽的台词中,例如梅菲斯特和玛尔特的对白中。由于歌唱剧结合了歌剧和戏剧,故而对台词文本要求比较宽松,唱词和念白均可。这与歌德后来对歌舞剧以及节庆剧的构想相一致。喜歌剧则不同,它属于歌剧,因此只能使用唱词。然而,歌德却想保留话剧的逻辑,即以一段朗诵式文本作为歌曲的引子,从中自然导出角色演唱歌曲的动机。若将《浮士德》定位为喜歌剧,则势必要大量使用宣叙调。如此则会导致美学层面上的断裂,即"小世界"格局会被打破。由于歌剧这一体裁对结构的要求极高,故

---

① 参见 1797 年 6 月 27 日歌德致席勒的信,MA, Bd. 8. 1, S. 364。

② "在音乐方法,格雷琴剧带有鲜明的歌唱剧或小歌剧风格。" Gaier (1999), Bd. 2, S. 328.

"戏剧与歌剧的分离"势在必行。这是歌德在其歌剧美学理念研究进入中期后得出的结论。因此,尽管在1784年至1788年间,歌德对歌剧尤其是喜歌剧进行了深入的钻研,但在《浮士德》中,喜歌剧元素的运用却十分有限。

完成于1790年后即《浮士德》第三创作阶段的场次,在音乐剧元素方面乏善可陈。原因在于,歌德的歌剧作品并不十分惊艳,他意识到,凭自己的歌剧剧本或许难以复制彼时因音乐剧而声名大噪的莫扎特的成功。此外,其他创作也分散了歌德的精力。因此,这一时期歌德对"纯粹的歌剧形式"的热情明显退却,直至他重拾《魔笛》第二部。

合唱队

与《魔笛》断片相似,《浮士德》第一部中的合唱队扩充了戏剧情节,且为剧本增添了歌唱剧之外的新元素。这些合唱队与《维拉贝拉的克劳迪内》中的强盗合唱队或《渔妇》中的渔夫合唱队不同,并非相对独立的合唱团,而是从属于情节并构成其新维度的音乐部分。关于歌德对合唱队的运用,有两个要点值得一提:其一,合唱队发挥了其承继自古典戏剧的评论功能;其二,合唱队作为与前文情节无关的元素登场,其出现和消失的动机均不能从情节中导出。此外,合唱队不能自主行动,参与情节发展。它只能描述事件,通过声音修辞作用于情节。可以说,《浮士德》中的合唱队通过演唱自我驱动,同时对剧情施加影响。

"夜·一"中的合唱队将基督的复活化为纯听觉的微型场景,整合进浮士德的独白中。"书斋·一"中的精灵合唱队将浮士德引入梦乡。该场中聚集于走廊的精灵合唱队以及"书斋·二"中的隐身精灵合唱队则对剧情做出品评,像"夜·一"中的复活节合唱队一样以外部力量的形象发挥作用。① 在"大教堂"一场中,合唱队则构成超越的意识形态背景,可以解释格雷琴的负罪感以及后来的杀婴动机。

---

① 此处的假设为:精灵们并不从属于梅菲斯特,但梅菲斯特尝试收服它们,为己所用。参见 Ciupke(1994), S. 53。

关于应用于合唱队中的（特别是格鲁克及其弟子萨列里发展出的）歌剧技巧，前文已有详细论述。需要指出的是，歌德以前的歌剧在处理合唱队时，沿用了古典戏剧的传统，令其从前文情节中自然导出，且多由随从或民众组成。歌德的《被迷惑者》和《魔笛》第二部采用的即这种处理方式。然而，《浮士德》第一部中的合唱队与此不同。它们构成间断出现的情节停顿，指向位于情节之外的超验对象或机制。这些超验对象或机制的载体既可以是善恶不明的元素精灵，亦可以是基督教的基督受难剧传统。但无论诉诸何种载体，它们的影响都不是无条件的，相反，它们必须先作用于主人公浮士德或格雷琴的心理，而后才得以呈现。

在“城门前”的歌舞剧中，多种音乐剧元素共同作用，勾勒出一幅市民世界的图景。无论是脱胎于歌德早期歌唱剧作品的乡村舞曲，还是突兀登场而后隐去的士兵合唱队，抑或是整个《浮士德》第一部中唯一出现的、典型的乞丐之歌，均被很好地整合进该场。因插入的歌曲部分为自我驱动，该场歌舞剧创造出一幅以节点勾连的断片式全景图，虽构思完整，却不一定具备情节统一性。

“瓦尔普吉斯之夜”与学者剧和格雷琴剧均无紧密关联。其中的女巫合唱队①作为插入部分，是主角二人在与主线剧情联系松散的另一场景中的冒险经历。这满足了幕间剧这一体裁的核心要求。需要指出的是，运用幕间剧并不意味着“瓦尔普吉斯之夜”的风格是完全滑稽的。须知，歌德并不自囿于幕间剧体裁的狭隘格局，他从幕间剧传统中借鉴的主要是其松散的场景排布。对此，还需做进一步的考察。

“瓦尔普吉斯之夜”的剧情功能在于为浮士德提供消遣，使其从对格雷琴的严肃感情中解脱出来。就此而言，消遣并非始自后面的“瓦尔普吉斯之夜的梦”一场，而是在该场中达到高潮——它以反讽的形式将梅菲斯特的意图完全呈现出来。如薛讷所言，②当浮士德称当晚

① Schöne, FA I, Bd. 7. 2, S. 342.

② 同上，S. 370。

的经历为“口味败坏的消遣”[①]时，并无证据表明，他所指应是“瓦尔普吉斯之夜”和“瓦尔普吉斯之夜的梦”两场。

薛讷根据《浮士德·补遗》还原出“瓦尔普吉斯之夜”中撒旦弥撒的母题，[②]并在此基础上将“瓦尔普吉斯之夜”与“天堂序曲”对立起来，令前者的戏剧功能表露无遗。即便采取薛讷的思路，“瓦尔普吉斯之夜”仍只是披着戏剧外衣即依附于学者剧和格雷琴剧结构的一场表演，或者说只是“插入部分”内部的“插入部分”而已，而非相对独立的歌舞剧。然而事实上，我们应当以歌德自己视之为经典的、出版于1808年的《浮士德》第一部为准进行阐释，而不能从未出版的《浮士德·补遗》出发。在《浮士德》第一部中，“瓦尔普吉斯之夜”原被冠以“配乐戏剧”（Schauspiel mit Musik）这一模糊的标签。

“瓦尔普吉斯之夜的梦·幕间剧”——《浮士德》第二部的胚芽

学界对“瓦尔普吉斯之夜的梦”的阐释存在很大分歧，甚至因此分为两个互不妥协的阵营。其中一方认为，该场如同“撒入伟大诗篇中的讽刺杂草，系歌德不负责任的轻率创作”。[③] 例如薛讷指出，“瓦尔普吉斯之夜的梦”所在位置原为与“天堂序曲”相对照的撒旦弥撒，但碍于当时的审查制度，歌德不得不将其删去，替换为后世所见的“瓦尔普吉斯之夜的梦”。就此而言，该场相当于一处呈现撒旦弥撒的刻意留白。另一方则“试图圆场”。[④] 例如迪策指出，该场存在许多结构创新。[⑤] 论战双方均缺乏对文本的透彻理解，以至于将该场归为“瓦尔普吉斯之夜”的一部分。不过，无论是轻率为之还是创新之举，双方都认

---

① Schöne, FA I, Bd. 7. 1, S. 188.

② 同上，S. 737 – 753。

③ Friedrich Theodor Vischer: Faust. Neue Beiträge zur Kritik des Gedichts. Stuttgart 1875, S. 54, zitiert nach: Walter Dietze: Erbe und Gegenwart. Aufsätze zur vergleichenden Literaturwissenschaft. Berlin und Weimar 1972, S. 209f.

④ 参见 FA I, Bd. 7. 2, S. 363。

⑤ Dietze (1972), S. 193 – 219.

可该场在《浮士德》第一部中的特殊地位。此外薛讷还指出了“瓦尔普吉斯之夜的梦”对于《浮士德》第二部的非凡意义——它实际上奠定了第二部的戏剧结构。

“瓦尔普吉斯之夜的梦”的原稿诞生于1797年，①可能系歌德在弗兰尼茨斯基②的魔法题材歌剧《精灵之王奥伯龙》(*Oberon*, *König der Elfen*)的影响下所作。③ 自1796年起，该剧风靡德国，④多次被搬上魏玛剧院舞台，⑤位列最常上演剧作名目第十四位。歌德另于1797年接触了高特尔的歌剧剧本《精灵之岛》。“瓦尔普吉斯之夜的梦”显然同时借鉴了该部作品。⑥ 歌德原想将具有讽刺意味的原稿作为《酬宾集》(*Xenien*)的续作，发表在1797年的《缪斯年鉴》(*Musenalmanach*)中，不料席勒已无意再延续前一年的论战。⑦ 于是，歌德便产生了改写该场并将其纳入《浮士德》中的念头。⑧

与“舞台序幕”类似，“瓦尔普吉斯之夜的梦”原非《浮士德》素材，而是后续追加进戏剧复合体中的。并且，歌德改编“舞台序幕”并将其并入《浮士德》中的时间与“瓦尔普吉斯之夜的梦”相去不久。事实上，这两场在结构上紧密相关：与瓦尔普吉斯之夜“配乐戏剧”的双重标签不同，歌德明确地将“瓦尔普吉斯之夜的梦”定义为“幕间剧”。这不仅为作为“插入部分”的该场正了名，更将其游离于主

---

① Dietze (1972), S. 193–219.

② ［译注］Paul Wranitzky, 1756—1808，奥地利作曲家。

③ 参见同上, S. 521, Anm. 35。

④ 参见 Nobert Miller: Das Erbe der Zauberflöte. Zur Vorgeschichte des romantischen Singspiels. In: Dichtung und Musik. Kaleidoskop ihrer Beziehungen. Hrsg. von Günter Schnitzler. Stuttgart 1979, S. 99–121。

⑤ 参见 Orel (1949), S. 185。

⑥ 席勒在《时序女神》第8和第9期中刊载了《精灵之岛》。直至1797年，魏玛剧院仍在上演弗莱施曼谱曲的《精灵之岛》。

⑦ 参见1797年10月2日席勒致歌德的信，MA, Bd. 8.1, S. 428f。

⑧ 参见1797年12月20日歌德致席勒的信，同上，S. 468。

线之外这一人所诟病的“缺点”上升为该场的纲领。歌德对幕间剧这一体裁的谙熟程度，前文已有详述。不过，他在此参考的显然不是晚近的、风格趋向喜歌剧的幕间剧，而是带有戏拟性质的早期幕间剧。于是，读者在“瓦尔普吉斯之夜的梦”这场小型的讽刺节庆剧中看到：浮士德的注意力从“瓦尔普吉斯之夜”结尾关于格雷琴的危险回忆，转移到该场中的昆虫戏。[1] 就此而言，“瓦尔普吉斯之夜的梦”可谓对“瓦尔普吉斯之夜”的复刻，二者均出于同一目的在浮士德面前上演。此外，若我们采取薛讷的思路，认为歌德原本构思了一场撒旦弥撒，则“瓦尔普吉斯之夜的梦”亦可被视作呈现给观众及研究者的、用以遮盖撒旦弥撒的幌子。

在形式方面，该场幕间剧十分规则，以四行为一节，每行均为四音步诗行。这种有意为之、稍显乏味的规律性，不断被交替出现的抑扬格与扬抑格重音打破。

在莎士比亚、弗兰尼茨斯基和维兰德的相关作品中，蒂坦尼亚[2]和奥伯龙夫妇的争吵均为情节发展的动因。但在“瓦尔普吉斯之夜的梦”中，这一动因则被抽象化了。歌德对此仅略以提及，却将二人的和好典礼设置为这场演出的缘由和框架。演出开场，首先登台的是一位舞台监督，如同“舞台序幕”中剧场经理的孪生兄弟。他发出如下指令：

> 米丁门徒兴冲冲，
> 今天咱们且歇工，
> 谿谷潮湿山古老，
> 全部移作布景用！（V. 4223 – 4226）

指令呼应了“舞台序幕”中剧场经理的如下指令：

---

① 参见 Schmidt（1999），S. 192。

② ［译注］蒂坦尼亚，童话等文学作品中的精灵王后，奥伯龙之妻。

因此，今天请别为我节省布景和机关！
充分使用大大小小的天光，
星星也不妨靡费一下；
还有水，火，悬崖峭壁，飞禽走兽，
一样也不能短欠。(V. 233－238)

不难发现，两处均运用了滑稽歌剧最惯用的主题：剧中剧。接着，作为演出指导和引领者的报幕人登场，将该场过渡到下一层面——金婚庆典。奥伯龙、蒂坦尼亚、小精灵扑克和阿莉儿悉数登场，在戏剧内部构成了一个类似贵族宫廷的高等精灵世界。在他们的面前，即将上演一出新的戏剧。这种嵌套结构呼应了"天堂序曲"。在彼处，身居天国的上帝和天使观看的是围绕浮士德上演的一出世界戏剧。

在该场中，歌德借鉴了《精灵之王奥伯龙》的舞台布景。其异域主题和异域场景一方面可与当下产生强烈的对比效果，故而适用于呈现较为抽象的人物、事物关系；另一方面便于反映现实世界中的情况。博马舍和萨列里合作的《塔拉赫》①即采用了这一手法。与《塔拉赫》第二场中的颇具欧洲情调的假面舞会类似，"瓦尔普吉斯之夜的梦"在剧情上也兼具消遣和引诱的功能。此处梅菲斯特想要将浮士德引向消极和被动；彼处则是暴君意图引诱女主人公阿斯塔西。此外，两处均包含了对假面这一异域风物的反讽：《塔拉赫》中身居亚洲的暴君对这项欧洲舶来品感到新奇，正如"瓦尔普吉斯之夜的梦"中的精灵之王夫妇在观看昆虫乐团上演的歌剧时，视其中登场的人类形象为异域风物，情不自禁地自舞台往下打量一位不速之客的样貌。在人的世界中，歌剧中的精灵由人类乔装扮演；在精灵世界中，人亦应由精灵扮演。这与《塔拉赫》中宫廷女眷扮成具有欧洲风情的牧羊女的情节如出一辙。此

① 在毕尔(Biehl)和法瓦尔特(Favart)为萨蒂(Sarti)的《苏莱曼》第二部(*Soliman II*)所作的歌剧剧本中，第二幕中同样有在苏丹的宫殿中举行欧式庆典的情节(参见 Piper, Bd. 5, S. 555)。事实上，在剧情内部穿插幕间剧或法式嬉戏曲(Divertissement)的做法十分常见。

外,“角色”和“假面”两大主题还体现在剧中剧的结构中:奥伯龙和他的宫廷成员本身实则为“瓦尔普吉斯之夜的梦”中登场的角色,换言之,他们均为精灵所扮演的精灵。

纵观整部《浮士德》,“瓦尔普吉斯之夜的梦”一场最能体现剧中剧手法:该场中的“精灵歌剧”实际上是一出反讽式的、破碎的世界戏剧,它在微观层面上演绎了《浮士德》。迪策认为,该场应验了“瓦尔普吉斯之夜”中:

> 梅菲斯特有意做出的暗示:在大世界里造出小世界,这种事由来已久。按照逻辑,此处所指毫无疑问是将要发生在布罗肯峰上的某一事件。细究之下不难发现,这正是梅菲斯特对即将上演的“精灵歌剧”的预告。它确是一出剧中剧,因而也十分具体地实现了梅菲斯特所做的预言:在大世界内创造小世界。①

另有:

> 难道没有人发觉,“瓦尔普吉斯之夜的梦”以一种笑里藏刀的方式复刻了德国浪漫派所钟爱的剧中剧母题吗?事实上,该场中存在双重戏剧层面的嵌套:其一,“瓦尔普吉斯之夜的梦”嵌套于“瓦尔普吉斯之夜”乃至《浮士德》内;其二,精灵歌剧嵌套于奥伯龙-蒂坦尼亚的童话框架内。我们或可将这种荒诞不经的情形称为:剧中剧中剧!②

若进一步观察,则会发现该场中实则包含更多的剧中剧结构:由内向外看,“瓦尔普吉斯之夜的梦”是“瓦尔普吉斯之夜”内的剧中剧,而后者又是梅菲斯特为浮士德上演的剧中剧,《浮士德》的主线故事又是“天堂序曲”中上帝与众天使观看的世界戏剧,而“天堂序曲”又是由

---

① Dietze (1972), S. 194.

② 同上,S. 214。

“舞台序幕”中的剧团所上演的幻象。由外向内看,则“瓦尔普吉斯之夜的梦”中初登场的舞台监督构成基本层面,而后是作为演出指导的报幕人构成的舞台层面,继而又有奥伯龙和蒂坦尼亚构成的框架和最内层的精灵歌剧。如此算来,则共有八重戏剧层面。

此处,剧中剧原则如置于镜室中一般被接连打破,以至于读者难以区分作者究竟是(如迪策所言)意在反讽,还是严肃为之。幕间剧这一体裁可以看作任何与某一框架有所关联的插入部分的原型。可以说,由“舞台序幕”和“天堂序曲”所确立的结构原则,即将连接松散的单个场景拼接为既具断片特征又互相关联的复合体的原则,在此处以幕间剧形式得以实现。

传统的意大利幕间剧通常歌者较少,演员有限,且往往以一段短小精悍的情节为引子。“瓦尔普吉斯之夜的梦”则恰好相反:在昆虫乐团的奏乐声中,各式各样的形象粉墨登场,但彼此之间并未发生任何传统意义上的剧情。歌德巧妙地运用了幕间剧这一体裁,并不囿于它在人物和素材上的有限格局:在“瓦尔普吉斯之夜的梦”中,登场角色不再屈指可数,而是纷繁复杂;情节不再线性推进,而是多向发散。

不过,幕间剧体裁的核心元素及功能却被保留,且与其他音乐剧体裁的元素及功能相结合。例如,丰富的内容是正歌剧的特征,“真正”的精灵角色则是魔法题材歌剧的标签。歌德将这些元素同“瓦尔普吉斯之夜的梦”中粗野的滑稽成分相结合,同时借鉴了早期幕间剧特有的囊括时事、讽刺乃至谣言的包容性,①并保留了场景的静态特征。此外在北德地区,君主举行庆典时上演的歌唱剧常伴有盛大且全程配乐的序幕剧。“瓦尔普吉斯之夜的梦”中奥伯龙和蒂坦尼亚的金婚庆典即可视作对这种序幕剧的滑稽戏拟。

在早期创作实践的基础上,歌德像莫扎特一样,习得了并用多种戏剧体裁元素的技巧,掌握了联结诸元素的要领:在“瓦尔普吉斯之夜的梦”中,严肃与戏谑不再泾渭分明;高等精灵奥伯龙、蒂坦尼亚归根结

---

① 参见 Bauman (1985), S. 13。

底不过是先不合而后重归于好的夫妇,其形象具有喜剧色彩,与昆虫乐团无异。剧中登场的各色人物尽管性情严肃,却不由自主地显出滑稽姿态。① 其中,第 4339 至 4342 行中出现的提琴手,以滑稽的语言说明了一件严肃的事实:

地痞相互仇恨深,
一心想要对手命;
风笛及时来解冤,
有如莪菲驯兽琴。

可见提琴手将此处寻找幽灵的"精灵人"比作寻找欧律狄刻的俄耳甫斯,而俄耳甫斯寻妻则是正歌剧中常见但也常被揶揄化的素材。

"瓦尔普吉斯之夜的梦"是一场由报幕人引导的假面舞会。不过报幕人只在引入奥伯龙的金婚这一情节框架时,发挥了导演的功能。各色人等则根据各自名称以自我介绍登场。至于由乐队指挥、舞蹈者、舞蹈教练和提琴手组成的乐团,则发挥了评论和谢幕的作用(乱云飞渡雾迷蒙,/转眼霁色亮天中。/叶间芦中微风起,/一切散作一场空。[行 4395 - 4398])。乐团的穿插表演同时将假面舞会的不同门类分隔开来,并为整场演出奠定了基础"音色",幽灵和精灵人的演唱均以之为准:

管弦乐队(全奏 · 最强音):
苍蝇嘴巴蚊子鼻,
加上七姑八大姨,
草中蟋蟀叶下蛙,
个个都会玩乐器!

① 通过表现某一形象的缺陷来呈现该形象,是喜歌剧、幕间剧以及假面喜剧(commedia dell'arte)的典型特征。

独奏：
那边风笛过来了！
原来是个肥皂泡。
且听塌鼻把它吹，
一吹吹得呜呜叫！（行 4251－4258）

于是，歌剧表演所需的音乐陆续就位，且其作用、音色以及对假面舞会不同门类的划分功能均已明确。迪策认为，“瓦尔普吉斯之夜的梦”中精灵歌剧的社会批判内涵体现为三个部分：

其一，通过直接点名（如亨宁格斯、缪斯格特）或易于辨认的影射（如北方的艺术家、凡夫俗子）批评同时代的具体作家。其二，以单数称谓点名五类哲学家：教条主义者、唯心主义者、现实主义者、超现实主义者和怀疑论者。其三，按某一特征点出某一社会群体或阶层（左右逢源者、不知所措者、磷火、庞然大物）。以上的类型化处理始于具体对象，止于抽象对象。①

该场中登场的诸角色，或直接以名称自我介绍（“阿莉儿带头把唱领”[行 4239]），或以类型化称呼表明身份（如“北方的艺术家”“正教徒”等），②但他们彼此之间并无交流。③ 换言之，他们以静态自我呈现的方式演出。

正如迪策所言，各色角色中首先登场的是歌德同时代的、具体的人，其次是某一类人，最后是某种普遍的关系。他据此指出，“瓦尔普吉斯之夜的梦”预设了一条角色演进路径，即登场角色的托寓程度不断提升。史腊斐以此作为《浮士德》第二部的核心特征，④称“瓦尔普吉斯之夜的梦”实际上原为《浮士德》第二部的一部分，因为歌德曾将它

---

① Dietze (1972), S. 198f.

② 参见 Heinz Schlaffer: *Faust zweiter Teil. Die Allegorie des 19. Jahrhunderts*. Stuttgart 1989. S. 66。

③ 此处的交流指对白。尽管一些角色的自我介绍会涉及他人（例如，“端庄老妇”的台词提及“年轻女巫”），但并不能算作真正意义上的对白。

④ Schlaffer (1989).

附在1797年致席勒的《浮士德》第二部创作计划中。从时间上看,史腊斐的推测在很大程度上确实可信。①

> 席勒从歌德新作中读到的第一篇是《奥伯龙和蒂坦尼亚的金婚》。他对这部作品并不满意,因此不愿将其收入自己的《缪斯年鉴》。1797年末,歌德将此作改写为"瓦尔普吉斯之夜的梦",并冠以"幕间剧"的副标题,收入《浮士德》第一部中。至于它是否与《浮士德》第一部的语境相匹配,几乎所有研究者均持怀疑态度。②

此外,迪策还证明,直至1806年,歌德仍在或仍计划修改"瓦尔普吉斯之夜的梦"。③ 可以说,歌德对该场的创作贯穿了整个《浮士德》第一部的最后创作阶段。

纵观《浮士德》第一部,"瓦尔普吉斯之夜的梦"是唯一一出寓意剧。史腊斐强调,虽然该场与《浮士德》第二部中的寓意剧如"假面舞会"和"古典的瓦尔普吉斯之夜"之间存在连续性,但在某种程度上,该场还称不上确立了第二部的整体结构。他指出,作为寓意剧,"瓦尔普吉斯之夜的梦"在《浮士德》第一部中是另类;但在第二部中,寓意剧则是常态。④ 迪策和史腊斐在评价"瓦尔普吉斯之夜的梦"时的细微分歧具有独特意义。在我看来,该场不仅在时间方面,同时也在其富有创造性的托寓式处理方面与《浮士德》第二部联系密切,因此应当置于相关研究的核心位置。此外由于该场的幕间剧体裁属音乐剧,又运用了托寓手法,自然使人推测,歌德式托寓起源于音乐剧。

托寓关系的诞生及其音乐剧起源

史腊斐认为,《浮士德》的托寓化手法体现为对登场角色所承载

---

① 参见 Schlaffer (1989), S. 65。

② 参见同上。

③ 参见 Dietze (1972), S. 212。

④ 参见 Schlaffer (1989), S. 66。

的、具体的经济关系的刻画：歌德式“新”托寓与传统托寓的区别在于，它并不试图“呈现超越人类生活的、永恒的形而上力量，……而是呈现历史条件下的现代生活的基本形态”。① 可想而知，传统托寓的拥趸对歌德式托寓的抵触绝不亚于托寓批评者对托寓本身的抵触：

> 因为歌德式托寓与18世纪的哲学思潮和生活实践相一致，即主张人应靠自己的头脑去认识真实世界。《浮士德》第二部中的托寓着眼的即这个真实世界和人的头脑。②

史腊斐认为，《浮士德》第二部中呈现的“现代生活的基本形态”为古代欧洲文化和新技术－工业时代间的断层。1825年至1832年间，歌德对这一断裂的认识日益深化。③ 史腊斐还指出，《浮士德》第二部“假面舞会”一场中的托寓形象甚至可以看作卡尔·马克思在《资本论》(*Das Kapital*)第二章中提出的纲领性概念“性格假面”④的先声：

> 当某个抽象事物如“哲学”或“经济关系”，要在现实如“世界”或“个人”中寻找一个具体可感的形象时，性格假面便诞生了。⑤

在现代社会中，个体可以凭其购买力将本不属于其个体性或社会地位的特性据为己有：

> 人身上天生的个体性消失了，取而代之是人造的人格。通过将金钱之抽象能力所能为之的事物标榜为个体的特征，并粘贴到金钱持有者的性格假面上，这种人造人格实现了金钱之抽象能力

---

① 参见Schlaffer (1989)，S. 5。

② 参见同上，S. 38。

③ 参见同上，S. 6。

④ [译注]性格假面(Charaktermaske)，马克思主义社会学概念，指资本主义制度下异化的人沦为经济关系的人格化对象。

⑤ 同上，S. 51。

的拟人化。[1]

商品和价值不再同一,而是以不同的形态示人:商品诉诸感性,而价值或称"本质"是抽象的,如幽灵一般。这导致价值从商品及商品的自然属性中的剥离:"这些部分之间的关系不再不言自明,而是变得抽象。"[2]正因为现代(经济)生活中的各种现象对诗歌而言不再直接可感,它才会诉诸反新古典主义美学的托寓:通过将自身所指从基督教语境下的形而上对象转换为由经济、政治和社会关系构成的世俗超验对象,托寓足以克服黑格尔所谓抽象现代生活条件下艺术的终结。[3]

通过综合考察歌德的美学理念、黑格尔美学思想的蕴涵以及《浮士德》第二部中的托寓形象,史腊斐得出了歌德式托寓的范式。他的论证不仅逻辑严密,且能在现实中找到佐证:歌德本人在通信中曾有相关表述,且其藏书中也不乏经济学理论方面的研究著作。不过,史腊斐将比《浮士德》第二部晚十年[4]的马克思《资本论》纳入论证,不免有些牵强,以致薛讷直接批评其为"轻率得出的错误结论"。[5]

然而,若以"瓦尔普吉斯之夜的梦"为考察对象,将其中用于反映经济和社会政治关系的托寓式表达,与歌德作品中其他寓意剧如《魏玛假面舞会》联系起来(该剧以"形象地呈现自然与艺术之普遍法则"为目标,全程使用了寓意剧形式),或许可以找到《浮士德》第二部中托寓手法与《资本论》的关联。1780 年至 1818 年间,歌德为魏玛宫廷剧院创作了一系列假面舞会剧本。这些具有娱乐性质的剧本往往配乐上演,有时还包含演唱部分,因此也属于音乐剧范畴。

假面舞会的场景化呈现,使其便于运用各种舞台艺术形式,如

① Schlaffer (1989),S. 52。
② 同上,S. 57。
③ 同上,S. 44 – 45。
④ 参见同上,S. 49 – 51。
⑤ FA I, Bd. 7. 2, S. 430.

音乐、舞蹈、芭蕾舞、哑剧、戏服、装饰、道具及文学文本。①

卢卡奇曾指出,假面舞会剧本适于用作文学"试验场",在其中可以"随性写作";②并且,《浮士德》第二部中的托寓手法可在假面舞会剧本处得到呼应:③

> 《魏玛假面舞会》的深层形式构成了(《浮士德》)第二部的基础。托寓元素自然而然地扮演了重要角色。然而歌德对托寓的构思始终是既虚构又真实的,远在寻常的托寓概念之上。④

由此,《魏玛假面舞会》同《浮士德》中假面舞会之间的关联一目了然:假面舞会这一意象源自宫廷的娱乐生活,⑤歌德将其提炼为诗歌,沉淀到"瓦尔普吉斯之夜的梦"以及《浮士德》第二部的"假面舞会"中。

西格里斯特认为,早在1798年,歌德已开始重新评估托寓手法,并至少对一类托寓给出了好评,即"那些在诗学、历史或象征图景下隐藏着重要且深刻之真理"⑥的托寓。此处,西格里斯特所引并非1896年魏玛版《歌德全集》中歌德所作的《造型艺术的对象》(*Über die Gegenstände der bildenden Kunst*),⑦而是由迈耶尔所作、刊于1789年《神庙廊柱》(*Propyläen*)的篇幅更长的同名文章。⑧ 该文章的内容虽然可

---

① FA I, Bd. 7. 2, S. 430,另见 Christoph Siegrist: Dramatische Gelegenheitsdichtungen Maskenzüge, Prologe, Festspiele. In: *Goethes Dramen: Neue Intepretationen.* Hrsg. Von Walter Hinderer. Stuttgart 1980, S. 227。

② Georg Lucács: *Goethe und seine Zeit.* Berlin 1953, S. 255.

③ 同上。

④ 同上,S. 256。

⑤ 与此不同,意大利狂欢节期间的假面舞会则是在公共场合进行的。

⑥ Johann Heinrich Meyer: *Über die Gegenstände der bildenden Kunst* (1798). In: MA, Bd. 6. 2, S. 38. Vgl. außerdem Sauder, Goethe HB, Bd. 2, S. 310.

⑦ 参见 MA, Bd. 6. 2, S. 981。

⑧ 西格里斯特错误地将此文归为歌德所作。参见 Goethe HB, Bd. 2, S. 310。

追溯至歌德对托寓的构思以及迈耶尔与歌德的谈话，但其实并非歌德所作。① 史腊斐也认为，1797/1798 年是歌德批判寓意式经济批判的开端。可见寓托手法并不仅适用于造型艺术。②

在“瓦尔普吉斯之夜的梦”诞生前后，歌德对于托寓的态度模棱两可：作为诗学手法，托寓由于缺乏美学上的直观性而不被歌德看好。在歌德与席勒的通信中，二人明确要求推出一种反模仿自然的艺术形式。相较于托寓，象征的指涉结构使其更适于构建这种既具体可感又意味深长的艺术形式：

> 自那时(1797 年)起，歌德便倾向于通过二分法用象征代替寓托。这给后世造成一个印象：托寓乃是歌德在构想启用象征时被弃用的选项。然而正因托寓理念曾十分强势，后世评论才长期对其穷追不舍。③

1798 年，歌德在《论造型艺术的对象》中写道：“最理想的对象是那些通过自身感性存在而自我决定的事物。”④相应地，他认为所有古典神话均为理想的素材，因为神话中的各种现象既以(完美)的有血有肉的个体形象出现，同时又指向高于其自身的理念存在。尽管歌德此前从理论角度对托寓进行了否定，但至少就造型艺术而言，他却为自己最为重要的作品《浮士德》创作了一出寓意剧即“瓦尔普吉斯之夜的梦”。显然，史腊斐所谓的“反讽”⑤不足以完全解释这一做法。事实上，自 1797 年歌德重拾《浮士德》之创作起，他便向席勒清楚地表示，《浮士德》将会且必须与当世的新古典主义经典作品截然不同。因此，理论

---

① Goethe HB, Bd. 2, S. 310.

② *Über die Gegenstände der bildenden Kunst*. FA I, Bd. 18, S. 441 – 444. Vgl. Schlaffer (1989), S. 21 – 23.

③ Schlaffer (1989), S. 26.

④ FA I, Bd. 18, S. 441.

⑤ Schlaffer (1989), S. 66.

与实践的脱节在《浮士德》中几乎是常态。例如,歌德曾主张在叙事文学和戏剧文学之间作出体裁区分,但在《浮士德》中,这一要求却是失效的。此类现象出现的原因在于《浮士德》作为诗学对象的独特性。

《浮士德》的素材既非取自歌德推崇的古典神话,亦非取自拟古典神话的现代题材,它是近代的基督教题材。它的语境、伦理以及二元对立原则均脱胎于中世纪的"天主教观念"。[①] 事实上,歌德曾十分排斥将这种宗教观念作为艺术的对象,因其与新古典主义美学理念背道而驰。所以,"天堂序曲"中对天主教反宗教改革运动之意象与表现方式的借鉴,绝非偶然;相反,这意味着歌德遵循了一种在整体上与新古典主义理念背道而驰的纲领。对于反新古典主义纲领,歌德曾斥之为"野蛮的构想"。

就浮士德素材的哲学性,众所周知,歌德曾向席勒做过系统阐释,恰恰是这种抽象的哲学性,决定《浮士德》必须采用托寓作为表现手法。事实上,若颠倒过来,认为托寓手法一定要求题材具有抽象性,在逻辑上也能自洽;只是若将托寓用于浮士德素材,则必须将新古典主义审美理念排除在外。《浮士德》背离新古典主义美学理念的另一重原因是:歌德与席勒曾明确表示,他们的美学构想适用于理想主义艺术。然而,浮士德悲剧却是一部(社会)批判作品,且在《浮士德》第一部中,最具批判意味的便是"瓦尔普吉斯之夜的梦"这出寓意剧。史腊斐认为,这种托寓式处理恰是《浮士德》第二部中批判话语的核心媒介。

由于《浮士德》的剧情背景经历了从第一部中的市民阶层"小世界"向第二部中反映整个19世纪风貌的"大世界"的转换,且第二部中的表现对象不再是理念,而是抽象化的现实,故而势必要选择托寓式的指涉结构作为其表现方式。

至于歌德是否早在1797年便意识到这种新型托寓的潜力,我们不得而知。不过,将它的抽象化潜力移用到对当下事物之塑造的实践,至少在"瓦尔普吉斯之夜的梦"中便已完成。至此,歌德距离达成对托寓

---

① FA I, Bd. 18, S. 443.

的终极认识仅一步之遥，且最终于19世纪20年代末期实现了该目标。

此外，托寓和歌剧亦联系紧密。二者不仅在历史方面，同时也在诗学方面有诸多相通之处：它们均处于18世纪盛行的艺术模仿自然论和艺术自然性论①的对立面，因此常作为（天主教）文学形式的典型被哥特舍德等来自（新教）市民阶层的文学批评者口诛笔伐。② 可运用托寓手法进行抽象呈现的场合，仅限于具有反模仿自然风格或（部分）叙事风格的文本，③而音乐剧的表现方式恰好与此类文本相匹配：以唱词的格式写作，可将诸多静态元素依次排列，并保留它们之间的对比效果。就此而言，歌曲可称为理想的整合媒介。并且，由于这一媒介具有反模仿自然的美学特征，因此适于充当托寓的载体。与此同时，戏剧人物与寓托形象之间并不存在连续性的相互指涉，这反映到戏剧结构层面，便会造成误解，以为这是戏剧结构的缺失，常常被上纲上线。史腊斐指出，"托寓场域"作为"最小的意义单位"，可以将戏剧场景化整为零。④然而这一特质却可赋予戏剧以静态方式排列某一场景内复杂元素的能力，这种复杂场景恰恰是歌剧的典型特征。⑤

歌德时代的歌剧为了引入托寓形象，沿用了巴洛克歌剧或诉诸具有托寓意味的序曲，或诉诸具有叙事特征、难免打破舞台幻觉的机械降神⑥工具。歌德则另辟蹊径，在创作"瓦尔普吉斯之夜的梦"以及后来的"假面舞会"时，借鉴了假面舞会这一足以将托寓要素静态排列的体裁。

---

① ［译注］指以哥特舍德为代表的观点，主张艺术模仿自然，艺术不应呈现超自然、非理性内容。

② 关于对托寓的批评，参见 Schlaffer (1989), S. 29－48。

③ 史腊斐指出，托寓"并非独立体裁，而是一种寄生体裁（parasitäre Gattung）"，需要"使用现有的其他体裁"。参见同上，S. 147。

④ 同上。

⑤ 参见 Gier (1988), S. 147。

⑥ ［译注］机械降神（deus ex machina），原指古希腊罗马戏剧中用以及时解围的舞台机关送出来的神，后泛指戏剧或小说中突然出现的解围的人物或事件。参见杜定宇，《英汉戏剧辞典》，页221。

此外,迈耶尔等指出,歌德在增补《浮士德》第一部的过程中,日益受到洛可可和巴洛克美学的影响。① 埃姆里希和科迈雷尔认为,《浮士德》第二部中梅菲斯特的语言习惯源自巴洛克歌剧。② 由此可知,对于一部处在重新解读巴洛克表现手法的现代语境中的作品而言,重新发现托寓这一巴洛克文学的典型要素并提升其地位,完全合乎情理。在歌德时代的戏剧艺术中,正歌剧和节庆剧仍在运用脱胎于巴洛克和洛可可时期的托寓手法。这清楚地表明,歌德的美学理念经历了一次转型:他探索出一条以巴洛克传统为导向,并将其转化为现代形式创作路径。这一路径在歌德的歌剧断片以及他为拉齐维乌的《浮士德》歌剧所作的增补中可见端倪。正是沿着这一路径,歌德才得以将托寓手法运用到《浮士德》中。此外,托寓与音乐剧的关联并非一成不变,在《埃庇米尼得斯的苏醒》及《浮士德》第二部中,两者的关联更为密切。

小结:戏剧《浮士德》的衬托——歌剧及其范式

范里希认为,《浮士德》第一部由"交替出现的说话剧场景和音乐剧场景"③构成。佩彻也持类似观点。④ 盖尔指出,格雷琴剧带有"显著的歌唱剧或小歌剧特征"。⑤ 此外,他还认为《浮士德》第一部中的歌

---

① 参见 Andreas Meier: *Faustlibretti. Geschichte des Fauststoffs auf der europäischen Musikbühne nebsteiner lexikalischen Bibliographie der Faustvertonungen.* Frankfurt a. M. 1990. S. 131f. 。薛讷的评注中就《浮士德》第二部给出了类似的例证,如"山涧",参见 FA I, Bd. 7. 2, S. 782ff. 。另参约阿希姆·穆勒(Joachim Müller)对《埃庇米尼得斯的苏醒》的阐释,Joachim Müller: *Neue Goethe - Studien.* Halle (Saale) 1969. S. 235 - 261。

② Wilhelm Emrich: *Die Symbolik von Faust II. Sinn und Vorformen.* 3. Auflage. Frankfurt a. M. und Bonn 1964. S. 23.

③ Fähnrich (1963), S. 253 - 254.

④ 参见 Robert Petsch: Die dramatische Kunstform des >Faust<. In: *Euphorion XXXIII* (1932), S. 218 und S. 232 - 235。

⑤ Gaier (1999), Bd. 2, S. 328.

曲引入了"中世纪赞美诗"的历史语境;其中的民歌系近代早期的标志;"城门洞"一场中的《圣母悼歌》则是18世纪时基督教信徒个体虔诚的表现。①

根据前文的分析可知,通过运用多种音乐剧体裁,歌德不仅将它们的传统意义移植到现代,更将它们所反映的社会-历史语境投射到作为世界戏剧的《浮士德》中。将多种音乐剧元素整合到《浮士德》这一戏剧综合体中的过程,遵循了一种阶梯式的语义递增模式。按照这一模式,音乐剧和话剧两种体裁交替对情节做出评论。至于对戏剧体裁的划分,则依据当时观众的观剧习惯。例如,在具有市民悲剧特征的格雷琴剧中,观众期待的既包括北德歌唱剧中的歌曲,也包括简单的咏叹调。类似地,在具有宫廷戏剧框架结构的多重场景序幕中,歌德借鉴了具有展示功能的宫廷音乐剧和神话音乐剧体裁,如带有抒情悲剧风格的序曲、意大利节庆剧和北德歌唱剧所包含的盛大的、具有展示功能的序幕剧。在这些戏剧体裁内部,社会等级秩序与宗教意义上的神圣等级秩序互相依托。

歌德显然未从历史角度,未以是否遵循模仿自然的美学理念为依据划分不同的音乐剧体裁。例如,"夜·一"中的复活节歌曲和格雷琴剧中的歌曲均未依循15世纪晚期的音乐实践;对于"天堂序曲"和精灵合唱队而言,即使能究出其历史定位,对于理解也无增益。相反,歌德更多地采取了接受美学的立场,将当时观众的经验视野考虑在内,旨在针对他们的倾听和观看习惯,更好地发挥插入的歌曲部分的戏剧功能。进一步地,每种音乐剧元素的戏剧功能须在其体裁框架内发挥。例如,格雷琴剧中用以刻画格雷琴心理状态的歌唱剧式歌曲,其运用场合便与歌德的歌唱剧相吻合:歌德歌唱剧的核心角色多为身处社会之中的年轻女性,类似于《浮士德》中的格雷琴。当然,此处亦有传统法国喜歌剧和北德歌唱剧的痕迹。此外,"奥尔巴赫地下酒窖"中的祝酒歌反映了一种假革命、真暴乱的市民心态。

---

① Gaier (1999), Bd. 2, S. 800 - 801.

《浮士德》开篇的“舞台序幕”采用的是序幕剧体裁。这种规格隆重的剧目往往于节庆场合在诸侯的宫廷上演。不过,该体裁同时具有反讽意味,它揭露了以下事实:鉴于市民阶层实力增长迅速,贵族阶层只得以盛大的排场粉饰门面,从表面上撑持自身业已作古的影响力。相比之下,合唱队的运用较为复杂。它起源于宗教仪式或宗教清唱剧。歌德在借助合唱队构建出情节之外的超验层面的同时,摈弃了传统的二元对立结构。

《浮士德》中的音乐剧元素存在以下共性:作为指涉结构,它们指向明确,发挥了将情节上升到超验层面的功能;但是它们并未遵循统一的结构规范。例如,歌唱剧的指涉结构在《浮士德》中体现为用作人物对白之补充的心理刻画。合唱队在《浮士德》及其姊妹篇《魔笛》第二部中扮演了永恒的超验法则的传声筒,却并未借鉴宗教仪式。至于“瓦尔普吉斯之夜”和“瓦尔普吉斯之夜的梦”中具有托寓意味的歌曲,即便当时的观众对魏玛假面舞会并不熟悉,大概也能凭其丰富的解读托寓之经验听懂曲中之意。①

在歌德的创作生涯中,除《浮士德》外,他从未在别处如此大规模地借鉴各种音乐剧体裁,②并精确运用每一体裁的各种历史形态,且将其剧情功能发挥到极致。这些创举不仅值得在音乐剧历史上大书特书;同时也实现了对音乐剧的正名,为其打入戏剧舞台开辟了道路。事实上,如何将音乐剧元素引入戏剧,一直是歌德心之所系。例如,他在评《拉莫的侄子》一剧时表达过类似诉求;在《意大利游记》③中,当歌德从德国音乐剧角度品评自己的作品时,亦有此意。值得一提的是,《浮士德》中出现的音乐剧元素并非杂乱无章,而是最大程度地同戏剧

① 参见 Schlaffer (1989), S. 1 –2。

② 鉴于《浮士德》包含宗教仪式元素,且歌德在 1803 年 8 月 4 日致采尔特的信中(MA, Bd. 20. 1, S. 44)提出清唱剧乃是现代戏剧早期形态的观点,故而此处将宗教仪式纳入音乐剧范畴。

③ FA I, Bd. 15. 1, S. 466 –468.

文本有机结合。究其原因,无外两点:其一,音乐剧元素往往配合念白发挥戏剧功能;其二,无论从戏剧自身发展历程,还是从歌德作品中戏剧体裁的演进过程来看,《浮士德》中的戏剧文本与音乐剧元素均实现了动态匹配。

1815 年前后,歌德关于音乐剧的美学理念经历了最后一次重大转变。这一转变既反映在其晚期节庆剧作品中,亦对《浮士德》的形式产生了一定影响。正如范里希所言,与《浮士德》第一部不同,第二部中音乐的地位进一步提升,甚至承担了引领剧情发展的功能。①

作者简介:哈特曼(Tina Hartmann,1973—),文学教授、歌剧作家。曾就读于图宾根大学,研究领域为歌剧、巴洛克文学、性别研究等。哈特曼发表了大量关于 17 至 19 世纪音乐戏剧的论文,自 2012 年起执教于拜罗伊特大学文学系。代表作有:《歌德的音乐戏剧》(*Goethes Musiktheater. Singspiele ,Opern ,Festspiele ,Faust* ,2003),《歌剧学的基础》(*Grundlegung einer Librettologie. Musik – und Lesetext am Beispiel der Alceste – Opern vom Barock bis zu C. M. Wieland* ,2017)等。

① Fähnrich (1963), S. 256.

《浮士德》中的经济问题

——作为炼金术过程的现代经济

宾斯万格(Hans Christoph Binswanger)　撰

何凤仪　译

歌德的《浮士德》具有深藏不露的现实意义。我断言,在迄今为止写就的所有戏剧中,《浮士德》是最为现代的一部。它突出了一个主题,这一主题在如今的时代统领一切:由经济引发的吸引力。经济的繁荣,或曰经济的增长早已成为衡量人类发展的标杆。作为魏玛宫廷的经济顾问大臣,歌德经历了工业革命发展的开端时期,并清晰地预见了它的结果,在《浮士德》中对这一基础事实进行了尤为特别的阐释。他将经济阐释为一种炼金术的过程:经济即对人工黄金的找寻,对于献身于此或沉湎其中的人们,这种找寻(Suche)迅速演变为一种瘾(Sucht)。根据歌德《浮士德》传递的讯息,谁若不能理解经济的炼金之术,谁就不能领会现代经济的庞大规模。

历史中作为炼金术士的浮士德

在地处弗莱堡南部、布莱斯高古老的德国小城施陶芬,历史悠久的狮子客栈位于该城集市广场边的市政厅一侧。据记载,1539 年该客栈发生了一场著名的死亡事件,客栈外墙上的文字至今仍讲述着此事。文字记载道:

> 1539 年,浮士德博士死于施陶芬的客栈中,此人是一个古怪的魔法师,传言中,他生前以妹夫相称之人,乃是大魔鬼之一梅菲

斯特,在24年魔鬼契约期满之后,梅菲斯特便折断了浮士德的头颅,浮士德可怜的灵魂也交付给了永恒的诅咒。

浮士德是魔法师,①即通晓魔法巫术之人。魔法在此处作为魔鬼契约的产物,指的便是炼金之术。也正是因为炼金之术,浮士德命丧施陶芬。当时男爵安东·冯·施陶芬(Freiherr Anton von Staufen)急需用钱,请浮士德前往施陶芬制作人造黄金,男爵居住在施陶芬小城城堡中,该城堡的宏伟遗迹如今仍能得见。

浮士德的炼金工作众所周知。唯一一部关于历史上的浮士德的详细记载出自修道院院长特里特米乌斯(Johannes Trithemius),他写道,浮士德曾自我吹嘘道,"他是有史以来炼金术士中最优秀卓越的"。②

炼金术:制造人工黄金与获得永生

炼金术最早源自埃及,人们在约5000年前在这个国度第一次以此法获取了黄金。黄金曾被视为太阳的化身。太阳在埃及曾被奉为神祇。因此,黄金具有神性的特质,制造人工黄金也成为神圣的宗教事业,因它与圣物的制造息息相关。

炼金术一词源于Kem或Chem一词,意指埃及的黑土地。部分研究者认为,炼金术(Alchemie,al是阿拉伯语中的常用冠词)就是指的这个埃及技艺。另一部分研究者认为,该词重点强调黑色(Schwarz)这一形容词。但在此关联下,黑色究竟有何含义?普鲁塔克报道称,人们回答他关于炼金术的问题时,指向了他的眼睛并说道,黑色意味着神秘的黑暗,如同注视太阳光线的眼睛一样神秘莫测。从这种释义上看,炼金

---

① [译注]原文中对"魔法师"一词有两种表达,一为拉丁语Nigromanta,二为德语Schwarzkünstler,拉丁语中的Niger便等同于Schwarz,即"黑色",意指该"魔法师"钻研的乃黑魔法和巫术。

② Brief des Abtes Johannes Trithemius an Johann Virdung vom 20. August 1507, abgedruckt in: *Günther Mahal*, *Faust* (Bern/München 1980), S. 64.

术即黑魔法或巫术,后者在施陶芬狮子客栈的墙面上也可以读到。

制作人工黄金的材料是哲人石(Stein der Weisen),所谓石头实际上只是一种粉末或染剂,也被称为“马萨”(maza),希腊语中意为酵母。哲人石并非制作人工黄金的原始材料,而是一种催化剂,用以促成非贵金属到贵金属的变形转换。非贵金属主要使用铅。铅被归为行星土星与罗马神祇萨图恩,萨图恩的希腊名字为克罗诺斯。克罗诺斯(Kronos)一词意为“时间”,预示着无常与非永恒。在炼金术的描述中萨图恩被具象化为一个带着沙漏和镰刀的老者,在转义中是指在炼金术的过程中,铅作为象征短暂易逝的非贵金属,变成了象征永恒不朽的贵金属——黄金。因此,炼金术关乎着人类的尝试,在时间的此岸越过时间,在死亡的此岸打破无常。

《世界百科全书》(*Encyclopedia universalis*)中明确地突出强调了炼金术的这一方面:

> 炼金术为人们将战胜时间的可能性置于眼前,它是一种对绝对、无限制的追寻。①

通向此的道路就是“去完善在炼金术或曰人类出现之前就已被创造,但天性中并非十全十美之物”。伊利亚德(Mircea Eliade)②清晰阐释道:“所有炼金术的尝试都展现出一个显著的特征:人类取代了时间,接管了改变自然的任务。”冶金家,尤其是炼金术士相信,原需几千年、亿万年从地底催生之物,他们能在数周内使其成熟。熔炉取而代之成为碲化物的母体(tellurische Matrix):在母体中完成合金培基的生长。炼金术士的奇迹容器(vas mirabile)、他的熔炉与蒸馏管表明了他更大的野心。这些仪器是展示重回原始混沌、温习宇宙起源的舞台:一切物

---

① Encyclopedia universalis (Paris 1968), S. 589 (Übersetzung des Verfassers).

② [译注]Mircea Eliade,1907—1986,罗马尼亚人,著名宗教史家,对美国宗教史学科有重要的奠基意义。

质消亡、重生,为的是最终能转变为黄金。①

黄金作为经久牢固的象征,打破了时间与无常的边界,因它既不会腐化也不会锈蚀,拥有了物质上与精神上的双重意义。

炼金术的精神目标是灵魂之金,柏拉图早在《理想国》的对谈中便有论及。对灵魂之金的追求,就是在从善意义上了解实现永无止境的幸福的途径,其价值最终来自我们主观世界之外的世界,也就是说,它具有绝对的特质。炼金术士说:“你们的黄金并非我们的黄金。”此处所指的便是炼金术所指的“你们的黄金”。

与此相对,黄金的物质意义则关乎健康与财富。它的第一项任务在于制造液态的哲人石,它是伟大的仙丹、灵丹妙药或万灵药,能驱散病症、永振雄风、永葆青春与长寿。第二项任务在于创造货币意义上的固态黄金,因它在使用中取之不尽用之不竭,不会衰败。

在近代,炼金术的两大物质任务颇受重视,精神方面则逐渐被忘却。

“《浮士德》从始至终都是一部炼金术戏剧”

荣格(C. G. Jung)在《心理学与炼金术》中曾这样评价歌德的《浮士

---

① Mircea Eliade, *Schmiede und Alchemisten*, 2. Aufl. (Stuttgart 1980), S. 181. 奥斯汀(Manfred Osten)在其作品《恶性快速的一切或曰歌德对缓慢的发现》(*Alles veloziferisch oder Goethes Entdeckung der Langsamkeit*, Mainz/Leipzig 2003)中,强调了急躁(Ungeduld)、急促(Übereilung)对《浮士德》戏剧的意义,歌德特称其为“恶性的快速”(Veloziferisch)。奥斯汀写道,在1809年3月11日致里默的信件中,歌德将操之过急(Vorschnelligkeit)称为唯一的悲剧(das allein Tragische)。在此意义上,《浮士德》则能被理解为过于快速、操之过急的悲剧(S. 42)。正如伊利亚德所强调的,若人们深思,匆忙恰好是炼金术的本质,奥斯汀这一释义便获得了一个额外的、炼金术的维度!炼金术实验的意义是自相矛盾的,它急急忙忙将一切转化为黄金,而黄金却是永恒的象征。

德》:“《浮士德》从始至终都是一部炼金术戏剧。”①但荣格没有将他的表述具体阐明。若人们犹记近代炼金术的两大任务,便能立刻发现荣格之言一针见血。《浮士德》第一部上演了近代炼金术的第一项任务,女巫丹房中的哲人石以及与之相应的重返青春、重振雄风,在这个意义上《浮士德》可谓情爱之剧。《浮士德》第二部则突出了第二项任务,创造货币意义上的人工黄金,它始于金銮殿上的纸币制造,可谓经济之剧。

《浮士德》演绎了与魔鬼的契约,魔鬼以梅菲斯特为化身,作为现代的炼金术士登场,向浮士德透露炼金术深藏的秘密。

不同于民间传说中的浮士德,即施陶芬狮子客栈墙上所描述的那般,歌德笔下的浮士德未与魔鬼签订服务协议,而是立定了赌约。服务协议按其性质是有期限的,浮士德传说中是 24 年,明确规定了付出与报酬。梅菲斯特必须在人间对浮士德从令如流,完成浮士德要求的一切;在服务期满后梅菲斯特得以占有浮士德的灵魂。而歌德笔下浮士德的赌约并没有固定期限,按照赌约的特点,输赢未定,胜负未分。当浮士德的追求在一个至高的瞬间达到了它最终的目标时,这一契约才算终结。浮士德与梅菲斯特订立契约的场景如下:

> 浮士德:我争这个输赢!
>
> 梅菲斯特:一言为定!
>
> 浮士德:奉陪到底!如果我对某个瞬间说:逗留一下吧,你是那样美!那么你就可以把我铐起来,我心甘情愿走向毁灭!那么,就让丧钟敲响,让你解除职务,让时钟停止,指针下垂,让我的时辰

① C. G. Jung, *Psychologie und Alchemie* (Zürich 1946), S. 104. Vgl. dazu S. 129. 歌德的其他晚期作品也具有炼金术的基础,其中《威廉·迈斯特的漫游年代》《亲和力》尤为突出。可参见 Diethelm Brüggemann, *Makarie und Mercurius* (Bern 1999) S. 136ff. 。

就此完结!①(行 1698 - 1705)

这一赌注则关乎,浮士德是否能在尘世的生活中达到一种生命情感的提升,以至于他想要让它“永垂不朽”(verewigen)。这种对永垂不朽、永恒的追求,也同样存在于炼金术中,存在于人工黄金的制造中。它关于对时间的征服。

梅菲斯特的第一次尝试是借助女巫丹房的魔法药水,即长生不老药使浮士德重返青春,妄图使浮士德通过爱情达到至高瞬间,从而失掉赌注。然而梅菲斯特的这一尝试失败了。浮士德与格雷琴第一次会面后,浮士德在“森林和洞窟”一场中坦言:

哦,我现在才意识到,
天下没有什么让人觉得十全十美。[……](行 3240 - 3241)

以及:

于是我从情欲摇摇晃晃转到享受,
又从享受中为新的情欲而憔悴。(行 3249 - 3250)

爱情享受的至高瞬间是在当下,而非在持续的时间中。这场爱情剧随着格雷琴之死以悲剧结束。

梅菲斯特的第二次尝试是借助人工黄金或曰人工货币,给予浮士德实现经济 - 科技进步愿景的可能性,这一尝试成功了。浮士德在帮助皇帝打败伪帝后,被皇帝授予了在一片不断被海洋冲刷的土地上拓殖的权利。在筑堤工程全面展开时,浮士德承认自己脑海中思考的,是在未来对这片新开垦土地的拓殖:

我真想看见这样一群人,

---

① [译注]中译引自《歌德文集》第一卷,绿原译,页 51。本文《浮士德》译文均采用绿原译本,个别之处有所改动。

在自由的土地上和自由的人民站成一堆！
那时，我才可以对正在逝去的瞬间说：
“逗留一下吧，你是那样美！”
我的浮生的痕迹
才不致在永劫中消退。——
预感到这样崇高的幸会，
我现在正把绝妙的瞬间品味。（行 11579 – 11586）

在这瞬间浮士德输掉了赌注。他死了。经济行动为他带来了爱情无法带来的至高瞬间。

水银与硫黄的“化学婚礼”

考虑到歌德显而易见地赋予《浮士德》经济事件的意义，我们必须自问：决定浮士德戏剧结构的炼金术进程与经济进程之间有着怎样具体的联系？为回答这一问题，我们必须首先考虑炼金术的基本原则。

炼金术的核心物质是一种无质量的、神秘的——因而是黑色的原始材料，该材料被保存在水、火、空气、土这四个已知的本质或元素中。通过将这四种元素还原至原始材料，可以获得第五种本质或第五种元素，由它可以制成哲人石。哲人石呈粉末状或染剂状，洒在非贵金属上，能将非贵金属转换为黄金。

这种变形过程（此为炼金术的技术术语）不应与化合物混淆。正如亚里士多德学说所主张的一般，后者更多在于，特定物质在混合时仅赋予混合物质量或特征，如其形状或颜色，而不会，或者仅赋予部分它的物质本身。但这在用铅制金时并不是必需的，因为根据炼金术的观点，黄金是第一原质（prima materia），因此包含在一切其他物质中。最重要的、歌德眼中的权威炼金术士之一瓦伦提努斯（Basilius Valentinus）曾说过：

> 若人们阅览从古至今关于金属、石头转化的书籍，定会发现这些作者都持一个相同观点，或表达了同一个意涵，即他们都认为，第一种金属与最后一种金属实际上是同一种金属，因为第一种金属已在金属特性中获得并遗留下了进步性的金属之种，金属之种所做之事便是在金属生成时不断前进。[……]很多人甚至直称铅为黄金，直呼黄金为铅。①

因此，炼金术是要让非贵金属中已有的黄金"生长"出来，而非将一个非贵金属(例如铅)完全变成另一个贵金属(例如黄金)。炼金术消除了死亡物质和生命物质之间的差异。炼金术通过继续引导创造进程，即在某种意义上重新开始，回溯到混沌的原始状态，在这种状态下，一切都生机勃发，即一切都准备好进行成型和重塑。

在制造促成变形的哲人石时，炼金术士认为，有两大原则决定了第一原质的外形：硫黄原则与水银原则。硫黄被认为与男性原则、太阳、黄金、火一类有关(在曲颈瓶中加热它，它会升华，但硫黄仍得以保留，因此火焰无法损害它)，而水银则代表着女性原则、月亮、银、水(水银在曲颈瓶中会蒸发，而后再次变成液体)。在四大元素中，与水银、硫黄相关的水、火两大元素占据重要地位。有关制作哲人石的巨著(opus magnum)讲述的便是，将硫黄与水银、火与水，在七大行星的作用下按照一定比例融合，使两种物质以"化学婚礼"的形式"成婚"。

这种结合必须在三阶段的进程中不断反复进行，这期间硫黄与水银各自以新的方式作用于该进程，该进程则按照"溶解与凝结"(solve et coagula)的炼金术原理进行。这种结合的产物——第五种元素——将再次被称为水银或硫黄、"哲学之汞"或"哲学之硫"。水

---

① 参见 Fr. Basilii Valentini, *Chymische Schriften anderer Teil oder die fünf letzten Bücher Basilii* (Hamburg 1700), S. 488。

银和硫黄在象征着身体状态的哲学之盐中固化,带有“哲学”之称的水银、硫黄和盐是哲人石的三个初步阶段,描述着整个进程的登顶之路。

从黄金到货币

炼金术如今被视为迷信。自现代科学问世以来,制金之术最终被证实是幻术,因此没有人愿意在这样的玄妙之事上毫无意义地浪费时间。而我持这样的观点:制造人工黄金的尝试之所以被放弃,不是因为它毫无用处,而是因为以其他形式出现的炼金术如此成功,以至于不再需要在实验室进行烦琐的制金工作。从财富增长的意义上看,炼金术的实际关切中最重要的并非真的将铅转换为黄金,而是仅仅将一个无价值的物质转换为一个有价值的物质,例如将纸转变为货币。当人们无需事先付出相应的努力,就可以获得有价值的金钱货币,我们便可以将经济进程阐释为炼金术,即一种真正的价值创造得以产生,它不遵循能量与质量的守恒定律,却能够实现经济的持续增长;经济增长不受任何限制的约束,其增长速度也越来越快,这在此意义上便是魔法或魔术。

我们仔细阅读《浮士德》,毋庸置疑,歌德已判断出现代经济中炼金术般的内核。正是这炼金术般的内核赋予了如今经济如此巨大的吸引力,以至于它逐渐吸引了生活的各个领域。这关于无需提高相应的产能消耗,产量仍能持续增长的可能性。

持着经济有着炼金术般内核的观点,歌德站在了传统国民经济的对立面。传统国民经济认为,唯有劳动生产是产生资本的财富的根源——无论是直接劳动还是预备劳动(储备)。亚当·斯密,传统国民经济学的创始人,在他 1776 年著名的《国富论》中写道:

> 所有商品的真实价格,即人们为了得到商品所真正花费的,是为了获得商品所必须耗费的劳动。若人用货币购买或者用其他商品换取的,他所获得的劳动量和他付出的劳动量一样多。劳动是最初的价格或曰最初的货币,其他所有东西都要用劳动支付。世界上所有的财富最终都不是用黄金白银获取的,而是由劳动获取的。①

在如今的国民经济学中,这种观点已得到修正,即认为除劳动外,还有资本、技术进步等独立要素。然而,这三大生产要素被阐释为人类成就的结果:劳动作为人类勤劳的结果、资本作为放弃消费(储蓄)的结果、技术进步作为学习和研究的结果。从根本上看,时至今日,国民经济学仍沿用着唯有劳动创造价值的传统观点。

与此相对,《浮士德》在第二部中清晰地论证了:财富的起源除了劳动以外,还有魔法,即无法用劳动阐明的财富增值。

哲学之汞:炼金术进程的第一阶段

《浮士德》炼金术进程的开端是纸币发行计划,该计划由梅菲斯特或浮士德呈献给皇帝,解决皇帝的金钱烦忧。该计划是要发行纸币,号称它能由地下所藏之财宝"担保"(gedeckt),且通过皇帝的签名得以合法化。这项计划成功了:人人都做好准备接受纸币——或曰《浮士德》剧中惯常称呼的"证券"(Zettel),将其作为货币,皇帝也不再债台高筑。货币创造被明确解释为"烧丹炼汞"(Chymisterei),它是炼金术的另一种表述。在此情况下,对货币创造作出评价的占星术师将其与七大行星联系起来,各大行星均对炼金术进程产生特定的影响——

① Adam Smith, *Der Reichtum der Nationen*, übersetzt von H. C. Recktenwald, 7. Aufl. (München 1996), S. 28.

太阳本身是一块纯金；
水星听差，是为了酬劳和宠幸；
金星夫人把你们个个迷住，
从早到晚对你们脉脉含情；
贞节的太阴性情古怪，反复无常；
火星不管烧不烧得着，其势不可当。
而木星一直散放着最美的光；
土星很大，看起来却很远很小，
它作为金属我们并不十分敬仰；
尽管它很重很重，其价值却渺不足道。（行 4955 – 4964）

最后，占星术师之言直指水银与硫黄的化学婚礼，不过他在炼金术等效物的意涵上使用了太阳与黄金、月亮与银作为替代。他欣喜欢呼——

是的，如果太阳和太阴代表金子和银子结伴同行，
那就会出现皆大欢喜的人生！（行 4965 – 4966）

这“结伴而行”即“化学婚礼”的结果，便是“皆大欢喜的人生”，人们尽可购买他想要的东西，即：

宫殿，花园，酥胸，红颜等等。（行 4968）

同时，他解释道，此事需要超越自然的力量。

这位博学之士都可弄到手，
我们做不到的，他则无所不能。（行 4969 – 4970）

这位博学之士便是浮士德，炼金术士与魔法师，梅菲斯特将他的计划强加给了浮士德。

真正的魔法在于何处？哪些是制造纸币、实现从无到有创造价值的手段？前文已有提及，在此从炼金术的角度再加阐释。这手段

便是将帝国所藏之无数财宝作为纸币的担保,①以及通过皇帝签字而实现纸币合法化。这两大手段得以使公众兴致勃勃地接受纸币,即这两大手段给那些选择接受本身没有物质价值、非黄金的纸币之人带来信心,使他们相信他们手握纸币,却不会留下黑彼得之牌,②而是在下一次交易买卖中将其全部(或几乎所有)价值再次传递出去。

正如占星术师所言,这一魔法以水银和硫黄的"化学婚礼"为基石,这些要素总是意指特定的力量,这些力量按照过程阶段以不同的方式表现出来。但是汞与水之间的亲缘关系、硫与火之间的亲缘关系始终存在。按照惯常的炼金术观点,多愁善感的灵魂领域属于汞和水,意

---

① 帝国所藏之无数财宝指之前害怕被抢劫或不得不逃命的人们埋藏在地下的财宝。这些财宝属于皇帝。梅菲斯特详尽地解释了这一点:

> 想想看,在那些恐怖的时代,异族的洪流淹没了国土和群氓,任何人不论多么惊慌,都会把自己心爱的财宝东掩西藏。自强盛的罗马时代以来,直到昨天以及今天,千百年可以说无一例外。那一切都悄悄埋在地下;土地归皇上所有,他理应享受里面的钱财。(行 4931 – 4938)

财政大臣亦证实了这一点:"他虽是个弄臣,说话倒也在理,这的确是皇上的权力。"(行 4939 – 4940)这并非歌德的原创。更确切地说,他或许是在亚当·斯密那里找到了相应的出处。亚当·斯密在《国富论》中对该事实情况做了如下描述:

> 在不安全的国家,人们不断惧怕强者的暴力,他们往往掩埋或藏匿自己的大部分财产。在封建统治下暴力时期,这在我们的先辈中很常见。因此对于那个时期的欧洲大君主而言,挖掘的财宝是他们一笔可观的收入。发掘物多由前人掩埋的财宝组成,亦无人能证明自己的所有权。这些财宝在当时是如此重要,以至于人们始终将其视为统治者的财产。(参见 Adam Smith, a. a. O., S. 245.)

② [译注]黑彼得(der schwarze Peter)是一种纸牌游戏,玩家若在游戏结束时手中留有"黑彼得"之牌,该玩家则为输家,脸上会被抹黑作为惩罚。此处指手握纸币的大众在投机时存有侥幸心理。

志刚强的精神领域则属于硫和火。而纸币制造则是关乎要将地下矿藏在其未发掘时就预支使用并使其流通,如经济学术语所言,使其“流动”(flüssig)。矿藏的流动性将通过纸币发行显著提高,从完全非流动性(地下埋藏之黄金)转为完全流动性(流通货币)。这里是在流动意义上讲的水与汞的原则。将地下矿藏液态、流动化的力量,便是想象力,想象则诞生于人类心理中多愁善感的情感领域。关于纸币有这样一种想象,纸币可以被担保,在紧急情况下,人们可以要求皇帝或国家开采地下矿藏,或用纸币兑换黄金。“债券”或曰纸币上这样写道:

> 宰相(宣读)“本票价值一千克朗,
> 其可靠保证为帝国所藏之无数财宝。
> 一俟[!]金银富矿有所开掘,
> 本票即可兑现不误。”(行 6057 - 6062)

当然,至关重要的是,货币贸易中的纸币正如其名,比金币轻便得多,更容易不断流传。“人们不必费力带什么钱包和口袋”,梅菲斯特描绘道:

> 小小一张票子很容易往怀里揣,
> 就是配上一封情书也划得来。
> 教士虔诚地把它夹在祈祷书里,
> 士兵为了便于开小差,
> 很快减轻了他的腰带。(行 6104 - 6108)

而实际上没有任何人会要求用纸币兑换黄金。相信能够做到的想象,这种单纯的安全感便足够了。这些矿藏可“即刻”开掘,也就意味着无需任何的劳动与任何实际的执行。

纸币与矿藏的兑换担保实际只是近似担保,它通过国家的合法化手段得以补充,而皇帝这一角色则将国家人格化了。皇帝个人签署了纸币的原件,而带有皇帝署名的原件立即被复制为“千百万张”。通过此签名,皇家之名的荣光、环绕于圣上的庄严光辉便用于服务纸币创造。从发光、闪耀之义讲,火和硫的原则在此发挥了作用。硫黄在此处的特定力量,便是赋予皇帝之名以国家权力持有人的印象。展现硫黄精神原则的国家意志得以贯彻。印有皇帝签名的纸张摇身一变成了货币:拒绝该货币便是大不敬。

货币制造的整幕则在宫廷的化装舞会一场得以展现:化装舞会一场是最终为货币制造情节所作的譬喻式准备。它展现了世界成为市场的转变。如亚当·斯密所说,在这个世界上,人人赖以交换为生,在一定程度上人人皆是商人,社会本身最终都会演变为一个商业化的社会。① 将化装舞会阐释为市场的譬喻则归功于史腊斐,他在《浮士德第二部——19 世纪的譬喻》②解读了化装舞会一场。他首先断言:“第一批面具——女园丁们就已展示了华服如何塑造人物。”她们贩售人工的假花。“女园丁们并不信赖毫无意义的自然之美,而是企图通过人造的外表有计划地引诱——但并不是为了色欲的享受,而是为了贩卖她们的商品。直至最后,她们都忙于为商品锦上添花。[……]商品不再是女园丁们的产品,而是女园丁们成为商品的象征,她们同样被贩卖着。”③随后登场的樵夫则“代表了与丑角、食客们的纯粹消费相对的纯粹生产”。④

“市场化进程”的提升由胜利女神维多利亚(与大象、明智、恐惧与希望一起)和随后的财神普路托斯(与御车少年、贪吝一同)的登台构建而成。⑤ 胜利女神作为“一切行动的女神”,被史腊斐与“工业的胜利女神”联系在一起,后者曾在 19 世纪被用于装饰世界博览会的大门。

---

① Adam Smith, a. a. O., S. 24.

② Heinz Schlaffer, *Faust Zweiter Teil, die Allegorie des 19. Jahrhunderts*, Stuttgart 1981.

③ Heinz Schlaffer, a. a. O., S. 72.

④ Heinz Schlaffer, a. a. O., S. 86.

⑤ Heinz Schlaffer, a. a. O., S. 73.

通过指定两者的最终目的——经济利益，维多利亚将大象的体力劳动与“明智”的脑力劳动联合起来。作为富人和统治者的普路托斯跟随着维多利亚：

> 从樵夫、女园丁，到“明智”，再到维多利亚和普路托斯，这意味着从体力活动、商业活动到盈利和财富，劳动的变形抹杀和消灭了具体的劳动。它变身为黄金，又在货币中隐匿身形。①

就连诗[文学]本身也无法避免这种变形。它体现在御车少年一角上。他最初服务于普路托斯。普路托斯虽然放他自由，但仍让其凝神旁观。御车少年承诺道：“可你轻轻一唤，我马上就回来应卯。”御车少年退场后，大神潘随后登场，大神潘的面具背后实则是皇帝。是他在纸币原件上签下了字。

若对史腊斐的阐释进行补充说明，可以说，商业世界的盈利活动、预告好运的以物易物，与在化装舞会中心登场的美惠三女神、命运三女神、复仇三女神等古希腊人物的活动，形成鲜明对照，即：与美惠三女神无目的的馈赠或恩赐相比，“优雅表谢意”已足够；与命运三女神最终的索取比照，她们随时可切断命运纺线，为贸易互易画上句号；与复仇三女神播种的嫌隙与不满相比，她们能出其不意地将一切幸运——包括经济的福运——转变为不幸。

通过将市场行为与美惠三女神、命运三女神、复仇三女神的行为进行对照，市场行为被相对化，其重要性也受到限制。

皇帝在火光之中签署了纸币原件，他误以为自己是冥神与矿藏之神（尤其是金矿之神）普路托斯。自称“岩石外科医生”的土精们扮演了重要角色。它们平日里“为高山抽血”，从地脉中开凿金属，向皇帝展示新的金属矿藏之源：

---

① Heinz Schlaffer, a. a. O., S. 91.

如今我们已勘探清楚
附近有一道神奇的源泉，
我们有希望马上到手
一笔几乎不可及的财产。
你有能力完成此举，
主人，请对它加以保管：
你手中的每件财富
会为全世界造福不浅。（行 5906 – 5913）

矿藏“附近”的神奇源泉能够使“一笔几乎不可及的财产”“马上到手”，即无需耗费任何劳动就使金钱满盈。重要之事唯有皇帝对其加以保管，因皇帝威望所及之处，每一件财宝，包括想象中的黄金源泉的财宝都会是现实。

然而，这项工作最初看似失败了。皇帝与源泉靠得太近，以至于他触碰火源、险些引火烧身。紧接着普路托斯召唤来云雾，用湿气扑灭了火焰，正如普路托斯所言，将“这场空幻的玩火游戏变成一道闪电”。火与水、硫与汞的结合被不断暗示，勾勒出炼金术进程中想象与印象、幻象与国家权力的“化学婚礼”。

该进程的结果便是哲学之汞。纸币并不是哲人石本身，而是后者必要的预成前身。歌德清晰地强调了纸币水银般的特质。若水银不被密封，它便会如闪电般迅速挥发。纸币也同样自我挥发，迅速分散到全国各地。

纸币发行成功后，面对皇帝的问询，内廷总监在其对答中明确强调了新货币的这一特征：

它已像闪电一样四下飞散；
飞散的东西要圈拢来，怕是难上加难。（行 6086 – 6087）

值得注意的是，人们可将这幅图景与亚当·斯密对于纸币发行的描述联系起来。斯密曾论述过“纸币之代达罗斯①的翅膀”。相应的记载见于科恩 - 安腾弗里德(W. Cohn - Antenforid)② 1903 年的歌德年鉴。歌德可能通过赫尔德认识了亚当·斯密,更为肯定的是,歌德通过朋友瓦尔特斯豪森(Sartorius von Waltershausen)了解到亚当·斯密,瓦尔特斯豪森实际上是在德国介绍引入亚当·斯密的第一人。③ 与这位古典经济学创始人的联系具有重要意义。因为亚当·斯密在谈论“纸币之代达罗斯的翅膀”的段落中——尽管该段落仅作为题外附言——明确地偏离了劳动是财富创造的唯一源泉这一观点,将纸币创造称之为“理智”或“明智”的银行运作,并承认纸币创造能够实现财富增长。

> 一个明智的银行商业政策,可以通过不增加资本存量,而通过比往常更积极、更有生产力地投入大部分可利用的资本,最佳地促进一个国家的经济活动。流通的金银币是闲置资本[……]一个明智的银行政策,会通过将大部分金银转换为纸币,有助于将闲置资本转变为积极、有生产力的资本。流通的金银货币就好比一条乡间小路,有助于将国家的作物谷物运向市场,但其本身不能生产

---

① [译注]代达罗斯(Daedalus)是古希腊神话人物,墨提翁之子,建筑师、雕刻家,他为克里特岛国王米诺斯建造了克诺索斯迷宫,却不被允许回到家乡。为了离开,他用羽毛和蜜蜡给自己和儿子伊卡洛斯(Icarus)制造了翅膀。在飞行前,代达罗斯告诫儿子,不要飞得太低,以免翅膀沾水,也不要飞得太高,以免翅膀受太阳炙烤而融化。但伊卡洛斯没有听从告诫,飞得过高,翅膀融化后坠海而亡。因此,代达罗斯的翅膀既象征着人类的创新与发明,也被赋予了飞高易跌重的隐喻。

② W. Cohn - Antenforid, Die Quellen des Faustischen Papiergeldes, in: *Goethe - Jahrbuch*, Band 24 (1903), S. 221.

③ 瓦尔特斯豪森于 1796 年发表了《亚当·斯密经济学原理——国民经济学学术讲座指南》(*Ein Handbuch der Staatswirtschaft zum Gebrauche bey akademischen Vorlesungen nach Adam Smith's Grundsätzen*)。伯恩·马赫写道:“歌德一定是早在收到从哥廷根邮寄而来、经过标题改动的第二版之前,就熟知了这一作品。”(Bernd Mahl, *Goethes ökonomisches Wissen*, Frankfurt a. M. 1982, S. 401)

作物谷物。若允许我大胆比喻,开放的银行商业政策就仿佛开辟了空运航线,使一个国家的乡间小路变成牧场与农田,土地年收成与劳动量也得以显著提升。①

正如《浮士德》戏剧中所表达的一般,亚当·斯密的这段附言乃是歌德国民经济学的基础。

哲学之硫:炼金术进程的第二阶段

尽管制造纸币的炼金术计划如此成功,但最终的黄金担保与国家公证不足以为纸币保障持久的效力。歌德清晰地预见了这一点。这种从无到有的货币创造即使能立即促进贸易与变革,但迟早定会走向通货膨胀、货币贬值、赖账毁约,即最终拒绝接受货币。

这一认识由宫廷弄臣在与梅菲斯特的对话中表明:

弄　　臣　瞧这个:它真可以当钱用吗?
梅菲斯特　你尽可以用它满足口腹之欲。
弄　　臣　能不能用它买田买屋买牲口?
梅菲斯特　当然!讲好价钱,什么都能买到手。
弄　　臣　买得到城堡,还有森林、猎场和鱼塘?
梅菲斯特　那还用问!我高兴看到“阁下”的称号落在你身上!
弄　　臣　今晚我可要在大庄园里做一场美梦!
梅菲斯特(独白)　我们傻子的聪明谁不能承认!(行6165－6172)

弄臣始终是唯一的智者,他意识到了即将到来的通货膨胀并同时认识到相应的出路:躲进有形资产中。

单凭想象与印象创造人工货币并不是真正的炼金术。当纸币得以

---

① Adam Smith, a. a. O., S. 264f.

具象化,被用于盈利或利息的存放或投资时,当它将自己的货币价值或曰黄金价值传递给进入生产进程的材料时,换言之,当货币创造的炼金术进程扩展到整个经济领域,经济在价值创造的意义上进行扩张或增长时,纸币才得到了真正的与黄金等同的价值。这一认识在《浮士德》第二部的第四、第五幕中得以展现。

在第四幕中我们遇到了一个关键词,它引领炼金术从单纯的货币创造到真正的价值创造。这一关键词出现于当梅菲斯特询问浮士德其至高追求所为何物时,浮士德给予了梅菲斯特一个清晰明了的回答:

我要赢得产权,我要掌管!(行 10187)

浮士德所理解的产权并不单纯指一块在世袭继承的意义上从父辈处继承,并传给子孙后代的地产(patrimonium),即在利用该土地的同时进行培育,使它不至于过分损耗。更确切地说,浮士德想到的是自治权(dominium),即罗马法中的所有权,该法赋予所有者以主人的身份及随意处置其财产的权利。这就是使用和消费所有物的权利。这种产权观点是现代经济炼金术中不可或缺的一部分。

能够带来财富的决定性统治权是对自然的统治权。在浮士德乘着海伦娜的长袍在空中飞翔,凝望着潮涨潮落时,他决计与海洋争夺新陆地,将其据为己有:

海水悄悄涌来,涌向了千百地段,
它本从不生产,所到之处荒无人烟;
它膨胀,它增长,它滚翻,
把荒凉地带的可憎区域加以漫灌。
一浪又一浪浩浩荡荡灌成了一片汪洋,
旋即退了回去,什么也没有完成,
真使我惊惧而又失望:
这奔放元素的无目的的力量!
这时我的心灵敢于超越自身而飞翔;

我要在这儿战斗，我要令这股力量投降！（行 10212 – 10221）

侵占自然力量，是不劳而获地实现价值创造最为关键的先决条件。

梅菲斯特遵循了浮士德的计划。他在战争中协助皇帝，浮士德则作为助战者登场。作为回报，皇帝出让给浮士德一片海边滩涂作为他的封地或地产。

然而剧中并未直接描写对浮士德的分封。皇宫中上演的一切都像发生在东方国家的商店：生意的核心内容在滔滔不绝的冗长话语之中消失，这些夸夸其谈看似包罗万象，实则无关紧要、废话连篇。真正要紧之事反而在舞台边缘上演，不谙此道的听众、观众毫无察觉。剧中皇帝以中世纪风格委任了帝国礼部大臣、宫内大臣、膳务总管、大司酒四位大臣，分封一事则被这盛况掩盖。这盛况实际上毫无意义。真正涉及的是地产的登基。唯有大主教重视此事。他是唯一谈论此事之人。他还知道，地产可以带来哪些财富，并要求将部分财富赠予教会，如若教会不得不为这项应受谴责的行为祈福：

哦主上，请原谅！你还把国家的海滩赐给了
那臭名昭著的流氓；如果你不忏悔，把那里的什一税、地租、捐赠和租税
也一齐献给高贵的教会，
就只好让那家伙受到诅咒，永远倒霉。（行 11035 – 11038）

浮士德在战争中提供的援助使他现在成了封地所有者，该项军事援助如同货币创造一样是魔法，是炼金术的功绩。这也同样关乎“采矿工作”，任何人工黄金生产都可以被视为采矿工作。浮士德冒充为“诺尔齐亚的关亡术士，萨比尼人”的使者，称皇帝曾经拯救诺尔齐亚，使其免于教会审判的火刑，因此他誓为皇帝报恩。

关亡术士的具体援助则是招来魂灵大军，尽管它们只是海市蜃楼，是虚假事实的伪装，但仍以假象的威力震撼敌军，致使他们逃跑。传说中的浮士德也用了这样的阴谋诡计帮助查理五世获胜。

在此,水银和硫黄也分别发挥了水元素与火元素的作用。梅菲斯特两次派出乌鸦,为他提供援助并以“表兄弟”相称。第一次他将乌鸦派送到水仙处:

好吧,我的黑表弟,赶快来效劳!
飞到山上的大湖去!为我向水仙们问好,
请她们通融一下她们湖水的假象!
借助于难以通晓的女性技巧,
她们能够把假象同真相加以区分,
而众人却发誓宣称假就是真。(行 10711 – 10716)

不久后小溪开始潺潺流淌,变成溪流,溪流又变为滔天巨浪。显然此处意指战争宣传的澎湃巨浪,使敌人无力招架。

第二次梅菲斯特让乌鸦飞去地精处,它们在火山岩浆火光冲天的锻铁场中劳作:

就请赶快飞向炉火熊熊的锻铁场,
那儿侏儒们从来不知疲倦,
把金属和石块敲得火星四溅!
你们且去跟他们絮叨一番,
向他们索讨一粒火种,闪烁着,照耀着,爆炸着,
恰如人们所珍视的一般!(行 10744 – 10749)

火星立刻出现,一闪一闪的火花蒙蔽了所有人,正如雷声伴随着闪电,战争厮杀之声伴随着党政仇恨的鬼火。

在战争中,与财产/产权/地产有关的人类激情得以展现。三勇士“闹得凶”“捞得快”(由“抢得急”跟随)和“抓得紧”展现了这些激情,他们被统称为来自矿山的山民。由此,它们明确地与炼金术或魔法联系在一起。因此浮士德对皇帝说:

[……]山丘的威力是伟大的;

自然在里面强大而自由地发挥作用，
虽然愚钝的教士却斥之为妖异。（行 10452 – 10454）

这场战役使歌德有机会刻画在炼金术财产创造中发挥作用的力量。“闹得凶”代表赤裸裸的暴力，他不计后果地侵占财物。“捞得快”和他的同伴“抢得急”代表驱使人不断占有的贪婪。“抓得紧”是悭吝的化身，他不曾透露自己占有了什么。财富追求的主要目标是获得黄金或金钱。当“捞得快”和“抢得急”在战斗胜利后最先到达伪帝的营帐时，“捞得快”向他的同伴命令道：

破破烂烂放回地头，
这些箱子快搬走一口！
这是军队的一点饷银，
可里面装的尽是黄金。（行 10799 – 10802）

因箱子过重，“抢得急”把箱子摔在地上，黄金滚落在地，“捞得快”喊道：

这里赤金堆成堆，
快捞快抢别后悔！（行 10809 – 10810）

赤金在炼金术用语中，即指哲学之硫或人造朱砂。炼金术进程的第一阶段为纸币创造，通过添加水银来溶解或液化；炼金术进程的第二阶段为财产获取，通过硫黄对液态汞产生作用，使之凝结。结果产物被称为哲学之硫。根据巴兹尔·瓦伦丁的著作，这一产物是统治或王权之硫。此处所说的是在所有权意义上的财产制度，通过该制度将获取的自然物转换为货币价值，从而实现制造人造黄金的重要一步。

哲学之盐：炼金术进程的第三阶段

《浮士德》第二部第五幕描述了第四幕中构想计划的践行。该计划以港口建设和航运公司的建立开场，以整片海滩的土壤改良（通过筑堤和排水进行疏干）作结，目的是使土地变为耕地。人们应该在这片新获得的土地上安居。这便是炼金术进程的第三阶段。

在此联系下，我们可以论述水银与硫黄的化学婚礼，但并非是在货币的层面，而是在与黄金等值的实际价值创造层面。

水银的拉丁语名称为 Mercurium，指向罗马神话中的墨丘利、希腊神话中的赫尔墨斯。他是众神的使者，是超自然之神、秘传之神与炼金术之神。同时他还是贸易之神，是“游弋于金钱与困顿之间的掮客”（语出莎士比亚）。自古以来，贸易就与炼金术产生了联系。在此有必要重申水银与水的亲缘性，后者在第五幕中特指海洋。而贸易背后的力量则是航海，它自数千年来便利用着陆地上鲜少利用的能源：风力。借助航运，因原产地供给充足而价格低廉的货物可以被运往因需求者众多而价格昂贵的销售地。由此产生了收购价与销售价的区别，销售价远远超出运输成本，由此创造盈利与财富增值，成为经济价值创造与经济增长的基础。

贸易固有的增长原则在部分情况下也利用非法手段，梅菲斯特对此进行了详尽的描述：

> 出航只有两条船，
> 现在进港有了二十条。
> [……]那儿管用的就是顺手牵羊：
> 抓到了鱼，就抓到了船，
> 做了三条船的主人，不愁第四条钩不上；
> 接着第五条也就倒了霉，有力就有权。（行 11173－11183）

这番言辞以这句被经常引用之语作结：

> 战争，贸易和海盗行径本是三位一体。
> 要把它们分开，
> 一定不懂得航海的奥秘。（行 11186－11188）

战争或海盗行径与贸易的联系由三勇士——“闹得凶”“捞得快”和“抓得紧”建立起来,他们既在战争中又在贸易中登场,在梅菲斯特的航海事业中伴随左右。

贸易虽是财富的起点,但它却并非财富的持久基础,或许正好是因为它与战争、海盗行径的联系。唯有通过工业的经济扩展才能创造财富的持久基础。在此硫黄原发挥了作用。在此这一原则可以得到重新阐释:根据其与火的亲缘性,硫黄指向了科技进步基础的机械能量。

歌德早在大规模使用能源之前就已意识到能源的重要性。旁观者鲍喀斯描述了能源在浮士德的土地改良工程中发挥的作用:

> 大白天,奴仆们又是镐又是锹,
> 一下一下,空忙一阵;
> 可是夜间灯火通明,
> 大堤次日即已告成。[……]
> 火浆流到了大海,
> 明天就有一条运河可以航行。(行 11123 - 11130)

在此,歌德意指工业革命的伟大发明,即当时人们称之为火机/热气机的蒸汽机。正如歌德所了解到的,蒸汽机已被用于大坝和运河的建造。

能源的投入使用在此处就像魔术。

在工业中,机器替代了航海在贸易中的角色:通过将无法直接使用或仅在有限范围内使用的原材料转换为成品,机器可将商品从低价值区运输至高价值区。而同样关键的是,除劳动外,外能也能投入使用。机器与能源共同构成了机器动力,它是工业革命的引擎。所有直接或间接服务于生产的设备都属于机器。材料从低价值区到高价值区的运输同样产生价值增值。增值存在于商品销售价格与纯生产成本之间的差额,而人们原则上只能把用于劳动再生产的费用算作纯生产成本。若再生产成本的回报上升,则不仅是资本(利润或利息)和土地(土地租金或资源租金),而且劳动也可以参与价值增值。当浮士德称,民众如今为他“服役”,之后便可成为“自由土地上的自由人民”,就已经预见了劳动者或曰人民未来在价值增值上的参与。

歌德并未直接言明,这一阶段水银与硫黄的“化学婚礼”的产物为何。但结果已显而易见。其产物就是投资或生产而成的生产资料意义上的实际资本的总和,它们不同于天然可直接获取的生产材料。其产物是船舶、机器(假定已有可用能源)以及港口、水坝、运河、建筑物等基础设施。实际资本是增加产量的前提条件,同时也是限制竞争的先决条件,因为在工业界只有相对少数的人具有足够的生产资料得以进入市场。对竞争的限制保障价格不降至生产成本,从而创造货币增值,使生产者受益。

从实际资本出发,我们遇到了炼金术进程中除水银与硫黄之外的第三大原则——盐。水银与灵魂之力相连,硫黄与精神之力相接,而盐则象征着身体。炼金术进程在实际资本中固化,实际资本是它的支点与固着剂。

作者简介:宾斯万格(Hans Christoph Binswanger),瑞士著名国民经济学家,主要研究领域为环境与资源经济学、货币理论与经济理论史。代表作品有《增长的螺旋》(*Wachstumsspirale*)《向适度前进——可持续经济的前景》(*Vorwärts zur Mäßigung. Perspektiven einer nachhaltigen Wirtschaft*)《货币与魔法——歌德〈浮士德〉的经济学解读》(*Geld und Magie :Eine ökonomische Deutung von Goethes Faust*)等。

荷蒙库勒斯与海伦

蒙森(Katharina Mommsen)　撰
陈郁忠　译

海伦的形象设置是否“自然”？她对理解“古典的瓦尔普吉斯之夜”有何作用？这是《浮士德》第二部中的两个核心问题。诸多《浮士德》研究者认为，第三幕中的海伦形象具有尊严与象征意义，因而竭力将其理解为“生动形象”“具有形体”的人，此外，歌德与古希腊之间“活的”关系也要求如此理解其形象。

杰出的歌德研究者海尔茨用这一方式阐释海伦问题，提出了开创性的见解。海尔茨发展了瓦伦汀于世纪之交提出的观点，①重点关注“古典的瓦尔普吉斯之夜”中有关荷蒙库勒斯的情节，认为从中可以得出以下结论：第三幕中的海伦是一个“真实的、活的人”，是“具有形体的斯巴达王后”；荷蒙库勒斯是一个“生命神话”，它从缺乏形体的“圆极”(隐德莱希)状态发展为真实的自然存在，这“预示了海伦的复活”，“这位古希腊美女将在人的形体中”重获生命；通过荷蒙库勒斯的情节，观众了解到“精神转化为人形的自然法则”，不再对“海伦的复活表示怀疑”。在海尔茨看来，正是这些情节反映了海伦重生、获得自然真实形象的过程。他的观点在第三帝国时被人

---

① 参 Veit Valentin, Homunculus und Helena. *Goethe - Jahrbuch*16, 1895, S. 144; G. W. Hertz, Der Schluß der „Klassischen Walpurgisnacht“. *Germ. - Romanische Monatsschrift* 7, 1915, S. 282, 229; G. W. Hertz, *Natur und Geist in Goethes Faust*, Frankfurt a. M. 1931, S. 116, 151。

淡忘，但至今不失其影响力。① 虽然有研究者不断质疑他的观点，但即使在他们的研究中也能找到“生命体”“有机体”等概念，神话人物海伦获得形体的过程似乎与这些概念密不可分。

虽然一众名家支持海尔茨，同意其“海伦为活人”（莎德瓦尔德[W. Schadewaldt]语）的观点，但反对的声音依然无法消弭：事实上，歌德运用诸多艺术手法，使女主人公的周遭充满非现实的氛围，海伦一幕的最大特点便是其“幻象性”。迄今的研究对古典神话的流传关注不足，如对其细考，则不难得出结论：幻象与非现实性是第三幕的特征，我们对这一点的认识也不够充分。海伦“童话”产生于梅菲斯特的奇幻讲述，而不是由自然造就。② 浮士德为获得海伦采取的行动同样通向奇幻世界，而不是自然王国。③

在这一点上，“古典的瓦尔普吉斯之夜”将浮士德与荷蒙库勒斯对比，揭示出二者间行为差异的深刻含义。这一差异正是本文的研究对象。浮士德与荷蒙库勒斯的行为具有相似性，但这不是歌德留给我们理解文本的指引，二者间令人印象深刻的差别才是他留下的线索。通过对比二者，歌德表达了他对以下问题的观点：如果现代文明与希腊精神相会，古典时代能够重生，这一过程会遇到什么样的问题？

西东奇幻叙述④——浮士德与荷蒙库勒斯

在歌德的叙事和戏剧作品中存在不少难解问题。要解决这些难

---

① 详细的研究综述可参拙著 *Natur – und Fabelreich*, Berlin, 1968, S. 1 – 10。Ada M. Klett 1939 年的研究报告 *Der Streit um Faust II seit* 1900 表明，二战前的研究深受海尔茨的影响。

② 参拙著 *Natur – und Fabelreich*, S. 26 – 105。

③ 同上，S. 106 – 150。

④ [译注]该标题（West – östliches Fabulieren）化用歌德晚年诗集《西东合集》（*West – östlicher Divan*）的标题。

题,我们必须注意歌德的叙述过程,还要考察与其相关的文学蓝本和文学传统的关系。荷蒙库勒斯的形象也可以通过该方式得到解释。荷蒙库勒斯"明智地诞生"(行 8133)的故事贯穿整个"古典的瓦尔普吉斯之夜",与其相关的一连串事件构成一个牢固、可感的整体。正是这些事件——而不是浮士德的行为——将"古典的瓦尔普吉斯之夜"推向最终的高潮。通过这一特别的方式,荷蒙库勒斯与"古典的瓦尔普吉斯之夜"形成紧密联系。但这一点也与叙事传统有关,歌德在构思"古典的瓦尔普吉斯之夜"时,受到这些传统的启发。仔细考察文学传统,或对我们理解荷蒙库勒斯的形象有所裨益。

我在拙著《歌德与〈一千零一夜〉》中指出,①歌德受几则东方故事(首印于 1824/1825 年新版《一千零一夜》)启发,让浮士德在"古典的瓦尔普吉斯之夜"的精灵世界中寻找海伦。当时,《一千零一夜》的出版商每出一卷就将其寄送歌德,诗人在日记中详细记录了 1824 和 1825 年间勤奋阅读此书的经过。《一千零一夜》补充了歌德的精神食粮,东方童话世界给予了歌德写作动力,搁笔多年后,他于 1825 年重启《浮士德》第二部的写作计划。这次阅读经历让歌德找到了恰当的写作形式,一出天马行空的魔幻剧在他笔下诞生。

诗人自称,对海伦形象的构思始于五十年前,但此时他才"恍然大悟:海伦的形象非如此不可!"②1825 年春,歌德主攻第三幕,即继续创作 1800 年搁笔的海伦部分;1825 年 4 月,歌德在构思浮士德的出场时,由于不知如何表现浮士德与海伦相遇的方式,创作再次停滞。浮士德与海伦相遇的最重要前提是浮士德来到海伦身边,这部分的欠缺也是歌德无法继续创作的原因。5 月,歌德阅读《一千零一夜》,并从中获得灵感,于 1826 年春首先完成第三幕的创作:浮士德与海伦的相遇、求

---

① Katharina Mommsen, *Goethe und* 1001 *Nacht*, Berlin, 1960. Neudruck: Frankfurt a. M. 1981 (Suhrkamp Taschenbuch 674).

② 1828 年 9 月 1 日与克劳克林(C. Kraukling)的谈话。

婚、婚礼，一切都笼罩在“诡谲奇异、童话般的氛围中”。① 通过运用东方童话中的母题与措辞，歌德表现这些场景时显得驾轻就熟。诗人用东方爱情赞美诗中的意象与隐喻表现浮士德向海伦求婚的场景和斯巴达王后的绝世美貌。梅菲斯特学山鲁佐德（Scheherazaden）的手法，将在地下“宫殿”中举行的婚礼“编造”（行 6033、9595）为一个《一千零一夜》般的故事。

同样在《一千零一夜》的启发下，歌德得以完成浮士德寻找海伦、来到海伦身边等重要场景。1826 年 12 月，歌德详细草拟了“古典的瓦尔普吉斯之夜”这一场，当时的标题为“海伦，《浮士德》幕间戏，预示”（《补遗 123》）。据此写成的“瓦尔普吉斯之夜”比《浮士德》第一部中的相应部分更具有艺术性。“古典的瓦尔普吉斯之夜”中的奇幻叙述顺利解决了写作的形式问题。情节得以真正发展，且构成作品的基础，使之成为一个有机整体。这是诗人继承文学传统的结果。歌德从《一千零一夜》中选取的范例都有相同的叙事模式，即主人公以一种特殊方式走过漫漫长路，达到一个难以企及的甜蜜目标。这一目标是一个“幽灵公主”，它在空间和时间上都与主人公相去甚远（一则故事中的时间间隔为 150 年）。主人公在公主沐浴时与她相识，以为她是一位“水泽仙女”。她突然消失到难以企及的远方后，主人公“害了相思病”，“感官无力”，如果不能与公主结合，他便不想苟活于世。在世人看来，他为了与公主结合做出的努力“毫无意义”，这样的结合对凡人来说过于困难，“无法实现”。这些内容我们在《浮士德》中都能找到。最后，主人公在善良幽灵的帮助下穿过“幽灵、怪物与鬼魅的国度”，达到本不可能实现的目标。在东方爱情故事中，主人公有魔法相助，特别是一个能长距离飞行的魔球使得天涯变为咫尺。

《一千零一夜》的叙事模式还有另一特征，这对歌德解决其戏剧创作难题有决定性意义：主人公能闯过千难万险，主要依靠许多幽灵相助，他们中，前一位指点他去见后一位，直至他走完“幽灵王国”的漫漫

---

① 《补遗 170》，Weimarer Ausgabe（以下 WA）I, Bd. 15（2）, S. 230。

长路;主人公仿佛一路通过多个站点,最后到达目的地。歌德运用这一奇幻的叙述方式,赋予了“古典的瓦尔普吉斯之夜”与众不同的形式特征。

在“古典的瓦尔普吉斯之夜”中,这一站点式的叙述模式呈现出三条线索。不但浮士德的情节如此发展,荷蒙库勒斯与梅菲斯特的情节也不例外。① 无疑,这暗示三者之间的内在联系。下面我们主要探究这一叙事模式对荷蒙库勒斯部分的意义。

从叙事模式的角度看,浮士德与荷蒙库勒斯的情节存在明显相似之处:浮士德一路受多人指点,最后去往冥后珀耳塞福涅处,她将释放海伦;荷蒙库勒斯受人指点后见到女幽灵——伽拉忒亚(Galatea),通过她,荷蒙库勒斯将实现自己追求的目标,即获得肉体,真正为人。

奇怪的是,两条线索虽然都以此叙事模式为基础,但与浮士德的部分相较,荷蒙库勒斯的情节一定程度上更接近《一千零一夜》的叙事蓝本。在东方故事中,帮助、指点主人公者多为年老、受人尊敬的智者(“幽灵舅父”“幽灵教育者”)。在一则故事中,提供帮助的人物首先是两位女幽灵,而后,一位“幽灵舅父”让主人公去见另一位“幽灵舅父”,后者指点主人公去见一位“受人尊敬的智者”,智者又让他去一位“老妇人”处,她最后指点主人公去见“幽灵女皇”。另一则故事中也有相应的人物:幽灵教育者甲、幽灵教育者乙、海女和幽灵女皇。在浮士德部分,一路上向他提供帮助的人物为:先是荷蒙库勒斯、人面狮与河伯珀涅俄斯(Peneios),而后是宁芙、刻戎(Chiron)和曼托(Manto)。他们都指点浮士德去见下一个为其提供帮助的人,但其中只有刻戎类似《一千零一夜》中的“教育者”,体现出年老智者的特点:刻戎不仅是“高大者”,而且是“高尚的教育家”。② 此外,人面狮也有老者的特征和老者的智慧。

---

① 参拙著 *Natur – und Fabelreich*, S. 106 – 107。

② 在草稿中,歌德直接将《一千零一夜》的特征移用到自己作品中,称刻戎为“家庭教师之祖”,浮士德与其进行了一次“郑重的、关于教育的对话”。从这些情节中我们可以看出歌德的思路。歌德在古希腊神话中的刻戎身上找到了与东方童话中“幽灵教育者”类似的特征,并认为其是所有“家庭教师”的原型。参《补遗 123》(WA I, Bd. 15 (2), S. 208, Z. 212)。

荷蒙库勒斯的经历则不同,一路上指点它的人是:泰勒斯、海神涅柔斯、善变海神普洛透斯和海神之女伽拉忒亚。其中三位都是受人敬仰、德高望重的智者。荷蒙库勒斯一路几乎只受到著名智者的指点。涅柔斯和普洛透斯二者的形象高度类似,在古希腊就经常被混淆。显然,歌德为了遵循文学传统,有意将二者同时引入自己的奇幻叙述中:主人公必须受到多位年老智者的指点,才能到达"幽灵女皇"处。

如果将荷蒙库勒斯的部分与文学传统比较,不难发现,虽然荷蒙库勒斯的篇幅仅为浮士德部分的一半,但歌德一定程度上是带着嘉奖态度处理荷蒙库勒斯的情节的。后者的寻求之路艰难,但从高人处获得的指点却更多、更深入。我们不禁要问:迄今的研究将荷蒙库勒斯部分只看成次要情节,认为不过是海伦重生过程的比喻,这真的恰当吗?歌德的奇幻叙述难道不表明荷蒙库勒斯的诞生具有独立意义?

另一点也能说明这一问题。我曾指出,歌德不但从《一千零一夜》的故事中借用其典型特征、魔法氛围,还从中移用这些故事特有的、与歌德自身思想接近的伦理观念。此观念的最主要特征为:主人公在任何意义上(包括在道德意义上)行事端正,没有不当行为,放弃与断念的能力是其中特别重要的一部分。有了这些特征,东方故事中的主人公才能获得幸福与功勋。

在"古典的瓦尔普吉斯之夜"中,浮士德的发展正符合东方文学蓝本中主人公的伦理观念。他经受住了美人鸟(塞壬)和宁芙的诱惑,没有停下脚步、偏离目标。他还听从人面狮的警告:"让我们的忠告约束你吧。"①(行 7211;并参行 7263 及以下)与浮士德相较,荷蒙库勒斯体现出的断念智慧更为明显。比如,他听从陪他一路走来的智者的劝告,放弃了皇冠,因而没有毁灭:放弃使他达到了目的——在海中诞生。这一点由泰勒斯的诗句说出:

① 歌德在 1826 年的草稿中就确定:浮士德在寻找海伦的道路上能抵御一切女性诱惑,参《补遗 123》(WA I, Bd. 15 (2), S. 209)。

你幸好没当王。现在去参加大海的盛会。

在与涅柔斯的对话中,荷蒙库勒斯因不听从自私欲望,懂得断念,所以比其他形象体现出更为积极的意义。涅柔斯在长篇大论中(其中,部分神话故事是歌德为刻画荷蒙库勒斯的形象而杜撰的)提到自己过去的负面经历:帕里斯和奥德修斯不听他的劝告,只听从自己的欲望;他们被引诱,而荷蒙库勒斯没有。在荷蒙库勒斯到达旅程终点时,断念、自我放弃的能力体现出决定性意义。他一看到伽拉忒亚,就放弃了不完满的存在,放弃了自我。他自愿将自己撞碎在海与爱的女神(在歌德的笔下,伽拉忒亚同时为海神之女与爱神)的宝座上,这一幕是断念与自我放弃的极端表现。

然而,浮士德没有因看到女神而自愿放弃自我。在《浮士德》第二部中,浮士德已足够智慧,有能力尽可能避免不当行为。但当鬼魅力量影响他的行动时,他无法每次都避免犯错,比如在最后几幕中。而荷蒙库勒斯毫不犹豫地选择了最极端的方式纠正错误:该错误与他到目前为止的不自然存在有关,所以他放弃了自己的存在。

有人将“古典的瓦尔普吉斯之夜”称为“通往水之路”。① 对于这一场的结尾来说,该论断有一定道理。故事情节逐渐朝这一结尾推进,加强了这一部分外在形式的作用。但我们不能忽略,在三位主人公中,只有荷蒙库勒斯走向了给予其生命的水,而浮士德与梅菲斯特并没有。浮士德在本场三分之一处消失(梅菲斯特在三分之二处),荷蒙库勒斯部分则贯穿整幕,是联结其他部分的红线,也是这一幕的主导情节。可见,在这一幕中,荷蒙库勒斯的形象比浮士德重要;但他的特征主要体现在其他方面。在《浮士德》第二部中,“古典的瓦尔普吉斯之夜”结尾处的诗句(即厄洛斯[Eros]追求者赞美厄洛斯的话)体现出极高的诗性:颂诗般高扬的情绪、迷狂的语调仅在第五幕结尾处再次出现。已有

① Wolfgang Schadewaldt, *Goethestudien. Natur und Altertum*, Zürich und Stuttgart, 1963, S. 190.

人指出两处结尾之间的对应关系:第五幕结尾处的“全能的爱,它创造万物,它养育万物”,其实是对“古典的瓦尔普吉斯之夜”的回应。

考察过所有这些角度后,一个问题便呼之欲出:荷蒙库勒斯在本场中的突出地位除了体现在剧情和诗艺两方面,不也与其形象本身的意义有关吗?如果我们考察浮士德与荷蒙库勒斯在目的、经历和终点方面的不同,就不难发现荷蒙库勒斯在形象意义上的突出地位。他走上一条真正的诞生、新生之路,献身四大元素,即献身自然,也就是由女神伽拉忒亚代表的、“创造万物”的爱的力量。他重走受造之路,找到了他所缺失的东西:真正的肉体,即“具体的实体”(行 8250)。与此相反,浮士德的道路只通往表面的存在;他寻找的海伦无法真正重生,不过是一个轮廓与偶像。海伦形象中的“真实”只是艺术的“真实”,她来自奇幻世界,来自文学,而不是源于自然。

荷蒙库勒斯的通往自然存在之路

在《浮士德》悲剧的终场,即“山涧”一场中,“浮士德的不朽部分”由天国的众天使夺走。在歌德看来,人死之后不随之消失的不朽部分即其“圆极”。我们知道,在“山涧”一场中,诗人将浮士德与“圆极”的概念联系起来。“(天使)抬走浮士德的不朽”(行 11934 前的舞台说明)在手稿中为:“(天使)抬升浮士德的圆极。”①在手稿中,这一舞台说明位于稍后一节天使的台词之前(行 11954 及以下);这节台词一定程度上暗示了歌德对于“圆极”的理解:“将四大元素聚集在体内的巨大精神力量。”只有“永恒之爱”——即神——才能将“精神力量”与元素(自然)以及“不纯洁”的尘世分开。

浮士德的“圆极”在他走完尘世之路后才显现。而歌德在一次谈话中却说,荷蒙库勒斯的“纯粹圆极”在其“前存在状态”中就已存在:它努力获得生命形态,将四大元素聚集在体内,以达到获得躯体、成为

① WA I, Bd. 15 (2), S. 165.

人的目的。海尔茨发现了荷蒙库勒斯的这一形象意义,并得出了必要结论。以下是海尔茨的文本依据。其一,里默 1833 年 3 月 30 日的记录:①

> 我问爱克曼,歌德创造荷蒙库勒斯的用意是什么?他回答说:歌德想通过此形象表现纯粹的"圆极",表现理智与精神如何在获得经验之前进入生命;因为人的精神在出世之时就带有很高的天赋,我们的所知所能并不都是学而得之,有些是与生俱来。歌德说自己在经历世界之前就能理解世界、看透世界……他对荷蒙库勒斯心怀敬意。

其二,爱克曼 1830 年 1 月 6 日的部分日记:②

> 与歌德谈论荷蒙库勒斯、"圆极"与不朽。

海尔茨就此将"圆极"看成荷蒙库勒斯的特征之一,并认为这是歌德的本意,这有其充分理由。另一论据是,在爱克曼写下这篇日记时,歌德刚开始写作"古典的瓦尔普吉斯之夜",正在脑中构思荷蒙库勒斯的形象。需要注意的是,歌德认为荷蒙库勒斯的预见能力是其与众不同的特点,并一再声称自己同样具有该能力。③

然而,近来学术界对上面两段引文产生了争议。在海尔茨的论证之后,直到艾姆里希(Emrich)和施泰格尔(Staiger)等歌德专家都将荷蒙库勒斯看成具有"圆极"的单子"一",然而 1963 年,霍夫勒

---

① 首次发表于 H. Düntzer, *Goethes Faust*, 2. Aufl., Leipzig, 1857, S. 525。参 G. W. Hertz, *Natur und Geist in Goethes Faust*, Frankfurt a. M., 1931, S. 143ff.。

② H. H. Houben, *J. P. Eckermann. Sein Leben für Goethe*, Bd. 1, 2. Aufl., Leipzig, 1925, S. 448.

③ 参爱克曼 1824 年 2 月 26 日与歌德的对话、歌德《岁时笔记》(1780 年,1787 年和 1788 年)、《威廉·迈斯特的漫游年代》(WA I, Bd. 24, S. 191f.)。

(O. Höfler)提出了不同的解读。① 他的观点是:荷蒙库勒斯反映的仅仅是歌德对施莱格尔的态度,歌德晚年认为施莱格尔毫无亲和力可言。霍夫勒认为荷蒙库勒斯的地位微不足道,并竭力搜集支持自己观点的证据。海尔茨的依据已清楚证明,"圆极"即荷蒙库勒斯的特征,对于"圆极",歌德怀有"敬意";但霍夫勒认为证据不足,因为在爱克曼的《谈话录》中"没有'荷蒙库勒斯即圆极'的等式"。但这与事实不符。在爱克曼的记录中,有一次非常重要的谈话涉及荷蒙库勒斯,并含有歌德对其特征的描述。这则谈话是海尔茨论据的有力佐证。然而,霍夫勒非但没有解释这则对话,甚至对此只字未提。② 爱克曼于 1829 年 12 月 16 日写道:

> 今天饭后,歌德给我朗读了《浮士德》第二部第二幕的第二场。在这场里,梅菲斯特去找瓦格纳,他正在实验室里用化学技术制造人。实验成功了,荷蒙库勒斯出现在瓶里,他是一个闪闪发光的小人,而且马上动了起来。他拒绝回答瓦格纳提出的各种费解的问题,他不喜欢推理;他要行动。这非常适合我们的主人公浮士德的需要,因为处在瘫痪状态的浮士德需要更高一级的帮助。作为一个对当下明察秋毫的人,荷蒙库勒斯看到了躺在床上的浮士德的内心世界。浮士德深感幸福,因为他做了个美梦,梦见了勒达在一个非常优美的地方沐浴,吸引来一群天鹅。当荷蒙库勒斯娓娓道出这个梦的时候,我们的脑海里浮现出一幅非常诱人的画面。可是梅菲斯特什么也没有看见。荷蒙库勒斯因此嘲笑他,说他具

---

① Otto Höfler, *Goethes Homunculus.* In: *Anzeiger der Österreichischen Akademie der Wissenschaften. Philos. – Historische Klasse*, Jg. 100, 1963, Nr. 15, S. 181 – 208. 作者的同一观点详见他后来的专著 *Homunculus – eine Satire auf A. W. Schlegel*, Wien/Köln/Graz, 1972,并参笔者书评 *Modern Language Notes*, Vol. 88, No. 5, Oct. , 1973, S. 1049 – 1053。

② 指他写于 1963 年的文章。霍夫勒在他 1972 年的著作中(页 27 及以下)提到了这一段落,并给出了解释。参见笔者书评注解 11,前揭,S. 1052。

> 有北方人的特点。"此外,你会发现,"歌德说,"同荷蒙库勒斯相比,梅菲斯特处于不利地位。诚然,荷蒙库勒斯和梅菲斯特一样,都具有精神的澄明,但是,前者追求美、决意成为有为之人,因而远胜后者。此外,梅菲斯特把荷蒙库勒斯叫作表弟先生;因为像荷蒙库勒斯这样的精神存在,不因为自己完全成为人而变得晦暗、狭隘。这样的人可以被看作精灵,因为他们和精灵之间存在某种相似之处。"①

在整个对话中,歌德对他创造的人物评价积极,他的正面态度证实了里默和爱克曼的说法:诗人对荷蒙库勒斯"心怀敬意"。里默和爱克曼认为荷蒙库勒斯处于"前存在状态",具有超乎寻常的认知能力,这在引文中也得到体现:荷蒙库勒斯通过敏锐的目光看到了浮士德的梦境;他有澄明、自如的"精神","对当下明察秋毫"。里默和爱克曼提到"获得经验之前"的理智与精神,这与引文中对荷蒙库勒斯"精神存在"的称呼相应,这一精神存在"不因为自己完全成为人而变得晦暗、狭隘"。这些语句几乎是对"圆极"本质的另一种表述。

但里默和爱克曼没有提到荷蒙库勒斯的行动力。"他要行动",这是荷蒙库勒斯的特征,正是在这语境中,歌德赞美他"精神之澄明""追求美、决意成为有为之人",认为他"远胜"梅菲斯特。歌德对荷蒙库勒斯的描述让人无法相信,这是他对一位爱慕虚荣、令他生厌的学者的讽刺。在歌德写作《威廉·迈斯特的漫游年代》时,"决意成为有为之人"是他授予的最高勋章与赞美。此外,歌德一定程度上追随莱布尼茨的观点,认为追求行动是"圆极"的本质特征。在1830年3月3日与爱克曼的谈话中,歌德指出了莱布尼茨对"圆极"的看法。

爱克曼1830年1月6日的日记题为"谈论荷蒙库勒斯、'圆极'和不朽",但在这次谈话中,歌德真的将"圆极"、不朽与荷蒙库勒斯联系

---

① [译注]采用洪天富译文(爱克曼,《歌德谈话录》,南京:译林出版社,2002),有改动,下同,此处页441-442。

起来了吗？这一问题的关键是他们1829年12月16日的谈话。在这次谈话的结尾处，歌德确实谈到荷蒙库勒斯的不朽问题，特别是在这一解释中：荷蒙库勒斯是“不因为完全成为人而变得晦暗的精神存在”。虽然这里没有提到“圆极”，但这是歌德的言中之意，这在另一相似段落中体现无遗。此后一次谈话的内容又是“圆极”及其不朽，此处歌德表达了同一观点：“永恒”的精神存在在进入尘世生命后会变得晦暗。他（1828年3月11日）解释道：

> 任何“圆极”都是一种永恒。在“圆极”和人体结合的那些年里，人不会变老。如果人体内的“圆极”极少，那么它就在人体变得晦暗之时失去优势……（接下来的著名段落谈论“力量强大”的“圆极”对天才的作用，该作用类似“第二次青春期”。）①

本段的文字与内容都表明，歌德将荷蒙库勒斯的特征描述为“不因为完全成为人而变得晦暗的精神存在”（1829年12月16日）时，脑中想到的是“圆极”及其不朽等内容。也就是说，在爱克曼与歌德的谈话中并不缺少“‘荷蒙库勒斯即圆极’的等式”。所以，爱克曼1830年1月6日的笔记是之后谈话内容的起点。（歌德1829年9月1日对“圆极”之不朽表达的观点也与此有关，这部分内容仅在歌德1829年12月16日对荷蒙库勒斯特征描述之前两页。）

在爱克曼的日记中，另有一个段落与此相关。1830年1月13日（即海尔茨所引笔记两周之后的谈话），爱克曼记录了与歌德谈话的主题：“渴望是‘圆极’的堕落。”②这明显指的是“古典的瓦尔普吉斯之夜”的结尾。此处，荷蒙库勒斯撞碎起火，这是他获得肉体的开始，而泰勒斯却说：“这是专横之渴望的体现。”（行8470）“渴望”是“圆极”的本质特征之一，它要主宰“芸芸众生的领域”，主宰自然与肉体，因为它要行动与“学习”（行12081及以下）。成为人就要经历歌德所说的“晦

---

① ［译注］《歌德谈话录》，前揭，页326。

② 见Houben，前揭，S. 449。

暗化”,这与“山涧”一场中天使的一句台词同意:尘世“是不纯洁的”(行 11957)。“前存在状态”中精神的“澄明状态”减弱,这是成为人的代价,因而“渴望”使“圆极堕落”。但是,“圆极”是不朽,是“永恒”,所以它的“晦暗化”只是暂时的。荷蒙库勒斯在追求变成人的那一刻听到普洛透斯说“那你就全完了”(行 8331),但他不必感到困惑。放弃前存在状态的“精神澄明”是“圆极”在变为人时做出的必要牺牲。只要“圆极”脱离人体状态,它就重回到澄明境界,“山涧”一场中的浮士德便是例证。

考虑到这些证据和语境,海尔茨将荷蒙库勒斯解读为“圆极”的观点便毫不令人惊讶;而将“古典的瓦尔普吉斯之夜”的精彩结尾看成讽刺文学的观点则显得牵强附会,这一结尾的艺术性和崇高语调都与此观点不相容。所以我们坚持我们的看法:歌德要把荷蒙库勒斯“表现为纯粹的圆极”。不过,荷蒙库勒斯与浮士德一样,是高级的“圆极”,为了“将来变成巨大的圆极,现在必须蕴藏圆极本身”(歌德 1829 年 9 月 1 日与爱克曼语)。荷蒙库勒斯从一开始(在“实验室”一场中)就表现出自如的认知能力和单子“一”的非凡天才。只有他认识到了浮士德的危险处境,于是立刻采取行动,提出治疗良方。他开出心理治疗的处方,定下治疗的地点与方法:在“奇幻世界”中,将浮士德的梦境变为现实。①

对荷蒙库勒斯来说,希腊人是历史上的伟大民族,通过他们,荷蒙库勒斯展示了人的深刻知识与审美感受。他马上来到希腊“东南”(行 6951)地区,要在最适合获得肉体的地方(即在与古代希腊类似的地域)获得人的存在。希腊时代是一个“正直人”(行 8334)的时代,所以荷蒙库勒斯被其吸引,或者说被一个类似的时代吸引,他要在那里成为人。施泰格尔恰如其分地将荷蒙库勒斯称为“向往希腊的圆极”;②埃

① 参拙著 *Natur - und Fabelreich*, S. 106 - 117。

② Emil Staiger, *Goethe*, Bd. 2, Zürich 1959, S. 319.

特金(S. Atkin)则称之为“狂热的希腊迷”。[①] 他出场时就已知晓接下来的行程,这特别凸显他预见未来的能力,歌德意识到自己同样具有这一能力。

与浮士德一样,荷蒙库勒斯也向往希腊,但他不是身患心疾的现代人。现代人的心疾在必要时需通过文学、艺术或者栩栩如生的幻象救治,而荷蒙库勒斯是强大的“圆极”,要寻找与古希腊一样的真正生活。所以他在“古典的瓦尔普吉斯之夜”中没有拜访医生、教育家和阿斯克勒庇俄斯(Asklepios)的女儿曼托,而是向古希腊的自然神和自然哲学家求助。他需要的是自然现实,而不是“半真实”的心理治疗。他要“按最高意义诞生”(行 7831),“明智地诞生”(行 8133),所以他最先来到泰勒斯和阿那克萨戈拉(Anaxagoras)处,想通过自然哲学家的引导进入“尘世的本质”,进入“自然”。

普洛透斯既是海神也是不断变化的自然,他提出了解决办法。荷蒙库勒斯必须走一条真正、独特、在变化中向前的道路,并且要从水开始(行 8259 及以下)。进入海洋意味着获得永恒不变的特质,因为海洋是永恒不变的表征,普洛透斯称之为“永恒之水”(行 8316),泰勒斯提到海洋“永恒的支配作用”(行 8437)。正如泰勒斯所说,大海是按“永恒准则”获得永恒存在的地方(行 8324)。他与普洛透斯均预言,荷蒙库勒斯在经历长时间的发展变化后,将实现“在他的时代中成为正直人”的目标,即成为“泰勒斯一样”的人,也就是说,因为荷蒙库勒斯带有古希腊的倾向性,在他成为人的时代中,生活的人皆如泰勒斯一般。普洛透斯并不喜欢人类,但对这一类人却给予很高的赞誉:“像你这样的人,可以存在一会儿。”(行 8335 及以下)

---

① Stuart Atkin, *Goethes Faust. A Literary Analysis*, Cambridge, Mass., 1958, S. 151. 荷蒙库勒斯对希腊的热爱是反对霍夫勒观点的最有力论据。在《浮士德》第二部行 6923 - 6935 中,荷蒙库勒斯有意用他对希腊的热爱抵制浪漫派的理想(北方、中世纪、骑士制度、教会和哥特艺术),这说明他非但不是浪漫派的代表,反而是一个坚决的反浪漫主义者。这一段落同时表达出歌德的思想及其古希腊思维。

荷蒙库勒斯与海伦

荷蒙库勒斯缓慢、自然地成长为永恒、真实的存在;海伦与此形成鲜明对比,她由人工而复活,是由魔法造成的幻象,因而来去匆匆。通过这两个形象,歌德想要表现,如果个体达到古希腊的生命高度,他将如何自我更新。浮士德在海伦身上与古希腊相遇,但这只不过是一个令人激动的瞬间、人工制造的甜蜜图像和游戏罢了。这样的经历出现得快,但在任何时刻都可能消失,就像海伦与欧福里翁那样,瞬时化为泡影。荷蒙库勒斯追求完满、真实的存在,然而,古希腊世界已永远逝去,他无法在那里,而只能在一个与其类似的世界中找到这一存在。在歌德看来,精神和艺术的力量不足以使这一事件发生,而自然的协助不可或缺。也就是说,创造要从基本元素开始,即泰勒斯所说的"自首开始","按照永恒的准则"。只有通过缓慢、有机的孕育,通过降临尘世的"圆极"与自然力量的结合,即通过其与自然元素的"神圣婚姻",才有可能让古希腊重生。为此,作为精神存在的荷蒙库勒斯在伽拉忒亚的车座下撞碎了曲颈瓶,与海洋结为一体。

我们不要忘记,荷蒙库勒斯走向水的行程与浮士德进入奇幻世界的道路不是平行关系,而是对比关系,这对我们理解作品有决定性的意义,带着这一理解,整场"古典的瓦尔普吉斯之夜"会获得全新的含义。这一场对海伦一幕提前作出了解释:在幻象世界出现之前,诗人将第二幕中的荷蒙库勒斯作为反例,让我们看清由人工造成的任何假真实、真幻象,无论它们多么高贵与美丽,都瞬间易逝。在"古典的瓦尔普吉斯之夜"中,荷蒙库勒斯的部分与浮士德的情节并行发展,地位同等重要。荷蒙库勒斯要求通过真正的自然方式出生与成长,其要求也就难以用浮士德让海伦重生的方式实现。

这些新观点与"古典的瓦尔普吉斯之夜"的整体结构也相符合。自然方式与人工方式生成之间的对比决定了荷蒙库勒斯与浮士德－海伦两部分的关系,在本场多处情节中,这一对比又以各种内容上的对应表现出来。正是通过这一高度艺术化的形式，歌德强调了他在本场中要表达的主要内容。与此同时，一些尚未得到充分解释的问题也得以解决。从戏剧角度看，本场的许多内容显得多余，但由我们的分析可知，这些内容是叙述整体的有机组成部分，不可或缺。

最能说明这一点的是大段的地质活动，以及小拳头矮人（Pygmäen）、卡柏洛（Kabiren）和忒尔喀涅斯人（Telchinen）等形象。① 因为这些部分具有同一戏剧作用：它们代表非自然的、可疑的、非本质的生命生成，这正是浮士德寻找海伦的结果与终点。这与荷蒙库勒斯在"古典的瓦尔普吉斯之夜"结尾处的生成过程正好相反：他的过程受到自然协助，符合其规律，是真正的生成过程。表现非自然生成的内容暗藏在一系列光怪陆离的形象中，这些形象说明，浮士德与荷蒙库勒斯在"古典的瓦尔普吉斯之夜"中选择的道路有天壤之别，前者必然无法达到自然生命的领域。

希腊之梦

《浮士德》第二部的核心部分为我们回答下列重要问题提供了指引：如果我们以过去的辉煌时代为标准，追求自我提升的可能，那么我们可以从自然和艺术中获得什么？辉煌历史的典范作用如何结出硕果？过去会重现吗？与其他同等著名的艺术作品相较，《浮士德》第二部对这些问题的探讨最为深入。这些指引正体现在浮士德和荷蒙库勒斯选择的不同道路中。

浮士德与荷蒙库勒斯都有希腊之梦，他们对希腊的向往有相同的目标，即寻找人的最佳存在方式，几千年来，古希腊世界或与之类似，相当的时期被公认为人之存在的最佳时代。然而，他们两人的内心状态不同。浮士德是现代人，因思念海伦而害病；要"恢复健康"（行 6967），就必须将他的梦境立刻变为现实。但这无法以生命的形式发生，而只

---

① 参拙著 *Natur-und Fabelreich*, S. 190-211。

能在人工的范畴内实现。所以,浮士德只能在文学世界中经历古希腊,这一文学世界由梅菲斯特用奇幻的叙述创造。

荷蒙库勒斯的道路则不同。作为强大的"圆极",他要在躯体中,即在自然王国中寻找生命的最高实现形式。他的心愿是在一个如古希腊般伟大的时代中成为正直之人,为此他需要时间、耐心、坚毅的品格和放弃的能力。所以,他在"古典的瓦尔普吉斯之夜"中经受了比浮士德更多的考验,并且需要诸位名师(自然中的神祇)相助。他与大海的结合受人赞颂,但这只是他另一段漫漫长路的开始,即开始以自然的方式存在与成长。这说明,仅满足于美丽的瞬间,在表象层面、以人工方式实现希腊之梦并不困难,而以自然的方式、在人的存在中实现之,则要艰难得多。

在《浮士德》第二部中,荷蒙库勒斯的部分从戏剧角度来说,具有反衬第三幕(即海伦部分)情节特征的作用:第三幕中的古希腊形象不是自然活物,而是幻觉,他们虽然能疗愈浮士德,但本身没有生命。此外,浮士德与荷蒙库勒斯之间的对比还体现了歌德的普遍自然学说。浮士德因希腊之梦而病,继而寻求治疗,最后得以疗愈,这说明他代表当时几个重要的思想派别。歌德时代有如文艺复兴早期,最优秀的思想家始终因无力唤醒、更新古希腊的生命而苦恼,为了实现这一梦想,他们尝试了各种方式:古典主义与帝国政体追求在生活的方方面面体现出古希腊的特质,文理中学与大学的座右铭是"用希腊人的方式教育你自己"!① 但他们都未能使古希腊复活。即使他们部分实现了目标,也只是形式大于内容罢了。

在歌德看来,时至今日已无望重现古希腊,针对此类幻想,他在《浮士德》第二部中发出了警告:海伦至多只能在文学与艺术中被召唤。荷蒙库勒斯的部分启示我们,如果要完整重塑与海伦世界类似的生活,那我们就必须"从头开始"——如荷蒙库勒斯般高尚的"圆极"必

---

① 参 Friedrich Paulsen, *Geschichte des gelehrten Unterrichts*, Bd. 2, 3. Auflage, Berlin, 1921, S. 230。

须从自然中诞生,并受到自然元素相助,在经历几千年的成长后,它们才能重塑一个类似的世界。这一警告出于歌德对自然与现实的敬畏。古典主义时期的希腊狂热分子往往忘记了赫尔德的教导:文化不可复制。如果不依靠自然,我们无法立时立刻创造一个黄金时代,一个新的希腊世界。

然而,歌德在其文章《精神时代,根据赫尔曼的最新消息》(1817/1818)中却透露出,他对世界如何更新的看法也具有幻想色彩。在这篇文章中,歌德悲观地总结了人类精神的发展史:在短暂的繁荣期后,人类精神开始走下坡路,并且级级堕落;在一个与当代世界同样混乱的时期,精神发展到"灭绝"与"腐烂"的地步,"上帝也无法再次创造一个与自己相称的世界"。——文章就此结束。

但艺术则不同。歌德相信,艺术的天职是召唤最高的美。它不能停止脚步,就像浮士德不能停止追寻海伦,要在"奇幻王国中找到生命"那样。艺术家与诗人掌管"表象"王国,他们的职责是在那里重现活生生的古希腊。他要用这种方式留存人类生活的最高典范。如果他不履行这一职责,希腊世界就会被忘却,甚至失传,而只要人类不自我放弃,就需要古希腊这一精神食粮。所以,歌德将其视为毕生的任务,不知疲倦地在艺术中重现古代精神,所以,他是"古典文学"的领导者,站在它的顶峰。在此意义上,海伦部分肯定了"古典文学"的积极作用和重要意义。浮士德因海伦而害病,又在文学的奇幻世界中得以痊愈,这是对人类职责的象征:追寻古希腊,永不放弃梦想。荷蒙库勒斯追求与古希腊类似的存在,他的道路说明希腊之梦如何能成为现实。二者相反相成,没有梦想就没有将其实现的意志。只是,我们无论何时都不能放弃希腊之梦。

作者简介:蒙森(Katharina Mommsen,1925—),德裔美国籍日耳曼学者,斯坦福大学教授,著名歌德研究专家。主要著作有《歌德与〈一千零一夜〉》(*Goethe und 1001 Nacht* ,1960)《自然王国与奇幻世界》(*Natur - und Fabelreich* ,1968)等。2010 年获联邦大十字勋章。

形体与强力

——歌德晚年著作中的古希腊世界

欧斯特康普(Ernst Osterkamp)　撰

毛明超　译

一　古希腊有了颜色

在歌德生命第七个十年的末尾,古希腊也有了颜色。对此,他曾抗争了很久。昆西①于1815年出版的著作《奥林匹亚宙斯像》(*Le Jupiter Olympien*)首先以传世的文献为基础,开启了一场对古希腊雕塑多色性(Polychromie)的大辩论;根据歌德的《日记与年历》(*Tag - und Jahres - Heft*)的记载,钻研这部著作虽然在1816年春给了他"许多可以学习与思考的东西",②但他却并未因此就放弃了作为纯粹形式之代表的古典主义洁白雕塑的理想。然而就在次年,谢林发表了瓦格纳(Martin von Wagner)关于慕尼黑所购置的埃伊纳岛(Aegina)阿菲娅神庙(Aphaia -

---

① [译注]Quatremère de Quincy,1755—1849,法国考古学家,在《奥林匹亚宙斯像》一书中首先提出古希腊雕塑具有颜色的论断。

② MA 14, S. 248. 歌德著作引自以下几个版本:*Goethes Werke*. Hg. im Auftrag der Großerzogin Sophie von Sachsen. Abt. I bis IV. Weimar 1887 - 1919.(缩写为WA);*Sämtliche Werke. Briefe, Tagebücher und Gespräche.* Hg. von Friedmar Apel u. a. Frankfurt am Main 1985ff.(缩写为FA);*Sämtliche Werke nach Epochen seines Schaffens*. Hg. von Karl Richter in Zusammenarbeit mit Herbert G. Göpfert, Norbert Miller und Gerhard Sauder. München 1985ff.(缩写为MA)。

Tempel)山墙上的彩色雕像所得出的冷静的经验研究结论。歌德为了摆脱这一多色的见解,在1818年春致其艺术好友迈尔①的信中将这些在1812年还被他赞为“珍贵发现”②的埃伊纳岛遗迹贬斥为“拼凑起来的神庙图像”,人们从中得不到“分毫乐趣”。③

自然,在这一背景下尤其让他毫无乐趣的,当属谢林出于浪漫派精神而表述的观点:谢林认为,颜色的丧失应被视为“艺术之必然衰落的症候;而导致这种衰落的,是各相互倾轧的艺术门类——建筑、绘画与雕塑——之间孤立乃至最后的彻底分裂”。④ 在歌德看来,谢林竟敢宣称古希腊人为跨越艺术门类界限的浪漫派作了誓言的担保,乃是犯了渎神大罪;由此也可以看出,在逐渐展开的多色性之争中,真正受到挑战的是歌德美学的核心原则。

但这一切都没有用:在歌德生命里的最后十年,古希腊变得越来越多彩;而尤其让他难以忍受的是,有几位最崇敬他的人现在竟成了多色运动中的主角。这其中就有巴伐利亚国王路德维希一世,歌德曾于1829年将自己与席勒的书信集题献给他;以及路德维希一世的御用建筑师柯兰策(Leo von Klenze),他略带自嘲地给自己戴上了陛下的“多

---

① Heinrich Meyer,1760—1832,瑞士画家,歌德好友,曾与歌德共同以“魏玛艺术之友”(Weimarische Kunstfreunde)之名,为晚年歌德编辑的杂志《论艺术与古典》(*Kunst und Altertum*)撰稿。

② 歌德致洪堡(Caroline von Humboldt)的信,1812年4月7日。WA IV, 22, S. 320.

③ 歌德致迈尔,1818年3月28日;WA IV, 29, S. 105f. 关于歌德对埃伊纳遗迹的评判也可参见 Max Wegner: *Goethes Anschauung antiker Kunst*. Berlin 1944, S. 35 – 37。

④ 转引自 Andreas Prater: Streit um Farbe. Die Wiederentdeckung der Polychromie in der griechischen Architektur und Plastik im 18. Und 19. Jahrhundert. In: *Bunte Götter. Die Farbigkeit antiker Skulptur. Eine Ausstellung der Staatlichen Antikensammlungen und Glyptothek München*. München 2003, S. 263。

色的秘书"这顶帽子。① 柯兰策于1828年寄给歌德一幅小尺寸画作，画上绘有阿格里真托(Agrigent)宙斯神庙的东南一角与一尊修复后的阿特兰(Atlant)神像;②尽管他本人和作为他雇主的国王长时间沉迷于关于建筑多色性的思考,但柯兰策在重现神庙时知趣地跳过了这一切，只是用石头自然的金褐色描绘建筑。单是如此,这幅画就博得歌德最高的好感;他充满感激地在自己的杂志《论艺术与古典世界》(*Über Kunst und Altertum*)上为这幅画撰写了一则短文。③ 然而,数十年来一直督促读者研习希腊古典的他,却无法对建筑历史研究成果完全视而不见。

建筑师希托尔夫曾在细致记录建筑结构与分析从断壁残垣提取的颜色痕迹之基础上,绘制了赛杰斯塔(Segesta)与赛利农特(Selinunt)两地多色神庙的复原图;他最重要的助手赞特则在1827年8月将这些复原图带入了歌德家中;④1828年1月,歌德又收到了希托尔夫与赞特寄自巴黎的后续几册由二人所制的西西里岛上现代与古代建筑版画。歌德于是决定在《论艺术与古典》杂志上给这些插图作品写几则短小的广告;可面对颜色对他古典主义视觉习惯的冲击,歌德的窘境清晰可

---

① 转引自 Raimund Wünsche: *Die Farbe kehrt zurück*… In: ebd., S. 13。[译注]路德维希一世(1786—1868),1825年登基成为巴伐利亚国王,1848年退位;柯兰策(1784—1864),德国古典主义建筑家,一手设计了慕尼黑国王广场(Königsplatz)、路德维希大街(Ludwigsstraße)等著名建筑与街景。

② [译注]阿格里真托是西西里岛南部小城,存有大量古典建筑遗迹,是联合国教科文组织认定的世界文化遗产之一。"阿特兰神像"之名源自古希腊神话中托举地球的天神阿特拉斯(Atlas),指的是在建筑中托举梁柱的男子雕像。

③ MA 18.2, S. 256-9.

④ [译注]Jakob Ignaz Hittorf,1792—1867,德国建筑家,生活在法国,曾参与设计巴黎协和广场(Place de la Concorde);Carl Ludwig Zanth,1796—1857,德国建筑师、画家;赛杰斯塔与赛利农特是西西里岛上两座古城,因曾属于"大希腊"——即古希腊于公元前8世纪至前6世纪左右在安纳托利亚、北非及意大利南部建立的一系列殖民城邦——而保留有大量古希腊风格建筑遗迹。

见。他详尽地称颂了希托尔夫与赞特对后古希腊时代建筑的呈现，却只给二人为古希腊建筑所作的版画写了短短两句话：

> 我们手中已收到这部作品中的31幅图；其中包括赛杰斯塔与赛利农特的神庙、地理与地貌学地图、最精确的建筑轮廓，以及凸显精妙的浅浮雕与纹饰之特征的临摹图，同时带有色彩；这些图像让我们对古代建筑艺术有了更高的独特而全新的理解。早年的旅行者依旧保有激起人们关注的功劳，而这些后来人拥有更多历史-批评的与艺术的辅助工具，才能最终提供真知灼见与透彻学养所要求的本质之物。①

这当然算不上一番热情洋溢的话语，不过是一位老者的评论，只是他的古典世界图景在古典学知识的快速进步下面临着脱轨的危险。新的一代已将古典研究牢牢掌握在手中，充满干劲地推进考古学的专业化与科学化；他们致力于研究古希腊世界宏伟的传承时，不再仅凭着稍有些学识的业余爱好者的兴趣，而是——如歌德在这里准确观察到的那样——开始"历史-批评"地研究，也就是带有了科学的方法意识。

虽然百般不情愿，但歌德还是不得不意识到古希腊有了颜色；而古希腊之"上色"恰恰是考古学去文学化的征兆。这一过程的后果之一，便是最新的即科学化了的古希腊开始使歌德感到陌生：此时此刻，在他毕生寻找理想之处，呈现在他眼前的只有"凸显精妙的浅浮雕与纹饰之特征的临摹图，同时带有色彩"。每一次科学化均导致了去理想化，因此歌德在希托尔夫对西西里神庙的复原中也只看到了有"特征"之物，也就是偏离理想之处。歌德很清楚，古典学的科学化进程无法阻挡，因此他也承认，只有"历史-批评"地工作的考古学才能实现"真知灼见与透彻学养所要求的本质之物"。

歌德现在只能要求享有"早年的旅行者"在历史上相对的功绩，但

---

① MA 18.2, S. 242.

人们却必须同时从他的坦诚中看到,歌德是在表达自己与其身处的时代渐行渐远、已彻底被时代精神所抛弃的意识。[①] 古希腊在历史-批评的研究视角下有了颜色,这必定让歌德尤为痛苦地体会到他与时代间的距离感。因为数十年来,古希腊始终是他衡量自己与当下时代之间距离的批判标尺。可是现在这个去理想化的时代精神竟连这把标尺也要从他手中夺走,还要给它涂抹上了历史主义的全新颜料。

然而,歌德并不是毫无抵抗就将古典学的战场拱手送给了迫切追求颜色的时代精神。两年之后的1830年,他在维也纳的《文学年刊》(*Jahrbuch der Literatur*)中,为苍恩(Wilhelm Zahn)于1828/29年分十册出版、已使用石印彩图的作品《出自庞贝、赫库兰尼姆与斯塔比亚的最精美的纹饰与最值得关注的绘画》撰写了一篇详尽的评论,并以此将他的读者带入一个特别多彩的古希腊世界。在歌德看来,庞贝的墙壁装饰在美学上不成问题,因为他在其中反正只看到已佚失的古希腊伟大绘画在晚期希腊行省的衍生物。而且他在这种"时髦的"[②]实用艺术中发现对颜色的追求,这倒给他提供了一个求之不得的阐释模型,以解释那因已被"历史-批评"地记录下来而无法再否认之物:古希腊神庙的彩色涂刷。在同颜色的抗争中,歌德甚至不排斥借用一种粗糙的文化发展框架:

> 各民族从野蛮向上攀升至修养更高的状态,之后又重新跌落。

对歌德而言,庞贝城中对颜色的狂热恰恰记录了一个民族再度跌回野蛮状态的阶段;而他所依凭的论据是:

> 自然在其粗俗与孩童时代不可抗拒地追求颜色,因为它赋予

---

① 关于晚年歌德与时代的距离感,可参见Hans Blumenberg: Goethe zum Beispiel. In Verbindung mit Manfred Sommer hg. von Hans Blumenberg-Archiv. Frankfurt am Main und Leipzig 1999。其中有不少颇有见地的观察。

② MA 18.2, S.301.

自然以生命的印象,以至于生命竟要求在颜色不属于其中之处也看见颜色。①

因此,歌德才能采用区分"形式"与"色彩"这组对立角色的传统方式,为自己化解关于颜色的冲突:②颜色代表生命与现实的虚幻,而形式则代表艺术品的精神层面,即理念的再现。关于迄今为止一片洁白的古希腊世界中出现的颜色,他的解释是:一个民族只有在其童年或在其老年的惬意中,才会追求颜色,也就是追求现实的幻象;而在其壮年"修养更高的状态"中则会追求纯粹形式的精神性:

> 我们现在了解到,西西里岛上最严肃建筑的排档间饰(Metope)③都曾间或上过颜色,且即便是在古希腊,人们也无法克制自己屈从于某种对现实性的要求。但我们却希望声明,彭特利库斯大理石(Pentelischer Marmor)④这样精美的材料以及青铜塑像的严肃风格,赋予了思想更高远也更温和的人类一种契机,得以将纯粹形式看得高过一切,并由此使之与一切经验刺激相分离,最终为内在知觉所吸收。建筑与其他相关艺术的情况或许就是如此。但之后人们却总会看见颜色再次出现。⑤

这是歌德的古典主义在撤退时的战斗。单单因为他自己就运用了历史批判研究最重要的武器,即对一切艺术现象的历史化,这位81岁的老人就无法赢得这场战斗。他已无法用论证把颜色排除在古希腊世

---

① MA 18.2, S. 310.

② 此处参见 Max Imdahl: Farbe. Kunsttheoretische Reflexionen in Frankreich. München 1987。

③ [译注]排档间饰(Metope)是指在希腊神庙中介于山墙与多立克廊柱之间的方形部分。

④ [译注]彭特利库斯大理石是古希腊雕塑常用石材,得名于其产地彭特利库斯山。

⑤ MA 18.2, S. 310f.

界之外。而当他在这里试图将色彩驱赶到拥有优良品位的前厅与后院、驱赶到古希腊的童年与老年、驱赶到西西里岛与赫库兰尼姆,以便能让处于"思想更高远也更温和的人类"艺术鼎盛时期的希腊本土免遭颜色的袭扰之时,这种论述努力就已揭示出,即便对于歌德而言,希腊理想"纯粹形式"的领域迫于考古学研究的压力,在时间与空间上是多么狭窄。

在色彩对纯粹形式的国度不可阻挡的侵袭中,歌德看到了一种症状:他在论苍恩的庞贝著作一文中用"对现实性的要求"这一概念所指出的原则,被普遍地运用到了当下。因此,他才越发决绝地捍卫着颜色无法侵入的纯粹形式这块保留地,直到自己生命的尽头。换言之,在多色性之争中,歌德眼睁睁地看着市民时代的现实主义得到贯彻,可如今现实主义竟试图逼迫希腊古典屈从于其现实性要求的强制,以至于古希腊被迫失去自身乌托邦式的对照性,古希腊人甚至有成为与19世纪同时代的野蛮人的危险。

以上种种都显示出,既然"历史-批评"研究已把西西里岛上神庙的彩色排档间饰摆在他眼前,要歌德再承认古希腊人"无法克制自己屈从于某种对现实性的要求"是多么困难。他的好友席勒在古典主义的十年所吟诵的理想与生活之对立,几乎要在颜色冲击下最终四分五裂;理想倏然不是别的,而只不过是生活。终其一生,歌德都极为认真地关注着古典研究的进展,以便从各种考古新发现中确证自己的信念,即古希腊艺术对他那个时代的造型艺术家具有典范意义;所以他才能在论巴塞(Bassae)的神庙横饰带、帕特农神庙雕塑以及埃伊纳岛文物的几篇于1821年发表在《论艺术与古典》的文章之前,以胜利者的姿态写下这首格言诗:

荷马早已被人尊崇地提起
你们现在又认识了菲迪亚斯:①

---

① [译注]Phidias,约前480—前430,古希腊雕刻艺术家,雅典帕特农神庙中的雅典娜像、奥林匹斯神庙中的宙斯像均是他的杰作。

无人可与他们二人相比，
别再激动地引起争论异议。①

可现在颜色却能与二人相比，而歌德在他生命的末尾也有一切理由要再度据理力争。19 世纪“对现实性的要求”曾给人类造成了种种创伤，而当歌德尝试在《浮士德》第二部第四、第五幕中寻找可以表达这种伤害的图像时，“思想更高远也更温和的人类”作为与之相反的图像，在现实性要求的重压下竟也有离他远去的危险。在歌德看来，这一反面图像曾在希腊古典雕塑与建筑的纯粹形式中找到过化身；它正是作为现实性要求之反面的古希腊理想，在备受歌德推崇的温克尔曼②的著作中，能够找到已成经典的表述。

歌德对多色古希腊的抵抗，表明他在生命的最后几年是如何毫不动摇地力图坚持自己在 1798 年《雅典娜神庙前殿》(*Propyläen*)杂志中纲领性地阐述过的目标：

我们要尽可能不离古典之土半步。③

但在古代研究知识快速进步的压力下，古典之土被证明是一片极不稳定的区域；温克尔曼的著作在 19 世纪前期已无法胜任对这一区域的科学探究，而歌德对此也心知肚明。“读他时，人们学不到什么，却能成为什么。”④他在 1827 年对爱克曼谈起温克尔曼时如是说，并这样精

① FAI, 21, S. 65.

② ［译注］Johann Joachim Winckelmann，1717—1768，18 世纪德国最伟大的艺术史学家与考古学家，首次将古希腊雕塑艺术确立为艺术之美的典范，在《关于在绘画和雕刻中模仿希腊作品的一些意见》(*Gedanken über die Nachahmung der griechischen Werke in der Malerei und Bildhauerkunst*, 1755)提出了古希腊艺术“高贵的单纯”与“静穆的伟大”(Edle Einfalt, Stille Größe)，并以《古代艺术史》(*Geschichte der Kunst des Altertums*, 1764)一书开创了艺术史学科。

③ MA 6.2, S. 9.

④ MA 19, S. 217.

确地表达出了温克尔曼的作品在学术上的过时与其经久不衰的教育价值之间的矛盾。可歌德正是因为古希腊的教育价值,才始终坚持在对待造型艺术时做一个古典主义者,直到他生命的尽头。他将古希腊人的艺术视为万物的标尺,因为雕塑形象之美的构思与自然法则相契合,而超越时间的人性理想已在这种美中得到了艺术化的表达。为了不必将这一理想拱手送给他那个时代的现实性追求,古典之土在他内心的眼中始终如彭特利库斯大理石一般洁白。遗稿中的一则反思正是这样记录下了他古典主义的格言:

> 想成为荷马传人的虔诚愿望,你们就让给德国诗人吧。德国的雕塑家们,追求成为最后一批普拉克西特列斯①传人之荣耀的愿望,不会对你们有分毫损伤。②

晚年歌德决不妥协的古典主义完完全全不合时宜,但毕竟这么多年来,他早已习惯了不合时宜。

歌德对古希腊的兴趣之广泛、研究之深入,甚至在古典主义的十年结束后依旧令人叹服。所谓歌德在席勒去世后"反古典主义转向"的概念,虽自40年代以来在德语文学研究界风头劲盛,③但就算是彻底分析他对世界文学的阅读以及他诗歌创作中形式和主题之丰富以后,面对着为数众多的证明他极其着力研究古希腊世界的材料,上述概念

---

① [译注]Praxiteles,约公元前4世纪,古希腊后期最知名的雕塑家之一。

② MA 17, S. 902.

③ 引领这一方向的是一批难免受时代精神影响的论著,如 Hans Pyritz: Goethe und Marianne von Willemer. Eine biographische Studie. Stuttgart 1941; Goethe – Studien. Hg. von Ilse Pyritz. Köln/Graz 1962。此处可参见 Ernst Osterkamp: Klassik – Konzepte. Kontinuität und Diskontinuität bei Walther Rehm und Hans Pyritz. In: Zeitenwechsel. Germanistische Literaturwissenschaft vor und nach 1945. Hg. von Winfried Barner und Christoph König. Franktfurt am Main 1996, S. 150 – 170。

还是无法自圆其说:古希腊始终居于歌德关注的中心。① 他怀着越来越大的兴趣关注着考古发现的各种新闻,和与他同时代的顶尖语文学者保持着频繁往来,充满激情地参与关于神话的辩论,研究过古典文本重构与翻译的问题,也研究过古希腊罗马的历史、哲学、钱币学与石雕,一句话:他始终尝试坚守在古典研究学科包罗万象意义上的高点,直到去世。这是沃尔夫②在 1807 年献给歌德的《论古代学》(*Darstellung der Alterthums – Wissenschaft*)中所提出的概念。③

老年歌德几乎不为读者所知的伟大著作,即《论艺术与古典》这部杂志,是他古典研究包罗万象的最重要证明,同时也是他"世界文学"观之形成的最重要例证。晚年歌德研究古希腊的种种成果,在学术史与美学史上的吸引力主要来源于其中的自信:直到生命的最后一刻,歌德始终怀着这种自信巧妙地平衡着古典主义自温克尔曼以降不断延续的基本冲突,即介于古典的历史化与假定其作为规范的典范性之间、介于去理想化与假定某个超越时间的理想之间的矛盾。古典研究的知识进步自然也让他逐渐看清,将希腊人视为"思想更高远也更温和的人类"的观点,不外乎一种历史虚构。但他之所以能毫不动摇地坚守这一观念,是因为在他看来,希腊人的艺术依旧是这样一种"思想更高远

---

① 是以下这部材料汇编始终不可或缺:Ernst Grumach: Goethe und die Antike. Eine Sammlung. Mit einem Nachwort von Wolfgang Schadewaldt. 2 Bde. Potsdam 1949。

② [译注]Friedrich August Wolf,1759—1824,德国古典语文学家,因其对荷马史诗成书史的研究被视为现代语文学的开创者。

③ 关于歌德与古典的关系,还缺乏最新的全面论述;从未有人尝试过系统性地研究歌德与他那个时代古典学之间的深刻关系,以及歌德对古典学研究成果的探究。最能说明研究现状的是,上一部以歌德与古希腊为主题的大部头专著中,探讨晚年歌德(1805—1832)与古希腊人的只有寥寥 23 页:Hamphry Trevelyan: Goethe und die Griechen. Eine Monographie. Hamburg 1949, S. 292 – 314 (Engl. Originalausgabe 1941) 。关于研究现状也可参考 Volker Riedel: Antike. In: Goethe – Handbuch. Bd, 4/1. Stuttgart/Weimar 1998, S. 53 – 72。

也更温和的人类”的表达。

因此，尽管古希腊人越来越多地将其暴力与残忍的特征展露在古典研究的视域之前，但从另一方面来讲，歌德却觉得这来得正好，因为如此一来，他便可以在1818年凭借对斐洛斯特拉图斯①《画记》的校改，向他的同时代人展示古希腊的榜样，告诉他们应如何恰当地描绘暴力。② 1809年，在库迈（Cumae）③附近发现的一座希腊古墓中，就有——自从莱辛之后根本没有人能想得到——对舞蹈着的骷髅的描绘；这一发现完全没有让歌德不知所措，因为现在他便可以在1812年发表的一篇文章中向他那些痴迷于浪漫主义式的“审丑”的同时代人指出，古希腊人“神一样的艺术”通过喜剧式的处理，甚至能够展现“令人反感的”和“丑恶”的东西。④

借阅读维尔克（Friedrich Gottlieb Welcker）的著作《驳一种关于萨福的惯常偏见》之机，歌德在1816年虽不得不承认，古希腊人这个“华美”的民族不光在道德上，也在“罪孽”上无人能及，“将自然引上不自然的歧途”甚至被当作“民族习俗”来操办；⑤可在另一方面，歌德说，古希腊艺术中女性形象之间“最可爱的相互联结”⑥毫无情色意味，完全遵循着神话的预先规定以及群像美的原则。可见，歌德总是在运用同一种论证手段：通过指出希腊艺术中的造型原则，来抵御并削弱对古希腊的历史化与去理想化；而这些造型原则始终应当揭示出，人们所面对

---

① ［译注］Lucius Flavius Philostratus，约公元前170—前250年，古罗马帝国时代生活在希腊的智者，曾著有《画记》（*Eikónes*），描写了他在仍属于“大希腊”的那不勒斯所见的画作。

② 此处可参见 Ernst Osterkamp：*Im Buchstabenbilde. Studien zum Verfahren Goethescher Bildbeschreibungen.* Stuttgart 1991, S. 185 – 223。

③ ［译注］库迈，位于那不勒斯西北，希腊语称 Kyme，是古希腊在意大利本土开拓的第一个殖民地。

④ MA 9, S. 624.

⑤ MA 11. 2, S. 369.

⑥ Ebd., S. 1034.

的古希腊人是一个在历史上具有特权地位的“华美”民族,即便有种种恶习,却依旧标志着人类历史的一个巅峰。

然而这一切却展现出,晚年歌德的作品中所处理的古希腊的形象是多么复杂、多么矛盾:一边是对希腊人持续的理想化,将之塑造为“更高远也更温和的人类”;而另一边则是当时的古典研究强加在理想化的古希腊之上的历史化的现实重压。古典研究的科学化施加在古典世界上的现实重压,让晚年歌德的希腊理想重新脱离了现实世界,回归古希腊艺术的美的形象;七十年前,温克尔曼正是从这一形象中提炼出希腊理想,并将之置于希腊的历史现实之中。也正因如此,歌德才竭力反抗古希腊艺术的多色性:他必须阻止由科学所施加的现实压力以颜色的形式摧毁掉希腊理想这最后一处避难所。

反过来,将希腊理想与艺术相连也解释了为何晚年歌德只能在造型艺术的领域捍卫他不妥协的古典主义;在文学领域,他并没有尝试为他的同时代人确立起古人的榜样。谁若是追问古希腊世界对歌德晚期作品的意义,就必须区分艺术门类,而在某个艺术门类中又应区分各个体裁。这是因为,对古希腊的理想化与历史化的去理想化之间的复杂关系,在歌德不同体裁的著作中有着不同的后果,以至于无法通过一般化的手段来澄清歌德与古希腊之间究竟存在何种关系的问题。或不如说,摆在歌德读者面前的是令人困惑的发现:晚年歌德虽然一方面在他和造型艺术的关系中始终是个坚定不移的古典主义者;但另一方面,作为诗人的歌德尽管在《浮士德》第二部的第二、三幕中以强有力的图像唤醒了古希腊世界,然而《浮士德》第二部依旧是审美历史主义(ästhetischer Historismus)的文学代表作。通过这种方式,歌德在不同艺术门类的相互协作中展现了古希腊的理想化与去理想化之间的冲突。

歌德研究必须给这一充满矛盾的发现做出解释,给它找个合理的韵脚;①但如果人们以为,歌德自己还没有为古希腊的理想化与去理想

① [译注]作者此处用了双关:德语短语 einen Reim über etwas machen(直译为给某物配上韵脚)意思是厘清某个问题。

化这一在他的晚年作品中呈现的冲突找到合适的韵脚，那就太轻看歌德了。这一组韵脚便是“形体”(Gestalt)与“强力”(Gewalt)。他把理想之“形体”与历史之“强力”联系到了一起。

二 形体与强力

歌德笔下的古希腊形象之矛盾性在于，一边是在艺术中得以保留的美的形象之理想，而另一边则是古希腊的科学化以及他那个时代对现实的要求施加给理想的现实重压。在他的晚年作品中，每当涉及古希腊主题，歌德就用“形体”押“强力”的韵，用艺术的方式反思古希腊形象的矛盾性。这一组对韵首次出现在1807年发表的短剧《潘多拉》(*Pandora*)中，也是歌德在席勒去世后创作的第一部关于古希腊主题的文学作品。在文本中，这组韵为长达四段共24诗行对潘多拉颂歌式呼唤画上句号。这是心思细腻、代表着“沉思生活”(vita contemplativa)厄庇墨透斯，在他那个作为“积极生活”(vita activa)主角的强壮兄弟普罗米修斯面前所吟唱的；不过人们得知道，作为“美”的化身，潘多拉曾在多年之前不辞而别，离开了丈夫厄庇墨透斯，把一个女儿厄庇米莉娅留下，却带走了另一个女儿埃耳泼尔，即“希望”的化身。可以说，人们在此身处于彻彻底底的托寓(allegorisch)之场域，以至于厄庇墨透斯话语中所用的人称代词“她”(sie)既可以称呼潘多拉，又可以指代“美”：

> 她降下，幻化成千百种形象，
> 飘荡在水面，漫步在原野，
> 按照神圣的尺度闪耀，发出声响，
> 只有形式才能让内涵高雅，
> 她赋予内涵，赋予自身以最高强力，
> 她在我面前显出年轻的女性形体。①

① MA 9, S. 173.

内涵(Gehalt),强力(Gewalt),形体(Gestalt):诗人让自己思想的核心概念连续三次押同一个韵,通过这种方式将之与托寓家在潘多拉身上看到的关联意义——即作为“美”的化身——联系到一起。从这几行诗中不难读出,起作用的乃是“形式”(Form)与“质料”(Stoff)这一对影响歌德美学思想的对立概念;在席勒的影响下,这一组对立增添了“内涵”而扩展成为“三足鼎立”的局面。也就是说,歌德在此以一种思想上相当传统的方式,令他美学的核心概念相互押韵:是美学形式使得艺术作品的对象变得“高雅”,也就是将之理想化并加以抬升;而在艺术作品那根据自身法则完全成形、涤尽各种偶然因素的优美“形体”中——正如渐趋高潮的诗行最终导向了对潘多拉那“年轻的女性形体”的召唤,这里所谈及的正是美的形象——艺术作品的精神意义与丰富理念,也就是它的内涵,才得以体现(从歌德在这一押韵架构上赋予“内涵”一词的分量中,人们完全可以辨认出席勒影响的绕梁余音,因为歌德自己对于给艺术添上理念与思想一事很不适应,更愿意信赖质料本身所蕴含的意义)。

因此,艺术最高的美就是“根据神圣的尺度”而彻底塑造成“形体”的形式、质料与内涵的统一体:厄庇墨透斯呼唤着从世间消失的潘多拉,一刻不停地期盼着她的归来。这一段诗读上去仿佛是在坦承古典主义的信仰,事实也确实如此:这当然是美学的信条,但之所以如此引人瞩目,是因为在剧中表述此一信条的是一个沉思着的、为逝去的美而哀伤的男人,而这个男人自己却并不愿意遵从历史行动的法则以将理想再度引入现实。也就是说,歌德在席勒去世两年之后方才写下的厄庇墨透斯的古典主义信条,是在追忆过往,已然丧失了塑造历史的力量;尽管当歌德构思这一幕时,也同厄庇墨透斯一样期待着潘多拉的回归,但他却从未写下《潘多拉》这部庆典剧的结尾部分,虽然他原本可在其中描绘潘多拉回归历史的现实。

除此之外,在厄庇墨透斯的话语中,另有一个看似与任何古典主义纲领均格格不入的概念,以某种令人困惑的方式挤入了“内涵”与“形体”这两个美学基本概念中间,这便是“强力”。歌德在此将之用作沟通“形体”与“内涵”、在二者间架起桥梁的元素,尽管乍看之下,这一概念与温克尔曼式的抑制表达与克服激情的美学几乎不可调和。

不过,古典主义模板在《潘多拉》诗行中所遭遇的困扰,首先可通过以下提示轻松化解:“强力”概念在这里是一个效果美学(wirkungsästhetisch)的专有名词,描述的是内在于最高之美中的效果力度。也就是说,当厄庇墨透斯说形式赋予“内涵”与“形体”以“最高强力”时,这句话所坦承的不是别的,正是对艺术使万物“高雅”化这种效果的信任。在此背景下需要提醒的是,歌德的“强力”概念主要是积极的:对他而言,“强力”在大多数情况下指的是一种塑造着并发挥着影响的力量、权力与支配力(即拉丁语 vis 或 virtus 以及 potestas 之意)。①在歌德自然观与人类学的框架下,“强力”表示的是物理上的力、生命力与贯彻自身主张的精神力,因此也就是对生命的每一种积极塑造首先需要的因素。

与之相对应,在历史与政治空间中,“强力”对歌德而言乃是积极政治行动的一个基础性范畴:“强力”就是一种在法律规定好并制度化了的权力基础上,发挥影响并施行统治的能力与权柄。于是,作为政治、社会与行政权力的“强力”就标志着一种生存所必需的、可以组织并保存生命的功能。“生命力 - 创造力”与“政治 - 保存生命”这双重意义领域共同定义了歌德对“强力”概念正面理解的核心。因此在他的词汇中也鲜见对“强力”概念的否定;譬如,他只在两处用过“无强力的”(gewaltlos)这个词,而“非暴力的”(gewaltfrei)则完全没有出现过。这就表明,在歌德看来,“强力”与生命无条件地相互依存,因为在不同力量互相作用之处,就有“强力”的出现;而只有当众多力量施展自身,并由法则所规范,也就是被塑造为“形体”时,生命对歌德而言才得以可能。

---

① 此处可参见《歌德辞典》中“强力”(Gewalt)一词的词条:Goethe Wörterbuch. Hg. von der Berlin – Brandenburgischen Akademie der Wissenschaften, der Akademie der Wissenschaften in Göttingen und der Heidelberger Akademie der Wissenschaften. Bd. 4, Stuttgart/Berlin/Köln 1999 – 2004, Sp. 165 – 170。

这一点反过来又证明,将“形体”与“强力”互相押韵,对歌德来说是自然而然的诗学决定;正是强力这种不受限制发挥作用的创造性力量,才使得“形体”的存在成为可能。艺术作品之所以能如厄庇墨透斯所言获得“最高强力”,是因为它就是那在形式与内涵的协同中得到最高组织的“形体”。那么,蕴藏在“形体”与“强力”这一对韵中的困惑,是否就这样迎刃而解了呢?

在歌德的《潘多拉》中,情况恰恰相反。这部剧描绘的是一个古希腊神话世界,“理想美”(Das Idealschöne)已从中抽身离去,故而在这个世界中,即便是“形体”之美也无力再施展其构建生命的“最高强力”。取而代之的情况是:在戏剧呈现的神话世界中,“美”本身竟成了“强力”的牺牲,这种“强力”不再是创造之力,而是作为毁灭之力(作为violentia)施展开来。

歌德将希腊神话理解为人类生活状况的原初形式,这种原初形式在其现代的艺术变型中能够负载自身时代的基本张力,因此可为当前生活的情况提供一幅典型化的图像。所以在《潘多拉》中,神话就附着上了诗人所处历史境地中的种种张力,歌德自己则更于1807年体会到,他眼下正处于平生最具“强力”形式的境地。他在《日记与年历》中说,《潘多拉》和《亲和力》一样,表达了“匮乏(Entbehrung)的痛苦感”,①这种痛苦不仅仅源于个人之所失——席勒于1805年、魏玛公爵之母安娜·阿玛莉亚于1807年分别去世——更来源于法国大革命所开启的一整个历史世界的崩溃;而随着1806年普鲁士在耶拿战役中的惨败,与歌德近在咫尺的周遭和他自己的家庭空间一起,也共同被牵扯进这场崩溃之中。他在开始创作《潘多拉》几天之后写信给莱夏尔德②说:

---

① MA 14, S. 198.

② [译注]Reichardt,1752—1814,德国作曲家,歌德好友,后编辑出版杂志《德意志兰》(*Deutschland*),为浪漫派提供了舆论阵地。

我在这儿，坐在耶拿的废墟上，到处搜寻着我自己生活的废墟。①

歌德笔下的古希腊神话正因为从“匮乏的痛苦感”与他那个时代对暴力的经验中汲取生命，才能够成为象征自身时代的镜子：理想美——潘多拉——在这个神话世界中只能作为痛苦的回忆而在场，因为即便是在这样的世界中，也同样充斥着歌德通过历史现实所认识到的那种“强力”，让美的“形体”无法忍受。

在歌德既有的作品里，《潘多拉》所勾勒的世界确实是对古希腊神话与古典世界最充斥“强力”的想象——现在的“强力”不再是正面意义上的创造之力，不再是 vis 和 potestas，而是意义消解的毁灭之力，等同于暴力、施暴与强制等一系列在歌德笔下总是与“任意性”（Willkür）元素相关联的概念。随着毁灭与消解的元素越来越多地侵入创造并规整生活的功能——在歌德那里，这种侵入首先发生在法国大革命之后，之后又在古典主义的十年终结后的历史经验的影响下愈演愈烈——负面的“强力”概念（取拉丁语 violentia 的含义）在歌德的作品中体现得越来越明显。

如此一来，“形体”与“强力”这一对韵就获得了一种把握晚年歌德同古希腊之间复杂关系的全新维度：一方面是他对古希腊理想之坚持，而另一方面则是去理想化的现实重压。在歌德与古希腊的复杂关系中，“形体”与“强力”不再作为互补概念相互正面地联系在一起；毋宁说，这一对韵联结的是两个相互对立的概念：它联结着“理想美”与那将“美”毁灭并逐出世界的东西，联结着一个同古希腊世界相关联的“理想”概念与对古希腊去理想化的目光，联结着在艺术中蕴藏的希腊理想与历史之恐怖。

《潘多拉》勾勒了一个两极分化、相互对立的世界。在一个三阶段的历史模型中，这个两极分化的世界之前是一个统一的世界，而之后则

---

① MA 9, S. 1138.

应当紧接着潘多拉的回归与重新赢得的统一。而与歌德在1807年的历史处境相符合的是，他只能够将自己所经历的现实里的两极分化置于一幅譬喻图像中。厄庇墨透斯忧郁地沉思着逝去的美，而他的兄弟普罗米修斯则遵从绝对的有用性思维，积极地塑造着世界。他们二人的生活空间正如被分割成两半的舞台布景一样，在这部庆典剧中如此根本地相互割裂，以致决定戏剧情节的尝试——即在爱的指引下消除分隔的世界之间的两极对立——最终竟导致公开舞台上令人惊愕的暴行。普罗米修斯之子斐勒洛斯与厄庇墨透斯之女、继承了母亲潘多拉的美貌的厄庇米莉娅偷偷相爱。然而，当斐勒洛斯看见一个色迷心窍的牧人试图接近他的可人儿时，就误以为这是厄庇米莉娅不忠的征兆，立刻陷入了狂躁的嫉妒中，试图杀死自己的爱人。受了伤的女孩呼喊着"父亲，我要死了！哦！暴力！暴力！"逃上了舞台，躲入厄庇墨透斯的怀抱，却无法阻挡斐勒洛斯继续向她刺去。听到父女二人共同的痛苦呼喊与高声呼救——"我们完了！完了！暴力！"①——普罗米修斯连忙赶来，也只有他才能阻止斐勒洛斯的狂怒，给这一场完全不顾古典主义"得体"(bienséance)原则的戏画上句号。在当时的战争经历的背景下，他驱逐施暴者时所说的话，正标志着歌德原本正面的"强力"概念——作为塑造生命的创造力——向负面的"力"的概念——作为毫无法纪的毁灭之力——的过渡：

在这里杀人？杀手无寸铁的女人？去抢、去打仗吧！
滚去强力立法的地方！因为法律
与父亲的意志获得力量之处，没有你的用处。②

但正如普罗米修斯早已说过的那样，"和平"在这部戏的世界中无处可寻，因为每个人都在"反对别人，仇恨地互相倾轧"，③故而也无法

① MA 9, S. 165.［译注］此处的"暴力"一词原文亦为Gewalt。

② MA 9, S. 166.

③ MA 9, S. 160.

简单地确认 vis 转变为 violentia、合法的强力转变为任意的暴力之节点。在这一处境中，父亲“僵化的合法性”难以再给儿子指明任何方向，因为对后者而言，他强加于厄庇米莉亚这个理想美之“形体”身上的“强力”不是别的，恰恰是在回应“美”施加给他的“强力”。厄庇米莉亚的命运揭示出，厄庇墨透斯的古典主义信条在这个世界普遍的两极分化中早已失效：如果说厄庇墨透斯确信，从潘多拉的形体中散发出的“最高强力”乃是其中已然高雅因而也能使人变得高雅的内涵之表达，那么在这个被潘多拉抛下的世界中，“美”的讯息不再清晰，“美”的“强力”也变得“可怕”，因为“美”本身也成了两极分化的世界中一个两极分化的元素。斐勒洛斯对厄庇米莉亚的欲求所产生的“强力”，在他自己的经验中成了针对他自己的攻击；对他而言，“美”的强力既来源于天堂又来源于地狱。因此，“强力”与“形体”积极的相互对应关系虽曾对厄庇墨透斯成立，但在斐勒洛斯那里却成了一种紧张关系，最终竟演化为“形体”与“强力”的对立：

> 现在告诉我，父亲，是谁给了形体
> 这唯一的可怕的决定性的强力？
> 谁带它悄声沿着隐秘的轨道
> 走下奥林匹斯山？踏出冥府？①

在晚年歌德作品中，“形体”与“强力”这对韵脚第一次将理想美与历史的恐怖联系在了一起。斐勒洛斯在误解厄庇米莉亚，甚至竟在做出谋害爱人之举后所说的一席话中，“美”的“强力”作为一种破坏性的力量出现，甚至还反作用于“美”自身之上。“理想美”在历史的恐怖中没有立足之地；若是它依旧出现在历史中，就会遭到历史强力的破坏，以致“美”的效果变得完全自相矛盾。

“形体”与“强力”这组相互对立的韵脚确证了这一点：它将对希腊

① MA 9, S. 166f.

理想的想象与对古希腊的去理想化目光结合在了一起,因而才能在其中展示出如美杜莎一般的"美"的矛盾,即在这"唯一的可怕的决定性的强力"中,奥林匹斯之美与冥界的死亡气息交织在了一起。"美"与"形体"和"强力"这一对韵均以美杜莎那充满矛盾性的魔力为标志,而正是美杜莎的魔力主导了歌德的庆典剧直至剧末:这部戏并没有按最初计划,或是按照诗人在很长一段时间作为诗意的解决方式所考虑的那样,以潘多拉的回归,即"形体""内涵"与使万物高雅的"强力"之统一的古典理想再度实现来收尾。在《潘多拉》的终场,朝霞女神厄俄斯于高处的一长段独白①中描绘了斐勒洛斯与厄庇米莉亚的结合,但二人的结合是彻彻底底非古典主义的,即"强力"与"形体"狄奥尼索斯式的合一:怀着求死之心投海的斐勒洛斯从海浪中升起,作为新狄奥尼索斯得以重生,属于厄庇墨透斯的牧羊人的村子燃起熊熊大火,厄庇米莉亚从火焰中踏出,迎接新生的斐勒洛斯。这场狄奥尼索斯的生命盛宴,预示着《浮士德》第二部第二幕结尾处爱琴海岩石海湾中的生命盛宴。

然而,歌德并不想让作为古典理想之想象的潘多拉回到这个狄奥尼索斯式的、被强力所决定的世界里去;于是"理想美"便成了乌托邦式的回忆,而不再是一种历史的可能性。歌德在1808年所勾勒的《潘多拉》第二部的纲要,本来应被冠以《潘多拉的回归》(*Pandorens Wiederkunft*)的标题,可最终却未能将构思付诸笔下。之所以无法付诸笔下,恰是因为在"形体"与"强力"这组对韵中所蕴含的历史张力。

但歌德之所以未能写成《潘多拉》的第二部,还另有原因:他早已计划以另一个完全不同的希腊神话形象为例,写一部关于理念美乌托邦式地回归历史世界的戏剧。之所以无法再写《潘多拉的回归》,是因为必须写出海伦的回归。

自歌德于1800年写下海伦这场戏的前269行诗之后——他当时

---

① [译注]"高处的长独白"(Teichoskopie)是戏剧中常用的一种叙事手法,以古希腊语中"城墙"与"观察"二词构成(故德语作 Mauerschau),指角色登高眺望,转述所见之景,以此描绘未呈现在舞台上的情节。

还将之设想为一场名为《海伦在中世纪》(*Helena im Mittelalter*)的“萨提尔剧”(Satyrdrama)①,他就再也无法放下那一幕古典－浪漫的海伦幻景。而最终也正是从这场幻景中诞生了《浮士德》第二部的大纲。正如《潘多拉》这部庆典剧在形式与内容等多方面预示着《浮士德》第二部一样,《浮士德》第二部也从《潘多拉》的诗意库存中取用了我们在这里所关注的那一对韵脚,而的确是在《浮士德》第二部中,这一对韵脚才真正展现了它所有的诗学潜能与思想冲击力。② 这主要体现在海伦回归的那场戏中:它不仅是《浮士德》第二部的种子与内在核心;从创作史上看,这场戏更以被追回的理想美在一个完全称不上理想的现实世界中所遭受的悲剧,取代了《潘多拉的回归》中未能实现的“美”之回归的和谐结局。

在歌德的《浮士德》中,“强力”与“形体”这一组韵共出现了十一次(其中有一次是复数形式,见行 10433③),而其中有一半多(即六次)被歌德用在与海伦相关的情节上。“强力”与“形体”这一对韵与海伦之间的关联所具有的重要性,与其在《浮士德》第一部(算上“舞台序幕”,这组韵一共只出现三次),尤其是在格雷琴的故事中的无关紧要形成

---

① ［译注］“萨提尔剧”是古希腊悲喜剧(Tragikomödie)的一种形式,得名于希腊神话中人身羊角、象征情欲的形象“萨提尔”。

② 关于这一组韵脚的初步思考可参见:Ernst Osterkamp: Gewalt in Goethes Faust. In: Peter Stein inszeniert Faust von Johann Wolfgang Goethe. Das Programmbuch Faust I und II. Hg. von Roswitha Schieb unter Mitarbeit von Anna Haas. Köln 2000, S. 297－302; Ernst Osterkamp: Gestalt und Gewalt. Fausts Helena. In: Blätter des Deutschen Theaters. Nr. 3. „Verweile doch“ － Goethes Faust heute. Die Faust－Konferenz am Deutschen Theater und Michael Thalheimers Inszenierungen. Berlin 2006, S. 81－91。

③ ［译注］即《浮士德》第二部第四幕“山麓小丘”一场中浮士德的台词:“他们用具有精神强力的轻巧手指,/造出了一些透明形体。”《浮士德》的汉译参见［德］歌德:《歌德文集》第一卷,绿原译,人民文学出版社,1999,页 398。以下只注所引行数,绿原先生的译文为散文,为重现原著韵文形式,也为了体现本文中所论韵脚,对几处译文作了调整。

了鲜明的对比。格雷琴反正只用过一次;那是在纺车边唱的歌中,这一对韵用传统的爱情语义强调了被爱的人对爱着的人所施加的影响:

他高贵的形体,
[……]
他眼中的强力(行 3395 - 3397)。①

“形体”与“强力”这一组韵在《浮士德》第一部中几乎无甚应用,原因一方面肯定在于,“形体”概念在歌德游历意大利之前的年代中还没有获得它之后所具有的那种意义,但另一方面也是出于对格雷琴的诗学构思:她虽然在剧中经受了最可怖的强力,但一切暴力最终都在她心灵与道德的纯洁前无功而返。“对她我实在无能为力!”(行 2626)梅菲斯特在浮士德初次遇见格雷琴时就已经认识到了这一点,而最后的地牢一幕则证明了魔鬼看得有多么准。出于自由的道德决断,格雷琴承认了她的罪,因此拒绝被浮士德用暴力救出地牢:

放手!我受不了暴力!(行 4576)

按照歌德对格雷琴的构思,将“强力”与“形体”这对韵脚用到与她相关的地方,将会是庸俗而无意义的。但在海伦的故事中,情况却完全不同:这一对韵准确地表达出了现代世界对现实的要求与古希腊理想之间的紧张关系。因为海伦的故事让人看清,仅存于艺术之中的希腊理想如果面对现代世界对现实的要求,将会有何种遭遇:它将会遭受破坏性的强力。

海伦的故事是歌德作品中对古希腊的最后一次诗意呼唤,也是最美的一次,诗人在其中将他一生对希腊理想的向往与这一理想在历史世界的不可实现性,以及对古希腊世界的最高理想化与一以贯之的去理想化戏剧过程结合在了一起。浮士德早在女巫丹房的“魔镜”(行

① [译注]歌德的《浮士德》引自由薛讷所编辑的版本:FA I, Bd. 7/1。

2430)中就看见了“一个女人最美的形象”(行2436),并在其中看到了“天姿国色的凝聚”(行2439):以古希腊形象示人的女性理想美。在格雷琴悲剧结束之后,浮士德的情欲就紧跟着这个作为“一切妇女的典型”(行2601)的形象,并由此赋予了剧情以新的方向。在第二部第三幕浮士德与海伦结合的那个永恒的瞬间,这一新方向最终得以实现。

但对这一永恒瞬间的铺垫却以“强力”为标志,起决定性作用的是“欲求”的语词:浮士德不仅想要在海伦的形体中看到绝对的美,更要将这种理想美占为己有。但理想美却无法被引入生活,更无法被占有;因此,浮士德对理想在肉体上的占有欲就附着了某种全然暴力的东西。这一点尤其体现在下面这一幕中:在皇帝的行宫里,浮士德通过母亲们的帮助成功地用幻象召唤出帕里斯与海伦两个如同有生命的形象;梅菲斯特惊恐地意识到,痴迷于“倩影”(行6495)的浮士德竟“忘了自己的角色”(行6501),在欲望之强力的推动下跨越了分割完美形象之理念与观者所处之现实的美学边界,想要占有海伦的身体并毁灭帕里斯。星士惊慌失措地想要制止浮士德的僭越,于是便用上了这一对韵:

> 你要干什么,浮士德!浮士德——他用强力
> 抓住了她,已然模糊的是她的形体。(行6560-6561)

一场“爆炸”抹去了海伦的显现,将“形体”化作一阵“烟雾”,把浮士德震昏在地;整幕戏以“昏暗”与“骚然”①结束——《浮士德》第二部中没有哪一幕会以更不和谐的方式收尾。这组韵标志了现代现实的强力与古希腊理想的形体之间的矛盾,并且二者间不再有调和的可能,尤其是因为这对韵在此不仅标明了理想与生活之间,也同时标明了艺术与现实之间的矛盾。

理想在其获得肉身存在,并因其身体性被肉欲地索求之处,就会成

---

① [译注]《歌德文集》第一卷,页269。

为被顶礼膜拜的偶像;关于这一点,没有人比第三幕伊始的海伦看得更清楚、反思得更明白。当浮士德想要将古希腊美的理想唤回现实中时,他便成了新的皮格马利翁,将理想变成了情色的偶像。他的欲望催促他在古典的瓦尔普吉斯之夜中一刻不停地寻找海伦,而他将欲望付诸语言的那几句诗,事实上标明了他与古希腊理想的对立;韵脚确证了这一点:

> 难道我不能,凭最渴望的强力,复活这尊独一无二的形体?(行 7438 - 7439)

浮士德对喀戎①如是说道,却误读了理想美的本质。而作为德意志理想主义审美教育的好学生,喀戎对此了解得更加清楚:“美人自身总是神圣。”(行 7403)在古典瓦尔普吉斯之夜中呈现的古典世界是去理想化的,也是历史化的,并且正因如此才找不到海伦这个已成形体的理想,而只能回忆她、反思她,正如在《潘多拉》的去理想化的古希腊神话世界中也只能谈论已然逝去的理想一样。古典瓦尔普吉斯之夜中的那些前奥林匹斯与奥林匹斯之下的神话人物,塞壬(Sirene)与斯芬克斯(Sphinx)、宁芙(Nymphe)与狮鹫(Greife)、拉弥亚(Lamien)与卡柏洛(Kabiren)(“矮小形体/巨大强力”,行 8174 - 8175)、涅瑞伊得斯(Nereiden)与特里同(Tritonen)②,个个是出口成章的说教高手,在他们长

---

① [译注]Chiron,古希腊神话中的马人,精通医术、音乐与天文,英雄阿喀琉斯的导师。

② [译注]塞壬,古希腊神话中鸟身女怪,居于悬崖之上,以歌声诱惑行船至此的水手使船倾覆;斯芬克斯,古希腊神话中狮身有翼女怪,曾试图以谜语难住俄狄浦斯,在俄狄浦斯解谜后坠崖而死;宁芙,古希腊神话中的仙女;狮鹫,狮身鹰首的神话生物;拉弥亚,古希腊神话中一种女怪,以其美貌诱惑青年男子并吸食其血,得名于神话中波塞冬之女拉弥亚,她因自己与主神宙斯的儿子被嫉妒的赫拉杀害而开始报复性地杀害并分食其他人的孩子;卡柏洛,腓尼基神祇,航海者的守护神;涅瑞伊得斯,古希腊神话中海神涅柔斯的五十个女儿的统称;特里同,古希腊神话中人身鱼尾的海神。

久的神话生命中吸收了从赫西俄德到克鲁伊策所有关于自己的神话知识,①并且学会了历史地看待自己。他们必须不断地表现出神话存在与神话学自我反思之间的分野,这也说明了他们为何个个都是反讽大师。

另外,他们并不是在神话的土地上,而是在历史的土地上举办一年一度的庆典:公元前48年恺撒与庞贝一仗定江山的法尔萨洛斯旷野(Pharsalus),以及皮得纳(Pydna)战役的古战场,②罗马人于公元前168年在这里击败了马其顿人。也就是说,庆典举办地乃是历史转折之处。事实上,歌德让他笔下的古典瓦尔普吉斯之夜在古典学研究而非神话的领域上举行:这是一片由古典学绘制了地图、已然历史化并去理想化了的地区,而在这场隐秘的古典之夜中,历史的领域全部都是作为永恒强力的古战场显现的,这也体现出其去理想化程度之深。

> 这个幻影经常重复着!还将永远重复下去!(行7201-7202)

厄里克托(Erichtho)用这两行诗呈现了这"可怖的节日"(行7005)的场所。古希腊罗马的历史成了"强力"的历史,古典世界的山水成了战场,没有一座永恒闪耀着天神之美的奥林匹斯山耸立于其上,而只有古典研究知识仓储如冥府一般在地底延展;到最后,浮士德也被神话形象的轻快反讽赶下了知识的冥府,因为只有在那里,他才最有可能找到海伦。这便是古典瓦尔普吉斯之夜中的古典世界。所有想要在这片已被古典研究的进步层层标记好的土地上再找到任何温克尔曼式希腊理

---

① [译注]赫西俄德,古希腊诗人,约生活在公元前8世纪,著有《神谱》(*Theogonie*),是今人了解古希腊神话谱系的重要来源。克鲁伊策(Friedrich Crezer,1771—1858),德国神话学家、东方学家,曾著有《先民,尤其是希腊人的象征与神话》(*Symbolik und Mythologie der alten Völker, besonders der Griechen*,1812),对黑格尔、谢林等产生过影响。

② [译注]《歌德文集》第一卷,页298,有改动。

想之化身的尝试,毋庸置疑,注定要失败。一旦通过科学研究将古典世界从理想的奥林匹斯山引向历史事实的土地,那么无论是浮士德还是百年之后格奥尔格圈子的"最渴望的强力",都无法再将希腊理想那"独一无二的形体"迎回生者的现实之中。

对已逝理想美的现代欲求在古典瓦尔普吉斯之夜中落得一场空,自然也与下面这一点有关:浮士德一开始信赖的引路人,比除浮士德外的任何一个剧中人物都更能代表现代的傲慢。这个引路人就是荷蒙库勒斯,即瓦格纳在他炼金术实验室中通过化学实验的方法造出的人造人,因为不能离开他的玻璃长颈瓶,他在第二幕的大部分时间都作为人工智能行事。也就是说,引领浮士德进入借科学而去理想化的古典世界的,乃是现代实验自然科学的造物;显而易见,他当然无法以这种方式靠近作为自然最高升华形式的理想美。这是因为歌德清楚地表明,荷蒙库勒斯乃是现代对自然之强暴的产物,自然科学的实验精神在这场暴行中恣意妄为,毫不顾及自然法则。

在这个意义上,荷蒙库勒斯与在他之后装作福耳库阿斯①的梅菲斯特一样,都是海伦的反面:对歌德而言,"美"乃是"显现在其最高的行动与完满性中的合乎法则而充满生机之物",②而海伦则是那"合乎法则而充满生机之物"在古希腊诗歌这一媒介中最高的表现形式。可现代的荷蒙库勒斯虽然也有生命,但却完全不合乎法则,因此也无法实现"最高的行动与完满性"。

歌德韵律诗学的精妙之处在于,他用"强力"与"形体"这组韵捕捉

---

① [译注]《歌德文集》第一卷,页312。福尔库阿斯得名于古希腊传说中海神福耳库斯(Phorkys)三女儿的统称 Phorkyaden,三人共用一只眼与一颗齿,奇丑无比,是希腊人所想象的丑陋极致,因而以之为名的梅菲斯特在《浮士德》中成为海伦的反面。

② [译注]参见《法兰西征战》(*Campagne in Frankreich*)中关于歌德与赫姆斯特豪斯(Hemsterhuis)之间的争论,WA I. 33, S. 234。弗兰斯·赫姆斯特豪斯(1721—1790),荷兰美学家。

到了自然在炮制这一人造人的过程中所遭受的强制；梅菲斯特全程关注着瓦格纳，肯定也助了他恶魔的一臂之力，而瓦格纳则目不转睛，欣喜若狂地看着荷蒙库勒斯的诞生：

玻璃瓶鸣响，是因为可爱的强力，
它混浊了重又澄清；这样正好看把戏！
我看见一个乖巧的小人儿，
露出了纤细的形体。（行6871－6874）

这个乖巧的小人儿离了长颈瓶便不能生存，这是因为他的形体是由实验的强力所造就的。古典时代的知识建立在对按照法则构建秩序的自然之直观的基础上，而歌德在荷蒙库勒斯被人工造出之后，又隔了千数行诗让他与希腊自然哲学家泰勒斯的智慧相遇，以此为他铺好进入生命的路。歌德对古希腊知识的信任由此可见一斑。作为水成论者，泰勒斯强调了自然的存在与演变乃是一切美的基础，因有法则规定而无强力。他也因此标明了与现代恣意改造自然截然相对的古希腊反例。正因为泰勒斯清楚，鲜活的形体不能通过对自然的强力统治，而必须不受强制地根据内在的法则才能诞生，他才作为现代人瓦格纳的古典对立面，将“强力”与“形体”这对韵掉转了方向，并以此给荷蒙库勒斯指出了那条通往“合乎法则而充满生机之物”，也就是通往“美”的路：

自然及其生动的流程，
从不仰仗日夜和时辰。
它井井有条地构成各种形体，
即使庞大也不借助强力。（行7861－7864）

这是水成论对行事无强力、无恣意的自然秩序之洞见。荷蒙库勒斯认识到，作为合乎法则地组织起来的形式，鲜活的形体只有按照一切生命自然变形的路径才能产生。从此，他便视泰勒斯为引路人。为了实践这条教诲,荷蒙库勒斯在第二幕尾声收回了促成他诞生的那一桩暴行,听凭自己的长颈瓶在伽拉忒亚的贝壳上撞碎,通过这一幕象征性的性爱与生殖之举踏入生命的进程。① 但他的最后一行诗却是:"一切都如此动人美丽。"(行 8460)也就是说,在一位古希腊哲学家的引领下,他已经亲眼看见了浮士德仍怀着渴望的强力想要拽入生活的那完满的"美":这是合乎法则地安排好的、行事全无强力的自然所具有的那种超越时间的美。

直到第三幕,海伦那"独一无二的形体"方才踏入人世,短暂地或有几十年与浮士德结合——剧作家并不在乎时间,因为在这场结合中,一切都应当是完满的一瞬。但若要将古希腊理想带回现代的现实,前提条件是浮士德至少须在他整部戏的存在中做出一件先前从未做过,在海伦消失后也不会再做的事:彻底放弃强力。当然,他直到进了城堡的内院才会放弃强力,而在此之前,浮士德"最渴望的强力"却还得靠装成福耳库阿斯的梅菲斯特带着毫无廉耻的自负一手策划的心理恐吓,才能将海伦强拉进他的生命里。按照歌德最初的构想,浮士德应在普罗塞皮娜(Proserpina)②的宝座前恳求她放过海伦,作为新俄耳甫斯将所欲求之人带出冥界;但歌德并没有这样做,而是用海伦在斯巴达的墨涅拉斯宫殿前吟唱的三音步抑扬格(jambischer Trimeter)③塑造出一

① [译注]在古希腊神话中,伽拉忒亚是海神涅柔斯之女,所乘坐的是由海豚牵引的贝壳车;而在德语中,"贝壳"(Muschel)一词同时有女性生殖器的含义;荷蒙库勒斯的长颈瓶则象征着男性生殖器。歌德的描写以文学象征的手法重现了生命诞生的生殖过程。

② [译注]普罗塞皮娜是古罗马神话中冥王普鲁托(Pluto)之妻,冥府女王;俄耳甫斯正是通过动人的音乐向普罗塞皮娜恳求将死去的妻子带回阳间,因此歌德才会将想要令海伦复活的浮士德比作新俄耳甫斯。

③ [译注]三音步抑扬格(或称短长三步格)是古希腊的一种诗歌格律,因为一个抑扬格音步实际上由两个抑扬格组成,故实际上共有六个抑扬格,通常在第五个音节后有停顿。《浮士德》第二部第三幕海伦出场的独白是德语诗歌中最著名的一段三音步抑扬格。

幅绚烂地舒展开的语言画卷，以描绘恐怖的戏剧手法为她走向浮士德作铺垫。

在这场构思于他最为古典时期的戏中，歌德在形式上前所未有地接近阿提卡悲剧；然而与此同时，这场戏中的古典世界也前所未有地现代。古希腊理想美的化身在其中回到了历史，但这却依旧是强力的历史。正因为她曾如此频繁地被人用强力掳掠，本想忘记一切却又无法忘记，歌德笔下的海伦才成为一个极为现代的角色：她被视为古典质朴最完美的化身，却始终如此感伤，①如此自我反思，因为她知道，自己首先不过是一则流言。这则流言想把她固化为一个公共的偶像，可在歌德那里，海伦的自我之所以具有反抗流言的力量，要归功于她高度浓缩的心理世界，而这也使她成为诗人笔下最吸引人的女性形象之一。正是歌德让海伦在墨涅拉斯的宫殿前顶住历史强力的重压，赢得灵魂的力量与深度，才使她与浮士德在城堡内院中的结合作为两个个体自由相爱的结果，在戏剧结构上令人信服。

只有在城堡的内院，海伦在她整个神话生命中都不得不屈从的强力关系，终于中断了一回。正是在这种非强力性的前提下，古希腊的理想美才能够在戏剧中有一刹那与现代之现实相结合。在漫长的历史中，海伦的形体第一次不以强力被夺取；当她在最严酷的威胁下证明了她的精神自主后，她自由地选择委身于浮士德。最终，正是海伦呼唤浮士德到她的身边：

> 我想同你交谈，请上来坐在我身边！（行 9356 - 9357）

于是，“形体”与“强力”这一对通常将藏于艺术中的希腊理想与对古希腊的去理想化观察结合起来的韵脚，才会在海伦故事的框架中、在城堡内院失去其效力。林叩斯（Lynceus）是最后一个在那里使用这一组韵的角色，因为他在高贵与粗野、在海伦与浮士德的结合中所看见

---

① ［译注］作者在此化用了席勒在名篇《论质朴的与感伤的文学》（*Über naive und sentimentalische Dichtung*）中的核心概念。

的，正是德意志希腊梦的乌托邦，整个社会现实、科学、经济与政治，“理智、财富与强力”，都将在理想美前俯首称臣，并根据其尺度重新规范自身：

一旦你即位登基，
理智、财富和强力
都向你这唯一的形体
俯首帖耳，低声下气。（行 9321 – 9324）

歌德是否因此在海伦的这整一幕戏中，让他为之奋斗了一生的古希腊理想再度胜过历史的可怕，再度胜过他那个时代一切去理想化的努力与一切对现实的期望？好友席勒对理想与生活之间的复杂关系看得相当清楚，而歌德则决定听从他的建议，将浮士德与海伦、求知欲与美、现代之活力与古典之完满的合题当作理解全剧其余部分的关键。在城堡内院一场中，历史的强力与恣意的确在某个幻景的瞬间因为美的法则而失去了效力，使得现代的现实世界直接臣服于理想美如天主般的显现，蓦然就顺应了古典的规范；韵律大师林叩斯在他最后几行诗中记录下来这一神奇的瞬间，不用现代的强力，就押了古典的“形体”之韵：

整个军队已经驯服，
所有刀剑又残又钝，
对照这壮美的形体，
连太阳也冰凉无力，
对照这面容的丰富，
一切显得空洞虚无。（行 9350 – 9355）

在这里，歌德再次让乌托邦主义者纵览一切的目光落到以诗歌唤起的古希腊理想之上，随后又将目光转回，让那毁灭的一瞥落到现代世界：“一切显得空洞虚无。” 1800 年前后的人们，常梦想按照希腊人的尺度重塑生活,而那在美的照耀下诗意重塑的现实新秩序,正是对梦之实现的想象。

然而,歌德早已用下述方式表明,这样一种新秩序的现实性实在岌岌可危:他将古典与现代、海伦与浮士德的结合完全建构在一场韵脚游戏那摇摇欲坠的基础上,而在游戏结束之后,作为古典形体之化身的海伦本应早已迫使一切现代的强力臣服于自己,却只能再说一次话,是为了告诫她的孩子欧福里翁,这个深爱着强力的浪漫文学的化身——“战争就是标语”(行 9837)——不要坠落,而最终则是为了哀悼他的死亡。歌德在 1827 年将海伦这一幕戏称作“古典 - 浪漫的幻景”,以此给一切希冀将古典理想带回他那个世界的现实的意图,打上了幻想的烙印。他清楚地知道,按照温克尔曼式的古希腊理想之尺度重塑现实,是古典十年的梦,但这场梦早已结束,而即便他终其一生都对留存在艺术中的古希腊理想保持着忠诚,却也在席勒去世之后坚定地放弃了在造型艺术的领域之外实现希腊理想的愿景。

但如果说在《浮士德》中,古典理想还能够通过与一个朝向中世纪的现代短暂结合,再度回归生命,那么这完全是因为封闭的城堡内院与一切外在现实隔绝,其现实性无异于一座人造天堂。不同的时代在人造天堂中不受限制地融合,各种风格轻快地相互交织,使得它成为审美历史主义尤为青睐的场所;整个 19 世纪热衷于在美学上展现人造天堂:从申克尔在雅典卫城与奥里安德(Orianda)建造宫殿的计划①,到世界博览会的玻璃建筑,②再到路德维希二世的新天鹅堡与格奥尔格《阿

① [译注]Karl Friedrich Schinkel, 1781—1841,德国古典主义建筑大师。奥里安德则位于克里米亚,是一座可以俯瞰黑海的小山。但申克尔为雅典卫城与奥里安德城堡构思的计划均未能付诸实施。

② [译注]即 1851 年伦敦首届世界博览会(Great Exhibition)上由英国建筑家帕克斯顿(Joseph Paxton)在伦敦海德公园搭建的钢结构玻璃建筑,亦被称为“水晶宫”(The Crystal Palace)。

尔伽巴》(*Algabal*)的地下王国。①

在人造天堂中,古希腊、中世纪与现代可以不受拘束地相互联系;而歌剧院则是19世纪人造天堂上演的核心场所。海伦这一幕戏统一了古希腊、中世纪与现代,在理念史上可归入人造天堂,这也解释了它与歌剧极高的亲缘性。当19世纪的观众走出歌剧院的人造天堂时,等待着他的将是他那个时代现实世界中的政治与经济强力。而这也正是《浮士德》第二部第四、五两幕的主题。希腊的光芒一丝都照不进这两幕戏;海伦不仅离开了浮士德,并且——正如浮士德自己所意识到的——带走了他“内心中最好的东西”(行10066):去爱的能力。于是他在这剩下的两幕中便如此行事:痴迷于权力,热衷于强力,极端自私,毫无人性。因此,在海伦消失之后只有“忧愁”一个形象还能最后再用一次“形体”与“强力”这一组韵,就不足为奇了。她这样对浮士德说:

我以变化的形体,施加可怕的强力。(行11426)

在城堡内院的人造天堂中,林叩斯发现从海伦那“壮美的形体”能产生使政治、经济与文化变得更人性化的效果;而忧愁的强力却恰恰是其反面。当歌德于1830年写下《浮士德》第二部时,希腊理想的现实性只相当于一个完全孤立、与时代对现实之要求相隔绝的人造天堂;而忧愁却在19世纪的现实中施加着它“可怕的强力”。理想化的古希腊退缩回艺术最深处的领域,正如《浮士德》中的海伦也退居城堡内院一样;相反,“理智、财富和强力”统治之处,适用的是完全不同的法则,与林叩斯对古典理想美之回归的期待恰相矛盾。然而在艺术的深处,从期待最高之美回归的幻梦中毕竟生长出了海伦这一幕戏:这是前所未有的语言奇迹,联结着对古典回归的渴望与重塑

① [译注]斯特凡·格奥尔格(1868—1933),德国象征主义诗人,《阿尔伽巴》(1892)是他的第三部诗集,得名于沉溺于艺术与情欲的古罗马少年皇帝埃拉伽巴路斯(Elagabalus,约204—222)。

古典已无可能的洞见。

三 古希腊的歌剧化

笔者在上文中试图说明,晚年歌德如何通过在《潘多拉》与《浮士德》第二部里运用"形体"和"强力"这一组韵,尝试以最为深思熟虑的方式把握并反思理想化的古希腊与去理想化之间、希腊理想美与现代对现实的要求之间的紧张关系及其不同层次。然而在歌德晚年的作品中,以戏剧表现手段克服对古希腊的理想化与去理想化之间鸿沟的尝试,同时也在形式上导致了值得关注的后果。在晚年歌德身上可以发现一种将古希腊歌剧化的明确倾向,即以歌剧的美学手法表演并呈现古希腊世界。作为戏剧家的歌德一直都对歌剧有着特别的好感,①这一点,席勒在他著名的《艾格蒙特》(*Egmont*)②书评里已揭示得相当清楚。但这种倾心却在歌德晚期作品中增长得越来越明显,并且尤其有利于他对古典素材的表现。

此处需要提醒的是,与那种以《伊菲革涅亚》(*Iphigenie*)③的经典化为依据的接受史成见不同,歌德相对而言很少拿古典素材当作其作品的基础。1800 年之前的诗作中就很少出现古希腊主题,1800 年以后更是几乎绝迹(格言诗是个例外;但格言诗的主题主要是反思地确定诗人与古希腊世界间的关系)。倘若歌德在诗歌中塑造古希腊神话,

① [译注]关于这一主题的基础性文献参见 Tina Hartmann: *Goethes Musiktheater.* Singspiele, Opern, Festspiele, „Faust". Tübingen 2004。参见本卷收录的蒂娜·哈特曼之文《〈浮士德〉第一部中的音乐剧》。

② [译注]席勒曾为歌德出版于 1788 年的名剧《艾格蒙特》撰写了一篇书评,参见 Friedrich Schiller: Über Egmont, Trauerspiel von Goethe. In: Ders.: *Theoretische Schriften.* Hg. von Rolf - Peter Janz u. a., Frankfurt am Main 2008, S. 926 - 937。

③ [译注]《伊菲革涅亚在陶里斯》(*Iphigenie auf Tauris*)是歌德出版于 1787 年的古典主义名剧。

首要原因是为了以树立典型的方式将人类的根本性问题形象地展现在读者眼前,并借助文学呈现将之引向解决之道。

由此可见,在诗歌领域,歌德与古典的关系同席勒大相径庭。席勒只在诗中处理古典主题,不过,他在诗歌中再现古典时,总是带着自学者对考古学细节与神话学专业知识的兴致,时常叫人厌倦。① 可以说,席勒在古典主题的诗中发展出了一种对古典完全亦步亦趋的摹仿关系,而歌德却与这种态度相去甚远。

在歌德早期的戏剧作品中,诗意呈现古希腊神话的《伊菲革涅亚在陶里斯》乃是一个伟大的特例。歌德之后自己也承认,这一特例之所以成为可能,是因为诗人对古希腊的认识还不充分,因此无法摹仿而只能想象,也就是富于诗意创造力地援引古希腊。歌德在 1811 年说道:

> 不足之处才具有创造力。我从对古希腊事物的研习中写出了我的《伊菲革涅亚》,但我的研习却是不充分的。倘若我学得彻底,那恐怕就写不出这部剧了。②

这也同时说明了为何在此之后,歌德种种想要从对“古希腊事物”的“彻底”研习中发展出一种与古典世界的艺术摹仿关系的尝试,均注定以失败告终。因为当他在与席勒合作的那十年中,以意大利之旅和不断推进的古典研究为基础,着力于在文学上也遵从古希腊的典范时,他恰恰由于古典无法超越的经典性而变成了浪漫主义式的断篇家。歌

---

① 参见 Ernst Osterkamp: *Die Götter – die Menschen. Friedrich Schillers lyrische Antike*. München 2006 (= Münchner Reden zur Poesie)。

② Friedrich Wilhelm Riemer: *Mitteilungen über Goethe*. Auf Grund der Ausgabe von 1841 und des handschriftlichen Nachlasses hg. von Arthur Pollmer. Leipzig 1921, S. 331.

德曾雄心勃勃地尝试模仿荷马的风格写作一部共八卷的六音步无韵体①史诗《阿喀琉斯》，描述阿喀琉斯之死并填补上《伊利亚特》与《奥德赛》之间情节上的空当，却只止步于1799年的第一卷，并且把阿喀琉斯写成了人所能想象的最不荷马的样子：一个一心求死的忧郁的人，只有对波吕克塞娜(Polyxena)炽热的爱才能帮助他蓦地再度燃起生活的激情。而当歌德于1800年开始创作《海伦在中世纪》这部"萨提尔剧"时，他本希望在形式上遵照阿提卡悲剧的模板，但同样在仅仅269行诗之后便放弃了将对古希腊理想的摹仿与发端于现代精神的创造结合起来的尝试。

一句话，歌德对"古希腊事物的研习"如此深入，以至于无法再诗意地虚构出一个古典世界。正因为他懂得太多而无法再虚构古典，歌德在古典主义十年中的诗意古典才会有转变为考古学古典的危险。这里显露出的，是诗意想象在历史知识的重压下将要窒息的危险，而这一危险在19世纪历史小说的兴衰史中体现得最为明显。这也从反面证明了歌德的那句话：只有不足之处才具有创造力。

从这一认识的角度看，歌德的诗意古典在古典主义十年结束之后便不是摹仿式的，而是歌剧式的。这其中的理论要求，已由席勒在他与歌德的通信中所深入探讨过的叙事文学与戏剧文学体裁之区别这一问题的框架下表述过了。他在1797年12月29日信中向歌德建议，从戏剧入手改革文学体裁，而首先要做的便是"通过驱逐对自然的庸俗模仿来为艺术创造空间与光线"。他还建议在这一过程中以歌剧为导向，并将歌剧定义为一种反摹仿的艺术形式：

> 我始终对歌剧心怀某种信任，相信它和古老的酒神盛典中的合唱歌队一样，能让悲剧从其中发展出更高贵的形体。人们在歌

① 六音步无韵诗行(Hexameter)每诗行有六个重读音节，由六个抑抑扬格(Daktylus)或抑扬格(Jambus)组成，其中第五音步必须为抑抑扬格；多用于古希腊罗马叙事史诗，例如荷马史诗。克洛卜施托克的《弥赛亚》(*Messias*)成功地将这一古典文学形式引入德语文学。

剧中确实放弃了对自然的那种低三下四的模仿，尽管理想只能打着宽恕的旗号从这条路偷偷登上舞台。①

这一信任歌剧的宣言显然是把话说到了歌德的心坎里，尤其是席勒还运用从佛罗伦萨的“卡梅拉塔同好社”（Florentiner Camerata）②时期起便广为流行，又被卡尔萨比基与格鲁克③重新提出过的论据——即歌剧应当被理解为古希腊悲剧的复兴——从历史上夯实了自己对歌剧的信任。歌德年轻时曾为“小歌剧”（Singspiel）这一体裁投入了不少艺术雄心，而且他本来就从1795年起认真地研究起了创作《魔笛》（*Zauberflöte*）第二部分的计划；当然，席勒为了《浮士德》这项大工程，有目的地试图劝歌德不要为此分心。此外，作为魏玛宫廷剧院总监，歌德在公务上也始终关注着歌剧：毕竟自他于1791年起负责制定剧院的演出计划后，歌剧就占了其中的五分之二，相反悲剧则远少于百分之十。④ 而随着格鲁克的歌剧改革及意大利风格的“正歌剧”（Opera seria）在拿破仑时代的复兴，古典素材在歌剧中重新赢得了重要意义，这在1800年后魏玛剧院的演出计划中也可见一斑。⑤

歌剧是最不必屈从于19世纪对现实性之要求的戏剧体裁，因此席勒认为悲剧“理想”只有经由歌剧之路方能重回舞台的观点，才会让歌德觉得颇具说服力。事实上，晚年歌德着手的所有力图呈现古典主题

---

① MA 8.1, S. 477f.

② ［译注］“卡梅拉塔同好社”是于1576年成立于佛罗伦萨的人文主义者艺术团体，成员希望以尽可能原汁原味的方式复兴古希腊戏剧，认为古希腊悲剧的文本是用于演唱的。团体成员佩里（Jacopo Peri, 1561—1633）1598年所创作的《达芙妮》（*Dafne*）被视为第一部现代歌剧，开创了这一全新的艺术门类。

③ ［译注］卡尔萨比基（Ranieri de' Calzabigi, 1714—1795），意大利歌剧作家；格鲁克（Christoph Willibald Gluck, 1714—1787），德国作曲家；二人曾合作创作歌剧《俄耳甫斯与欧律狄刻》（*Orfeo eo Euridice*, 1762）并携手改革歌剧。

④ Tina Hartmann: *Goethes Musiktheater*, S. 257.

⑤ Ebd., S. 296.

与神话的较大规模的艺术尝试，无一不在形式上与音乐剧（Musiktheater）相连，因为后者反摹仿的特质赋予了他一种可能性，能够通过舞台表演将古希腊的理想化与去理想化呈现在观众眼前，并在戏剧进程中将理想的形体与历史的强力引到一起。在庆典剧《潘多拉》中就已是如此，剧中既有多变的格律，又有合唱段落，歌德还计划让人为其中几段唱词谱曲；另外，对于同为庆典剧的《埃庇米尼得斯的苏醒》（*Des Epimenides Erwachen*, 1814）也是一样。这部剧的素材建立在古希腊神话与现代历史强力之间冲突的基础上，在形式上也很特别。歌德在1814年的一封信中写道：

> 纯粹的朗诵、伴着热烈情绪的朗诵、宣叙调、短抒情调、咏叹调、对唱、三重唱、合唱，相互交替。①

而歌德初作于1779年，并于1815年再度拾起的阴暗的情景剧《普罗塞皮娜》中也同样如此。最重要的是，上述特点也体现在用上了音乐剧所有形式手段的《浮士德》中，尤其是海伦那一幕。根据爱克曼记录下的歌德谈话，他早在完成这一幕的1827年就想过，要让欧洲歌剧界冉冉升起的新星贾科莫·迈耶贝尔为之谱曲。②

对歌德而言，能够平衡理想与现实、形体与强力的歌剧，就是古希腊在艺术中所处的位置。值得注意的是，歌德最后一次——甚至是在《浮士德》大功告成之后——对古典的诗意研究，所处理乃是一部歌剧台本。1832年2月，在他去世前的最后几周，歌德应古典主义正歌剧的代表人物斯蓬蒂尼（Gasparo Spontini）之请，审读了朱伊（Victor－Jo-

---

① WA IV, 24, S. 311.

② MA 19, S. 202. 关于将迈耶贝尔视为《浮士德》可能的作曲家候选，参见S. 283f.（1829）关于作为音乐剧的《浮士德》，也可参见Hans Joachim Kreutzer: *Faust. Mythos und Musik*. München 2003, S. 57－84。［译注］Giacomo Meyerbeer，1791—1864，原名雅各布·利伯曼·迈耶·贝尔（Jakob Liebmann Meyer Beer），德国作曲家，19世纪最成功的法国“大歌剧”作曲家，代表作包括《恶魔罗贝尔》（*Robert le diable*, 1831）、《胡格诺派教徒》（*Les Huguenots*, 1836）等。

seph Étienne Jouy)为大歌剧(*Grand opera*)《雅典女人们》(*Les Athéniennes*)所创作的台本。① 这是斯蓬蒂尼最新的,但最终未能实现的歌剧计划,其内容是歌剧史中经常上演的忒修斯、阿里阿德涅与被忒修斯杀死的米诺陶诺斯的神话。② 朱伊添上了新虚构的爱情悲剧冲突与政治阴谋,让神话与时俱进,不过因为正歌剧形式法则的要求,到底还是以幸福的结局为全剧画上句号。

《雅典女人们》的"大团圆结局"(lieto fine)再次让人意识到,为歌剧台本写了一篇详尽长文,并在文中提出若干使情节铺垫更加清晰的建议的歌德,为何倾向于通过音乐剧的形式来处理古典主题。因为歌剧不仅能够将古典形体与现代强力、理想与历史结合在一段戏剧进程之中,更可以根据其体裁法则的要求,将由此产生的致命冲突引向积极的解决之道。正是"大团圆结局"让正歌剧如此吸引完全算不上悲剧家的歌德,因为在正歌剧中,种种冲突都能在最白热化的戏剧极端中从头演到尾,但最终还是可以得到幸福的化解。因此,歌德对古典的最后一次诗意想象乃是一部大歌剧的大团圆,与公众尚不得见的《浮士德》第二部第二幕的结尾(伽拉忒亚的海中盛典)以及《潘多拉》最后狄奥尼索斯式的婚礼类似,并且希腊理想的奥林匹斯山再一次笼罩于爆炸性的历史世界之上:形体胜过强力,这是歌剧的神圣结局。

> 最终,当我们被地底下那些花花绿绿、变化多端的火焰柱,被火山般可怕的爆炸吓够了之后,忽地被带入了海洋的澄明:极乐的岛屿从中升起,幸运得救的人四处欢歌。甚至连掌控全剧的神明,

---

① [译注]加斯帕罗·斯蓬蒂尼(1774—1851),意大利作曲家、指挥家;维克多·约瑟夫·埃蒂安·朱伊(1764—1846),法国歌剧作家,其代表作包括1829年由罗西尼(Gioachino Rossini, 1792—1868)谱曲的《威廉·退尔》(*Guillaume Tell*)。

② [译注]根据古希腊神话,雅典英雄忒修斯曾前往克里特岛,要在迷宫中斩杀每年吞食雅典童男童女的怪物米诺陶诺斯。公主阿里阿德涅爱上忒修斯,给了他一个线团以在迷宫中标记走过的路,帮助忒修斯成功脱险。

帕拉斯和尼普顿,①也亲自下凡,以至于奥林匹斯最后也不能再拒绝敞开怀抱,借助它的在场收获观众的掌声。看到这样一部布置得如此丰富的舞台作品上演,我们自然完全有理由热烈地献上我们的掌声。②

古希腊的众神之梦在歌剧中得救。只是在温克尔曼发明古希腊理想、在德国人开始发自内心地寻找古希腊人的国度之前,歌剧就已经是这个幻梦的故乡了。

四 美杜莎的回归

潘多拉,这个纯粹美的理想,再也没有返回现实世界;代表完美女性之美的海伦的回归,最终也被证明不过是一场幻景。看上去,这就像是摹仿论古典主义(Nachahmungsklassizismus)在历史地经历了被暴力地撕裂的现代之后选择了退位。尽管作为造型艺术理论家的歌德直到最后都坚持这种古典主义,但现代的形象再也无法作为纯粹的美被把握。然而作为诗人,歌德尽管拒绝了潘多拉与海伦这两位理想美最重要化身的永恒回归,却以另一种完全不同的方式把玩着古典美回归现代世界的念头:自然,这是一种令人困扰的、与现代现实更为契合的美,在其中美的形体与致命的强力不可分割地连接在一起,“形体”与“强力”不再以充满张力的方式相互押韵,而是在美学上融为一体。这就是那“可怕的决定性的强力”之美,让观者——一如斐勒洛斯——无法确定,它究竟是来自“奥林匹斯山”还是“冥府”。这便是美杜莎之美。

虽然晚年歌德在坚守古希腊之美的理想时,也毫不动摇地坚守着古希腊雕塑业已确定的经典。对于所有古典主义而言,古希腊雕塑经

① [译注]帕拉斯(Pallas)即智慧女神雅典娜,尼普顿(Neptun)则为古罗马神话中的海神。

② MA 18.2, S. 216.

典都定义了最高的法则,①不过在温克尔曼的后继者眼中,梵蒂冈观景宫中庭(Belvederehof)所陈列的雕塑拥有最高的优先级。只不过,当歌德难得谈起古希腊雕塑时,最多也只是带着那种淡然的不言自明,就好像是在引用已确立的传统。反之,若以长久观察与反复研究作为痴迷的标志,那么古典雕塑传承中只有一件作品让晚年歌德痴迷,而这件作品却恰恰不属于塑造人们品味的古典雕塑正典,或者最多处于正典的边缘:这就是美杜莎的致命目光,一如"隆达尼尼的美杜莎"(Medusa Rondanini)所流传下来的一样。

在歌德生命的最后十年,他甚至将美杜莎头像升格成他家中圣像不可或缺的组成部分:正准备踏入会客厅或起居室的访客,会在楼梯间最高一层平台的右侧墙上看见一尊硕大的美杜莎头像,这是欧登塔尔根据一尊当时藏于科隆瓦尔拉夫博物馆(Wallrafianum)的古罗马哈德良时期的雕塑真迹所绘制的;约翰娜·叔本华于1830年将这幅画作赠给了歌德。② 如果访客穿过了正门,在"黄厅"向左看,他的目光将会再一次落到蛇发女妖的头像上:窗户之间立着一尊原藏于慕尼黑雕塑博物馆的"隆达尼尼的美杜莎"石膏复制像,这是一份来自巴伐利亚国王路德维希一世的礼物,于1825年12月成为歌德的收藏。如此一来,歌德家的访客虽然在将要步入客厅的门槛前受到地板上刻着的拉丁语问候"Salve"的欢迎,但却同时被美杜莎石化的目光紧紧束缚;就算他成功地进入了诗人的第一间起居室,另一尊美杜莎的致命样貌又让他动弹不得。为了从"黄厅"进入作为歌德家真正的会客厅和沙龙的"朱诺

---

① 以下这部著作记录下了这些雕塑经典:Francis Haskel/Nicholas Penny: *Taste and the Antique. The Lure of Classical Sculpture* 1500 – 1900. New Haven and London 1981。

② [译注]Johann Adam Heinrich Oedenthal,1791—1876,德国画家;Johanna Schopenhauer,1776—1838,德国作家,哲学家阿图尔·叔本华(Arthur Schopenhauer, 1788—1860)之母。瓦尔拉夫博物馆即今天的瓦尔拉夫-里夏尔茨博物馆(Wallraf – Richartz – Museum),始建于1824年,是科隆最早的博物馆,得名于创始人、艺术藏家瓦尔拉夫(Ferdinand Franz Wallraf, 1748—1824)。

厅”,就必须直面美杜莎穿透一切的目光,这一切构成了某种辟邪的迎客圣像,却带着深渊般的讽刺。可以说,晚年歌德并不打算轻易就让本就紧张的访客走到他面前,他运用了美杜莎这一“形体”与“强力”统一体的古希腊化身。

青年歌德对戈耳工(Gorgo)的可怕形象并不感兴趣,①在意大利之旅前构思的作品中只引用过一次,即伊菲革涅亚和俄瑞斯忒斯相认前不久,当伊菲革涅亚试图理解弟弟灵魂的阴暗面时:“真有像从可怕的戈耳工头上/发出的魔力使你全身僵硬?”②这是引申到心理学上的神话引用,还没有参透美杜莎的魔力,因为诗人到目前为止,只是在文学史料中经历过美杜莎所散播的恐怖,因此并无从得知这种恐怖中的美。歌德对戈耳工的痴迷一直延续到他生命的尽头,但最初是从1786年12月的某个瞬间开始的。当时的他在罗马的隆达尼尼宫(Palazzo Rondanini)初次见到了“隆达尼尼的美杜莎”。这是5世纪末一尊古希腊的美杜莎面具的罗马复制品,约创作于古罗马帝制时代早期;歌德对它一见倾心,立刻拜倒在它的魔力之下。

> 在我们对面的隆达尼尼宫中展出了一尊美杜莎面具,比真人更大,在高雅而美丽的面部形象上,死亡令人胆寒的凝视表现得如此出众,难以用言语描述。我已经有了一件不错的石膏复制像,但大理石的魔力却一丁点儿也没有留下。③

这几行《意大利游记》(*Italienische Reise*)中的文字揭示出,“隆达尼尼的美杜莎”对歌德的吸引力首先是美学上的;他在初到罗马的那段

---

① 这一点与神话中其他象征恐怖的图景,尤其是与复仇女神欧墨尼得斯(Eumenides)完全不同,参见 Ulrich Port: Goethe und die Eumeniden. Vom Umgang mit mythologischen Fremdkörpern. In: *Jahrbuch der Deutschen Schillergesellschaft* 49 (2005), S. 153 – 198。

② Vs. 1162f.; MA 3.1, S. 192. [译注]汉译参见《歌德文集》第七卷,页307。

③ MA 15, S. 178.

时间还完全按照温克尔曼的要求研究古希腊雕塑,因此认为戈耳工的面具所代表的,是在“高雅而美丽”的形式中对死亡经验的美学克服,就仿佛是濒死的拉奥孔的一个更极端的变体。但歌德很快便感觉到,若将美杜莎归入温克尔曼“表情美学”的范畴中,并不能恰当地归纳其魔力,因为他用这种美学范畴只能领会死亡对美杜莎的影响,而不是美杜莎“高贵而美丽”的形象本身所具有的致命之力。当他七个月后再度回到“隆达尼尼的美杜莎”跟前时,除了要讲出自己“最大的快乐”,他这一回什么也不想做,甚至禁止自己谈论“任何艺术废话”,①因为这是一种如水晶般澄澈的美,却毫无同情心,只是带去死亡,而他还没有任何概念来形容这种美的多义性。直到 1788 年 4 月——这也是他在罗马逗留的最后一个月——的报告中,歌德才找到了合适的词汇,能够恰当地描述“隆达尼尼的美杜莎”在高雅的美感与情欲的恐怖之间,在生与死、形体与强力之间那不可消解的歧义中所蕴含的魔力:

> 一件奇妙的作品,表达着死亡与生命、痛苦与肉欲间的矛盾,像其他任何问题一样对我们施加着难以名状的吸引力。②

也就是说,这是“美”介于情欲和恐怖之间的模棱两可,既是一个未解的问题,也是所有未解问题的美学表达:就仿佛歌德在他生命最后的岁月,从这尊古典雕塑那儿借来了一种现代美学的模板,而他对于现代政治、社会与经济状况的担忧则可在这一美学的帮助下变得具象,因为“形体”与“强力”正是在其中相互交融。美杜莎的吸引力之所以“难以名状”,或者说缺少概念,是因为它将最高之美的情欲与充满痛苦的死亡之恐怖连接到了一起。而人们更必须提醒自己,这段评论是歌德直到 1829 年编辑《再游罗马》(*Zweiter römischer Aufenthalt*)时才写下的,彼时的他早已坚信,只有唯一一种美的形式才能符合现代世界对“强力”的经验:这便是美杜莎的美。

---

① MA 15, S. 453.

② MA 15, S. 642.

伴随着铺垫了法国大革命的种种事件，歌德发现他那个时代的历史已踏入了美杜莎那置人于死地的目光之中。他在晚年常常说起，他认为正是 1785 至 1786 年那桩撼动了法国王室的“珍珠项链丑闻”(Halsbandaffäre)①具有关键意义，因为在这桩丑闻中显露出如此大面积的政治与道德腐败，以致人们由此开始怀疑，欧洲的君主制是否还能再坚持下去。“珍珠项链事件是世界历史的倒错。”歌德在 1816 年 5 月 5 日和里默的谈话中强调。而里默则在日记中继续写道：“这对歌德而言是当前与最近种种事件最可怕的、如美杜莎一般的象征。”②在 1822 年的《法兰西征战》中，歌德也公开宣称，世界历史在“珍珠项链丑闻”后就处于美杜莎的阴影下：

> 早在 1785 年，“珍珠项链事件”就曾如同戈耳工的头颅一样让我惊恐不已。通过这桩耸人听闻的罪恶行径，我看到国王的尊严被埋进了土里，提前遭到毁灭，而从此之后的种种后续事件遗憾地完全证实了我的可怕预感。我带着这种预感前往意大利，却带着更加强烈的预感回来。③

---

① ［译注］“珍珠项链丑闻”（法语 l' affaire du collier de la reine）是 1785 至 1786 年发生在巴黎的一桩惊天骗局。落魄贵族莫特伯爵夫人（Comtesse de La Motte）欺骗想要讨好王后安托瓦内特（Marie Antoinette，1755—1793）的红衣主教罗翰（Cardinal Louis - René de Rohan，1734—1803），谎称王后想要一条名贵的珍珠项链。主教立刻请两位珠宝商人订购并承诺分期付款。伯爵夫人伪造了王后的签名并骗走了项链，将之拆分后出售中饱私囊；当主教无力支付款项时，珠宝商设法面见王后，这才了解到其中的骗局。尽管后世多数史家认为王后并不知情，但当时种种传言认为莫特伯爵夫人是王后同谋，陷害罗翰主教，让大骗子（Alessandro Conte di Cagliostro，1743—1795）盗走了项链。“珍珠项链丑闻”沉重打击了安托瓦内特在民众心中的形象，使得王室的声誉一落千丈。

② Friedrich Wilhelm Riemers Tagebücher. 1811 – 1816. Im Auszug hg. und eingeleitet von Arthur Pollmer. In：*Jahrbuch der Sammlung Kippenberg* 3（1923），S. 77f.

③ MA 14，S. 510.

于是在歌德眼中，一个古希腊神话中的形象就成了当代历史的核心象征，而这一神话形象的雕塑化身——也就是“隆达尼尼的美杜莎”这副充满秘密的面具——在他抵达罗马后不久就将他迷住，程度之深超越其他任何一尊古典雕像，也就并非偶然，因为美杜莎那夺人性命的目光为他的“可怕预感”提供了一个美学的形体。从此，美杜莎便出现在歌德作品中的重要位置，例如在他翻译的切利尼①的传记里关于《珀尔修斯》(*Perseus*)的段落中，美杜莎便是暴力美学的核心范例；又如在1814年的庆典剧《埃庇米尼得斯的苏醒》中，美杜莎又是当代历史中的强力关系的象征，当压迫的恶魔将“信仰”的譬喻形象与爱情绑在一起时，它惊恐地高呼：“可我怎么了！我被美杜莎/恐怖地盯了一眼。”②

作为历史象征的戈耳工之头颅在歌德那里赢得的重要意义，也让人能够理解，歌德为何在结束意大利之旅后，从未放弃过想要有朝一日为他的收藏加入一尊上乘的“隆达尼尼的美杜莎”石膏复制件的希望。在此期间，巴伐利亚国王路德维希一世已经为了他尚在规划的雕塑博物馆购入了“隆达尼尼的美杜莎”，而当歌德于1825年11月14日真的从国王那里收到作为礼物的美杜莎石膏像时，他在感谢信中倾吐了“这幅重要的古老图像”③对他具有何种意义：

> 但在我面前伫立着一件我期盼已久、属于远古神话时代的艺术品。我将目光抬起，望着这个意味最是深长的形体。美杜莎的头颅常因为其不祥的后果而令人恐惧，然而它在我看来却显得富有善意而又治愈。④

这幅“古老图像”对歌德而言既“重要”又“意味深长”，其中的意思

---

① ［译注］Benvenuto Cellini，1500—1571，意大利雕塑家，从文艺复兴转向矫饰主义的代表人物之一。

② MA 9，S. 214.

③ WA IV，40，S. 194.

④ Ebd.，S. 195.

不是别的,正是表明它仍能作为象征体现歌德自己时代的困境。同时,确保这幅图像具备象征当下生命困境之能力的,恰恰是它与“远古神话时代”的接近。这个一般而言“因为其不祥的后果而令人恐惧”的形象,由于以美学表现的媒介将历史的可怕绘入一幅图中,才显得“富有善意而又治愈”。

如果人们在这几句话中只读出了因为一件具有极高回忆价值的纪念品而对国王表达的深深谢意,就从根本上误解了其中的深意。恰好相反:在1825年的歌德看来,“隆达尼尼的美杜莎”正是具有最高现实价值与最强烈现实意图的古希腊艺术作品。因此,这几句话恰恰导向了歌德生命最后几年的美学,并描绘了他出于阐释自己的时代而意图赋予古希腊神话的地位与价值;这几句话也能帮助厘清,为何歌德在古典瓦尔普吉斯之夜中让“远古神话时代”的形象、神话中古老的以及奥林匹斯山底的形象一一登场,而奥林匹斯山顶那个文明且精妙的神界却始终被挡在《浮士德》之外。但是,这一段话的意义首先在于,欣赏“隆达尼尼的美杜莎”促成了歌德晚期作品中最大胆的诗学思想实验之一:他计划将美杜莎“令人恐惧”的画像作为古希腊恐怖美学的一个案例,在《浮士德》第二部第二幕中为之留出一块“重要的”空间,同时希望让美杜莎“意味最是深长的形体”能够契合他自己那个时代的经验。

1826年,歌德决定在次年出版的最终亲定版文集(Ausgabe letzter Hand)第四卷中刊印已经完成的海伦那一幕,并取标题为《海伦,古典-浪漫的幻象剧》,因此就有必要向读者解释,这一出“《浮士德》的幕间剧”与已付梓的《浮士德》第一部之间有何关联。于是,歌德于1826年12月15日在前一个月已完成的第二幕纲要之基础上撰写了一篇导言,第一次从细节上阐述了古典瓦尔普吉斯之夜的情节与动机。两天之后的12月17日,歌德就着手对文章进行大规模的修改与扩充,在原计划的基础上补充了若干重要的场景。在此过程中,他的艺术想象怀着对“越界”的明显兴致,闯入了先前小心避开的领域。在这一构思阶段,第二幕应遵循“上升”的原则,伴随着不断增强的恐惧,从瓦格纳的实验室到古典瓦尔普吉斯之夜的那片沉浸在月光阴影之地再到冥府;浮士德正是在这里作为“第二个俄耳甫斯”①恳求普罗塞皮娜放了海伦——直到1830年12月,歌德才最终放弃了这种构想,用伽拉忒亚在海上的生命与爱情盛宴取代了普罗塞皮娜的死灵之国。浮士德冥府之旅中最可怕的瞬间,应当由这样一场戏来呈现:它以某种深不可测的方式将古典瓦尔普吉斯之夜与《浮士德》第一部中的瓦尔普吉斯之夜联结到一起。浮士德在第一部的瓦尔普吉斯之夜中看到“一个苍白的美丽少女”(行4184),有着“死者的双目”(行4195)。为了不让浮士德认出少女就是格雷琴的显现,梅菲斯特便哄骗他说,这其实是美杜莎的“幻影”(行4190):

遇上它不是什么好事;
被它凝视一眼,人的血液就会凝固,
人几乎变成顽石;
像你听说过美杜莎的故事。(行4191-4194)

人们可以发现,梅菲斯特天性使然,当然不熟悉古希腊神话,美杜莎对他而言不是别的,只不过是道听途说来的某个神话引用,而不是真正的历史威胁;回忆古希腊神话只是为了遮掩浮士德应承担罪责的可怕现实。但歌德在1826年却打算在《浮士德》第二部中做激进的修改。浮士德应在前往冥府的路上真的遇见历史最强烈之恐怖的象征化身,而这一化身应取美杜莎那“意味最是深长的形体”。

歌德心里清楚,19世纪的冥界与“旧制度”时期的冥界不可同日而语。在一个充满政治冲突、社会斗争、革命与战争的世界,一段格鲁克式的编排整齐的复仇女神芭蕾舞无法从美学上令人信服地呈现出冥府。因此,歌德在《浮士德》第二部导言第一、二版之间的那两天中,试

---

① Anne Bohnenkamp: „…das Hauptgeschäft nicht außer Augen lassend“. *Die Paralipomena zu Goethes Faust*. Frankfurt am Main und Leipzig 1994, S. 430 (P123B).

图塑造出一个在通往阴曹的路上候着浮士德的恐怖形象。在第二版导言中，歌德将冥界的种种可怕之处融入了唯一一幅绝对恐怖的画面，而这一画面同时标志着每个想要踏入冥府的人都要经过的死亡的临界点。从这里开始，引导浮士德进入冥界的便是忒瑞西阿斯（Tiresias）的女儿曼托：

> 曼托忽然用面纱遮住了她保护的人，催促他离开这条路，走向悬崖峭壁，以致他害怕自己将会窒息乃至死去。但很快，她便揭去了面纱，并解释了这种谨慎，因为戈耳工的头颅从深涧中向他们袭来，几百年来越来越庞大、越来越宽广。普罗塞皮娜喜欢让她远离庆典的平原，因为她的出现会使聚集到一起的鬼魂和神怪惊慌失措，立刻作鸟兽散。曼托即便天赋异禀，也不敢看她一眼；倘若浮士德真的看见了她，便会立刻毁灭，在宇宙中再也找不到一丁点儿他残存的肉体或灵魂。①

这一绝对恐怖的幻景，其可怕在歌德的作品中无出其右；而《浮士德》研究自然早已发现了此幻景来源于何处：歌德是从但丁《地狱篇》第九章那里借用的。《奥德赛》中的奥德修斯在冥府仅仅担心的——普罗塞皮娜恐怕将向他释放戈耳工的可怕形象②——在但丁那里真的化作了现实。正是维吉尔在突如其来地遭遇美杜莎时，遮盖住了但丁的眼睛：

> “你向后转过身去，闭着眼睛，因为，如果戈耳工出现，你看到她，就再也不能回到阳间了。”老师这样说；他还亲自把我的身子

---

① Anne Bohnenkamp：„…das Hauptgeschäft nicht außer Augen lassend“. *Die Paralipomena zu Goethes Faust*. Frankfurt am Main und Leipzig 1994, S. 449 (P123C).

② 此处也可参见 Karl Reinhardt：Das klassische Walpurgisnacht. Entstehung und Bedeutung. In：ders.：*Tradition und Geist. Gesammelte Essays zur Dichtung*. Hg. von Carl Becker. Göttingen 1960, S. 309 – 356, hier S. 312。

扳转过去，他不相信我的手，所以又用他自己的手捂上我的眼睛。①

为了让读者对古希腊的冥府有个概念，歌德不得不运用他本来并不熟悉的基督教史诗中的图像世界。这首长诗试图使基督教地狱中布满古希腊神话的恶魔，以此展现其中的恐怖；于是歌德笔下的美杜莎被添上了《地狱篇》中的恐怖与痛苦，踏入了古希腊的冥府。他以一种诗意的方式将但丁的图像世界推向极端，但这种方式既不靠古典神话，又不靠基督教神学支撑，而是完全归功于他对自身时代的经验。当浮士德经历美杜莎之在场时，这一极端的恐怖也从肉体上传导给了他，尽管他根本没有看见美杜莎。事实上，浮士德在整部剧完稿的文字里，从未像在这一幕中一样如此接近可怕的死亡，只有暴力才能拯救他："以致他害怕自己将会窒息乃至死去。"浮士德对死亡的恐惧攫取了他的身体与灵魂，而这在漫游地狱的但丁那里找不到对应物：他躲在维吉尔温柔的保护姿态下，任美杜莎在面前穿梭而过，毫无灵魂的震颤。在歌德那里却正相反。古希腊的形象完全成了现代的暴力，成了历史不断增长的暴力与破坏潜能的象征。他用三种方式增强了美杜莎的可怖。

首先，如果说但丁笔下的戈耳工尚被归入地狱里组织完善的折磨体系中的话，那么歌德则是将其从古典瓦尔普吉斯之夜的其他神话人物中孤立出来，因为没有哪个古典妖魔能经得住她的一瞥，而她也将因此毁了整个瓦尔普吉斯夜宴。从她身上散发出的恐怖就不是相对的，而是绝对的。

其次，这一点也体现在美杜莎之恐怖的效果上：如果说在古希腊神话中，戈耳工头颅的一眼就可将望向她的人石化，也就是把鲜活的躯体变成一尊雕像，并以此使之成为形体而永存，那么歌德笔下的戈耳工之瞥则是绝对的毁灭，其效果与核打击如出一辙，她的一眼将身体与灵魂

① ［译注］汉译参见［意］但丁：《神曲·地狱篇》，田德旺译，人民文学出版社，1990，页60。

消解成虚无，以致在整个宇宙中再也找不到美杜莎牺牲品的踪迹。这不再是古典的美杜莎，而是彻彻底底的现代美杜莎，是一台装备着激光大炮的毁灭机器，不光消灭个体，甚至还要消灭个体的概念。

第三点却是：就算美杜莎的破坏力现在就已强大到无以复加，其毁灭的潜能依旧在不断增长。时年77岁的歌德借着美杜莎的登场所设想的恐怖幻景，未来还会继续扩展，凭着曼托看着她"几百年来越来越庞大、越来越宽广"的评价，她甚至被纳入了一个无所不包的绝对视角。歌德的图像世界少有比这一幕对不可阻挡地增长着的破坏潜能的诗意构思更接近历史悲观主义的了。尽管普罗塞皮娜还能将这种毁灭的潜能拴在冥府，但美杜莎到底还是凭强力穿过通向冥界之路的深涧，强行回到在《浮士德》第二部第二幕中被构思为战场的历史的阴暗原野。这一图景说明，美杜莎毁灭性的恐怖并未被启蒙所束缚，而是不受约束地继续增长，而伴随着恐怖一起增长的，还有那既威胁肉体又威胁灵魂的破坏力的总量——于是，甚至连浮士德都被死亡的恐惧所侵袭，就不足为奇了，因为与这个无视任何契约合理性而施展自身破坏潜能的毁灭机器相比，每一份与魔鬼的契约都显得全然无害。这正是歌德四十年前眼睁睁地看着在戈耳工的标志下登场的现代历史所具有破坏潜能。歌德对但丁创作所作的任何改动，都没有神话学传统的支撑；没有任何一处改动能在他最重要的神话学参考书目，赫德李希的《神话大百科全书》中找到先例；①只有从歌德的历史经验出发，这些改动才令人信服。

戈耳工：成为现代强力之美学代名词的古典形体。当然，歌德在最后还是避免让《浮士德》的观众在戈耳工的目光下石化，因此让美杜莎仅仅留在《浮士德》的补遗里。古希腊的理想美本是德国古典主义一切艺术革新设想的尺度，但歌德却没有放弃在他的最后一部伟大作品中，将这一理想美的现实性与一场幻景等同起来。这场被唤醒的幻景

---

① Benjamin Hederich，1675—1748，德国学者、辞书作者，于1724年首次出版了《神话大百科全书》（*Gründliches mythologisches Lexikon*）。

像是某种核心的教育内容,恋旧思乡的教授之爱紧紧依附着它,但是在无数次浮躁的对风格的仿古引用中,古希腊的美的理想再也没有继续存在下去的可能了。正是丑陋与令人反感之物在现代越来越多,德国古典主义的人文教育理想之实现所遭遇的历史阻力也越来越强。即便这场梦常被人招来,却也总是很快烟消云散——如同海伦重回冥府——坠入古典主义教育语录的冥界。这也是《浮士德》中海伦那一幕所讲的内容:它诉说了一场关于作为完满人性之化身的理想美的幻梦,是如何落进那无力的教育纲领的阴曹,而与此同时,历史的现实却遵从着完全不同的法则。这些法则究竟为何,从《浮士德》第二部的第四、五两幕中可见一斑:这便是经济、军事强力与技术进步的法则。海伦无法挽留地坠入阴间,而美杜莎则不可阻挡地不断生长。

作者简介:欧斯特康普(Ernst Osterkamp,1950—),现任德意志语言与文学科学院院长,柏林洪堡大学荣休教授,主要研究领域为魏玛古典、德国现代派文学、文学与艺术等,著有《以字为画:歌德图像书写研究》(*Im Buchstabenbilde. Studien zum Verfahren Goethescher Bildbeschreibungen*,1991),编有《歌德研究手册:补遗第三卷(艺术卷)》(*Goethe Handbuch. Supplemente. Bd. 3. Kunst*,2011)等学术著作。

歌德、吉贝尔与奥地利的卡尔大公

——《浮士德》第二部第四幕中的战争与军事科学

施泰因迈茨(Ralf - Henning Steinmetz)　撰

史敏岳　译

战役正拉开序幕,主帅在对话中向皇帝解释军队的布局和战役的发展。这一幕向来为读者所惊叹,认为这是当时已经年迈的诗人歌德所具备的想象力和战略禀赋的产物。歌德的精神乃是一具鸣声繁复的乐器,而战略禀赋则是这具精神乐器上奏响的一根新弦。剧中关于战役推演的构想堪称天才,即便如延斯①这样的军事作家和战争史专家,也认为在《浮士德》第四幕的战争中看出了克尼格雷茨战役②[!]的过程。③

勒特(Gustav Roethe)也肯定歌德的描写包含了"卓越的细节和清晰的战役结构"。④ 和军事史家延斯一样,作为日耳曼学研究者的勒特也称赞歌德的专业知识,因为勒特本人也懂得军事。参加过一战的勒

---

① [译注]Max Jähns,1837—1900,普鲁士军官与军事作家,著有《从大革命到当代的法国军队》(*Das französische Heer von der Großen Revolution bis zur Gegenwart*,1873)、《克尼格雷茨战役》(*Die Schlacht von Königgrätz*,1876)等。

② [译注]克尼格雷茨战役是1866年普奥战争的决定性战役,时间远在歌德逝世之后。原文如此。

③ Ernst Trautmann: *Goethes Faust. Nach Entstehung und Inhalt erklärt.* Bd. 2: Der Tragödie zweiter Teil, München 1914, S. 289.

④ Gustav Roethe: *Goethes Campagne in Frankreich* 1792, Berlin 1919, S. 340.

特对军事理论很有兴趣,他在1919年出版的作品《歌德的1792年法兰西战记》有一部分就完成于前线。

为什么歌德能够如此清晰地想象军队的布局和战役的流程?① 难道这真的像《浮士德》评注家特劳特曼(Ernst Trautmann)在1914年所认为的那样,只是"年迈诗人想象力和战略禀赋的神奇产物"吗?认为这一幕先知一般地预见了1866年德意志兄弟之争的决战——克尼格雷茨战役,这种说法并不能让考据学家们满意。他们通过研究,证实歌德了解多场不同的战役:这些战役有些见于古代文献,如普鲁塔克的传记文学,②其他则出现在歌德自身的时代(1806年的耶拿战役,③1813

---

① 维特科夫斯基也称赞歌德"对战役之初布阵和战役过程的描写非常清晰"(*Goethes Faust*, hrsg. von Georg Witkowski, Bd. 2: Kommentar und Erläuterungen, Leipzig 41912, S. 360);同样,特隆茨(Erich Trunz)也感叹:"81岁高龄的歌德是以何等清晰的直观想象力创作了这些场景!"(*Goethes Werke. Hamburger Ausgabe in vierzehn Bänden*, hrsg. von Erich Trunz [künftig: HA], Bd. 3: Faust, Hamburg 71964, S. 606.)

② 参见穆勒(Joachim Müller): *Der vierte Akt im zweiten Teil von Goethes „Faust". Aktion und Bezüge*, *Berlin* 1981 (*Sitzungsberichte der Sächsischen Akademie der Wissenschaften*, Phil. – hist. Kl., Bd. 122, H. I), S. 13。穆勒援引歌德"终生研究普鲁塔克,且恰好在20年代以及1831年的日记中记载了对普鲁塔克的深入阅读"为证,尤其指出歌德对保卢斯(Aemilius Paulus)、泰摩利昂(Timoleon)和恺撒传记的阅读(S. 13)。(然而,1831/32年的证据在时间上都后于《浮士德》完成的当年9月!)在普鲁塔克笔下曾出现过允许迂回进攻的隘口(Aemilius, c. 15/16);也有过适用方阵的平原(Aemilius, c. 16);另外一次有两只雄鹰带来的开战的先兆(Timoleon, c. 26);在决定性的时刻,风雨雷电交加,帮助希腊人战胜了迦太基人(Timoleon, c. 28);恺撒被刺的危急时刻则用雷电和暴烈的人群相互冲撞的场景来体现(Caesar, c. 63)。穆勒在普鲁塔克的战役描写中发现的那些"部分极具压迫感的细节"(可能指那些细节的相似性具有压倒性的说服力)终究也只是细节而已。我们完全可以把这些细节作为歌德笔下个别细节的出处来考虑,但对于引起专业人士惊叹的第四幕的整体规划而言,这些细节不足为凭。

③ 参见下文关于《浮士德》第四幕和耶拿战役的注释。

年的库尔姆战役[Schlacht bei Kulm]①)。但无论在什么地方,除了战役过程中一些相似的细节和零星的平行点之外,并不存在更多的联系。如果歌德为描写战役而做的材料选择不应仅仅归结于偶然的阅读或同时代的事件,如果这些既定材料提供的认识应能更具说服力地把场景纳入整部作品的阐释中去,甚或应当产生新的认识和思考,那么目前对材料归属所作的论证仍无济于事。

没有必要假定《浮士德》的清晰描述有赖于战争史对某一事件的书面或口头报导。因为歌德本来就热切地研究过军事理论,在"山麓小丘"(Vorgebirg)一场,皇帝的主帅甚至明确援引军事理论:

> 陛下,请视察我军右翼!

---

① 阿伦斯(Hans Arens)曾指出第四幕和库尔姆战役的关系,参见 *Kommentar zu Goethes „Faust II"*, Heidelberg 1989, S. 798。1818 年 1 月 23 日,歌德在其日记(WA III, 6, S. 162)中提到"库尔姆战役及其后果与意义"。在库尔姆发生的这场长达两天的战役中(1813 年 8 月 29—30 日),只有一段插曲让人想起第四幕中山麓小丘的战役。

> 库尔姆村周边的高地极其牢固,敌人(旺达姆[Vandamme]将军率领的法军)十分懂得利用这一地势作为掩护,使人(巴克莱[Barclay]率领的俄奥联军)认为对敌军右翼发动主攻于己有利[在《浮士德》中,是对皇帝军队的中心发动进攻]。(见同时期文献,转引自 Gottfried Uhlig von Uhlenau: *Das Kriegsjahr* 1813 *mit besonderer Berücksichtigung der Schlacht bei Kulm*, Dresden 1863。)

次日,科洛雷多(Colloredo)和比安奇(Bianchi)率奥军向布有法军左翼部分兵力的施特里舍维茨高地(Strischewitzer Höhen)发起冲锋。普鲁士的克莱斯特军官团袭击法军背后,对战役产生了决定性作用。亦见 Heinrich Aster: *Die Kriegsereignisse zwischen Peterswalde, Pirna, Königstein und Priesten im August* 1813 *und die Schlacht bei Kulm*, Dresden 1845; Carl von Helldorff: Zur Geschichte der Schlacht bei Kulm, Berlin 1856。

这样的地形正符合**战略本意**。①

如果从军事理论的领域出发,可以在歌德明确研究过的作品中找到与《浮士德》关系更密切的平行文本,则对阐释者而言,这类发现就有上文所述的材料归属工作所不具备的优势:歌德想象力的边界绝非如此狭隘(尤其当应该用暗示来指明作品与出处的关系时,想象力就更不受限)。因为(歌德所用的)战略战术教科书为了清晰地描述过程,舍弃了修饰性的细节,具有强烈的形式化特征。这就可以解释歌德笔下的战役结构为何如此清晰,以及在真实发生的战役中为何难以获得更多认识。我们在真实的战役中,无论是古代战争还是拿破仑战争,都只能认识到个别的相似点而已,别无其他。

与许多其他学术门类一样,在歌德生前,关于战争的学术研究也经历了同样的繁荣。歌德十分关心这些学术的发展,有时甚至参与其中(如地质学和植物学)。② 不仅纯粹的军事专业问题,还有关于军事宪法和政治宪法相互制约等跨学科问题,都属于当时讨论的范围。如果《浮士德》中对立双方军事行为的差异反映了歌德时代不同的学术立场,那么就可以把第四幕中的战争纳入更广阔的关联之内,而根据这些关联,我们又能够反推出关于《浮士德》的结论。

不过,这需要我们在某些角度上更正流行于人们观念之中的歌德

---

① 《浮士德》行 10351 及以下(对"战略本意"的强调为作者所加)。此处的"战略本意"在 1831 年 6 月的遗稿(HP181/IV H20)当中作"战争艺术"(Kriegskunst):"我们天然地证明自己/符合战争艺术的要求。"(FA I, 7, 1, S. 714)在最终修订时,这两句似乎是第 10352 行。如果把军事科学看作对作战规律的系统化和理论化把握,把战争艺术看作战争中统帅必备的基于直觉和经验的能力,在正确的时机作出正确的决断,那么可以说歌德在最终版本所用的概念是贴切的。对这两个概念的区分在 18 世纪就已经流行。[译注]此处《浮士德》译文按人民文学出版社 1999 年绿原译本,下同。

② 歌德在致采尔特的一封信(1827 年 11 月 6 日)中曾一口气说出植物学、地形学和战争史三种他在花园、旅途和闲暇中喜爱研究的学科(WA IV, 43, S. 150)。

形象。歌德终其一生都在热切地研究军事,这一事实确已得到详细的证明和描述,但却并未被歌德研究界普遍接受。通过参考歌德至今为人所忽视的军事研究,我将在下文致力于探寻"山麓小丘"一场中歌德军事理论知识的痕迹:第一步介绍歌德研究过的军事作家和歌德研究他们的证据,第二步整合并评注散见于《浮士德》各处的与战役相关的诗句,第三步将由此重构出来的战役过程和歌德所读军事理论的详细节录相对比,包括平行文段在选词和特定风格塑造上的异同,最后基于由此得到的结果,引出结论。

一　歌德与军事

有两封信证实歌德在青年时代就已研究过吉贝尔(Antoine Hyppolite Guibert)当时问世不久的《战术通论》。① 1776年5月19日,歌德从魏玛给楚·施托尔贝格女伯爵奥古斯塔(Auguste Gräfin zu Stolberg)写信:"四点于花园中访维兰德(Wieland),画家克劳泽(Krause)来。二人随至我家园中,后离去。读吉贝尔《战术通论》,公爵与亲王携二贵客至。"②同年夏季,歌德又告诉伦茨:"此地唯有吉贝尔书,其余书不可得。"③

---

① Antoine Hyppolite Guibert: *Essai général de tactique*, *précédé d'un discours Sur l'état actuel de la Politique & dela Science Militaire en Europe*; *avec le plan d'un ouvrage intitule*: *La France politique et militaire*, London 1770;第二版有所扩充,同样于1770年以两卷本的形式在伦敦出版。1774年,德语版的两卷本在德累斯顿出版,题为:"战术通论,包括关于欧洲政治学及军事学现状的一篇论文和一部作品的构思,题为:政治和军事的法国。译自吉贝尔上校的法文原著。"后文吉贝尔作品的引文即按此版。

② *Goethes Briefe*. Hamburger Ausgabe, hrsg. von Karl Robert Mandelkow und Bodo Morawe, Bd. 1: Briefe der Jahre 1764 – 1786, Hamburg 1962, S. 217.

③ WA IV, 7, S. 355. 在18世纪70年代,"吉贝尔"一词可能毫无疑义地指到处都在讨论的《战术通论》一书(见下文)。

吉贝尔的论著第一次尝试提供一种学术性的基本战术教程,不仅总结了当时现有的知识,而且还引入了详细的、往往经过数学般精确论证的新见解。在这部作品中,吉贝尔发展出了许多改变军事理论的革命性思路,而且在拿破仑所受的军事教育当中占有极高的地位。甚至可以说,拿破仑这位天才的军事统帅虽然没有在吉贝尔的基础上增添什么理论认识,但却通过自己的军事行动为他的理论赋予了生命。① 吉贝尔的《战术通论》不仅仅是一部专业的军事著作;在18世纪,这本书的影响远远超出了军官和军事理论家的圈子,甫一出版就在沙龙和期刊上广受争议。1774年,伏尔泰甚至为此书赋诗,其诗被歌德藏于图书馆中。②

> 吉贝尔比其他军事理论家更有针对性,在他的理念中,战术和军事组织作为军事科学的一部分,与各国的社会及政治状况密不可分。军事问题表现为政治问题,许多观念都明显表露出市民阶层启蒙思想的影响。③

因此,《战术通论》在详细的前言之后附了一份《法兰西军事政治纲要》。④ 吉贝尔在其中自认为是"军人兼哲人",他努力使这样一种观念得到公认,即:

> 在战争艺术正在扩展和改善的情况下,战争这条必然因政治激情而挥舞的训诫之鞭能够不那么恐怖,且对人类而言不再如此具有毁灭性。⑤

---

① Vgl. B. H. Liddell Hart: *Strategie*, Wiesbaden 1955, S. 135 f.

② *Vers sur l' essai general de tactique de Mr. Guibert.* Vgl. Hans Ruppert: Goethes Bibliothek. Katalog, Weimar 1958, Nr. 1650.

③ Helmut Schnitter und Thomas Schmidt: *Absolutismus und Heer. Zur Entwicklung des Militärwesens im Spätfeudalismus* (Militärgeschichtliches Institut der DDR. Militärhistorische Studien N. F. 25), Berlin 1987, S. 157.

④ Guibert: *Essai général de tactique*, 1. Theil, S. 89 – 114.

⑤ Ebenda, S. 99 f.

因为政治和风俗对各民族军事发展的影响比我们所认为的更大，而绝大多数史家一般既非军人，亦非哲人，兼具二者之才的则更为罕见，因此从未能充分地向我们揭示这种确凿无疑的关联。①

[艺术和学术应当]使得战术变得更简单，更理智，让军队受到更好的教育，让将帅变得更善良，更机敏；让正确的方法取代懒散怠惰的作风，让人的行动不再无知任性，而是以相互协调的原则为依据。②

吉贝尔在《战术通论》中表述的颠覆性思想表明，作为启蒙的后果，战争正以何种程度被理解为一种艺术和科学。他概括道：

在我看来，发明工具，教会艺人使用工具，发展他的天才，最终使他手中巧妙的工具足以应对任何一种状况，那么一门艺术就达到了尽善尽美的境地。③

对军事科学领域的启蒙者而言，在一个组织良好的国家之内，"正直公民"和杰出军人的存在条件是一体的。吉贝尔认为：

有必要指出，在战争艺术中存在一些重要事物，如同大厦的根基。这就是政府用以教育公民、士兵和将帅的永恒手段。在这方面，希腊人和罗马人要优于我们。他们民兵组织的优越、纪律的严明、青年的尚武教育、赏罚的方式，这些内容之间的重要关联决定了他们的军事结构与政治宪法之间的确切关系。④

---

① Ebenda, S. 87.

② Ebenda, S. 84.

③ Ebenda, S. 335. 吉贝尔认为，系统性理论的缺失是因为在当时的欧洲，没有人比那些"毫不关心战术"的将帅们更懂得这种知识。"然而人们正在接近脱离黑暗的时刻。"（Ebenda, S. 66.）

④ Ebenda, S. 78.

在《浮士德》第二部中，歌德相当重视政治，因此在吉贝尔的这番论述中，也许就隐藏着歌德研究他的原因。

1792 年，在对法战争中，歌德为了能够专业地追踪战争过程，再度研究了吉贝尔的著作。① 1801 年 4 月 6 日，歌德从魏玛公国图书馆中借阅了霍耶斯（Johann Gottfried Hoyers）于 1797 至 1799 年在四卷本《各类艺术和科学的历史》（*Geschichte der Künste und Wissenschaften*）中出版的《战争艺术史》（*Geschichte der Kriegskunst*），保有该书长达一年之久（1802 年 4 月 24 日方才归还）。② 当拿破仑战争的纷乱波及魏玛之时，歌德又一次拿起了吉贝尔的作品，即便这次他阅读的不是《战术通论》。1807 年 1 月 18 日的日记中有这样的记述：吉贝尔的《弗里德里希赞》（*Éloge de Fréderic*）。次日记述道：吉贝尔的《普鲁士王赞》（*Éloge du Roi de Prusse*）。③

1806 年 10 月，普鲁士在耶拿和奥尔施泰特大败，时人震惊。魏玛大公加入普鲁士一方，指挥军队。普鲁士战败后的这段时间，歌德尤其密集地研究战争、战争理论和战争艺术。威尼格（Erich Weniger）受博伊特勒（Ernst Beutler）启发，把歌德在拿破仑期间与各方面军人进行的无数次讨论写入自己的著作《歌德与将军们》（*Goethe und die Generäle*）。④ 然而该书在战后的研究界几乎没有引起任何关注。威尼

---

① Vgl. Roethe：*Goethes Campagne in Frankreich* 1792，S. 350.

② Vgl. *Goethe als Benutzer der Weimarer Bibliothek. Ein Verzeichnis der von ihm entliehenen Werke*，bearb. Von Elise von Keudell，Weimar 1931，Nr. 265 d.

③ WA III，3，S. 188. 歌德去世前不久还在搜罗当时刚出版的该书的意大利文译本（Elogio di Federigo II，Re di Prussia，Berlin 1831）。Vgl. Ruppert：Goethes Bibliothek，Nr. 98.

④ Erich Weniger：Goethe und die Generäle. Vorstudien zu einer politischen Geschichte der Deutschen Bewegung. In：*Jahrbuch des Freien Deutschen Hochstifts* 1936 – 1940，S. 408 – 593. 后文所引依据此本。1942 年，该书以“歌德与将军们”为题，在莱比锡的岛屿出版社（Insel – Verlag）刊发，略有改动和增补，但未附任何学术性的评注。

格主要呈现了“歌德与伟大军人们之间关系的大事记，以及歌德研究军事政治和战略问题的笔记”。① 直至今天，仍不时有观点认为歌德为了逃避当时战争的日常而遁入了文学和科学研究之中。威尼格著作中丰富的材料完全可以驳倒这个观点。

通过参考日记、年鉴、歌德的通信和众多谈话报告，威尼格得出结论：

> 传说歌德对他自己口中“时代的巨大事件”保持冷漠，这是完全没有根据的。相反，歌德极其强烈和深入地参与到了其中。他直接或间接地接触了那些最大的事件。他依据口头或书面的报道，借助地图和作战计划，极其透彻地研究过当时的大规模战役，从拿破仑早期、卡尔大公的陆战和特拉法尔加（Trafalgar）海战开始：耶拿和奥尔施泰特、吕贝克和但泽、弗里德兰和埃劳（Eylau）、瓦格拉姆（Wagram）和阿斯彭（Aspern）、格罗斯格尔申（Großgörschen）、特滕博恩地区（Tettenborn）的侦察、德累斯顿、库尔姆、莱比锡、哈瑙，以及最终的滑铁卢。歌德不仅阅读了当时的主要战略著作，还涉猎了战役历史和将军及总参谋部军官的起诉书和辩护书。即便当歌德年事已高，战争的喧嚣早已在德意志的林木山川中消逝，他还是在闲暇之时一再拾起战争史和战略著作。②
>
> 歌德和军事改革及解放战争中几乎所有的杰出人物都有关系。通过和这些人私下交往，他能够清晰地把握这些军政人物的行事风格，同时也能从双方的知心谈话中明白他们的思想和计划。③

---

① Weniger: *Goethe und die Generäle*, S. 524.

② Ebenda, S. 524 f.

③ Ebenda.

仅仅是把歌德所认识的将军编成一个列表,就有八十多个名字。① 只是为了列明歌德研究战争和军事科学的证据,威尼格就用了足足一百多页。②

从1806年开始,歌德在魏玛和卡尔斯巴德(Karlsbad)的数年时间里(主要到1808年,然后又从1813年到1815年)几乎每天都和各方面的高级军官谈话(包括各总部的元帅、将军和参谋军官),谈论的内容涉及当时的战役、历史和当下的军事行动、未来战争的发展等。引歌德两则日记即可为证。1808年3月1日:

> 晚上和米夫林(Müffling)上尉在公爵殿下处,谈论近来和以前的军事行动,战略与战术、行军与战役的作用和反作用,法兰西战争的冒险,伯恩哈德亲王在德累斯顿以及德累斯顿的形势。③

1810年8月11日:

> 在公爵处,公爵露天用膳。伯恩哈德亲王。冯·马尔韦茨(von Marwitz)和冯·吕勒(von Rühle)大人。法国战术和德国的练兵状况;以及其他军务。④

与专业的军事探讨密切相关的往往是关于政治社会状况及其军事意义的讨论。歌德从阅读吉贝尔开始,就对这些领域之间的内在联系非常熟悉,歌德时代普鲁士的改革努力则将类似的观念付诸实践。⑤

1806年普鲁士所遭受的灾难引发了讨论,讨论既包括失败的原因,也涉及有关国家和军队未来结构的推论。歌德参与这场讨论的方式并不仅仅是频繁地和杰出军人会面。一些关于军队组织、军队教育、

---

① Ebenda, S. 525 f.

② Ebenda, S. 418 – 524.

③ WA III, 3, S. 320.

④ WA III, 4, S. 146.

⑤ Vgl. Weniger: *Goethe und die Generäle*, S. 449 – 470.

战略战术的改革已迫在眉睫。关于这些改革的“一场公共性的文学探讨”①也逐渐放开,因此歌德也作为文学的中介而活跃其间。1807 年 4 月 26 日,歌德曾给当时《耶拿文学汇报》(*Jenaische Allgemeine Literatur – Zeitung*)的出版人艾希施泰特(Eichstädt)写信。1790 年前后,这份报纸军事栏目的撰稿人中就有后来的军事改革家沙恩霍斯特(Scharnhorst)这样的重要人物。② 歌德在信中说:

> 有一本书刚出版,题目大致是“一位目击者评霍亨洛厄亲王的战争行动”(*Bemerkungen eines Augenzeugen über den Feldzug des Fürsten Hohenlohe*)[霍亨洛厄亲王是耶拿会战时普鲁士军的指挥官]。如果您尚未给此书安排评议人,我希望能为该书撰写一篇优秀的书评。若蒙您惠允,我就着手做一些必要的准备工作。③

两周以后的 5 月 8 日,歌德的书信又和军事相关。歌德致艾希施泰特:

> 高贵的阁下,随函附上一篇关于埃劳战役的小文。如果您能把吕贝克战役的作战图寄给我,则很快又会有一篇短评问世。希望您不久即能寄发篇幅更大的《一位目击者评霍亨洛厄亲王的战争行动》书评。④

5 月 12 日:

> 高贵的阁下,随函附上您已知晓的这篇书评。谁若还记得这本书[显然,歌德本人就很熟悉该书],必定会对这篇书评产生巨大的兴趣。书评作者为主力军辩护,而指责左翼军队。这场内部

① Ebenda, S. 453.
② Ebenda, S. 560.
③ WA IV, 19, S. 312.
④ Ebenda, S. 325.

的笔战虽然不能改变既成的失败,却也向公众澄清了一些事实。①

无论是这位书评家,还是这本书的作者,都和歌德有私人交往。书评作者米夫林,书的作者冯·理利恩斯特恩(Rühle von Lilienstern),这两位败军的总参谋官在战败后都在魏玛大公卡尔·奥古斯特处避难,尤其是理利恩斯特恩,常常是歌德的座上宾。② 解放战争之后,这两个人都在军中身居高位。

1815 年,歌德和奥地利卡尔大公会面。在一次“饶有兴味的谈话过后”,③大公把自己去年出版的三卷本《战略原则》(*Grundsätze der Strategie*)④敬赠给歌德。歌德的日记和书信当中,有多处可以证明他阅读了第一卷和第二卷的一半。⑤ 即便多年以后,歌德仍然还在研究解放战争中的事件。1824 年 11 月 28 日,他记道:“夜晚无人打扰。读 1813 及 1814 年战争史。”⑥其中的战争史,指的是关于 1813 和 1814 年布吕歇尔所部军事活动的描述。歌德读到这本书之前,该书刚由米夫林出版。⑦ 1813 年之前,米夫林曾是歌德家常年招待的宾客,而彼时已

---

① Ebenda, S. 329.

② 1831 年 7 月,米夫林已经是指挥第七军团的元帅。作为对当时法国七月革命的回应,他给《浮士德》续写了奇怪的两幕:《续歌德的悲剧〈浮士德〉》(*Zum Faust, der Tragödie von Goethe*),开头是一首四节的“致歌德的献辞”。Vgl. Weniger: *Goethe und die Generäle*, S. 532 f.

③ „Tag – und Jahres – Heft“ 1815; WA I, 36, S. 98.

④ Carl von Österreich: *Grundsätze der Strategie. Erläutert durch die Darstellung des Feldzugs von* 1796 *in Deutschland*, 3 Teile, Wien 1814.

⑤ 据 Ruppert: *Goethes Bibliothek*, Nr. 3488 认为,歌德从《战略原则》第二卷 137 页往后就没有翻过,而第三卷则完全没有打开过。关于该书,《歌德全集》中他处亦有提及,见 WA. III, 5, S. 166, 170 f.; WA IV, 26, S. 46。

⑥ WA III, 9, S. 301.

⑦ C[arl]. 行 W[weiss]. [= Friedrich Carl Ferdinand Frhr. von Müffling genannt Weiss]: *Zur Kriegsgeschichte der Jahre* 1813 *und* 1814. *Die Feldzüge der schlesischen Armee unter dem Feldmarschall Blücher von der Beendigung des Waffenstillstandes bis zur Eroberung von Paris*, 2 Theile, Berlin und Posen 1824.

经担任总参谋长。

显然,歌德也在考虑如何在文学上克服 1806 年的挫败。在 1807 年 12 月 10 日的日记中,他写道:“建议对 1806 年 10 月进行史诗式的加工。”①就我们所知,这一建议从未变成现实。但是,也许正是这段战争无处不在的时光②给歌德留下了印象,促使他着手计划第四幕中战役的场景,甚至提前进行了构思。歌德在其自传作品《年鉴》(*Tag – und Jahreshefte*)的 1806 年项下写道,“浮士德当前的形象只是残缺的”,“今天我终于写到了第四部分[大概指第四幕]”。③

---

① WA III, 3, S. 306.

② 清晨,耶拿附近出现炮击,随后在柯绍(Kötschau)附近爆发战役。普鲁士军溃逃。下午 5 时许,炮弹击穿多处房顶。6 时半,猎兵队入驻。7 时,纵火掠夺,一夜惊恐。《歌德日记》,1806 年 10 月 14 日(WA III, S. 174)。

③ WA III, 35, S. 247. 孟森(Katharina Mommsen)最近的观点认为,歌德在《浮士德》第四幕中参照了耶拿战役中发生的事件及其本人的观察(„Faust II“ als politisches Vermächtnis des Staatsmannes Goethe. In: *Jahrbuch des Freien Deutschen Hochstifts* 1989, S. 1 – 36)。孟森女士所指出的《浮士德》场景和战役之间唯一的可比之处是具有重要战略意义的隘口和光亮。关于隘口:在《浮士德》(行 10369 及以下,行 10537 及以下,行 10679 及以下)中,皇帝军队在梅菲斯特的协助之下使出一切手段守住了隘口。然而,在耶拿战役当中,人们完全没有认识到隘口的战略地位,隘口完全无法通行;而由于普鲁士人估计隘口附近不可能有强势敌军,因此便放弃固守,且容忍法国人在夜间拓宽道路(普鲁士人对此并非没有察觉)。当战役时,隘口早已位于法军的身后,对于战斗不再具有任何意义。——关于光照:普鲁士军夜间在法军方面观察到的火把,和隘口上的工兵作业毫无关系。凡是记载了火把亮光的文献都指出,当时战役尚未开始,军队集合,由拿破仑接手,火把是用于照明的。但如果仔细阅读孟森女士所援引的《浮士德》第 10750 – 10763 诗行,就会发现诗中所描述的并非简单用于照明的火把,而是闪电(行 10750)和彗星(行 10751),而且发生于地面附近(行 10750),以便通过突然的眩目效果来惊吓敌人(行 10758 – 10763)。

二 “山麓小丘”一场的战役过程

下文将证明,歌德对皇帝(Kaiser)与伪帝(Gegenkaiser)山麓小丘一战的塑造充满了对自身经历、见闻和阅读的回忆。同时,歌德作为“伦理-美学数学家”,军事科学(军事思想)和战争艺术应该算是他反映在《浮士德》第二部当中的终极公式。[①] 因此,正如前文所述,第四幕当中的战争事件以清晰的战役流程为依据,其中军事活动的基本特征完全可以原封不动地移植到现实的作战计划当中。在舞台上,歌德一再采用转移和延宕的手法打断舞台人物以城头观战(Teichoskopie)的方式对战役进程的同步转述,[②]但如果略去这些与战役无关的环节,读者就很容易确信第四幕确实扎根于现实的战争基础。

战役开始之前,主帅向皇帝报告战争形势。皇帝的军队位于谷地之中,四周高山环绕,难以接近:

> 把整个军队撤退到这合适的山谷,让它更加紧凑,这个主意看来经过深思熟虑;我坚定地相信,这一选择将使我们大功告成。(行 10345-10348)

山谷向前敞开,连通一片开阔的平地,也即后来的战场。主帅这样解释皇帝主力军队的排兵布阵:

> 就在这儿,在中间草原的平地上,你看密集方阵正信心十足,摩拳擦掌。枪矛在阳光照耀下,透过晨雾,在空中闪闪发光。四角强大的步兵如巨浪澎湃,深不可测!成千上万人在这儿急于大干一场。你由此可以认识群体的威力;我相信这种威力能够粉碎敌

---

① WA IV, 41, S. 221.

② 据歌德遗稿(H P181/IV H20)中的计划,“战役继续进行,由观战者予以详细描述”(FA I, 7, 1, S. 715)。

人的力量。(行 10359 – 10366)

山谷右侧呈横断地形,且有遮挡。此处列阵的军队构成右翼。主帅继续描述形势:

陛下,请视察我军右翼!这样的地形正符合战略本意:高地并不陡峭,通过却不太容易,这就有利于我而不利于敌,我们不妨隐蔽在波浪形的原野;敌骑也休想斗胆进逼。(行 10351 – 10356)

山谷左侧的隘口是穿过群山的唯一通道,同样由皇帝的士兵把守着。主帅对皇帝讲道:

关于我军的左翼,我无可奉告:勇敢的将士正扼守着坚固的山坳;此刻闪耀着刀光剑影的悬崖,正捍卫着险要的关卡。我已预感到,敌军在血战中猝不及防,将在这儿败得丢盔弃甲。(行 10369 – 10374)

伪帝的军队正在山谷的入口行军。浮士德要求皇帝抓住这一有利时机,发动进攻:

敌人打过来了,你的部下正殷切待命;请下攻击令!这是大好时分。(行 10499)

皇帝将指挥的权力移交给了麾下的最高统帅。在主帅的命令下,皇帝军队的右翼立刻展开攻势,击退敌军左翼:

那么,让右翼上阵!敌军的左翼正在上山,让他们脚跟还没站稳,就败在久经考验的忠勇青年面前。(行 10503 – 10506)

利用伪帝左翼发生的混乱,主帅令主力继续推进攻势:

我军中央的方阵要缓缓跟上,要巧妙运用全力迎战顽敌;稍微偏右一点!我军激发起来的战斗力,已经动摇了他们的阵地。(行 10519 – 10522)

梅菲斯特激动地描述这战役之初的成功：

> 由于我军步步进逼，敌军不得不一再退避，且战且走，毫无把握，一齐拥向了他们的右翼，这样打下去，竟乱了他们主力左翼的阵地。我军方阵的坚固尖兵转向了右方，有如闪电一般，插入敌军的薄弱地段——现在，两军鏖战，势均力敌，杀声震天，在双重的对峙之中，宛如暴风雨卷起的巨澜；气势壮烈无以复加，这场战斗我们定操胜券！（行 10639 – 10653）

伪帝熟知当时的战争理论（后文还将述及），调回军队，将进攻的重心放在对方军队的左翼，希望通过这种方式夺取对方奋力扼守但兵力相对薄弱的隘口。这种情况下，主帅继续指挥道：

> 果然不出所料，敌军右翼开始猛攻我军左翼。这阵疯狂行动，要把山道的险隘夺取。我们必须人人出战，对它抵抗到底。（行 10537 – 10540）

皇帝震惊地发现，敌军占据上风的力量似乎要成功地突破防线。他对浮士德说：

> 看哪！我觉得那边很不可靠：我军阵地相当危险。再看不见投石飞舞，敌军已爬上了低岩，高岩也被放弃。瞧现在！——敌军结成整体，向我们越逼越近，说不定占领了通道。（行 10654 – 10661）

即便是梅菲斯特也不得不意识到，自己必胜的信心来得太早了：

> 大祸临头了：瞧那儿！我们的勇士在岩边陷入了磨难！最近的高地已被攻占，如果敌人抢夺了通道，我们就会狼狈不堪。（行 10679 – 10684）

对这场几乎失败了的战役，浮士德和梅菲斯特最终转败为胜，然而却只能乞灵于魔法。

三 “山麓小丘”的战术范本——《战术通论》与《战略原则》

关于主帅的排兵布阵和他对抗伪帝的战术步骤，在歌德研究过的《战略原则》的第七卷中有一个范本：

> 防御要么建立在稳固的战略据点之上，要么没有战略据点。在第一种情况下，防御仅限于占领战略据点，并将后备军队布局在力量最薄弱的那个据点之后，或布局在后方与各据点等距的位置。若知道敌方意图，则主力布于受威胁最重的据点之后，若敌人[如第四幕中的隘口]有能力抵抗较长时间，且在其占领据点之后仍有足够剩余兵力，则兵力布局须使我军在敌军进攻另一据点时可突进袭取敌军两翼及后背[完全和皇帝军队所受命令一致]。①

在歌德遗稿对这一场景的简要构思当中，皇帝的主帅根据战争艺术的规律选择布阵的方法，赢得了胜利：急促的战役[……]敌军动摇[……]战役继续[……]敌军逃散。② 正如上文所述，歌德在后面的演绎中安排伪帝以反攻来应对皇帝的进攻。敌军这次猛烈的推进极其有效，使梅菲斯特为了扭转战场的运势，不得不动用障眼法，欺骗敌军（行 10300）。伪帝将军的行动完全依照吉贝尔《战术通论》给出的一种模式，③计划对皇帝一方所摆下的阵势作出如下反应（只是情形与《战术》中恰好相反，方括号里是《浮士德》中的平行之处）：

> 敌军[《浮士德》中皇帝军队]的运动使我军改变第一种阵型

---

① Carl von Österreich：*Grundsätze der Strategie*, 1. Theil, S. 36 f.

② Nachlaßstück H P181/IV H[20] in：FA I, 7, S. 715.

③ “抓得紧”（Haltefest）位于受到威胁的左翼，在被派去守卫隘口时，他这样评论敌军进攻势的变化：“敌军[根据战术规范——作者]做了正确的计划。”（WA I, 15, 2, S. 140）这句话所在的几句诗在《浮士德》中已被略去，原本应在第 10536 诗行之后。

[这种阵型原计划敌军将在中间草原的平地上(行 10359)发起正面攻势],形成了左翼的斜行序列[《浮士德》中右翼,面向隘口];我军利用地形,给骑兵队发布如下指令:

敌军右翼[《浮士德》中皇帝左翼][……]占据高地,难以攻取[《浮士德》中的隘口],且有棱堡和障碍加固。一句话,与左翼相比,右翼的布局占有绝佳优势。而敌军左翼则位于无掩护的平地[在中间草原的平地上];由于敌军过度信赖有利地形,故而削弱了右翼的兵力,只布置了最不可靠的兵力,以便强化左翼[皇帝右翼],因为左翼由于地形特征的缘故,易于进路[指突破的可能性],加之看到了(我军)第一次布局[法语原文"攻势"(disposition d'attaque),①《浮士德》中指正在逼近的敌人的攻势(行 10499)],尤其担心我军袭取其左翼;因此,我军便利用这个错误,将左翼骑兵队(行进时还会有已经向右翼[《浮士德》中是自身的左翼,从而对抗皇帝的右翼]进发的 20 个骑兵中队增援)向 D 点[隘口前方]调动,行军时保持距离一致,以尽可能地掩饰自身的强大。②

《战术通论》为了使战例直观化,附了图纸,此处的 D 点即位于图纸上。正是书后这幅附图,形象而粗线条地勾勒了这份为"山麓小丘"一场奠定基础的虚构的作战计划图。③

实际上,吉贝尔的这部分论述是从七年战争的一场真实战役中抽象出来的,这场战役就是鲁滕会战(Schlacht bei Leuthen)。1757 年 12 月 5 日,弗里德里希大帝在这场战役中战胜了洛林的查理(Karl von Lothringen)指挥的奥地利、萨克森、巴伐利亚和符腾堡联军。这场胜利让弗里德里希重新占领了几乎整个西里西亚。吉贝尔指出:

普鲁士国王[其角色相当于《浮士德》中的伪帝]在奥地利人

① Guibert: *Essai général de tactique*, London 1772, Seconde Partie, S. 70.

② Guibert: *Essai général de tactique*, 2. Theil, S. 146 f.

③ Ebenda, Tafel XIV.

> [《浮士德》中的皇帝军队]面前灵活机动，持续了四到五个小时。他首先威胁联军的右翼，而右翼恰好是联军受地形影响而最弱的部分。因此，联军以大量兵力和军队的核心力量来强化右翼。他们信任自身左翼所占据的令人生畏的高地①之险，只在左翼留了巴伐利亚人和一部分帝国军队。普鲁士国王利用了这个错误。他决定迅速将一直摇摆不定的阵势向右移动，从侧面攻击洛林的查理亲王的左翼。在一场半小时的会战之后，查理亲王彻底被击溃。最后，奥地利人前来解围，但为时已晚，因为在他们侧翼的位置已经排好了两条战线；一切出现在那里的事物，都遭到毁灭。普鲁士国王的这次胜利是整场战争中最完美、最具决定性的胜利。②

与前文对战斗模式的抽象不同，这番描述恰好与《浮士德》的叙述视角相吻合。也许正是这一段描写启发了歌德战役书写。

可以设想，弗里德里希这场算得上最著名战役之一的战事属于歌德童年的回忆。歌德在自己的自传中指出，那场世界闻名的战争[……]对我人生中接下来的七年也将产生巨大的影响。③ 七年战争分裂了法兰克福的市民阶层，也让歌德的家族分化成了两个“阵营”。他们在自己的家里为普鲁士的胜利而庆贺：

> [……]一切其他兴趣都不得不为对战争的兴趣让步，我们甚至在宣传鼓动当中度过了这一年[1756]的剩余时光。[……]而我本人也怀有普鲁士情感，或者说得更确切一点，怀有支持弗里德里希的热情：毕竟，普鲁士和我又有什么干系。正是这位伟大君主的人格影响着所有人。我和我的父亲为我们的胜利感到高兴。④

---

① 正如歌德遗稿(H P181/IV H^{20})对“前山”一场的计划所说：在不可攀登的高岩之上。(FA, I, 7, 1, S. 714.)

② Guibert: *Essai général de tactique*, 2. Theil, S. 150 f.

③ „*Dichtung und Wahrheit*“, Erster Theil, 2. Buch; FA I, 14, S. 53.

④ Ebenda, S. 54.

鲁滕会战发生的1757年尤其令诗人记忆深刻：

> 也许没有一年会如今年一般发生如此多的大事。胜利、壮举、不幸、重建，一件接着一件，相互包藏，又似乎相互扬弃；但不久以后，弗里德里希的身影又随着他的名望和荣誉飘扬在上空。①

歌德的助手爱克曼也记载说，歌德始终对战争与政治之间的关系保持着持久的兴趣。1824年2月25日，《歌德谈话录》讲到波旁王朝对西班牙的军事干涉，而此前一年，法国军队曾反对议会，支持西班牙国王斐迪南七世(Ferdinand VII.)：

> [这场战役]使歌德产生了极大的兴趣："我不得不因为这一步动作而称赞波旁王朝，因为只有如此，只有通过赢得军队，他们才能赢得王位。[……]"随后，歌德的思绪开始追溯历史，他大谈七年战争中的普鲁士军队。这支军队由于弗里德里希大帝而惯于常胜，于是骄纵不已，过度自信，致使后来输掉许多战役。每一个细节对歌德而言都历历在目，我不得不惊叹他那过人的记忆力。

歌德记得大量战争细节，是否正是因为他对吉贝尔有过大量研究，既包括战役的具体描述，也包括从战役中抽象出来的战术指导？这个问题也许值得思考。

在歌德对战斗部署和作战方式的描述中，某些具体特征可上溯至当时已经成为历史的军事现象，而某些特征则属弗里德里希大帝时期和法国大革命时期的新发展。第四幕主要体现了军事史上的三个阶段。歌德笔下整体的武器装备(尚未出现火器)和长矛方阵(行10359－10366)大致仍处于历史上浮士德博士生活的年代，也即近代早期；对军事理论家吉贝尔而言，这种状况是17世纪战争艺术落后

① Ebenda, S. 82.

的病征。[①] 同属这一时代的还有剧中德意志各邦国逐渐崛起的权力政治格局:帝国四分五裂、皇权岌岌可危、各类特许权下放给地方诸侯。相反,线式战术,尤其是皇帝主帅下令进攻时的斜行战斗序列(行10504 – 10507),[②]直到18世纪才成为占主导地位的作战模式。弗里德里希大帝在七年战争中完善了这种战术。同样,在几百年前,敌对双方试图攻击对方侧翼,即便要穿越难以通行的地形,也极其少见。就这一做法而言,弗里德里希和他的将军们可谓开先河之典范。在1758年的措恩多夫战役(Schlacht bei Zorndorf)当中,冯·塞德利茨(von Seydlitz)将军曾穿过"被认为无法通过的"[③]地形,袭击敌军侧翼,给与俄军正面遭遇而陷入困境的弗里德里希减轻了压力。这一做法正与《浮士德》中伪帝出其不意,经过陡峭的隘口而突出重围的策略如出一辙。这种新式战术的理论基础首先由卜希古提出,[④]吉贝尔则在《战术通论》中系统性地论述了这一观念。[⑤]

---

① Vgl. Guibert: *Essai général de tactique*, 1. Theil, S. 62. 直到1700年前后,"欧洲军队才逐渐放弃了长矛"。Hans Delbrück: *Geschichte der Kriegskunst im Rahmen der politischen Geschichte*, T. 4: Neuzeit, Berlin 1920, S. 305.

② Vgl. Delbrück, *Geschichte der Kriegskunst im Rahmen der politischen Geschichte*, T. 4: Neuzeit, S. 314.

③ Vgl. Hart: *Strategie*, Wiesbaden 1955, S. 132.

④ Art de la Guerre, 1748. Vgl. Delbrück, *Geschichte der Kriegskunst im Rahmen der politischen Geschichte*, T. 4: Neuzeit, 316. [译注]卜希古(Marquis de Puységur, 1655—1743),法国路易十四时期著名将领,所著《有原则和规律的战争艺术》提出了新的战争观念。参见钮先钟,《西方战略思想史》,桂林:广西师范大学出版社,2003,页145 – 146。

⑤ 吉贝尔在另一部著作中记录了这些情况,但没有深入讨论细节。同样,这本书也保存在歌德的图书馆里,详细描述了普鲁士军队的组织和形构,包括弗里德里希大帝的活动。这本书就是《对普鲁士军队的政治和军事建制的观察及普鲁士君主生平轶事》(*Observations sur la Constitution militaire et politique des Armées de S. M. Prussienne, Avec quelques Anecdotes de la Vie privée de ce Monarque*, Nouvelle édition, En Suisse 1778)(第一版1777年出版于柏林)。

将步兵陈列在中间草原的平地上(行 10359)作战的必要性是 18 世纪的特征,当时还没有尽可能充分利用地势的军事观念。最后一场这种类型的战争记录在歌德的《1792 年法兰西战记》当中,证明了 18 世纪战争消耗战略的荒谬。据歌德的记述,在 18 世纪末的反法同盟战争中,训练极差的革命军开启了一场作战方式的根本性转变。① 而就在几十年前,人们还满足于让双方军队在平坦通达的地形下正面对垒。② 如今,左翼必须把守山间隘口,右翼隐藏在敌军骑兵无法接近的波浪形的原野(行 10355),以便从此地出发包抄敌军左翼。吉贝尔在《战术通论》的第二卷中就已强调过地形的重要性。比如,当只有在进攻过程中才能察觉敌军薄弱点或精确地貌的时候,③他谈到了"第二种斜行兵阵",④谈到发展一种斜行战斗序列,一种《浮士德》第四幕中伪帝所用的战术。

吉贝尔认为,重要的不是利用地形,而是占据地形。在吉贝尔的时代,利用地形只能在由作战方式所规定的狭窄边界内实现,直到拿破仑才打破了这一原则。拿破仑把军队缺乏作战经验和军事训练而造成的缺陷变成一种优势,并利用看似无法通行的阻断地形来服务于自己的征服战略。而他在军事上的老对手奥地利的卡尔大公则在 1813 年仍然秉持着传统立场。卡尔大公的《战略原则》整理了自己在同盟战争和拿破仑战争中的经历,其第二卷和第三卷典范式地描述了 1796 年的战争。他这样介绍关于地形知识重要性的传统观念:"地形的天然特征预先规定了军事行动的终点和过程。因此,了解和评判某一地带是

---

① Vgl. Delbrück, *Geschichte der Kriegskunst im Rahmen der politischen Geschichte*, T. 4: Neuzeit, S. 461 ff., bes. S. 467. Dazu *Brockhaus' Konversations – Lexikon*, Leipzig 141908, Bd. 6, S. 504.

② Vgl. Delbrück, *Geschichte der Kriegskunst im Rahmen der politischen Geschichte*, T. 4: Neuzeit, S. 322 und 464.

③ Vgl. Guibert: *Essai général de tactique*, die Ausgabe von London, 1772, Bd. I, S. 31.

④ Guibert: Essai général de tactique, 2. Theil, S. 76.

尊重战争事件的第一步。”①在《浮士德》中，歌德也以皇帝主帅对地形的判断开始“山麓小丘”一场。主帅将眼前的地形与军事理论的要求相对比：

> 陛下，请视察我军右翼！这样的地形正符合战略本意：高地并不陡峭，通过却不太容易，这就有利于我而不利于敌，我们不妨隐蔽在波浪形的原野；敌骑也休想斗胆进逼。（行 10351－10356）

然而，与详尽论述“战略原则”的卡尔大公不同，《浮士德》中的情节，乃至剧中主帅对地形的判断都游移在战术层面。鉴于《浮士德》的战役塑造和当时军事教科书的相关描述存在明显的平行点，那么歌德使用军事教材中的语汇也就不足为奇了。② 因此，歌德所使用的概念属于他那个时代战争艺术的专业术语。当皇帝方的主帅在开场时对皇帝说道“这样的地形正符合战略本意”时，他所使用的乃是 19 世纪军事理论著作当中随处可见的话语（在那个时代，地形在军事上是否重要仍然是个争议话题）。③ 对此，卡尔大公在《战略原则》中表达了明确的态度：

> 如果在战略上对某一地区进行考察，那么关于地形构造的知识必然是最重要的考察对象。④
>
> 要了解军事行动的对象和蕴含在地形之中可用于攻取或守卫

---

① Carl von Österreich：*Grundsätze der Strategie*，2. Theil，Einleitung.

② Arens 认为，皇帝和主帅“没有使用军事专业术语”（Hans Arens：*Kommentar zu Goethes „Faust II“*，Heidelberg 1989，S. 783）。Arens 的所谓观点正是基于他对歌德时代术语的无知。当时的军事术语有的也出现在普通语言中，但其含义全然不同（如 Moment），有的则从军事术语中逐渐进入日常语言（Terrain）。同样是命令，但在战场上和诗剧中表现不同，这是理所当然的事。

③ Vgl. Rudolf Vierhaus：Lloyd und Guibert. In：*Klassiker der Kriegskunst*，hrsg. von Werner Hahlweg，Darmstadt 1960，S. 202，208 f.

④ Carl von Österreich：*Grundsätze der Strategie*，1. Theil，S. 48.

该对象的手段,必须以对战场的正确研判为前提。①

时机(Moment,行10500)一词也可算作军事术语,比如"战略构思可以决定一个相关的军事行动、一次战斗,乃至整场战争结局的成败,决定着战役的时机。在各种有利条件组合的情况下,战略构思造就时机"。② 另外,据《格林辞典》的记录,今天已经不再常见的主帅(Obergeneral)这个军衔仅出现于《浮士德》之中,③而事实上,这个词在《战略原则》第二卷中随处可见。④

为了夺回几乎已被伪帝军队占领的隘口,梅菲斯特"要把戏,装幌子,搞诈骗",或者用梅菲斯特自己的话来说,是用"为打胜仗而采取的妙计"(行10300及以下)。尽管情形不同,梅菲斯特扭转战机的方式也许同样能在《战略原则》中找到对应。书中提到一种"迫使敌人离开某一战略据点的计策"。⑤ 这种计策的一切变体都基于"敌人对时间的误判,而明智的统帅应有能力用诡诈和技巧诱使敌人犯下这一错误"。⑥ 即便"山麓小丘"一场并无"对时间的误判",却也以"诡诈和技巧"造成关于敌人真正主力的误判为前提。"要把戏"(Zauberblendwerk)这个词就包含着吉贝尔著作译者频繁使用的一个专业军事概念:对吉贝尔的战术理论基础而言,弗里德里希大帝使用的斜行战斗序列具有极其重要的地位。根据吉贝尔的理论,每一种布阵的方式,"只要是用自身的优势兵力去攻击敌人阵列中的一个或多个点,同时置其他

---

① Ebenda, S. 141.

② Ebenda,时机一词在吉贝尔《战略通论》中也随处可见,如第二卷,页67;尤其是页98-105:*Rapport de la Connoissance des Terreins avec la Tactique.*

③ *Deutsches Wörterbuch von Jacob Grimm und Wilhelm Grimm*, Bd. 7, Leipzig 1889, Sp. 1086.

④ Carl von Österreich: *Grundsätze der Strategie*, 2 Theil, S. 122.

⑤ Ebenda, S. 32.

⑥ Ebenda, S. 35.

敌军于不顾,并以假象迷惑之,确保自身在他们攻击之下的安全",①都是斜行序列。根据阿德龙(J. Ch. Adelung)的定义,所谓"假象"或"障眼法"(Blendwerk),原义是指一切"让军队借助速度而逃离敌军眼目和炮火"②的手段。但歌德同时也在引申意义上使用这个概念,如《浮士德》悲剧第一部中,歌德让梅菲斯特借助幻象和魔术(行 1853)的作用,引诱浮士德博士入彀。

歌德极有可能是从当时的军事作家那里摘引了这些概念。但实际上,歌德之前的各种浮士德故事书已经存在用魔法召唤军队的母题了。1725 年的托为"虔信基督者"(der Christlich Meynende)所录的《浮士德博士故事》把里面的战争插曲简化为纯粹的虚构,只剩下魔法的主题:

> 正是在这个宫廷,他[浮士德]捉弄了一位叫作哈德男爵(Baron von Hard)的骑士。当男爵望向窗外,昏昏欲睡之时,浮士德在他人怂恿之下,把男爵变成了另一个阿科特翁。③ 男爵欲报此仇,却招致了更大的麻烦:浮士德召唤和指挥的一群披甲骑士抓住男爵,使他及随从一并作了战俘。随后,浮士德又将其释放,赠其武器马匹,这些马匹一遇水,就化为秸秆束成的草帚。④

---

① Guibert: *Essai général de tactique*, 2. Theil, S. 67. Vgl. auch 2. Theil, S. 76 f., 149, 151 f. usw.

② Johann Christoph Adelung: *Versuch eiens vollständigen grammatisch – kritischen Wörterbuches Der Hochdeutschen Mundart, mit beständiger Vergleichung der übrigen Mundarten, besonders aber der oberdeutschen*, 1. Theil, von A – E, Leipzig 1774, Sp. 957.

③ [译注]指让该骑士长出了鹿角。据古希腊神话,阿科特翁(Actaeon)因在山上偶然见到女神阿尔忒弥斯沐浴,故而被变成一头鹿。浮士德给骑士安上鹿角的插曲亦见于其他版本的浮士德故事书,如 Spieß 版的 Historia 第 34 章"鹿角"。

④ *Das Faustbuch des Christlich Meynenden von* 1725. *Faksimilie – Edition des Erlanger Unikats mit Erläuterungen und einem Nachwort*, hrsg. von Günter Mahal, Knittlingen 1983, S. 30.

早在1587年施皮斯(J. Spieß)的《浮士德故事书》(*Historia*)中,浮士德同样因捉弄男爵而遭遇报复,以一支虚幻的军队脱离危险。书中描写的"长号小号齐鸣,军鼓隆隆"①的场景,在歌德《浮士德》第四幕的舞台说明中再次出现,伴随着梅菲斯特召唤下首次登场的"从陵墓洞府搬出来的空洞武器"(行10764):"上方传来可怕的长号声,敌军颓势明显可见。"(行10571)

1674年,普非策(Pfitzer)给出了这种惊惶噪声(Schreckengetön,行10763)在《圣经》中的蓝本:"关于所谓的善灵,或者幻象,我们在《圣经》中已有先例。《列王纪(下)》的第六和第七节记载亚兰人围困撒马利亚,天主当夜即让敌军听到车马军旅的声音,迫使敌军逃窜。"②普非策还引用了一系列和《浮士德》场景演绎相似的其他文献。"据说法兰克国王之子克洛迪奥(Clogio,公元前19年)是个大巫师,用魔法使敌人产生巨大的恐惧;他在开始行军之时,会使雷电交加,大雨倾盆。"③当魔法召唤出的骑士也于事无补,战局开始扭转的时候,梅菲斯特所用的也是同样的手段。他吩咐乌鸦信使(行10678):

> 好吧,我的黑表弟,赶快来效劳,飞到山上的大湖去!为我向水仙们问好,请她们通融一下她们湖水的假象!借助于难以通晓的女性技巧,她们能够把假象同真相加以区分,而众人却发誓宣称假就是真。(行10711-10716)

浮士德的这位魔鬼伴侣不仅让战场上空下起滂沱大雨,还搞得电闪雷鸣(和歌德常见的用法一样,闪电[Blitz]按渐旧的写法写作Blick):

---

① *Historia von D. Fausten.* Text des Drucks von 1587, mit den Zusatztexten der Wolfenbüttler Hs. und der zeitgenössischen Drucke, hrsg. von Stephan Füssel und Hans-Joachim Kreutzer, Stuttgart 1988, S. 107 f.

② *Das Pfitzersche Faustbuch* (*Nürnberg* 1674). Neudruck, hrsg. von Adalbert von Keller, Tübingen 1880 (Bibliothek des Litterariscchen Vereins Stuttgart 146), S. 81.

③ Ebenda, S. 460.

四处鬼火荧荧,突然强光照明!一切美妙动人,单欠惊惶嗓声。(行 10760 – 10763)

普非策尤其详细地记载了“巴克特里亚王”琐罗亚斯德和亚述王尼努斯(Ninus)之间的军事斗争。和《浮士德》中一样,两军对垒,琐罗亚斯德在自己的军队之外又用魔法召来一支军队,随后“雷声震天,冰雹骤下,亚述军队不得不耻辱地逃窜”。① 另有一次,他作法使大海“喷射火焰”,毁灭了敌人的舰队。② 当梅菲斯特让“敌营暮气沉沉,步步走向不稳”(行 10758 f.)时,便使人联想到普非策笔下的琐罗亚斯德:

亚述人第三次以大军进犯,国王尼努斯亲征。第一次进攻之后,琐罗亚斯德因为两军兵力悬殊,便又施法,使光天化日之下,两军之间骤然昏暗,谁也看不见对方。③

描述这种呼风唤雨的魔法也可能是受了普鲁塔克《希腊罗马名人传》中泰摩利昂传记的启发。克里米索斯河战役(Schlacht am Krimisosfluß)中,迦太基人有力地抵抗住了泰摩利昂率领的希腊人发起的冲锋:

等到要用刀剑进行决死的搏斗,一切都要依靠战士的技术而非蛮力。突然之间从山顶爆发轰隆的雷鸣和耀目的闪电,黑云从山顶向下方蔓延开来,把两军笼罩在狂风、暴雨和冰雹的袭扰之下。飞沙走石从希腊人的背后呼啸而来,迎面向着蛮族痛击,夹杂着倾盆大雨使他们的眼睛都张不开来。天候的突变给满足带来莫大的祸害,过去没有这方面的经验,使得他们更是难以适应,特别是雷声的轰鸣以及雨点和冰雹打在胄甲上的响声,使他们无法听

---

① Ebenda, S. 459.

② Ebenda.

③ Ebenda.

到军官下达的命令。[……]降雨使得克瑞米苏斯河的水势高涨,加上无数的人员车马渡河造成的阻塞,使得洪流溢过堤岸,邻近的田野有很多山沟和低洼的地面,集满了雨水成为小河和急流,而且很难分辨出确实的河床位置,迦太基人行走其间就会踬绊或冲倒,给他们的行动带来更大的困难。总而言之,在暴风雨吹袭下,希腊人杀死前列的敌军400人,其余的军队大败溃逃。①

在歌德剧中,浮士德说道:

一条溪流化为几条溪流沛然奔腾而下,又加倍地从狭谷流了回来,形成一条大河,抛出了弧形的水光;突然间它流到平坦的岩面,向四面八方潺流着,飞溅着,一级一级向山谷冲撞。英勇大胆的堵塞又有何助?巨浪滔天会把它们冲走。面临澎湃的水势,我也感到浑身战抖。(行10725-10733)

而梅菲斯特评论道:

到处乱七八糟,狼藉一片!(行10741)

结 论

"山麓小丘"一场,几乎所有和军事相关的因素,都可以追溯到歌德对当时军事理论文献的认识,追溯到吉贝尔的《战术通论》和卡尔大公的《战略原则》。只有战争中掺杂了"难以通晓的女性技巧"(行10713)和"把戏"之时,我们才必须考虑其他源流。早先的研究者提

---

① Timoleon, c. 28 (Plutarch: *Große Griechen und Römer*, eingeleitet und übersetzt von Konrat Ziegler, Bd. 4, Zürich und Stuttgart 1957, S. 201 f.).[译注]汉语译文按普鲁塔克《希腊罗马名人传》,席代岳译,长春:吉林出版集团有限公司,2009,页466-467。

出，歌德所熟悉的普鲁塔克的《名人传》和拿破仑战争中的战役可被视为《浮士德》中战役描述的底本，与此不同的是，歌德时代的军事教科书表明，歌德笔下的战役不仅在具体细节上，而且在基本特征上都存在蓝本。剧中军事统帅的表现遵循着歌德时代为战争而构思出来的规则和章法。

上文所证明的几乎所有平行文本都能在浮士德、梅菲斯特和皇帝的行动中找到，这并不值得惊讶：展现他们活动的篇幅要比对战争另一方的描述多得多。值得注意的是，浮士德方面的战争活动几乎都可追溯到卡尔大公的《战略原则》，而歌德对吉贝尔的研究则只体现在伪帝的战术上，只是后者给人留下的印象更加深刻。如果考虑到吉贝尔和卡尔大公恰好代表着两种完全对立的军事和政治观念，而且歌德时代的文化人对这种对立并非不熟悉，那么就应该思考，歌德是否完全有意识地把浮士德和梅菲斯特归入使用过时战术的、疲弱不堪的皇帝阵营，而将伪帝塑造为启蒙和现代军事科学的实践者。相对于皇帝，信奉吉贝尔军事思想的伪帝已经证明自己在根本上占有优势，只有魔鬼的把戏才毁掉了伪帝的胜利，但却只能维系一时，无法持久。① 浮士德和梅菲斯特在军事上所选择的阵营表明，对立的军事科学观念和不同的社会政治立场相关。后续的场次中，皇帝阵营中残暴的三勇士(die drei Gewaltige)贪婪地洗劫了伪帝的营帐(在敌人营帐这可是惯例[行10821])，也正与这种社会政治立场相符，而与吉贝尔富于启蒙精神的构思背道而驰。毕竟他军事思考的目标是："战争这条必然因政治激情而挥舞的训诫之鞭能够不那么恐怖，且对人类而言不再如此具有毁灭性。"②

---

① 也许这条线索还可以延长一点。正如上文所述，拿破仑首先应用了吉贝尔的学说，并取得了成功。相反，卡尔大公不仅作为落后的军事理论家出现，而且长年(1796—1809)作为拿破仑的军事对手，而且从1803年开始，从最初德意志军队的统帅变为奥地利皇帝军队的统帅，与新的法兰西皇帝(伪帝)分庭抗礼。

② Guibert: *Essai général de tactique*, 1. Theil, S. 99 f.

1831年2月13日，当爱克曼坐在圣母广场(Frauenplan)附近的歌德居所里时，歌德告诉他说，自己将继续第四幕的写作，而且开头正如自己所期许的一样成功：

> “关于这一幕该发生什么，”他说，“正如您所知，我早就很清楚；但关于这一切要如何发生，我还不十分满意。我由衷地为自己有了很好的想法而高兴。我将完整地构思从海伦到已经完成的第五幕之间的整个空白，写在详细的计划里，在这个最初触动我的地方继续写作。这一幕将具备一种独特的性质，就像一个独立存在的小世界，和其他内容无涉。只有和前后内容之间微小的联系使这一幕和整体连在一起。”①

歌德所说的“独立的小世界”让爱克曼猜测，从根本上看，

> 奥尔巴赫的酒窖、女巫的丹房、布罗肯山峰、帝国议会、假面舞会、纸币、实验室、古典的瓦尔普吉斯之夜、海伦等等，全都是众多独立的小世界，封闭而完整，虽然相互影响，但却关系不大。诗人所看重的是言说出一个多层次的世界，他将浮士德这位著名人物的故事当作某种纯粹的线索，把他自己所感兴趣的一切串联起来。

无疑，歌德本人加强了爱克曼的这个观念。四天之后，歌德谈到《浮士德》第二部，称作品中“几乎没有任何主观性的东西，其中显现的乃是一个更高远、更广阔、更明亮、更不带激情的世界，没有阅历的人将不得其门而入”。

《浮士德》第四幕皇帝和伪帝之间的战役也正是这样一个“独立的

---

① 所有爱克曼的引文均引自：Peter Eckermann：*Gespräche mit Goethe in den letzten Jahren seines Lebens*, hrsg. von Heinz Schlaffer, München 1986 (Johann Wolfgang Goethe: *Sämtliche Werke nach Epochen seines Schaffens*, Münchner Ausgabe, Bd. 19)。

小世界”,而为了读懂这一幕,读者确实不得不需要些阅历。使战役的场景“和整体连在一起”的“前后内容之间的微小联系”可能正在于政治与战争、政治和军事体制之间的多重关联。这些关联最初由吉贝尔建立起来,并最终在拿破仑的时代变得极其明显。

作者简介:施泰因迈茨(Ralf – Henning Steinmetz,1966—)德国基尔大学德语文学教授,主要研究领域为中世纪宫廷骑士爱情诗、中世纪和近代早期的虚构文学、中世纪与近代早期中篇小说创作等。发表有《中世纪叙事文学的虚构类型》(“Fiktionalitätstypen in der mittelalterlichen Epik. Überlegungen am Beispiel der Werke des Strikkers”,2006)、《中世纪文学的改编类型》(“Bearbeitungstypen in der Literatur des Mittelalters. Vorschläge für eine Klärung der Begriffe”,2005)等论文,出版注释版《浮士德》(*Suhrkamp – Basisbibliothek ,Bd. 107* ,2011 –2014)。

“伟大和痛苦，罪责与恩宠”

——通过多重对照看浮士德结局

凯勒(Werner Keller)　撰

黄超然　译

致好友凯斯汀(Marianne Kesting)：

1831年6月6日，歌德曾与爱克曼说起：“最终已解决的问题，总是又会指向新的待解决的问题。”1811年2月4日，他也曾为历史学家赛多利斯(Sartorius)写下：对历史必须时不时进行改写。这意味着，浮士德的生平也需要在出现此前未知的角度时，“时不时”重新起草。也就是说，如果更为敏锐地去审视浮士德对人类和自然所犯下的过错，便可重新理解关于他的救赎的问题。我们这个时代的全部经验都基于一条认知，即人类正企图借助技术，摧毁地球上生命所依赖的自然基础。在斯宾格勒(Spengler)看来，有充分的理由认为，浮士德这一形象，或者说他所理解的没有民族主义意味的“浮士德式的”形象，表现出了西方的特点，即西方狂热的认知意愿和越界行为、技术的理性和不停的扩张。也就是说，正是当下的现实，制止我们敏锐地审视歌德的文字和发现其中的问题，因为《浮士德》第二部的最后一幕所判决的不仅是一个单独的个人形象，也是由这一形象所代表的技术文明的形式。

1803年8月4日，歌德在给采尔特的信中写道：人们无法在“自然和艺术作品”已成熟时认识它们，“人们必须在它们产生的过程中捕捉到它们，才能在一定程度上理解它们”。根据这一为歌德所偏爱的起源学方法论，我们可以将其《浮士德》漫长的创作过程放到每一个阶段中去理解，那么问题就在于，作者在写下最后一幕时所面临的主要难题是什么。

早在1797年6月26日，席勒仅仅是看到1790年出版的《浮士德·片段》(*Faust. Ein Fragment*),就敏锐地察觉到,这部戏剧需要“一切的材料”,而浮士德也必须“在行进的生命中去展现自己”。第二部中,浮士德作为善于和世人、宫廷及国务打交道的人登场。这期间,他在“大世界”中看到了疲弱不堪的宫廷、形态演变中的自然、通过神话和故事传递的艺术,以及在增补的第四幕中因经营不善而败落的封建王朝兵荒马乱的样子。而最后一幕的目的,就是展现浮士德建功立业的欲望。那么我们所要讨论的第一个问题就是:他会将自己的欲望具体寄托到哪个对象、哪项事业上?对此,歌德的回答是通过正当而和平的交易,服务于公共福利的模式,具体表现形式便是,为了获得土地,浮士德开始了与海洋的战斗。而我们所要讨论的第二个问题就涉及浮士德与法术的联系:怎么保证浮士德的努力的内在价值?如何解释魔法手段和公益目的之间可疑的关系?

在希腊的南部,在美的地域,去魔鬼化的梅菲斯特不是以邪恶的形象而是以丑陋的形象出现的。我们要理解他和浮士德在北方结成的伙伴关系,必须回到他们最初的敌对立场和梅菲斯特引诱者的角色来看。毕竟这关系到浮士德的结局和梅菲斯特的报酬。打赌的结果仅仅是由浮士德在尘世间的所作所为来决定的吗?不是这样,我们还应结合“序曲”中所提出的条件,将书斋第二场所订立的契约也考虑在内。

歌德必须注意哪些前提条件呢?在“天堂序曲”中,“天主”坚信,浮士德证明了造物的正当性,与之相应,他将会最终升入天堂。因此,戏剧发展必须从天堂经由人世,重新回到天堂,或者引向地狱。歌德约于1797年拟订了一个戏剧结构,其结尾处就提到了“混乱中的后记——在去地狱的路上”(HA 3, 427)。①由于赦免浮士德是在预期之

① [译注] 由于原作者对汉堡版《歌德全集》十四卷(*Goethes Werke: Hamburger Ausgabe in* 14 *Bänden*. Hrsg. v. Erich Trunz. Hamburg u. a.)引用较为频繁,因此本文保留其文中括号内表示引文来自此全集的字母缩写HA,标注中紧跟字母的数字表示卷数,逗号后的数字表示具体页数。引用其他版本的歌德全集处,均在脚注中做具体标注。

中的,所以可以认为,这里所暗示的是梅菲斯特独自的归途。这场戏后来被取消了,被取消的同样还有维兰德所谈到的一场戏,①即浮士德带走了魔鬼,这与 1587 年民间话本的警示性情节完全相反。民间话本《约翰·浮士德博士的故事》(*Historia von D. Johann Fausten*)在第 67 章中,所揭示的是“浮士德博士恐怖吓人的结局,所有基督徒都应以此为鉴”。

1808 年,歌德就通过副标题“一部悲剧”确定了《浮士德》的文体类型。由此可见,戏剧框架里的宗教剧结构,无法抹去剧作情节中的浮士德悲剧的基调,他死后可以获得的救赎,也不能使其一生中各种各样的失败被忘却。

由“序曲”和浮士德说出“凡是属于人性的一切”(行 1770 及以下)②的场景就可以确定,浮士德是作为具有代表性的个体登场的,他的个性中最根本的是强大的意志力。他对自己和世界感到不满足,并因此而出众,也因此而失败。浮士德是一个中世纪晚期的人物形象,他相信魔鬼,迷信鬼神。他在戏剧第一部中同时带有狂飙突进运动的特征,而在第二部中则集中表现了 19 世纪初人们的问题与倾向。浮士德的“追寻”最初始于认知的渴望,后来转变为对权力、统治和财富的渴望(参行 10187 - 10188)。很难区分,热心公益的行动是什么时候停止,并由其世界观中的利己主义和唯我论取而代之的。

第一部的独白展现出浮士德对于无限的狂热,晚年的他则想通过实干获得不朽。与此同时,他个人的“追寻”也展现了技术进步的普遍

---

① 阿贝肯(Bernhard Rudolf Abeken)提到了维兰德的一部短篇小说,根据这部小说,青年歌德曾计划,不应是由魔鬼带走浮士德,而更应该是由浮士德带走魔鬼。(Vgl. *Goethes Gespräche*. Bd. 1. Hrsg. v. Wolfgang Herwig. Zürich und Stuttgart1965, S. 394 f.)

② [译注] 本文直接引用《浮士德》处,根据原作者文中标注,在括号内写明“行”及数字等内容。引文中译参见歌德,《浮士德》,绿原译,北京:人民文学出版社,2019。

特征。歌德晚年的写作风格,即为坚持描写他口中的“普遍性”(另参 HA 3, 456)。对于阐释者来说,这意味着歌德以浮士德为例所进行的实验,就应具有示范作用。

浮士德在他一生的最后时刻代表着谁?这部剧没有给出直接的答案,但歌德自己在1827年9月27日把间接的提示透露给了语文学家伊肯(Iken):

> 由于我们不能把所经历的事情本身完整表达出来,并直接告知他人,所以长期以来,我所用的方法都是,通过与之形成对比和对照的形象,来向留心的人展示其中更为隐秘的含义。

这一叙事艺术最早被运用在《少年维特的烦恼》中,歌德用平行的故事线,对比了人物的命运和其他的可能性,以此来保留复杂的人物和故事背后的多重含义。

歌德通过描写其他人物的看法和反馈,来“反映”浮士德的个性和行为,每个人物代表一个特定的方面,每个方面都不会被一般化,因为这些人物在解析他人的时候,也会同时进行部分自我解析:只有将所有这些观点放到一起,才能与浮士德的自我认识和行为关系,形成充分的对比。浮士德是一个复杂的人物,对他的了解呈环形阶梯状,逐步接近真相。但总有“不可测量的”剩余真相无法了解(参 HA 3, 453)。此外,人物可以用语言掩饰个性,也可以独立采取行动,去曲解其他人物的本意,例如浮士德对梅菲斯特和三勇士的无奈:“我是要交换,没叫你们去抢。”(行 11371)分析浮士德这一人物的过程中,尤为引人入胜的是,去解读梅菲斯特对浮士德个性和成就的评价。梅菲斯特扮演的是古老的主仆剧本中仆人的角色,但他又如在滑稽戏中一样,公开或是私下里去牵动其他人物的命运。

第五幕的开头诗行由“漫游者”吟诵。歌德从《少年维特的烦恼》和狂飙突进时期的诗歌开始,就以漫游者这一形象作为隐喻,代表标准的抒情人物。他渴望“漫游”,走向远方,收获对于世界丰富的认识。剧中,作为“无家可归的人”,漫游者从类型上来看就与浮士德相类似,但在信念上又与他完全不同,因为是忠诚和感激使他来到之前的救命恩人家里投宿,使他回到简单的生活之中。因为漫游者是次要人物,所以歌德没有完整描述他的个人生活,但歌德赋予了他一项重要的戏剧功能:老人向漫游者描述海岸变化的同时,也是在向观众传达这些信息。而聆听讲述的漫游者,此时沉默了。他心中更多的是赞美还是惊讶,抑或是不好的预感? 他用自己的姿态回答了这个问题(参行11107-11108)。这沉默,这无声的困惑和震惊,是意味深长的。漫游者的命运显而易见:新建的堤坝可以阻挡海洋,但两位老人的小屋却无法阻挡浮士德。水的自然力量被驯服了,与之相反,不受束缚的是浮士德此前否认的占有欲。这就证明了一个古老的观点,它尤其适用于我们今天,即:人们心中的狂热会因困苦而被束缚,外在生存负担的减轻则会将其释放出来。

“小屋”代表着屋主有意识地使自己在空间上处于一个有限的范围中,与宫殿形成了对比,它属于菲勒蒙和鲍喀斯,两位几十年前救了漫游者的老人。这对老夫妇与世隔绝,生活在自然地形中危险地带的边缘,无所欲求:他们所处的“原生的自然”与浮士德所处的机械化地区截然相反,机械化地区提供新的生活环境,却使自然臣服于统治者的意识。

与奥维德(Ovid)所描述的一样,①这对老夫妇生活在古老秩序和信仰的保护之下,他们接受了一定的限制并与之相伴,知足常乐。与他们不同,浮士德正襟危坐在宫殿中,无法满足的占有欲使他懊恼,两位

---

① [译注] 在奥维德的《变形记》(*Metamorphosen*)第八卷中,菲勒蒙和鲍喀斯是生活在弗里吉亚的一对老夫妇。宙斯和他的儿子曾化身为人,来到两位老人生活的城市,挨家挨户地敲门,请求借宿一宿。但除了菲勒蒙和鲍喀斯之外,其他人都将他们拒之门外。两位老人虽然贫苦但十分热情好客,以所剩无几的简单菜肴和酒款待两位神祇。宙斯离开时,便请两位老人跟随他们到山顶躲避惩罚城中居民的大洪水。洪水过后,他们的家被宙斯变成了宏伟的寺庙。两夫妇被任命为寺庙的祭司,后于同年同月同日去世,化身成寺庙前一对相互交织的橡树和椴树。

老人所秉承的虔诚使他厌恶(参行11151及以下)。薇依(Simone Weil)曾写道:“上帝所在之处,即为界限。”与薇依所认为的不同,浮士德强烈渴望无限。他只有在晚年心理上感到忧虑、生理上失去视觉时,才能想起界限,并且这样的念头也只是瞬间闪现。

两位老人如何评价他们周围环境的变化,又如何评价浮士德的事迹?对此,菲勒蒙看到了令人印象深刻的成果,而鲍喀斯则注意到了令人充满疑虑的手段。浮士德的所作所为在是非性上的模棱两可贯穿第五幕的始终,也体现在他们二人不同的观点里:菲勒蒙肯定了浮士德创造的新事物和带来的“进步”,他相信权威,引用皇帝和传令官的话来证明自己的看法;而鲍喀斯则因大堤建筑过程中展现出的邪恶魔法力量而担忧,她骇人的预言后来应验了,结果也印证了观众的怀疑:

> 夜间灯火通明,
> 大堤次日即已告成。(行11125-11126)

与其说菲勒蒙和鲍喀斯两人评价中的矛盾是由性格或性别决定的,不如说这是根本上的自相矛盾:浮士德果敢的计划给很多人带来了土地和家园,但在梅菲斯特执行计划的过程中,也有许多工人因此失去了生命,甚至有可能是因为要为魔鬼举行献祭仪式而牺牲:

> 一定是用活人流血献过祭,怪不得夜间响起了痛苦的呻吟。(行11127-11128)

眼下我们正处于一个充满意识形态的时代,菲勒蒙是不是与我们中的许多人一样,看到了人类所达成的成就,印象深刻,就再也看不到也不想看到过程中的不公正?

浮士德促使两位老人的小屋被毁,是在重蹈覆辙,更是在加重他在第一部中就犯下的罪行(参行3345及以下):对于格雷琴来说,小屋代表着她的“小世界”,却被浮士德这道“瀑布”冲向了深渊。哈克斯(Peter Hacks）曾以机敏的文笔，称赞这对“年岁高到如此惊人的”夫妇身上的“人性”，同时也谴责他们的“目光短浅”，这是他在这“古老到如此惊人的社会形式”中所发现的一种“目光短浅”。与此不同，用来描述浮士德的语句，完全和一些套话相一致，这些套话臭名昭著，因为它们常被我们这个世纪的独裁者用来为自己开脱罪名，比如：“浮士德的罪过是追求进步引发的罪恶”；他“若为此内心有愧，就会导致历史的倒退”。① 但不明智的人才会不多加考虑就赞扬进步；没有人性的人才会在 1978 年还坚信为了进步作出牺牲是必要的，并认为牺牲不值一提。正如歌德所说，文本会为读者发声：浮士德的罪行给了他当头棒喝。从烟雾中走出的四位“白发老妇”，正是他受到扰乱的良知的化身。浮士德的良知以忧愁的面目侵袭着他，进入他的内心，将他与外界隔绝。

最后一幕中，守塔人林叩斯依然在为浮士德工作，他每天不再通过号角（参行 9243）而是“用话筒”向浮士德报告新的财富的抵达——这些财富由梅菲斯特及其海盗一般的同伴从海上运来。林叩斯代表着静观的人生（vita contemplativa），他致力于观察一切，从而在理论上去认清人类的片面性。只有在夜晚，他才“唱响”自己的歌“Tenaturam［你啊自然啊］”，唱出他对造物的赞美。他入迷地唱着结构清晰的诗行，有意不提及文明的进步。这一场景中，林叩斯首先感恩生命，之后情况急转直下，由他在第一时间发现了大火。大火毁掉了古老的自然和古旧的小屋，也带走了一段印有人类痕迹的历史。

天生千里眼，
奉命来观测，

① Peter Hacks, „Faust – Notizen“. In: P. H., *Die Maßgaben der Kunst. Gesammelte Aufsätze*. Berlin – Ost1978, S. 84 f. 哈克斯这里是在重复肖尔茨（Gerhard Scholz）的话（*Faust – Gespräche*. Berlin – Ost1967, S. 200）。肖尔茨长年主导民主德国相关话题的讨论，谈及贪婪的浮士德和两位知足的老人，他认为：“在革命的紧急状态下，公正必然会出现疲乏无力的情况”。

守塔有誓愿，
世界真可乐……

在海伦剧中，林叩斯因光芒的耀眼和女性的美丽燃起激情，而这里他所赞颂的则是宇宙的美丽、整个近前和远方的世界以及天上与地下的和谐统一。

万象真美观，
永远一华饰，
[华饰令我欢，
我亦悦自己]①……

他在自然中找到了“永恒”的象征，因为他本就能够从多样性中发现规律，“在五彩折光中”找到本质，以及从特殊性中发现一般性。他对生命的爱的重要前提是，他的悦己能够包含在他对世界的喜悦之中。从文本形式上来看，二者通过显而易见的一组四行诗句得到了平衡。这四行诗直呼万象，也直抒胸臆、表达自我。

对“永远一华饰”的认识令人欣喜，而在感官和形象上与之形成鲜明对比的，则是“人工的”装饰，比如舞台提示中提到的浮士德的“观赏花园”，以及带有机械化时代特征的“笔直的运河”。林叩斯的艺术歌谣展示着自然。与自然相反的不是艺术性，而是以几何形状为特点的人为性。②

浮士德想要如林叩斯一般登高远眺，为此他需要古老的菩提树。技术至上论者的计划在此便昭然若揭：他们想要将自然功能化，想要“在树枝中间搭起支架”（行 11244）。在小屋和树木被烧毁后，浮士德

---

① ［译注］原文此处仅引用了前两诗行，译者根据本段末尾处论述认为，引用全四句方能理解作者的论述，故做此补充。

② 对于含有几何学方式（more geometrico）的技术智能，很早就出现了批判的声音。荷尔德林就曾在 1799 年 1 月 1 日写给弟弟的信里反对现实中的对称性（其理论影响参见 Volker Braun, *Gegen die symmetrische Welt*. Halle 1977）。

仍然坚持建造他的“瞭望台”，以便“可以望到无涯的天边”（行11345），但这其实只是极为空洞的远方，因为他无法在有限的空间中注意到隐喻背后的无限——无法注意到“永远一华饰”背后的宇宙秩序，也因为他无法在时间上忍受永恒的存在——无法忍受小教堂里传来的曾在复活节的黎明救过他的钟声。这个健忘的人已经再也想不起他自己曾说过的，如何在“五彩折光”中感悟人生（参行4727）。齐美尔（Georg Simmel）认为，“从象征性的角度去理解生命内核”是唯一的方法，借此才能将存在作为整体去体验，并在生命的重要性中去体验生命。① 浮士德对于无限远方的热情证明，他自己的内心无家可归，缺少核心意义。两位老人生存于世，安于内心，他们的存在使浮士德恼怒，而这样的恼怒也揭露出了他对自我的厌恶。因为他预感到，自己的极端行为中包含着一些危险性，他心中每个得到满足的渴望都会带来新的渴望。扰乱浮士德内心的，是他对“古老的”、代表界限所在之处的上帝的记忆，以及对古老自然状态的洞察：

可那几株树不归我所有，
竟破坏了我的一统天下。（行11241－11242）

不言自明，浮士德的新神从逻辑上来看，就是他自己奋进的精神。这精神要求他全方位改变自己，使自己彻底地世俗化，也要求他去创造新的自然并将其功能化和商品化，同时还要求他去神化财富的价值。但这些始终都无法使他脱离对已有成就的不满足和对原有自我的不悦纳。这个新神是工具化了的理性，它作为技术，通过精确的计算榨取自然。因为失去了上帝，浮士德必须在不同形式的自我神化中，找到必要

① Georg Simmel, *Goethe*. Leipzig1913, S. 253. 齐美尔还有一个独特的观点，即作家歌德本人始终坚持立足于生命的“结果”，但他却没有把这一态度赋予他作品的主人公。无论是格雷琴的去世，还是海伦、欧福里翁的死亡都没能让浮士德更清楚地看到，什么是生命的本质。他始终是焦急的、极端的，他从不吸取经验，而经验却始终决定着他的立场。

的替代物。他对遥远的神关上的心门,向身边的魔鬼敞开。他意欲实现自己的计划,但恼怒却使其长时间处于绝望,而绝望又加快了他行动的速度。对此,克尔凯郭尔(Kierkegaard)解释道:"对有限性绝望,是因为无限性的缺失。"浮士德的"无限性",始终都只是在向远方延伸的有限性。

菲勒蒙和鲍喀斯,以及无名的漫游者和守塔人,他们四人都被歌德设计成对比人物。他们没有去遮掩浮士德失当的行为,而更多的是,作为"对照组",直接或间接地去揭露他的不当之处。在描写他们四人个性的有限篇幅中,都写到了他们用道德为自己设限。这样的道德会出现在每个集体之中,但在浮士德身上却毫无踪影。

在第五幕头几个场景中,歌德将新与旧做了对比,但若要把这个对比过程照搬过来,运用到近代与中世纪的对比中去,则必须小心谨慎。原来的本地人不得不为浮士德这个外来者让路,因为去个体化的、没有特征的新生事物,排斥的就是历史悠久的古老传统。也就是说,人们要使文明进步,就无法保留源远流长的传统,即便是其中自成一体的优秀的部分也不行;人们要使文明进步,就必须要推动工业化的扩张,"殖民地的开拓"(参行11274),以及"收益"的积累。歌德描写浮士德和他所借用的魔法力量,其实是要写"宽广的观赏花园"和"笔直的运河"所代表的技术文明,这也是我们所处时代的文明。歌德并没有美化过往的历史,也没有将技术成就作为目的理性①所计划的产物对其进行批判。但歌德在几十年前,就已经认识到了自以为是的人的伟大及其危害,通过描述自己这一认识产生的过程,歌德预见到了其中内在的自相矛盾。

---

① [译注]根据韦伯(Max Weber)的定义,目的理性(Zweckrationalität)与遵守已有规则的价值理性(Wertrationalität)不同,它源于对外在世界的特定期待,促使人们为了满足期待而采取相应的行动,无论其行动和结果是否有悖规则。韦伯认为,从社会历史学的角度来看,价值理性更为传统,而目的理性则是新时代的产物。

众所周知,歌德将自然当作自己的 alma mater[母校]。他知道,自然“受到轻柔的正面与反面力量的影响”就会来回“摇摆变化”(HA 13,316),这个过程可以为人类所扰乱。在《论形态学》(1817)系列丛书的前言中,歌德批判了不“敬畏器物的作用”而只是“使器物臣服于自己”(HA 13, 53)的僭越行为。在浮士德技术至上的世界中,自然被降级,成了单纯的器物。梅菲斯特和“强大”而残暴的三勇士负责推动所谓的进步(参行 11189 及以下),欧洲也得以借助优越的“战争艺术”,对欧洲以外的地区进行侵犯——赫尔德在第 114 封《给人性的信》中就谴责了这样的行为。① 我必须再次说明,技术当然并不是恶魔,进步本身也并不是邪恶的,但歌德的文字告诉我们,技术和进步带有自相矛盾的特点,即便它们支配自然时用的不是法术,而是精确的计算,也无法避免其中负面的部分。② 技术使我们的生活变得轻松,也使生命得到延长,它在空间上缩短遥远的距离,甚至似乎可以跨越时间的鸿沟,但为了消除技术所造成的严重不良影响,又需要在它身上花费许多精力。由此可见,歌德的现实主义,使他没有像其他人一样,从 18 世纪的神正论转向 19 世纪的技术正义论。③

---

① Vgl. Johann Gottfried von Herder, *Herders sämmtliche Werke*. Bd. 18. Hrsg. v. Bernhard Suphan. Berlin 1883, S. 222 – 223.

② 生命内在的对立,这里称作自相矛盾,在浮士德身上表现为,他的伟大潜质(virtù)由于过于绝对化,反而会发生转变,站到他自己的对立面去。而对于技术来说,自相矛盾并不是指进步会抹杀掉进步本身,而是指每个优点内部都包含了缺点,所有达到的成就也都包括了一部分本应避免的结果。(Vgl. Carl Friedrich von Weizsäcker, „Die Ambivalenz des Fortschritts“. In: *Der Garten des Menschlichen*. München 1977, S. 63 – 90.)

③ 塞格贝格(Harro Segeberg, *Literarische Technik – Bilder*. Tübingen 1987)曾思考“文学在技术概念构建中的角色”(S. 1),他将浮士德理解为“工程师”(S. 22ff.),他的行为违反指令,从而导致了一场“对抗自然的战争”(S. 46 ff.)。塞格贝格认为,最终浮士德作为工程师也是“失败”的(S. 49):虽然我同样批判浮士德想要当万物主宰的妄想,批判他以专制领主的姿态来对待他的大批雇工,但浮士德“驯服”洪流并使“人为塑造的生活方式与毫无雕琢的生活

近代早期,人们将技术作为权力和优越性的象征,从欧洲向外传播。梅菲斯特和他的海盗们结束强盗行径,从海上带回了堆积成山的财宝。像他们这样的恶人会利用现代的手段,来压迫和摧毁一切生命。因此,林叩斯的赞歌也是古老时代 Ordo[秩序]的终曲,这也体现在其诗行的过去时中:"曾经无往而不美!"剧中涉及的人物发展的脚步都没有跟上文明进步的速度。如果撇去浮士德心中的民间迷信,以及他身边的魔鬼和魔鬼的帮凶不看,那么他就和我们这些后人一样,拥有新的可能性,但他在道德上还无法胜任。浮士德不停的"前进"(参行 11451)并不能将自己从痛苦中解救出来,这痛苦源自他生命的有限性。因此,他说服自己去相信,他可以通过其创造的事业的永恒性,来"留住"自己生命的印记。

我们如果想知道,梅菲斯特如何评价和他打赌的浮士德,以及在浮士德生前的最后一天中他与浮士德之间的关系,那么就首先要知道梅菲斯特是谁,这个问题的答案会立即浮现在我们的脑海之中:梅菲斯特是熟练掌握所有改变、美化和平息事态的技术的角色。正如在《浮士德》第一部中一样,梅菲斯特在最后一幕中,又成了恶的化身和一切存在与未来的否定者:他是始终想要作恶的魔鬼,也始终在做出恶行的同时,将其掩藏到他的自我矛盾之中。他充分发挥了无法无天的力量,并在暴力的不同功能中选定了自己信奉的"三位一体"(参行 11184 及以下)。梅菲斯特想要夺权,但也保持着仆从的姿态,奉承狂妄的浮士

方式" 形成对比的计划(HA 13, 309),在科技史学家那里得到了更多的赞许。"主角还不是机械,而是在那之前机械化的人类,剧中借此展现的是,现代以前的劳作模式中存在着特殊的现代性"(S. 41):这也就使一些日耳曼学者的蠢话不攻自破,他们认为,浮士德是私人资本主义所有制下的资本家,在最后一幕中他们已经发现了机械时代的工业资本主义的痕迹,他们坐在书桌前对此进行猛烈的攻击。只有 1970 年前后杂乱无章的时代精神,才能为他们的观点提供支撑。关于歌德对技术能释放能量却不能控制其后果的评价,参见 Dieter Borchmeyer, „Goethes, Pandora‘ und der Preis des Fortschritts“. In: *Etudes Germaniques* 38, 1983, S. 17 – 31。

德,说他"把手臂张开,就可以拥抱整个世界"(行11226)。这个魔鬼不断地平息事态,欺骗浮士德:他所夸耀的大海与陆地之间达成的"和解"正如他所预言的一样,并不是永恒的。当然他是在自己独在一旁(à part)时说出预言,并没有让浮士德听到(参行11222及行11550)。梅菲斯特实施的最奸诈的欺骗就发生在浮士德死前,他作为仆从,却指使手下的鬼怪听从他的指令。那一刻,这个魔鬼将自己塑造成了主人的样子。

梅菲斯特代表着浮士德外露的欲望,因此他与浮士德联系紧密,没有他,浮士德的主体性格并不完整。浮士德的个人意愿不受节制但模棱两可,它们由梅菲斯特落实到明确的行动之中。他们二人的关系是:浮士德表达意图,梅菲斯特去执行;浮士德展开想象,梅菲斯特去实施;或者浮士德进行思考,梅菲斯特去行动。但梅菲斯特的行动,比如他对二位老人犯下的罪行,具有自主性,即便如此,浮士德作为原本想法的拥有者也难辞其咎。梅菲斯特从人类历史上的谋杀案中,找到了他的行动依据。他用先例为自己辩护,他认为历史不断循环,统治者犯错的时刻也就会不断出现:

旧调又重弹:
从前有个拿伯的葡萄园。(行11286-11287)

他没有参照一般的法规("她可不是第一个",HA 3, 137),而是通过暗示旧约中撒马利亚的国王亚哈的故事(《列王纪上》第21章),①提前为自己即将犯下的罪行辩白,并将罪行归到了委托者浮士德的名下。梅菲斯特以此来强调,人类历史已无可救药并且还在永远循环,与他不同,林叩斯所看到的是自然现象背后的寓意。梅菲斯特尖锐地预见到

① [译注]故事梗概为:拿伯的葡萄园靠近国王亚哈的王宫,亚哈便想用更好的葡萄园与其交换,但拿伯拒绝交出祖上的基业。亚哈的苦闷为妻子耶洗别察觉,知晓缘由后,耶洗别便设计陷害拿伯,借刀杀人,最终夺取了他的葡萄园。

了浮士德的死亡(参行 11577 – 11578)。因此我们在分析浮士德生前最后的独白时,也应同时考虑梅菲斯特的断言:“死亡就是你的下场。”(行 11550)

在埋葬场景中,歌德将梅菲斯特描述成了更低一等的魔鬼,他成了民间传说中那样过分的骗子。在浮士德生前,两位订约人还能保持极具讽刺的平衡:梅菲斯特是仆从,但浮士德这个主人却离不开他。梅菲斯特不停僭越“天主”给他设下的界限,“天主”在“序曲”中半指派半赋予他的职能也被他歪曲。他想通过海盗和围堤,利用赌约条件中对他有利的部分。他想用权威和财富(参行 10187)诱使浮士德去“享受”瞬间。梅菲斯特的主要特征包括:他擅长讽刺,在识人和蔑视人上很有经验,他痛恨生命也因此而玩世不恭,他用不理性推动自己的把戏却又是个理性主义者。他比所有人都更擅于行动和破坏,不过他的界限在于:人类的想象力会使他无言。比如被取消的争辩场景中所表现的那样:“上天的”爱会让他无助,这爱化身为撒玫瑰花的天使,让他这个理性的存在,最后败给自己好色的淫欲。作者对他和他的同伴浮士德的讽刺,都是针对他们最无力的弱点,都无比尖锐地正中靶心。

剧中其他 personae dramatis[戏剧人物]对浮士德的看法多种多样,而浮士德的人物性格就在这些不同看法中摇摆变化。他自己又如何理解他与现实和超现实的关系?他如何为自己达成目的所采用的手段辩白?他与最初的自己相比有什么区别?我们应该能从对他人生最后一天的描述中看到他一生的成果——即便他想要实现自我和解放一切,树立了极端的典型形象;即便他完全受到道德的限制,乌托邦式地要求自己“任何瞬间都不满足”(行 11452);即便他从来没有真正达到自己的目的。对于浮士德来说,所有得到的东西都因为无法完全满足他而带有缺憾;所有得到的东西也都在他得到的那一刻,失去了价值,因为浮士德不断追寻的始终是无法企及的远方。浮士德是独断专行的,他在自己的精神世界里雷厉风行,不断提出伟大而果敢的计划,但在现实世界中,他以主人自居,并且不太尊重手工劳作的艰辛(参行 11502 及以下;回溯第一部参行 2362 及以下)。①

当我们要描述浮士德的性格特征时,都必须同时注意,他的成就都得归功于法术,他所获得的成果也因此拥有了不真实的、幻想的、超人的和非人的特性。他的过错是由早已为我们所熟知的无度、急躁和仓促的个性造成的:“命令下得快,执行得也太快!”(行 11382)由于他没有将达成愿望的瞬间单独看待,赋予其独立的特点和权利,理所当然,他也就错过了每个真正的瞬间,即每个行动的决定性时刻。歌德曾在 1809 年 3 月 11 日对里默说过:“唯一悲剧性的是 injustum et praematurum[不公正和不成熟]。”这句格言也适用于浮士德,他不让任何事物发展成熟,也因此成了悲剧的帮凶,加剧了其中的不公正和不成熟。他强迫仆役深夜劳作。我们在这里也可以联想到,歌德曾提及,除了“过失”之外,仓促也是人类的病态特征。②

为什么罪责没有体现出来?阐释者们经常研究这个问题,也经常为其所困扰。答案就在歌德“序曲”所写的前提条件中。浮士德的“罪行”并不在于他做过坏事,或是他没有做好事——与众不同的是,他的

---

① “对于一千只手来说一种精神足够吗?”无论如何,我们在围绕“自由民”展开想象,或是思考在“自由的人”中是否还存在“平等”的问题时,都应将这句“从主人的角度说出的话”考虑在内。格茨(Götz)对于所谓“行动利索的”主人们持保留意见,他们“使一千只手动了起来”并且认为“一切好像都进行得迅速而轻松”(HA 4, 91)。赫尔德则看到,不仅是士兵,每个“穿着代表他身份的制服”的人也都成了“机器”,成了“倾向于将一个人作为他们首领”的机器(Johann Gottfried von Herder, *Herders sämmtliche Werke*. Bd. 5. Hrsg. v. Bernhard Suphan. Berlin 1891, S. 534 und 539)。每个人都成了无名的工具,成了“机器”,成了其他人施加他们自己意愿的对象,对人的理解被简化成了“抽象关系中的功能特性”。转引自 Hans Dietrich Irmscher, „Herder über das Verhältnis des Autors zum Publikum“. In: J. G. Maltusch (Hrsg.), *Bückeburger Gespräche*. Rinteln 1976, S. 99 – 138, bes. 122。

② Vgl. „Sprichwörtlich“: Johann Wolfgang von Goethe, *Goethes sämtliche Werke: Jubiläums – Ausgabe in 40 Bänden*. Bd. 4. Hrsg. v. Eduard von der Hellen. Stuttgart u. a. ca. 1907, S. 19.

过错在于他的懒惰,在于他在没有行动欲望时错过的瞬间中,丢失了自我。在第二部前两幕中,浮士德从心理上来看,时常是一个不太真实的形象。对于观众来说,他仿佛就是一个器官,通过这个器官可以感知到人类世界和自然世界。从第四幕起,他开始敞开自我,积极行动。“天主”在“序言”中特别对浮士德进行了单独介绍,浮士德努力追寻的行为,正符合其中介绍的内容。

根据1797年歌德列出的“浮士德”结构,第二部以展现“行动——享受——外放”为特征(参 HA 3, 427),表现了隐德来希①和人类存在形式之间的一致性。免除浮士德罪责的逻辑就是,不停歇的行动,保证了作案人无罪。浮士德在所有的行动中,一半是不负责任的状态,一半是没有良知的状态,他下意识避免了要承担完全责任的情况。剧中按古典模式强制接近浮士德的是忧愁,而不是人们在对那对老夫妇和漫游者实施罪行后应该感受到的罪责,也完全不是匮乏和困苦。②

忧愁的人会因不安而忽视当下的瞬间,他们会臣服于世俗的威胁,并且通过获得财富和统治地位的方法去入世。他们想忽略时间以及随之而来的器官的衰老,想抢在令人害怕的未来之前采取行动,也想抓住正在流逝的当下。由于忧愁,人们会像被施过法术一样,失去内心的自

---

① [译注]隐德来希,德语原文为 Entelechie,来源于希腊语 entelecheia,是古希腊哲学家亚里士多德(Aristotle)的哲学用语之一。作为一切事物追求的终极目的,它既是最完全的实现,又是最原始的动力。

② “在发布命令的过程中,忧愁便会愈发浓烈。”《浮士德》第二部的一处补遗这样写道(Johann Wolfgang von Goethe, *Gedenkausgabe der Werke*, *Briefe und Gespräche*. Bd. 5. Hrsg. v. Ernst Beutler. Zürich u. a. 1950, S. 615)。在《诗与真》(*Dichtung und Wahrheit*)的二号结构中,歌德也曾记录道:“罪行与后悔,行动与忧愁永远密切相关。”(Johann Wolfgang von Goethe, *Gedenkausgabe der Werke*, *Briefe und Gespräche*. Bd. 10. Hrsg. v. Ernst Beutler. Zürich u. a. 1948, S. 874.)而《威廉·迈斯特的漫游时代》(*Wilhelm Meisters Wanderjahre*)中的威廉则从博爱的叔父那里了解到:宗教上的良知“与忧愁非常相近”(HA 8, 83),当然这个良知与忧愁的关系只能有所保留地运用到浮士德身上。

由和艾格蒙特①式的坦率,不再能像艾格蒙特一般,坦率接受:人生在世,一切都会随着时间流逝不断变化,快乐与痛苦之间也会不断转换。忧愁的人过着忧郁、厌世的生活,脱离了生命“源头”(参行 324)的方向。浮士德能认出不同表象背后的忧愁,是因为这忧愁来源于他的内心,在他最初企图自杀前就早已侵袭他的精神世界(参行640 及以下)。而在第二部的最后一幕,他预感到,这次忧愁来袭也预告了他的死亡。但他还是接受了忧愁,并由此决定了自己特有的死亡方式。浮士德此处最有人性的举动在于,他克制住了自己,没有念出驱鬼的咒语,他对自己说:“当心,别念什么咒语。”(行 11423)

忧愁会给人带来极为痛苦的后果,这在浮士德身上表现为失明。歌德笔下的正常交流模式,基于内在和外在之间平衡而协调的关系,以及人与世界之间清晰可见的一致性。忧愁却会导致人们患上疑心病,束缚自我,以及错误感知周围的环境,因为它使人“把一切事物看得歪歪扭扭”(行 11476)。浮士德起先因忧愁感受到了昏暗:“星辰掩藏了光辉”(行 11378);忧愁则在与浮士德的对话中,将自己解释为持续的黑暗(参行 11455),更准确地说就是:忧愁会完全颠覆人们对自己是什么和有什么的认知,也会完全颠覆人们的想法和感受。忧愁化身为“白发”老妇,引导浮士德与世界混乱而残破的联系自然而然地继续恶化:使他生理上失明,不久后精神上也变得盲目。浮士德不仅封闭地生活在宫殿中,与世隔绝,还在主观意识上进一步被孤立,变得与世界毫无关系。他与真实世界的联系先是受到了阻碍,最终完全断裂,因而他的个人意愿

---

① [译注] 艾格蒙特是歌德发表于 1788 年的戏剧《艾格蒙特》(*Egmont*)的主人公,该剧后由贝多芬为其创作配乐。《艾格蒙特》取材于哈布斯堡尼德兰时期荷兰民族革命统帅艾格蒙特伯爵的故事,叙述其反抗西班牙统治者驻荷兰总督阿尔瓦公爵的专制统治,最终被处以死刑的斗争历史,具有浓烈的莎士比亚式悲剧色彩。但艾格蒙特的牺牲也使西班牙王室在荷兰彻底陷入信任危机,预示着荷兰人民反抗压迫的胜利之日即将到来,因而悲剧的结尾也体现出了积极的动向。

过度膨胀，导致了不当的行动与扩张。众所周知，这样的例子在20世纪的历史中也数不胜数。

面对忧愁和失明，浮士德的勇气令人感动，他接纳了衰老和困顿所带来的人类的局限性，并且勾画自己未来的蓝图，以迎接时间的流逝。但浮士德的消极表现也同样显而易见：他通过实施权力来麻痹自己，使自己沉浸于幻想之中，变得不切实际。虽然他个人放弃了法术，但他的去魔化只进行了一半，他依旧运用邪恶的魔法手段，来做好事，以实现治理沼泽的目的。浮士德与自己生而为人的身份相疏离，想要奋斗“到自由的洞天”（行11403），却继续以开荒者的身份使用法术。目的能为手段辩白吗？从个人的角度来看，他接纳了忧愁，但从事业方面来看，他直到最后一刻也坚持依赖梅菲斯特的帮助：

> 尽可能把民夫一批批招，[……]，报酬、引诱、强制都用到！（行11552及以下）

即便浮士德是魔法力量的主人，事实上也始终臣服于魔法力量。浮士德身上最残酷的模棱两可之处在于，分不清是他有能力去支配旁人，还是他自己本身可以被旁人支配，这个问题与其伟大的计划始终相伴相随。此外他的计划还受制于一种不幸的自我欺骗：

> 黑夜似乎步步进逼，
> 可我内心还亮着光。（行11499－11500）

浮士德曲解了“内心光亮”的幻觉特质，也曲解了作者的讽刺——歌德这里要讽刺的正是精神对于身体的自以为是的胜利。①

希腊悲剧中的人物会因为对现实的错误认知被击溃。而在“1821

---

① Peter Michelsen, „Fausts Erblindung“. In: *Deutsche Vierteljahrsschrift für Literaturwissenschaft und Geistesgeschichte* 36, 1962, S. 26－35; in diesem Band S. 345－356.

年5月柏林戏剧开幕的序曲"中,悲剧人物则被定义为不了解自己的人。①在浮士德生前的最后时刻,他不仅对自己也对现实产生了错误的认知。因此当他听到为他掘墓的鬼魂铁锹的锒铛声时,他产生了误解,认为是在"完成大业"(行11509)。囿于自我的浮士德没有听到梅菲斯特"低声"的嘲讽:"就我所晓,只说是挖墓道,没听说什么挖渠道。"(行11557-11558)

浮士德被孤立、被迷惑,这就导致了他的语言和行为不一致,这不一致的背后所展现的是主体与世界、计划与现实之间的互不关联:浮士德最后的独白中所展现的宏大景象,不过是口头的预言、独裁者的虚构——这位独裁者想要"为百万人开辟空地",但却被蒙蔽,以致好高骛远。他心中真正的乌托邦完全受制于魔法的手段和梅菲斯特的预测,以及失明所带来的盲目与即将到来的死亡。歌德的讽刺确实是致命的,这也证明了他与浮士德这个人物之间保持着距离:不自由的浮士德谈论着自由的人民;崇尚权力的他被献给了死神,却在隔离和自我麻痹中宣告一个未来社群的伦理(这也是他在对待邻居时没有遵守的伦理)——他的宣告甚至也不是对着"行动自由"的民夫,而是对着"活骸",对着鬼魂。浮士德不担心接班人的问题,因为分权有违他独裁统治的原则。他这样对着空无一人之处发出的号召,也就在不经意间带上了讣告的性质。

持有不同观点的思想家中,很少有人对梅菲斯特在行动和犯罪时的帮凶行为反感,更少有人对文中精致的语法反感,即便浮士德所有的陈述都带有假设的语气("这[将会]是最后也是最高的业绩";"我真想看见这样一群人";"那时,我才可以对正在逝去的瞬间说")。②浮士德

① Vgl. Johann Wolfgang von Goethe, *Goethes Werke*. I. Abteilung. Bd. 13, 1. Herausgegeben im Auftrage der Großherzogin Sophie von Sachsen. Weimar 1894, S. 116.

② [译注]此处括号内的三个例句,德语原文均为第二虚拟式,表示假设的语气。译者亦据此对第一个例句的中文译文进行补充。

以未实现的想法为媒介，醉心于去构想有利于生命的行动。他内心的构想受制于梅菲斯特肆意的行动，而梅菲斯特则对他事业上追求永恒的愿望，报之以冷酷的预测：

死亡就是你的下场。（行 11550）①

梅菲斯特预告了浮士德的结局，必须承认，他的预告中也包含了浮士德计划的破灭。歌德《浮士德》第二部的最后一幕与之前几幕不同，但也遵从了戏剧体裁的规范，重点都集中在题目中的主人公及其魔法活动上。因此与《威廉·迈斯特的漫游时代》不同，这里规划的社会秩序必须保持含糊不清。如有兴趣，甚至可以在这最后的独白中提取出对圣西门主义②的些许赞同和许多反对的意见。③ 浮士德的聪明之处在于，他在预告历史发展进程的独白中，并没有将人民未来的自由描述成确定的情形，而是将其确立为艰难的任务。浮士德像摩西一样指着应许之地，但他的赐予包含着必要的实用主义，他认为：自然力的危害也有其益处，即海浪冲击的持续性威胁可以避免社会的矛盾。但我们从中看不到任何关于统治层自我约束的内容，其间也很少涉及被统治

① 因为浮士德将自己的想法寄托在虚拟式、祈愿语气和类似的表达方式上，所以他避免了危险的完全真实的展现："共同追求"并不能使人免受"填起来的水地"（参行 11137）的侵害，正如 1824 年新建的圣彼得堡遭受洪水一般。歌德在 1827 年 3 月 2 日写给采尔特的信中提到了这件事，并谴责了彼得大帝的专制。

② ［译注］圣西门（Claude – Henri de Rouvroy, Comte de Saint – Simon, 1760—1825）是 19 世纪初的空想社会主义者，圣西门主义由其学生和追随者在其身后总结成书，并进一步发展。

③ 这里会联想到舒哈德（Gottlieb C. L. Schuchard），他从卡罗维（Carové）对《圣西门学说释义》（*Doctrine de St. Simon*）的评论出发，借助包括康德《判断力批判》（*Kritik der Urteilskraft*, § 83）在内的其他学说，在浮士德最后的独白中读出了对圣西门主义的讽刺。（„Julirevolution, St. Simonismus und die Faustpartien von 1831 “. In: *Zeitschrift für deutsche Philologie*60, 1935, S. 240 – 272u. 362 – 384.）

者参与统治的图景,大多都是乌托邦式的想法和歌德明显的保留意见——歌德对于绝对的行动欲望和完全的世俗化有所保留(参行11445及以下)。

阐释者在解读最后一幕时所遇到的问题,主要因浮士德得到拯救而起。打赌谁赢谁输的问题,曾经是阐释者们迫切想要解决的,但近些年来,这个问题已经变得无关紧要。今天的人们不再关心"欠债还钱",而是关注:极端强调自我实现的后果是什么;homo faber[技艺人]①粗暴征服自然会带来什么;以及歌德如何解释欧洲行动主义者代表人物浮士德获得拯救的原因。

第一部中打赌的内容是:如果浮士德开始追求世俗的目标,如果他在某个瞬间感到满足,那么他就输掉了他的赌注。赌注应是他此岸的生命抑或还有彼岸的极乐?追求本身的积极意义不在于结果,而在于过程。浮士德虽然在最后的独白中说出了关键语句:"预感到这样崇高的幸会,/我现在正把绝妙的瞬间品味。"但因为行动还未完成,存在着现在与未来时态上的区别以及感受和满足之间真实的差异,这些都没有在这个关键句中被直接表述出来。从字面上来看,梅菲斯特赢了赌局,但从打赌的内在精神上来看,他输了。在1820年11月3日写给舒巴特(Schubarth)的信中,歌德就曾写道,梅菲斯特只能"赢取一半的赌局,只要有一半的罪责落在浮士德身上,老天主赦免的权利就会立马生效"。也就是说恩宠起到了决定性作用,它先于律法。由"自上而来"的爱对"自下而来"的追求进行补充,从而达到的一致性,维持着这个被创作出来的世界的平衡。这样的一致性在"序曲"中,看起来还不是必要的,但在结尾处却至关重要。

---

① [译注]技艺人是一个哲学人类学中的概念,用来指代现代人类,表示现代人类与古代人类不同,致力于主动改造世界。阿伦特(Hannah Arendt)进一步将技艺人与劳动动物(animal laborans)相区别:作为劳动动物的人们劳作,只是为了过上更好的生活,只注重产品的实用价值;而技艺人则意在创造人为的世界,并且重视产品本身的存在价值。

如果说白魔法是服务于提高认识能力的，那么黑魔法就服务于“看穿世界”和征服自然的行为，并且它能够提高人们的行动能力以使其超出人类已知的可能性范围。每种魔法形式都附带有一些自我矛盾的地方，它们迎合浮士德，满足他探索不可及之处的渴望，但同时又将他卷入罪恶之中。黑魔法使人们失去人性中的自我约束和对世界的归属感，以此为代价，人们便可以态度傲慢、越过已有界限，这就使得人们需要“断念”①来限制自己。

“断念”自罗马之行以来，就决定着歌德的立场；“断念”也理应能够限制其笔下的人物，限制他们身上绝对化的主观主义精神。回到浮士德来看，他直到行将就木，直到忧愁接近他折磨他，他才意识到自己身上的自相矛盾：他获取土地、解放人民的行动，竟然是以受制于法术为前提条件的。

> 自然啊，让我站在你面前只是一个男子，
> 才不枉辛辛苦苦做人一场。（行 11406－11407）

虽然只是几行字，但从中我们可以看出，浮士德知道，自己已经被牵连其中，无法挣脱，为了达成自己好的目的，他在利用魔鬼和肮脏的手段。他的行动意愿促使他为了实现想象中的计划，去与邪恶的魔鬼达成协议。因此，表面上看起来，浮士德的成就是属于他自己的，但其实是法术帮助他实现了想法。他身上缺少了“思考和行动、行动与思考”之间双向的一致性，而歌德曾在《漫游时代》中指出，为了人性的完整，恰恰应该坚定维持这样的一致性（HA 8，263）。像浮士德这样主观沉迷于追求极端目标的做法，歌德是坚决反对的，他在自己其他文章中坦诚而委婉地表达过这样的观点，有许多例子为证。比如在《说不尽

---

① ［译注］断念（Entsagung）是指人出于对更高层面人生意义的考虑，主动选择放弃或割舍一些东西。这是歌德作品中的重要主题：他将“断念者”（Die Entsagenden）作为《威廉·迈斯特的漫游时代》的副标题，并且在《亲和力》（*Wahlverwandtschaften*）等作品中也着重探讨了这一话题。

的莎士比亚》(*Shakespeare und kein Ende*)中,我们就可以读到:"超越个人能力的意愿是现代的。"(HA 12, 294)这种"现代性"的代表人物正是浮士德,他的意愿和能力不一致,意图与实践也不匹配。歌德尖锐批判这类自文艺复兴以来出现的典型人物,他们幻想自己是万能的。他们的意愿"是自由的,是看起来自由的,是有利于个人的";因此这样的意愿便成了"新时代的上帝"(HA 12, 293)。这位上帝在歌德笔下,化身为虚构人物身上的主观性。这些人物因此无视界限,也由于自己"无尽的非分要求"而走向失败。歌德早在其魏玛时期早年间,就认识到了心脏收缩和舒张背后的辩证法,他在1778年2月的日记中写下了这样的经验和要求:"一定的受限感,可以带来真正的舒张。"

对于阐释者来说,最神秘莫测的是浮士德被拯救的原因。民间话本自1587年起流传于世,它以浮士德可怕的结局为例,来告诫所有基督徒不要重蹈覆辙。与之不同,莱辛在他所写的戏剧片段①中大概就预见到了浮士德会被拯救。同样,我们可以认为,歌德从一开始就计划好了要赦免浮士德。早在1802至1803年冬季学期,谢林就在看过歌德1790年出版的《浮士德·片段》后(他甚至都还没看到提供超验的情节框架的"序曲"),就已经在耶拿报告了他的推测:"矛盾会在一个更高的层面得到解决",并且"浮士德会被提升到更高的境界而得到圆满"。②

事实上,浮士德并不是凭借自己的力量拯救自己的,他直到生前的最后一天都是有罪之身,因此常被人们拿来探讨的浮士德"可完善性"

---

① [译注] 1759年,莱辛在其创办的刊物《关于当代文学的通信》(*Briefe, die neueste Literatur betreffend*)上,发表了他所写的戏剧片段《浮士德博士》(*D. Faust*),剧中的浮士德已不再完全是民间话本中那样的负面形象。

② Zit. nach Hans Gerhard Gräf(Hrsg.), *Goethe über seine Dichtungen. Zweiter Theil: Die dramatischen Dichtungen.* Zweiter Band. Frankfurt a. M. 1904, S. 139.

的论点——即认为他在逐步自我完善的论点，并非无懈可击①：他作为人所犯下的罪责在现世是无法赎清的，从宗教上来说，他需要被拯救。

---

① 尽管如此，这方面关于浮士德失明的讨论，甚至在1945年后都依然保有影响力：布洛赫（Ernst Bloch）所写的短文《精神现象学中的浮士德动机》（“Faustmotiv der Phänomenologie des Geistes”）经常被编写和发表在不同的语境中，他在这篇文章的结尾处写道：

> [……]浮士德和现象学都与我们站在同一扇新的大门前，这是一扇通向社会主义社会的大门。门上的题词是：被解放的主观是客观的尽头，没有异化的客观是主观的尽头。（*Hegel – Studien*. Bd. 1. 1961，S. 171）

今天的读者总是对将乌托邦和幻想混为一谈的说法感到不满，语文学家也不得不对此嗤之以鼻，因为他们无法忽略真正的社会主义和想象的社会主义之间的区别。布洛赫观点陈旧得令人吃惊，它与古旧的观点一脉相承，模糊了作者和作品中主人公这两个不同角度之间的区别。——对此的批判参见Wilhelm Voßkamp，„,Höchstes Exemplar des utopischen Menschen‘：Ernst Block und Goethes Faust“. In：*Deutsche Vierteljahrsschrift* 59，1985，S. 676 –687。

可完善性的概念1750年左右就出现在杜尔哥（Turgot）和卢梭（Rousseau）的文字中，它是欧洲浪漫派的核心思考主题，通过它可以理解激发法国大革命的力量所在。浮士德的发展和结局，表达出了对人类永远在自我完善的梦想的怀疑。贝勒（Ernst Behler）在其书中（*Unendliche Perfektibilität*. Paderborn 1989）写到围绕这一梦想的理论思考，当然里面并没有提到歌德。卢梭就曾用历史进步的自我矛盾来反驳启蒙时期的乐观主义，他认为：掌控文化就必定会失去自然。赫尔德则在对未来的规划中，把自我完善的任务分派给了人类，但这自我完善的过程会不断受到“可腐化性”的扰乱，需在自我提升和社会秩序、人的自主与神的全能两组张力中进行下去，才能最终得以实现。（Vgl. Tadeusz Namowicz，„Perfektibilität und Geschichtlichkeit des Menschen in Herders Schriften der Bückeburger Zeit“. In：B. Poschmann[Hrsg.]，*Bückeburger Gespräche*. Rinteln 1984，S. 82 –97.）

如果浮士德具有"可完善性",那么就很难理解,他的头脑中为什么那么长时间以来一直都有胡乱的想法。浮士德精通修辞,却醉心于自己的演说,所做的仅仅是宣讲自己的目标,就仿佛已经实现了目标一样。他是如此沉醉其中,以至于他自己都相信了他所宣告的内容,与他一样相信的还有来自各处的人云亦云的人群。从爱克曼的记录来看,歌德应该在1831年6月6日说过:"浮士德自己到最后也对越来越崇高和单纯的行动"感到厌倦,而"永恒的爱"则会来帮助他完成这些行动(参见与此一致的1827年5月6日的记录)。虽然歌德笔下,众天使的确热情洋溢地谈论着获救的"高贵肢体"(行11934),但可以推测,爱克曼按照自己的风格,加上了刻画性的修饰语——"越来越崇高和单纯"。丁策尔(Heinrich Düntzer)在其注释(1850)中,就错误理解了歌德的讽刺和批评,从他开始陆续有一批人,同样轻信了浮士德的自我欺骗,磕磕绊绊地表述出他们关于主人公"可完善性"的观点。但浮士德既不是"序曲"中所宣称的"会觉悟到正确的道路"的"善人",也无法在尘世间通过提前预告的"清晰"来消除自己心中的杂乱无章。虽然赫尔德已经在其《给人性的信》①中,表示对一些启蒙主义者乐观的梦想有所怀疑——他们认为人类会无尽地自我完善。但即便如此,依然有很多阐释者在解读浮士德时沉浸于这样的梦想,从布尔达赫(Burdach)到波姆(Wilhelm Böhm,《非浮士德式的浮士德》[*Faust der Nichtfaustische*]),他们吸取了第一次世界大战的教训,断言主人公和戏剧的结局有着深刻的双关义。这些阐释者被称作"可完善主义者"。

对于浮士德被拯救,我们可以列出的前提包括文本之内和文本之外的两方面条件,其中文本之内的条件是决定性的,而文本之外的条件是根本性的:浮士德代表着努力追寻的人们,这通常也就意味着他们是迷途的人。根据"序曲"来看,《浮士德》就是一部由上帝和撒

---

① Johann Gottfried von Herder, *Herders sämmtliche Werke*. Bd. 17. Hrsg. v. Bernhard Suphan. Berlin1883, S. 114und 122 ff.

旦参演的人类的戏剧。浮士德无尽的行动欲望证明了上帝造物的构思是正确的,浮士德是上帝天性的人类代表,而上帝天性原本就处于不断的变化之中。"天主"将自己称作"永远活跃永远生动的化育者"(行 346),说明他也不把自己当作静态的、沉醉于圆满从而获得平静的存在,而是遵循创造的准则,沉浸于不停的改变,把自己当作不满足于任何目标的发展对象。"天主"将希望寄托在浮士德纯粹的潜在可能性上。因此,浮士德在他的"追寻"中,使其超验的天赋具有了个人特色,而这在"序曲"中被赋予出色自我价值的人类的"追寻",就使得浮士德值得被拯救。

整个 18 世纪贯穿着统一的主导思想,即人在行动中才能完成自己的使命。在莱布尼茨的设想中,实体只能是活跃的,他认为:不完整的造物在肢体的"自然惰性"下是会被察觉的。① 费希特则在《伦理学体系》(*System der Sittenlehre*)②中将懒惰、惰性(vis inertiae)批判为恶的表现方式。康德也在很多地方有类似的表述。也就是说浮士德形象带有整个漫长世纪的印记。施莱尔马赫也在其《论宗教》(*Über die Religion*)的第二讲中写道:上帝也无法"不处于行动中",宇宙也"处在不间断的活动里"。③ 浮士德在很多方面体现着他所处的时代的特征,他代表了启蒙主义和狂飙突进运动中的一些思想,也被选中来促使古典主义和信基督教的浪漫主义达成和解,鉴于普遍的对"Nisus[奋进]向前"的肯定态度,他必须按照作者的计划最终得到赦免。

此外,歌德显然非常重视伯拉纠主义。这一主义以凯尔特基督教未授圣职的僧侣伯拉纠(Pelagius)的名字命名,他否定原罪(参 HA 10, 44)。歌德所要强调的是其中行为人道德上的能力,这种能力削弱了奥古斯丁(Augustin)坚持的恩宠的重要性。人类生来就有做好事的力量,但这并不能帮助他拯救自己,而是其中"纯粹的人性"使得"人类的

---

① *Monadologie*. Kap. 42 u. ö.

② *System der Sittenlehre*. 3. Hauptstück, § 16.

③ *Über die Religion*. Abschnitt 130 und 56.

缺陷”得到了原谅(参 HA 5, 406)。

为了更准确地理解浮士德负罪和他被拯救之间的关联,我们需要去关注一个至今未提及的方面。在《色彩学历史的材料》(*Materialien zur Geschichte der Farbenlehre*)中,谈及牛顿(Newton),歌德经过考虑,结合自己不同的经验,决定将伟大人格和高尚品性区分开来:高尚品性的“主要基础”是好的意志;而伟大人格则是基于“决定性的意愿”,并且“不管对与错、好与坏”(HA 14, 173)。“意志”是有道德的人的“自由”,它体现为有道德的内在品性和有良知的目标;而“意愿”则与之不同,它“属于自然,并与外在世界和个体行动紧密相关”(HA 14, 173; 亦参 HA 12, 528)。歌德曾尝试借助对魔力的想象,去解释拿破仑身上令人费解之处,他也想借助修改过的人格的概念,去解开牛顿身上的谜团,这个可恨的、天才的、在自然观上和他作对的对手。也就是说,歌德将意志定位在了良知层面上,而将伟大、不屈服的人格中“决定性的意愿”定位在了不受评价约束的本能层面上——即无需承担责任的“天性”中,从而区分了道德的意志和自然的意愿。①

因此,基于歌德自己的注解,我们可以推断出,浮士德“决定性的意愿”在不带褒贬的意义层面,得到了实现,即便一些读者会不喜欢这一点。由于从逻辑上来说,评判浮士德不是从他行为的好坏,而更多的是从他的意愿和活跃性入手,而他也的确无条件且无顾忌地贯彻了这一点,所以他可以“从上天处”获得赦免,虽然他自己在生前最后的时光里已经不怎么把“彼岸”放在心里(参行 11442 及以下)。

浮士德为彼岸所接纳,还有另外一个可以用来解释的因素,它包含

---

① “不寻常的人物,比如拿破仑,已经脱离了道德。他们最终糅合了自然元素,例如火与水。”里默在 1807 年 2 月 3 日记下了歌德的这段话。对爱克曼,歌德应该在 1830 年 2 月 10 日说过,拿破仑“践踏了上百万人的生命和幸福”,他所遭遇的命运最终是“非常宽容的”:“复仇女神涅墨西斯(Nemesis)不得不考虑到英雄的伟大之处,而始终保持一点彬彬有礼的态度。”歌德也在第二部开头部分“非常宽容的”新起点,给予了浮士德这样的命运:“全都是同情和最深的怜悯。并没有审判的法庭……”

在歌德的单子论中。在1827年3月19日，歌德在给采尔特的信中写道："隐德来希式的单子必须保持在孜孜不倦的活动中，即便它发展出了另外的特性，也永远不能缺少行动。"爱克曼也在1829年2月4日记录了歌德的观点，他说："于我而言，我们持续的信念来自活动这一概念之中。""孜孜不倦的活动"是浮士德的标志，其中包含了他性格上的主要特征。而伟大的单子也是"如此坚持，以至于他们即便在死亡的那一刻也不会停止活动"。歌德在1813年1月25日与法尔克（Falk）的谈话中勾画出了单子的等级顺序，其作用效果的保障需根据在世时的生存状况来确定。

《浮士德》研究者会去分析和描述：应该如何批判浮士德，以及如何在歌德的前提条件为其划定的界限内，严格评判浮士德。但这些分析所得出的结果，都不能削弱作者所赋予他的重要意义。在《亚里士多德诗学补遗》（*Nachlese zu Aristoteles' Poetik*）中，歌德将索福克勒斯笔下的俄狄浦斯改写成了一个落入命运之手的人。"由于魔力的存在，由于他身上的阴暗暴躁面——这正包含在他伟大的人格之中，也由于他始终过于仓促的行动"，（HA 12，344）俄狄浦斯最终陷入悲剧。这一性格刻画被逐字逐句地改编到了浮士德身上，体现在他的"阴暗暴躁面"，也体现在他的"伟大"之中。洛梅耶（Dorothea Lohmeyer - Hölscher）在其阐释中不断提到，浮士德的伟大之处决定了，他粗暴攫取世上物质的行为在导致其罪责的同时，也成为强化他这一单子的前提条件，而这个强化的过程使其在更高层面的继续存在成为可能。①

---

① 黑格尔、卡莱尔、布克哈特和尼采都认为，伟大的概念在我们的时代需要一个准确的描述，因为英雄和权威都已经失去了他们之前的样子。卡斯纳（Rudolf Kassner, *Von den Elementen der menschlichen Größe*. Insel - Bücherei Nr. 593. Wiesbaden 1954）完全有理由追问一部只有历史的伟大性才能确保存在的作品，留下的还有什么，以及公正所包含的范围有多大。奥古斯丁的格言"Ubi magnitudo, ibi veritas[伟大之处，即为真理]"清楚解释了，随着权力增长而危害变大的浮士德离完美的人类有多远，但他离现代伟大人格的概念又是那么近，他甚至在现实中真正创造性地实践了这一概念。

我们可以看到:戏剧结尾与“序曲”一一对应,在对浮士德人物的评价中,常见的“好”与“坏”的分类标准,很大程度上被替换成了道德上中立但对浮士德来说有约束力的分类标准,即“追寻”和“绝对的安息”(行 341)、活跃和懒惰。亚里士多德在他的《诗学》第 13 章也处理过类似的情况,他认为:悲剧人物的缺陷与其说是道德上的过错,不如说是思考上的疏忽,是由于对自我和现状认识不到位而造成的。① 那么歌德承认人类的罪责及其严重性吗? 他有没有注意到,完全堕落的邪恶之人犯下罪行,通常是有意识、有意愿的行为? 早在 1771 年 10 月关于莎士比亚的讲演中,歌德就说过:

> 我们称作恶的东西,只是善的另一面。(HA 12, 227)

布鲁诺(Bruno)、斯宾诺莎(Spinoza)和夏夫兹博里(Shaftesbury)以及教父们可以证明,歌德对世界的虔诚使他承认,消极和邪恶对于整个造物计划来说,绝对是不可或缺的部分。奥古斯丁在《忏悔录》(*Confessiones*)中表示,邪恶没有单独的存在形式,作为善的匮乏(privatio boni),它仅仅是缺乏善良的后果。② 歌德的想法类似。

此外,歌德绝不会去避免格雷琴或是《亲和力》(*Wahlverwandtschaften*)中奥蒂莉(Ottilie)的悲剧性陨落,但他也许会出于对人类烦躁内心的了解和对其笔下人物的同情,将死亡理解为去往彼岸重新开始和继续发展的通道。他一生都与欧利根(Origenes)的回归理论联系紧密,而欧利根是 3 世纪的基督教异教徒。在《牧师关于……的信》(“Brief des Pastors zu…”,1772)中,歌德表明自己信仰“回归”,他写道:

> 我向你们保证,这就是我私下用来安慰自己的学说。(HA 12, 230)

---

① 对此,歌德曾在 1827 年 4 月 1 日对爱克曼说:希腊悲剧中涉及的不是道德,而是“在整个大环境下的纯粹的人性”。

② Vgl. *Confessiones*. 3. Buch, 7. Kap.

这种超出世俗的宽容不仅允许善人，也允许恶人最终回归到上帝身边。即便是魔鬼，他们所做的事也都是上帝许可的任务，他们也受到上帝的怜悯，并且欧利根认为，他们也没有被广博的回归或称 Apokatastasis panton[万有回归]排除在外。上文中维兰德提及但歌德未落于其笔端的浮士德带走魔鬼的场景，在欧利根看来是原本就预先存在的。阿诺德(Gottfried Arnold)是歌德年轻时最喜欢的作家，他在自己的《公正的教会和异教徒历史》(*Unparteiische Kirchen – und Ketzerhistorie*)一书第3部第3章里，写到了欧利根的恩宠学说。他总结道，欧利根认为，魔鬼与无神论者一样，都来自地狱，并且最终走向彻底的和解。"魔鬼也能从上帝那里得到恩宠和怜悯"，歌德很清楚自己通过这样的观点，会为正统教徒所带来的冲击，正如他1816年6月(21日？)和法尔克谈起的"骂观众"中所表现的一样。《哥林多前书》15章28节认为上帝最终将成为"万物之主"，欧利根引用了这句话并据此认为，疏远了上帝的造物会在宇宙神化、变化和净化的过程中，找到回归上帝的道路。歌德的信息来源阿诺德也在自己的《公正的教会和异教徒历史》一书"结尾"第9段，表明了他的千禧年主义信仰，他坚信：

> 所有的造物都应以其最初的、最有福的一种面貌，通过万物回归，被卷入永恒的爱的深不可测的海洋，这爱从根本上来说就是上帝本人，这样上帝就成了万物之主。①

---

① 从伯梅(Jakob Böhme)及其学生到施莱尔马赫，特别是彼得森夫妇(Johann Wilhelm, Johanna Eleonora Petersen)和奥廷格(Friedrich Christoph Oetinger)三位虔信派教徒，都用基督学论证来反对永入地狱，他们认为：亚当的罪行不可能比耶稣的拯救更强大。关于这一话题参见：Renate Knoll, „Zu Goethes erster Erwähnung des Origines“. In: *Geist und Zeichen. Festschrift für Arthur Henkel*. Heidelberg 1977, S. 192 – 207。重要文献还有：Jochen Schmidt, *Hölderlins geschichtsphilosophische Hymnen*: *„Friedensfeier“ – „Der Einzige“ – „Patmos“*. Darmstadt 1990, bes. S. 92 – 97(这篇文章引文注释丰富，另外再补充本茨的一篇论文：Ernst Benz, „Der Mensch und die Sympathie aller Dinge am Ende der Zeiten“. In: *Eranos – Jahrbuch* 24, 1955, S. 133 – 197)。

浮士德被拯救和他的"升天"(这一形象化表达为歌德所特有,用来表现人物改变和升华的过程)都不能从基督教教义的角度去理解,歌德含糊不清地借用天主教神话,来构建自己神话般的幻想世界,只是为了把"无法描述的内容"以及尘世间事物逐步神圣化的过程变得直观。浮士德受到恩宠"继续存在"的那一幕,使得无尽的行动和关联一切的爱之间虽有矛盾,但也最终能够走向统一。浮士德获得拯救,并不需要信仰,也不需要悔恨或是积极的忏悔。根据补遗第 195 条,浮士德即便上法庭,也会被赦免。① 与四名悔罪女不同,他被免除了所有主动改过自新的过程,因为他是一个伟大而活跃的单子,一个经历丰富的人,他在此岸的影响力确保,甚至几乎是迫使他,在彼岸继续存在。创造他的作者歌德本人,对永生有着等级化的看法,他认为:"我们不会以同样的方式永生。"这一论断(1829 年 9 月 1 日)为爱克曼所记录,它确实不符合基督教的观点。基督教信仰会去发现每一个灵魂无与伦比的价值,坚守其中看起来最微不足道的人的尊严,而这些人也可以相信,自己会得到上天的召唤。这样看来,早期神学家因浮士德得到救赎而产生愤怒是不合适的,因为在基督教和浮士德有附加条款限制的救赎之间,显然存在着明确的区别。

在《诗与真》(*Dichtung und Wahrheit*)中,歌德介绍了自己年轻时相信的宇宙起源学说和博爱的神学,他认为拯救"不仅由永恒的上天来决定,还应当是无论如何都永远必须存在的"(HA 9, 353)。这个观点所造成的后果带着严肃的戏谑性:浮士德在作者眼中只是差不多能在有诸多保留意见的情况下继续存在,但却在造物者"天主"眼中得到了全部的恩宠。"天主"毫不犹豫地赐予了浮士德死后被救赎的机会,但浮士德依然只是作者笔下的虚构人物,在生前经常受到作者讽刺和怀疑。

---

① Vgl. Johann Wolfgang von Goethe, *Goethes Werke*. I. Abteilung. Bd. 15, 2. Herausgegebenim Auftrage der Großherzogin Sophie von Sachsen. Weimar1888, S. 243.

综上所述,显而易见,歌德批判他,也批判现代人片面化的倾向:浮士德之死结束了自主行动的主体所宣称的不受限状态。他的悲剧性不来源于他的孜孜不倦,而是一方面来源于他“最终导致失败”的“绝对的活跃性”和其中的“绝对性”(HA 12, 517),另一方面也来源于他的越界——越界使浮士德拒绝了接受个体化原则(principia individuationis)。而他获得拯救也有两个原因:一方面他保留的道德观念使他深知并且也只知,懒惰是一项原罪;另一方面则是上天在挥霍永恒的爱。但接纳浮士德的不是基督教的天堂,而是歌德的天堂,即作者用恩宠所构建的天堂。

可以确定的结论是:浮士德的人生进程证明了造物的过程特性是正确的,即使他无法凭借自己的力量,从混沌转向清明(参行 308 - 309)。歌德将他的主人公放在了行动和“绝对的安息”(行 341)这两极之间,而非我们终生臣服的好与坏的两极之间,因此,浮士德并不具备研究中常提及的现代人的代表性。歌德比其他任何作家都更推崇行动不息的追求。同时,他也很善于发现对人独立自尊心的威胁所在。浮士德的行为和罪责也是出于同样的原因。他因对自己和对世界的不满而活跃——这是他的伟大之处;但他迷失在了无度的追求之中,违反了人类自我节制的准则——这是他的欠缺之处。我们需要不断再次提醒自己的是,浮士德的人生进程是被设计和终结为一场悲剧的。想要正确评价浮士德的人,都必须对比威廉·迈斯特的社会发展路径,来进一步考虑、修正和补充。

1830 年左右,与许多年轻的剧作家一样,歌德以他的浮士德人物为界,最终告别了引人注目的个人主义。① 此前他们所强调的个体解放冲击着由自然和道德设立的界限,而当时存活下来的是其中绝对的主观主义:

---

① 1819 年 8 月 7 日,穆勒(Friedrich von Müller)总理就曾事出有因地记录道:“歌德不再认为,个人作用准则适用于当下。”

看到向往绝对无限的追求存在于这个完全有限的世界，没有什么比这更令人悲伤了；而这样的现象出现在1830年，也许比出现在任何时候都更不应该。（HA 12, 399）

作者简介：凯勒（Werner Keller，1930—2018），国际著名歌德专家、歌德学会荣誉主席、德国科隆大学日耳曼语言文学研究所前所长，主要研究领域为18至19世纪德语文学，包括魏玛古典主义、荷尔德林作品、现代戏剧理论、诗歌史，著有《席勒早期诗歌中的“激情”》（*Das Pathos in Schillers Jugendlyrik*，1964）、《歌德文学创作中的形象化语言》（*Goethes dichterische Bildlichkeit*，1972）、《文学创作的声音——巴洛克时期以来文学作品评论》（*Der Dichtkunst Stimme. Einsichten und Ansichten zur Literatur vom Barock bis zur Gegenwart*，2010）等，编有多部歌德研究论文集、戏剧理论论文集、弗里德里希·黑贝尔作品集等。

图书在版编目（CIP）数据

《浮士德》发微/谷裕选编；谷裕等译. --北京：华夏出版社有限公司，2022.1

（西方传统：经典与解释）

ISBN 978-7-5222-0188-7

Ⅰ.①浮… Ⅱ.①谷… Ⅲ. ①《浮士德》－文学研究 Ⅳ.①I516.073

中国版本图书馆 CIP 数据核字(2021)第 206405 号

《浮士德》发微

选　　编　谷　裕
译　　者　谷　裕　等
责任编辑　刘雨潇
责任印制　刘　洋

出版发行　华夏出版社有限公司
经　　销　新华书店
印　　装　北京汇林印务有限公司
版　　次　2022 年 1 月北京第 1 版
　　　　　2022 年 1 月北京第 1 次印刷
开　　本　880×1230　1/32
印　　张　16.75
字　　数　446 千字
定　　价　118.00 元

华夏出版社有限公司　地址:北京市东直门外香河园北里 4 号　邮编:100028
网址:www.hxph.com.cn　电话:(010)64663331(转)

若发现本版图书有印装质量问题，请与我社营销中心联系调换。

西方传统：经典与解释

Classici et Commentarii

HERMES

刘小枫◎主编

古今丛编

欧洲中世纪诗学选译 宋旭红 编译

克尔凯郭尔 [美]江思图 著

货币哲学 [德]西美尔 著

孟德斯鸠的自由主义哲学 [美]潘戈 著

莫尔及其乌托邦 [德]考茨基 著

试论古今革命 [法]夏多布里昂 著

但丁：皈依的诗学 [美]弗里切罗 著

在西方的目光下 [英]康拉德 著

大学与博雅教育 董成龙 编

探究哲学与信仰 [美]郝岚 著

民主的本性 [法]马南 著

梅尔维尔的政治哲学 李小均 编/译

席勒美学的哲学背景 [美]维塞尔 著

果戈里与鬼 [俄]梅列日科夫斯基 著

自传性反思 [美]沃格林 著

黑格尔与普世秩序 [美]希克斯 等著

新的方式与制度 [美]曼斯菲尔德 著

科耶夫的新拉丁帝国 [法]科耶夫 等著

《利维坦》附录 [英]霍布斯 著

或此或彼(上、下) [丹麦]基尔克果 著

海德格尔式的现代神学 刘小枫 选编

双重束缚 [法]基拉尔 著

古今之争中的核心问题 [德]迈尔 著

论永恒的智慧 [德]苏索 著

宗教经验种种 [美]詹姆斯 著

尼采反卢梭 [美]凯斯·安塞尔-皮尔逊 著

舍勒思想评述 [美]弗林斯 著

诗与哲学之争 [美]罗森 著

神圣与世俗 [罗]伊利亚德 著

但丁的圣约书 [美]霍金斯 著

古典学丛编

赫西俄德的宇宙 [美]珍妮·施特劳斯·克莱 著

论王政 [古罗马]金嘴狄翁 著

论希罗多德 [古罗马]卢里叶 著

探究希腊人的灵魂 [美]戴维斯 著

尤利安文选 马勇 编/译

论月面 [古罗马]普鲁塔克 著

雅典谐剧与逻各斯 [美]奥里根 著

菜园哲人伊壁鸠鲁 罗晓颖 选编

《劳作与时日》笺释 吴雅凌 撰

希腊古风时期的真理大师 [法]德蒂安 著

古罗马的教育 [英]葛怀恩 著

古典学与现代性 刘小枫 编

表演文化与雅典民主政制
[英]戈尔德希尔、奥斯本 编

西方古典文献学发凡 刘小枫 编

古典语文学常谈 [德]克拉夫特 著

古希腊文学常谈 [英]多佛 等著

撒路斯特与政治史学 刘小枫 编

希罗多德的王霸之辨 吴小锋 编/译

第二代智术师 [英]安德森 著

英雄诗系笺释 [古希腊]荷马 著

统治的热望 [美]福特 著

论埃及神学与哲学 [古希腊]普鲁塔克 著

凯撒的剑与笔 李世祥 编/译

伊壁鸠鲁主义的政治哲学
[意]詹姆斯·尼古拉斯 著

修昔底德笔下的人性 [美]欧文 著

修昔底德笔下的演说 [美]斯塔特 著

古希腊政治理论 [美]格雷纳 著

神谱笺释 吴雅凌 撰

赫西俄德：神话之艺
[法]居代·德拉孔波 编

赫拉克勒斯之盾笺释 罗逍然 译笺

《埃涅阿斯纪》章义 王承教 选编

维吉尔的帝国 [美]阿德勒 著

塔西佗的政治史学 曾维术 编

古希腊诗歌丛编

古希腊早期诉歌诗人 [英]鲍勒 著

诗歌与城邦 [美]费拉格、纳吉 主编

阿尔戈英雄纪（上、下）
[古希腊]阿波罗尼俄斯 著

俄耳甫斯教祷歌 吴雅凌 编译

俄耳甫斯教辑语 吴雅凌 编译

古希腊肃剧注疏集

希腊肃剧与政治哲学 [美]阿伦斯多夫 著

古希腊礼法研究

宙斯的正义 [英]劳埃德-琼斯 著

希腊人的正义观 [英]哈夫洛克 著

廊下派集

剑桥廊下派指南 [加]英伍德 编

廊下派的苏格拉底 程志敏 徐健 选编

廊下派的神和宇宙 [墨]里卡多·萨勒斯 编

廊下派的城邦观 [英]斯科菲尔德 著

希伯莱圣经历代注疏

希腊化世界中的犹太人 [英]威廉逊 著

第一亚当和第二亚当 [德]朋霍费尔 著

新约历代经解

属灵的寓意 [古罗马]俄里根 著

基督教与古典传统

保罗与马克安 [德]文森 著

加尔文与现代政治的基础 [美]汉考克 著

无执之道 [德]文森 著

恐惧与战栗 [丹麦]基尔克果 著

托尔斯泰与陀思妥耶夫斯基
[俄]梅列日科夫斯基 著

论宗教大法官的传说 [俄]罗赞诺夫 著

海德格尔与有限性思想（重订版）
刘小枫 选编

上帝国的信息 [德]拉加茨 著

基督教理论与现代 [德]特洛尔奇 著

亚历山大的克雷芒 [意]塞尔瓦托·利拉 著

中世纪的心灵之旅 [意]圣·波纳文图拉 著

德意志古典传统丛编

《浮士德》发微 谷裕 选编

尼伯龙人 [德]黑贝尔 著

论荷尔德林 [德]沃尔夫冈·宾德尔 著

彭忒西勒亚 [德]克莱斯特 著

穆佐书简 [奥]里尔克 著

纪念苏格拉底——哈曼文选 刘新利 选编

夜颂中的革命和宗教 [德]诺瓦利斯 著

大革命与诗化小说 [德]诺瓦利斯 著

黑格尔的观念论 [美]皮平 著

浪漫派风格——施勒格尔批评文集 [德]施勒格尔 著

美国宪政与古典传统

美国1787年宪法讲疏 [美]阿纳斯塔普罗 著

启蒙研究丛编

论古今学问 [英]坦普尔 著

历史主义与民族精神 冯庆 编

浪漫的律令 [美]拜泽尔 著

现实与理性 [法]科维纲 著

论古人的智慧 [英]培根 著

托兰德与激进启蒙 刘小枫 编

图书馆里的古今之战 [英]斯威夫特 著

政治史学丛编

克服历史主义 [德]特洛尔奇 等著

胡克与英国保守主义 姚啸宇 编

古希腊传记的嬗变 [意]莫米利亚诺 著

伊丽莎白时代的世界图景 [英]蒂利亚德 著

西方古代的天下观 刘小枫 编

从普遍历史到历史主义 刘小枫 编

自然科学史与玫瑰 [法]雷比瑟 著

地缘政治学丛编

施米特的国际政治思想 [英]欧迪瑟乌斯/佩蒂托 编

克劳塞维茨之谜 [英]赫伯格-罗特 著

太平洋地缘政治学 [德]卡尔·豪斯霍弗 著

荷马注疏集

不为人知的奥德修斯 [美]诺特维克 著

模仿荷马 [美]丹尼斯·麦克唐纳 著

品达注疏集

幽暗的诱惑 [美]汉密尔顿 著

欧里庇得斯集

自由与僭越 罗峰 编译

阿里斯托芬集

《阿卡奈人》笺释 [古希腊]阿里斯托芬 著

色诺芬注疏集

居鲁士的教育 [古希腊]色诺芬 著

色诺芬的《会饮》 [古希腊]色诺芬 著

柏拉图注疏集

挑战戈尔戈 李致远 选编

论柏拉图《高尔吉亚》的统一性 [美]斯托弗 著

立法与德性——柏拉图《法义》发微 林志猛 编

柏拉图的灵魂学 [加]罗宾逊 著

柏拉图书简 彭磊 译注

克力同章句 程志敏 郑兴凤 撰

哲学的奥德赛——《王制》引论 [美]郝兰 著

爱欲与启蒙的迷醉 [美]贝尔格 著

为哲学的写作技艺一辩 [美]伯格 著

柏拉图式的迷宫——《斐多》义疏 [美]伯格 著

苏格拉底与希琵阿斯 王江涛 编译

理想国 [古希腊]柏拉图 著

谁来教育老师 刘小枫 编

立法者的神学 林志猛 编

柏拉图对话中的神 [法]薇依 著

厄庇诺米斯 [古希腊]柏拉图 著

智慧与幸福 程志敏 选编

论柏拉图对话 [德]施莱尔马赫 著

柏拉图《美诺》疏证 [美]克莱因 著

政治哲学的悖论 [美]郝岚 著

神话诗人柏拉图 张文涛 选编

阿尔喀比亚德 [古希腊]柏拉图 著

叙拉古的雅典异乡人 彭磊 选编

阿威罗伊论《王制》 [阿拉伯]阿威罗伊 著

《王制》要义 刘小枫 选编

柏拉图的《会饮》 [古希腊]柏拉图 等著

苏格拉底的申辩（修订版） [古希腊]柏拉图 著

苏格拉底与政治共同体 [美]尼柯尔斯 著

政制与美德——柏拉图《法义》疏解 [美]潘戈 著

《法义》导读 [法]卡斯代尔·布舒奇 著

论真理的本质 [德]海德格尔 著

哲人的无知 [德]费勃 著

米诺斯 [古希腊]柏拉图 著

情敌 [古希腊]柏拉图 著

亚里士多德注疏集

《诗术》译笺与通绎 陈明珠 撰

亚里士多德《政治学》中的教诲 [美]潘戈 著

品格的技艺 [美]加佛 著

亚里士多德哲学的基本概念 [德]海德格尔 著

《政治学》疏证 [意]托马斯·阿奎那 著

尼各马可伦理学义疏 [美]伯格 著

哲学之诗 [美]戴维斯 著

对亚里士多德的现象学解释 [德]海德格尔 著

城邦与自然——亚里士多德与现代性 刘小枫 编

论诗术中篇义疏 [阿拉伯]阿威罗伊 著

哲学的政治 [美]戴维斯 著

普鲁塔克集

普鲁塔克的《对比列传》 [英]达夫 著

普鲁塔克的实践伦理学 [比利时]胡芙 著

阿尔法拉比集

政治制度与政治箴言 阿尔法拉比 著

马基雅维利集

君主及其战争技艺 娄林 选编

莎士比亚绎读

莎士比亚的政治智慧 [美] 伯恩斯 著

脱节的时代 [匈]阿格尼斯·赫勒 著

莎士比亚的历史剧 [英]蒂利亚德 著

莎士比亚戏剧与政治哲学 彭磊 选编

莎士比亚的政治盛典 [美]阿鲁里斯/苏利文 编

丹麦王子与马基雅维利 罗峰 选编

洛克集

上帝、洛克与平等 [美]沃尔德伦 著

卢梭集

论哲学生活的幸福 [德]迈尔 著

致博蒙书 [法]卢梭 著

政治制度论 [法]卢梭 著

哲学的自传 [美]戴维斯 著

文学与道德杂篇 [法]卢梭 著

设计论证 [美]吉尔丁 著

卢梭的自然状态 [美]普拉特纳 等著

卢梭的榜样人生 [美]凯利 著

莱辛注疏集

汉堡剧评 [德]莱辛 著

关于悲剧的通信 [德]莱辛 著

《智者纳坦》（研究版） [德]莱辛 等著

启蒙运动的内在问题 [美]维塞尔 著

莱辛剧作七种 [德]莱辛 著

历史与启示——莱辛神学文选 [德]莱辛 著

论人类的教育 [德]莱辛 著

尼采注疏集

何为尼采的扎拉图斯特拉 [德]迈尔 著

尼采引论 [德]施特格迈尔 著

尼采与基督教 刘小枫 编

尼采眼中的苏格拉底 [美]丹豪瑟 著

动物与超人之间的绳索 [德]A.彼珀 著

施特劳斯集

苏格拉底与阿里斯托芬

论僭政（重订本） [美]施特劳斯 [法]科耶夫 著

苏格拉底问题与现代性（增订本）

犹太哲人与启蒙（增订本）

霍布斯的宗教批判

斯宾诺莎的宗教批判

门德尔松与莱辛

哲学与律法——论迈蒙尼德及其先驱

迫害与写作艺术

柏拉图式政治哲学研究

论柏拉图的《会饮》

柏拉图《法义》的论辩与情节

什么是政治哲学

古典政治理性主义的重生（重订本）

回归古典政治哲学——施特劳斯通信集

***

论源初遗忘 [美]维克利 著

政治哲学与启示宗教的挑战 [德]迈尔 著

阅读施特劳斯 [美]斯密什 著

施特劳斯与流亡政治学 [美]谢帕德 著

隐匿的对话 [德]迈尔 著

驯服欲望 [法]科耶夫 等著

施米特集

宪法专政 [美]罗斯托 著

施米特对自由主义的批判 [美]约翰·麦考米克 著

伯纳德特集

古典诗学之路（第二版） [美]伯格 编

弓与琴（重订本） [美]伯纳德特 著

神圣的罪业 [美]伯纳德特 著

布鲁姆集

巨人与侏儒（1960-1990）

人应该如何生活——柏拉图《王制》释义

爱的设计——卢梭与浪漫派

爱的戏剧——莎士比亚与自然

爱的阶梯——柏拉图的《会饮》

伊索克拉底的政治哲学

沃格林集

自传体反思录 [美]沃格林 著

朗佩特集

哲学与哲学之诗

尼采与现时代

尼采的使命

哲学如何成为苏格拉底式的

施特劳斯的持久重要性

大学素质教育读本

古典诗文绎读 西学卷·古代编（上、下）

古典诗文绎读 西学卷·现代编（上、下）

柏拉图读本（刘小枫 主编）

吕西斯 贺方婴 译

苏格拉底的申辩 程志敏 译

普罗塔戈拉 刘小枫 译

阿里斯托芬全集

财神 黄薇薇 译

周礼疑义辨证 / 陈衍 撰

《铎书》校注 / 孙尚扬 肖清和 等校注

韩愈志 / 钱基博 著

论语辑释 / 陈大齐 著

《庄子·天下篇》注疏四种 / 张丰乾 编

荀子的辩说 / 陈文洁 著

古学经子 / 王锦民 著

经学以自治 / 刘少虎 著

从公羊学论《春秋》的性质 / 阮芝生 撰

中国传统：经典与解释

Classici et Commentarii

刘小枫 陈少明◎主编

知圣篇 / 廖平 著

《孔丛子》训读及研究 /雷欣翰 撰

论语说义 / [清]宋翔凤 撰

周易古经注解考辨 / 李炳海 著

图象几表 / [明]方以智 编

浮山文集 / [明]方以智 著

药地炮庄 / [明]方以智 著

药地炮庄笺释·总论篇 / [明]方以智 著

青原志略 / [明]方以智 编

冬灰录 / [明]方以智 著

冬炼三时传旧火 / 邢益海 编

《毛诗》郑王比义发微 / 史应勇 著

宋人经筵诗讲义四种 / [宋]张纲 等撰

道德真经取善集 / [金]李霖 编撰

道德真经藏室纂微篇 / [宋]陈景元 撰

道德真经四子古道集解 / [金]寇才质 撰

皇清经解提要 / [清]沈豫 撰

经学通论 / [清]皮锡瑞 著

松阳讲义 / [清]陆陇其 著

起凤书院答问 / [清]姚永朴 撰

刘小枫集

共和与经纶［增订本］

城邦人的自由向往

民主与政治德性

昭告幽微

以美为鉴

古典学与古今之争［增订本］

这一代人的怕和爱［第三版］

沉重的肉身［珍藏版］

圣灵降临的叙事［增订本］

罪与欠

儒教与民族国家

拣尽寒枝

施特劳斯的路标

重启古典诗学

设计共和

现代人及其敌人

海德格尔与中国

现代性与现代中国

现代性社会理论绪论

诗化哲学［重订本］

拯救与逍遥［修订本］

走向十字架上的真

西学断章

编修［博雅读本］

凯若斯：古希腊语文读本［全二册］

古希腊语文学述要
雅努斯：古典拉丁语文读本
古典拉丁语文学述要
危微精一：政治法学原理九讲
琴瑟友之：钢琴与古典乐色十讲

译著

柏拉图四书

经典与解释辑刊

1 柏拉图的哲学戏剧
2 经典与解释的张力
3 康德与启蒙
4 荷尔德林的新神话
5 古典传统与自由教育
6 卢梭的苏格拉底主义
7 赫尔墨斯的计谋
8 苏格拉底问题
9 美德可教吗
10 马基雅维利的喜剧
11 回想托克维尔
12 阅读的德性
13 色诺芬的品味
14 政治哲学中的摩西
15 诗学解诂
16 柏拉图的真伪
17 修昔底德的春秋笔法
18 血气与政治
19 索福克勒斯与雅典启蒙
20 犹太教中的柏拉图门徒
21 莎士比亚笔下的王者
22 政治哲学中的莎士比亚
23 政治生活的限度与满足
24 雅典民主的谐剧
25 维柯与古今之争
26 霍布斯的修辞
27 埃斯库罗斯的神义论
28 施莱尔马赫的柏拉图
29 奥林匹亚的荣耀
30 笛卡尔的精灵
31 柏拉图与天人政治
32 海德格尔的政治时刻
33 荷马笔下的伦理
34 格劳秀斯与国际正义
35 西塞罗的苏格拉底
36 基尔克果的苏格拉底
37 《理想国》的内与外
38 诗艺与政治
39 律法与政治哲学
40 古今之间的但丁
41 拉伯雷与赫尔墨斯秘学
42 柏拉图与古典乐教
43 孟德斯鸠论政制衰败
44 博丹论主权
45 道伯与比较古典学
46 伊索寓言中的伦理
47 斯威夫特与启蒙
48 赫西俄德的世界
49 洛克的自然法辩难
50 斯宾格勒与西方的没落
51 地缘政治学的历史片段
52 施米特论战争与政治
53 普鲁塔克与罗马政治
54 罗马的建国叙述
55 亚历山大与西方的大一统
56 马西利乌斯的帝国
57 全球化在东亚的开端
58 弥尔顿与现代政治
59 拉采尔与政治地理学